문학이
정의를
말하다

동아시아 고전 속
법과 범죄 이야기

문학이 정의를 말하다

동아시아 고전 속 법과 범죄 이야기

박소현 지음

Poetic Justice

성균관대학교
출판부

나의 아버지

고(故) 박중배(1939-2018)님께

이 책을 바칩니다

벌써 십 년도 더 지난 일이지만, 나는 마이클 샌델(Michael J. Sandel) 교수의 『정의란 무엇인가*Justice*』(2010)가 우리 사회에 일으킨 '지적' 돌풍을 기억한다. 누군가 그의 정의론을 한국 지성계를 강타한 '쓰나미'로 표현했는데, 사실 그 쓰나미는 한국뿐만 아니라 일본과 중국 등 동아시아 사회를 휩쓸 만큼 거대한 것이었다. 그런 현상의 증거물이 최근 또 한 권의 책으로 출판되었는데, 바로 『마이클 샌델, 중국을 만나다*Encountering China: Michael Sandel and Chinese Philosophy*』(2018)라는 책이다.

샌델의 정의론이 유독 동아시아 사회에 더 강력한 영향력을 발휘한 원인은 무엇일까. 오늘날 동아시아 사회가 공유한 문제들에서 그 원인을 찾을 수 있을 것이다. 급속한 경제 성장과 번영을 추구한 동아시아 사회는 결과적으로 절대 빈곤에서 벗어나는 데는 성공했지만, 그 과정에서 발생한 불평등과 부도덕, 부정의의 문제들은 아직도 미해결 과제로 남아 있다. 이로 인한 정부에 대한 불신과 사회 갈등의 골은 깊어지고, 그럴수록 정의를 요구하는 대중의 분노에 찬 목소리는 점점 커져만 간다. 권위적인 동아시아 기성 권력이 대중의 공감과 신뢰를 얻지 못한 사이, 대중, 특히 청년들의 마음을 움직인 것은 바로 샌델이나 마사 누스바움(Martha C. Nussbaum) 같은 서구 지성의 정의론이었다.

나 또한 샌델이나 누스바움으로부터 받은 영감으로부터 이 책을 쓰기 시작했지만, 그들의 정의론은 정의란 무엇인가란 질문에 명쾌한 해답을 제공하기는커녕 그 질문이 얼마나 곤혹스러운 것인가를 깨닫게 해줄 뿐이었다. 정의를 요구하는 분노한 대중들도, 샌델에 열광한 청년들도, 진정으로 그들이 원한 정의가 무엇인지 곰곰이 생각해본 적이 있는지 나는 감히 묻고 싶다. 수천 명의 사람들이 생각하는 정의가 수백 가지, 아니 수천 가지라 해도 나는 놀라지 않을 것이다.

샌델도 정의의 개념에 대한 명확한 정의(定義)로부터 논의를 시작하는 대신, 제러미 벤담(Jeremy Bentham, 1748-1832)과 존 롤스(John Rawls, 1921-2002)의 정의관을, 사례를 통해서 비판적으로 소개하는 것으로부터 논의를 시작한다. 정말 '영리한' 논법이다. 일반적으로 벤담의 정의관은 공리주의적 정의관, 이를 비판한 롤스의 정의관은 자유주의적 정의관으로 여겨진다. 벤담과 롤스에 모두 비판적이고, 특히 롤스의 정의관이 개인이 속한 공동체를 배제한다고 비판한 샌델의 정의관은 공동체주의 정의관으로 불리는데, 정작 샌델 자신은 이런 평가를 부인한다고 한다.

공동체의 가치인 '공동선(共同善)'을 내세운 샌델의 정의관으로부터 유교적 정의와의 유사성을 '발견'한 중국학자들은 샌델에게 유교 윤리로부터 더 많이 배워야 한다고 충고하기도 했다. 이에 대한 샌델의 반응은 역시 재치가 넘친다. 그는 자신의 공동체관에 대하여 "지나치게 두텁다〔thick〕"는 비판에만 익숙했었는데, 이제 중국학자들로부터 그의 공동체관이 "지나치게 얇다〔thin〕"고 도전받는 것이 무척 흥미로운 일이라고 받아넘겼다. 나는 샌델의 정의관을 보완한답시고 좀 더 '두터운' 도덕주의를 강요한 일부 철학자의 반응이 지나치다고 생각하지만, 샌델의 정의관과 유교적 도덕주의의 유사성을 본 중국학자들의 '발견'이 온전히 착각이라고 생각하지는 않는다.

벤담으로부터 샌델에 이르기까지 그들의 논의는 주로 사회적 가치와 재화의 공정한 분배를 의미하는 분배적 정의(distributive justice)에 주목하고 있는데, 이 분배적 정의는 형사적 정의(criminal justice) 또는 사법적 정의(legal justice)와 완전히 일치하지는 않는다는 사실을 우선 염두에 두어야 한다. 이를테면 샌델의 정의가 분배적 정의를 가리킨다면, 누스바움의 정의는 주로 형사적 정의에 주목한다. 형사적 정의는 어떤 불법행위로 발생한 손해나 불공정한 상태를 이에 상응하는 처벌을 통해서 회복하는 데 목적이 있으므로, 이를 '보복적(응보적) 정의(retributive justice)'라고도 한다. 동서양을 막론하고 인류는 오랫동안 형사적 정의에 주목해왔으며, 분배적 정의가 논란이 된 것은 아주 최근의 일이라고 할 수 있다. 요컨대 내가 여기에서 하고 싶은 말은 정의란 무엇인가라는 질문에 간단히 대답하는 것은 거의 불가능하다는 것이다.

이를테면 공동체주의적 정의관은 공동체마다 추구하는 정의가 다를 수 있다는 것을 의미한다. 공동체주의적 정의관이 상대주의적 정의관이라 불리는 이유다. 보편적 정의가 존재하지 않는다고 단정

짓기는 어렵지만, 좀 더 신중한 태도가 요구된다. 따라서 정의의 관념은 추상적 이론이나 제도적으로 명확하게 정립된 것이라기보다는 직관적으로 이해되는 것이기도 하다. 대중의 정의는 바로 이런 직관적 이해를 바탕으로 하는 경우가 많은데, 실천적 측면에서는 오히려 더 중요한 역할을 한다고 나는 생각한다. 정의에 관한 한, 항상 실천이 이론을 앞서 왔고, 열정 가득한 '뜨거운 심장'이 먼저 움직였다.

우리가 이른바 '정의감'이라고 부르는 도덕적 용기가 법적·제도적·사회적 변화를 촉발하고, 시민의 양심과 도덕적 책임감이 정의로운 사회를 만드는 실질적인 계기가 된다. 이 정의감이라는 것은 대개 우리가 불의를 목격하거나 부당한 일을 경험했을 때 느끼게 마련인데, 덕분에 수많은 정의의 서사들이 이야기되고, 확산되고, 축적되었다. 이 이야기들이 법정에서 말해질 때 법 이야기가 되고, 구체적인 사례(case)가 되기도 하고, 범죄와 수사에 초점을 맞출 때는 범죄 이야기가 되기도 한다. 논픽션이든 픽션이든 정의의 서사는 일반적으로 정의의 궁극적 승리를 목표로 한다. 누스바움은 특히 소설이 추구한 허구적 정의를 '시적 정의(poetic justice)'라 부르며, 그 사회적 의미와 가치를 높이 평가했다. 다만 그녀의 독서 목록에는 서구의 고전만이 포함된 것이 아쉬움이라면 아쉬움이다.

동아시아는 오랜 역사만큼이나 법률의 기원 또한 오래되었고, 심오한 정의론과 함께 서민의 정의를 향한 열망을 담은 오랜 서사(narrative) 전통이 존재했다. 익명의 대중이야말로 법적 담론보다는 이야기에 의존하여 불의를 고발하고, 언제나 약자의 편에 서는 정의의 영웅을 창조하기도 한다. 이야기 또는 넓은 의미의 내러티브는 다양한 문학―시, 소설, 산문, 공연, 연극 등―형식으로 동아시아 사회에 수용되고 변형되기도 했다. 따라서 그 전통을 추적하고 전체 지도를 그리는 일은 꽤 복잡하고 방대한 작업을 요구한다.

이 책의 출발점은 바로 중국 공안소설(公案小說)이었다. 중국 공안소설에 관한 본격적인 탐구는 오히려 서구학자가 먼저 시작했는데, 그들은 이 장르를 '중국 탐정소설(Chinese detective fiction)'로 소개했다. 이 잘못된 이정표 덕분에 나는 서구 탐정소설의 역사로부터 중국과 한국의 범죄소설의 사회사와 법문화의 역사에 이르기까지 먼 길을 돌고 돌아 아무도 관심 두지 않았던 방대한 영역의 문학사 지도를 그리게 되었고, 그 여정은 오늘날에도 끝날 줄을 모른다.

이 책의 제1장의 화두는 문학이지만, 그것은 정의로 가는 길을 열어주는 문으로서의 문학이다. 문학―특히 소설이나 드라마―은 법의 권위적인 언어를 일상 언어로 대체하고, 등장인물들이 처한 구체적 상황 속에서 정의 실현의 당위성을 이야기로 풀어낸다. 이것이 시적 정의이며, 이런 식으로 법과 문학의 긴밀한 관계가 형성된다. 제1장에서는 법과 문학의 긴밀한 관계에 주목한 누스바움의 논의를 먼저 소개하고, 다음으로는 일찍이 법과 문학의 상호작용에 주목한 동아시아 법문화를 비교하여 소개한다. 제2장은 동아시아 시적 정의의 배경이 된 유교적 법문화의 역사를 살펴본다. 중국에서는 일찍이 유교윤리를 반영한 유교적 법문화가 형성되었는데, 중국 법과 유교를 수용한 조선(朝鮮)도 이런 경향을 벗어날 수 없었다. 유교적 법문화는 법과 윤리의 긴밀한 상호작용, 즉 법의 도덕성을 적극적으로 추구해왔으며, 법과 문학의 관계를 대립적이라기보다는 상호 보완적인 것으로 여겼다. 문학이 법의 도덕적 보완에 긍정적인 역할을 한다고 보았기 때문이다. 제3장에서는 다시 문학사의 영역으로 돌아가 공안소설을 비롯한 다양한 서사 장르들의 탄생과 진화를 살펴볼 것인데, 여기에서 우리는 법과 문학의 느슨한 경계와 상호작용을 특징으로 한 동아시아 범죄소설의 역사를 단선적 진화의 과정으로 설명하기 불가능하다는 사실을 깨닫게 될 것이다. 다음으로 내가 제4장에서 시도한 것은 '가깝게 읽기(close reading)'라고 할 수 있는 텍스트 분석이다. 동아시아에서 명판관 포공(包公)을 주인공으로 한 『포공안(包公案)』만큼 정의를 열망하는 민중적 상상력과 감성이 표출된 문학 텍스트는 일찍이 없었다. 『포공안』을 통해서 '문학 속의 법', 즉 문학에 재현된 법과 정의를 살펴본다면, 제5장에서는 이른바 '문학으로서의 법' 관점에서 『당음비사(棠陰比事)』, 『흠흠신서(欽欽新書)』, 「와사옥안(蛙蛇獄案)」 등을 분석한다. 제4장과 제5장을 통해서 독자는 동아시아에서 생산된 다양한 층위의 법 이야기가 법문화의 대중적 확산에 중요한 역할을 한 사실을 이해하게 될 것이다.

　나는 이 책이 오늘날 우리 사회가 상상하고 열망한 정의의 실체가 어떤 것인지, 그리고 과거의 정의론이 현재와 어떻게 연결되고, 미래에 전개될 정의론에 어떤 영향을 미칠 것인지를 이해하고 성찰하는 데 도움이 되기를 바란다. 동아시아에서 오랜 세월 축적된 법과 범죄, 정의에 관한 담론과 이를 재현한 수많은 서사 텍스트들이 하찮게 여겨지고, 결국 사라지는 현실은 안타깝기 그지없다. 내가 이 책에 소개하고 분석한 텍스트들은 동아시아를 아우르는 방대한 전통의 극히 일부에 불과하지만, 우리 사회가 정의의 이상을 향해 한걸음 전진하는 데 보탬이 될 수 있기를 바랄 뿐이다.

이 책이 나오기까지 나는 오랫동안 미지의 거대한 숲을 헤맨 기분이다. 그 출발점은 필자의 박사학위 논문 "Law, Ideology, and Popular Culture in Late Imperial China and Chosŏn Korea"라고 할 수 있다. 그러나 종착점이 된 이 책을 집필하기까지 나는 자주 길을 잃거나 엉뚱한 샛길을 따라갔다가 돌아 나오기 일쑤였다. 결국 그 여정은 내가 예상치 못한 힘든 고비를 거쳐야 했고, 따라서 시간도 훨씬 오래 걸렸다. 이 책은 내가 이미 발표한 여러 글을 참조했음을 밝혀둔다. 대강 정리하자면, 제1장은 「법문학적 관점에서 바라본 유교적 사법전통」(2014), 제2장은 "Law and Literature in Late Imperial China and Chosŏn Korea"(2010), 제3장은 「중국과 조선의 법률문화와 범죄소설의 계보학」(2011)과 「동아시아 범죄소설의 사회사」(2016), 그리고 「근대 계몽기 신문과 추리소설」(2015), 제4장은 박사학위 논문, 제5장은 「팥배나무 아래의 재판관」(2014), 「법률 속의 이야기, 이야기 속의 법률」(2012), 「법률과 사실 그리고 서사」(2019), "A Court Case of Frog and Snake"(2019) 등이다. 이 글들은 내가 걸어온 긴 여정에서 중간 중간 머물렀던 기착지 같은 역할을 했지만, 역시 전체를 반영하기에는 매우 불충분하고 근시안적인 면들도 많았다. 이 책에서 나는 논문 발표를 서두르면서 어쩔 수 없이 내가 저지른 수많은 오류나 실수를 수정하고 보완하려고 노력했다. 그렇지만 나는 내 시도와 노력이 온전하고 완벽한 것이라고 감히 단언할 수도 없고, 그럴 생각도 없다. 내가 미처 수정하거나 보완하지 못한 부분들은 미래의 새로운 연구를 위해, 혹은 독자의 냉철한 비판을 위해 남겨둔다.

마지막으로 이 책이 세상에 나오기까지 나의 여정을 지켜봐 주신 많은 선학들이 있었음을 밝혀둔다. 여기에 일일이 다 적을 수 없는 것이 안타까울 뿐이다. 내 연구의 출발점에서 나를 이끌어주신 서울대학교 명예교수 서경호 선생님과 미시간대학(The University of Michigan) 지도교수셨던 롤스톤(David L. Rolston) 선생님, 공동연구를 통해 최근까지도 많은 도움을 주셨던 서울대학교 김호 선생님과 아주대 조지만 선생님께 깊은 감사를 드린다. 특히 누구보다도 선뜻 나서서 길잡이 역할을 해주신 한국학중앙연구원 심재우 선생님께 내가 학문적으로 진 빚은 아마 영원히 갚을 수 없을 것 같다. 이분들이 아낌없이 나눠주신 지식과 학문적 영감이 없었다면, 이 책의 출간은 불가능했을 것이다. 또한 힘든 고비가 있을 때마다 든든한 학문적 동지가 되어주신 동료 교수 정승진, 고은미 선생님 그리고 언제나 내 곁에서 인생의 동반자로서 정신적 지주가 되어준 나의 사랑하는 가족에게 무한한 감사를 바친다. 그들의 따뜻한 격려와 헌신 없이 지금의 나도, 내 연구도 존재하지 않았을 것이다. 아울러 원고를 꼼꼼하게 읽고 다듬어주신 성균관대학교출판부 현상철 선생님에게도 감사드린다. 많이 늦었지만, 이 책을 돌아가신 아버지께, 이 여정의 끝을 가장 흐뭇하게 지켜보시고 새로운 여정의 시작을 누구보다도 기대하셨을 당신께 바친다.

2023년 가을,

서울 효원재(曉苑齋)에서 **박소현** 씀

일러두기

1. 중국 인명 등 고유명사 표기는 독자에게 익숙한 방식을 따랐다. 즉, 20세기 이전의 것들은 한자어 발음으로 표기하고, 20세기 이후의 것들은 현대 중국어 발음으로 표기했다(예: 사마천(司馬遷), 루쉰(魯迅)).

2. 한국어·중국어·일본어로 된 논문은 「　」, 단행본·문집·논문집 등은 『　』로 표기했다. 영어로 된 논문은 "　"로, 단행본은 이탤릭으로 표기했다.

3. 인용문 중 볼드체로 표기된 것은 모두 필자의 강조다.

제1장

———

문학, 정의로 가는 문

> 법 앞에 문지기가 하나 서 있다. 시골에서 한 남자가 찾아와 문지기에게 법 안으로 들여보내달라고 부탁한다. 그러나 문지기는 지금은 입장을 허락할 수 없다고 말한다. 남자가 한참을 생각하더니 나중에는 들어갈 수 있느냐고 묻는다. "그럴 수 있겠지요." 문지기가 말한다. "그러나 지금은 안 돼요."
>
> ___ 프란츠 카프카(Franz Kafka, 1883-1924), 『소송 Der Prozess』

　카프카의 『소송』만큼 수수께끼 같은 이야기로 난해한 법의 본질을 파고든 문학작품은 아마 없을 것이다. 법학을 전공했고 법률고문으로 일한 경험이 있었던 카프카는 어떤 작가보다도 예리하게 법의 실체를 폭로할 수도 있었을 터이다. 그러나 그는 법의 본질을 밝히기 위해 명칠하고 논리 징연한 법의 언어 내신 시극히 함숙석이고 우화적인 문학적 언어를 선택했다.

　카프카의 소설 속 이야기의 남자는 과연 법의 문 안으로 들어갈 수 있을 것인가? 그런데 뜻밖에도 이야기 속에서 법에 이르는 문은 굳게 잠긴 것이 아니라 열린 채이다. 게다가 문지기가 딱히 그를 힘으로 제압한 것이 아님에도 남자는 열린 문 앞에서 입장 허가를 기다린다. 심지어 남자는 머릿속으로는 법은 누구에게나 그리고 언제나 개방되어 있어야 한다고 생각하지만, 결국 죽는 순간까지도 감히 그 문턱을 넘지 못한다. 왜일까?

정의의 여신

소설의 주인공 K에게 이 수수께끼 같은 우화를 들려주는 사제는 이 우화가 법전 서문에 적혀 있으며, 사람들이 흔히 갖는, 법원에 대한 '착각'에 관한 이야기라고 말한다. 그러나 사제의 말대로 그것은 정말 착각이었을까? 사실 K의 운명도 우화 속의 시골 남자의 그것과 크게 다르지 않거나, 어쩌면 더 지독하다고 해야 할 것이다. 우화 속의 시골 남자가 K라고 해도 놀랍지 않다. 단지 K의 경험은 시골 남자의 그것보다 더 낭패스럽고 치욕스러울 뿐이다. 결국 K도 법의 실체에 다가가지 못한 채 "한 마리 떠돌이 개"처럼 "치욕은 그보다 더 오래 살아남을 것" 같은 비참한 죽음을 맞는다.[1] 이야기에서처럼 법에 이르는 문은 항상 열려 있으며 문 안의 법의 실체는 한없이 밝고 공명정대하다고들 말하지만, 그 문을 거쳐 정의에 이르는 길은 짙은 안개에 휩싸인 좁은 미로이기라도 하듯 평범한 사람들의 눈에는 보이지도 않는다.

법이 존재하는 어느 사회에서나 정의는 법의 이상이자 목적이며, 따라서 법의 목적인 정의에 이르는 길은 당연히 법전에 명시되어 있어야 할 것이다. 보통 사람들은 법전이 정의로 가는 길을 안내하는 지도와 같을 것이라고 기대하기 마련이다. 그런데 그 지도가 지극히 추상적이거나 난해하여 전문가조차 해독하기 어려울 정도라면, 우리는 어떻게 정의로 가는 길을 찾아야 할 것인가? 카프카의 소설에서처럼 법의 권위가 위압적이고 물리적인 힘으로 작용하든 아니든 간에, 법의 언어는 절대적 권위를 지니고 있음에도 정의에 이르는 길을 명명백백하게 밝혀주지 못했다. 눈을 가린 채 저울을 들고 있는 정의의 여신의 모습이 상징하듯 정의 실현은 단순한 흑

백논리에 의존하여 이루어질 수 없는 것이라고 법의 편에 서서 항변할 수도 있을 것이다. 이 항변에 동의하면서도 한편으로는 그것이 피할 수 없는 현실이라면, 법의 권위로도 은폐하기 어려운 현실이라면, 격앙된 언어로 불의를 고발하고 정의를 부르짖는 문학에 귀 기울이는 대중을 향해 그들이 무분별하고 어리석다고 법이 비난할 수 있겠는가.

문학 속에 상상된 정의는 언제나 밝고 공명정대하며, 거기에 사람들을 당혹스럽게 만드는 함정 같은 것은 없다. 이런 점에서 허락된 사람에게만 문을 열어주는 법과 달리 문학은 활짝 열린 정의로 가는 문이라고 표현할 수도 있을 것이다. 그러나 주로 감정에 호소하는 문학적 상상력이 합리적 이성에 의거하여 엄밀한 공적 판단을 내려야 하는 법의 영역에 얼마나 유의미하고도 실질적인 기여를 할 수 있을지, 다시 말해서 문학이 과연 정의로운 사회를 만드는 데 어떤 실질적 변화를 가져올 수 있을지 의심스러워하는 이들이 적지 않다. 이를테면 카프카의 『소송』은 법의 본질에 대한 매우 심오하고도 근원적인 질문을 제기하지만, 권위주의적이고 폭력적인 법질서를 바꿀 어떤 현실적 개선책을 제시한 것은 아니다. 차별당하는 소수자의 편에 서서 격앙된 목소리로 기존의 법질서를 강력히 비판하는 훌륭한 문학작품이 수없이 많아도 불평등과 불의가 만연한 현실을 바꾸기에는 역부족이다. 문학작품을 읽은 경험이 있는 사람이라면 누구나 이상과 현실의 괴리를 직면하게 되고, 따라서 종국에는 다음과 같은 회의적인 질문에 도달하고 만다. 괴물 같은 폭력적 현실 앞에서 문학적 상상이 발휘하는 힘이라는 것은 너무도 미약하거나 허황한 것은 아닌가?

그런데 이러한 물음에 단연코 아니라고 확신에 찬 대답을 한, 우리 시대의 철학자가 있다. 바로 마사 누스바움(Martha C. Nussbaum)이다. 그녀는 『시적 정의: 문학적 상상력과 공적인 삶*Poetic Justice: The Literary Imagination and Public Life*』[2]에서 문학적 상상력을 '공적 상상(public imagination)'이라 부르며 문학 속의 시적 정의(poetic justice)가 법적 정의(legal justice)에 미칠 수 있는 영향관계를 탐구한다. 그녀의 주장에 따르면 문학적 상상력은 공적 영역에서 "재판관들이 판결을 내리고, 입법자들이 법을 제정하며, 정책 입안자들이 다양한 인간의 삶의 질을 측정하는 데 길잡이 역할을 할"[3] 수 있다. 그러나 여전히 많은 사람들이 이런 주장을 지나치게 이상적이거나 낙관적인 견해라고 비판한다. 이들은 아마도 회의적인 태도로 이런 의문을 품을지도 모른다, 편견과 폭압으로 가득 찬 현실 세계에서 문학작품을 읽는 것이 무슨 소용인가, 궁극적으로 문학이 인간을, 혹은 사회를 변화시킬 수 있는가.

누스바움은 시카고대학교 로스쿨에서 〈법과 문학〉이라는 강의를 하면서 이 책을 썼다. 그녀는 책의 서문에 강의를 들은 한 학생의 기말시험 답안지를 소개하고 있다. 바로 앞서 말한 회의주의자들 가운데 한 사람이라고 할 수 있다. 이른바 '1180번 학생'의 주장은 문학작품을 읽는 것이 한 개인의 생각, 재판관 한 사람의 생각을 바꿀 수 있을지 모르지만, 대개는 그렇지 않다는 것이다. 결국 문학은 "편견과 증오의 폭풍에 대항하는 아주 미약한 희망의 보호벽"[4]에 불과하다는 것. 누스바움은 1180번 학생의 생각을 강하게 반박하기보다는 일부 수용한다. 그녀의 의도는 그런 현실주의적 비판을 전적으로 부정하는 것이 아니라, 다만 그런 현실주의가 인정하지 않는 것, 즉 고귀하고 가치 있는 삶에 대한 희망, 그리고 그런 삶의 구현 가능성에 대한 상상이 미약해 보여도 결코 무의미한 일이 아님을 강조하는 것이다.

> 공적인 삶에 있어서 문학적 상상력의 과제는 (…) 한마디로 말해, 고귀하고, 구현 가능한 경우를 상상하는 것이다. (…) 이런 식으로 상상력을 함양하지 않는다면, 우리는 사회정의로 이어지는 필수적인 가교를 잃게 될 것이다. '공상'을 포기하는 것은 스스로를 포기하는 것이다.[5]

추악한 현실 앞에서도 읽는 이에게 정의롭고 가치 있는 삶을 상기시킬 수 있는 것이야말로 여전히 인간의 가치를 증명하는 것이고, 인간이 인간다움을 포기하지 않았다는 증거이다. 이것이 바로 우리가 문학에 빠져들고, 문학의 비타협적이고도 전복적인 힘을 가벼이 여길 수 없는 까닭이다. 문학이 법이나 공권력이 바꾸지 못한 재판관 한 사람의 생각을, 아니 평범한 한 개인의 생각이라도 바꿀 수 있다면, 그런 변화가 서서히 만들어내는 파장은 결코 무의미하거나 미미할 수 없는 것이다.

이처럼 법과 문학의 관계를 깊이 성찰한 누스바움은 이 책의 중요한 화두를 제공한다. '시적 정의'는 우리에게는 다소 생소한 말인데, 영어 'poetic justice'의 번역어인 까닭이다. 17세기 후반 영국의 문학비평가 토머스 라이머(Thomas Rymer)로부터 유래했다고 하는데,

원래 선과 악을 상징하는 대립적 인물들의 대결 구도 속에서 선이 궁극적 승리를 거두는 문학적 정의를 가리킨다.[6] 따라서 딱히 법의 문학적 재현만을 의미한다기보다는 좀 더 폭넓게 문학과 도덕의 관계 혹은 문학의 윤리적 기능을 염두에 둔 표현이다. 동아시아에서 흔히 사용하는 권선징악 혹은 인과응보라는 말을 시적 정의에 대응되는 표현으로 생각한다면, 동아시아 고전문학 속에서도 우리는 풍부한 사례를 발견할 수 있다.

그런데 누스바움의 책에서 다룬 문학작품은 주로 찰스 디킨스(Charles Dickens, 1812-1870)의 소설 같은 근대 리얼리즘 소설이며, 따라서 다소 도식적으로 권선징악적 정의를 추구한 동아시아 고전소설과는 거리가 있을지 모른다. 사실 동아시아 문학 속의 시적 정의는 누스바움이 원래 의도한 바와 논의의 범위를 훨씬 벗어나는 주제이다. 누스바움의 시적 정의와 동아시아 문학 속의 시적 정의의 연결점을 찾는 것은 다름 아닌 이 책의 과제이다. 그 연결점에 이르기 위해서 나는 먼저 누스바움으로부터 출발하고자 한다.

시적 정의:
법과 문학

1

문학이 법과 정의의 재현에 주목한 것을 새로운 현상이라고 단언할 수는 없다. 동서고금을 막론하고 문학이 사회정의 혹은 불의의 재현에 기울인 관심은 지대하고도 진지한 것이었다. 그렇다면 법과 문학의 관계에 대한 누스바움의 논의는 무엇이 다른가? 요컨대 감정의 배제를 추구한 법에 대항하여 정의를 갈망하는 대중의 보편적 정서 혹은 '공적 감정'의 중요성을 강조했다는 것이다.

누스바움이 법과 문학의 관계에 주목함으로써 법을 위한 법이 아닌 인간을 위한 법을 주장한 것은 법의 추상화 혹은 형식주의 경향에 대한 우려 때문이다. 누스바움의 우려는 인문학자뿐만 아니라 법학자나 법률전문가(판사, 검사, 변호사 등)도 공유하는 것이다. 그녀의 주장은 일찍이 법실증주의(legal positivism)를 강하게 비판하면서 법을 "사람들 사이의 상호작용에 대한 지표를 제공"하는 것으로 이해해야 한다고 역설한 론 풀러(Lon L. Fuller, 1902-1978)와 같은 법학자를 연상시킨다.[7]

이처럼 법의 추상화 또는 비인간화를 견제하는 방편으로서 법과 문학의 관계에 대한 고찰은 1970년대 미국의 법학자와 인문학자들

마사 누스바움

이 주도한 '법과 문학' 운동을 통해서 체계화되었다. 1970년대 미국에서 법과 문학 운동이 확산한 배경에는 합리성과 경제적 효용의 극대화를 추구한 법경제학에 대한 반발과 저항이 있었고, 이런 경향은 문학이론을 법 해석에 폭넓게 적용하는 방향으로 나아갔다.[8] 다시 말해서 법과 문학 운동은 적극적 의미에서 법과 문학의 상호작용과 융합을 추구하고자 했다.[9] 이런 지적 움직임을 한마디로 표현하면, 전통적인 '문학 속의 법(law in literature)'으로부터 '문학으로서의 법(law as literature)'으로 한 걸음 나아갔다고 말할 수 있다. '문학 속의 법'이 문학의 법 재현에 관한 다소 고전적인 해석을 의미한다면, '문학으로서의 법'은 주로 문학 텍스트를 분석할 때 적용해온 다양한 문학이론을 법률 해석에 적용하고, 궁극적으로는 사법제도의 개혁을 목표로 한다는 점에서 기존의 통념을 뒤엎는 인식의 전환을 의미한다.[10] 누스바움 또한 인간을 위한 법을 만드는 문학의 사회적 효용성에 주목했다는 점에서 '문학 속의 법'으로부터 '문학으로서의 법'으로 나아갔다고 할 수 있다.

그러면 시적 정의는 법적 정의와 어떻게 다른가? 법은 물론 정의 실현을 궁극적 이념으로 지향한다. 그러나 법적 정의와 시적 정의가 일치하는 경우는 오히려 드물며, 그 괴리를 좁히기란 쉬운 일이 아니다. 결국 법적 정의와 시적 정의의 불일치는 법과 문학의 오랜 대립 구도를 반영한다. 전통적으로 법을 이성의 영역에 속한다고 본다면, 문학은 문학적 언어로 감성에 호소하는 영역이었다. 법과 문학의 대립이 자연스레 전통적인 이성과 감성의 대립 구도로 이입되는 것도 바로 이런 까닭이다.

그러나 이런 오랜 대립과 반목에도 불구하고 문학은 끊임없이 법의 문학적 재현에 관심을 가져왔으며, 궁극적으로는 사회정의의 실현을 촉구하는 사회비판적 역할에 무관심하기는커녕, 이를 적극적으로 수행해왔다. 이런 까닭에 시인 월트 휘트먼(Walt Whitman, 1819-1892)은 문예가를 가리켜 정치에 깊이 참여하는 자라 부르며, 스스로 이른바 '공적인 시(public poetry)'를 추구했었다.[11] 이런 시인의 관점에서는 오히려 법과 문학이 영원한 평행선을 그리기란 불가능한 것으로 보이며, 두 영역의 교차점을 찾고자 하는 노력은 자연스러운 것이다. 반면, 법학자나 정치경제학자가 보여준 일반적 태도는 다소 냉정한 '선 긋기'라고 할 수 있다. 문학 또는 문학적 상상력이 비과학적·비합리적·감정적이어서 보편타당한 법적 판단 및 정책 결정에 적절한 도움을 줄 수 없다는 것이 그들의 주장이다. 누스바움은 『시적 정의』에서 문학적 상상력에 대한 반대 의견을 다음과 같이 세 가지 논점으로 정리하고, 각각의 반론을 각 장에서 차례로 다루고 있다.

첫째, 문학적 상상력은 비과학적이고 사회에 대한 과학적 사유에 대해 전복적이라는 점이다. 둘째, 문학적 상상력은 그것이 감정에 몰두하기 때문에 비합리적이라는 것이다. 셋째, 문학적 상상력은 우리가 법적이고 공적인 판단에 결부시키는 공평성 및 보편성과는 아무런 관련이 없다는 것이다.[12]

첫째, 문학적 상상력이 비과학적이라는 비판에 대하여, 누스바움은 디킨스의 소설 『어려운 시절 Hard Times』을 함께 읽어나가면서

문학적 상상력은 질적인 차이를 양적인 차이로 환원시키는 과학적 경제원리의 폐해나 인간을 대상화하는 실용주의적·공리주의적 접근방식의 폐해를 감소시킬 수 있다고 반박한다. 문학적 상상력은 타인의 삶을 공감하고 이해하는 것을 가능하게 함으로써 합리적 정책 결정과 평가의 과정에 긍정적 영향을 미칠 수 있다. 이런 까닭에 누스바움은 그것을 '공적 상상'이라고 부른다.

> 대중의 삶을 다양하고 풍부한 질적인 구분, 개인의 기능 및 기능에 장애를 초래하는 요소에 대한 다층적인 설명 등을 통해 보여주고, 또한 인간의 욕구와 기능에 관한 일반적인 개념을 지극히 구체적인 맥락 안에서 사용하면서, 소설은 삶의 질을 평가하는 데 필요한 형태의 정보를 제공해주며, 독자로 하여금 평가를 내리는 과정에 참여하도록 이끈다. 그리하여 이는 이후의 양적인 평가에 근거한 단순화된 모델이 형성되어야 할 범위 내에서, 공적인 업무에 적합한 종류의 상상력의 틀을 보여준다. 동시에 이는 공적인 삶뿐만 아니라 사적인 삶에서도 그러한 평가를 현명하게 하기 위해 필수적인 상상력의 능력을 길러주면서 동시에 그 한 예를 제시한다.[13]

그러나 두 번째 반론에서 지적한 대로 문학은 감정과 불가분의 관계에 있기에 문학의 공적 역할에 대한 의심과 비판을 완전히 불식시키기는 어려워 보인다. 공적 합리성을 추구하는 이성적 실천의 측면에서 볼 때 감정은 언제나 전적으로 배제되어야 하는 요소였다. 예를 들어 미국 캘리포니아주가 제시한 배심원들의 판결 기준에 대한 지침에 의하면, 배심원단은 "그 어떤 감정, 추측, 동정, 열정, 편견, 대중의 견해나 분위기에 절대 동요되어서는 안 된다."[14] 누스바움에 따르면, 합리적 판결에 이르기 위해 감정적 요인들을 배제해야 하는 당위성은 일반적으로 다음과 같은 이유로 정당화되었다. 첫째, 감정은 이성적 추론과 전혀 관련 없는 맹목적인 충동이다. 둘째, 감정은 자기충족적이고 완벽한 통제가 가능한 이성과 달리 외부의 사물에 의존하기에 불안정하다. 셋째, 감정은 실질적 유대관계나 애착에 주목하기에 극도로 편파적일 수 있다. 넷째, 감정은 지극히 개인적이어서 계급과 같은 보다 큰 사회적 단위와는 그 연관성이 매우 적다는 것.[15]

이렇듯 완고한 감정반대론에 대하여 누스바움은 감정도 합리적일 수 있으며, 감정의 결핍이 오히려 무분별하고 맹목적이며 근시안적인 판단을 초래할 수 있다고 반박한다.[16] 이런 주장의 근거로 근대 경제학의 창시자인 애덤 스미스(Adam Smith, 1723-1790)의 감성적 합리성(emotional rationality)―또는 합리적 감정(rational emotions)―이론을 제시한다. 『도덕감정론 The Theory of Moral Sentiments』에서 스미스는 감정의 절제와 적절한 활용을 공적 합리성의 핵심적인 요소로 간주했다. 동정과 공감뿐만 아니라 공포, 분노, 희망과 같은 감정들은 적절하기만 하다면, 그 자체로 도덕적 가치를 지니며 적절한 행동을 촉발하는 계기가 되기 때문이다. 그가 이상적 시민으로 묘사한 '분별 있는 관찰자(judicious spectator)'는 적절한 감정의 함양, 특히 '공감'의 함양을 통해서 합리적인 도덕성을 추구하는 사람이다.

애덤 스미스

'분별 있는 관찰자'의 판단과 대응은 공적 합리성의 패러다임을 제공하고자 하는 목적을 지닌다. 관찰자에게서 인위적으로 구성된 상황은 그가 세계에 대해 갖는 합리적 관점의 일부인 사유, 정서, 환상 등에 따름으로써 합리적인 도덕적 입장을 형성하기 위해 만들어진 것이다. (…) 그의 가장 중요한 도덕적 능력 가운데 하나는 그가 머릿속에서 그리는 상황에 처한 사람들 각각의 처지와 느낌을 생생하게 상상할 수 있는 힘이다.[17]

여기에서 분별 있는 관찰자의 가장 중요한 덕목이 바로 '도덕적 상상력', 다시 말해서 타인의 처지와 감정을 "생생하게 상상할 수 있는 힘"이라고 한 스미스의 주장은 한편으로 '도덕감정'과 문학적 상상력의 밀접한 연관성을 제시한다. 따라서 누스바움처럼 스미스 또한 문학작품 읽기가 공감능력을 지닌 분별 있는 관찰자의 태도를 함양하는 데 큰 도움이 된다고 여겼다.[18]

관찰자와 당사자 사이에 어떤 감정의 일치가 있을 수 있는 그러한 모든 경우에서, 관찰자는 무엇보다도 가능한 한 당사자의 상황에 서서 곤란에 처한 사람에게 발생할 수 있는 모든 사소한 고통의 사정마저도 진지하게 자신의 일처럼 느끼고자 노력해야만 한다. 관찰자는 (…) 그의 공감의 기초가 되는 상상을 통한 상황의 교환을 가능한 한 완벽하게 수행하려고 노력해야 한다.[19]

우리는 모든 공정하고 불편부당한 관찰자가 우리 자신의 행위를 검토하고자 하는 방식대로 자신의 행위를 검토하려고 노력한다. 만일 우리 스스로를 공정한 관찰자의 상황에 위치하고 우리의 행위에 영향을 준 모든 열정과 동기에 완전히 공감한다면, 우리는 이 가상의 공정한 재판관의 승인에 동감함으로써 우리의 행위를 승인하게 된다. 만일 그렇지 않다면 우리는 이 공정한 재판관의 부인에 공감해 우리의 행위를 비난하게 된다.[20]

타인의 행위뿐만 아니라 자신의 행위의 적정성을 검토하고 판단할 때에도 "가상의 공정한 재판관"의 관점에서 볼 필요가 있다는 스미스의 주장은 소설 속의 등장인물들에게 공감을 느끼거나 그들의 행위를 판단하는 전지적 서술자나 독자의 입장을 연상하게 한다. 이렇게 공적 판단에도 중요한 영향을 미칠 수 있는 문학적 상상력은 공평성이나 보편성과 아무런 관련이 없다는 세 번째 반론이 틀렸음을 증명한다.

이 합리적 감정을 지닌 분별 있는 관찰자가 곧 누스바움이 묘사한 이상적 재판관인 '시인-재판관'이기도 하다. 이때 '시인-재판관'은 휘트먼의 시에서 묘사된 그런 "한결같은 인간"으로서의 시인이자 재판관이다.

그는 모든 사물들이나 특성에 넘치지도 부족하지도 않은 적당한 비율을 부여한다.
그는 다양성의 중재자이며, 열쇠다.
그는 자신의 시대와 영토의 형평을 맞추는 자이다.[21]

따라서 시인은 "변덕스럽고 유별난 창조물이 아니라, 자신의 시선을 공정성의 규범("자신의 시대와 영토의 형평을 맞추는 자")과 역사("부정의 길로 엇나간 세월을 확고한 믿음으로 억제하는 자")에 모두 고정함으로써 다양한 사람들의 주장을 적절하게 숙고하면서 '모든 사물들이나 특성에 넘치지도 부족하지도 않은 적당한 비율을 부여'하는 데 가장 탁월한 인물이다. 공정성과 역사는 모두 민주주의에서 언제나 어느 정도 위험에 처하게 되는데, 시인-재판관이 바로 이것의 수호자다."[22] 그는 분별 있는 관찰자가 그렇듯 개인적 감정이나 상황에 치우치지 않는 상황적 편향성으로부터의 자유와 중립성을 갖추고 있으면서도, 한편으로는 법적 판단이 "실제로 당면한 사건들에 직면하여 변화하는 환경들과 가치들을 수용할 수 있어야 한다"[23]고 믿는 사람이다. 이때 그가 추구하는 중립성이라는 것은 회의적 객관성이나 유사과학적 모델을 통해서 얻어지는 것이 아니라, "가치 평가적인 실천적 추론의 인간적 형태를 선호"[24]함으로써 획득된다. 이처럼 우리가 우리 시대의 이상적 재판관으로서 '시인-재판관' 혹은 '분별 있는 관찰자'를 꿈꾼다면, 그는 바로 법의 영역과 문학의 영역을 자유롭게 넘나들며 그 격차를 없애는 존재여야 한다.

이러한 의미에서 법은 오직 과학일 때에만 훌륭한 학문적 영역이라는 생각은 명백히 하나의 가능성을 간과한다. 즉, 법은 과학의 영역일 뿐만 아니라 인문학의 영역이라는 점, 그리고 그것이 법을 뛰어넘어 인문학 안에서 이해될 때, 실천적 추론의 특별한 탁월함을 포괄할 것이라는 점 말이다. 아리스토텔레스가 오래전에 주장하였듯이, 윤리학과 정치학에서의 추론은 과학에서 추구하는 연역 추론과는 다르고 또 응당 달라야 한다. 왜냐하면 이는 역사적 변화, 실제적인 실천의 맥락이 갖는 복잡성, 사건들의 수많은 다양성 등에 대해 보다 근본적인 방식으로 접근해야 하기 때문이다.[25]

누스바움의 논의가 여기에서 끝났다면, 상당히 이상적이고도 추상적인 결론이 아닐 수 없다. 그러나 그녀는 여기에 그치지 않고, 몇 가지 실제 사례들을 통해서 분별 있는 관찰자로서 합리적 감성과 문학적 상상력을 갖추고 이를 법적 판단에 활용한 재판관과 그렇지 못한 재판관을 구체적으로 보여준다. 사실 문학적 재판관은 실천 가능할 뿐 아니라, 여러 판사나 법률전문가들이 이미 실천에 옮기고 있던 모델이었다. 누스바움이 인용한 것처럼, 문학이 법이라는 "고층탑 밖으로 나갈 수 있게 도와주는 하나의 길"임을 솔직하게 인정한 이는 놀랍게도 재판 과정에서 경제학적 논증의 확대를 주창한 스티븐 브레이어(Stephen G. Breyer, 1938-) 판사였다.[26]

부정적 사례를 예로 들자면, 탁월한 법학자로서 엄격한 사법적 중립성을 실현하고자 한 허버트 웨슬러(Herbert Wechsler, 1909-2000) 판사는 인종분리정책에 의거한 공립교육에는 반대하면서도 이 정책의 인종차별적 의미는 부인하는 궤변에 가까운 판결을 내린다.[27] 결국 그가 추구한 사법적 중립성은 사회현실과 역사적 맥락으로부터 완전히 벗어난, 거의 암호와도 같은 추상적 규범으로 돌아서고 만다. 웨슬러 판사가 '분별 있는 관찰자'로서 사건정황에 대한 풍부하고 포괄적인 이해를 보여줄 수 있었다면, 인종분리정책이 인종차별정

책이 아니라는 모순적인 결론에 봉착하지는 않았을지도 모른다.

한편 5년 이상 직장 내 집단적 성희롱으로 고통 받은 한 여성 노동사가 회사(제너럴모터스사)의 책임을 묻기 위해 소송을 제기했을 때, 리처드 포스너(Richard A. Posner, 1939-) 판사는 "그녀가 당했던 차별이 이성적인 한 사람이 직업을 그만두게 하기에 충분히 심각한 것"이었음을 '상상'하고 회사의 태만과 방기를 입증함으로써 '합리적인 인간'의 반응에 직접 호소하는 결론을 내린다.[28] 그는 객관적이고 중립적인 재판관이자 관찰자의 입장을 견지하면서도 사회적 약자의 곤경에 공감하는 상상력과 '적절한' 감정의 표출—판결문을 통해 포스너 판사는 제너럴모터스사를 향한 분노와 경멸을 표출했다—을 조금도 꺼리지 않았고, 오히려 이를 통해서 '도덕적으로 올바른' 법적 판단을 추론해내고 있다. 누스바움은 이런 사례들을 '시적 심판'이라 명명하고,[29] 이런 사례들이 앞에서 인용한 브레이어 판사의 주장처럼 문학적 사고가 재판의 중요한 부분을 구성한다는 사실을 증명한다고 말한다.

요컨대 누스바움이 소개한 몇몇 사례들은 그녀가 추구한 문학적 재판관의 모델과 시적 정의가 충분히 실천 가능할 뿐만 아니라, 오히려 법과 현실의 격차를 좁히는 대안이 될 수 있음을 보여준다. 보편적인 법의 정신 속에 간직되어 온 고귀한 도덕적 원칙을 믿는 재판관이라면 누구나 합리적 감정에 호소하는 법적 판단을 내릴 수 있고, 어느 사회—비민주적 국가라면 더더구나—에서나 문학적 재판관의 그런 '도덕적 용기'가 필요할 것이라는 사실을 우리는 인정해야 한다.

누스바움이 『시적 정의』에서 시도한 것은 문학을 법과 현실의 괴리를 막는 실천적 대안으로 제시한 것이지, 결코 문학을 법의 도구로 삼고자 한 것은 아니다. 그러나 한편으로 누스바움의 주장은 재판관의 사법적 중립성과 독립적 지위가 기본적으로 보장되는 사법제도 내에서만 설득력을 지닌다는 점에서 지나치게 낙관적이거나 계몽주의적이라는 비난을 면할 수 없다. 유신헌법과 같은 악법 아래 공권력의 조직적 범죄가 행해지는 경우 재판관의 법적 판단이 어떤 윤리적 의미를 지닐 수 있을 것인가. 과연 악법도 법인가.[30] 다시 말해서 이런 노력이 궁극적으로는 비인도주의적이고 불합리한 제도와 법률의 개혁까지 지향하지 않는다면, 결국 문학의 정치적 도구화를 막기 어렵다.

또한 이 문제와는 별개로 제기될 수 있는 복잡한 문제들이 있는데, 그것은 바로 감정의 본질에 관한 것이다. 누스바움의 '합리적 감정' 이론은 '적절한 감정'의 명확하고 섬세한 기준이 제시되지 않았다는 점에서 혼란을 불러일으킬 수 있다. 분노나 공포와 같은 부정적 감정들도 '적절'하기만 하면 나름의 도덕적 가치를 지닌다고 했는데, 어떤 상황에서 어느 정도(의 분노 혹은 공포)가 적절하고, 어느 정도가 부적절한 것인가. 적절한 감정의 법적 기준이란 정할 수 있는 것인가.

이와 같은 질문들은 누스바움의 '합리적 감정' 이론을 넘어, 법이 법적으로 부적절하고 부정적인 다양한 감정들을 다루어야 한다는 사실을 우리에게 상기시킨다. 이를테면, 극도로 잔인한 범죄를 저지른 살인자에 대해 우리는 혐오와 분노라는, 서로 구분되면서도 긴밀히 연관된 매우 강렬한 부정적인 감정을 동시에 느낄 수 있다. 혐오와 분노 양자 모두 법적 판단에 영향을 미칠 수 있지만, 양자 중 '법적으로' 적절한 감정은 어느 것인가? 아마도 대부분 전자보다는 후자를 선택하겠지만, 그 이유를 정확히 설명하기는 어려울 뿐 아니라 전자와 후자의 경계를 구분하는 것 또한 쉬운 일이 아니다.

법과 감정의 관계에 관한 연구는 감정의 본질에 관한 연구가 활발해진 최근에야 주목받기 시작했다. 혐오와 분노의 차이에 대한 분석도 비교적 최근의 연구성과다. 혐오(disgust)는 특별히 "자극에 대한 강력한 신체적 반응을 포함한 본능적 감정"[31]이며, 오염물질 및 오염 가능성이 있는 물질이나 대상에 대한 거부의 표현이라고 분석된다. 다만 어떤 대상이 혐오스러운 것인지에 대해서는 사회적 학습에 의해 후천적으로 획득되는 것이다. 반면, 분노(outrage)는 불합리 또는 불의에 대한 고도로 '인지적인(cognitive)' 감정이며, 사회적으로 공유될 수 있는 이성적 판단을 포함한다. 따라서 본능적 감정인 혐오에 비해서 분노는 법적 판단에 더 적절하고 신뢰할 수 있는 도덕적 감정이라고 할 수 있다.[32] 누스바움은 혐오가 어떤 사회에서나 발견되며 인류의 생존을 위해 필수불가결한 감정인 것은 분명하지만, 법적·정치적 목적을 위해서는 적절한 감정이라고 할 수 없다고 단언한다. 예를 들어 여성 혐오나 유색인종, 성적 소수자, 특정 종교인에 대한 폭력이나 살인 등 오랫동안 존재해왔고 오늘날에도 심각한 사회갈등을 유발하는 '혐오범죄'는 혐오나 증오 같은 부정적인 감정이 매우 뿌리 깊고 파괴적이며 통제하기 어려운 감정임을 증명한다. 현대 민주사회에서는 이런 범죄에 도덕적으로나 법적으로 강력한 제재가 필요한 한편, 이와 같은 부정적 감정을 완화하고 해소할 수 있는 방법을 찾는 적극적인 노력이 요구된다.

이밖에 법의 영역에서 여러 다양한 감정이나 감정적 행위에 관한 질문들이 제기될 수 있다. 복수(vengeance)는 법적으로 적절한 감정인가? 복수와 유사한 감정들로 응보(retribution)나 보복(retaliation)은 복수와 어떻게 구분할 수 있고, 이 중 어떤 감정이 가장 적절한가?[33] 회한(remorse)은 특히 정상참작의 관점에서 법적 판단에 영향을 미칠 수 있는 감정인가? 한편 법은 감정에 의해 야기된 범죄행위, 이를테면 치정범죄나 증오범죄를 처벌할 때, 어떤 경우에 처벌을 가감해야 하는가?[34] 감정적 행위와 관련하여 사법제도 자체가 문제가 될 수도 있다. 소송 및 재판제도 자체—이를테면 이혼소송의 경우—가 감정적 행위를 억제하고 완화하기보다는 이를 악화시키는 경향이 있다는 것은 수많은 사례를 통해서 잘 알려진 사실이다. 소송을 통한 해결보다 중재 및 분쟁 조정 기관을 통한 화해가 대안이 될 수도 있다.[35]

그러나 이 모든 법과 이성, 감정의 복잡 미묘한 상호작용의 중심에는 언제나 '인간(的)' 재판관이 있음을 잊어서는 안 된다. 그는 법정에서 수많은 적절하거나 부적절한 감정적 행위들을 통제하거나 조정하고, 이에 대한 법적 판결을 내려야 한다. 또한 기계가 아닌 인간으로서 재판관은 자신의 감정도 다룰 줄 알아야 한다. 누스바움이 주장한 것처럼 이상적 재판관만이 합리적 감정을 통해서 도덕적으로 바람직한 법적 판단에 도달할 수 있다. 결국 합리적 감정이론은 법에 내재한 인문주의적 정신을 일깨우는 데는 성공했지만,

이를 사법적 현실에 어떻게 반영해야 하는가에 관해서는 도덕적 원칙 외에는 정교한 원리나 구체적인 기준을 제시하는 데까지는 나아가지 못했다. 포스너 판사가 지적하듯 덜 감정적인 사람이 반드시 훌륭한 재판관이 되는 것은 아니지만, 과도한 감정의 표출, 이를테면 과도한 동정심, 자비, 분노의 표출은 재판관이라면 반드시 삼가야 할 감정주의(emotionalism)임에는 틀림없다. 즉, 이성과 감성, 법과 현실 사이의 균형은 재판관 개개인의 정의를 향한 열망과 양심, 끊임없는 계몽과 절제, 자기 수양의 노력 없이는 불가능하다.

이 대목에서 '자기 수양'은 동아시아 유교문화권에서 성장한 시민이라면 어쩔 수 없이 귀에 익은 말이다. 법과 문학, 이성과 감성의 적절한 균형을 찾기 위해서는 누스바움이 고대 그리스 철학을 근거로 삼았듯이, 우리는 유교철학의 '중용(中庸)'의 미덕에 기대야 할지도 모른다. 결국 제도적 실천의 측면에서 법률전문가 개개인이 인간과 삶에 대한 인문학적 성찰의 중요성을 깨닫고 이를 '자발적으로' 수용하지 않는다면, 그리고 끊임없는 자기 계몽과 자기 수양의 노력을 게을리해버린다면, 감정이론의 실효성을 확신하기는 매우 어려운 일이다.

다행히 누스바움의 주장을 흘려듣지 않은 법학자나 법률전문가가 존재한다는 사실을 약간이나마 위로로 삼을 수 있을지 모르겠다. 이들은 "법경제학적 관점에서 볼 때 문학이 법률가를 인간적으로 만듦으로써 법을 개선할 수 있다고 말하는 것은 명백한 오류"이며 위험한 "아마추어리즘"에 불과하다는 맹렬한 비난[36]에 대하여 이렇게 반박한다. "법은 이성의 질서이기도 하지만 인간의 삶과 고통에 공감하는 정념의 질서"이기에, "평생 법의 관할권 안에서 서성이면서도 법의 실체를 알지 못하는" 이른바 "전문가 바보(Fachidiot)"[37]가 되지 않으려면 "법학에도 문학적 감수성, 상상력, 공상이 필요하다"라고.[38]

> 그러나 나는 이런 비판에 맞서고 싶다. '법과 문학'이 미국에서 정리된, 포스너가 말하는 식의 그런 범주로만 이해될 필요는 없다. (…) '문학 속의 법(law in literature)'이 되었건 '문학으로서의 법(law as literature)'이 되었건 법 연구자에게 문학은 법 '개혁'을 향한 어떤 열망을 자극하며, 법의 근본 문제들, 법 해석의 가능성과 한계를 재사유하고 점검케 하는 계기가 될 수 있다.[39]

인문학자라면 더더욱 상아탑 혹은 텍스트에 갇힌 '전문가 바보'가 되고 싶어 하지 않을 것이다. 인문학이 인간과 인간의 삶을 총체적으로 바라보는 시선을 제공하는 한, 문학이 법학도에게 '시적 정의'를 갈망하고 법적 개혁을 향한 열망을 자극하는 한, 인문학사에게 필요한 것은 적극적으로 법의 영역에 개입하고 법의 권위에 도전함으로써 그 공고한 경계를 허물 수 있는 용기이다. 결국 인문학과 법학은 동일한 기원으로부터 출발했고 동일한 지점을 향해 나아가고 있음을 상기할 때, 어느 한쪽의 일방적인 회의주의나 권위주의로 일관하기보다는 그 접점을 찾으려는 양자의 노력이 절실히 필요하다는 것을 깨달아야 할 것이다.

한 가지 아쉬운 점이라면, 누스바움을 수용하는 한국의 법학자라도 그녀의 주장이 한국 법문화의 맥락 속에서 법학과 문학의 상호작용을 구체화하기 위한 비교문화적 혹은 역사적 고찰에까지 이르지는 못했다는 것이다. 누스바움이 『시적 정의』에서 독자의 공감을 불러일으키는 '바람직한' 문학 장르로 주로 소설(novel), 특히 디킨스의 소설 같은 영미 사실주의 소설들을 언급한 것도, 우리 사회에서 그녀의 주장을 거부감 없이 전적으로 수용하기 어렵게 만드는 요인 중 하나다.[40] 물론 그녀는 책에서 휘트먼의 시와 고대 그리스 비극을 언급하기도 하지만, "현대의 공적인 삶에 대해, 그리고 구체적인 상황이 인간의 감정과 염원을 형성하는 방식에 대해 말하고자 한다면"[41] 특별히 소설 장르에 주목해야 한다고 단언한다.

디킨스 소설을 특별히 좋아하는 독자라 하더라도 이런 누스바움의 주장에 불만을 토로할 수 있다. 사회적 상황의 사실적이고도 구체적인 묘사만이 독자가 소설의 주인공 또는 등장인물과 공감대를 형성하게 만들고 사회적 관심을 불러일으키는가? 카프카의 『소송』처럼 현실을 지극히 우화적이거나 풍자적으로 묘사하는 소설은 어떤가? 공상과학소설은 이른바 '바람직한' 서사 장르가 아닌가? 우리나라 역사상 최초의 여성 대법관으로 임명되었던 김영란 판사는 누스바움의 시적 정의와 문학적 재판관을 언급하면서도, 자신이 즐겨 읽은 소설로 공상 속의 디스토피아 세계를 묘사한 조지 오웰(George Orwell, 1903-1950)의 『1984』나 어슐러 르 귄(Ursula K. Le Guin, 1929-2018)의 『어둠의 왼손 The Left hand of Darkness』 같은 공상과학소설을 꼽는다.[42] 그녀는 소설이 제공하는 섬뜩한 공상의 쾌락을 오롯이 즐기면서도, 소설이 일깨우는 공감과 사고의 유연성 같은 보편적 원칙의 중요성에 주목한다. 정작 판사인 그녀 자신은 누스바움이 주장한 비교적 엄격한 문학적 기준에 별로 구애되지 않는 것처럼 보인다. 그 공상적인 소설들이 재현한 인간의 삶에 대한 성찰이 디킨스의 소설보다 비현실적이고 심오하지 않다고 누가 단언할 수 있을까.

이러한 한계에도 불구하고 누스바움이 현대의 법과 이성, 감정의 상호작용을 분석하는 데 그치지 않고 고대 그리스 철학으로 거슬러 올라가 그 철학적 기원을 천착한 사유의 깊이는 진정으로 경탄할 만하다.[43] 앞으로 이 책에서 필자가 시도하려는 것은 누스바움의 시도를 비교문화적인 영역으로까지 확장하여 동아시아의 유교적 법문화 속에서 법과 문학의 관계를 고찰하는 것이다. 이러한 고찰을 통해서 우리는 유교적 예치(禮治) 이념에 바탕을 둔 동아시아 법문화에서 일찍이 문학은 법과 현실의 괴리를 없애고 진정한 정의를 달성하기 위해 주도적 역할을 해온 사실에 주목하게 될 것이다.

동아시아 법문화와
시적 정의

2

섭공(葉公)이 공자(孔子)에게 말했다. "우리 고을에는 매우 정직한 사람이 있습니다. 그는 아버지가 양을 훔치자 그 사실을 고발했습니다." 공자께서 말씀하셨다. "우리 마을에서 말하는 정직은 이와 다릅니다. 아버지는 자식을 위해 숨겨주고 자식은 아버지를 위해 숨겨주니 정직함이 그 가운데 있습니다."

_『논어·자로論語·子路』, 제18장[44]

동아시아 법문화라는 말은 언뜻 들으면 그럴듯하지만, 조금만 깊이 생각해보면 그 실체가 있기나 한 것인지 의심스러워진다. 동아시아를 일반적으로 한·중·일 삼국을 가리키는 것으로 이해한다면, 언뜻 생각하기에도 이 나라들을 한 법문화권으로 묶어 놓는 것이 옳은 일인지 절로 고개가 갸웃거려진다. 주지하다시피 오늘날 중국은 다른 동아시아 국가들과 현격히 다른 독자적인 사회주의 국가체제를 유지하고 있다. 역사를 돌이켜볼 때, 한국과 일본은 중국의 한자와 유교, 율령을 모두 수용했다는 점에서 포괄적인 '유교적 법문화'를 형성했다고 볼 수도 있을 것이다. 그러나 중국법을 부분적으로 수용했으면서도 독자적인 사회 발전을 이룬 일본과의 격차를 고려한다면, 유교적 법문화의 형성은 중국과 한국을 중심으로 논의할 수밖에 없다.

그러나 한편으로는 동아시아 사회 발전의 독자성을 어느 정도 인정하면서도 서구 근대법과는 이질적인 법관념이 형성되었다는 사실에 주목할 때, 서구 법문화에 대응되는 법문화로서의 동아시아 법문화, 혹은 좀 더 포괄적인 '아시아 법문화'에 관한 논의가 비로소 가능해진다. 이른바 '아시아법' 개념은 서구 근대법과는 이질적인 '고유법'에 토대를 두고 있다는 주장이 제기되기도 했다.[45]

그런데 여기에서 말하는 서구 근대법에 비견되는 아시아법은 다문화주의 혹은 문화다원주의의 시각을 반영하여 최근에야 정립되기 시작한 개념이다. 서구중심주의적 근대 법학이 객관적이고 보편적인 과학으로서의 법을 제창하고, 법적 권위 또한 객관적·연역적·추상적·몰역사적(ahistorical)이어야 한다고 주장할 때, 이 법은 온전히 서구법만을 가리킨다.

비서구법에 대한 관심과 연구는 서구 제국주의 국가들의 식민 지배의 역사로부터 기원한다. 용이한 식민 지배를 위해 비서구 사회의 법과 관습을 연구하기 시작했고, 이때부터 비서구법은 보편적이고 문명화된 '세계법(global law)'인 서구법의 타자로서, 원시적이거나 토속적인 특수한 '지방법(local law)'으로 여겨졌다. 따라서 비서구법 연구에 관한 한, 애초부터 다원주의적 시각에서 서구법과 대등하게 '어깨를 견주는' 비서구법이란 존재하지 않았다.

중국법을 비롯한 '동양법' 연구를 통해서 동양적 전제주의 (Oriental despotism)의 본질을 파악하고자 한 막스 베버(Max Weber, 1864-1920)는 일찍이 동아시아 사회구조를 '비법적(非法的, alegal)' 사회구조로 규정했는데, 그의 이런 주장은 서구학자들뿐만 아니라 동아시아 학자들 사이에서도 오랫동안 정설로 받아들여졌다.[46] 비법적 사회구조란 무법은 아니더라도 법률 이외의 요소―이를테면, 의례나 관습―가 지배적인 사회구조를 말한다. 베버는 이런 사회구조를 동양적 전제주의 사회의 가장 보편적 특징으로 보았다.

베버는 또한 동양법을 가리켜 '카디법(kadi justice)'이라고도 불렀다. 원래 카디법은 이슬람 제국의 술탄 통치의 근간이 되는 사법제도를 가리키지만, 베버는 강압적인 전제정치의 도구로 전락한 동양법을 통틀어 카디법이라고 불렀다. 형벌 위주의 강압적인 통치가 만연했던 전근대 아시아 사회에서 이성적이고 합리적이며 보편적인 법치(rule of law)는 불가능했기에 진정한 의미의 법 또한 존재하지 않았다는 것이 그의 주장이다. 베버의 이런 주장은 서구중심주의 혹은 오리엔탈리즘의 전형으로 비판받아 마땅하지만, 그의 '카디법'을 법률 오리엔탈리즘(legal Orientalism)으로 규정하고 이를 극복하려는 움직임은 최근에야 비로소 눈에 띄게 활발해졌을 뿐이다.[47]

서구중심주의적 시각을 벗어나 다원주의적 시각에서 법을 바라볼 때 비로소 법 또한 문화적 산물임을 인정하게 된다. 여기에 '법문화'라는 새로운 개념이 요구된다. 법이 단순히 법전의 조항들만을 가리키는 것이 아니라, 법의 운용 등 좀 더 폭넓은 사회문화적 맥락을 포괄하는 것이라면, 다시 말해서 앞에서 인용한 한 법학자의 주장처럼 사람들 사이의 상호작용을 반영한 것이 곧 법이라면, 법문화는 유효한 개념임에 틀림없다. 따라서 법문화를 다시 정의하자면, "법률 그 자체와 그것이 시행된 방식뿐만 아니라 법의 본질과 사법체계에 관하여 역사적으로 정의된, 오랜 근원을 가진 사고방식과 태도들"[48]이다.

　법문화적 관점에서 볼 때 동아시아의 법률이 서구법과 완전히 별개의 의미를 갖고 있었다는 사실은 여러 학자들이 지적한 바이다. 유럽에서는 법이라는 개념—즉, 라틴어의 'ius', 프랑스어의 'droit', 독일어의 'recht'—이 권리와 동의어로 쓰였다. 서로 자신의 권리를 주장하는 당사자들끼리 공개적으로 논쟁을 벌이고 이를 중재할 제삼자와 원칙이 필요하다 보니 재판관과 법원, 법률이 만들어졌다는 것이다. 유럽에서 민법의 전통은 법의 기원으로서 매우 자연스럽게 받아들여졌으며, 강력한 권리의식에 기초한 자연법사상이 발달할 수 있었다.

　그런데 동아시아 법률의 기원이라고 할 수 있는 고대 중국의 법률은 권리의식에 바탕을 두었다기보다는 오히려 권리의식의 통제와 연관성이 있었다. '법률'에서 법은 대개 법전 또는 일반법을 가리킨 반면, 율은 법령이나 조례를 가리킬 때 자주 사용되었다. 고대 중국의 법률의 기원을 살펴보면, 법은 곧 형(刑)을 의미했음을 알 수 있다. 형은 형벌을 의미하는데, 초기 법조문에서 가장 빈번하게 사용된 말이었으며, 후에 형법 전체를 가리키는 것으로 확장되었다.

　엄격한 법—즉, 형벌—적용을 통해서 백성을 통제한다는 생각은 공자를 비롯한 초기 유가(儒家)사상과는 거리가 먼 것이었다. 법가(法家)적 법치에 대한 유가의 우려는 앞에 인용한 초(楚)나라 섭공과 공자의 유명한 일화에도 잘 드러난다. 여기에서 말하는 법치란 서구의 법치, 즉 'rule of law'를 가리키는 것이 아니라, 바로 유교적 예치에 반대되는 의미로서의 법치―즉, 'rule by law'―를 가리킨다는 사실에 주의해야 한다. 이 일화에서 공자는 아버지를 고발한 아들을 정직하다고 칭찬한 섭공을 은근히 나무라고 있는데, 부모가 자식을 숨겨주고 자식이 부모를 숨겨주는 행위는 법으로도 거스를 수 없는 인지상정의 발로(發露)이기 때문이다. 법이 보편적 인정(人情)의 범위를 넘어서 자연스러운 인간관계조차 억압하고 왜곡한다면, 그것이 바로 공자가 가장 우려한 법치의 폐단이었을 터이다. 공자의 관점에서 법은 임시방편적인 말단의 통치 도구이거나, 기껏해야 필요악에 지나지 않았다. "법과 형벌로 백성을 다스리면 이를 피하려고만 할 뿐 부끄러움을 모르나, 덕과 예로 다스리면 부끄러움을 알고 잘못을 바로잡는다"[49]라고 공자가 단언한 까닭이다.

공자의 법치에 대한 혐오는 물론 후대 유가 사상가들에게 면면히 계승되었지만, 그들의 실질적 목표는 법의 철폐가 아니라 법의 도덕적 보완에 있었다. 유교이념을 표방한 한(漢, 기원전 206-220)나라 이후로 사법세도가 지향한 바는 덕과 예로 다스리고자 한 공자의 이상으로 회귀하는 것, 한마디로 말하면 '예주법종(禮主法從)' 또는 '덕주형보(德主刑補)'에 있었다. 한 고조(高祖, 재위 기원전 202-기원전 195)의 '약법삼장(約法三章)'에도 남아 있는 법치의 보편원칙은 바로 "살인자사(殺人者死)", 즉 사람을 죽인 자는 죽인다는 것이었다.[50] 한대 이후의 국법(國法)은 이 단순하고도 공평무사한 원칙에 차별적인 인간관계를 규정한 예의 규범들을 지속적으로 반영하고 보완하는 방향으로 나아갔다. 이 과정을 가리켜 이른바 '법률의 유교화(Confucianization of law)'라고도 한다.[51]

이렇듯 표면적으로는 예치를 주장하는 유가와 법치를 주장하는 법가가 극단적으로 대립한 것처럼 보인다. 그러나 실제로 법가가 추구한 바는 혹형(酷刑)을 통한 공포정치가 아니라 보편적인 법의 지배를 통한 사회통제였다. 사실 법이 사람에게서 시작되며 인정의 범위를 넘지 않는다는 생각은 이미 법가사상에도 내재한 관념이었다.[52] 심지어 신분의 차등 없는, 그야말로 공평무사한 법치―가차 없는 형벌 적용―로 유명한 상앙(商鞅, 기원전 390?-기원전 338)도 "민정(民情)을 헤아리지 않고 법을 세우면 제대로 다스려지지 않는다"[53] 라고 했다.

법의 기원이자 토대로서 자주 언급된 '인정', '인심', '민정', '민심'은 개인적 감정이라기보다는 한 사회집단이 공유한 보편적 정서라고 할 수 있다. 오늘날 정치에서도 민정 또는 민심이라는 말이 일상적으로 사용된다. 이때의 민정 또는 민심은 '정의를 갈망하는 시민의 보편적 정서'로 설명할 수 있을 것이다. 전통적으로 이 인정이라는 것은 대개 천리(天理) 또는 천도(天道)의 체현으로 여겨졌고,[54] 결국 인정에 바탕을 둔 법 또한 천리를 벗어날 수 없게 된다.

한편 "법천(法天)"이라는 말이 있다.[55] 하늘의 이치, 곧 천리를 법으로 삼는다는 뜻이다. 성리학(性理學)의 창시자인 주자(朱子/朱熹, 1130-1200)도 "법이라는 것은 천하의 이치"[56]라고 했다. 이처럼 법이 인정과 천리를 따른다는 관념은 법가와 유가 모두 오랫동안 공유해왔고, 이런 관념 아래 자연스럽게 천리·인정·국법 또는 정(情)·리(理)·법의 삼위일체가 성립되었다. 법치의 토대로서 인정과 천리를 중시한 법관념은 유교적 법문화가 확립되기도 전에 출현했으니, 그

유구한 기원을 짐작할 만하다. 이로부터 법과 감정을 대립관계로 이해한 서구 법문화와 달리 동아시아에서는 양자의 관계가 자연스럽고 긍정적인 것으로 인식되었을 가능성을 가늠해볼 수 있다.

사실 정·리·법의 조화원칙은 보편이념일 뿐 명확한 법적 판단기준이 제시되거나 강제성을 띤 법규범으로 성문화된 적은 없었다. 실제 재판에서도 인정과 천리 또는 '정리(情理)'라는 말이 빈번하게 쓰였지만, 법을 무시하거나 자의적인 법 해석이 가능하다는 의미는 결코 아니었다. 그 의미가 불분명하고 포괄적이어도 법관은 이 정리에 기대어 '실용적 도덕주의(practical moralism)'를 추구하는 경향이 있었으며, 이때의 정리는 형식주의적인 법과 구체적인 사회현실의 괴리를 극복하기 위한 일종의 실천원리로 작용한 것으로 보인다. 일본의 중국법사학자 시가 슈조(滋賀秀三)가 '민사적 법원(民事的 法源)'으로서의 정리의 역할을 고찰한 까닭이 여기에 있다.[57]

그런데 문제는 법원으로서의 정리는 법조문과 달리 한마디로 정의하기 어렵다는 것이다. 개별 사건의 구체적 징황에 따라 그 의미는 사뭇 다를 수 있다. 리가 대체로 보편타당한 도리를 가리킨다면, 정은 감정이라는 뜻 외에도 '실정(實情)', '정황', '사정'과 같이 구체적인 사실관계를 의미하기도 한다. 시가 슈조에 따르면, "국법은 성문(成文)에 근거한 실정적(實定的)인 판단기준인데 반하여, 정리는 성문·선례·관습 등 어떤 것에도 실증적 기초를 두지 않고 대체로 실정성을 갖지 않은 판단기준으로 중국인의 '양식(良識)'을 형성한 어떤 것"[58]이다. 여기에서 주목할 점은 정리는 애덤 스미스의 '도덕감정'처럼 도덕적 가치판단의 기준으로서 감정을 포괄하는 개념이라는 것이다. 따라서 "입 밖에 내어 말하지 않더라도 정리는 항상 재판관의 마음을 움직인다. (…) 국가의 법률은 정리의 대해(大海) 여기저기에 떠 있는 빙산에 비유할 만하다."[59]

한편 정을 인정이라고 할 때, 지금까지 우리는 주로 보편적인 도덕적 정서로서의 인정만을 언급해왔다. 그런데 '정리'와 구분되는 좁은 의미의 인정은 사적인 인간관계에서 느끼는 개인적 감정을 가리키기도 한다. 협의의 인정과 구분되는 의미의 정리는 "공개석상에서 내놓고 말할 수 있는 일상적인 도리"로서 오늘날 흔히 말하는 '법감정'과 유사한 개념이라고 할 수 있다. 그것은 또한 앞에서 말한 '도덕감정'이나 누스바움의 '합리적 감정'처럼 정의와 공정의 가치를 추구하는 '도덕적 공감'과 유사한 보편적 정서이다.

반면 협의의 인정은 "공개석상에서 내놓고 말할 수 없는 사정(私情)"[60]을 가리키는데, 인정에 지나치게 얽매이면 공적 합리성을 훼손하고 결과적으로 정리와 대립하거나 충돌할 수 있다. 따라서 중요한 것은 협의의 인정과 정리의 경계를 어떻게 구분하느냐, 공정성을 해치지 않는 인정의 범위를 어디까지로 규정하느냐일 것이다. 이 문제는 앞에서 누스바움의 논의를 통해서 훑어본 것처럼 현대 법문화에서도 다양하고 복잡한 법적 논란거리를 제공하지만, 유교적 법문화에서도 간단히 해결될 수 있는 성질의 것은 결코 아니었다. 이를테면, 섭공과 공자의 일화에서 보듯 부모와 자식 간에 서로 숨겨주는 것은 법으로도 금지할 수 없는 '정리'라면, 이 범위를 넘어서는 친밀한 인간관계―예를 들면, 친척, 친구, 이웃 등―의 경우는 정리가 아닌 인정―사적인 인간관계―인가?

'굴법돈속(屈法敦俗)'이라는 말이 있다. 법을 굽혀 풍속을 돈독히 한다는 뜻이다. 명 태조(明太祖) 주원장(朱元璋, 재위 1368-1398)은 평소 엄형주의로 유명했지만, 늙은 아버지 대신 벌을 받고자 하는 효자의 경우에는 법을 굽혀[屈法] 사면했다고 한다.[61] 조선(朝鮮, 1392-1911) 시대 정조(正祖, 재위 1776-1800) 대왕도 구타당하는 아버지를 구하려다 우발적인 살인을 저지른 백성 신복금(申福金)을 형장(刑杖)을 친 후 방면하라고 판결하는데, 감형의 이유가 명백히 '굴법돈속'의 취지에 있음을 밝힌다.[62] 법을 굽힌다는 표현이 어쩐지 절대권력에 종속된 통치 도구로서의 법을 연상시키지만, 당당하게 이런 표현을 사용할 정도로 파격적인 사례는 사실 유교적 법문화 아래에서도 드물었다.

그러나 유교적 전제국가에서는 이른바 '굴법'을 가능하게 하는 예외적인 특권으로서 왕권(또는 황권)이 존재한 것도 부인할 수 없는 사실이다. 그렇다면 그것은 베버가 말한, 주관적이고 비이성적인 '비법적' 판단기준에 좌우되는 카디법과 무엇이 다른가? 이에 대하여 일찍이 정조의 『심리록(審理錄)』[63]을 분식한 윌리엄 쇼(William Shaw)는 정조가 겉보기와 달리 적법성의 원칙을 공공연히 무시하고 윤리만 앞세운 것은 아니라고 주장한다.[64]

> 법과 도덕적 원칙을 개별적이거나 대립적인 실체가 아닌, 상호 연결된 하나의 통합체로 보는 것은 한국 법사상에서 보편적으로 나타나는 경향이다. 그러나 적어도 『심리록』에서는 법률의 예측 가능성(predictability)이 독단적이고 주관적인 도덕원리에 희생되는 사례를 거의 찾아보기 어렵다.[65]

조선 시대를 통틀어 가장 체계적인 법학서인 다산 정약용(茶山 丁若鏞, 1762-1836)의 『흠흠신서欽欽新書』에서는 이런 경향이 더 엄격하게 나타난다. 다산이 '정리지서(情理之恕)'라는 제목 아래 분류한 사례, 즉 정리로 용서할 수 있는 사례는 앞의 신복금 사건을 비롯하여 8건에 불과하다.[66] 이 사례들을 분석할 때, 다산은 국왕(정조)의 인정(仁政)을 무조건 찬양하기보다는 오히려 신중하고 엄격한 법적 추론(legal reasoning)의 중요성을 강조한다. 무분별한 정리의 확대와 '굴법'이 초래할 공정성의 훼손을 우려한 까닭이다.

"형사사건을 판결하는 기본 정신은 '흠휼(欽恤)'에 있다."[67] 『흠흠신서』 제1부 「경사요의經史要義」를 여는 맨 처음 문장이다. '흠휼'은 사건을 신중하게 심리하고 사람을 가엾게 여기라는 뜻이다. 다산도 법과 감정, 또는 정·리·법의 균형 추구를 기본원칙으로 삼는 데는 이론의 여지가 없었다. 그러나 뒤이어 다산은 다음과 같은 주자의 통렬한 비판을 인용한다.

> 지금의 법관은 형사사건을 신중하게 심리해야 한다는 말〔欽恤〕에 현혹되어 있다. 그래서 사람의 죄를 너그럽게 용서해주어야 한다고 생각하여 법규에 벗어난 판결을 내린다. (…) 이것이야말로 법 조문을 농락하여 법을 무시하고 뇌물을 받는 짓일 뿐이니, 형사 사건을 신중하게 심리하는 취지가 어디에 있겠는가![68]

주자마저도 흠휼의 원칙이라든가 관형주의가 지나친 감정주의로 변질되어 법질서를 어지럽히는 결과를 낳게 되는 것을 크게 우려했던 것이다. 무분별한 관용보다는 도덕적 분별력과 '합리적 감정'이 요청되었다는 점에서 유교적 법문화에서의 이상적인 재판관은 애덤 스미스의 '분별 있는 관찰자'나 누스바움의 '시인-재판관'을 연상시킨다. 법관이기에 앞서 유교적 교양인이었던 재판관은 아마도 자연스럽게 공자가 말한 '인자(仁者)', 즉 어진 사람을 이상적 재판관으로 내면화했을지도 모른다. 공자에 따르면, "오직 어진 이만이 사람을 좋아하고 미워할 수 있다."[69] 그런데 이 '어진 이'는 무조건 관용을 베푸는 사람이 아니라, 사심(私心)이 없는 사람이다. 사심이 없는 사람만이 도덕적 분별력을 발휘하고 공정한 판결을 내릴 수 있다.[70] 여기에서 우리는 공자의 '어진 이'와 스미스의 '분별 있는 관찰자'가 지닌 공통점을 발견하게 된다.

그러면 정리와 법의 균형점을 찾는 구체적 방법은 있는가? 어떻게 하면 공자의 '어진 이'나 스미스의 '분별 있는 관찰자'의 이상에 도달할 수 있는가? 놀랍게도 별개의 두 법문화에서 제시한 해결책 또한 매우 유사한 보편성을 지닌다. 후자가 합리적 감성과 문학적 상상력을 갖추고 법의 영역과 문학의 영역을 자유롭게 넘나들있다면, 전자 또한 풍부한 유교적 소양을 갖추고 이를 법적 판단에 구체적으로 활용할 수 있는 통합적 사고의 소유자다. 다산이 『흠흠신서』 제1부에 법전의 요지나 실용적인 형정(刑政) 지침이 아닌, '경전과 역사서의 중요한 뜻[經史要義]'을 간추려 실은 것은 바로 이 때문이다. 이 경전과 역사서는 단순히 인문학적 지식과 사유 방법을 전달할 뿐 아니라, 중요한 법원(法源)으로서의 가치를 지닌다. 다산은 참고자료로서 소설이나 시문(詩文) 등 장르를 가리지 않았는데, 특히 소설은 '법 이야기(legal storytelling)'를 통해서 윤리적 교훈뿐만 아니라 논리적 글쓰기로부터 소송절차에 이르기까지 다양한 통합적 지식을 전달하는 중요한 자료였다.

결국 법과 문학의 긴밀한 상호작용이 정·리·법의 균형을 찾고, 더 나아가 실질적인 사회정의를 실현하는 데 관건이라는 생각은 유교적 재판관들에게는 전혀 낯설지 않은 생각이었다. 시가 슈조가 이 유교적 재판관들이 남긴 수많은 법서를 '정리의 책〔情理之書〕'으로 일컬은 것도 바로 이 때문이다.[71] 요컨대 전근대 동아시아 사회는 불평등한 신분질서와 전제적 지배체제에도 불구하고 정의와 공정성의 가치를 중시했으며, 이것이 바로 수많은 법 이야기와 '정의의 서사(narrative)'가 축적되고 수용된 이유이다. 이 다양한 정의의 서사들이 현재 우리가 '법감정'이라고 부르는 것의 문화적 기원 또는 일종의 자원이 되고 있다는 사실을, 나는 앞으로의 논의를 통해서 좀 더 상세하게 밝힐 것이다.

제 2 장

유교와 정의

동아시아에서 강력한 통치 수단으로서의 법 또는 법치 개념은 온전히 법가사상에 그 기원을 두고 있는 것처럼 보이지만, 사실 법률의 기원은 그보다 훨씬 더 오래되었다. 그럼에도 법이 필요악에 불과하다는 부정적 관념 또한 법의 기원만큼이나 오래되었다. 동아시아에서 법은 곧 형벌을 의미했기 때문이다. 이를 법가가 통치 수단으로서 강화하고 체계화함으로써 천하통일의 기틀을 마련했지만, 법가가 추구했던 강압적인 법치에 대한 반대와 저항은 오히려 더 심해졌다. 진(秦, 기원전 900-기원전 206) 나라가 무너진 후 천하를 통일한 한 나라가 유교를 국시(國是)로 천명한 이유였다. 그 후로 법의 도덕적 보완은 필연적이자 끊임없는 과정이었다. 유교를 국가이념으로 내세운 중국과 한국 등 전근대 동아시아 국가에서 국왕을 비롯한 지배층의 그 누구도 법치를 내세우지 않았지만, 그렇다고 해서 그들이 법의 중요성을 몰각하거나 부정한 것은 아니었다. 오히려 '성왕(聖王)'의 모범을 따르는 군주일수록 유교이념을 반영한 법전의 정비에 힘썼다.

이른바 '법률의 유교화'나 '정·리·법의 조화' 현상은 법조문의

공자

亥州府曲阜縣人

개정이나 법전 편찬처럼 단기간에 집중적으로 이루어진 현상이 아니라, 장기간에 걸쳐 시대적 변화에 따른 다양한 사회적 요청을 수용한 결과였다. 따라서 한층 복잡하고 다층적인 상호작용을 반영한 현상이었음을 이해해야 한다. 전근대 동아시아에서는 근대 서구의 법과 대학처럼 체계적인 학문 연구와 전문교육을 담당한 기관도 없었고, 현대 변호사처럼 법률이나 소송 문제를 조언해줄 전문가도 공식적으로는 존재하지 않았지만, 어쩌면 이런 이유로 '법서'로 분류된 책들이 수없이 쏟아져 나왔다. 어떤 책들은 '정리의 책'이라 불릴 만큼 법과 도덕의 중간 지점을 고민하기도 하고, 어떤 책들은 구체적 사례들 속에서 실용적 대안을 찾기도 했다. 이 책들은 바로 유교적 법문화에서 궁극적으로 추구한 정의란 무엇인가란 물음에 다양한 해답을 제공한다. 통치 시스템에서 유교윤리가 명백한 우위를 차지한 듯 보이지만, 실제로는 법과 윤리, 법치와 예치의 모순과 충돌은 끊임없이 발생했고 그 균형점 찾기는 여간 까다로운 작업이 아니었다. 이 모순을 좀 더 원만하게 해결하는 방안으로서 법과 문학의 상호작용은 오히려 우리 시대보다 훨씬 더 활발했었다고 할 수 있다. 이 장에서는 앞으로 구체적으로 논의할 동아시아의 법과 문학의 상호작용과 관련하여 그 역사적 배경과 맥락에 초점을 맞추어 살펴보고자 한다.

법률의
기원

1

중국 법률의 기원이 동아시아에서 가장 오래되었고, 한국을 비롯한 동아시아 국가들에 법률의 토대를 제공한 것 또한 의심의 여지가 없다. '法'의 옛 글자는 '灋'인데, 신화에 나오는 해치(獬豸)라는 외뿔 양[廌]이 죄지은 사람을 없앤다[去]는 뜻이다. 이 동물은 요(堯)임금 때 법관이었던 고요(皐陶)를 보좌한 조수로 죄지은 사람을 뿔로 받았 다고 전해진다.[1] 늦어도 기원전 6세기경 중국에 성문화된 법전이 출현한 것으로 보인다.[2] 『좌전左傳』에 따르면, 노(魯) 소공(昭公) 6년 (기원전 536년) 정(鄭)나라 재상 자산(子産)이 『형시刑書』를 산족정(三足 鼎)에 새기도록 명령했다고 한다. 고대 중국의 법률은 『형서』 이후 에도 꾸준히 성문화되어 법전으로 정착되는 과정을 거쳤다. 기원전 400년경 위(魏)나라 재상 이회(李悝, 기원전 455-기원전 395)가 『법경法經』 을 공포한 것으로 알려져 있으며, 진나라를 거쳐 한나라에 이르러서 는 본격적인 법전이 출현하기 시작했다. 한대에는 기원전 200년경 에 법률이 성문화되기 시작하여 기원전 128년경 『구장률九章律』로 알려진 『한률漢律』이 정착되었고, 그 후 위진남북조(魏晋南北朝, 220- 580) 시대에도 꾸준히 법률이 기록되었다. 그러나 일부 법률조항들

경복궁 앞 해치(해태)

이 정사(正史)에 포함된 「형법지刑法志」에 남아 있을 뿐, 현재 온전히 전하는 성문법 중에서 가장 오래된 것은 당(唐, 618-907)나라 때 약 653년에 처음 기록되기 시작한 『당률소의唐律疏議』이다. 송대(宋代, 960-1279) 법전인 『형통刑通』(963), 명대(明代, 1368-1644) 법전인 『대명률大明律』(1397)과 청대(淸代, 1636-1912) 법전인 『대청율례大淸律例』(1740)는 모두 당나라 법전인 『당률소의』에 바탕을 두었다.[3]

고대 중국 법률의 핵심 개념이 형(벌)이었다는 것은 이미 앞에서 설명했다. 고대 중국에서 형은 대개 신체 일부를 훼손하는 형벌, 즉 '육형(肉刑)'을 의미했지만, 후에 그 의미는 형법 전반을 가리키는 것으로 확대되었다. 고대 중국에서 기원한 고전적 의미의 법이 메이지(明治) 유신 이후 받아들인 서구법 개념에 대칭되는 의미로서의 법과 완전히 별개였다는 사실은 여러 학자들이 지적한 바인데, 예를 들면 시가 슈조도 이를 명백히 구분한 바 있다.[4] 법이 권리와 동의어였던 유럽과 달리 중국에서는 권리 개념이 발달하지 않은 대신, 법과 형(벌)은 동의어나 다름없었다. 따라서 고대 중국의 법률은 전제군주의 통치 도구로서의 역할에만 충실했을 뿐, 유럽의 법률처럼 자연법사상이 발달할 정도의 철학적 깊이를 지니지는 못했다.

중국 법률에서 형법 또는 형률의 강조는 이미 정사의 일부였던 「형법지」의 존재에서도 잘 나타난다. 법률의 궁극적 목표는 백성의 인권이나 재산권의 보호에 있다기보다는 형벌을 통한 사회통제와 질서 유지에 있었다. 다만 형률을 중시했다고 해서 근대적 의미의 민법이나 민사소송이 전혀 존재하지 않았거나 완전히 금지된 것은 아니었다. 명청 시대 중국에 이르러서는 다양한 형태의 민사소송으로 사법제도가 과부하 상태에 이를 만큼 소송이 많았다. 근대 이전의 중국에서는 형법과 민법, 형사재판과 민사재판 사이의 제도적 구분이 명확하지 않았을 뿐이다. 따라서 우리 시대와 달리 민사재판을 포함한 모든 재판에서 소송인을 처벌할 가능성은 언제나 존재했다.[5] 소송이 곧 형벌을 의미한다면, 어떤 형태의 소송이든 평범한 일반 백성들에게는 소송 자체가 큰 부담이었을 것으로 추측해볼 수 있다.

그러나 이 책 제1장에서 설명한 것처럼 엄격한 법의 제재를 통해서 백성을 통제한다는 생각은 초기 유가사상과는 거리가 먼 것이었다. 공자를 비롯한 유가 사상가들은 애초부터 독단적인 법의 지배에 대한 명백한 혐오감을 표현했다. 훌륭한 정부는 법이 아니라, 인(仁) 또는 예와 같은 도덕원리로 나라를 다스려야 한다고 믿었기 때문이다. 강력하고 안정적인 정부를 위해서는 공평하고 예외 없는 법의 시행이 선결 요건이라는 생각은 대체로 법가에서 비롯되었지만, 다른 한편으로는 이상적 도덕주의를 표방한 유가 또한 법이 필요악이 될 수밖에 없는 현실을 인정해야 했다. 사법제도가 정착하는 과정에서 적어도 진나라의 관료들은 법가사상을 채택했지만, 유가와 법가의 팽팽한 긴장관계 — 또는 공존관계 — 는 중국 법률의 진화 과정 전반에 걸쳐 지속된 현상이다. 이런 관점에서 볼 때, 중국 법률의 역사는 아마도 상반된 이해관계 또는 목적 — 즉, 도덕성에의 호소를 통한 사회적 조화의 성취와 강력한 정부 아래 정치적·사회적 안정의 도모 — 사이에서 균형을 맞추려는 끊임없는 노력의 과정으로 묘사할 수 있을 것이다.[6]

법가사상의 영향만을 고려한다면, 중국 법률의 특성은 전체주의 또는 획일적 평등주의로 요약할 수 있다. 상앙으로부터 한비자(韓非子, ?-기원전 233)에 이르기까지 법가는 사회질서를 유지하려면 개인의 신분이나 상황에 좌우되지 않는 보편적이고 절대적인 법적 기준을 적용해야만 한다고 주장했

한비자

다. 따라서 법가사상의 테두리 안에서는 도덕적인 사람들과 그렇지 않은 사람들 사이에 어떤 차별도 존재하지 않았다. 유가와 달리 법가는 도덕적 영향력만으로는 사회질서를 유지할 수 없다고 믿었기 때문이다. 그들에게 무엇보다 중요한 것은 공정하고도 일관성 있는 법규의 시행과 준수였다. 법가가 법률을 시행할 때 실제로는 경범죄도 과중하게 처벌했다는 이유로 자주 비난받았지만, 처음부터 가혹한 처벌의 '공포 효과'를 노렸던 것은 아니었다. 오히려 법가의 진정한 관심사는 공포의 확산이 아니라, 정확한 '계산법'에 의한 냉철하고 보편적인 형벌 적용이었다고 보는 것이 옳을 것이다. 원칙적으로 형벌의 경중은 반드시 그 범죄의 경중과 맞아떨어져야 한다는 것이 그들의 생각이었다.

이처럼 중국 법률의 기원에서 형벌이 차지하는 우선적 위치만을 고려한다면, 법가사상이 중국 및 동아시아 법률의 성립과 발전에 지배적 영향력을 행사했다고 보는 것이 마땅하다. 그렇지만 취통쭈 (Ch'ü T'ung-tsu, 瞿同祖)의 주장대로 유교적 예의 규정들이 법전에 편입된 것은 사실이다. 앞에서도 언급했지만, 취통쭈는 이런 현상을 두고 '법률의 유교화'라고 정의했다.[7]

법률의 유교화 현상은 상대주의적인 유교적 예의 원리가 보편주의적 법률에 적용된 것을 의미한다. 예와 법은 완전히 상반되는 통치 패러다임이라고 할 수 있다. 즉, 법가가 주장한 법이 획일적이고도 절대적인 통치 패러다임이라면, 유가가 주장한 예는 (보편주의와 대립적인) 특수주의와, 차이―또는 '차별'―의 원리에 따른 상대주의적인 통치 패러다임이다. 유교적 세계관의 중심은 인간 사회에 본래부터 내재하는 사회적 차별성에 있다. 사회적 조화와 화합을 유지하기 위해서는 가족제도 내에서의 위계질서, 나이, 성별, 신분, 직업 등에 근거한 차별적 위계질서, 더 나아가 국가의 지배계급과 피지배계급의 상하 구분은 결코 침범할 수 없는 것이다. 이 때문에 사회적 차별성은 차별화된 행동규범, 즉 예에 의해 규범화되어야 한다.

한편 시가 슈조는 유교적 예를 유럽의 자연법사상과 비교하면서 예가 법이 결여한 문화적 전통을 보충하는 역할을 했다고 보았다. 다만 예에는 자연법과 달리 권리의 개념 대신 '명분'―달리 말하면, 도덕적 책임과 의무―의 개념이 있으며, 이 명분에 따라 오륜(五倫)에 기반한 상대적인 인간관계를 규정한다.[8] 취통쭈도 예는 "결코 절대적 규준이 될 수 없고 각 개인의 사회적 지위에 따라 상대적"이라고 설명한다.[9] 이처럼 유교적 상대주의 영향 아래 고대 중국의 법률은 법가적 보편주의를 포기하거나, 아니면 적어도 상당 부분 수정하는 길을 택했다. 대신 오륜 및 신분에 따른 차별 원칙이 법규에 반영되었는데, 예를 들어 가해자와 피해자 간의 인간관계에 따라 형량을 차별적으로 부과하는 원칙이 바로 그것이다. 이 원칙에 따르면 아들을 때린 아버지는 어떤 처벌도 받지 않지만, 반대로 아버지를 때린 아들은 처형당할 수 있다. 일찍이 공자가 원했던 것처럼 아버지의 죄를 숨겨주는 아들은 면죄될 뿐만 아니라 효자로 칭송받을 수 있게 된 것이다. 법가적 법률규정에는 영향을 미치지 않았던 도덕률이 중요한 관건이 된 것이다.

유교적 상대주의와 사회적 위계질서에 대한 강조는 우리가 흔히 생각하듯 근대적 사법제도와 완전히 상반된 개념은 아니다. 이 유교적 영향은 전제주의적 사법제도에서 도덕주의 또는 인도주의를 극내화하는 역할을 한 것으로도 해석할 수 있다. 법정에서의 고문(拷問) 허용[10]은 분명 근대 이전의 법률을 '비인간화'시키는 규정임은 틀림없지만, 고문 사용의 정당화를 목적으로 한 규정이라기보다는 고문의 폐단을 최소화하기 위한 규정으로 이해해야 한다. 게다가 유교적 인도주의 경향은 '관형(寬刑)'이라 하여 재판관의 관용을 공공연히 요구하곤 했다. 중범죄자에 대한 자동적 재심(再審)제도, 남형(濫刑)을 막고 사형수를 구제하는 장치로 기능한 추심(秋審)제도,[11] 연장자와 유아·청소년 및 여성에 대한 감형 및 고문 금지, 노부모의 유일한 부양가족인 범죄자에 대한 감형 조치 등, 다양한

「손가락 고문」, 조지 메이슨(G. H. Mason) 편,
『중국인의 형벌 *The punishments of China*』(1801) 중에서

제도적 장치를 통해서 유교적 인도주의의 영향을 확인할 수 있다. 이런 점을 고려할 때, "근대 이전의 중국 법률이 어떤 점에서는 동시대 유럽의 법률보다 더 인간적이며 분별력이 있었다"는[12] 주장은 꽤 설득력을 지닌다.

그러나 전통적인 재판관이 법정에서 인도주의적 재량권이나 해석적 권한을 행사하는 일은 매우 드물었던 것 같다. 모든 판결은 반드시 관련 법령 및 조항에 근거해야만 하는 것이 절대적 요구사항이었다. 게다가 형벌의 경중이 범죄의 경중과 반드시 부합해야 한다는 원칙에 부응하여 중국 법률은 범죄 유형과 정황에 따라 엄밀하게 세분화하는 경향을 보이게 된다. 판관의 해석적 권한과 재량권을 제한하는 제도적 장치는 사회가 복잡해지고 범죄 양상 또한 다양화함에 따라 법률규정도 계속 확대되는 결과를 초래한다.[13] 따라서 청대 『형안회람刑案匯覽』을 부분적으로 번역한 더크 보드(Derk Bodde)와 클라렌스 모리스(Clarence Morris)의 표현을 빌리자면, 명청 시대 사법제도는 "도덕성을 정확한 수치로 계량화하는 복잡한 장치"이거나, 아니면 "어떤 범죄행위도 가장 사소한 것에서부터 가장 중대한 것에 이르기까지 절대적 정확성을 가지고 처벌하는 일종의 누진적 연속체의 구성"으로 정의할 수 있을 정도에 이른다.[14] 이는 처벌 대상이 되는 범죄 유형의 총합이 1585년 『대명률』에는 약 300종이던 것이 1740년 『대청율례』에는 약 4,000종으로 증가한 사실에서도 확인할 수 있다.[15] 따라서 그들은 중국의 사법제도를 "가장 가벼운 회초리 태(笞) 열 대의 태형(笞刑)으로부터 능지처사(凌遲處死)의 사형에 이르기까지 단계적으로 올라가는 일종의 형벌 사다리

[Chinese penal ladder]"에 비유하기도 했다.[16] 시가 슈조는 이를 '절대적 법정형주의(法定刑主義)'라고도 표현했다.[17]

형벌의 유형으로 말하자면, 고대 중국의 형벌에는 대개 문신을 새기는 묵형(墨刑), 코와 귀를 자르는 의형(劓刑)/이형(刵刑), 팔꿈치 또는 발뒤꿈치를 자르는 비형(剕刑)/월형(刖刑), 생식기를 자르는 궁형(宮刑), 대벽(大辟) 등 오형(五刑)이 있었다고 한다. 고대의 오형은 주로 신체 일부를 훼손하는 형벌인 육형이었다. 가장 악명 높은 육형은 사형(死刑)—즉, 대벽—대신 행해지던 궁형이었으며, 『사기(史記)』를 저술한 사마천(司馬遷, 기원전 145?-기원전 86?)이 이 형벌을 받은 것으로 유명하다.

후대에 와서 오형의 내용은 크게 변했으나, 형벌을 다섯 가지 유형으로 구분하는 형식은 유효했다. 청대의 『대청율례』에 이르기까지 여전히 형벌은 크게 오형으로 구분되었다. 가장 가벼운 형벌인 태형에서부터 장형(杖刑), 강제노역과 체벌—즉, 장형—을 결합한 형태로 기간에 차별을 두어 시행된 도형(徒刑), 무기한 추방령에 해당하며 거리에 차이를 두어 구분한 유형(流刑)과 사형이 있었다. 각각의 형벌은 그 범죄의 경중에 따라 다시 몇 등급으로 세분되었는데, 『대명률』에서는 총 20등급으로 구분되었다. 이처럼 오형을 총 20등급으로 구분한 기본적 등급체계는 『대청율례』도 마찬가지였다.

이를테면 태형과 장형은 때리는 횟수에 따라 각각 5등급의 차이를 두었으며, 사용하는 형구(刑具)—태와 장을 가리키며, 옥구(獄具)라고도 한다—의 크기도 규정하였다. 도형은 1년에서 3년까지 기

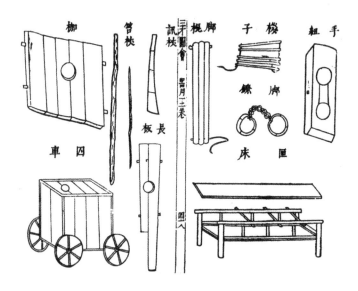

『삼재도회三才圖會』에 실린 형구 삽화 __ 태장이나 가(枷), 즉 죄수의 목에 씌우던 칼 외에도 신장(訊杖) 등 신문할 때 사용하던 고문 도구도 보인다.

간에 따라 5등급, 유형은 2,000리(里)에서 3,000리까지 그 거리에 따라 3등급으로 구분했고, 사형은 교형(絞刑, 교수형)과 참형(斬刑, 참수형)의 구분이 있었다.[18] 같은 사형이라도 즉각적인 사형 집행을 의미하는 입결(立決)과 심의 후 사형 집행을 의미하는 감후(監候) 사이에 차별을 두었다. 앞에서 설명한 추심제도와도 연계되는 감후의 경우 자주 유배와 같은 감형으로 귀결되고는 했다. 그리고 모반죄나 부모 살해죄와 같은 극악한 범죄의 경우 별도로 능지처사(陵遲處死, 사형수의 신체를 여러 부위로 절단하는 형벌)의 극형으로 처벌하기도 했다.[19]

특히 사형제도에서 주의할 점은 그 등급을 결정하는 기준은 죄수에게 고통을 가하는 방식이 아니라, 신체의 훼손 정도였다는 것이다. 능지처사가 죄수에게 고통을 주면서 서서히 죽이는 형벌이라는 일반적 인식은 명백한 오해이며, 고통보다는 신체 절단이 능지처사를 극형으로 만든 가장 핵심적인 이유였다.[20]

이밖에 오형을 보조하거나 대체하는 형벌이 있었다. 예를 들면, 추가적으로 칼〔枷〕을 사용하는 가호(枷號)나 편형(鞭刑, 채찍형)을 시행하는 경우였다. 또한 3등급의 유형을 좀 더 세분화한 형벌이 있었다. 이를테면 명대에는 도형보다는 무겁고 기존의 유형보다는 가벼운 죄에 대하여 1,000리 밖으로 추방하는 천사형(遷徙刑)을 추가해 처벌했다. 청대에는 천사형을 없애는 대신, 유형보다 더 거리가 먼 변방 추방에 강제노역을 추가한 충군(充軍)과 발견(發遣)을 유형 위에 두어 처벌했다. 특히 발견은 사형에 버금가는 형벌이었다. 이밖에 주의해야 할 점은 죄수를 감옥에 감금하는 것은 보편적으로 시행된 '형벌'이었지만, 법으로 정한 정식 형벌은 아니었다는 것이다. 감금은 행정상의 편의를 위해 미결수에게 적용된 조치였을 뿐, 최종 판결에 의한 처벌과는 거리가 멀었다. 벌금형 또한 공식적인 형벌로 존재했다기보다는 체벌을 대체하는 비공식적 배상금〔贖〕제도의 성격이 강했다.[21]

여기에서 주목할 점은 정교한 형벌체계를 통해서 형벌의 도덕성을 기계적으로 계량화하려는 노력이다. 능지처사 또한 부모 살해와 같은 극악한 범죄를 일반적인 살인죄와 똑같이 처벌하는 것은 불공평하다는 생각에 근거하여 고안된 극형이다. 이러한 형벌체계에 영향을 미친 논리는 '형벌의 경중을 범죄의 경중과 일치'시키려는 법가적 원리와 함께 '눈에는 눈, 이에는 이, 목숨에는 목숨'이라는 식의 일반적 응보의 원리였다고 볼 수 있다. 그렇지만 이 바탕에 자리한 것이 도덕적 보상심리나 인과응보의 단순 원리가 전부는 아니었다. 그 근원에는 좀 더 종교적 신앙에 가까운 '우주적 균형(cosmic balance)'의 원리가 자리 잡고 있다. 추심제도에서도 짐작할 수 있듯이 고대 종교와 법률의 영역 간에—달리 표현하자면 천상의 정의(heavenly justice)와 세속적 정의 사이에—밀접한 연관성이 있었고, 이것이 단순히 민중적 미신으로 치부되지 않고 공식적인 지배이념의 일부로 흡수되어 제도화된 현상을 간과해서는 안 된다.[22] 따라서 고대 중국으로부터 국가와 사법제도가 관심을 가지고 다루었던 문제는 단순히 범죄 또는 위법행위에만 국한되었던 것이 아니라, 윤리적으로나 의례적으로 부적절한 모든 행위로 확장되었다고 보는 것이 옳다. 이런 행위들은 대개 사회질서를 어지럽힐 뿐만 아니라, 자연질서 또한 파괴하는 것으로 여겨졌기 때문이다.

인간과 자연이 하나로 결속되어 일체를 이룬다는 관념은 고대 중국뿐만 아니라 동아시아 고유의 세계관으로 이해되어왔다.[23] 자연재해와 실정(失政) 사이에 모종의 연관성을 찾으려는 시도는 고대 중국에서 관료제가 확립된 이후로 관료사회에서 널리 받아들여진 사고방식이었다. 재판의 오심이나 부당한 형벌로 인해 생긴 원한이 우주적 조화를 방해하여 결과적으로 자연재해를 발생시킨다는 식의 생각은 미신을 넘어 보편적 관념이 되었다. 이로 인해 자연재해가 발생했을 때 이미 종결한 사건들을 재심하거나 감형 및 사면과 같은 법적 조치를 취하는 일이 드물지 않았다. 이처럼 자연질서의 파괴에 대한 두려움은 형벌체계를 정교화하는 과정에도 어느 정도 반영되었다고 이해할 수 있다.

사실 좀 더 엄밀히 말하자면, 자연재해와 연관된 인간행위는 원래는 황제의 행위뿐이었다. 특히 음양오행설과 황로(黃老)사상에 영향 받은 동중서(董仲舒, 기원전 179-기원전 104)와 유향(劉向, 기원전 79?-기원전 8?) 등이 이 관념을 정교하게 이론화했다. 이들의 사상을 정리해 놓은 반고(班固, 32-92)의 『한서·오행지漢書·五行志』를 보면 자연재해를 일으킬 수 있는 황제의 부정행위를 스물두 종류나 소개하고 있다.[24] 그러나 황제의 행위 외에도 정부의 실정이 자연재해를 일으킬 수 있다는 사고방식은 대체로 한유(漢儒) 사이에 크게 유행했다가 송대의 구양수(歐陽修, 1007-1072) 이후로는 점차 쇠퇴했으며, 대신 형벌에 대한 응보적인 개념이라든가, 부당한 형벌 또는 부정의가 일으킬 수 있는 초자연적 현상에 관한 민간신앙은 송대 후기 민간 도교(道敎)의 영향으로 보아야 한다는 주장이 있다. 또한 '생명의 훼손은 반드시 생명으로 갚아야 한다'는 논리와 대칭되는 듯한 '사람을 죽인 자는 죽인다'는 형벌의 기본원칙도 현실에서는 상당히 많은 예외가 있었음을 간과하기 어렵다.[25]

요컨대 정교한 체계로 구성된 형률과 재판에서 초자연적 힘이 개입할 수도 있다는 민간신앙은 별개의 메커니즘으로 보이지만, 양자 모두 재판관이 정확하고도 신중한 판결을 내리도록 강제하는 역할을 했다고 볼 수 있다. 특히 후자는 법적 정의에 대칭되는 '시적 정의'의 역할을 자연스럽게 정당화하고 있다. 그러나 다른 한편으로는 이런 장치들은 재판관의 독립적인 재량권 행사를 더욱 어렵게 만든 것으로 이해할 수도 있다. 근대 이전의 중국 및 동아시아에 독립적인 사법기관은 존재하지 않았으며, 이른바 독립적인 재판소나 법원의 설치는 근대 이후 서구화 과정에서 이루어진 현상임은 잘 알려진 사실이다. 근대 이전에는 중앙집권적 행정체계가 사법체계의 기능을 동시에 수행했고, 따라서 중앙집권적·관료주의적 위계질서는 소송이나 재판절차를 구조적으로 매우 복잡한 것으로 만들었다. 결국 행정적 위계에 대응되는 '사법제도의 사다리'도 함께 확립되었던 것이다.

재판관과
사법제도의 사다리

2

이 책에서 주로 다루게 될 명청 시대 중국의 행정기관만을 살펴보면, 행정기관은 최하위로부터 최상위, 지방으로부터 중앙에 이르기까지 크게 4개 단위로 구분된다. 즉, (1) 현(縣)과 주(州), (2) 부(府), (3) 성(省), (4) 중앙의 육부(六部)가 그것이다.[26] 중국의 관료제와 『대명률』을 받아들인 조선 시대에도 그 기본적인 구조는 유사했다. 즉, 현이 최하위 행정단위이며 그 위에 부·목(牧)·군(郡)이 있고, 이 지방 관아들은 우선 각 도(道)로 수렴되어 중앙정부의 육조(六曹)로 연계되는 구조이다. 중국의 경우 현의 수령인 지현(知縣), 주의 수령인 지주(知州), 부의 수령인 지부(知府)가 각각의 행정구역에서 행정·재정·치안 등을 담당했다. 그리고 상위 지방 행정구역인 성에는 순무(巡撫)가 있었으며, 순무 밑에는 재정 및 세무를 담당한 포정사(布政使)와 치안 및 사법을 담당한 안찰사(按察使)가 있었다. 이들은 특히 부 이하의 행정을 감독하는 역할을 맡았다. 이밖에 순무보다 높은 직급으로 두어 지역의 성을 묶어 총괄적으로 관리·감독하는 총독(總督)이 있었다. 이와 같은 행정기관 및 제도는 대체로 명대 중기에 확립되어 이후 청대까지 약간의 보완과 수

정 외에 큰 변화 없이 지속되었다.[27]

근대 이전의 사법제도는 행정제도와 분리되어 독립적으로 존재하지 않았다. 따라서 사법제도의 사다리 제일 아래쪽에는 주현관(州縣官)이 있었다. 그는 최하위 법정의 재판관으로서 매우 제한적인 범위의 사법권만이 부여되었다. 주현관은 원칙적으로는 태장형으로 처벌할 수 있는 경범죄 및 민사사건에 대해서만 사법권을 행사할 수 있었을 뿐이다. 좀 더 심각한 사건들은 재심을 위해 다음 단계인 부로 이첩해야 했으며, 게다가 경범죄에 대한 판결조차도 정기적으로 상부 기관에 보고해야 했다. 마찬가지로 부의 수령인 지부와 성의 수령인 순무 및 총독—한데 묶어 독무(督撫)라고도 불렀다—, 그리고 순무를 보좌하여 사법행정을 담당하던 안찰사[28]도 유사한 절차를 밟아 사형이 구형된 중범죄사건을 다음 단계인 중앙정부로 이첩한다.

최고 법정이 위치한 중앙정부에는 형부 또는 삼법사(三法司)[29]가 여러 단계의 지방법정을 감독하고 지방에서 상고한 사건들에 대하여 최종 판결을 내리는데, 특히 살인과 같은 중범죄는 모두 삼법사의 심의가 있어야 비로소 판결의 확정이 가능했다. 한편 부정부패사건에 연루된 관료 및 황실 친인척의 탄핵사건이라든가 지방행정의 감찰만을 별도로 담당한 도찰원(都察院)이 있었는데, 이 기관만은 예외적으로 앞에서 말한 관료주의적 사법제도의 온갖 단계를 거치지 않고 독립적으로 활동할 수 있었다.

주현에서부터 수도 북경의 중앙정부에 이르기까지 각 단계를 거치며 '사다리'를 올라온 중범죄사건은 우선 형부에서 최종 심의와 판결을 기다려야 하는데, 이 절차 또한 결코 간단한 것이 아니었다. 청대의 경우 형부 자체가 17개의 지역별 청리사(清吏司)와 10개가 넘는 각종 부서, 천 명에 달하는 형리들로 구성된 거대한 관료기구였다. 정확한 통계는 없지만, 각 지역 청리사가 심의한 사건은 일년에 적어도 100건에 달했던 것으로 보인다.[30] 형부에서도 피고를 직접 심문한 까닭에 주현에서 발생한 사건이 각 단계를 거쳐 형부에 이르는 동안 피고도 각 감옥에 송치되어 필요하면 법정에 즉시 출두해야 했다.

그런데 여기에서 주목할 만한 사실은 형부 또는 삼법사는 최종 판결을 내리고 형을 확정하거나 아니면 번복하기는 하지만, 반드시 형벌의 시행 자체를 주관할 필요는 없었다는 것이다. 현에서 발생한 사건에 대한 최종 판결과 형벌이 확정되면, 형부 및 삼법사는 해당 사건의 문건과 기결수를 사건이 처음 발생한 연고지로 내려보내 그곳에서 처벌하도록 했다. 따라서 피고에게는 가혹한 형벌 자체보다도 복잡하고 비내한 관료주의적 사법제도가 더 두려운 공포의 대상이었을지도 모른다. 일단 법정에 발을 들여놓은 피고는 판결을 받기까지 모든 권리를 박탈당한 채 이 감옥에서 저 감옥으로 이송되면서 몇 년을 기다려야 할지 기약할 수 없는 나날을 보내야 했으니까 말이다.

그런데 이 '사법제도의 사다리' 꼭대기에 올라앉은 재판관은 다름 아닌 황제였다. 그는 최종적으로 판결을 확정 짓는 대법관이자, 이론상으로는 어떤 판결도 뒤집을 수 있는 강력한 권한을 지닌 존재였다. 황제가 삼법사의 판결에 이의를 제기하여 번복하는 일은 상당히 드물었지만, 그럼에도 간혹 발생하는 일이었다. 황제는 거대한 공룡과 같은 중앙집권적 사법제도에서 복잡한 규정과 절차에 얽매여 근시안적일 수밖에 없는 관료들의 폐단을 시정하면서 새로운 해석의 자유를 부여할 수 있는 유일한 재판관이었다. 앞에서 설명한 단계적인 소송 및 소원(訴冤)절차를 생략한 채 황제에게 직접 '상소'—'월소(越訴)'라고도 한다—하여 정의를 호소할 수 있는 길도 극히 제한적이었지만 열려 있었는데, 이 또한 황제의 절대적인 해석적 권한이 없다면 불가능한 일이었을 것이다.[31] 전제주의적 사법제도에서 황제는 그 누구도 갖지 못한 절대적 사법권과 입법권마저 독점한 대법관이지만, 실제로 대법관의 역할에 충실히 임한 황제가 많았다고 보기는 어렵다.

사법제도의 사다리라는 비유만 놓고 본다면, 중국의 사법제도는 지극히 관료주의적이고 이해할 수 없는 수많은 절차와 금기로 접근조차 어려운 카프카 소설의 법원을 연상시킨다. 낡고 거대한 기계처럼 삐걱대는 사법제도 아래에서 각급 관아의 재판관들은 과연 정의의 목표를 향해 나아갈 수 있었을까? 재판관 발밑에 엎드린 일반 백성의 눈에 재판관은 막강한 권한을 휘두르는 하늘같은 존재이리라. 그들은 그가 거대한 기계를 움직이는 작은 톱니바퀴에 불과한 존재라는 사실을 꿈에도 모를 것이다. 행정단위마다 자동으로 기능하는 재심제도와 보고체계는 지방 수령들의 독자적 권한을 크게 제한함과 동시에 그들을 중앙의 견제와 감시 아래 놓을 수 있었다. 이 재심제도의 원래 의도는 법정에서의 오판이나 부정행위, 권력남용을 방지하고 백성을 보호하는 데 있었다.

그러나 경직된 관료주의적 원칙과 복잡하고 비효율적인 행정절차들은 재판관에게 큰 부담이었고, 결국 사법행정의 형식화와 관례화라는 결과를 가져왔다. 특히 형사사건의 경우, 수사와 재심 과정에서 보고 기한을 엄격하게 법으로 정하고 이를 지키지 못하는 지방관들을 징계규정에 따라 처벌하고 심지어 파직하기까지 했다.[32] 따라서 재판관들은 촉박한 법정 시한에 맞추어 사건의 심의를 서두르는 경향이 있었고, 이 과정에서 피의자를 무리하게 심문하고 성급한 판결을 내리는 일도 드물지 않았다. 이런 그들에게 '정의로 가는 길'이 보일 리 만무하다.

재판관으로서 지방 수령―특히 주현관의 경우―이 근시안적일 수밖에 없는 필연적인 이유가 있었다. 왜냐하면 그는 소송 외에도 수많은 행정 업무를 동시에 수행해야 했기 때문이다. 최하위 지방관인 주현관의 경우 그는 현청에서 행정가, 수세관(收稅官) 그리고 법관으로서 다중적 역할을 동시에 수행했다. 좀 더 자세히 말하면, 호구 조사 및 등록, 지적(地籍) 측량, 조세 수령, 소금 전매 업무, 우편 업무, 곡식 저장 및 분배, 사회복지, 교육, 종교행사, 치안 및 사법행정 업무 등등 그 목록은 끝이 없을 정도였다. 그러나 중앙정부에서 가장 주의를 기울인 지현의 주요 임무는 조세를 수령하고 공공질서를 유지하는 것이었다. 특히 조세와 치안에 중점을 두었던 청 정부는 주현관의 업무수행 능력을 평가할 때 세금을 얼마나 잘 거두며 범인을 얼마나 잘 체포하는가에 지대한 관심을 피력했다.

이처럼 주현관은 행정·사법·재정 등 다양한 실무에 대한 전문적 교육이나 훈련을 받은 적이 없음에도 불구하고 이 모든 업무를 원활하게 수행해야 하는 모순적 현실에 직면했다. 게다가 여기에는 탁월한 업무 능력을 갖춘 주현관이라도 쉽게 해결할 수 없는 또 다른 구조적 원인이 도사리고 있었으니, 그것은 바로 명청 시대 폭발적인 인구 증가였다. 14세기 중엽에 8,500만 명이던 인구가 가경(嘉慶, 1796-1820) 연간에는 4배인 약 3억3,500만 명으로 늘었지만, 전체 중국의 최하위 행정단위인 주현은 거의 고정적으로 1,400개소 미만에 불과했으니 재판관 한 사람이 맡아야 하는 인구는 약 30만 명을 넘었다.[33] 현대라면 인구 팽창에 비례하여 행정제도의 확대·개편과 같은 조치를 취하는 것이 당연하지만, 중앙집권적 전제정부 아래서는 신속한 대응을 기대하기란 어려웠다.

한편 법정에서도 주현관은 재판관으로서 사건을 심리하고 판결을 내리는 것만으로 그 의무가 다 끝나는 것이 아니었다. 행정 업무의 복합성과 유사하게 지방법정에서의 그의 역할도 자주 복합적인 업무를 포함한다. 예를 들면, 검시를 비롯한 범죄수사를 수행한다든가, 체포영장을 발부한다든가, 법정에서 소송 당사자들을 심문한다든가, 선고 후 상급기관에 제출할 보고서를 작성한다든가, 사형 집행을 감독하는 등등, 현대라면 경찰을 비롯하여 여러 사법기관에 배치된 전문 인력들이 분담해야 할 업무들이 모두 포함된다. 요컨대 지현은 판사이자, 수사관, 검시관, 검사 그리고 사형 집행인으로서 동시에 봉사해야 할 의무가 있었다.[34] 이처럼 복잡다단한 법률 사무에도 불구하고 지현은 법률 및 사법행정에 관한 전문적 지식을 쌓거나 훈련도 거의 받은 적이 없는 상태로 업무를 시작하며, 단순히 행정 업무의 일부로서 소송사건을 처리하게 된다. 결과적으로 주현관이 지방행정 전반을 혼자서 감당할 수 없다는 것은 너무도 당연한 사실이다. 게다가 지방 수령을 파견할 때 출신지나 연고지를 피해 임용하는 오랜 관례 덕분에 주현관은 그 지방의 풍속과 역사, 심지어 언어에도 익숙지 않은 상태로 임지에 배치되었다. 이와 같은 상황에서 주현관은 다양한 행정 업무에 능통할 뿐만 아니라, 지방민과의 자유로운 의사소통 능력, 지방 사정에 밝은 정보통으로서의 능력까지 두루 갖춘 '개인비서'에 의존할 수밖에 없었다.

아문(衙門), 즉 중국 지방 관아의 일상 업무는 대개 서리(書吏)—서역(書役) 또는 서판(書辦)이라고도 한다—와 아역(衙役)에 의존하고 있었다. 이(吏), 호(戶), 예(禮), 병(兵), 형(刑), 공(工)의 육방(六房)에 배속되어 각각의 사무를 담당하는 서리는 대개 과거시험에 실패한 경력이 있는 생원(生員)들이거나 따로 전문교육을 받은 사람들로 구성되었다. 따라서 그들은 중인(中人) 신분으로 그 지위가 대물림되었던 조선의 서리(胥吏)와는 큰 차이가 있었다. 다만 조선 후기에 오면 몰락한 양반이 서리가 되는 경우가 종종 있었다.

아역은 현청에서 지현의 업무를 보좌하는 조예(皂隸), 전령 역할을 하는 마쾌(馬快)와 보쾌(步快) 그리고 경찰 업무를 맡은 포역(捕役)—포리(捕吏), 포차(捕差) 또는 포쾌(捕快)라고도 한다—등 크게 세 분야로 나뉘어 각각의 업무를 담당했다. 지방 법정으로 말하자면 형리(刑吏) 또는 형서(刑書)가 전문적 법률가로서 지현을 보좌했으며, 지금으로 말하면 경찰에 해당하는 포역과 조예는 범죄수사, 범인의 체포, 심문, 고문 등을 담당했다. 이외에도 간수 역할을 하는 옥두(獄頭)와 졸정(卒丁), 검시인과 우리의 '망나니'에 해당하는 사형

서양(徐揚, 1712–1777)의 「소주(蘇州) 아문 진입로 풍경(Entrance and yard of a yamen)」

집행인인 회자수(劊子手)도 있었다.

법정 안팎에서 빈틈없이 재판관을 보좌하는 이들의 활약이 없다면 아무리 공정한 재판관이라도 명판관으로서의 명성을 기대할 수 없었다. 그렇지만 지방관이 가장 흔히 듣는 조언은 바로 이들을 신뢰하지 말라는 것이었다. 이 서리와 아역은 언제든 기회만 있으면 그들의 상관을 기만하고 일반 백성을 갈취하려 드는 무뢰배라는 것이 그 이유였다.[35] 따라서 이들의 횡포를 막기 위해 지방관도 사적으로 가복(家僕)이라고 불리는 개인비서—말 그대로 친척이나 친구의 자제 등 사적인 인맥으로 얽힌 수행원—를 고용하거나, 더 나아가 행정·사법·재정 등 다양한 실무에 밝은 전문가인 막우(幕友)—사야(師爺) 또는 좌치(佐治)라고도 부른다—를 고용했다. 청대에는 지방관의 막우 고용이 일반화되었고, 심지어 왕휘조(汪輝祖, 1731-1807)처럼 막우 출신의 지방관도 배출되었다.[36] 요컨대 당시 지방관들도 사법행정의 중요성을 인식하지 못했던 것은 아니지만, 설사 그들에게 정의 실현에의 순수한 열망과 백성에 대한 동정심이 있다 하더라도 엄격한 징계규정과 거미줄처럼 얽힌 관료주의적 위계질서의 그늘을 벗어나기란 거의 불가능한 일이었다.[37]

그런데 한편으로는 관료주의의 폐단에도 불구하고 중국에는 서양에서 말하는 악명 높은 'hanging judge', 즉 사형을 남발하는 재판관은 없었다고 단언하는 역사학자도 있다.[38] 정말 중국에는 이른바 'hanging judge'가 없었을까? 『사기』에 나오는 '혹리(酷吏)'나 경범죄에도 가혹한 처벌을 일삼았다는 이른바 법가가 이들에 비교할 만한 인물이었을 것이다. 다만 후대로 갈수록 재판관은 주현관으로부터 대법관인 황제에 이르기까지 유교적 이상인 인정과 관용을 의식하는 경향이 두드러졌다. 그러나 판결문에 빈번히 보이는 재판관의 관용과 인도주의의 수사(修辭)를 글자 그대로 읽는 것이 옳은 일일까?

예를 들어 18세기 초 옹정제(雍正帝, 재위 1722-1735) 시대에 광동성(廣東省) 조주부(潮州府) 조양현(潮陽縣) 지현을 지낸 남정원(藍鼎元, 1680-1733)이 지현으로서의 경험담을 정리해 출간한 『녹주공안鹿洲公案』을 읽어보면, 사법제도의 사다리 맨 아래 관료주의적 위계질서에 짓눌린 초라한 재판관의 모습은 거의 드러나지 않는다. 그는 어떻게 거미줄처럼 얽힌 복잡한 절차나 온갖 규정의 덫을 교묘히 피하거나 이용하여 지현의 제한된 권한을 뛰어넘을 수 있었는지 자신의 '무용담'을 자랑스럽게 늘어놓는다. 그리고 이와 같은 명백한 월권이나 위법행위는 선정(善政)을 베풀고 민생을 위한다는 목적으로 쉽게 정당화된다. 유교적 관료사회에서 가장 우려한 '반면교사'인 혹리는 오히려 원칙주의자였다고 할 수 있다. 『녹주공안』은 어떤 면에서는 제도를 '융통성' 있게 활용할 줄 아는 현명함만이 관료제에서의 생존뿐 아니라 어진 목민관(牧民官)을 만드는 유일한 길임을 보여준다.[39]

이처럼 중앙정부가 점차 지방관의 독단을 묵인하거나, 관리·감독에 소홀할 수밖에 없었던 이면에는 당시 인구의 급증과 사회변화라는 배경이 있었다. 급격한 인구 팽창과 도시화와 상업화의 진행, 이로 인해 증가하는 사회이동은 다양한 범죄와 분쟁의 증가라는 부정적 결과 또한 가져왔다. 현실에서는 원칙주의만큼 관료주의의 폐단을 드러내는 것도 없었다. 『녹주공안』은 겉으로는 어디까지나 목민관의 이상을 내세우며 유교적 수사로 포장하지만, 결국 그 이면에는 유능한 관료로 인정받아 중앙으로 진출하고자 하는 출세욕이 크게 작용하고 있었다. 내심 출세를 위해 자신의 업적을 과장하고 선전한 저자는 비단 남정원 한 사람만은 아니었을 것이다. 명대 말기부터 개인적인 문집(文集) 출판이 유행하면서, 시문(詩文)뿐만 아니라 자신이 작성했던 공문서나 판결문—이를 공독(公牘) 또는 판독(判牘)이라 부른다—을 문집에 포함시켜 출간하거나, 남정원처럼 따로 '공안'으로 출간하는 일이 많아졌다. 그들의 저술 의도가 『녹주공안』과 크게 다르지 않다는 것은 새삼 말할 필요도 없다.[40]

제도적인 측면에서 볼 때 대법관인 황제가 최종 판결을 내리기까지 하급 재판관이 심각한 형사사건의 최종 판결에 개입할 수 있는 여지가 크게 제한된 것처럼 보이며, 실제로 판결의 객관성과 신중성을 담보하기 위한 재심제도가 그들의 주관적 영향력을 최소화하는 제도적 장치인 것도 사실이다. 그러나 황제에게 올린 형사사건 보고서인 『내각형과제본(內閣刑科題本)』과 같은 현존 자료는 초심(初審) 재판관의 사건 보고서가 얼마나 결정적 영향력을 행사할 수 있는지를 보여준다. 즉, 초심 재판관의 판단에 따라 얼마든지 피고에게 유리하거나 불리하게 사건을 재구성 또는 '조작'하는 것이 가능하며, 어떤 경우는 피고의 생사가 판가름 날 수도 있는 문제였다.[41] 기소에서 판결에 이르기까지 일련의 소송절차를 진행하기 위해서는 반드시 특정한 형식의 문서를 제출하게 하는 문서주의 원칙이 오히려 은밀하게 통용되는 일종의 '수사적 암호' 같은 것을 가능하게 했다고도 볼 수 있다. 이처럼 유교적 수사학은 재판관의 객관적인 법률적 해석 외에도 윤리적 해석이 얼마나 중요한 영향을 미칠 수 있는지를 보여주는데, 단순히 '법전의 유교화' 과정에 대한 분석만으로는 고찰하기 어려운 측면이다.

따라서 유교적 도덕주의에 바탕을 둔 중국과 조선의 사법제도에서 법률 시행의 보편적 판단기준이 되는 법원(法源)으로서 법전 외에도 정리(情理)의 역할을 소홀히 할 수 없는 까닭이다. 실제 재판에서는 민사재판인 청송(聽訟)의 일차적 판단기준으로 정리를 먼저 고려하고, 그러고 나서 정리만으로 해결할 수 없는 형사재판인 옥송(獄訟)에만 엄격하게 국법을 적용한 것이 보편적 관례였던 듯하다. 물론 정리를 따라 판결한다는 것이 법률을 무시하면서까지 감정적으로 판결할 수 있다는 의미는 결코 아니며, 현대의 판사처럼 합리적인 법적 추론(legal reasoning)을 통해 판결을 내리는 것이 무엇보다도 중요했다. 그렇지만 정황이나 인간관계, 사회관습 등을 널리 고려하지 않은 채 기계적으로 법률을 적용하는 것은 유교적 재판관의 사고방식으로는 상상조차 할 수 없는 일이었을 것이다. 끝없이 팽창하는 비효율적인 거대한 사법제도와 저울 눈금이 점점 더 촘촘해지는 계량화된 형벌체계가 출현한 것도 단순히 관료주의의 차원에서만 볼 것이 아니라, 사회변화와 함께 구체적이고도 특수한 정황들을 최대한 고려하려는 유교적 도덕주의의 관점이 낳은 현상으로 이해할 수 있다.

이런 점에서 볼 때, 팽배한 관료주의 경향에도 불구하고 재판관들은 대부분 법가적 법관으로서의 역할과 유교적 목민관의 역할을

「관아에서의 재판(Trial in Korea)」(뉴욕공립도서관 디지털컬렉션 소장)

조화시키려고 노력했다고 할 수 있을 것 같다. 그러나 그들의 시도
는 과연 성공적이었을까? 대답을 서두르기에 앞서, 지금까지 사법
제도 전반에 관한 우리의 고찰 범위를 좁혀서 지방 관아와 일반 백
성의 관계는 구체적으로 어떠했는가에 초점을 맞춰 살펴보고자 한
다. 이는 또한 '시적 정의'의 구체적인 배경이라는 점에서 주목할
만하다.

법정으로서의
관아

3

엿보니, 사나운 수문장들 곤봉을 쥐고 서 있고,
눈초리 매서운 서리들 문서에 도장을 찍고 있네.
양쪽 옆구리에 황금검과 청동도를 차고서
포공(包公)께서 상아로 만든 패를 쥐고 검은 관을
쓴 채 중앙에 계시도다.
　　　—「정정당당분아귀玎玎璫璫盆兒鬼」

명청 시대 중국의 법정, 아문

정의를 부르짖는 문학 속에서 가장 많이 부각되는 장소는 역시 법
정이다. 특히 명청 시대 대중적 인기를 끌었던 범죄소설 장르였던
공안(公案)소설에서 법정으로서의 아문(衙門)은 거의 언제나 소설의
대단원이 막을 내리는 장소였다. 이 법정에서 무고한 백성 편에 서
서 악의 무리를 가차 없이 징벌하는 재판관은 그야말로 위풍당당한
정의의 화신이다.

　처다봐야 끝도 잘 보이지 않을 사다리 맨 밑에 앉은 주현관이지
만, 서민에게 그는 황제와 다름없는 존재였다. 일반적으로 서민이
직접 접촉할 수 있는 황제를 대표하는 권력기관이 바로 그의 관아
였기 때문이다. 이처럼 주현관은 백성에게 직접적인 영향력을 행사
할 수 있는 관리였기에 지방사회에서의 역할만큼은 간단히 과소평

가할 수 없다. 중앙정부의 입장에서는 현실적으로 주현관의 재정 및 치안 능력에 가장 중점을 두었으나, 그가 내면화한 이상적 관료상은 바로 백성을 부모처럼 보살피는 존재, 즉 '부모관(父母官)'이었을 것이다.

실제로 각 현의 조직은 완전히 획일적으로 구성되었던 것이 아니라 지방에 따라 매우 다양했다. 현청은 대개 '성(城)'이라 불리는 성벽으로 에워싸인 도시 안에 있었고, 이 성벽 바깥에는 대개 '향(鄕)'이라 불리는 농촌 지역이 있었다. 이 농촌 지역은 흔히 우리가 생각하는 것처럼 기능적인 측면에서 구분되지 않는 단순한 장원이 아니라, 마을이 위치한 '리(里)', 좀 더 작은 부락이 위치한 '촌(村)', 장이 서는 '시(市)' 또는 '장(場)' 등 다양한 농촌 단위들로 구성된 지역이었지만, 이 농촌 단위들은 현의 하위 행정단위로 조직적으로 관리된 것은 아니었다. 조세와 치안을 목적으로 농촌 지역을 조직했던 '이갑(里甲)' 및 '보갑(保甲)' 같은 행정단위를 제외한다면, 현청은 대체로 농촌 지역에는 무관심한 편이었고 마을 사람들의 생활에 직접적으로 개입하는 일도 거의 없었다.[42]

아문은 인구 증가와 상업화에 대한 대응책으로서 그 도시적 특성을 강화했으며, 결국 도시화의 결과로서 인구 대다수가 거주하던 농촌 지역과 점차 단절되었다.[43] 대부분의 유력한 신사(紳士)[44] 가문과 부유한 상인들은 도시 아니면 적어도 장이 서는 큰 읍내에 거주했고, 시골 유지와 지주들조차 농민과 함께 섞여 사는 것을 아주 싫어했다고 한다. 이 때문에 아문은 자연재해나 도적의 약탈과 같은 심각한 재난에도 민생을 위한 신속한 조치를 취할 수 없었다.

조너선 스펜스(Jonathan D. Spence)는 『왕 여인의 죽음 *The Death of Woman Wang*』에서 17세기 중국 자연재해와 함께 인간이 만들어낸 인재(人災)로 폐허가 된 담성현(郯城縣)이라는 한 농촌 지역의 절망적인 상황을 사료를 바탕으로 생동감 있게 재구성해냈다. 결국 국가로부터 아무런 도움도 받지 못한 채 제도의 희생양으로 전락한 이들은 바로 가난한 시골 농민들임을 잘 보여준다.[45] 제도적 공백과 농민에 대한 지배층의 무관심, 그리고 지방행정에 만연한 부정부패는 백성으로 하여금 지방 수령과 그 수하를 불신하도록 만들었다. 특히 아문에서 일하는 아역은 서민들에게는 대개 억압과 수탈의 상징이었다.[46]

그러나 주현관의 역할에 투영된 유교적 정치이념 또한 결코 포기하기 어려운 것이었다. 이상적 주현관의 이미지는 '백성의 부모관' 외에도 '백성의 양치기〔牧民官〕' 또는 '백성을 친밀하게 이끌어주는 관리〔親民官〕'[47]라는 일상적 비유에도 투영되어 있다. 실제로 주현관의 주요 업무에 정기적으로 농촌을 방문해 백성의 복지에 특별한 관심을 기울이고 보살피는 것 또한 포함되었다. 농사 장려, 학업 증진, 마을 사당에서 거행되는 각종 의례 주관 및 참석, 기근 구제 등 이 모든 활동이 주현관의 임무였다. 그렇지만 앞에서 살펴본 것처럼 수많은 업무에 시달려야 했던 주현관은 직접 농촌을 돌보기 위해 아문을 떠나는 일이 거의 불가능했고, 결국 대민 업무를 사법 행정으로 대폭 축소할 수밖에 없었다. 이런 방식으로 주현관은 아문을 떠나지 않고도 법정에서 백성을 직접적으로 접촉하고 공권력을 행사하고 사회문화적 영향력을 확대할 수 있었다.[48] 지방행정에서 사법행정의 중요성이 강조되는 이유이다. 사법행정은 지방사회의 치안 및 공공질서 유지라는 차원에서 필수적일 뿐만 아니라, 민의 교화 차원에서도 필수적이었다.

그러나 유교적 인도주의를 반영한 감형이라든가, 혹형 금지와 같은 법적 안전장치에도 불구하고, 주현관의 법정은 교화의 공간이라기보다는 권력에의 절대 복종을 경험하는 공간에 더 가까웠을 것이다. 절대권력을 과시하는 법정의 위압적인 구조는 어쩌면 서민이 선뜻 발을 들여놓을 수 없도록 일부러 꾸며놓은 무대장치 같기도 하다. 적어도 언뜻 보기에는 명청 시대 법정의 모습에서 유교적 인정(仁政)의 표지를 찾기란 매우 어려운 일이었다. 1670년경 지현으로 일하고, 지방 수령을 위한 관잠서(官箴書)로 『복혜전서福惠全書』를 쓴 황육홍(黃六鴻, 1633?-1708?)은 재판이 진행 중인 현청의 법정을 다음과 같이 자세하게 묘사했다.

정오에 재판을 시작하기 전에 지현의 단상을 현청의 대청으로 옮기고 차양을 걷는다. 등록된 순서대로 소송인을 불러 심리하고, 임시로 재판 순서를 바꾸어서는 안 된다. (…) 정문이 열리면 담당 아역인 조예가 소송과 관련한 청심패(聽審牌)를 세워 놓는다. 동각문(東角門) 옆 의문(儀門) 안쪽에 세운 명패 앞에 원고를 꿇어앉히고, 서각문(西角門) 옆 의문 안쪽에 세운 명패 앞에 피고를 꿇어앉힌다. 의문 안쪽 용도(甬道, 벽돌 등의 포석을 깐 길)에 세운 명패 앞에는 증인을 꿇어앉힌다. 소송사건을 맡은 차역(差役)이 소송인들을 모두 데리고 와서 그들에게 대문 밖에서 기다리도록 명령한다. 재판 순서에 따라 그는 앞으로 나와서 꿇어앉아 큰 소

청말 순무 아문의 법정 모습

출처는 19세기 말 상하이에서 출판된 『점석재화보點石齋畵報』이다. 원근법이 사용된 이 그림 상단에 가장 작게 그려진 인물이 바로 재판관이다. 멀찍이 단 아래 꿇어앉은 죄수 혹은 소송인의 모습과 양측으로 질서 있게 도열한 서리와 아역의 모습이 대조를 이루며 법정의 규모를 상상할 수 있게 한다. 그림 상단 우측의 해설은 "호명에 따라 줄줄이 끌려 들어가는 죄수들의 모습이 지옥변상도(地獄變相圖)를 방불케 한다"고 묘사하고 있다.

리로 "모 사건의 소송인들이 모두 재판에 출석하였나이다"라고 보고한다. 그리고 나서 출석한 소송인들에게 들어오라고 소리치 고는 그들에게 각각의 명패 앞에 꿇어앉도록 지시한다. 정문을 지키는 조예는 구경꾼들이 들어오지 못하도록 막고, 양 옆문을 지키는 조예도 구경꾼들이 접근하지 못하도록 막아야 한다. 만일 안쪽을 기웃거리거나, 어수선하게 돌아다니고, 심지어 떠드는 사람들이 있으면 즉시 체포하고, 문지기들도 또한 문책한다. 고문의 임무를 맡은 조예들은 막사에서 기다리다가 고문하라는 명령이 떨어지면 즉시 나가야 한다.[49]

지방 법정은 기본적으로 공개 법정이었기 때문에 유교적 정치이념이 실제로 재현되는 문화적 영역으로서의 역할 또한 중요시되었고, 본격적인 심리에 앞서 의례적 절차를 갖추는 것 또한 정의 실현이라는 이상만큼이나 중요한 의미를 지녔다. 처음부터 끝까지 소송은 법에 정한 격식과 절차를 따라 진행되어야 하며, 이에 어긋난 행동은 일종의 '법정모독죄'로 다스릴 수 있었다.

이 법정의 중심에 재판관인 지현이 있었다는 것은 새삼 강조할 필요도 없다. 외양부터 그의 모습은 황제의 권위를 대표하는 것처럼 의연한데, 높은 단상 위 거대한 책상 뒤에 앉은 그는 바닥에 꿇어앉은 초라한 백성과 대비되어 절대권력의 광휘를 한 몸에 받은 듯 의기양양하다. 이처럼 황육홍의 묘사는 법정을 엄격하게 통제된 환경인 것처럼, 즉 인간적 감정이 절제되는 대신 통일된 규칙이 어떤 혼란이나 모순도 없이 명백히 이해되고 이성과 객관적 기준이 작용하는 그런 환경인 것처럼 느끼게 한다.

그러나 법정을 모든 소송절차가 절대적 질서와 침묵 속에서 진행되는 장소로 상상했다면, 그것은 완벽한 오해이다. 그곳은 오히려 '권력의 스펙터클'을 위한 극장에 가까웠다. 근대 이전의 유럽과 유사하게 중국에서도 고문과 형벌은 공개적 구경거리였다.[50] 미셸 푸코(Michel Foucault)의 주장대로 공개 고문과 형벌, 공개 처형은 단순히 정의 실현 이상의 의미가 있었다. "그것은 폭력적 힘의 재현이거나, 아니면 통치자의 육체적이고도 물리적이면서 위엄으로 가득 찬 권력의 정의이다. 공개 고문과 처형의 의식은 모든 이가 법에 폭력적 힘을 부여한 권력관계를 명확히 볼 수 있도록 전개된다."[51] 당시 고문은 정말 극적이었다. 마구잡이로 행사되는 폭력이 아니라 매우 신중하게 통제된 의례적 행사였다는 점에서 그렇다.[52] 신체적 형벌 외에도 심문 과정에서 피의자를 위협하여 원하는 자백을 받아내기 위해 온갖 종류의 전략과 계략 또는 비열한 속임수가 서슴없이 사용되었다.[53]

사실 권력게임이 맹렬하게 진행되는 법정 장면은 문학에서도 극적인 클라이맥스 장면으로 자주 활용되었다. 따라서 서민의 시선으로는 당시 법정은 정의가 실현되는 장소라기보다는 공포의 감각을 자극하는 폭력과 억압의 장소였고, 문학은 그런 측면을 더욱 극적으로 과장하고 증폭시키기를 즐겨 했다.

원대 공안극(公案劇) 「정정당당분아귀」도 유명한 명판관인 포공과 그의 무시무시한 법정을 굴절 없는 서민의 시선으로 꾸밈없이 묘사한다. 이 장면에서 옹고집 장씨 영감은 '분아귀(盆兒鬼)', 즉 '요강 귀신'을 대신해 북송(北宋, 960-1127)의 수도였던 개봉부(開封府)에 요강을 들고 고소장을 제출한다. 요강 귀신의 안타까운 사연은 대강 이러하다. 그를 살해한 범인이 시신을 도가니에 넣어 불태운 후 시신의 재를 섞어 요강 단지를 만들었다. 그런 연유로 그는 공교롭게 요강 귀신이 되어 장씨 영감에게 억울함을 풀어주길 호소한 것이다. 희비극이 묘하게 뒤섞인 이 장면에서 장씨 영감은 감히 아문으로 들어가지 못하고 안쪽을 기웃거리기만 한다.

> 억울함을 호소하는 요강을 들고
> 나는 위엄 있는 아문의 공당(公堂)에 나아가네.
> 내가 원하는 건 단지 진짜 범인을 잡아 정의의 심판을 받게 하는 것.
> 저 노련한 포공보다 더 유명한 판관이 또 어디 있을까?
> 나 좀 잠깐 병풍 옆에서 훔쳐보게 해주소.
>
> 엿보니, 사나운 수문장들 곤봉을 쥐고 서 있고,
> 눈초리 매서운 서리들 문서에 도장을 찍고 있네.
> 양쪽 옆구리에 황금검과 청동도를 차고서
> 포공께서 상아로 만든 패를 쥐고 검은 관을 쓴 채 중앙에 계시도다.[54]

이 가사에는 재판관과 서민 사이의 비대칭적 권력관계가 은폐되지 않고 솔직하게 드러난다. 실제 사법제도와 소송절차에 관한 한, 문학 속에 모든 법률조항과 절차가 정확하게 기술되기를 기대하기란 터무니없는 일이다. 그러나 이 가사에 드러나듯 소송 때문에 법정에 들어서는 무력한 백성의 근심과 공포는 전혀 비현실적이지 않다. 복잡한 관료주의적 구조뿐만 아니라 원천적으로 소송을 봉쇄하는 사법제도 아래에서 법을 모르는 서민이 굳게 닫힌 아문의 정문 문턱을 넘는 일조차 쉽지 않았기 때문이다.

재판, 권력의 스펙터클

그러면 아문의 재판은 어떻게 시작하는가? 사건이 발생한 즉시 관아에 고소장을 제출하는 형사소송과 달리, 민사재판의 경우 소송인은 언제 법정이 열리는지부터 알아야 한다. 왜냐하면 민사재판과 관련한 고소장 제출은 매달 정해진 날에만 허가되며, 더욱이 농사철인 봄과 여름에는 고소장 제출이 완전히 금지되기 때문이다.[55] 다음으로 고소장은 반드시 정해진 서식에 따라 작성되어야 한다. 서식에 맞지 않는 고소장은 심의 대상에서 자동으로 제외된다.[56] 물론 문맹이거나 반(半)문맹인 서민이 스스로 고소장을 작성하기란 거의 불가능한 일이다. 이런 사람들은 관에서 허가한 대서인의 도움을 받을 수는 있었지만, 복잡한 절차를 거쳐 재판 받기까지 변호사에 견줄 만한 소송대리인을 고용하는 것은 법적으로 금지되어 있었다.

공자 이래 전근대 중국의 소송제도는 공식적으로는 언제나 변호사 없는 제도였다. 소송 지체가 완전히 금지된 것은 아니더라도 관아에 고소장을 제출하는 행위는 백성의 권리가 아닌 명백한 금기사항 중의 하나였다. 명청 시대 중국은 화폐경제의 확산과 급속한 인구 증가로 인해 점차 사적인 법률서비스를 제공할 수 있는 법률전문가를 요구하기 시작했다. 그러나 이러한 변화에도 불구하고 그들의 존재는 공식적인 인정을 받기는커녕 오히려 분쟁을 일으켜 사회 화합을 방해하는 말썽꾼, 즉 '송곤(訟棍)'으로 치부되었다.[57] 사법행정의 중심은 민사소송이 아니라 형사소송 및 형벌의 시행에 있었기에 주현관은 마을 사람들 사이의 사소한 다툼의 경우에는 소송에 의존하기보다는 법정 밖에서 비공식적으로 해결하도록 유도했다. 따라서 마을 노인들이 자율적으로 공동체의 화합을 유지하기 위한 역할을 하도록 촉구하는 것은 상당히 중요한 일이었다.[58]

한편으로 주현관은 소송대리인이 나서서 고소장을 대신 작성한다든가 하여 소송을 일으키고 소송인으로부터 돈을 갈취하지나 않는지 잘 살펴야 한다.[59] 우여곡절 끝에 고소장을 제출했더라도 소송에 연루된 서민의 고난은 좀처럼 끝날 줄 모른다. 황육홍은 아문에서 멀리 떨어진 농촌에서 온 소송인의 부담을 덜어주고자 안식처를 설치하자고 제안한다.

고소장을 제출하고 나서 승인과 심리, 그리고 본격적인 재판에 이르기까지 이 모든 과정을 거치려면 수십 일 또는 수개월이 걸릴 수 있다. 먹고 마시는 숙식비용으로 말하자면, 증인과 담당 아역 등 소송당사자뿐만 아니라, 새로운 소식을 듣고 도움을 주려고 온 소송인의 가족과 친구에까지 이른다. 따라서 아문 근처에 위치한 여관이나 숙소에는 담당 아역의 조수들, 해당 서리의 비서와 서기들, 게다가 그곳에 출근하다시피 하는 한량, 중개자, 수다쟁이들이 묵는데, 이들은 모두 공짜 손님들로 어느 때는 수십 명에 이른다. 모든 일이 다 끝날 때쯤이면 계산서는 대개 은 수십 냥에 이르고, 이것도 기타 비용을 아직 다 고려하지 않은 상태다. 아아! 농사나 지으며 살아온 가난한 백성이 어떻게 그런 엄청난 비용을 감당할 수 있겠는가? 결국 그는 가산을 모두 탕진하거나, 비용을 갚기 위해 그의 아내나 아이들을 팔 수밖에 없는 지경에 이른다.[60]

소송인을 위한 숙소를 만들고자 한 황육홍의 제안은 진정 '부모관'다운 관점에서 나온 것이라고 할 만하다. 그러나 다른 한편 여기에서 우리는 다소 당황스러운 부조리한 현실을 발견할 수 있다. 바로 아문 인근의 여관—흔히 헐가(歇家)라고 한다—이나 음식점을 소유한 신사층(紳士層)과 결탁해 관아가 소송으로 벌어들일 수 있는 손쉬운 수익이 상당했다는 사실이다. 따라서 소송인을 위한 숙소 설립은 소송을 막아야 할 관아가 오히려 돈을 벌어들일 목적으로 소송을 조장한다는 비난을 막고, 그 병폐를 없애고자 하는 의도도 있었을 것이다.

그러나 소송절차에서 서민에게 가장 두려운 부분은 물론 재판 자체였을 것이다. 정의의 상징이라지만, 사실상 절대권력의 상징—높은 관모, 화려한 관복, 인장, 검 등—으로 무장한 재판관과는 대조적으로 소송인은 완전히 무기력한 모습으로 등장한다. 그들은 재판관의 단상 아래 바닥에 무릎을 꿇은 모욕적인 자세로 재판에 참석한다. 피고, 특히 형사재판의 피고는 유죄이든 무죄이든 간에 이미 판결을 받은 죄수처럼 취급 당한다. 피고는 무죄를 입증할 증거가 제시될 때까지 감옥에 수감되고, 유죄를 부인하자마자 매질이나 또 다른 고문을 당하게 된다. 유죄판결을 위해서는 범인의 자백이 필수적이므로, 심문 과정에서 자백을 얻어내기 위한 고문이나 다양한 형태의 압력과 협박을 사용하는 것은 흔한 일이었다.

황육홍은 수사 및 심문 기술로서 무려 일곱 가지 '전법'을 소개한다.

허난성(河南城) 난양시(南陽市) 네이상현(內鄕縣) 아문의 풍경(ⓒ Garry L. Todd)

(1) 갈고리 전법[鉤]: 재판관은 피고에게 질문을 던지고 반응을 주의 깊게 관찰한다.

(2) 급습 전법[襲]: 재판관은 피고의 혼란을 유도하기 위해 공격적으로 빠르게 질문을 던진다.

(3) 공격 전법[攻]: 재판관은 피의자의 약점을 잡아 공격한다.

(4) 위협 전법[逼]: 재판관은 고문 도구를 보여주면서 피의자를 위협한다.

(5) 분노 전법[攝]: 위증의 위험성이 있는 목격자 및 증인에게 적용한다.

(6) 대조 전법[合]: 판관은 논리적 결론에 이르기 위해 따로 진술한 피고와 원고 양측의 증언이 부합하는지 대조한다.

(7) 자백 전법[撓]: 판관은 유죄가 확실시되는 피고에게 모든 증거와 증언을 제시함으로써 마지막으로 범죄를 시인하고 자백하게 만든다.[61]

황육홍은 피의자의 심리를 이용하고 간파함으로써 고문에 전적으로 의존하지 않고도 논리와 추리력, 과학적 증거를 바탕으로 사건을 해결할 수 있는 심문 기술을 간략하게 소개한다. 황육홍 자신이 새로 고안해낸 것이라기보다는, 이전의 관잠서나 법서에 소개된 심문 기술도 포함한 것으로 보인다. 오늘날 경찰의 범죄수사나 피의자 심문에도 아마 유사한 심문 기술이 여전히 활용될지 모르지만, 황육홍의 서술에는 현대 사법제도가 보장하는 피의자나 목격자, 증인의 인권을 보호하는 배려는 역시 충분치 않다. 피의자를 고문하지 않더라도 심문 기술의 궁극적 목적은 피의자를 심리적으로 교묘하게 압박하여 가능한 한 빨리 자백을 받아내고 사건을 종결하는 것이었다. 이 과정에서 재판관이 가장 우려하는 문제는 시간의 지체나 이로 인한 사건 조작 및 증거 훼손 등 절차상 과실로 인한 오심이었다.

따라서 피의자를 향한 어설픈 동정은 금물인데, 이런 까닭에 황육홍은 심지어 재판관의 얼굴 표정 관리법까지 조언한다. 즉, 판관은 언제나 엄격한 눈초리와 매서운 표정을 유지해야 한다는 것이다.[62] 여기에서 우리가 알 수 있는 사실은 법정에서 재판관의 수행 능력은 얼마나 신속하게 효과적으로 법정을 통제하고 '권력의 스펙터클'을 활용하느냐에 달렸다는 것이다. 이런 전법과 기술이 피의자 진술이나 자백의 확보에 큰 영향을 미쳤기 때문이다. 따라서 형사사건의 피의자는 무죄를 입증해줄 증인과 물증이 없다면, 그저 재판관이 자신의 결백을 믿어주길 비는 도리밖에는 없었다. 재판관이 피의자의 자백을 받아내기로 마음먹는 날에는 아무리 결백한 피의자도 무사히 법정을 빠져나갈 수 없었다.

고문은 분명 견디기 힘든 것이었을 테지만, 수감생활도 더 나을 것이 없었다. 전근대 중국의 감옥에 관해서는 현재 남아 있는 기록이 거의 없다. 중앙의 형부는 말할 것도 없고 모든 지방 아문에는 높다란 담장으로 둘러쳐진 경내에 감옥으로 쓰이는 건물이 있었다.[63] 그러나 감옥의 구조 및 관리, 죄수의 수감생활에 대한 기록은 현재 거의 찾아보기 어렵다. 앞에서도 언급했듯이 근대 이전에는 구금이 공식적인 형벌로 인정되지 않았고, 단지 최종 판결이 나올 때까지 사건의 피의자 또는 피고를 억류하는 역할을 했을 뿐이다.[64]

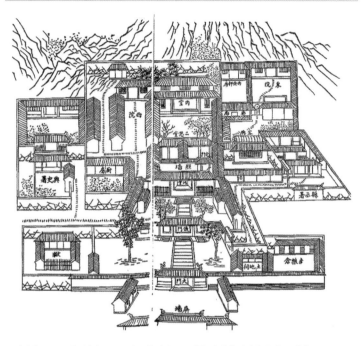

저장성(浙江省) 사오싱시(紹興市) 아문의 평면도 _ 왼쪽 하단에 감옥〔獄〕이 보인다(19세기 초)

보드는 청대 동성파(桐城派) 문인이었던 방포(方苞, 1668-1749)가 자신의 수감생활을 기록한 『옥중잡기獄中雜記』를 영어로 번역했다. 이 글은 1712년부터 그 이듬해인 1713년까지 1년 동안 북경 형부 감옥에 수감된 방포가 자신의 경험을 기록한 것으로 당시 감옥 환경에 대한 자세한 서술로는 거의 유일하다.[65] 감옥 생활에 대한 그의 서술은 짧지만, 죄수들이 서리와 간수의 착취와 폭력에 얼마나 무기력할 수밖에 없었는가를 이해하기에는 충분하다. 그는 창문도 통풍구도 없는 작은 방안에 많은 죄수들이 한꺼번에 수감된데다 감옥의 위생 환경이 너무 열악해서 죄수들은 전염성이 있는 각종 질병에 쉽게 노출되어 있었다고 적었다. 서리와 간수는 죄수에게 좀 더 나은 대우를 제공한다는 조건으로 그 가족에게 돈을 요구하며 갈취했다. 이런 형편이니, 감옥에서 죽는 사람들은 오직 가난하고 무력한 서민뿐이었다. 감옥은 법률의 손길이 미치지 않는 사법행정의 사각지대일 뿐 아니라, 감옥의 관리를 맡은 서리와 아역의 손에 사법행정 전체가 왜곡될 가능성마저 있었다. 방포는 서리와 사형 집행인이 문서를 위조해 진짜 사형수와 연고가 없는 다른 죄수의 이름을 바꿔치기하는 수법으로 죄수의 생사를 뒤바꿔 놓는 놀라운 이야기를 들려준다. 이 대담한 불한당들은 은 천 냥을 주면 당신의 목숨을 살려주겠노라고 자랑스럽게 떠벌리곤 했다는 것이다.[66]

황육홍을 비롯한 모든 지방관은 입만 열면 서리와 아역의 횡포와 부정부패를 비판하지만, 정작 지방관의 탐욕과 부패에 대해서는 입을 다문다. 법정에서 탐관(貪官)을 맞닥뜨린 가난한 서민이야말로 죽을 각오를 하는 것 외에 다른 도리가 없다. 부패한 서리·아역과 마찬가지로 탐관에게 소송은 돈벌이를 의미하기 때문이다. 다음 이야기에서 탐관은 소송인을 의식부모(衣食父母)'라 부른다.

모 지현은 탐욕스럽기 그지없었다. 부임한 지 얼마 안 돼 한 사람이 관아에 와서 소송하자 그는 옆의 막우[師爺]에게 말했다. "나의 의식부모(衣食父母)가 왔구려."

그러고는 웃으면서 소송인을 마중했다. 그 후 막우는 이해할 수 없어 물었다.

"나리는 한 현의 부모관으로 어찌 소송인을 의식부모라 부르십니까?"

지현이 웃으며 말했다.

"내 이 부모관의 옷과 음식은 모두 소송인이 준 것이니 어찌 그들을 의식부모라 부르지 않겠소?"[67]

이 이야기의 탐관은 소송인을 내쫓으려 하기는커녕 웃으며 맞이한다. 그에게 소송인은 옷과 밥을 대어주는 부모와 같은 존재이기 때문이다. 서리·아역뿐만 아니라 그들과 결탁한 탐관은 손쉬운 돈벌이인 소송을 마다할 리 없었다.

그렇다면 청렴한 청관(淸官)이라면 달랐을까? 전해오는 이야기에 따르면 청관이 탐관보다 낫다고 단언하기도 어렵다. 명말 청초의 유명한 극작가이자 소설가인 이어(李漁, 1611-1680?)는 소설집 『무성희無聲戱』에 청렴하지만 무능한 재판관을 풍자한 이야기를 실었다. 청렴함만으로는 재판 과정에서 야기될 수 있는 문제를 해결할 수 없을 뿐 아니라 오히려 악화시킨다. 이상적인 청관은 포공이나 황육홍처럼 청렴할 뿐 아니라, 법률에 능통하고 일 처리가 꼼꼼하면서도 사람의 심리를 꿰뚫어 보는 통찰력까지 겸비해야 한다.

예부터 청렴한 판관이 가장 힘든 난제,
탐관의 병이 (돈으로) 치유될 수 있는 것과는 다르다네.
그는 법대로 한다지만 법에도 폐단이 있고,

항상 공정할 것을 맹세하지만 그 속에도 간악함과 속임수가 있
는 법.

화가 나서 꾸짖는 소리는 우뢰와 같아서 백성들이 겁을 먹고,

철필을 한번 휘두르면 백성들의 목숨이 위태롭다네.

이미 끝난 옥사는 번복할 수 없다고 말하지 마오,

그는 잘못된 것을 바로잡기 위해서는 산이라도 옮길 사람이라네.[68]

소설 서두의 이 시에서 이어는 특유의 재치와 유머로 청렴함이
어떻게 탐관의 탐욕보다 더 해결하기 힘든 난제인지 묘사한다. 이
어서 이야기는 두 결백한 미혼 남녀―이른바 재자가인(才子佳人)―
가 어떻게 간통사건에 휘말리게 되는가에 초점을 맞춘다. 이 소설
에서 이어는 자주 청렴한 재판관의 무지와 백성에 대한 가혹한 태
도를 비판적으로 묘사한다.

당시 성도(城都)에는 너무나 청렴하여 '한 냥 판관'이란 별명으로
잘 알려진 지부(知府)가 부임했다. 게다가 그는 결코 염탐꾼을 고
용하거나 청탁을 받지도 않았다. 고소장을 제출한 백성이 있으면
그는 관할 현청의 지현에게 사건을 의뢰하는 적이 결코 없었고,
대신 스스로 사건을 처리했다. 또한 판결을 내린 후 상급자에게
보고하는 일도 없었다. 경범죄의 경우 그는 피고를 매질한 후 벌
금 없이 무조건 추방했으며, 중범죄의 경우에는 범인이 죽을 때
까지 매질했다. 평생 그가 가장 중요하다고 여긴 것은 삼강오륜
의 강상윤리(綱常倫理)이며, 그를 가장 분노하게 만드는 것도 풍속
을 어지럽히는 사람들이었다. 그가 맡은 간통사건은 모조리 원고
가 승소하고 피고는 무조건 패소했다.[69]

따라서 간통죄로 억울하게 피소된 두 남녀는 실제 정황은 무시한 채 선입견으로 판단하는 이 '한 냥' 판관의 손에 죽을 운명에 놓이는데, 결국 그들은 매질을 견디다 못해 간통을 저질렀다는 거짓 자백을 하게 된다. 다행히도 이야기는 극적인 반전을 이루면서 이어 특유의 희극적 결말로 끝맺는다.

즉, 예기치 않은 사건이 극적 반전의 계기가 된다. 지부에게는 과부가 된 며느리가 있었다. 어느 날 부인이 지부의 서재에서 며느리의 실내화 한 짝을 발견하고는, 시아버지와 며느리 사이의 부정한 관계를 의심한다. 며느리는 안타깝게도 시어머니와 다투다 스스로 목숨을 끊고 만다. 지부는 도대체 어떻게 며느리의 실내화가 자신의 서재에 있었는지 그 연유를 조사하다가 쥐구멍을 발견하고, 며느리의 실내화를 가져다 놓은 범인이 쥐라는 사실을 밝혀낸다. 이 사건이 그가 판결한 간통죄사건과도 연결됨을 깨닫게 된다. 지부는 비로소 자신의 무지를 뉘우치고, 결백한 두 남녀를 석방하면서 이 두 사람의 인연을 맺어주게 된다. 다행히 소설은 유쾌한 희극적 결말로 마무리되지만, 현실은 다르다는 것은 말할 필요도 없다. 분명 '한 냥' 판관처럼 성급하게 독단적으로 사건을 처리하는 '혹리'는 수없이 많았을 것이며, 소설에서 묘사한 것처럼 일부러 죄질이 나쁜 죄수를 장살(杖殺)로 '처리'하는 일도 드물지 않았다. 따라서 황육홍처럼 경험 많은 목민관은 고문 사용은 마지막 수단으로 간주해야 하며, 특히 화가 나 있을 때는 고문 사용을 자제해야 한다고 충고한 것이다.[70]

이 모든 위험성을 고려할 때, 백성을 소송의 고통으로부터 확실히 보호하는 최선책은 그들에게 가능한 한 소송을 피하라고 경고하는 것뿐이다. 따라서 황육홍은 소송을 일으키면 소송인 어느 쪽도 만족스럽지 못하며, 다만 '송곤'이라 불리는 송사군의 배만 불린다는 사실을 백성에게 반드시 주지시켜야 한다고 조언한다.[71] 그러나 이 모든 위험성에도 불구하고 소송은 드물어지기는커녕 오히려 날로 증가하는 추세에 있었다.[72] 물론 소송 증가의 실제 원인은 황육홍의 지적처럼 백성들이 무지하거나 '호송지풍(好訟之風)', 즉 소송을 즐기는 경향 때문이 아니라, 사회 전반에 걸친 대규모의 사회경제적 변화 때문이었다.

이런 상황에서 아마도 법률 및 소송에 관한 책들이 점차 폭넓은 독자층을 확보했으리라는 사실을 미루어 짐작할 만하다. 명청 시대 공안이라 불리는 범죄소설 장르가 탄생한 데에도 이런 배경이 있었다. 이와 같은 사정은 조선 시대에도 비슷했다. 이런 책을 즐겨 읽은 독자층에는 비단 관료만 있었던 것이 아니라, 엄격한 단속을 피해 활동한 소송전문가—즉, 송곤 또는 송사(訟師) 도 있었을 것이다. 범죄와 소송이 전반적으로 늘어남에 따라 재판관을 위한 관잠서나 판례집처럼 전문 서적 외에도 좀 더 대중적인 법서의 수요도 늘었을 것이다. 국가의 '폭력과 공포의 방침'에도 불구하고 다양한 형태의 대중적 법서들이 출판되고 통용되었다는 사실은 이 시기에 대중적 법문화의 확산이 이루어졌음을 짐작하게 한다. 법의 권위는 여전히 서민의 접근을 엄격하게 제한하는 면이 없지 않았지만, 그럼에도 법의 영향력은 그들의 일상생활 깊숙이 스며들었다.

요컨대 서민의 관점에서 법은 여전히 국가가 사회를 통제하는 억압적인 수단이었다. 황육홍과 같은 목민관의 노력에도 불구하고, 개인의 인권과 권리 차원에서는 법의 울타리는 지극히 높고 견고하기만 했다. 전제왕권과 중앙집권적 관료제는 법률의 합리주의와 이성주의를 가로막고, 법률의 원래 취지인 정의 실현을 지연시키는 최대의 장애물이었다. 특히 관료제 맨 아래 위치한 주현관은 결국 자신의 생존에도 급급할 수밖에 없었다. 표면적으로는 민생을 위해 썼다는 황육홍의 『복혜전서』조차도 진정한 관심은 백성의 행복에 있는 것이 아니라, 관료 자신의 행복과 조직 내에서의 오랜 생존에 있는 것처럼 보인다.[73]

그러나 다른 한편으로 유교적 수사는 온갖 법률 이야기에 넘쳐난다. 개인의 권리라는 개념조차 없는 전제국가지만, 피지배계층도 지배층만큼이나 유교적 인정(仁政)이나 정리가 무엇을 의미하는지 잘 알고 있었으며, 영리한 사람들은 그들의 이익을 위해 어떻게 제도의 틈새를 이용할 것인지 골몰했다. 포공처럼 유명한 문학 속의 재판관은 엄혹하고 무자비한 모습으로 나타나지만, 그 모습 뒤에는 언제나 법가적인 보편주의와 유교적 온정주의 사이의 미묘한 균형이 있었다. 백성이 상상한 이상적 재판관은 엄격하면서도 자애로운 '아버지'에 가까웠다. 서민을 아이들처럼 다루는 권위주의적 재판관이라도 온정주의에 기대어 이용할 수 있다면, 그것이 바로 서민이 온갖 위험을 무릅쓰고 관아의 문턱을 넘는 이유였다. 냉소적이기로 유명한 이어가 지향한 이상적 재판관도 결국 엄격한 이성주의보다는 온정주의 쪽을 택한 것 같다. 앞에서 살펴본 것처럼 혹리에 대한 거부감과 우려는 탐관에 대한 것보다도 더 극심하여 류어(劉鶚, 1857-1909)의 『노잔유기老殘遊記』(1904) 등 만청소설(晩淸小說)에까지 면면히 이어졌다. 법률전문가를 양성하는 교육기관이 따로 없었고, 법률이나 소송을 잘 아는 전문가를 이른바 법가나 송곤이라는 말로 백안시하는 분위기에서도 법률지식의 중요성은 점차 커졌다. 법전 외에도 수많은 법서가 출판되고 유통된 이유였다.

중국
소송사회

4

공자께서 말씀하시길, "송사를 처리함은 나도 남들과 같으나, 반드시 송사가 없도록 하겠다!"

_『논어·안연論語·顔淵』제13장[74]

공자가 '무송(無訟)사회'를 지향한 이래 유교문화에서 소송은 그야말로 사회적 반목을 조장하는 반사회적 행위를 의미했다고 할 수 있다. 재판관의 관점에서 볼 때 어떤 이유든 법정에 나온 소송인들이 곱게 보일 리 만무하다. 무송사회를 지향하는 재판관의 시각은 바로 중국의 사법제도를 관통하는 지배이념과 공적 담론을 반영한다. 그러나 소송에 대한 부정적 인식과 지속적인 식송(息訟)정책에도 불구하고 공자 시대부터 소송이 없었던 적은 없었다. 페이샤오퉁(費孝通)은 중국의 농촌사회를 가리켜 소송 없는 '향토사회(鄉土社會)'라고 했지만,[75] 그의 주장을 중국 농촌사회 전체에 일반적으로 적용할 수는 없다는 비판을 받았다. 사회이동과 변화가 적은 고립적인 농촌공동체라는 제한적인 사회 조건에서만 가능한 이야기라는 것이다.

중국의 사법제도와 소송제도를 정반대의 관점에서 살펴보면, 지금껏 간과했던 이면이 드러난다. 쓰촨성(四川省)『파현당안巴縣檔案』을 연구한 후마 스스무(夫馬進)에 따르면, 근대 이전의 중국 사회는 무송사회 아닌 '소송사회(litigious society)'였다.[76] 소송사회란 "이 정도로는 소송이 되리라고 생각할 수 없는 사소한 문제에도 시민이 재판에 이르는 사례가 빈번한" 사회를 가리킨다.[77] 후마 교수의 주장은 우리가 앞에서 살펴본 형법 중심의 사법제도와 유교적 법문화의 실체를 다시 생각하게 만든다. 약 1만7천 건에 달하는 소송문건이 증명하듯 동치(同治, 1862-1874) 연간의 파현이 소송사회가 된 주요 원인을, 후마 교수는 당시 파현이 도시화가 진행되고 타지에서의 인구 유입이 많았던 데서 찾고 있다.[78] 근대 이전에도 인구이동이 적고 자급자족적인 농촌사회와 인구이동이 활발하고 다양한 사회 계층과 직업인이 밀집해 살았던 도시 지역 간에 큰 사회적 격차가 있었음을 고려해야 하지만, 결국 소송률의 전반적인 증가를 막지는 못했다.

한편 소송사회는 단순히 소송 건수가 많은 사회만을 의미하는 것이 아니다. 소송사회는 '법의 지배(rule of law)'가 이루어지는 민주사회이며, 소송할 권리가 법으로 보장되고 누구나 소송이 가능한 사회를 일컫는다. 현대 미국 사회가 소송사회의 대표적 예이다. 미국 사회의 '호송(好訟)' 경향을 분석한 『소송사회 The Litigious Society』의 저자 제스로 리버먼(Jethro K. Lieberman)은 소송사회의 출현이 시민사회와 밀접한 연관성을 가지며, 자급자족의 농업사회에서 사람들 사이의 상호 의존성(interdependence)이 강화되는 산업사회로의 변화가 그 원인으로 작용했다고 지적한다.[79] 미국 사회가 소송사회가 된 또 다른 원인 중의 하나는 이민자가 많은 사회였다는 것이다.

온갖 사소한 소송이 다반사인 미국에서조차 소송의 원인을 '탐욕'에서 찾을 만큼 소송에 대한 부정적 인식은 보편적이지만, 소송사회의 배경에는 시민의 권리의식과 법률의 민주화 같은 긍정적 측면이 있다. 따라서 제러미 벤담(Jeremy Bentham, 1748-1832)은 법을 "어떤 비인격적인, 이미 존재하는 인간 윤리의 구조물 같은 것이 아니라, 사람들이 스스로 그들의 삶을 이끌어나가게끔 만드는 수단"으로 여겼다. 그리하여 그는 법은 "대중이 만들어내고 이용하는 인간적 기획"이라고 주장한다.[80]

그렇다면 중국은 어떠한가? 소송사회라고 할 때 소송은 중국 재판관들이 전통적으로 청송 또는 '세사(細事)'라고 일컬었던 민사소송을 의미한다. 재산상속 및 재산권 분쟁, 혼인 문제 등을 규정한 호율(戶律)이 현대 민법과 비슷하지만, 역시 중국 성문법의 중심은 형벌규정이었다. 법전 서두에 오형부터 정의한 『대명률』에서도 알 수 있듯이 형벌 위주의 법률은 그 근간이 사회통제에 있음을 보여준다. 더욱이 공자가 '무송'을 강조한 이래 재판관은 으레 소송인을 사회질서와 조화를 해치는 골칫덩이라 비난하고, '호송지풍'이니 '건송지풍(健訟之風)'이니 하면서 무너진 사회기강을 걱정하는 잔소리를 늘어놓기 일쑤다. 그런데 이것이 어디까지나 원칙이고 국가의 공식적 입장일 뿐이라면 어떤가. 겉보기와 달리 서민은 소송을 포기할 만큼 관아를 두려워하지 않았거나, 아니면 관아는 우리가 상상하는 것만큼 소송을 억압하지 않았다는 역사적 증거는 지나치리만치 풍부하다.

후마 교수에 따르면, 이미 송대부터 호송 또는 건송(健訟)이라는 말이 사료에 보이기 시작한다고 한다.[81] 16세기 말부터는 도시화와 상업·화폐경제의 발달, 인구이동 등의 현상이 본격적인 소송사회가 출현한 주요 원인인 것은 분명하다. 그러나 앞에서 소송사회의

「판관 앞의 죄인」, 조지 메이슨(G. H. Mason) 편,
『중국인의 형벌 *The punishments of China*』(1801) 중에서

원인으로 언급한 법률의 민주화는 차치하고라도 서민의 권리의식을 소송사회의 한 원인으로 볼 수 있을까? 관아로 달려간 서민들이 수령 앞에 무릎을 꿇고 억울함을 호소하고 정리에 의존하는 모습은 어쩐지 권리의식과는 거리가 멀어 보인다. 그것은 권리의식이 아니라 법률을 독점한 전제권력에 대한 의존과 복종의 모습이 아닐까? 중국 법문화의 주요한 속성으로 자주 거론되는 것이 바로 권리 개념의 부재였다. 이 권리의식으로부터 민법 또는 사법(私法)이 발현되었다고 본다면, 권리의식의 부재는 곧 민법의 부재를 주장하는 주요한 근거가 될 수 있다.[82] 따라서 어떤 법학자들은 호송 경향과 권리의식의 발달을 혼동해서는 안 된다고 경고한다. 권리 주장이 도덕적 질서를 파괴하는 행위로 비난받는 사회에서 권리의식의 발달을 기대하기 어렵다는 이유에서다.[83]

소송사회와 전제권력의 관계, 권리의식과 유교적 법문화의 관계는 물론 신중히 다룰 필요가 있다. 소송사회라든가 민법이라든가 권리라는 개념들이 모두 서구중심주의적 법관념에서 유래했다는 점에서 더욱 그렇다. 명청 시대 중국 사회에서 발견되는 몇 가지 고립된 유사 사례들만을 가지고 소송사회라든가 권리의식의 유무를 단언할 수는 없다. 그러나 앞에서 살펴본 것처럼 중국 법률을 강압적인 통치 수단으로만 보는 것 또한 분명히 지양해야 할 관점이다. 형법 중심의 사법제도 아래에서도 명청 시대 소송이 빈번했던 것은 분명 간과할 수 없는 사실이다. 재판관의 위협도, 아역의 횡포도, 엄청난 소송비용도 서민의 소송을 막는 결정적인 장애물은 아니었다. 앞에서 황육홍의 관잠서나 이어의 소설을 통해서 법정에 들어선 서민의 고난에 초점을 맞춰 살펴보았지만, 결과적으로는 그들은 법정에 가기 위해 그 고난을 마다하지 않았다. 여기에서 우리가 간과해서는 안 되는 사실은 제도적으로 누구나 소송할 수 있도록 보장했다는 것이다.

앞에서 언급한 대로 관아에서 요구하는 소송문서의 격식—장식(狀式)이라고 한다—을 따르지 않으면 재판조차 받기 어렵지만, 반대로 격식을 갖추어 원고의 고장(告狀)과 피고의 소장(訴狀)을 제출하기만 하면, 누구나 재판받을 수 있었다. 따라서 지역마다 편차가 존재하기는 해도 주현관이 1년 동안 처리하는 소송문서가 약 만여 건을 넘는 경우도 드물지 않았다. 이 중에서 실제로 판관이 원고와 피고를 불러 심리하고 판결을 내린 사건이 10퍼센트를 넘지 않았다고 가정해도 주현관 한 사람이 1년 동안, 그것도 정해진 기간—대체로 8개월 이내—내에 천 건 정도의 소송사건을 처리했다는 것은 믿어지지 않을 만큼 과중한 업무 부담이다.[84] 이 정도면 '호송지풍'이니 '건송지풍'이라는 말을 빈말이라 힐 수 없다.

당시 소송절차의 가장 큰 특징은 철저한 문서행정이었다. 소송은 격식을 갖춘 고소장 제출로부터 시작한다. 바로 이 원칙이 송사와 같은 법률전문가가 성업할 수 있었던 기본 배경이 된다. 송사의 신분은 줄곧 합법적으로 보장되지 않았지만, 소송이 급증하기 시작한 송대부터 송사는 이미 가시적인 존재로 나타나기 시작한다. 소송과 법률을 가르치는 '학송(學訟)'과 '교율(校律)'이 성행하기 시작한 것도 이때부터였다.[85] 그리하여 오늘날 변호사 없는 소송이 없는 것처럼 명청 시대에도 "소송에는 반드시 송사가 있다〔詞訟必有訟師〕"

고 할 정도였다.[86] 이처럼 송사의 존재는 이념과 현실, 법률의 공식적 재현과 실질적 운용 사이의 괴리를 보여주는 단적인 예라고 할 수 있다.

한편 문맹률이 높았던 당시에 문서행정을 원칙으로 하는 소송제도는 글을 읽고 쓸 줄 모르는 서민에게 불리하지 않았을까? 반드시 그렇다고는 할 수 없다. 원칙적으로는 대서인을 통해 고소장을 제출할 수 있었고, 청대에는 대서인의 지위를 제도적으로 보장하여 그들에게 우선적으로 고소장을 심사할 자격을 부여했다. 모든 고장은 반드시 대서인을 거쳐 최종적으로 그들의 승인 날인[戳記]을 받아야만 관아에 제출할 수 있었다.[87] 이처럼 합법적인 대서인이 있는데, 고소장 작성에 군이 송사의 도움을 빌릴 필요가 있었을까? 여기에는 또한 송사를 필요로 하는 제도적 허점이 있다.

과도한 업무 부담에 시달리는 재판관으로서는 신속한 처리를 위해 대부분의 민사 소송사건을 고소장을 통해 파악하고 사건을 수리[准]할지 아니면 기각[不准]할지를 결정했다. 정해진 장식에는 전체적으로 300자를 넘지 않는 선에서 반드시 써야 할 조목들이 있었다. 재판관이 사건을 수리하는 가장 기본적 조건은 적어도 이 조목들을 제대로 채워 넣는 것이었고, 그렇지 않은 경우는 재판조차 받을 수 없었다.[88] 아래의 글은 송사의 존재가 필요할 수밖에 없는 당시의 제도적 배경과 실상을 간략하게 보여준다.

무릇 사(詞)라고 하는 것은 사건의 진상을 전달하는 것인데, 백성 중에 억울한 일이 있어도 해결할 수 없는 경우 사를 빌려 진상을 밝히니 원래 허황되고 교묘한 말은 취하지 않았다. 고로 관부(官府)는 매번 실제 진상을 밝히지 않는 허황된 장사(狀詞)를 금지하는 명령을 내리고, 대서인을 뽑아 백성을 대신해 사건을 진술하게 했다. 그러나 대서인이 쓴 장사는 문장이 투박하고 꾸미지 않아 주목받지 못하니, 판관에게 재판받지 못하는 경우가 허다하다. 따라서 백성들은 어쩔 수 없이 송사에게 의뢰하게 되는데, (송사는) 전답, 토지 등과 관련된 일을 인명(人命)에 관한 일로 둔갑시키고, 단순한 싸움을 강도사건으로 둔갑시킨다. 관아의 공당에서 심문받는 날에는 관부는 즉시 그 사건이 거짓임을 알게 되는데, 이 경우 무고죄로 처벌되는 것은 굳이 법전을 들여다보지 않아도 알 수 있는 일이다.[89]

이 글에서 폭로한 것처럼 유능한 송사들이 글솜씨를 내세워 사건을 과장하는가 하면, 심지어 자연사나 병사를 살인사건으로 둔갑시킨 예도 드물지 않았다.[90] 그러나 이와 같은 송사의 폐해에도 불구하고 대시인이 쓴 고소장으로는 설득력이 부족하여 판관의 주목을 받을 수 없다는 것이다. 아문에서 막우로 일한 경험이 있는 왕유부(王有孚)도 졸렬한 대서인의 글은 "단지 읽는 사람의 마음만 심란하게 만들 뿐 진정을 전달하기 어렵기〔徒令閱者心煩, 眞情難達〕" 때문에 유능한 송사에 의존하게 되는 것인데, 무조건 송사를 암적인 존재로 비난할 수는 없는 일이라고 송사를 두둔하기도 했다.[91]

여기에서 주목할 것은 문서행정과 과거제도, 문인문화의 영향 아래 법률문서인 고소장에서조차도 그저 사실을 나열하기보다는 어떻게 사실을 설득력 있게 재구성하는가가 중요했다는 것이다. 고소장은 격식을 지키면서도 재판관이라는 비판적 독자를 설득할 수 있는 '스토리텔링'이 중요했다. 이 점에서 고전교육을 받은 문인 출신의 송사가 필요했으며,[92] 송사비본은 송사를 위한 참고서도 출현했다. 이 가운데는 좀 더 대중적이고 이해하기 쉬운 공안소설도 있었다. 소송사회야말로 공안소설 같은 대중적 법서가 출현하게 된 중요한 사회적 배경이라고 할 수 있다.

제3장

동아시아 범죄소설의 탄생

명청 시대 공안소설과 조선 후기 송사소설(訟事小說)이라는 명칭 자체는 좀 생소하지만, 범죄 이야기라는 점에서 범죄소설(crime fiction) 장르의 역사 속에서 이해되어왔다. 특히 공안소설은 현대 독자에게 중국의 탐정소설(detective fiction)로 재발견되었다. 근대 탐정소설을 비롯하여 범죄소설은 대중문화의 확산과 함께 오늘날 엄청난 대중적 인기를 누리며 가장 활발하게 재생산되고 있는 장르물이다. 그 하위 장르도 셜록 홈즈(Sherlock Holmes)로 대표되는 고전적 탐정소설(classical detective story)로부디 경찰소설, 스파이소설, 법정소설, 범죄스릴러에 이르기까지 다양하며, 소설, 연극, 영화, TV 드라마 등 다양한 대중매체를 통해서 셀 수 없을 정도로 수많은 범죄 이야기가 양산되고 있다. 이 범죄소설 장르가 현대 대중문화에서 거둔 빛나는 성공이 없었다면, 문학사에서 주목받지 못한 낡은 범죄 이야기가 조명될 리 만무했을 것이다.

이런 연유로 전근대 동아시아의 범죄소설 장르는 다시 조명받기 시작했다. TV 드라마 등을 통해서 중국의 명탐정 포공과 조선의 명탐정 박문수(朴文秀, 1691-1756)는 민중을 위해 전제권력의 폭압에 맞서 싸우는 정의의 사도로 부활하여 전근대 사회의 부조리와 불의를 고발한다. 그들의 이야기가 전근대 사회를 들여다보는 창인 것은 맞지만, 그 창을 통해 바라보는 그 시대는 우리 시대와 맞물려 왜곡되면서 많은 혼란을 불러일으킨다. 우리가 범죄소설을 읽고 즐기는 독서관습이나 문화의 테두리 안에서 공안소설이나 송사소설을 수용하고 읽는 것이 전적으로 잘못된 것은 아니지만, 많은 부분을 놓치거나 오해할 수 있는 것도 사실이다. 그럼에도 역사적으로 지나치리만치 풍부한 범죄 이야기들은 모두 정의의 열망으로부터 비롯되었으며, '정의란 무엇인가'에 관한 심오한 질문에 충돌하는 다양한 관점들을 제공한다는 점에서는 공통적이다. 근현대 범죄소설은 탐정소설이 그렇듯 법률이나 실제 범죄사건과 무관하거나, 교훈이나 유익한 정보의 전달보다는 잘 짜인 이야기 구조와 서사성에 집중하는 경향이 두드러지지만, 시적 정의를 추구하는 주제의식은 크게 바뀌지 않았다. 공안소설이나 송사소설은 법문화와의 밀접한 연관성 속에서 그 주제의식에 훨씬 충실했을 뿐이다. 이 장에서 나는 근현대 범죄소설과는 구분되는 전근대 동아시아의 범죄소설의 사회사적 맥락을 깊이 있게 살펴보고자 한다.

법서,
법과 문학의 경계

1

옛날에 한 현관이 있었다. 그는 어떤 사무를 처리하든 간에 언제나『논어』를 참조하였다. (…) 어느 날 현관은 공당에 단좌(端坐)하여 죄인 셋을 심문하였다. 첫 번째 죄인은 닭 한 마리를 훔친 사람이었다. 현관은『논어』를 펼치더니,

"해질 무렵 이 사람을 즉시 사형에 처해라."

라고 판결했다. 옆에 있던 하급 관리가 슬며시 현관에게 말했다.

"판결이 너무 과중하옵니다."

현관은 눈을 부릅뜨고 소리 질렀다.

"과중하지 않도다. 과중하지 않도다.『논어』에 '조문도 석사가의(朝聞盜 夕死可矣)'라고 했으니, 이는 아침에 도적을 잡으면 해질 무렵에 처형하라는 뜻이다."

(중략) 세 번째 죄인은 살인 방화를 대대로 하는 상습범이었다. 닭 도둑마저 사형에 처하는 것을 본 그는 자신이 필연코 죽었다고 생각했다. 그런데 문서를 살피던 현관이 벌떡 일어나더니 죄인 앞에 와 큰절하면서,

"성인이 말하기를 부친의 도를 삼 년간 바꾸지 않으면 가히 효라고 하였거늘 너는 부친이 이미 죽은 지 삼 년이 넘었는데도 여태

도둑질을 해왔으니 가히 금세의 대효자라고 할 수 있도다. 존경할 만하다 존경할 만하다."

하고 연속하여 칭찬했다. 현관이 문서를 통해 죄인의 아버지 역시 큰 악인이라 삼 년 전에 참수 당하였음을 알게 되었던 것이다. 이를 본 범인은 감지덕지하고 아전은 아연실색하였다. 현관은 득의양양해서 말했다.

"이 나으리가 성인의 말에 따라 일을 처리할진대 어찌 틀릴 수가 있으랴!"[1]

첫 번째 사건은 『논어』에 나오는 '조문도 석사가의(朝聞道 夕死可矣)'라는 구절의 의미를 아는 사람이라면, 현관의 엉터리 해석에 배꼽을 잡지 않을 수 없다. '도(道)'를 '도(盜)'로 잘못 알고 죄수를 처형하라고 판결했기 때문이다. 세 번째 죄인은 대를 이어 살인을 저지른 극악무도한 죄인이다. 그런데 『논어』의 "부친이 세상을 떠나면 그 행적을 살피고 삼 년 동안 부친이 행한 바를 고치지 않는다면 가히 효자라 할 수 있다〔父歿觀其行 三年無改於父之道 可謂孝矣〕"라는 구절에 집착한 우매한 현관은 오히려 흉악범을 효자라 공경하니 기막힐 노릇이다. 이 이야기는 물론 『논어』밖에 모르는 현관의 무지를 과장하고 조롱한 이야기지만, 예비 관료 대부분이 과거에 합격하기까지 실제 업무를 익히기보다는 오롯이 공맹(孔孟)의 사서오경(四書五經)만 파고들어야 했던 현실을 반영하기도 한다.

그러나 업무에 대한 전문교육이나 훈련 과정 없이 지방 수령으로 임명했다고 해서 그들에 대한 중앙정부의 업무 평가가 관대한 것은 물론 아니었다. 이런 까닭에 예비 관료라면 황육홍의 『복혜전서『福惠全書』와 같은 관잠서(官箴書) 또는 목민서(牧民書)가 필독서로 유용했을 것이다. 실제로 관잠서에 대한 수요가 많았다는 것은 최근 출간된 방대한 『관잠서집성』에서도 쉽게 확인할 수 있다.[2] 특히 『복혜전서』는 "초임 관리가 비결로 받들〔初仕者奉爲金針〕" 만큼 많이 읽힌 책이었다. 강희(康熙) 32년(1693) 처음 출간된 『복혜전서』는 그 후 여러 출판사에서 방각(坊刻)되어 어느 서점에서나 쉽게 구할 수 있을 정도로 인기를 누렸다.[3] 『복혜전서』는 19세기 말 한 지방관이 부임지에 들고 간 필독서 목록에도 여전히 올라 있을 정도로 청대 출판된 관잠서로는 단연 으뜸이었다고 할 만하다.[4]

이처럼 방각본 관잠서의 출현은 이 장르의 대중적 수요를 짐작케 한다. 『복혜전서』가 그렇듯 관잠서는 '관료가 알아야 할 모든 업무 지식'을 포괄하지만, 그중에서도 가장 중시한 업무라면 역시 사법행정이었다. 『복혜전서』에서도 사법행정을 다룬 「형명부刑名部」는 전체의 3분의 1을 차지할 만큼 중요하게 다루어졌다. 범죄와 소송이 증가하면서 법률사부는 왕휘조와 같은 '형명 막우'의 전문적 도움 없이는 처리할 수 없을 만큼 더욱 복잡하고 까다로운 업무가 되었기 때문이다. 더구나 법률이나 소송절차에 관한 지식은 지방관이나 막우, 서리 계층에게만 필요한 전문지식이 아니라, 고소장이나 계약서, 증명서 같은 문서 작성이나 발급이 필요한 일반 대중에게도 알아야 할 상식이 되었다. 명청 시대 상업적인 서적출판시장이 확대되면서 덩달아 늘어난 것도 대중적 수요에 따른 다양한 형태의 법서 출판이었다.

법서란 법전으로부터 법가철학에 이르기까지 근대 이전의 동아시아에서 생산된 다양한 법률 관련 문학을 일컫는다. 영어에서 쓰이는 법문학(legal literature)이라는 용어가 법과 관련된 다양한 장르들, 이를테면 판례집으로부터 판결문, 탄원서, 고소장 같은 법률문서(legal writing)에 이르기까지 다양한 텍스트를 폭넓게 일컫는 말이라면, 법서 대신 법문학이라는 용어로 대체해도 무방할 것 같다. 다만 법서라는 말도 원래부터 보편적으로 사용된 장르적 명칭은 아니라는 사실에 주의할 필요가 있다.

우선 중국의 경우를 보자면, 『사고전서四庫全書』의 사부(史部) 정서류(政書類)에 『당률소의』, 『대명률』, 『대청율례』와 같은 형전(刑典)이 수록되었고, 자부(子部) 법가류(法家類)에는 법가 철학서인 『관자管子』, 『상자商子』, 『한자韓子』를 비롯하여 법의학서인 『세원록洗寃錄』과 『무원록無寃錄』, '판례사(判例史)', 즉 역사서에 기록된 판례집이라 할 수 있는 『의옥집疑獄集』, 『절옥귀감折獄龜鑑』과 『당음비사』, 송대 판례집인 『명공서판청명집名公書判淸明集』 등이 수록되었다. 『사고전서』에서도 법전을 '법서' 아닌 '정서(政書)'로 분류했다는 것이 눈에 띈다.

그러나 실제로 명청 시대에 간행되고 읽힌 법서로는 『사고전서』에 포함되지 않은, 훨씬 더 광범위하고 다양한 법률 관련 장르들을 아우를 수 있다. 형전 외에도 수많은 판례집과 형정서(刑政書)―즉, 사법행정 지침서―가 출판되었는데, 여기에는 정부 출판[官刻]으로부터 개인(또는 가문)의 출판[私刻, 家刻], 출판사의 상업적 출판[坊刻]에 이르기까지 다양한 형태가 포함된다. 간행 목적이나 주체, 독자층에 따라 그 형식이나 내용도 크게 달랐다. 『대명률』을 영어로 번

역한 장용린(Jiang Yonglin)은 법서를 다음과 같이 다섯 종류로 분류
한다.

(1) 중앙의 형부와 지방 관아에서 처리한 다양한 형사사건기록을
편찬한 형안(刑案)

(2) 실제 재판관으로 재직한 경험이 있는 저자가 자신이 작성한
판결문 및 사건 보고서인 심어(審語), 언어(讞語), 판어(判語)
또는 판독(判牘) 등을 모아 출판한 책

(3) 역사기록으로부터 수집한 판례들을 모아놓은 『의옥집』, 『절
옥귀감』, 『당음비사』 등 절옥류(折獄類)라 불렸던 판례사(case
history)

(4) 아전이나 소송전문가―즉, 송사 또는 송곤―가 참고했던 문
서격식을 모아놓은 송사비본(訟師秘本)

(5) 오늘날의 범죄소설과 유사한, 대중을 겨냥한 공안소설[5]

가장 체계적이고 방대한 법서라면, 역시 형안일 것이다. 청대의
건륭부터 도광(道光) 연간에 이르기까지 약 백 년간 형부에서 심리
한 판례 개요를 모아놓은 『형안회람刑案匯覽』(1736-1834)이 이에 해당
하며, 조선 시대 정조(正祖, 재위 1776-1800) 대왕의 판부(判付)와 사건
개요를 수록한 『심리록』도 넓게 보면 이 유형에 속한다. 이런 기록
들은 상당 기간 황제나 국왕의 최종 심리를 거친 심각한 형사사건
을 빠짐없이 수록하고 있어서 자료적 가치가 높지만, 간단한 사건
개요와 심리·판결을 정리한 기록일 뿐, 일차적인 사건기록은 빠져
있거나 편집되는 경우가 대부분이다.

그러나 대개 간단한 사건 개요만을 제공하는 형안과 달리 판독은 소송사건에 대한 판결뿐만 아니라 사건의 조사·심리기록과 법률추론까지도 포괄할 수 있다는 점에서 차이가 있다. 예를 들어 남정원의 『녹주공안』은 자신이 판결한 실제 소송사건의 사건 개요뿐만 아니라, 사건의 고소로부터 판결에 이르는 재판 과정을 자세히 서술한다. 황육홍의 『복혜전서』에 실린 사례와 조선 시대 정약용의 『흠흠신서』도 『녹주공안』과 유사한 판독이 포함되어 있다.

문인·관료 계층을 주 독자층으로 삼아 역사기록으로부터 판례를 수집해 출판한 장르가 판례사다. 『의옥집』, 『절옥귀감』, 『당음비사』 그리고 『명공서판청명집』과 같은 판례집들이 소실되지 않고 후대로 전해지기 시작한 것은 송대부터였다. 그런데 『명공서판청명집』(1250년대)을 제외한 송대 판례집들의 원본은 남아 있지 않고, 다만 원대(元代, 1271-1368)와 명대에 간행된 판본들만 남아 있다. 원대 필사본을 바탕으로 일본에서 다시 간행된 『당음비사』가 가장 오래된 현존 판본이다.[6] 문제는 이 판례집들의 명대 판본인데, 아마도 새로이 간행되면서 상당한 정도로 편집자의 손질을 거친 결과 수록된 많은 사례가 중복되는 경향을 보인다.[7] 원래 가장 먼저 저술된 책은 10세기 오대(五代, 907-979) 시대에 완성된 『의옥집』이지만, 현존하는 가장 빠른 명대 판본은 『당음비사』이다. 『당음비사』는 『의옥집』과 『절옥귀감』을 계승하여 1207년 계만영(桂萬榮)이 편찬했고, 명대 판본은 오눌(吳訥, 1372-1457)의 편집을 거쳐 1442년 간행되었다. 『의옥집』과 『절옥귀감』의 간행은 그 이후에 이루어진 것으로 보이며, 현재 각각 1532년 판본과 1570년 판본이 남아 있

다. 송대 재판관들의 판결문을 실은 『명공서판청명집』을 제외하고
는 『의옥집』, 『절옥귀감』, 『당음비사』 등에 수록된 판례들이 역사
기록을 거의 글자 그대로 베낀 경우가 대부분이며, 문체와 형식 역
시 사전체(史傳體)를 채택했다. 이것이 판례 아닌 판례사라고 한 까
닭이다. 명대에 와서 오래된 판례집들이 발굴되고 다시 간행되어
널리 읽힌 것은 주목할 만한 현상이다. 앞에서 살펴본 소송사회 현
상과 상업적 출판시장의 확대가 그 공통적 배경임은 재차 강조할
필요도 없다.

판례와 역사의 결합은 꽤 전문 영역처럼 보인다. 그러나 실제로
는 문외한이라 하더라도 어렵지 않게 읽을 수 있을 만큼 평이하고
짤막한 서사, 즉 역사적 일화들로 구성되어 있다. 이런 이유로 이
장르는 법률교육이나 수사 및 심문 기법에 대한 전문지식의 제공을
목표로 했다기보다는 좀 더 보편적이고 윤리적인 교훈 전달에 치중
한 것으로 보인다. 특히 판례사는 열전(列傳) 형식을 채택함으로써
이상적 재판관의 재현에 초점을 맞추고 있다. 따라서 유교적 고전
교육을 받은 문인이자 미래의 재판관을 독자로 가정한다면, 이 장
르는 독자가 좀 더 타고난 도덕적 양심에 귀 기울이면서 윤리적으
로도 올바른 법적 판단이란 무엇인가를 숙고하게 만들 수 있다. 그
러나 좀 더 실용적인 법률지식을 요구하는 독자라면 판례사는 추천
할 만한 책은 아니다.

실용성과 대중성을 갖춘 법서에 대한 수요가 있었다면, 앞의 법
서 분류 중 나머지 두 장르 송사비본과 공안소설이 그 틈새시장을
파고든 상업적 출판물이다. 여기에서 우선 주목할 만한 사실은 전

근대 중국의 '탐정소설'로 알려진 공안소설이 법서에 포함되었다는 것이다. 실제로 지금까지도 공안소설을 연구한 사람들은 대부분 필자를 비롯하여 고전문학 또는 문학사 연구자들이었다. 그러나 전형적인 문학적 연구방법론이나 텍스트 분석은 공안소설 수용의 사회사적 맥락이나 그 역할을 이해하는 데는 오히려 방해가 될 수도 있다.

공안소설을 소설이 아닌 법서로 간주할 때, 왜 공안소설이 송사비본처럼 법조문이나 장식을 제공하고 송사비본에 실린 사례를 모방하거나 참조했는지 그 까닭을 좀 더 명확하게 이해하게 된다. 중요한 것은 그 시대에는 법학과 문학의 경계가 지금처럼 분명하지 않았으며, 당시의 작자와 독자는 잘 짜인 이야기로서의 공안소설의 서사성보다는 법률지식과 함께 도덕적 교훈을 전달하는 장르의 복합적 기능에 더 주목했다는 사실이다. 우리에게는 그저 이야기의 흐름을 방해하는 불필요한 요소일 뿐인 고소장이나 판결문의 삽입이 그 시대 독자에게는 공안소설을 읽는 주요한 이유였을 가능성을 염두에 두어야 한다. 공안소설이 다산의 『흠흠신서』에 인용된 예 또한 공안소설을 법서의 한 부류로 이해하는 것이 그 시대 독자에게는 자연스러운 일이었음을 보여준다. 사실 『흠흠신서』가 저술된 조선 사회에서도 공안소설뿐만 아니라 이른바 '송사소설'이 출현하여 대중적 법서로 널리 읽혔다.[8]

명청 시대 중국이나 조선 사회에서 소설 형태의 대중적 법서 장르가 활발하게 생산되고 유포되었다는 것은 법률지식이 대중에게 상당히 광범위하게 유포된 실상을 가리킨다. 지배계급 또한 형벌

위주의 사회통제에 전적으로 의존하기보다는 분쟁 조정과 법률교육의 필요성을 인정했기에 대중적 법서의 출판을 부분적으로나마 허용했을 것이다. 이는 베버 이후로 전제주의 국가의 공포정치로 말미암아 대중은 법에 무지하고 법을 두려워하기만 했다는 중국 사회에 대한 인식이 완벽한 편견임을 증명한다. 이런 사실은 19세기 말 중국을 방문한 선교사 아서 스미스(Arthur H. Smith, 1845-1932)가 중국인에 대한 인종주의적 편견을 양산한 장본인임에도 불구하고, 법에 관한 한 중국인이 법을 잘 알고 잘 지키는 사람들이었다고 묘사한 사실에서도 확인할 수 있다.[9]

앞 장에서 살펴본 것처럼 전제주의적이고 관료주의적인 사법제도가 지닌 구조적 한계를 물론 가볍게 보아 넘기기는 어렵다. 절대 권력과 국가질서에 대한 도전은 대역죄라는 이름으로 무자비하게 단죄되며, 어떤 인도주의적 관용도 불허한다는 점에서는 현대의 민주적 사법제도와 비교조차 불가능하다. 그러나 그 밖의 일탈행위에 대해서는 인과응보적 보상원칙보다는 관용주의와 정리(情理)를 폭넓게 고려하는 경향이 두드러졌다. 우리는 전제주의 권력을 정당화한 유교적 법문화의 메커니즘이 법에 대한 윤리적 해석을 당연한 것으로 만든 사실에 주목해야 한다. 이른바 '유교적 법추론(Confucian legal reasoning)'의 주요 특징은 법원으로서 법전 외에도 정리를 고려하는 것이다.[10] 이 기준이 불분명하고 모호할수록 관점에 따라 해석적 다양성은 늘어나고, 다양한 법 이야기(legal story)의 축적이 필요하게 된다.

법과 소송에 대한 부정적 인식이 만연한 유교문화에서, 특히 전문적인 법률교육이나 법률전문가의 활동이 공식적으로 허용되지 않았던 사회에서, 다양한 법 이야기를 기록한 법서 장르가 출현하고 '문학으로서의 법' 읽기가 대중화되었다는 사실은 매우 중요한 사회적 변화를 가리킨다. 즉, 법의 기능이 지배층의 일방적 사회통제로부터 피지배층의 법의식 또는 권리의식의 성장으로 확대되었다는 것이다. 지배층도 피지배층에 대한 일방적인 억압보다는 법정에서 피지배층과 적극적으로 소통하고, 그들을 '윤리적으로' 설득하고 교육하는 것이 더 효과적임을 잘 이해했던 것으로 보인다. 이 책에서 더 자세히 살펴볼 기회가 있겠지만, 이런 이념을 적극적으로 실천했던 대표적 예가 바로 정조 대왕이다. '문학으로서의 법' 읽기가 유교적 법문화에서 억압되기는커녕 오히려 대중화된 이유가 여기에 있다. 다만 이 과정에서 피지배층의 '법적 대응'과 정의에 대한 열망 또한 더욱 강해진 것은 지배층의 원래 의도와는 거리가 있었지만, 이를 억압하지 않았던 것 또한 덕치의 유교이념에 근거한 탓이다.

법서 중 유교적 법문화의 모순적 현실을 재확인시켜주는 장르가 바로 송사비본이다. 무송을 지향하는 소송사회에서 불법적으로 활동한 소송전문가가 비밀스럽게 챙겨보던 책이 송사비본인데, 대개는 고소장 작성법에 관한 책이었다. 사실 송사비본은 음란서적과 함께 자주 금서(禁書)목록에 올라 있었기에 책방 진열대에 내놓고 팔 수 있는 그런 책은 아니었다. 그런데도 명대 말기부터 유통된 송사비본 몇 종이 현존한다.[11] 그중 대표적인 것으로 『소조유필蕭曹遺筆』, 『절옥명주折獄明珠』, 『형대진경刑臺秦鏡』, 『법필경천뢰法筆

『警天雷』 등이 있는데, 특히 『법필경천뢰』나 『형대진경』 같은 책들은 서적의 출간과 유포를 금지하는 건륭 연간의 금령(1742)에도 언급되었다.[12]

대부분의 송사비본이 매우 구체적인 문례(文例)를 제시함으로써 실제 고소장과 판결문 등을 실은 것은 아닌가 하는 의구심마저 들게 하는데, 후마 스스무에 따르면 사실은 허구적인 사례일 뿐이다. 예를 들면, 가장 많은 이본이 있는 『소조유필』 중 만력(萬曆) 23년 (1595)에 간행된 『신계소조유필新鍥蕭曹遺筆』에는 소송 및 범죄사건이 유형별로 분류되어 있고, 유형마다 고장과 소장, 판결문이 문례로 제시되어 있다. 이 문례에는 고소인의 이름은 물론 고소장을 제출한 현청과 판결을 내린 재판관의 성명까지 기록되어 있다. 그러나 이런 기록을 실제 지방지와 대조해보면 재판관이 완전히 허구적 인물임을 알게 된다.[13]

송사비본은 특정 독자층을 겨냥한 법서지만, 단순히 법률지식을 나열한 책이 아니라 구체적 사례를 제공함으로써 법적 스토리텔링의 중요성을 일깨우는 책이기도 하다. 같은 사건이라도 어떻게 설득력 있는 이야기로 재구성하는가에 따라 소송의 승패가 갈릴 수 있기 때문이다. 송사비본은 그런 전문적인 법적 스토리텔링 기법을 전달한다고 주장한다. 예를 들면, '십단금지법(十段錦之法)'은 사실을 적절한 문장(詞)으로 재구성하는[取其事, 作其詞] 기법인데, 이 기법만 완벽하게 익히면 필진의 종횡가(縱橫家)이자 설전(舌戰)의 영웅이 되어 반드시 승소할 수 있다고 주장한다.[14]

법서로서의 공안소설 발전에 가장 많은 영향을 미친 책이 송사비본이다. 공안소설의 저자는 송사비본에 나온 사례들을 그대로 베끼거나 모방해 공안소설에 다시 실었다.[15] 또한 송사비본의 구성을 본떠서 『대명률』의 법조문을 삽입하고 범죄 및 소송사건 유형별로 이야기를 실었다. 이런 특성이 두드러지게 나타나는 공안소설이 바로 『신각탕해약선생휘집고금율조공안新刻湯海若先生彙集古今律條公案』―일명 『율조공안律條公案』―(1598)이다. 이처럼 공안소설은 판례사와 송사비본 같은 다른 법서 장르의 영향을 적극적으로 수용하면서도 좀 더 폭넓은 독자층을 겨냥한 장르였다. 관잠서나 판독, 판례사는 문인 독자층을 넘어서기는 어려웠을 것이고, 송사비본의 경우는 좀 더 전문적이고 특수한 수요를 노렸던 것 같다. 공안소설이야말로 법문화의 대중적 확산과 상업적 출판시장의 확대가 없었다면 출현하지 않았을 장르이다. 공안소설은 다른 법서 장르의 특성을 종합적으로 아우르면서도 가장 범죄소설에 가까운 장르로 진화했는데, 이는 틈새시장을 노린 결과라 할 수 있다. 예를 들면, 『황명제사염명기판공안皇明諸司廉明奇判公案』―일명 『염명공안』―을 출판한 여상두(余象斗, 1588-1609 활동)는 당시 가장 큰 인기를 누리던 명판관 포공의 『백가공안百家公案』의 "허무맹랑하고 법리(法理)에 맞지 않는〔幻妄不經〕" 경향에 반대하여 법률문서를 대거 수록했다고 밝힌다.[16] 원래는 송대 공연문학으로부터 기원한 공안소설이 법서 장르의 영향을 흡수함으로써 법과 문학의 경계에 자리한 장르로 진화한 것이다.

　요컨대 전근대 동아시아 사회에서 법과 문학의 상호작용과 법서의 출현 그리고 그 사회사적 의미를 살펴볼 때, 법이 인간의 삶에 또는 인간의 삶이 법에 미친 영향은 매우 복잡하며, 다양한 이면과 틈새를 내포할 수 있다는 사실을 우리는 새삼 깨닫게 된다. 법서는 단순히 법률지식이나 원칙만을 제공한 것이 아니라, 필연적으로 법과 정의에 대한 불일치하는 다양한 해석과 충돌하는 이해관계도 담고 있다. 법서와 법 이야기의 확산은 자연스럽게 사법제도의 권위주의를 완화하고 정의에 대한 사회적 화합과 소통구조를 만들어낸다. 법서야말로 우리가 유교적 법문화에서 상상되고 논의된 다양한 층위의 '시적 정의'를 살펴볼 수 있는 장르이다.

현대 사회에서도 '문학으로서의 법' 읽기는 과학으로서의 법의 권위에 도전하고, 보편주의와 이성주의, 추상주의를 지향하는 법이 인간적 감정과 삶의 복합성을 이해하고 반영하도록 촉구하는 의의를 지닌다. 전근대 동아시아 사회에서도 법과 문학의 활발한 상호작용은 법과 제도의 권위주의적 언어가 미처 담지 못한 모순적인 사회현실에 주목하고 사회적 약자의 목소리에 귀 기울이게 하는 역할을 했다는 점에서 주목할 만하다. 이제 우리는 본격적으로 공안소설을 살펴볼 것이다.

중국 법문화와
공안소설

2

공안소설은 범죄소설인가

근대 탐정소설의 대중적 인기는 중국 공안소설이 서구 학계에 소개된 직접적인 계기였다. 공안소설은 일찍이 19세기 말 프랑스에 번역되어 소개된 적이 있다. 20세기에 들어와서는, 네덜란드의 유명한 중국학자였던 로버트 반 훌릭(Robert H. van Gulik, 1910-1967)이 『적공안狄公案』으로도 알려진 『무측천사대기안武則天四大奇案』의 일부를 영역해 출판하기도 했다.[17] 특히 반 훌릭은 공안소설을 '중국의 탐정소설'로 소개한 장본인이다. 그의 관점은 후속 세대 중국학자들의 신랄한 비판을 받기도 했지만, 1970, 80년대 서구 학계에 공안소설 연구 붐을 일으킨 것은 사실이다.[18] 반 훌릭이 영어권 독자층을 겨냥해 『적공의 명판결(적공안): 18세기 중국 탐정소설 Celebrated Cases of Judge Dee(Dee Goong An): An Authentic Eighteenth-Century Chinese Detective Novel』(1976)을 출판한 것도 이 시기였다. 그 후로도 그는 실제 인물인 적인걸(狄仁傑, 630-700)을 주인공으로 한 『적공안』 시리즈를 무려 12권이나 출판했다. 이런 대중적 성공은 아마도 공안소설을 중국 탐정소설로 소개한 덕분이었던 것 같다.

1970년대 공안소설 연구의 출발점이 탐정소설에 있었던 것은 굳이 두 장르를 비교하지 않더라도 자연스럽게 탐정소설의 틀 안에 공안소설을 가두는 경향을 낳았다. 이런 현상은 또한 공안소설에 대한 중국학계의 상대적인 무관심이나 비판을 역설적으로 설명해 준다. 일찍이 루쉰(魯迅, 1881-1936)은 『중국소설사략中國小說史略』에서 공안소설이 문학적으로 저속할 뿐만 아니라, 봉건사회를 찬양한 통속소설이기에 그 문학적 가치가 낮다고 폄하했다.[19] 루쉰의 시대에 공안소설은 서구 탐정소설과 가깝기는커녕 탐정소설이 표방한 근대성과는 너무도 거리가 먼 장르였다. 1890년대 말 신문을 통해서 셜록 홈즈 시리즈 같은 탐정소설을 처음 접한 중국 독자들은 이 장르를 서구의 과학기술과 근대법, 근대문화를 소개한 '신소설'로 이해했다.[20] 반면 낡은 사법제도와 유교적 정의를 표방한 공안소설은 '구소설'을 벗어나지 못했다.

그러나 앞에서 살펴본 것처럼 근대 이전의 공안소설은 오랫동안 단순한 오락물이나 통속소설이 아닌 법률지식과 도덕적 교훈을 전달하는 법서 장르로 여겨지기도 했다. 이는 탐정소설과 달리 공안소설이 단순히 범죄 이야기를 넘어 사법제도 전반을 다루었기에 가능했다. 이를테면, 공안소설은 범죄사건의 발생에서부터 재판관의 수사와 범인 체포, 범인 신문과 처벌을 묘사할 뿐만 아니라 고소장이나 판결문 등 법률문서까지 삽입하는 일도 빈번했다. 공안소설의 이런 특징은 우리가 보편적으로 알고 있는 허구적 범죄소설의 경계를 벗어난다. 특히 사법제도뿐만 아니라 범죄수사의 사실적 재현에

루쉰

魯迅 一九三○年九月
二十四日照于上海，
時年五十。

도 비교적 무관심했던 근대 탐정소설―셜록 홈즈 시리즈가 그 대
표적인 예이다―과는 크게 구분되는 특징이다. 문학사적 관점에서
만 공안소설을 분석하는 것이 한계가 있을 수밖에 없는 까닭이다.

애초부터 공안이라는 용어는 범죄소설 장르만을 가리키는 말이
아니었고, 여러 가지 다른 의미로 쓰였다. 송대에 이미 범죄사건을
다룬 공연문학인 공안 설화(說話)가 출현했고 원대에도 공안극이 인
기를 끌었던 사실로 미루어볼 때, 범죄소설로서 명대 공안소설의
출현이 매우 갑작스러운 일이라고 보기는 어려울 것이다. 송대 공
안 설화가 출현하기 전에도 공안이라는 용어는 공독 또는 공문서
를 가리키는 의미로 널리 사용되었다. 이 공문서에는 형안, 판안(判
案), 송안(訟案), 판독 등 법률문서나 소송기록도 포함된다.

공안이 소설 장르를 의미하게 된 것은 16세기 말 만력(萬曆, 1573-
1620) 연간 범죄사건을 다룬 십여 종의 출판물이 일제히 '공안'이라
는 제목을 내걸고 출판된 데에서 연유한다. 이 책들을 한데 묶어
공안(소설)이라 부르게 되었다.[21]

(1) 『신간경본통속연의증상포룡도판백가공안新刊京本通俗演義增像
包龍圖判百家公案』: 일명 『백가공안』 또는 『포공안』이라고 한
다. 10권 100회, 상도하문(上圖下文).[22] 안우시(安遇時) 편, 만
력 22년(1594) 여경당(與耕堂) 간행. 『송사宋史』의 「포증본전包
拯本傳」과 『명성화간본설창사화총간明成化刊本說唱詞話叢刊』[23]
에 실린 「포대제출신전包待制出身傳」을 모두 포함하고 있다.
100회로 구성되어 있지만, 5편의 이야기를 11회에 걸쳐서 쪼

개 실었기 때문에 실제로는 94편이다. 지괴(志怪), 전기(傳奇)와 같은 문언소설(文言小說)의 영향뿐만 아니라, 원 잡극(雜劇)의 영향도 적극적으로 수용하고 있다. 일본 호사문고(蓬左文庫) 소장.

(2) 『신전수상용도공안新鐫繡像龍圖公案』: 일명 『용도공안龍圖公案』. 명말 판본은 지극히 드물지만, 청대 판본은 20여 종에 달한다. 10권 100칙(則). 사미당(四美堂) 또는 우여당(雨余堂) 간본. 72편 또는 62편으로 구성된 간본(簡本)인 『용도신단공안龍圖神斷公案』도 있다. 사미당본은 1776년에 간행되었다. 『백가공안』의 이본이라고 할 수 있으나, 단지 48편만을 공유하고 나머지 이야기는 모두 다른 공안소설로부터 채택되었다. 『백가공안』은 화본소설(話本小說)에 가까운 반면, 『용도공안』은 문언소설 양식을 따르고 있으며, 문체 면에서도 문어적이고 형식적이다. 화본소설의 형식적 특징이었던 서시(序詩), 화자(話者)의 개입, 법률문서처럼 직접적 연관성이 없는 요소를 모두 제거함으로써 이 판본은 전자에 비해 간략하면서 무미건조하고, 서사적 역동성이 결핍되어 있다. 중국 베이징대도서관(北京大圖書館) 소장.

(3) 『신각황명제사염명기판공안新刻皇明諸司廉明奇判公案』: 일명 『염명공안』. 4권 105칙, 상도하문. 여상두 편, 만력 26년(1598) 건천당(建泉堂) 간행. 『의옥집』과 『소조유필』 같은 판례집과 송사비본의 체제를 수용했다. 나이카쿠문고(日本內閣文庫) 소장.

(4) 『전상유편황명제사공안전全像類編皇明諸司公案傳』: 일명 『제사공안諸司公案』 혹은 『속염명공안續廉明公案』이라고도 한다. 『염명공안』의 속편이라고 할 수 있다. 6권 59칙, 상도하문.

여상두 편, 삼태관(三台館) 간행. 『의옥집』의 체제를 모방하여 범죄의 종류에 따라 이야기를 인명(人命)·간정(奸情)·도적(盜賊)·사위(詐僞)·쟁점(爭占)·설원(雪寃) 등 여섯 가지로 분류했다. 일본 테이코쿠도서관(帝國圖書館) 소장.

(5) 『신각탕해약선생휘집고금율조공안新刻湯海若先生彙集古今律條公案』: 일명 『율조공안』. 8권 46칙, 상도하문. 진옥수(陳玉秀) 편, 만력 26년(1598) 사검당(師儉堂) 간행. '海若'은 유명한 극작가인 탕현조(湯顯祖, 1550-1617)의 호. 탕현조에 의탁하고 있으나 실제 저자는 아니다. 법률조항에 대한 상세한 설명을 비롯하여 풍부한 법률상식을 제공하고 있다. 다른 공안소설집과 『전등여화剪燈餘話』 등에 실린 이야기를 재수록했다. 일본 나이카쿠문고 소장.

(6) 『신각곽청루(육)성청송록신민공안新刻郭靑螻(六)省聽訟錄新民公案』: 일명 『신민공안新民公案』. 4권 43칙. 양백명(楊百明) 편. 출판 연대는 만력 33년(1604)으로 명기되어 있으나, 현재 건륭(乾隆) 5년(1744)의 필사본만이 남아 있다. 명대 곽자장(郭子章, 1542-1618)의 전기 「곽공출신소전郭公出身小傳」이 수록되어 있으나, 곽자장의 실제 재판기록과는 무관하다. 주로 『염명공안』과 『제사공안』 등에 실린 이야기들이 재수록되었다. 국립타이완대학(國立臺灣大學) 소장.

(7) 『신각전상해강봉선생거관공안新刻全像海剛峰先生居官公案』: 4권 71칙, 화려한 정판식(整版式) 삽화 포함.[24] 허주생(虛舟生) 편, 만력 34년(1606) 남경 만권루(萬卷樓) 간행. 이춘방(李春芳)의 작이란 설도 있다. 남포공(南包公)이란 별명으로 불린 해서(海瑞, 1514-1587)의 명성에 의탁하고 있으나, 역시 해서의 실제

업적과는 무관한 이야기들을 실었다. 이야기 대부분이 다른 공안소설집과 『이담유증耳談類增』, 『절옥명주』와 같은 책으로부터 채록되었다. 베이징국립도서관(北京國立圖書館)과 베이징대도서관 소장.

(8) 『신각명공신단명경공안新刻名公神斷明鏡公案』: 일명 『명경공안明鏡公案』. 7권 중 3권은 일실(佚失)되고 현재 25편만 잔존한다. 상도하문. 갈천민(葛天民), 오패천(吳沛泉) 편, 태창·천계(泰昌·天啓, 1620-1627) 연간 삼괴당(三槐堂) 간행. 이야기 대다수가 다른 공안소설로부터 채택되었다. 나이카쿠문고 소장.

(9) 『신전국조명공신단상형공안新鐫國朝名公神斷詳刑公案』: 일명 『상형공안詳刑公案』. 8권 40칙. 작자 미상. 만력 연간에 간행된 것으로 추정되나 정확한 연대는 미상이다. 녕정자(寧靜子) 편, 태화(太華) 간행, 상도하문. 대다수 이야기가 다른 공안소설집로부터 채택되었다. 국립타이완대학 소장.

(10) 『신전국조명공신단상정공안新鐫國朝名公神斷詳情公案』: 일명 『상정공안詳情公案』. 진군경(陳君敬) 편, 천계·숭정(天啓·崇禎, 1620-1644) 연간 간행, 상도하문. 39편 중 22편만 잔존하며, 이야기 대부분이 『상형공안』과 유사하다. 호사문고 소장. 이 밖에 존인당(存仁堂) 간행의 6권본도 있다.

책 제목에 공통으로 쓰인 공안이라는 용어는 송대 설화 장르인 '설공안'과의 연관성을 암시하지만, 실제 공안소설이 설공안과 얼마나 유사한지는 확인할 길이 없다. 공안이라고 불린 설화문학의 존재는 송의 수도였던 개봉(開封)과 항주(杭州)를 소개한 안내 책자 『도성기승都城紀勝』에 기록되어 있다. 도시의 유흥가와 다양한 오락거리를 소개한 이 책에는 유명한 배우, 가수, 이야기꾼 이름도 포함되었다. 당시 설화 공연으로는 '설화사가(說話四家)'가 있었는데, '강사서(講史書)'[역사 이야기 공연], '설철갑아(說鐵甲兒)'[무용담 공연], '설경(說經)'[불경 공연], 그리고 '소설(小說)'[짤막한 이야기 공연]이 그것이다. 설공안은 네 번째 범주인 소설의 하위 범주로 분류되었다.

원대의 『취옹담록醉翁談錄』은 원래 이야기꾼이 공연을 위해 참고하던 간단한 기록인 화본(話本)을 수록한 책인데, 설공안 범주에 여

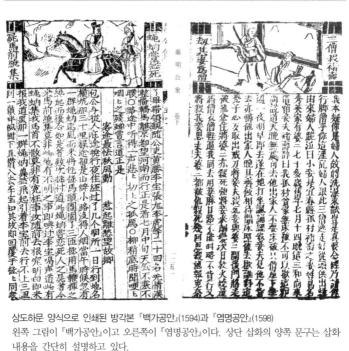

상도하문 양식으로 인쇄된 방각본 『백가공안』(1594)과 『염명공안』(1598)
왼쪽 그림이 『백가공안』이고 오른쪽이 『염명공안』이다. 상단 삽화의 양쪽 문구는 삽화 내용을 간단히 설명하고 있다.

러 이야기를 소개하고 있다. 이 개요를 살펴보면 공안 설화가 매우 다양하고 이질적인 장르들, 이를테면 경전, 필기, 민담과 전설, 최근 발생한 범죄와 소송사건기록을 참조했음을 알 수 있다.[25] 『취옹담록』에 기록된 공안 설화는 단지 개요에 불과하지만, 이미 구전설화의 전통과 함께 황제의 칙령이나 공식적 판결문을 뜻하는 화판(花判)이 삽입된 것은 상당히 주목할 만한 일이다.

16세기 말 방각본 공안소설이 출판되기까지 공안 설화 중 가장 인기를 끌었던 설화는 물론 포공 설화이다. 포공은 포증(包拯, 999-1062)이라는 실제 인물을 바탕으로 재창조되었다. 그에 대한 전설과 민담은 아마도 그가 죽은 1062년 직후부터 구전으로 널리 퍼져나갔던 것 같다. 원대에 오면 포공 이야기는 잡극 형식으로 훨씬 더 풍부해지고 화려해진다. 잡극의 제목과 극작가에 대한 다양한 정보를 제공한 종사성(鍾嗣成, 1279-1360)의 『녹귀부錄鬼簿』에는 포공이 출연한 잡극으로 20종 이상을 수록했다. 현재 11종의 포공안극(包公案劇)이 현존하는데, 그 작가와 제목을 살펴보면 다음과 같다.

관한경(關漢卿), 「포대제삼감호접몽包待制三勘胡蝶夢」

관한경, 「포대제지참노재랑包待制智斬魯齋郎」

무한신(武漢臣), 「포대제지잠생금각包待制智賺生金閣」

이행도(李行道), 「포대제지감회란기包待制智勘灰欄記」

정정옥(鄭廷玉), 「포대제감후정화包待制勘後庭花」

증서경(曾瑞卿), 「왕월영월야류혜기王月英月夜留鞋記」

작자 미상, 「신노아대뇨개봉부神奴兒大鬧開封府」

작자 미상, 「장천체살처張千替殺妻」

포증의 초상(명대)

작자 미상, 「정정당당분아귀」

작자 미상, 「포대제지잠합동문자包待制智賺合同文字」

작자 미상, 「포대제진주조미包待制陳州糶米」

앞에서 소개한 「정정당당분아귀」도 여기에 포함되어 있다. 이밖에 『녹귀부』에 제목만 전하고 텍스트는 전하지 않는 포공희(包公戱) 9종이 더 있다. 북방 스타일의 잡극 외에도 남방에서 인기를 끌었던 남희(南戱)―또는 희문(戱文)―형식의 포공희도 몇 종 있다고 하는데, 그중에서 현존하는 작품은 단지 「소손도小孫屠」뿐이다.

원대 극작가들은 포증이라는 역사적 인물을 극적 영웅으로 재탄생시키는 데 가장 많이 공헌한 사람들이다. 원곡(元曲) 이후에야 비로소 대중은 포공이라는 인물이 내뿜는 강렬한 카리스마를 기억하기 시작한다. 포공은 이제 역사 속의 평범한 청관 이미지를 벗고 황제를 비롯한 절대권력자에게도 거침없이 정의의 칼을 휘두르는 막강한 영웅으로 재탄생한다.

그런데 원대 잡극 이후 명대 말기 『백가공안』이 출현하기까지 포공의 인기는 갑자기 사라진 것처럼 보인다. 그러나 1967년 설창사화 텍스트가 사대부 가문의 한 가묘에서 발견되면서 명대에도 지속된 포공 설화 전통이 『백가공안』의 출현을 가능하게 했음을 확인하게 된다. 원대 잡극이나 남희와는 다른 양식의 공연문학인 설창사화는 15세기 후반에 인쇄된 것으로 추정된다.[26] 설창사화는 산문인 설(說)과 노래가사인 창(唱)이 갈마드는 형식을 취하며, 반복되는 리듬, 상투어, 이야기꾼 화법을 사용함으로써 청중들 앞에서 낭독하기에 적합한 텍스트였다. 우리나라 판소리문학처럼 읽는 텍스트라기보다는 보고 듣는 텍스트로 더 적합한 장르였다고 할 수 있다. 게다가 여기에 삽입된 정판식 삽화는 문맹이거나 교육 수준이 낮은 청중이 공연 장면을 상상하며 보고 들을 수 있도록 한 장치였다. 이 설창사화 12편 중 8편이 포공 이야기이며, 희극 전통과 긴밀한 연관성을 유지하고 있다.[27] 이때까지도 설화문학의 영향이 지배적이지만, 16세기 말에 출판된 『백가공안』은 16세기 초부터 활발하게 간행되기 시작한 문언 판례사의 영향을 본격적으로 수용하면서 설화 전통과는 거리를 두기 시작한다.[28]

『포공안』으로도 불린 『백가공안』은 포공이 해결한 범죄사건 100건(10권 100회)으로 구성된다. 이처럼 한 명 혹은 여러 명의 공명정대한 재판관들을 주인공으로 하여 수십 편의 단편 범죄소설을 엮는 방식도 『백가공안』에서 처음 시도되었으며, 『백가공안』 이후의 대부분의 공안소설에 채택되기도 했다. 앞에서 언급한 10종의 공안소설에서 『백가공안』을 제외하면, (2) 『용도공안』, (6) 『신민공안』, (7) 『해강봉선생거관공안』이 한 명의 판관을 내세워 연속적인 시리즈를 구성하고, 나머지 작품들은 여러 명판관들과 그들이 해결한 범죄사건을 묘사한다. 이 중에서 『용도공안』은 『백가공안』의 이본이며 여러 판본이 남아 있는 사실을 고려할 때, 역시 공안소설 중 대표적인 작품은 포공을 주인공으로 한 『포공안』이라고 할 수 있다.

『포공안』은 크게 『백가공안』과 『용도공안』의 두 종류의 판본으로 분류되며, 현재 2종의 명대 판본과 다수의 청대 판본들이 남아 있다.[29]

『포룡도공안사화包龍圖公案詞話』,「인종인모전二宗認母傳」(중국고본소설총간 22.4, 1502쪽)
정판식 삽화에서 상단과 하단을 구분한 독특한 양식이 눈에 띈다. 위 그림에서처럼
페이지를 나누는 경계선으로 구름을 사용하기도 하고, 담장을 사용하기도 한다.

가. 『백가공안』

(1) 『신간경본통속연의전상포룡도판백가공안전전新刊京本通俗演義全像包龍圖判百家公案全傳』

제명(題名)을 적은 첫 페이지에 전당(錢塘) 산인(散人) 안우시(安遇時)가 편집하고 주씨(朱氏) 여경당(與耕堂)이 간행한 사실을 명기하고 있으며, 10권 권말에 만력 갑오세(甲午歲), 즉 만력 22년(1594)에 간행되었음을 분명히 밝히고 있다. 일명 『백가공안』이라고도 한다. 전체 10권 100회로 구성되었다. 제명의 '백가공안'은 이 책이 백 편의 공안 이야기로 구성되었음을 의미한다. 제명의 '전상(全像)'이라는 용어에서 짐작할 수 있듯이 책의 모든 페이지가 상도하문 양식을 따른다. 판심제(版心題)는 '포공전(包公傳)'이라고 적혀 있다. 원본은 일본 나고야의 호사문고(蓬左文庫) 소장. 잔본(殘本)은 중국 장시성도서관(江西省圖書館)과 중국사회과학원(中國社會科學院) 문학연구소(文學研究所) 소장.

(2) 『신전전상포효숙공백가공안연의新鐫全像包孝肅公百家公案演義』

일명 『포공연의包公演義』라고도 한다. 이 책은 1권 첫머리에 1597년의 서문이 실려 있다. 작자/편집자가 육지당(育之堂)의 완희생(完熙生), 출판사가 주왈교(周曰校)의 금릉 만권루(萬卷樓)임을 명기하고 있다. 6권 100칙으로 구성되어 있으며, 대체로 매 칙마다 한두 장의 정판식 삽화가 실려 있다. 삽화는 『백가공안』의 삽화에 비하면 표현이 매우 정교하고 회화적이다. 서울대학교 규장각도서관에 소장되어 있다. 현존하는 유일한 판본인 규장각본 『포공연의』는 상당히 훼손된 상태로 잔본만이 남아 있다. 마지막 권은 완전히 일실되었으며 나머지 5권의 경우도 여러 장이 없어진 상태다. 그러나 내용에 있어서는 1594년 판본과 큰 차이가 없음을 확인하기에 충분하다.

나. 『용도공안』

(1) 『신평용도신단공안新評龍圖神斷公案』

『용도공안』 중 가장 초기 판본으로 약 1640년대쯤 출간된 것으로 추정된다. 소주(蘇州) 판본이며, 작자와 연대는 확실하지 않다. 「강좌도랑원내빈부제어호구지오석헌江左陶烺元乃斌父題於虎丘之悟石軒」이라는 제목의 서문이 있으며, 권말에는 청오재(聽吾齋)의 총평이 첨부되어 있다. 모두 10권 100편으로 구성되었으며, 권두(卷頭)마다 정판식 삽화가 실려 있다. 100편 중 48편은 『백가공안』에서 빌려온 것이고 나머지 52편도 다른 공안소설집 또는 판례집으로부터 빌려온 것이 많다. 그러나 『백가공안』을 글자 그대로 베낀 것은 아니다. 원본은 중국 베이징대도서관(北京大學圖書館)과 미국 캘리포니아대학(버클리) 동아시아도서관(East Asian Library, University of California, Berkeley) 소장.

(2) 『수상용도공안繡像龍圖公案』

사미당(四美堂)에서 출간된 청대 간본으로 제명에 '이탁오 평(李卓吾 評)'[30]이라고 적고 있으나 실제로는 평어가 없다. 판심제는 종수당(種樹堂)이라고 적혀 있다. 1776년 판본으로 추정된다. 서문과 목차, 삽화, 텍스트에 이르기까지 『신평용도신단공안』과 거의 완벽하게 일치하나, 청오재의 총평은 없다. 10권 100편. 중국 따롄시도서관(大連市圖書館), 미국 하

버드옌칭도서관(Harvard Yenching Libarary), 서울대도서관 등
소장.

(3) 우여당(雨余堂) 간행본 『용도공안』

건륭 병신년(1776) 우여당이 간행한 『용도공안』은 사미당본
과 동일하나 10권이 아닌 8권이라는 점이 다르다. 『신평용도
신단공안』에 비해 삽화가 조잡하다. 미국 캘리포니아대학(버
클리) 동아시아도서관과 중국 톈진인민도서관(天津人民圖書館)
소장.

(4) 일경당(一經堂) 간행본 『수상용도공안』 또는 『신평용도신단
공안』(부제)

가경(嘉慶) 병자년(1812)에 간행되었다. (2) 판본과 거의 동일
하나, 삽화나 인쇄가 매우 조잡하다. 프랑스 파리국립도서관
(Bibliothèque Nationale, Paris) 소장.

(5) 서업당(書業堂) 간행본 『수상용도공안』

『용도공안』을 간추린 간본(簡本)으로 건륭 을미년(1775)에 간
행되었다. (2)와 구성과 형식 등이 거의 일치한다. 중국 랴오
닝성도서관(遼寧省圖書館) 소장.

(6) 팽붕(彭鵬) 간행본 『수상용도공안』 또는 『신평용도신단공안』
(부제)

『용도공안』의 간본으로 가경 임술년(1802)에 간행되었다. 이
판본도 표제에 이탁오 평본임을 언급하고 있다. 10권 62칙으
로 구성되었으며, 조잡한 삽화가 있다. 미국 캘리포니아대학
(버클리) 동아시아도서관에 소장되어 있다.

(7) 기타 『용도공안』 간본

도광(道光) 계묘년(1843) 여조루(黎照樓) 중각본(重刻本), 도광 기

유년(1849) 삼사당(三社堂) 각본(刻本)이 남아 있다. 광서(光緒) 경자년(1900)에는 상해서국(上海書局) 석인본(石印本, lithograph) 으로 『포공칠십이건무두안(包公七十二件無頭案)』이라는 제명으로 간행되었다. 상하이 푸단대도서관(復旦大學圖書館) 소장. 이 밖에 1930년대 상하이에서 출간된 『회도포룡도판단기원(繪圖包龍圖判斷奇冤)』이 있는데, 6권 61편으로 구성되었고, 삽화 17 장과 희극에서 분장한 포공의 초상화가 삽입되어 있다. 현재 미국 캘리포니아대학(버클리) 동아시아도서관 소장.

민국(民國, 1912) 이후 1949년에 이르기까지 약 30여 년간 『포공안』은 주로 『용도공안』 간본(簡本)의 형태로 홍콩과 타이완 등지에서 꾸준히 출판되었다.[31]

『백가공안』 이후 16세기 말부터 17세기 초 10여 년의 비교적 짧은 기간에 모두 10종에 달하는 공안소설이 건양이나 남경 등지에서 잇달아 출간되었으며, 이 공안소설집 중 16종의 각기 다른 판본들이 현존하고 있다.[32] 공안소설집은 각각 서로 다른 조판인쇄소에서 생산되었지만, 같은 지역에서 비교적 짧은 기간 동안 집중적으로 출간되었기 때문인지 몇 가지 눈에 띄는 특성들을 공유한다. 첫째, 공공연한 표절 및 모방을 통해서 유사 형식과 함께 상당수 동일한 이야기를 공유한 점, 둘째, 판례사의 영향을 적극적으로 수용한 점, 그리고 마지막으로 대다수 공안소설에 삽화가 있는 점이다.

삽화는 정판식 삽화보다는 당시 좀 더 일반적이고 저렴한 상도 하문식 삽화가 대부분이었다. 앞에서 설명한 것처럼 상도하문이란 책 한쪽을 반으로 나누어 상단에는 그림, 하단에는 텍스트를 배치

『신간경본통속연의증상포룡도판백가공안전전』(1594) 표지(중국고본소설총간 2.4)

한 인쇄 양식을 말하는데, 명대 말기 상업적 출판이 성행하면서 방각본에 많이 활용되었다. 당시 출간된 16종의 공안소설 중에서 10종이 상도하문 양식을 채택했다. 『백가공안』 외에도 『율조공안』, 『상형공안』과 『명경공안』, 각각 두 종류의 판본이 있는 『염명공안』과 『제사공안』, 세 종류의 판본이 있는 『상정공안』 등이 모두 상도하문 형식으로 출판되었는데, 이에 반해 『백가공안』의 이본인 『신전전상포효숙공백가공안연의』와 『신각전상해강봉선생거관공안』에는 정판식 전면 삽화가 실렸다. 대중적 독자층을 겨냥한 방각본 소설이 삽화를 많이 실었던 것은 충분히 이해할 만한 현상이다. 공안소설의 삽화는 대중적 법서로서의 공안소설의 특성을 이해하는 데 빼놓을 수 없는 요소이다. 짜깁기식 편집과 빈번한 표절, 투박한 삽화, 문학적이기보다는 평이한 대중적 문체, 법률상식의 삽입, 독창성과는 거리가 먼 전형적인 서사구조 등 이 모든 요소가 공안소설이 상업적 출판과 대중화의 산물임을 가리킨다.

그런데 여기에서 한 가지 더 주목할 만한 사실은 공안의 '안(案)'이라는 말이 공문서의 공안뿐만 아니라 다양한 형식의 장르들을 가리키기 위해서도 사용되었다는 것이다. 이를테면 공문서의 공안 외에도 선종(禪宗) 불교의 강론을 가리키는 공안, 학파의 원류와 학설을 소개한 학안(學案), 의학 및 법의학의 사례를 소개한 의안(醫案) 등이 있었다. 이 다양한 장르들의 공통점은 'case', 즉 사례의 '스토리텔링'을 통해서 전문지식을 전달하는 것을 목표로 한다는 점이다. 다시 말해서 '안'이라는 말이 전문지식과 스토리텔링, 논리성과 서사성이 결합한 양식 또는 장르에 공통으로 사용된 사실에 주목할

필요가 있다.[33]

문학사적 관점에서는 공안소설이 졸렬한 통속소설이라는 평가를 받아왔지만, 문화사적 관점에서 볼 때 이 장르는 당시 주목할 만한 사회적 변화의 산물이다. 앞에서 살펴본 법전이나 공식적 법서는 대개 지배층의 관점에서 위에서 아래로 법문화의 수직적 확산에 주목한다. 이에 반해 공안소설 출판은 피지배층의 관점에서 아래에서 위로의 사회적 합의(social agreement)와 법문화의 수평적 확산을 의미한다. 여기에는 또한 소송사회라고까지 불린 소송 급증 현상이 그 주요 배경이 되고 있다.

요컨대 공안은 소송이 빈번한 사회였던 당시 사회현실이 낳은 산물이었으며, 공안을 범죄소설로만 읽을 때는 불필요해 보이는 요소들이 대중적 요구를 수용한 매우 적절한 '판매전략'이었음을 이해할 필요가 있다. 공안이 생산된 문화사적 맥락을 폭넓게 고려한 공안 읽기가 필요한 까닭이다.

공안, 문학으로서의 법 읽기

16세기 말 출간된 공안소설은 송원대(宋元代) 공연문학으로서의 공안 설화와 직접적인 연관성을 찾기 어렵다. 설화문학과의 직접적 연관성은 포공 설화에서 연원한 『백가공안』과 『용도공안』 외에는 거의 없다고 할 수 있다. 방각본 공안소설은 설화문학과의 연관성보다는 오히려 법서로서의 전문성과 다른 법서 장르와의 연관성을 더 강조하는 경향이 있었다.

이런 특성이 두드러지는 공안소설이 바로 『율조공안』이다.[34] 앞에서 설명한 것처럼 유명한 극작가 탕현조에 의탁하여 저술되었다. 8권 46칙, 상도하문 양식으로 출판된 『율조공안』은 다른 공안소설처럼 대중적 독자층을 겨냥한 것은 맞지만, 범죄소설에 더 가까운 『포공안』과는 확실히 구분된다. 다음은 『율조공안』의 전체 목차이다.

- 수권(首卷) : 육률총괄(六律總括), 오형정률(五刑定律), 의죄문답(擬罪問答), 금과일성부(金科一誠賦), 집조류(執照類), 보장류(保狀類)
- 일권(一卷) : 모해류(謀害類)
- 이권(二卷) : 강간류(强姦類)
- 삼권(三卷) : 간정류(姦情類), 강도류(强盜類)
- 사권(四卷) : 절도류(竊盜類), 음승류(淫僧類), 제정류(除精類), 제해류(除害類)
- 오권(五卷) : 혼인류(婚姻類), 투살류(妬殺類)
- 육권(六卷) : 모산류(謀産類), 혼쟁류(混爭類)
- 칠권(七卷) : 괴대류(拐帶類), 절효류(節孝類)

수권은 『대명률』의 체제를 본떠 법률에 대한 상세한 설명을 제공하며, 1권부터 7권까지는 범죄 유형별 사례를 실었다. 이런 구조는 『율조공안』보다 3년 전에 출간된 송사비본 『신계소조유필』과 비교해보면 송사비본과의 연관성을 좀 더 명확하게 이해할 수 있다.

(1) 십단금현의(十段錦玄意), 고기잠규(古忌箴規), 법가관견(法家管見)

(2) 관초식(串招式)

(3) 사고문봉(詞稿文鋒): 도적류(盜賊類), 분산류(墳山類), 인명류(人命類), 쟁점류(爭占類), 편해류(騙害類), 혼인류(婚姻類), 채부류(債負類), 호역류(戶役類), 투구류(鬪毆類), 계립류(繼立類), 간정류(姦情類), 탈죄류(脫罪類), 집조류(執照類), 정장류(呈狀類), 설첩류(說帖類)

(4) 육조주어(六條朱語)

(5) 부원고시(部院告示)

(6) 심참법어(審參法語)

(7) 단률문답(斷律問答)

역시『신계소조유필』은 고소장 등 다양한 법률문서 작성법에 초점을 맞추고 있지만, 범죄·소송사건 유형별로 구체적인 사례를 실은 '사고문봉'은 공안소설과의 밀접한 연관성을 암시한다. 실제로 여러 공안소설이『신계소조유필』같은 송사비본의 사례를 그대로 베끼거나 모방해 실었다.

그러나 무시할 수 없는 송사비본과 공안소설의 장르적 격차도 눈에 띈다. 법률문서 작성 요령을 일일이 일러주는『신계소조유필』과 달리,『율조공안』은 법률용어나 법조문 등을 이해하기 쉽게 제시하는 정도에 그친다.『신계소조유필』의 사례를 보면 고소장 양식을 그대로 옮겨 적은 것이 눈에 띈다. 반면『율조공안』은 서사성이 두드러진다. 다시 말해서 범죄나 소송사건의 자초지종을 먼저 '이야기'하고, 고소장과 판결문 등은 소송절차가 진행되는 순서대로 이야기 안에 삽입된다. 독자가 그 서식을 참조할 수 있도록 문서 전문(全文)을 그대로 실었지만, 어디까지나 그것은 이야기의 한 요소로 이야기 속에 포함된다.

『율조공안』은 서두에 법조문을 실음으로써 법률지식 전달에도 충실하다. 『율조공안』 같은 공안소설이 '안'의 속성에 치중하면서도 서사성을 추구한 것은 확실히 송사비본과는 구분되는 특징이다. 예를 들면 『율조공안』의 '제정류'와 '제해류'는 범죄 유형과는 직접적인 연관성이 없다. 제정류에는 지부가 성황신의 도움을 받아 뱀의 요정을 물리치는 이야기가 있는가 하면, 제해류에는 호랑이의 폐해를 없애는 이야기가 있다.[35] 이런 부류의 이야기는 포공 설화에 바탕을 둔 『백가공안』에서 많이 찾아볼 수 있는데, 범죄소설이라기보다는 기괴하고 환상적인 이야기를 다루는 지괴나 전기 장르와 더 가깝다. 한편 '절효류'도 희생자의 절개나 효성을 기리는 내용이지 범죄 유형과는 직접적인 연관성은 없다. 이런 사례들만 본다면, 서사성이라는 것이 법서 기능에는 불필요한 것처럼 보인다.

공안소설이 갖춘 서사성은 다른 법서 장르에서는 대체로 절제된 요소이다. 대중성과 전문성을 동시에 추구한 공안소설의 출현은 법문화의 대중적 확산과 상업적 출판시장의 형성이라는 문화적 배경이 없었다면 불가능했을 것이다. 그런데 공안소설의 서사성이 '문학으로서의 법' 읽기와는 무관한 것처럼 생각하는 경향이 있는데, 서사성은 다른 법서 장르에서는 공공연히 드러나지 않았던 '시적 정의'의 문제를 깊이 있게 다룰 때 중요한 역할을 한다. 판독이나 판례사 장르에서도 사법행정의 기술적 측면을 강조할 뿐만 아니라 정의란 무엇인가란 본질적 질문을 끊임없이 던지는데, 이때 누스바움이 주장한 도덕적 분별력이 서사적 접근을 통해서 사실적으로 재현되고 논리적으로 강화된다. 공안소설의 서사성 또한 단순히 오락적이기만 한 것이 아니라, 정의의 문제를 지배층과 피지배층의 시점을 포함하여 좀 더 다양한 시점에서 다룸으로써 윤리적 설득을 가능하게 한다. 정의를 보편적 문제로 다룸으로써 독자로부터 누스바움이 그토록 강조했던 '공감'을 끌어내는 것, 그것이 바로 공안소설의 법 이야기가 갖는 주요한 특징이라고 할 수 있다.

판례사의 경우 누가, 무엇을, 어떻게 했는지에 관한 기본적 정보만 전달할 뿐, 사건의 전후 배경, 피해자와 범인의 관계, 심지어 사건을 해결하는 재판관의 인품이나 활약에 관해서도 매우 간략하다. 판례사에서 이야기의 중점은 저자가 전달하고자 하는 교훈에 있지, 그럴듯한 이야기를 읽는 즐거움을 제공하는 데 있지는 않기 때문이다. 어디까지나 판례사의 이야기는 사례일 뿐이다. 반면 공안소설은 판례사에는 뼈대만 있던 사건의 전후 배경과 인물 묘사, 사건 서술에 정성들여 살을 붙여 그럴듯한 이야기로 만들어낸다. 즉, 사건의 세부 묘사를 강화하고, 서스펜스처럼 서사 시간을 연장하는 기법을 활용한다. 더 중요한 것은 공안소설의 서사성은 희생자의 도덕성과 범인의 악행을 대립적으로 묘사함으로써 선과 악의 도덕적 이분법을 극명하게 드러내는 역할을 한다는 것이다. 이 선악의 대립과 권선징악적 구도가 다름 아닌 '시적 정의'의 구도인 것이다. 제4장에서 필자는 구체적 사례를 통해서 판례사와 공안소설의 비교 분석을 시도할 것이다. 이 분석을 통해서 우리는 공안소설의 강화된 서사성이 어떻게 독자를 논리적으로나 윤리적으로 설득하고 공감을 강화하는지 좀 더 쉽게 이해하게 될 것이다.

물론 공안소설에 재현된 선악의 대립과 도덕성의 부각, 즉 시적 정의의 추구는 실제 사법제도의 운영 원리와 충돌하거나 대립하는 측면이 있었다. 이를테면 포공을 주인공으로 한 공안극에 가끔 나오는 "왕자범법 서민동죄(王子犯法, (與)庶民同罪)" 혹은 "왕법무친(王法無親)"이라는 표현이 있다. "왕자라도 법을 어기면 서민과 똑같이 처벌받는다," "왕이 정한 법에 사사로움이 없다"는 뜻이다. 포공이 송인종(仁宗, 재위 1022-1063) 황제의 외척을 가차 없이 처단한 이야기는 공안극 중에서도 아주 유명한데, 이 이야기야말로 만민이 법 앞에 평등한 보편적 이상을 재현한 것처럼 보인다.[36] 그런데 이런 이야기는 이미 당나라 때부터 법으로 정비되어 『대명률』에도 명시된 팔의(八議)제도와는 완전히 모순된다. 팔의는 황실 친인척과 공신, 관원의 특권과 감형을 법적으로 보장한 제도이며, 유교적 상대주의를 구현한 사법제도이기도 하다.

이런 이야기를 서민이 꿈꾼 시적 정의의 표현이자 제도적 부조리에 대한 비판의식의 발로로 볼 수 있을까? 중국법사학자 궈젠(郭建)은 청대 말기에 출판된 공안소설일수록 "왕자범법 서민동죄"라는 표현이 더욱 빈번하게 사용된 사실을 지적하면서, 황제 아래 만민이 평등한 법의 보편성을 추구한 민중의 열망을 표출한 것이라고 주장한다. 이어서 이런 표현이 쓰인 것은 서구 근대법 영향 이전의 일이므로 중국 사회에 평등주의적 법의식이 자생적으로 발달한 근거로 보아야 한다고 주장한다.[37] 법문화의 대중적 확산과 시적 정의의 추구는 민중적 법의식을 높이는 결과를 초래했을 것이므로, 나는 귀젠의 주장이 충분히 일리가 있다고 생각한다. 이처럼 공안소설은 다른 법서 장르에서는 간과되어온 민중의 법의식을 적극적으로 반영하고 있다는 점에서 그 역사적 가치를 높이 평가해야 한다고 생각한다.

누스바움도 법률의 문학적 재현 또는 문학으로서의 법 읽기가 법률의 실제 운용에 중대한 영향을 미칠 수 있다고 역설했다. 누스바움에 따르면 법정에서 판결을 통해서 법률을 실제로 실현하는 법관에게 필요한 것은 기계적 이성이 아니라, 오히려 문학적인 상상력이거나 감성적 이성이다. 소설 혹은 법 이야기를 통해서 모든 독자―혹은 재판관―는 다양한 관점에서 사건을 바라볼 수 있는 '분별 있는 관찰자(judicious spectator)'가 될 수 있다. 법 이야기는 재판관이 사건으로부터 한걸음 물러나 관찰자의 시선에서 사건을 객관적으로 바라보면서도, 사건에 연루된 사람들, 피해자와 가해자에게 공감할 수 있는 기회를 제공함으로써 도덕적으로도 올바른 법적 판단을 내리도록 돕는다.

요컨대 공안소설은 법서 또는 법 이야기로서의 역할에 충실한 장르였다. 여기에서 필자의 의도는 공안소설이 범죄소설인지 아닌지 굳이 그 장르적 경계를 따지려는 것이 아니다. 다만 기존의 문학사적 방법론이 법서로서의 공안소설의 역할을 분석하는 데 소홀했다는 점은 반드시 지적할 필요가 있다. 공안소설은 분명히, 당시 부상한 '대중적 독자층'을 겨냥해 생산되었다. 마치 오늘날의 소설 독자처럼 그들도 재미 삼아 공안소설을 읽기도 했을 것이다. 그러나 단순히 흥미가 그들이 범죄소설을 읽은 이유의 전부는 아니었다. 얄팍한 법률상식과 범죄정보의 획득, 그것도 물론 중요한 이유이지만, 그것만이 전부는 아니었던 듯하다. 법 이야기의 확산은 정의 실현이 지위 고하를 막론하고 모든 사회구성원이 바라는 보편적 이상임을 주지시킨다. 지금도 소설과 영화 등 대중매체를 통해서 온갖 법과 범죄 이야기가 끊임없이 재생산되고 시적 정의가 추구되는 것은 범죄와 소송이 만연한 사회현실 때문만은 아니다. 정의를 바라는 보편적 열망만큼은 예나 지금이나 변하지 않기 때문일 것이다. 나는 그것이 동아시아에서 공안소설이 오랫동안 널리 읽힌 가장 중요한 이유라고 생각한다.

조선 후기 법문화와
송사소설의 탄생

3

조선 시대 법서의 보급

17세기 초『신전전상포효숙공백가공안연의』가 조선에 유입되기 전에는 조선 독자들에게도 소설 장르를 가리키는 공안이라는 용어가 상당히 생소했을 것이다.[38] 17세기 초에『포공안』이 조선 왕실에 소개된 사실은 선조(宣祖, 재위 1567-1608)가 자신의 딸인 정숙옹주(貞淑翁主)에게 보낸 편지에서 확인된다.[39] 이 편지로 말미암아『포공안』이 왕실과 양반층을 중심으로 읽혔다는 사실을 미루어 짐작할 수 있지만,『포공안』이외에 소개된 다른 공안소설이 있었는지, 혹은 당시에 공안소설이 어떤 맥락에서 읽혔는지는 자세히 알 수 없었다.[40] 19세기 초 저술된『흠흠신서』에『염명공안』의 사례가 수록된 사실에서 우리는 비로소 공안소설의 전파 및 수용의 계보를 어림으로나마 짐작할 수 있다. 즉, 조선 독자도 중국 독자들처럼 공안소설을 소설로 읽었을 뿐만 아니라, 법률지식을 이해하기 쉽게 전달하는 대중적 법서로도 읽었다는 것. 여전히 그들에게 법학과 문학의 경계는 그리 문제랄 것이 없었다.

공안소설이 유입되기 훨씬 전부터 한국 독자도 법률과 범죄를 소재로 한 필기나 판례사 장르를 즐겨 읽었던 것 같다. 범죄와 수사를 소재로 한 문언 필기 장르에 가장 많은 관심을 보인 것은 조선 양반층이었다. 송대 이전까지 유전되던 온갖 서사의 집대성이라고 할 수 있는 『태평광기太平廣記』를 통해서 그들은 다양한 법 이야기와 범죄소설, 판례사 장르를 접했을 것이다. 예를 들면, 『태평광기』 권 171, 172의 「정찰精察」 조목에는 짤막한 이야기 31종이 실렸는데, 그중 22종이 범죄소설에 가깝다.[41]

『태평광기』 외에도 『당음비사』는 1539년 관각본이 간행될 정도로 문인 사이에서 상당한 인기를 누렸던 것 같다. 『당음비사』를 영역한 반 훌릭(Robert van Gulik)에 따르면, 이 조선 판본은 1308년에 출간된 원대 판본을 저본(底本)으로 하여 판각된 것으로 추정되는데, 원대 판본은 정작 중국에서는 거의 사라져버렸다. 이후 『당음비사』 조선 판본의 운명도 원대 판본과 유사하여 안타깝게도 소실되었지만, 이것이 끝은 아니었다. 이 조선 판본은 17세기 일본에 건너가 일본에서 필사되었고, 야마모토 호쿠잔(山本北山, 1752-1812)이라는 일본 학자가 필사본에 근거하여 『당음비사』를 다시 간행했다.[42] 『당음비사』가 조선에 유입되어 간행되었고 조선 판본이 일본에 전해진 것도 바로 야마모토 호쿠잔이 쓴 서문에 밝힌 사실이다.

안타깝게도 『태평광기』와 『당음비사』 외에는 법서 장르에 관심을 보인 조선 독자층이 어느 정도로 존재했는지, 한국에 미친 영향은 구체적으로 어떠했는지를 보여주는 기록을 거의 발견할 수 없다. 성리학을 건국이념으로 채택한 조선왕조에서 법률이 유교원리

『경국대전』(국립민속박물관 소장)

보다 더 많은 주목을 받기 어렵다는 것은 당연한 사실일 것이다. 그러나 현실적으로 법률은 국가의 통치에서 핵심적 역할을 했다. 중국 관료와 마찬가지로, 조선 관료도 법전으로부터 판례집에 이르기까지 법서에 관심을 가지지 않을 수 없었던 이유이다. 따라서 윌리엄 쇼 같은 법사학자들은 조선왕조의 유교적 통치이념이 사법제도 확립에 어떤 장애도 되지 않았을 뿐더러, 오히려 다양한 목적, 이를테면 유교적 사회관습과 가치의 확산을 위해서 법률의 확산을 지지했다고 주장한다.[43]

건국 초기부터 조선 국왕들은 사회질서 유지에 법률의 역할이 얼마나 중요한지 잘 알고 있었고 법전 편찬에 상당한 관심을 기울였다. 따라서 역대 국왕들은 『대명률』에 기초하여 형정을 유지하면서도 독자적인 법전 편찬의 필요성에 주목하여 『경국대전經國大典』

(1485), 『대전속록大典續錄』(1492), 『수교집록受敎輯錄』(1698), 『속대전續大典』(1746), 『대전통편大典通編』(1785), 『대전회통大典會通』(1865) 등을 차례로 공표하고 법전의 정리에도 힘썼다.[44]

그런데 법전 편찬에 대한 지속적인 관심과는 달리, 조선 초기 정부는 관료를 대상으로 한 체계적인 법률교육이나 사법행정교육에는 거의 관심이 없었던 듯하다. 이런 사정 또한 중국과 유사하다. 중국의 사법제도와 유사하게 조선 지방관들도 지방 법정에서 다중적 역할―즉, 재판관, 수사관, 검시관, 심문관, 형벌집행인의 역할―을 동시에 수행해야만 했다. 특히 최하위 법정의 재판관인 현령은 백성들과 직접 대면하고 소통할 수 있는 관료로서는 가장 높은 지위에 있으면서 지방사회 통치에서 핵심적 역할을 담당했다. 그러나 적절한 교육과 훈련 없이는 역시 사법행정절차와 기술에 익숙한 형리 등 아전에 의존할 수밖에 없었다. 게다가 사법 업무 외에도 현령들은 다양한 행정 업무와 과도한 업무량에 짓눌려 소소한 민사재판에는 일일이 신경 쓸 여유가 없었다. 이로 인해 지방 관아에서 사법권의 남용이나 오심이 빈번하게 일어나고, 지방 수령의 부정부패와 무능은 백성들의 사회적 불만과 동요의 원인이 되기도 하였다.

그런데 조선 후기에 와서 이러한 상황은 더욱 악화되었다. 16세기 후반과 17세기 초 왜란과 호란을 겪은 조선왕조는 전체적으로 외부로부터의 도전뿐만 아니라 내부적 모순에도 직면해야 했다. 국가권력이 크게 약화된 전후 사회는 이제껏 겪어보지 못한 사회적·정치적 위기를 경험했다. 그와 같은 사회적·정치적 혼란의 와중에

시장경제의 점진적 성장은 통제하기 어려운 급속한 사회변화를 일으켰으며, 결국 엄격한 신분제에 근거한 기존의 사회적·도덕적 질서의 붕괴는 필연적일 수밖에 없었다. 사회이동의 증가와 함께 서로 다른 신분의 계급 갈등, 구체적으로 말하자면 잔반(殘班)과 신흥부자, 가난한 상민과 부유한 천민, 주인과 노비 사이의 갈등도 더욱 더 심화되었다.[45]

이처럼 역동적인 사회변화 속에서 지방사회의 범죄와 소송이 증가함에 따라 정부도 비로소 지방사회통제와 사회질서 회복에 지방관의 법률교육이 매우 중요한 요소임을 절감하기 시작했다. 이 시기에 법전뿐만 아니라 형사사건의 판례를 모아놓은 판례집도 출간되었는데, 정조 때 편찬된 『추관지秋官志』(1781)와 『심리록』(1798-1799)이 있고, 『흠흠신서』(1819), 『율례요람律例要覽』(1837) 등이 대표적인 예이다. 그중에서도 『흠흠신서』는 다산 정약용의 '일표이서(一表二書)' 연작 중의 하나로서 『경세유표經世遺表』와 『목민심서牧民心書』에 이어 1819년에 완성한 형정서(刑政書)이다. 말 그대로 『흠흠신서』는 형법 및 형사재판에 초점을 맞추었으며, 법률과 재판에 관련된 전문적인 법률적 해석과 법적 추론을 제공하면서도 경전을 비롯한 매우 다양한 기록으로부터 수많은 판례를 광범위하게 수집했다는 점에서 주목할 만한 판례집이다.

이 밖에 지방관에게 기초적인 법률지식과 청송에 관한 실질적인 조언 제공을 목적으로 한 실무적 지침서도 지어졌는데, 『청송지남聽訟指南』, 『사송유취詞訟類聚』(1585)와 그 개정본인 『결송유취決訟類聚』(1649), 『결송유취보決訟類聚補』(1707), 『임관정요臨官政要』(18세기) 등이 그 예이다. 『사송유취』나 『결송유취』 등은 정부에서 편찬한 책이 아니라 지방관으로 근무한 경험이 있는 필자가 청송에 필요한 법령이나 실무적 지침을 따로 모아 출간한 책이지만, 그 실용성으로 인해 꽤 오래도록 지방관의 애독서로 남아 있었다. 『임관정요』는 지방행정을 두루 아우르는 좀 더 포괄적인 성격의 관잠서로서 안정복(安鼎福, 1712-1729)이 역시 지방관으로 근무한 경험을 바탕으로 지었으며, 형법과 송사 등에 관한 내용도 실려 있다.[46] 다산의 『목민심서』는 황육홍의 『복혜전서』에 비교할 만큼 완성도가 높은 관잠서(목민서)이며, 여기에도 지방 관아의 청송 및 사법행정에 관한 내용이 자세하다.

요컨대 중국만큼이나 유교적 법문화가 확립된 조선 사회에서 문학으로서의 법 읽기 또한 잘 정착된 문화였다고 할 수 있다. 더구나 『대명률』을 기본법으로 채택한 조선왕조는 건국 초기부터 법전 편찬과 정비에 힘썼고, 법서 보급에도 적극적이었다. 이미 중국과 조선 사회의 격차를 염두에 둔 지배층은 실정을 반영한 법 적용의 필요성을 잘 인식했기 때문이다. 소송사회라 불릴 만큼 조선에서도 소송이 급증한 18세기 이후로는 중국과 유사하게 법문화의 대중적 확산 현상이 나타난다. 당시 지방관을 비롯한 지배층은 백성의 '호송' 경향을 공공연히 불평하기 시작한다. 우리는 다양한 기록들을 통해서 당시 서민들이 기본적인 법률지식을 갖추고 있었고 법의식이 상당히 높았던 사실을 확인할 수 있다. 송사소설이 대중적 법서로 출현한 것도 이때였다.

소송사회와 송사소설

어떤 세 사람이 동헌에 소송하여, 섬돌 앞에 나란히 꿇어앉았다. 그들이 소송하는 것은 삼백 전짜리 송아지 한 마리였다. 원이 책 망하기를 "그대들은 이 고을 양반이 아닌가? 또한 노인인데, 송아지 한 마리가 무슨 대단한 것이라고 세 사람씩이나 와서 이렇게 하는가?"라고 하자, 그들은 사과하면서 "부끄럽습니다. 그렇지만 소송할 일은 반드시 해야지요" 하고는 말을 마치고 돌아갔다. 또 읍에서 북쪽으로 육십 리나 떨어진 곳에 사는 어떤 이는, 열두 푼 때문에 동헌에 와서 소송하였다. 원이 말하기를 "네가 말을 타고 육십 리를 왔으니 필시 길에서 경비가 들었을 것이고, 그 경비는 필시 열두 푼이 넘었을 텐데, 소송을 안 하는 것이 이익이 되는 줄 왜 모르느냐?" 하니, 소송한 사람이 "비록 열두 꿰미를 쓸지라도 어찌 소송을 안 할 수가 있겠습니까?"라고 말하였다. 그들의 풍속이 매우 억세고 융통성이 없어, 무슨 다툴 일이 있기 만 하면 꼭 소송을 하는 것이다.[47]

이옥(李鈺, 1760-1815)이 전하는 '민속호송(民俗好訟)' 경향은 지방관이 가장 경계해야 할 세태로 언급되곤 했다. 당시 실제 소송률이 어느 정도였는지 가늠하기는 어렵지만,[48] 서민들이 관아에 소송과 민원을 제기하는 데 거의 어떤 제약도 없었던 것은 확실하다. 조선 시대에는 명청 시대 중국과 달리 사실상 고소장의 상시적 접수가 이루어졌다. 제도적으로는 금지되었지만, 중국의 송사처럼 조선 사회에도 '외지부(外地部)'라 불리던 소송대리인이 있어서 고소장 작성

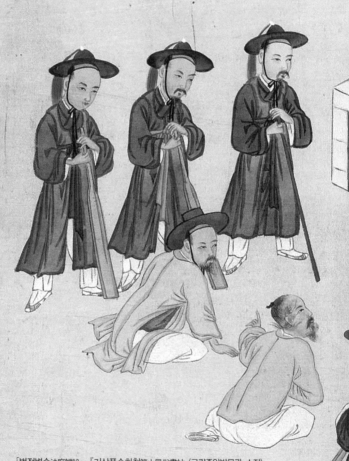

法庭辯訟

「법정변송法庭辨訟」, 『기산풍속화첩箕山風俗畵帖』(국립중앙박물관 소장)

의 도움이나 법률 조언을 얻을 수 있었다. 게다가 성별이나 신분과 상관없이 여성이나 노비도 소송을 제기할 수 있었다. 무엇보다도 『속대전·형전續大典·刑典』「청리聽理」, 「문기文記」 등 조목에서 모호한 규정들이 보완되어 소송절차가 크게 정비되고, 청송 기능이 대폭 강화되었다. 이러한 규정들은 오히려 소송의 일상화 현상을 막기는커녕 촉매제 역할을 했다.[49]

> 소지(所志)는 올라오는 대로 받는다. 민이 직접 관장(官長) 앞에 나아가 올리며, 사령들이 받아들이게 해서는 안 된다. 모든 창과 문을 활짝 열어 가린 곳을 없게 한 뒤에야 민정을 살필 수 있다.[50]

당시 활발하게 저술되었던 목민서는 수령이 관아의 대문을 활짝 열어 백성들이 언제든지 소장을 제출할 수 있게 하고 이를 즉시 처결하도록 한목소리로 충고해왔다.[51] '비리호송(非理好訟)'에 대한 끊임없는 경계와 우려 속에서도 억울함을 없앤다는 '무원(無冤)'의 유교적 이상 아래 조선의 소송제도는 기본적으로 억울함을 호소하는 누구에게나 열려 있었다. 이런 소송제도의 이중성이 오히려 서민의 법의식을 고양한 사실에 우리는 주목해야 한다. 그들은 소송을 회피하기는커녕 적극적으로 소송을 통한 문제 해결을 모색했던 것으로 보인다.

한편 엄격한 신분제 사회였던 조선 사회에서 사회적 약자로서는 법에 호소하는 것이 그나마 신분제의 한계를 극복할 수 있는 유일한 해결책이기도 했다. 물론 조선의 법률은 불평등한 신분질서를 법적으로 보장했고 이를 위협하는 범법행위는 가차 없이 응징했지만, 유교적 법질서를 위협하지 않는 선에서 법은 지위 고하를 막론하고 '평등하게' 적용하는 것이 원칙이었다. 이런 까닭에 취약한 사회적 기반을 가진 서민일수록 법률에 의존하고 사법제도가 제구실을 다 하길 기대할 수밖에 없게 된다. 이옥의 이야기대로 그들은 소송을 하지 않을 수 없었다.

19세기에 방각본으로 출판되어 널리 읽힌 『유서필지儒胥必知』 같은 실용서를 통해서도 당시 서민의 법의식과 법에 대한 그들의 관심을 짐작할 수 있다. 각종 공·사문서서식과 사례를 모아놓은 이 책에도 소지류(所志類)가 서식 가운데 가장 큰 비중을 차지한다. 이 책의 「범례凡例」는 서민의 법의식에 관한 중요한 단서를 제공한다.

무릇 문자의 체는 각기 다르다. 문장을 배우는 사람은 문장의 문체를 숭상하고, 공령(功令)을 공부하는 사람은 공령의 문체를 익히며, 서리의 일을 배우는 사람은 서리의 문체를 배운다. 이른바 문장학(文章學)은 서(序)·기(記)·발(跋)·잡저(雜著) 등의 문체를 말하고, 공령학(功令學)은 시(詩)·부(賦)·표(表)·책(策)·의(疑)·의(義) 등의 문체를 말하며, 서리학(胥吏學)은 단지 문서나 장부를 말하는 것뿐만이 아니라, 상언(上言)·소지(所志)·의송(議送) 같은 문체를 말하니, 모두 서리들이 알아야 한다. 이는 유독 서리만 알아야 하는 것이 아니라, 무릇 관리 또한 반드시 알아야 한다. 그렇지만 이런 문체는 유자(儒者)와 서리에게 가장 많이 사용되기 때문에 이 책을 '유서필지'라 이름한다.[52]

여기에서 우리는 이른바 유자의 문장학이나 공령학과 어깨를 나란히 한 서리의 서리학을 발견할 수 있는데, 19세기에 이르면 중국의 '송학(訟學)'처럼 전문 분야로 체계를 갖추고 당당히 인정받기까지 한다. 한편 이 서리학이 조선 후기 서당에서 학동들이 배우고자 한 과목이 되었다는 사실에서도 『유서필지』가 강조한 서리학의 중요성이 과장이 아님을 확인할 수 있다.

> 먼 시골의 학동들이 배우기를 원하는 것은 소지장(所志狀)의 글이다. 그러므로 베껴서 전하고 외우는 것이 대부분 이러한 것이다. 여기 이 이야기의 내용은 의령(宜寧)의 양녀(良女) 필영의 소지장인데, 대체로 『전등신화剪燈新話』를 많이 읽어 거기에서 얻은 것이다. 내가 대강을 수정하여 『전등신화』를 읽는 시골 학동들에게 보이려 한다.[53]

이옥은 필영의 소지장뿐만 아니라 「애금공장愛琴供狀」이라는 제목의 진술서도 소개하고 있는데, 이 글도 서당 학동들이 베껴 읽는 것을 다듬어 다시 적은 것이라고 했다.[54] 이옥이 가르쳤던 학동 중에는 이서(吏胥)나 평민의 아이들뿐만 아니라 심지어 천민, 노비의 아이들도 있었다. 이들이 소지장을 읽은 이유는 후에 관속(官屬)으로 종사할 때 필요했기 때문이며, 반드시 관속으로 종사하지 않더라도 일상생활에 여러모로 쓸모가 있었기 때문이었다.[55] 사실 18, 19세기 서당에서는 중인(中人), 평민 신분 이하의 학동들을 쉽게 발견할 수 있었는데, 이들은 이옥의 말대로 『소학小學』 같은 유교적 교과서 대신 『전등신화』 같은 소설이나 소지 같은 문서도 많이 읽었다.[56] 말 그대로 '문학으로서의 법 읽기'가 교과 과정이 된 셈이다. 과거시험 준비가 글을 배우는 목적이 아니었던 그들에게 어렵고 지루한 유교경전 읽기는 무의미했을 것이다. 바로 이들이 이 시기에 출현한 다양한 법서 장르와 송사소설의 잠재적 독자층일 가능성이 크다.

송사소설이라는 용어는 한국문학사에서 재판사건을 중심 모티프로 하여 전개된 고전소설을 가리키기 위해 사용되었다. 한국에서는 범죄소설을 공안이라고 부른 용례가 없기 때문이다.[57] 공안소설은 대중적 독자층을 겨냥했던 중국에서와는 달리 17세기 초 조선 왕실에 유입되어 지배층을 중심으로 읽혔지만, 송사소설의 출현에 직접적인 영향을 미친 것 같지는 않다. 이헌홍의 『한국송사소설연구』에서 송사소설로 분류하고 분석한 작품은 조선 후기를 통틀어 겨우 30여 편에 지나지 않는다. 『포공안』한 작품에도 100건에 달하는 범죄사건이 수록된 것과 비교한다면, 절대적으로 적은 숫자임이 분명하다. 그러나 많지 않은 작품 수에 비하면 송사소설은 공안소설과는 구분되는, 조선의 사회현실을 다룬 소설이라는 점에서 그 문학사적 의미를 평가할 만하다. 다시 말하면 송사소설은 조선 사회가 꿈꾼 정의가 무엇인가를 말해준다.

송사소설 장르를 전체적으로 살펴보면, 크게 두 유형으로 구분된다. 첫째로는 전계(傳系) 혹은 전기적 송사소설이다. 인물 중심의 전기 양식의 틀을 빌려 소송이나 범죄에 휘말린 주인공의 활약을 그린 이야기들이 여기에 속한다. 「유연전柳淵傳」, 「박효랑전朴孝娘傳」, 「은애전銀愛傳」처럼 실화나 실존 인물의 이야기를 소설화한 작품들이 있는가 하면, 「김씨열행록金氏烈行錄」, 「정수경전鄭壽景傳」처럼 설화적 전통에 의존하여 범죄사건에 휘말린 주인공이 사건을 해결하는 과정을 일종의 영웅담으로 재현한 작품들도 있다. 이 중에 이덕무(李德懋, 1741-1793)가 왕명을 받들어 지었다는 「은애전」은 정조 대왕의 판부를 수록한 『심리록』에도 기록된 사건이라는 점에서 법문학적 특성이 두드러진 작품이다.[58] 한편 원혼이 등장하는 「장화홍련전薔花紅蓮傳」도 일종의 전기적 송사소설로 볼 수 있는데, 실화에 바탕을 두면서도 계모 설화라는 설화 모티프를 차용함으로써 수많은 이본을 생산한 작품이다.

둘째로는 우화적 송사소설 또는 송사형 우화소설인데, 동물을 의인화한 우화소설로 동물세계의 소송사건을 다룬 이야기들이 여기에 속한다. 이런 유형은 구전설화 전통으로부터 진화한 장르라 할 수 있는데, 중국에서는 거의 찾아보기 어려운 범죄소설이다. 사실 한국문학사에서 동물우화의 전통은 뿌리 깊은 것이다. 동물우화의 대표작이라면 아마도 「별주부전鼈主簿傳」일 것이다. 삼국 시대부터 구전설화로 전해진 이 이야기는 한문소설, 한글본, 판소리로도 재창조되어 수많은 이본을 낳았다.[59] 이처럼 우화 송사소설은 풍부한 구전설화 전통에 기대어 환상적이면서도 동시에 풍자성과 해학성을 추구한 매우 독특한 서사를 만들어내었다. 「까치전」, 「황새결송」처럼 부정부패로 인해 왜곡된 사법제도를 풍자한 작품이 있는가 하면, 「서대주전鼠大州傳」, 「서동지전鼠同知傳」, 「서옥기鼠獄記」처럼 쥐가 주인공으로 등장하면서 일종의 '서류(鼠流) 송사형 우화소설'이라는 하위 장르를 만들어내기도 했다.[60]

그런데 송사소설 중 가장 독특하며 흥미로운 작품이라면 「와사옥안蛙蛇獄案」을 꼽을 수 있다. 이 우화소설은 개구리와 뱀의 송사라는 우화적 소재를 다루면서도 19세기 검안(檢案)의 형식과 문체를 그대로 모방함으로써 법문학적 특성이 강하게 구현된 작품이다. 검안이란 검험(檢驗)의 조사결과를 기록한 문서다. 검험이란 검시를 중심으로 한 사망사건의 조사절차인데, 검안의 문서격식은 18세기 말 정조 때 정착된 것으로 보인다.[61] 현존하는 검안 대부분이 서울대학교 규장각에 소장되어 있는데, 총 596건에 달한다. 규장각 소장 검안 대부분은 1897년부터 1906년 사이에 작성된 것이다.[62] 검시는 필요한 경우 삼검(三檢)까지도 시행했는데, 이때 검시절차는 철저하게 법의학서인 『무원록』을 따랐다. 즉, 『무원록』에 수록된 시형도(屍型圖)와 시장식(屍帳式)에 따라 76개소의 검시항목을 순서대로 기록했다. 「와사옥안」을 규장각에 소장된 초검안(初檢案)과 비교해보면, 그 격식이 거의 일치함을 알 수 있다. 「와사옥안」에 대해서는 이 책의 제5장에서 좀 더 자세히 살펴볼 것이지만, 중요한 사실은 「와사옥안」 외에도 법률문서서식에 우화를 그대로 대입한 독특한 소설 작품들이 생산되고 읽혔다는 것이다.

이처럼 송사 설화로부터 실화에 바탕을 둔 송사소설, 그리고 문서식(文書式)이나 소송절차를 소재로 삼은 '법문학적' 우화소설에 이르기까지 다양한 범죄소설 및 법률소설 장르의 존재는 조선 사회에서 오락이나 법률교육을 목적으로 범죄소설을 읽는 것이 익숙한 일이었음을 확인시켜준다. 『포공안』의 유입이나 『포공안』을 한글로 번역한 『포공연의』의 출현에는 이와 같은 사회문화적 배경이 있었던 것이다. 다만 송사 설화이든 실화에 바탕을 둔 한문소설이든 간에 송사소설에서 공안소설의 직접적인 영향을 찾아보기는 어렵고, 오히려 송사소설의 독자적 발전을 확인할 수 있다.

송사소설의 특징이라면 역시 공안소설과 달리 재판관을 탐정으로 내세운 범죄·수사 이야기 패턴이 뚜렷하게 나타나지 않는 것, 따라서 법정 장면이나 재판관의 역할이 축소된 대신 법적 정의보다는 권선징악적인 시적 정의가 더욱 두드러진다는 것이다. 예를 들면, 실화에 바탕을 두었다는 「장화홍련전」의 경우도 원귀가 사또에게 신원(伸冤)을 호소해 사건을 해결하는데, 범죄 실화가 원귀의 등장으로 환상적이고도 괴기스러운 설화로 변형되었다는 점이 눈에 띈다. 이 이야기의 초점은 재판관의 활약에 있다기보다는 극악한 가정범죄의 희생자인 장화와 홍련의 시련과 악인(계모)의 몰락이라는 권선징악적 결말에 있다. 『포공안』에도 원혼이 범죄사건 해결의 실마리를 제공하는 초현실적인 범죄 이야기가 꽤 많지만, 그런 이야기에도 언제나 초자연적 통찰력을 발휘하는 정의로운 영웅 포공이 등장해 악인을 처벌하는 것과는 좀 거리가 있다.

특히 공안소설과 큰 차이점이라면 여주인공의 역할이다. 여주인공은 범죄사건의 피해자이거나 용의자인 경우가 대부분인데, 사건을 해결하는 탐정 역할은 재판관이 아니라 바로 온갖 시련을 극복하고 복을 받는 그녀에게 부여된다. 결국 범죄사건은 선한 여주인공에게는 일어나서는 안 될 재앙이자 시련을 뜻할 뿐이다. 동정적인 서사는 시련을 겪는 여주인공에게 독자의 감정적 공감을 불러일으키는 서사장치이고, 전형적인 범죄소설이라기보다는 복선화음(福善禍淫)적인 도덕적 심판에 초점을 맞춘 설화구조가 그대로 남아 있다.

예를 들면, 구전설화에 바탕을 둔 「옥낭자전玉娘子傳」은 송사 모티프가 어떻게 범죄소설로 발전했는지를 보여주는 일례라고 할 수 있다.[63] 줄거리는 다음과 같다.

영흥의 김좌수에게 옥낭이란 딸이 있었는데 인물과 재덕을 겸비하고 있었다. 김좌수는 함경도 고원에 사는 이시업이 재주가 있다는 소문을 듣고 청혼한다. 이시업이 빙폐(聘幣)를 갖추어 하인을 거느리고 영흥에 도착했는데, 영흥의 토호가 행패를 부려 양가 하인들끼리 다투다 토호의 하인이 죽는 사건이 발생한다. 영흥 부사가 시업을 문초하고 살인죄로 투옥한다. 이 소식을 들은 옥낭은 시업 대신 죽을 결심을 하고 감옥으로 시업을 찾아간다. 그녀는 남장을 한 채 우선 옥졸들을 술과 안주로 매수한 후 시업을 만난다. 그녀는 자신의 신분을 밝히고 시업 대신 갇힐 것을 간청한다. 시업이 만류하자 옥낭은 자살하겠다고 그를 위협하여 자신의 옷을 갈아입혀 내보낸다. 다음날 영흥 부사가 옥낭을 문초하자 그녀는 자초지종을 밝히고 엄형을 자청한다. 부사가 그녀의 열행(烈行)에 감탄하여 함경 감사에 보고하자 감사도 놀라며 조정에 아뢴다. 국왕은 옥낭의 열행을 칭찬하며 시업의 죄를 사하고 벼슬을 내린다. 옥낭도 정렬부인에 봉해진다. 옥낭이 집에 돌아오자 옥낭과 시업은 혼례를 올리고, 옥낭의 권유로 시업이 과거에 응시하여 장원급제한다. 시업은 이후 영흥 부사를 제수받고 행복한 여생을 보낸다.

이 이야기의 모티프라고 할 수 있는 것이 이미 서거정(徐居正, 1420-1488)의 『필원잡기筆苑雜記』(1468)에도 보인다.[64] 『필원잡기』에는 부인이 감옥에 갇힌 남편을 탈출시키기 위해 하인을 여자로 변장시켜 감옥에 대신 갇히게 했다는 일화가 실려 있다. 아마도 이런 부류의 이야기가 꽤 널리 오랫동안 퍼져 있었던 듯하다.

변장과 탈옥이라는 설화 모티프는 「옥낭자전」에 그대로 활용된다. 결국 「옥낭자전」의 송사 모티프는 포공과 같은 명판관이 역경에 처한 여주인공을 구하고 불의를 바로잡는 구원자로 등장하는 식으로 발전한 것이 아니라, 옥낭의 도덕적 열행이 자신과 남편을 구원하는 일종의 열녀전(烈女傳)으로 발전한다. 공안소설에서 도덕적인 '열녀'는 대개 범죄의 희생자로서 수동적 역할에 머무른다. 반면 「옥낭자전」에서는 여주인공이 재판관 대신 도덕의 수호자이자 유교적 정의의 화신으로 등장한다. 이렇게 본다면 여주인공의 활약이 두드러진 송사소설은 조선 사회에서 여성의 강화된 법적·사회적 지위를 재현한 것처럼 해석될 수도 있다. 하지만 실상은 전혀 그렇지 않다. 오히려 여성의 도덕적 희생만 강요한 유교적 성질서의 모순을 확인시켜주는 일례일 뿐이다.

다만 「옥낭자전」은 중국의 사법제도와는 또 다른 조선의 제도적 메커니즘을 보여준다는 점에서 주목할 만하다. 즉, 사회적으로 취약한 지위에 있었던 여성이나 평민도 유교적 정리에 호소할 때 조선의 사법제도는 중국에 비해 유교적 관용주의의 범위를 훨씬 폭넓게 적용했다. 수많은 여성들이 그 사회적 지위와 관계없이 자신을 희생해가며 아버지나 남편, 자식을 위해 관용이나 억울함을 호소해

왔고, 정부는 그녀들을 열녀로 기리고 기꺼이 가족을 사면하거나 억울함을 풀어주었다. 「옥낭자전」은 서민이 조선 시대의 사법제도를 어떻게 인식하고 적극적으로 활용했는지 그들의 법의식을 잘 보여주는 이야기이기도 하다.

「옥낭자전」의 송사 모티프가 좀 더 발전한 이야기가 「김씨열행록」이다. 여기서도 양반 여성인 김씨 부인이 살인사건 해결에 핵심적 역할을 맡는다.[65] 이 이야기는 김씨 부인의 극단적 시련과 그 극복 과정에 초점을 맞추고 있지만, 장자상속제와 관련한 은밀한 갈등과 범죄를 다룬다는 점에서 사실적이기도 하다. 이야기 속에서 김씨 부인의 남편과 시아버지의 죽음은 미궁에 빠진 살인사건으로 다뤄진다. 대강의 줄거리는 다음과 같다.

> 양반인 장계현은 아들 갑춘이 열 살 때 부인이 죽자 후취로 유씨를 맞아들인다. 유씨는 둘째 아들을 낳았는데, 오직 전처 자식 갑춘만이 그녀의 근심거리였다. 갑춘이 김씨를 맞아들여 결혼하는 첫날밤이 바로 유씨가 갑춘을 없애고 유씨의 아들이 가문을 이을 수 있는 절호의 기회였다. 결국 신혼 첫날밤 갑춘이 살해되어 머리 없는 시체로 발견되는 끔찍한 사건이 벌어지고, 김씨는 살인사건의 공모자로 의심을 받아 친정에 유폐된다. 그녀는 살인자를 체포하고 자신의 누명을 벗기 위해서라도 스스로 사건의 전모를 밝히기로 결심한다. 그녀는 소년으로 가장해 마을에서 염탐하다가 유씨 부인이 자객을 고용해 갑춘을 살해하고, 갑춘의 머리는 쌀뒤주에 숨겼다는 사실을 알게 된다. 그녀는 친정 부모와 시아버지에게 사실을 고백하고 자신의 누명도 벗는다. 분노한 장

계현은 유씨와 둘째 아들을 집안에 가둔 채 불을 지른 후 종적을 감춘다. 여기까지가 첫 번째 살인사건의 자초지종이다. 몇 년 후 김씨는 시아버지를 살해했다는 혐의를 받고 체포되어 사형을 선고받는다. 이번에는 김씨의 시녀가 황제에게 억울함을 호소해 여주인을 구한다. 이번에 가산을 차지하기 위해 살인사건을 조작해 김씨에게 누명을 씌운 사람은 바로 장계현의 셋째 부인이었다. 결국 사건의 전모가 드러나면서 형장의 이슬로 사라진 이는 김씨가 아니라 셋째 부인이었다. 이 비극적 사건들을 겪은 후 과부가 된 김씨는 유복자를 낳았고, 김씨의 아들이 황제의 딸과 결혼하는 영광과 행복을 누린다.

이 이야기에서 「옥낭자전」에는 없던 요소이자 송사 모티프가 발전한 가장 흥미로운 요소를 꼽으라면, 주인공인 김씨가 스스로 탐정이 되어 직접 사건을 해결해나가는 부분일 것이다. 사법제도와 연관된 공적인 법적 정의는 거의 실현되지 않는 대신, 가족제도 내에서의 사적(私的) 복수나 처벌은 오히려 강화된다. 사법적 정의는 이 이야기에서 배경 뒤편으로 저만치 물러나 그 존재조차 희미하다. 결국 끔찍한 살인사건이 발생했을 때 부각되는 것은 공권력이 아니라 가부장제와 사적인 가족관계이며, 모든 문제는 사회문제가 아닌 일종의 가정불화로 축소된다. 따라서 초점은 가족 간의 갈등, 특히 여성들—즉, 전처와 후처, 시어머니와 며느리—간의 익숙한 갈등구도에 있다. 가부장의 권위가 심각하게 도전받고 가족질서가 붕괴될 즈음 효와 정절이라는 전형적인 유교적 가치관을 고수하며 가족을 지켜내는 이는 바로 도덕적 여주인공 김씨다.

그러나 이 이야기의 주인공 김씨는 유교적인 열부(烈婦)의 전통적 이미지를 초월한다. 남편의 죽음에 맞닥뜨린 그녀는 무기력한 희생자로 남거나 스스로 목숨을 끊는 자기파괴적인 방식을 거부하고 스스로 범인을 추적한다. 이 지점에서 여성은 수동적인 방식으로 유교이념을 체현하는 도구가 아니라, 도덕적 질서의 강력한 수호자가 된다. 강력한 재판관이 아닌 연약한 여성이 위기에 처한 가부장제를 구원하는 수호자가 되는 이 이야기는 거꾸로 조선 후기 약화된 왕권과 신분제의 동요를 암시한 이야기로 읽을 수 있다. 아마도 이러한 이유로 20세기 초 이해조(李海朝, 1869-1927)는 이 이야기를 각색하여 이른바 '신소설' 「구의산九疑山」을 썼던 것인지도 모른다.

「옥낭자전」과 「김씨열행록」 외에 의로운 정렬 여성이 등장하는 「김씨남정기金氏南征記」와 「박효랑전朴孝娘傳」도 송사소설이다.[66] 여기에서도 중심은 재판관이 아니라 여주인공이다. 그렇다면 한국의 송사소설 전통에서는 위대한 명판관의 초상을 찾을 수 없는 것인가? 아마도 포공에 버금갈 명판관이라면 암행어사 박문수(朴文秀, 1691-1756)를 꼽을 수 있을 것이다. 실제 인물인 포공과 마찬가지로 박문수도 영조(英祖, 1724-1776) 시대에 벼슬을 지냈던 역사적 인물이었다. 1915년 3장으로 구성된 『박문수전朴文秀傳』이 한성서관(漢城書館)과 유일서관(唯一書館)에서 출간된 이래, 관료제도의 부정부패를 감시하고 처단하는 이 청렴한 암행어사를 주인공으로 한 이야기가 소설, 동화, 텔레비전 드라마의 형식으로 현재까지도 유전되고 있다.[67]

그런데 동시대 작가들이 박문수를 주인공으로 다양한 '탐정소설'

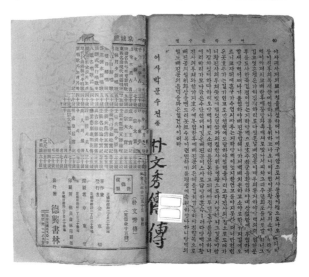

『어사 박문수전』(1933년, 덕흥서림 발행)

을 재창작했지만, 20세기 초에 출간된 『박문수전』은 최근에 나온
탐정소설과는 거리가 멀다. 『박문수전』에 실린 3장 중 제1장만이
박문수와 형사사건을 다루고 나머지는 범죄사건이나 주인공과는
거의 관계가 없다. 게다가 제1장은 그 지방에 전해진 민담의 성격
을 띠고 있으며, 나머지는 중국소설을 각색한 이야기다.[68] 제1장의
줄거리는 다음과 같다.

영조 대왕의 어명을 받들어 시골 마을을 암행하며 백성들의 생활
을 살피던 암행어사 박문수는 어느 날 산속에 고립된 작은 마을
을 지나게 된다. 우연히 그는 어떤 집을 지나다 안을 엿보게 되는

데, 노인이 자기 아들을 죽이려는 참이었다. 박문수가 뛰어들어 자초지종을 묻자, 노인은 그 마을의 토호인 전씨 집안에 모욕당하고 억압받는 것을 더는 참을 수 없어 아들과 자살하려는 참이었다고 했다. 전씨는 노인의 아내와 며느리를 납치해 강제로 결혼하려 한다고 했다. 그 마을에는 이 전씨 집안에 대적할 만한 사람이 없었고, 전씨를 처벌할 만한 관아도 너무 멀었다. 박문수는 혼인식이 있던 날 일행을 옥황상제가 보낸 오방신장(五方神將)으로 변장시킨다. 그러고 나서 전씨 집안을 습격해 전씨 부자를 체포한 후 그들을 깊은 숲속에서 처형한다. 무지한 마을 사람들은 정말 옥황상제가 오방신장을 보내 전씨 부자를 처벌한 것으로 믿었고, 그 후로는 관아의 개입 없이도 평화롭게 살았다.

이 이야기는 여러 측면에서 포공 이야기와 다르다. 우선 이야기가 범죄사건에 초점을 맞추고 있음에도 불구하고 법정 장면이 없다. 사실 박문수는 사법적 절차에 의존하여 진실을 밝혀내고 법에 따라 악인을 처벌한 것이 아니라, 단지 미신을 믿는 마을 풍습을 이용해 악당을 제거했을 뿐이다. 박문수는 정부에서 파견된 관료이지만, 법의 권위가 미치지 못하는 폐쇄적인 마을공동체의 존재를 인정하고 현실적인 타협을 택함으로써 오히려 사법제도의 공백이나 공권력 약화를 비판하는 것 같다. 이 이야기에서도 법률과 정의의 문제는 「김씨열행록」에서만큼이나 모호하게 다루어진다.

『박문수전』에서 추구하는 정의는 법전에 명시된 사법적 정의와는 너무 거리가 멀고, 주인공인 박문수는 포공 이야기에서 영웅화된 유교적 관료의 이상과도 거리가 멀다. 여기에서 다룬 정의는 가장 폭넓은 의미의 의로움이자 시적 정의라고 할 수 있다. 바로 이 의(義)의 주제가 『박문수전』 전체를 관통한다. 즉, 제1장 외에 나머지 두 이야기는 범죄소설이라고 할 수 없지만, 약자를 구원하는 의인(義人)의 의로운 행동이 백성에게 행복과 평화를 가져다준다는 주제의식과 관련해서는 분명히 서로 연관성이 있다. 『박문수전』의 주인공들은 모두 관료거나 양반 출신이지만, 유교적인 문인문화의 맥락에서 이 이야기를 이해하는 것은 다소 부적절해 보인다. 이야기의 초점은 사법적 정의의 재현에 있다기보다는 인과응보적 보편원리와 권선징악적 시적 정의를 재현하는 데 있다.

요컨대 「옥낭자전」에서 『박문수전』에 이르기까지 송사소설은 유교적 도덕주의를 반영하면서도 구전설화 전통에 의존함으로써 매우 독특한 방향으로 발전했으며, 구전설화가 기록으로 정착된 시기가 전통적인 유교 사회가 붕괴되던 구한말, 19세기 말 20세기 초였음을 알 수 있다. 이 시기에 송사소설 장르가 성행한 배경에는 기존의 사회질서가 무너져간 사정이 있었다. 전대미문의 사회·정치적 동요의 시기에 범죄소설 장르가 강한 호소력을 지니는 것은 어느 사회에서나 공통적이었던 것 같다.

『포공안』과 동아시아 범죄소설의 계보학

우리는 17세기 초 『포공안』이 조선에 유입된 이래 중국 공안소설이 조선에서도 읽힌 사실을 확인했다. 중국 공안소설과 한국 송사소설의 직접적 영향관계는 미미하여 확인하기 어렵지만, 적어도 양자 모두 소송사회와 유교적 법문화의 대중적 확산이라는 시대적 배경 아래 독자적으로 발전했다는 공통점을 발견할 수 있다. 『흠흠신서』에 『염명공안』이 소개되고 수록된 사실에서 공안소설이 대중적 법서로 읽히고 수용된 정황 또한 확인할 수 있다.

이런 사실로 미루어볼 때 한국문학사에 미친 『포공안』의 영향을 대수롭지 않게 받아들일 수도 있다. 사실 17세기 초 『포공안』의 유입이나 조선 왕실의 낙선재문고(樂善齋文庫)에 한글 필사본 『포공연의』가 있었던 사실이 공안소설에 대한 수요나 대중적 독자층의 형성을 확인시켜주는 것은 아니다. 임진왜란 이후로 중국에서 소설을 비롯한 다양한 서적이 국내에 들어왔고, 그중에 『포공안』이 우연히 포함되었을 뿐 어떤 특별한 요청에 따른 것인지는 확인되지 않았다. 『포공안』이든 『포공연의』든 왕실이나 일부 양반층 등 제한적 범위의 독자층을 벗어나 폭넓게 읽혔다는 증거는 별로 없다.

그러나 남아 있는 증거가 많지 않고 지금은 그 존재조차 희미한 텍스트라고 해서 우리 문학사에 『포공안』이 남긴 자취를 과소평가할 필요는 없다. 아직도 살펴볼 가치가 있는 궤적이 남아 있기 때문이다. 사실 『포공안』은 루쉰 이래 중국문학사에서도 크게 주목받지 못했다. 그러나 국경을 넘어 한국과 일본에서 이 소설의 희귀본이나 여러 이본이 발견될 뿐 아니라 번역되거나 각색되어 읽힌 사실을 가볍게 여길 수는 없다. 국경을 넘어 동아시아로 확대된 『포공안』의 폭넓은 대중성은 확실히 주목할 가치가 있기 때문이다. 따라서 필자는 『포공안』에 초점을 맞추어 『포공안』이 한국에 수용된 궤적을 추적해보고자 한다. 『포공안』을 통해서 우리는 '동아시아 범죄소설의 계보학'이라는 것을 재구성할 수 있을지 모른다.

조선에 『포공안』이 유입된 시기는 1603년 선조가 정숙옹주에게 보낸 편지에 『포공안』을 언급함으로써 알려졌다. 1603년 이전에 간행된 『포공안』 중 현존하는 텍스트는 1594년 여경당 간본인 『백가공안』과 1597년 만권루 간본인 『신전전상포효숙공백가공안연의』(일명 『포공연의』)가 있다. 그런데 1597년 간본은 중국에서도 찾아볼 수 없고, 현재 규장각에 소장된 잔본만 남아 있는 것으로 보아 선조의 편지에 언급된 『포공안』도 이 1597년 간본일 가능성이 많다.[69] 선조가 보낸 편지에 따르면, 부마(駙馬), 즉 사위에게 책 몇 권을 보내는데 이 중 하나가 『포공안』이었다. 선조는 또한 "『포공안』은 괴이하고 허튼 내용의 책(怪妄之書)이니 다만 한가로이 보내는 데 보탬이 될 따름"[70]이라고 덧붙이고 있다. 이로 미루어볼 때 선조도 『포공안』을 읽었을 가능성이 크다. 선조가 평소 『삼국지연의』 같은 소설을 즐겨 읽은 사실은 유명하다. 선조가 신하들에게 내리는 교지(敎旨)에 『삼국지연의』를 인용했다가 지적받은 일화가 있을 정도이다.[71]

조선 왕실에서의 중국소설 독서 열풍은 선조로 끝나지 않았다. 왕실에서 『삼국지연의』나 『수호전』을 구해 읽었다는 기록들이 이어지며, 결국 왕실에 만연한 중국소설 열풍은 중국소설의 한글 번역을 촉발한다.[72] 왕실에서 번역하고 소장한 중국소설이 겨냥한 일차적 독자층이 다름 아닌 궁중 여성과 왕실의 친인척 여성이었음은 말할 나위도 없다. 이처럼 왕실과 그 친인척은 17세기 초를 전후하여 중국소설을 적극적으로 수입하고 장편소설의 유행을 주도한 주체였다. 17세기 말에 이르면 소설 읽기 열풍은 왕실에서 서울의 사대부가로 확산된다. 소설의 생산·유통·소비와 관련하여 당시 서울은 특별한 공간이었다. 한 학자의 표현을 빌리자면, "17세기 후반을 전후한 시기의 서울은 '새로운 읽을거리에 대한 욕망'이 역사상 최초로 하나의 커다란 유행을 형성한, 특이한 시공간으로 여겨진다."[73] 17세기 말 서울을 중심으로 등장한 '경화세족(京華世族)'이 이 장편소설 읽기를 주도한 문화적 주체였다.

소위 상류사회를 중심으로 한 '소설 열풍'은 18세기 영정조(英正祖) 때에 이르러 전성기에 이르렀던 듯하다. 이를 가리키는 단적인 예가 바로 『중국소설회모본中國小說繪模本』이다. 『중국소설회모본』은 영조 38년(1762) 영조의 후궁이자 사도세자(思悼世子)의 어머니인 완산 이씨(完山 李氏)가 김덕성(金德成, 1729-1797) 등 궁중 화원을 시켜 중국 역사연의소설의 장면들을 그리게 한 화첩으로 추정된다. 이 화첩에는 128폭의 소설 삽화가 실려 있으며 83종의 소설 서목 또한 포함되어 있다. 이 화첩을 통해서 우리는 당시 유행한 중국소설 대부분이 조선에 수입되었음을 알 수 있다.[74] 이 소설 서목에『포공연의』도 눈에 띤다.

통속소설의 전성기로 유명한 영조 시대에는 국문 소설의 창작과 함께 중국소설의 번역도 매우 활발하게 이루어졌다. 『중국소설회모본』 서목에 포함된 중국소설 중 많은 작품들이 한글로 번역되어 낙선재문고에 보존된 사실로 미루어볼 때,『포공연의』도 이때 한글로 번역되었을 가능성이 있다. 이렇게 본다면『포공연의』의 번역 시기는『회모본』이 간행된 1762년 이전으로 거슬러 올라간다. 현

포공연의 뎨주 일

익비 려불 강화

각 편을 지으니 성이 살피지 못하여 올리니 내 올려 이양의 셩으기 하일...

『포공연의』의 첫 장
총 9권 831쪽. 29×20.7cm. 한글 궁체.
각 쪽은 11줄, 한 줄은 24자에서 28자로 구성되어 있다.

존하는 한글 번역본『포공연의』는 주로 한글 필사본 소설책을 모아 놓은 낙선재문고에 소장되어 있었다.[75] 이 번역본에도 다른 필사본 소설책과 유사하게 역자나 필사자, 필사 연대 등에 관한 어떤 정보도 기록되어 있지 않다. 낙선재문고에 소장된『포공연의』를 처음 소개하고 연구한 박재연은『포공연의』의 번역 시기를 이렇게 추정한다.『포공연의』에 사용된 어휘나 문체를 다른 중국소설 번역본과 비교해볼 때, 아무리 빨라도 18세기 이후에나 나온 듯하며 고종(高宗, 재위 1863-1907)의 칙령에 따른 중국소설의 번역 시기보다 더 늦지는 않았다는 것이다.[76]

그런데 번역본『포공연의』를 살펴보면, 그 저본이 1597년 간본이 아니라『용도공안』임을 알 수 있다. 실제로 청대 판본인『용도공안』이본들이 국내에 현존한다. 국내에 현존하는『용도공안』계열 판본으로는『수상용도공안』과『신평용도신단공안』이 있는데, 이 중 후자는 조선에서 다시 필사한 사본이다.[77]『백가공안』에 이어『용도공안』판본들이 있었다는 것은『포공안』이 조선 독자들 사이에서도 꾸준히 읽힌 사실을 증명한다고 할 수 있다.

공안소설 외에도 포공이 등장하는 공안협의소설(公案俠義小說)도 조선에 수입되었고, 공안소설보다 폭넓은 독자층을 확보했던 것 같다.『삼협오의三俠五義』로 더 잘 알려진『충렬협의전忠烈俠義傳』은 여러 판본이 발견되며,『삼협오의』의 속편인『칠협오의七俠五義』와『소오의小五義』도 1890년대 구한말에 들어와 상당한 인기를 끌었던 듯하다.[78] 120회본『충렬협의전』은 석옥곤(石玉崑, 1810-1871)이라는 유명한 이야기꾼의 공연 대본에 바탕을 둔 통속소설이다. 그러나 이

소설의 중심은 포공과 그의 법정으로 국한되지 않는다. 이야기의 초점은 포공으로부터 그가 고용한 의협(義俠)들과 그들의 신출귀몰한 무술과 환상의 대모험으로 이동한다. 조선 독자들도 이런 '무협 지식 모험소설에 푹 빠져들었던 것 같다. 한 무명작가가 『삼협오의』를 개작하여 『포염라연의包閻羅演義』를 썼을 정도였다.[79] 『충렬협의전』이 한글로 번역되어 낙선재문고에 소장된 시기도 비슷하다. 이밖에 19세기 중국에서 사회비판적 시각으로 재무장하고 출현한 일련의 공안소설도 한국에 유입되었다. 이를테면 『시공안施公案』, 『팽공안彭公案』, 『우공안于公案』 등 소설들이 한국에서 발견된다.[80]

『백가공안』에서 『용도공안』, 번역본 『포공연의』에 이르는 『포공안』 수용의 역사는 이것으로 끝이 아니다. 좀 더 놀라운 변신이 남아 있다. 바로 우리나라 근대 신문인 『황성신문皇城新聞』(1898년 9월 5일-1910년 9월 14일 발행)에 연재된 『신단공안神斷公案』이다. 『신단공안』은 1906년 5월 19일부터 12월 31일까지 무려 총 190회에 걸쳐 연재된 소설이다.[81] 모두 일곱 편의 이야기로 구성된 『신단공안』 중 세 편의 이야기는 『용도공안』에 실린 이야기를 바탕으로 재구성한 이야기들이다. 근대 신문하면 으레 범죄소설이나 탐정소설을 떠올리는 우리에게 『신단공안』의 존재는 당황스럽고 어색하다. 시대를 역행한 것처럼 보이기 때문이다. 실제로 문학사에서 기억되는 소설은 『신단공안』이 아니다.

사실 한국문학사에서 1906년은 상당히 의미 있는 해이다. 바로 신소설의 탄생을 알리는 해이기 때문이다. 그해 여름 『만세보』에 이인직(1862-1916)의 『혈의누』, 10월에는 『귀의성』이 연재되었다. 이

소설들과 비슷한 시기에 『황성신문』은 『신단공안』을 무려 7개월에 걸쳐 연재했고, 특히 마지막 제7화 노비 어복손(魚福孫)의 잔인한 복수극 이야기는 70회에 걸쳐 연재될 만큼 인기를 누렸다. 그렇지만 『신단공안』은 이인직의 신소설과 달리 당시 신문에 간혹 나타난 한문현토체(漢文懸吐體)라는 독특한 문체를 사용했다.

한문현토체는 한문에서 순국문 사용으로 전환하던 과도기에 나타난 전환기적 문체다. 기존의 한문 어순을 그대로 유지했다는 점에서 국문 어순을 따르던 국한문체와는 완전히 구분되며, 조선 시대까지 사용하던 이두문(吏讀文)의 영향도 수용한 것처럼 보인다.[82] 『신단공안』의 작자가 누구인지는 알 수 없지만, 흥미로운 점은 작가가 『용도공안』의 내용을 토대로 상당한 다시 쓰기, 즉 개작을 감행했다는 것이다. 『신단공안』에서 사용한 한문현토체와도 어느 정도 연관성이 있다. 이처럼 한문현토체는 신문이라는 근대 매체를 통해 등장한 새로운 문체였음에도 불구하고, 주로 구한말 고전교육을 받은 보수적 지식인 계층을 겨냥한 과도기적 문체였다.

- 제일화(第一話) 미인경변일명 정남서부재취(美人竟抃一命 貞男誓不再娶) (총6회)
- 제이화(第二話) 노부낭군유학 자비관음탁몽(老父郎君遊學 慈悲觀音托夢) (총12회)
- 제삼화(第三話) 자모읍단효녀두 악승난도명관수(慈母泣斷孝女頭 惡僧難逃明官手) (총16회)
- 제사화(第四話) 인홍변서봉 낭사승명관(仁鴻變瑞鳳 浪士勝明官) (총45회)

- 제오화(第五話) 요경객설재성간 능옥리구관초공(妖經客設齋成奸
  能獄吏具棺招供) (총21회)
- 제육화(第六話) 천사약완동령흉 차신어명관착간(踐私約頑童逞凶
  借神語明官捉奸) (총20회)
- 제칠화(第七話) 치생원구가장용궁 얼노아의루경악몽(癡生員驅家
  葬龍宮 孽奴兒倚樓驚惡夢) (총70회)

『신단공안』의 구성을 살펴보면, 제1, 2, 3화는『용도공안』의 「아미타불강화阿彌陀佛講和」, 「관음보살탁몽觀音菩薩托夢」 그리고 「삼보전三寶殿」을 차례로 각색한 이야기이며, 제5, 6화는『당음비사』에 실린 소송사건 중 「자산지간子産知姦」과 「이걸매관李傑買棺」을 각색한 이야기이다. 사실 이 다섯 편의 이야기들은 모두 여성을 대상으로 한 강간, 납치, 살인, 간통 등 '성범죄'를 묘사한 이야기라는 점에서 유사성을 보인다.

이밖에 제4화와 제7화는 공안소설과 직접적인 연관성이 없는 이야기이며, 딱히 범죄소설이라고 할 수도 없다. 그러나 전체『신단공안』의 반 이상을 차지한 이 두 이야기는 민간 설화에 바탕을 두었지만, 작자의 비판의식과 창조성이 가장 잘 드러난다. 제4화는 봉이 김선달 이야기를 각색해 양반 관료층의 부패와 무능을 신랄하게 비판하는데, 김선달〔金仁鴻〕이 무능한 판관을 대신해 범죄사건을 해결하는 것은 김선달 이야기의 여러 에피소드 중 하나일 뿐이다.

제7화는 노비 신분에서 벗어나려고 발버둥치는 어복손의 처절한 욕망과 복수극을 그린다. 70회나 연재된 제7화는 처음에는 어복손이 온갖 기발한 속임수로 주인을 골탕 먹이는 에피소드들이 반복적으로 웃음을 자아내지만, 회를 거듭할수록 어복손의 어두운 욕망이 드러나면서 신분갈등이 표면화되고 이야기는 점점 더 음산하고 신랄해진다. 마침내 어복손은 양반층의 무능과 시대착오를 완벽하게 형상화한 인물인 주인 오진사 집안을 집단 자살로 몰아가고, 그의 범죄는 구태의연한 판관의 수사로 밝혀내기보다는 양심의 가책에 시달린 어복손 자신이 폭로한다. 『신단공안』 중에서 한국문학사 연구와 관련하여 최근까지 가장 주목을 받은 이야기도 바로 제4화와 제7화였다.

그렇지만 『용도공안』이나 『당음비사』를 각색했다는 다른 이야기들도 그 개작의 수준에 있어서는 눈여겨볼 만하다. 가장 원작에 가까운 이야기는 제1화와 제2화뿐이고, 회를 거듭할수록 작가의 개작은 더욱 대담해진다. 이 무명작가는 원작의 뼈대에 날카로운 문제의식과 시대성을 살로 덧붙이는 작업을 했다. 즉, 시공간적 배경을 과거의 조선으로 설정하여 등장인물 사이의 관계와 사건 양상을 조선의 사회적 맥락 속에 재배치하고, 독자의 공감을 불러일으킴으로써 원작과 완전히 구분되는 문학적 의미를 획득한다. 특히 조선 양반사회의 위선과 무능, 효와 정절 같은 유교적 가치관에 대한 비판은 제3화부터 제7화에 이르기까지 공통으로 나타나며, 그 어조가 뒤로 갈수록 비관적이고 신랄해지는 것을 관찰할 수 있다. 결국 근대 신문에서 『신단공안』은 신소설에 대체되어 곧 사라질 운명의 예외적 사례처럼 보이지만, 비판의식이라든가 시대성의 반영에 있어서는 결코 신소설과 대립하거나 시대착오적이라고 말할 수 없다.

문학사는 언제나 단선적인 진화의 도식을 구성하는 경향이 있다. 온통 신소설의 출현과 근대소설로의 이행에만 집착하는 근대문학사 서술은 우리에게 구시대의 고소설이 순식간에 사라지고, 하루아침에 모든 소설이 신소설로 교체된 듯한 착각을 일으킨다. 그리고 어느 순간 루쉰과 이광수(1892-1950)로부터 근대문학사가 시작되는 것이다. 헤겔이 세계사를 세계의 도살장이라 부른 것처럼, 프랑코 모레티(Franco Moretti)는 오로지 1퍼센트 미만의 정전(正典, canon)만을 기억하는 문학사를 '문학의 도살장(slaughterhouse of literature)'이라 불렀다.[83] 문학의 시대적 경향을 서술한 것이 문학사인 듯하지만, 실제로 문학사에 서술된 작품들은 1퍼센트에도 미치지 못한다. '문학의 도살장'이라는 표현에는 1퍼센트 미만의 정전들이 시대를 대표하는 문학이 되고, 나머지 99퍼센트는 존재한 사실조차 기억하지 못하는 문학사 서술에 대한 불만이 표출되어 있다.

문학사의 이 공공연한 비밀―문학사가 선택적 계보에 불과하다는 사실―은 중국문학사에서도 확인할 수 있다. 19세기 말 20세기 초 상하이에서만 약 2,000종이 넘는 소설이 신문과 잡지 등을 통해서 출판되었는데, 당시 대중적 인기를 누린 소설은 량치차오(梁啓超, 1873-1929) 등이 부르짖은 신소설이 아니었다. 여기에는 구소설을 답습한 원앙호접파 소설, 일찍이 루쉰이 『중국소설사략』에서 구성이 천편일률적이라 볼 만한 것이 없고 내용마저도 봉건주의에 대한 순응으로 귀결된다고 혹평한 협의공안소설 등이 있었다. 또한 루쉰이 견책소설(譴責小說)이라 부른 장르는 현실 비판적 지향에도 불구하고 지나치게 노골적이고 독자의 기호에 영합한 까닭에 풍자소설과 구분되어야 한다. 이러한 장르들은 모두 구소설의 전통으로부터 분리되기는커녕 여전히 의존하면서도 근대 매체의 근대성 또한 수용하는, 신·구의 착종 현상—데이비드 왕(David Der-wei Wang)은 이를 가리켜 억압된 근대성(repressed modernities)의 모순이라고 했다[84]—도 보여준다.[85] 이런 소설들은 대부분 '정전'의 문학사에는 이름도 올리지 못했다.

이런 현상의 대표적인 사례라면, 류어(劉鶚, 1857-1909)의 『노잔유기老殘遊記』(1904)가 있다. 이 소설은 일찍이 루쉰이 언급한 '사대견책소설' 중 하나이지만, 협의공안소설과 서구 탐정소설, 정치소설 등 신·구 장르의 충돌과 착종 현상이 두드러진다. 작가 류어는 주인공 라오찬을 '중국의 셜록 홈즈'로 그리고자 하지만, 수수께끼 같은 의옥(疑獄)사건을 맡은 라오찬은 죽은 사람들을 소생시키는 '기적의 전도사'로 전락하고 만다.[86] 이렇듯 전통과 근대의 간극을 메우는 시도는 대개 실패로 여겨진다. 전통을 탈각하고 '서구적 근대'로 나아가지 못했기 때문이다.

한국의 근대문학사만을 놓고 보아도 성공하지 못한 수많은 불완전한 시도들이 있었다. 범죄소설 장르에 국한해보자면, 문학사에서 그리고자 하는 계보는 아마도 송사 설화(공안 설화) → 송사소설(공안소설) → 신소설 → 탐정소설로 이어지는 도식일 것이다. 그런데 이 도식에 『신단공안』이 위치할 자리는 있을까? 중국과 일본에 셜록 홈즈 같은 서구 탐정소설이 소개된 것은 이미 19세기 말이다. 우리나라에 처음으로 서구 탐정소설이 소개된 것은 아마도 20세기 초인 듯하다. 이해조가 『쌍옥적雙玉笛』(『제국신문』, 1908년 12월 4일-1909년 2월 12일 연재)을 발표할 때 '정탐소설(偵探小說)'이란 용어를 사용했으며,

그 후 「김씨열행록」을 개작한 『구의산』(1912)을 발표했다.[87] 그러나 이해조의 『쌍옥적』을 근대 탐정소설의 효시로 볼 수 있는가에 관해서는 논란이 있었는데, 본격적인 추리기법이 활용되지 못했다는 것이 그 이유였다. 오히려 송사소설을 개작한 『구의산』에 이 추리기법이 잘 활용되었다는 평가를 받았지만, 탐정 대신 피의자인 김씨가 미스터리를 해결한다는 이유로 본격적인 탐정소설로는 인정받지 못했다. 이해조는 정탐소설이라는 용어를 사용했을 뿐 아니라, 『쌍옥적』과 『구의산』 외에도 범죄사건을 묘사한 작품들을 잇달아 발표했다. 이렇듯 『신단공안』 이후에도 신소설에서 탐정소설에 이르는 진화의 궤적은 꽤 복잡해 보인다. 신소설을 표방했던 이해조가 『구의산』 외에도 고소설을 개작한 작품들을 많이 발표한 것은 잘 알려진 사실이다. 이것은 단순히 대중의 기대지평을 고려한 결과일까? 이해조뿐만 아니라 중국문학사에서는 더욱 대규모로 관찰되는 '전통으로의 회귀' 현상은 과연 진보를 역행하는 시대착오적 현상일까?

정전의 문학사 서술을 비판한 모레티는 여러 대안을 제시하는데, 예를 들면 가깝게 읽기(close reading) 대신 멀리 읽기(distant reading)를 제안한 것이 그 대안 중 하나이다.[88] 그밖에 통계와 지형학 등 데이터를 활용한 모델, 다윈의 진화생물학을 변용한 모델을 제안하기도 했다. 모레티가 추구한 융합적인 문학사 연구방법론은 많은 비판을 받으며 상당한 논란을 불러일으켰다. 그러나 나는 모레티가 소개한 '문화의 나무'만큼은 문학사 연구에 활용한다면, 좀 더 다양한 문학사 서술을 가능하게 만들지 않을까 생각한다. 모레티는 인류학자 앨프리드 크로버(Alfred Kroeber)가 그린 '문화의 나무'를 소개하는데, 언뜻 보면 이 나무는 다윈의 '생명의 나무'와 비슷하다.[89] 그런데 이 나무는 생명의 나무와 달리 분기하면서도 수렴, 융합한다. 크로버에 따르면, "문화는 분기하고 융합하고 접합하기도 한다. 반면 생명은 갈라지기만 할 뿐이다."[90] 우리가 문학사를 이 문화의 나무처럼 이해한다면, 수렴 현상은 결코 문화의 진화를 역행하는 시대착오적 현상이 아니라 문화적 진화의 한 과정으로 보인다. 특히 수백 년간 수렴과 분기를 거듭하며 동아시아라는 시공간으로 확산한 『포공안』은 문화의 나무를 이해하는 중요한 사례라고 할 수 있다. 그러나 기존의 문학사 서술에서 『포공안』은 한국문학사뿐만 아니라 중국문학사에서도 대개는 망각 속의 99퍼센트 중 하나일 뿐이다. 이는 지금껏 수많은 책들이 거쳐 온 운명과 앞으로도 겪게 될 비슷한 운명을 보여주는 일례가 아닐까.

권력과 이미지: 공안소설과 삽화

4

삽화가 있는 소설 읽기

공안소설은 삽화가 있는 소설책이었다. 삽화가 있는 공안소설은 주로 만력 연간에 출판된 책들이고, 청대에 출판된 공안소설에서는 삽화를 찾아보기 어렵다. 이런 점에서 삽화 분석은 당시 독서관습이나 출판문화와 관련하여 흥미로운 관점들을 제시해줄 수 있을 것이다.

삽화가 있는 책들은 대개 만력 연간에 집중적으로 출판되었다. 이러한 사실로 미루어볼 때 삽화가 당시 대중적 독자층과 독서관습의 형성에 매우 중요한 역할을 했을 것으로 추측할 수 있다. 앞에서 살펴본 것처럼 『포공안』을 비롯해 만력 연간에 출간된 공안소설집 10종에는 모두 공통으로 삽화가 실렸다. 이 목판 삽화 대부분은 상도하문 양식을 따르며, 삽화의 수준도 조잡하다. 그렇지만 다음 그림에서 보듯 공안 삽화는 텍스트의 구체적 내용을 한눈에 알 수 있도록 매우 간명하게 재현한다. 이는 확실히 공안 삽화의 역할이 무의미한 것이 아님을 보여준다. 따라서 공안소설의 텍스

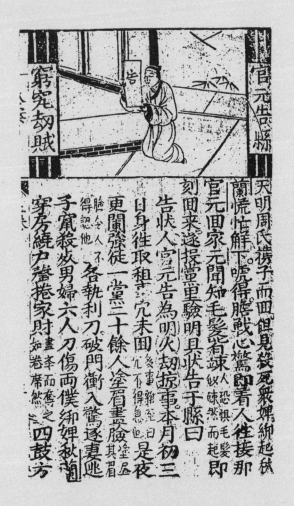

관아에 고발하는 원고(『상정공안』, 「단명화겁략斷明火劫掠」, 고본소설집성 331, 112쪽)
하단의 텍스트에는 고소장의 서식과 작성법이 자세하게 소개되어 있다.

트적 분석에 삽화 분석도 반드시 포함되어야 한다는 사실은 새삼 강조할 필요가 없다.

공안 삽화도 삽화의 전통, 더 나아가 중국 회화의 전통과 긴밀한 관계를 맺고 있다.[91] 많은 다른 삽화들과 마찬가지로 공안 삽화도 전통적인 중국 회화가 추구하는 관습적 화법을 추구했다. 사실 전통적인 중국 회화에서 유교적 이상과 질서의 반영은 사실성 추구보다 훨씬 더 중요한 문제였다. 세련된 기교보다 정신세계와 도덕성의 시각적 재현 여부가 훨씬 더 중요하기에, 전업 화가의 기교적 회화보다 아마추어적인 문인 화가의 질박한 그림을 높게 평가하는 경향이 오래도록 지속되었다. 주요 인물의 도덕성을 암시하는 사물이나 생물―예를 들면, 고사도(高士圖)나 일사도(逸士圖)에 은자와 함께 자주 배치되는 사군자나 배경의 산수―을 그려 넣는 것도 아주 오래된 관습이다.

신분이 높고 중요한 인물일수록 크게 그리고 정면에 배치하는 대신, 하인 같은 하층민은 작게 그리고 측면에 배치하는 방식으로 인물의 사회적 지위를 '시각화'하는 것도 중국 회화의 오래된 관습적 화법이다. 서구의 원근법과 정반대의 이 회화기법은 유교질서의 이상을 시각적으로 재현하기 위해 일상적으로 사용한 화법이었으며, 전통사회 구성원인 관람자의 눈에는 오히려 자연스럽게 보이는 방식이었을 것이다. 목판 삽화를 포함해 전통적인 중국 회화에 끊임없이 반복적으로 재현되는 의식―손을 공손히 모아 읍하거나, 무릎을 꿇거나 엎드려 절하는 모습―도 당시 인물들 간의 위계질서와 권력관계를 분명히 드러내 보이는 이미지다. 이처럼 목판 삽화가 유교적 세계관의 반영을 중시하는 중국화 전통에 속해 있음을 먼저 인식할 필요가 있다. 그러나 한편으로는 전통적인 중국 회화와 목판 삽화는 오히려 상반된 문화적 배경 속에서 발전했음을 발견할 수 있다. 즉, 목판 삽화는 당시 인쇄문화와 불가분의 관계를 맺고 있었다.

삽화의 발전과 쇠퇴는 인쇄기술의 발전 및 서적시장의 확대 등의 문화현상과 밀접한 관계를 맺고 있다. 출판시장 전체가 급속히 팽창했던 만력 연간이 삽화 판화의 황금기가 된 것은 우연이 아니다. 목판화 삽화는 전통적 회화 이미지의 복제와 대중화를 가능하게 만들었으며, 주로 문인 계층에 국한된 향유층의 범위를 서민 계층으로 확산시키는 역할을 했다. 그렇다면 지배 이데올로기의 확산과 대중화, 지식의 전파와 문화적 통합 등의 측면에 주목할 때, 삽화가 있는 책의 문화적 역할은 과연 어떤 것이었을까?

단순히 삽화의 생산에만 국한된 것이 아니라, 전체적으로 인쇄기술의 발전이 미친 사회문화적 영향은 우리의 상상 이상으로 광범위하고 복합적이었다고 할 수 있다. 인쇄문화의 영향이 있었기에 이전까지는 아마도 비교적 서서히 진행되어왔을 지배이념—즉, 유교적 가치관—의 확산과 문화적 통합의 과정이 가속화될 수 있었다. 그러나 인쇄를 통한 문화적 통합 과정을 지배문화의 일방적 확산으로 간주하기보다는, 지배와 피지배의 권력구조, 문화적 특권층과 서민층, 문화적 생산과 소비 사이의 역동적 상호 영향관계에 좀 더 주목해야 할 필요가 있다. 즉, 삽화가 있는 책은 지배이념의 민중문화로의 침투를 쉽게 만든 측면이 있는가 하면, 지배층의 전유

물이던 지식의 공유와 대중적 확산을 실현한 측면도 있었다. 바로 이 문화적 복합성이 필자가 삽화가 있는 텍스트에 주목하는 이유이다. 삽화의 이미지만으로도 회화예술의 대중화를 통해서 전통사회의 문화적 통합을 가속화하는 역할을 할 수 있었기 때문이다.

삽화 양식의 다양성에도 불구하고 정작 인쇄를 통해 재생산된 이미지 자체는 상당히 자기복제적이고 정형화, 획일화되어 있다. 텍스트가 제시하는 특정 인물의 개성이라든가 특정한 시대나 지역의 시공간적 특색을 기대했다면, 틀림없이 실망스러울 것이다. 삽화에 나오는 건축물이나 풍경의 세부 묘사는 모델이 되는 원화(原畵)를 본뜬 것처럼 반복적인 경우가 대부분이다.[92] 도자기나 병풍, 자수 또는 그 밖의 공예품을 만드는 공장에서와 마찬가지로 조판인쇄소에서도 특정한 도안책을 참조했을 가능성이 있다.[93]

그런데 이 도안들은 처음부터 제조된 공예품에서 유래한 것이 아니라, 궁정 화가나 문인 화가에 의해 창조된 소위 고급 '예술작품'에 사용된 독창적 이미지나 구도, 주제 등을 모방한 것들이 대부분이다. 따라서 삽화에 재현된 이미지들은 민중의식과 민간문화의 산물이라기보다는 지배층의 시각문화를 반영한다는 사실을 염두에 두어야 한다. 삽화의 판에 박은 단순한 이미지들은 사실상 지배층의 시각문화와 고급 회화예술에 그 연원을 두었다. 이와 같은 경향은 방각본의 대량생산으로 상업적 인쇄와 출판이 본격화되기 시작한 명대 중엽에 이르러서 더욱 두드러진다. 이때부터 지역별로 상업적 조판인쇄소가 형성되고 인쇄소 사이의 경쟁이 심해지면서 구매층을 유인하기 위한 정교하고 화려한 삽화의 삽입이 빈번해진다.

삽화 밑그림 화가 중에 인물 판화로 유명한 진홍수(陳洪綬, 1599-1652)와 산수화 판화로 유명한 소운종(蕭雲從, 1591-1668) 등은 원래 문인화에 능한 전문 화가들이다. 이들은 뛰어난 화가로서 독창적인 회화예술을 창조했지만, 통속적인 삽화나 화보 제작에 별나른 거부감 없이 적극적으로 참여했다.[94] 이제 삽화가 있는 책은 공예품의 양면성을 닮게 된다. 말하자면 책은 유용한 지식의 전달 매체일 뿐만 아니라 순수한 '감상'의 대상이 되기도 했다. 문자 텍스트에서와 마찬가지로 서적 삽화에서도 지배층의 시각문화와 민중적 시각문화, 고급문화와 대중문화, 문인 화풍과 상업적 화풍 사이의 경계선은 결코 엄격하게 고정된 것이 아님을 재확인할 수 있다.

권력의 응시

『포공안』이후 왕성하게 생산된 공안소설에서 공통적인 것은 중복성과 기계적인 재생산, 정형화와 획일화이다. 아마도 공안소설 장르의 상업적 성격과 획일화 사이에는 밀접한 연관성이 있었을 것이다. 앞에서도 언급했듯이 대중적 법서로서의 공안소설이 판례사 장르와 눈에 띄게 다른 점이 바로 삽화다. 일반적인 법률지식을 문자 텍스트로 제공할 뿐만 아니라 당시의 권력구조를 시각화한 텍스트가 있다면, 아마도 상인 계층을 포함한 대중적 독자층의 관심을 끌었을 가능성이 크다.

문자 텍스트만큼이나 기계적인 반복성과 단순성, 획일성을 보여주는 공안 삽화는 일부 소설 및 희곡 삽화처럼 감상을 목적으로 한 그림이 아니었던 것으로 보인다. 공안 삽화의 관습화되고 획일화된 이미지는 공안소설의 재생산 과정에 공통적인 모방 (또는 표절) 작업이 문자 텍스트에만 국한된 것이 아니라, 삽화에도 해당되었음을 증명한다. 대체로 상도하문 양식의 공안 삽화는 그 단순성에도 불구하고 범인의 살해 장면을 포함하여 피해자의 고소 장면, 관아에서 판관의 수사 장면, 고문과 처벌, 처형 장면에 이르기까지 범죄사건의 발생과 해결에 이르는 과정을 거의 빠짐없이 재현한다. 삽화의 좌우 양옆에 각각 3자나 4자로 구성된―총 6자에서 8자로 하단의 문자 텍스트를 요약한 내용―간략한 부제를 삽입하여 문자 텍스트를 보조하는 역할을 하고 있으며, 교육 수준이 낮은 독자라도 삽화만 훑어보면 전체 내용을 충분히 짐작할 수 있도록 고안되어 있다. 그러나 이야기 장면들은 모두 몇 가지 관습화된 패턴을 따라 표현되고 약간의 세부 묘사만 바뀌는 정도여서, 삽화만 보면 각각의 이야기들이 어떻게 다른지 거의 분별할 수 없을 정도다. 따라서 공안 삽화에 무엇이 재현되었는지를 살피는 것만큼이나 재현되어 있지 '않은' 것을 살피는 것이 중요하다.[95]

공안 삽화에 재현된 장면은 작자나 편집자가 보기에 확실히 중요한 장면인데, 여기에는 반드시 범죄 장면도 포함된다. 다음의 '강도와 여성 피해자'라는 그림을 보면 살인행위가 놀라우리만치 선정적이면서도 관습적으로 재현된 점이 눈길을 끈다. 삽화를 보면 무엇을 말하려는지 명백하고 망설임이 없다. 그러나 피살자의 머리가 바닥에 뒹굴고 피가 솟구치는 모습과 범행 후 칼을 든 채 피살자를

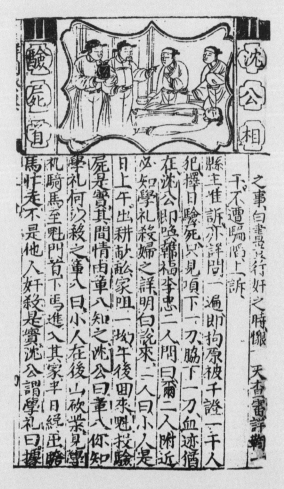

검시 장면(『상형공안』, 「진대순단강간살시陳大巡斷强姦殺死」, 중국고본소설총간 2.4, 1051쪽)
살인 장면부터 고문, 검시, 처형 장면에 이르기까지 공안 삽화의 소재에는 금기가 없었다. 다만 단순화되고 투박한 이미지는 공포를 불러일으킬 정도의 표현력은 없었을 뿐이다.

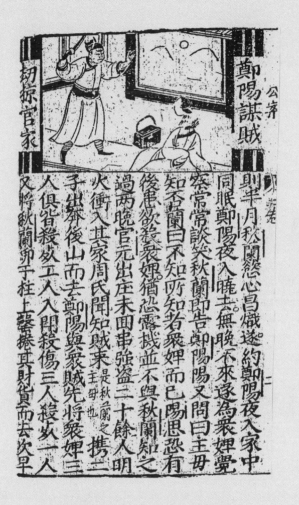

강도와 여성 피해자(『상정공안』, 「단명화겁략」, 110쪽)

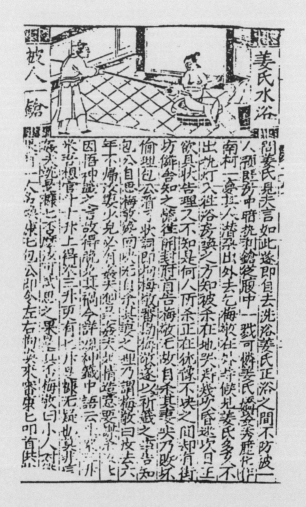

강씨수욕 피인일창(姜氏水浴, 被人一鎗(槍))
『백가공안』 제8회 「판간부오살기부判奸夫悞殺其婦」의 한 장면. 정부(情夫)가
남편인 줄로 착각하고 목욕 중인 자신의 애인을 창으로 찔러 살해하는 장면이다.

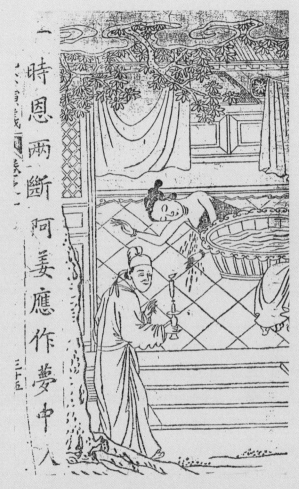

『신전전상포효숙공백가공안연의』(서울대학교 규장각도서관 소장)
정판식 삽화. 「판간부오살기부」의 한 장면으로 앞의 '강씨수욕 피인일창'
이란 그림과 같은 이야기를 묘사하고 있다.

내려다보는 범인이 그려진 장면은 하단의 이야기와 정확히 일치하지 않는다. 이야기에서는 피살자가 정확히 어떤 방식으로 살해되었는지 명확하게 언급하지 않는 경우가 많은데도 이런 잔인한 범행 장면이 반복적으로 재현된다. 따라서 목이 잘린 시신은 살인행위를 의미하는 관습적인 이미지였음을 알 수 있다.

공안 삽화는 심지어 성범죄 묘사에서도 거침없는데, 공안소설에서 차지하는 성범죄의 비중은 상당히 큰 편이다. 그러나 여기에도 예외 없이 관습화된 이미지가 반복적으로 재현된다. 예를 들면, 강간과 간통은 강제성의 여부에서 상반된 성범죄인데, 똑같이 침대에 남녀 한 쌍이 누워 있는 모습으로 표현된다. 따라서 강간 장면과 불륜 장면은 부제 없이는 그 차이를 전혀 구분할 수 없다. 이것은 아마도 거의 같은 도안과 밑그림을 사용한 결과라고 할 수 있을 것이다.

성범죄의 재현에서 노출된 신체는 금기 중 하나였던 것 같다. 그런데 앞의 '강씨수욕 피인일창'이란 그림은 공안 삽화에서 보기 드물게 여성의 나체를 묘사한 장면이라는 점에서 주목할 만하다. 『포공안』에서 여성의 나체가 묘사된 삽화는 이 삽화 하나뿐이다. 다른 공안소설에서도 이처럼 적나라한 삽화는 거의 찾아볼 수 없다. 『상정공안』에서 『포공안』 삽화와 매우 유사한 단 두 장의 삽화를 찾을 수 있을 뿐이다.[96] 이 세 장의 삽화가 묘사한 이야기는 각각 다르지만, 여성 피해자의 목욕 장면과 가슴을 강조한 여성의 나체, 가해자의 공격을 미처 볼 수 없는 취약한 자세는 베낀 것처럼 흡사하다. 바로 유사한 도안을 참조했음을 의미한다. 주로 건양에서 출간된 다른 공안소설과 달리 금릉(남경)에서 출간되었으며 정판식 삽화가 실린 『포공안』의 이본 『신전전상포효숙공백가공안연의』에 실린 삽화(앞의 『신전전상포효숙공백가공안연의』 그림)가 『백가공안』의 삽화(앞의 '강씨수욕 피인일창' 그림)와 얼마나 현격한 차이를 보이는지 살펴보면 이와 같은 특징이 더욱 명백해진다.

그러나 무엇보다도 공안 삽화에서 가장 흔히 반복되는 이미지는 바로 재판관과 관아의 이미지다. 역시 공안 삽화의 중점이 어디에 있는지 확연히 알 수 있는 부분이다. 즉, 공안 삽화의 중점은 일탈적인 범죄행위 장면에 있는 것이 아니라, 관아에서 진행되는 재판 절차—고소, 심문, 수사, 검시, 고문, 판결, 처벌 등—에 있다. 근대적 행형제도가 확립되기 이전 신체형과 공개 처형을 통해 추구하던 '권력의 스펙터클'은 공안 삽화에 더욱 명백하게 나타난다.

공안소설의 주인공은 역시 재판관이다. 공안 삽화의 인물들은 남자든 여자든 표정이나 신체적 특징으로는 잘 구분하기 어렵지만, 바로 사회적 신분을 상징하는 복식과 머리 장식을 통해서 이들을 구분할 수 있다. 재판관은 언제나 관복과 특징적인 관을 갖추고 연륜과 위엄을 상징하는 수염을 기름으로써 다른 등장인물과 쉽게 구분된다. 상도하문 양식의 공안 삽화는 관아의 스펙터클을 표현하기에 공간이 충분치 않다. 따라서 병풍을 뒤로 하고 책상 앞에 앉아 서리 한두 명의 보조를 받으며 공무를 집행하는 판관의 모습이 바로 관아 전체를 상징하며 '권력의 스펙터클'을 집약적으로 반영한다. 앞에서 본 『백가공안』 표지(제2절에 나온 『신간경본통속연의증상포룡도판백가공안전전』 표지그림)도 이런 관습을 잘 따르고 있다.

판옵틱한 시선 속 죄수

재판관은 예외적인 경우를 제외하고는 대부분 삽화의 오른편 위쪽을 차지하고 위풍당당하게 왼편 아래쪽을 응시하는데, 이 왼편 하단에는 화면을 등진 채 그보다 왜소하게 묘사된 다른 인물들─원고와 피고, 증인, 아역 등─이 읍하거나, 무릎을 꿇거나 엎드리고 있다. 오른편 상단에서 왼편 하단으로, 또는 관아의 내부에서 외부를 향하는 재판관의 특권적 시선은 그의 특정한 위치 때문에 화면의 구석구석까지 두루 닿는, 편재(遍在)하는 '판옵틱(panoptic)'한 감시의 시선이다. 또한 위에서 아래로, 오른쪽에서 왼쪽으로, 그리고 삽화에 묘사된 건물의 외부에서 내부를 향하는 제3의 시선─즉, 책을 읽고 있는 독자의 시선─과 정확히 마주치는, 따라서 쉽게 주목받을 수 있는 시선이기도 하다.[97] 당시 책은 지금 우리가 읽는─왼쪽에서 오른쪽 가로줄을 따라 위에서 아래로 읽는─책과 달리 위에서 아래 세로줄을 따라 오른쪽에서 왼쪽으로 읽는다는 사실을 염두에 둔다면, 삽화 구도가 정확히 독자의 시선과 일치하도록 고안되었음을 알 수 있다.

전통적 삽화에서 특권적 시선은 사회적 지위의 우월성뿐만 아니라 도덕적 우월성과도 연관된다. 공안 삽화에서 도덕적 우월성을 견지하는 재판관의 시선이 제3의 시선을 지배하고 조정한다. 또한 공안 삽화에서 도덕적인 인물의 시선이 대체로 판관의 시선과 일치하는 반면, 범죄자의 시선은 생략되어 있거나 판관의 그것과 정반대여서 비정상적인 느낌을 만들어낸다. 이처럼 시선의 문제만 보더라도 전통적 삽화가 일정한 규칙을 가지고 관습적 이미지를 만들어냈음을 알 수 있다.

이는 공간의 문제에도 적용되는 규칙이다. 중국 삽화의 공간은 어떤 다른 세계보다도 유교적 위계질서와 권력구조의 표현에 민감한 공간이라고 할 수 있다. 전통 삽화는 일률적으로 표준화되고 관습화된 공간 분할과 기계적으로 반복되는 유사한 이미지—이는 목판화의 경제성을 고려한 결과이기도 하다—를 통해서 인물들의 권력관계를 상징화하고 텍스트의 내용을 압축적으로 표현한다.

앞에서도 언급한 것처럼 사회적 신분은 복장뿐만 아니라 원근법이나 비례의 원칙을 무시한 인물 묘사에서 명백하게 시각화된다. 말하자면, 재판관과 같은 상층계급의 인물은 삽화의 후면 배경으로 물러나 있어도 전면에 위치한 하층계급의 인물들에 비해 크게 표현된다. 오른편 상단으로부터 시작하여 왼편 하단으로 끝나는 읽기 방식은 가장 먼저 시선이 닿는 오른편 상단의 공간을 특권적이고도 도덕적으로 우월한 공간으로 만들었으며, 반면 맨 나중에 시선이 가게 되는 왼편 하단의 공간은 상대적으로 하층민의 공간일 뿐만 아니라 비정상적이고 부도덕한 공간으로 만들었다. 따라서 앞에 나온 공안 삽화들에서 범죄자들이 차지하는 공간은 대체로 왼쪽 공간과 일치할 것이다. 이처럼 고도로 관습화된 공간 분할은 물론 독자의 이해를 돕는 역할을 할 수 있지만, 이보다 더 중요한 것은 궁극적으로 기존의 사회질서를 정당화하고 내면화하는 역할을 한다는 것이다. 정확하게 분할되어 계층화된 삽화 공간은 판옵틱한 감시의 관행이 실현되는 공간이다. 보이지 않는 은밀한 방식으로 시선의 통제와 조작이 이루어지며, 보는 방식의 정당화를 통해 보이는 대상을 당연한 것으로 받아들이도록 보는 이를 설득하는 공간인 것이다.

요컨대 명청대 삽화 판화의 발전은 인쇄문화의 발달 및 회화예술의 대중화 과정과 밀접한 연관성이 있었다. 삽화 판화는 다양한 독자층의 요구와 독자층의 수준에 따라 계층화된 독서 과정을 면밀하게 고려한 장치였다. 삽화를 삽입할지 또는 어떤 형식의 삽화를 삽입할지, 삽화의 기능성과 예술성 중 어떤 것을 우선할지 등등의 다양한 문제들을 결정하는 것은 그 책이 궁극적으로 어떤 독자층을 대상으로 하는가에 달려 있었다. 이는 목판 삽화의 생산이 상업적인 인쇄문화와 긴밀한 관계를 맺고 있었음을 보여준다. 인쇄문화는 궁극적으로 지식의 확산과 대중화에 큰 역할을 했지만, 다른 한편 지배이념의 확산을 통해서 민중 통제를 강화하는 역할도 했다. 다만 이것을 지배문화의 일방적인 확산과 수용으로 이해하기에는 인쇄문화 메커니즘은 훨씬 복잡하고 미묘하다는 것을 반드시 염두에 두어야 한다.

명말 '삽화가 있는 책'으로 대량 생산된 공안소설은 인쇄문화와 권력, 이데올로기의 복합적인 관계를 보여주는 흥미로운 사례로 볼 수 있다. 공안 삽화와 텍스트 모두 당시의 권력구조와 지배이념을 정당화하는 역할을 했다고 결론 내릴 수 있는 것이다. 그러나 공안 삽화는 기계적이고 반복적인 방식으로 권력관계와 지배이념을 재현한다. 이 기계적인 재생산의 텅 빈 방식은 이미지를 무의미한 기표(signifier)로 만들고, 결과적으로 공안소설은 싼값으로 다수가 소비하는 상품에 불과해진다. 공공연한 표절과 작가의 부재도 공안소설의 소비적 지위를 잘 설명해준다. 우리는 일련의 대중화 과정이 그 실체를 알기 어려운 다수의 소비계층—즉, 대중—을 독자적인 권력의 주체로 만든다는 사실에도 주목해야 한다. 따라서 인쇄문화를 통한 지식의 확산과 대중화 과정은 일방적으로 지배이념을 주입하고 내면화하는 과정이 아니라, 필수적으로 지배 이데올로기의 왜곡과 조작, 변질이 수반되는 과정임을 이해해야 한다.

제4장

동아시아의 시적 정의: 명판관의 탄생

내 성은 포, 이름은 증, 자(字)는 희인(希仁)이다. (…) 유년
시절 진사에 급제한 후 황제의 은혜를 입고 발탁, 등용되었다.
원래 천성이 강직하고 약간의 능력이 있는데다 나라에 헌신하
고 자신을 희생하니, 황제께서 어여삐 여기셔서 용도각대제
(龍圖閣待制)라는 직위를 내리시고 개봉부(開封府) 부윤(府尹)
의 자리에 임명하셨다. 또한 황제께서 세검(勢劍)과 금패(金
牌)를 하사하시고 먼저 처형을 집행하고 후에 황제께 상주할
수 있는 권한을 부여하셨다. 탐관오리를 색출하고 백성의 억
울함을 없애고 잘못된 일을 바로잡는 데 이 한 몸 다 바치리.
  _ 작자 미상, 『정정당당분아귀』

명판관 포공은 포청천(包青天)이라는 별명으로 더 유명하다. '청천',
즉 맑고 푸른 하늘은 청렴하고 공명정대한 관리를 비유한 표현이
다. 포공은 송 인종 황제 때 청관으로 유명했던 실제 인물 포증(包
拯)을 모델로 삼고 있다. 원나라 잡극 속의 포공은 황제에게 부여받
은 막강한 권한을 당당히 과시한다. 우리나라에도 방영된 텔레비전
드라마에서 "개작두를 대령하라"는 그의 호통은 유행어가 될 정도
였다. 그는 이 권한을 법외의 존재인 양 횡포를 일삼는 가증스러운
권력자를 가차 없이 처단하는 데 쓴다. 그러나 실제로 포증에게 그
런 권한이 주어진 적은 없었으며, 황제를 제외하고서 포증을 비롯
한 어느 누구도 그런 권한을 누린 재판관으로 중국 역사상 존재한

경극 속 포청천

적이 없다. 이 막강한 권한을 지닌 공명정대한 재판관을 창조한 이
는 정의를 열망한 민중들이었다. 11세기부터 현재까지 거의 천년에
이르는 시간 동안 포공 이야기는 다양한 장르와 매체를 통해 재생
산되었고, 동아시아로 확대된 서적시장을 통해 한국과 일본에까지
퍼져나갔다. 이토록 오랫동안 광범위한 인기를 누린 범죄소설의 주
인공은 적어도 동아시아에서는 단연코 포공 외에는 없었다. 근대화
과정에서 포공의 정의는 구시대적이고 진부한 것으로 치부되어 빠
르게 잊히고 사라진 것 같지만, 동아시아 문학 전통 속에서 시적
정의가 어떻게 상상되고 구현되었는지를 살펴보고자 한다면, 포공
을 주인공으로 한 공안소설을 빼놓을 수 없다. 이 장에서 필자는
『포공안』에 대한 '가깝게 읽기(close reading)'를 시도해보고자 한다.

『포공안』
가깝게 읽기

1

첫 번째 단락: 범죄 이야기

츠베탕 토도로프(Tzvetan Todorov)는 『산문의 시학 The Poetics of Prose』에서 '후던잇(whodunit)'이라 불리던 고전 탐정소설―즉, 셜록 홈즈 시리즈 같은 탐정소설―은 두 이야기 단락으로 구성되어 있다고 했다. 바로 범죄 이야기(the story of the crime)와 수사 이야기(the story of the investigation)다.[1]

> 첫 번째 단락인 범죄 이야기는 "실제로 무슨 일이 일어났는지"를 이야기한다. 반면, 두 번째 단락인 수사 이야기는 "독자(또는 화자)가 어떻게 그것(범죄 이야기)을 알게 되었는지"를 설명한다.[2]

공안소설의 서사구조도 범죄 이야기와 수사 이야기라는 두 이야기 단락으로 구성된다. 다시 말해서 (1) 범죄행위의 발생, 그리고 (2) 재판관의 수사와 범인 체포, 재판을 통한 범인 처벌. 판례사의 압축적인 서사와는 대조적으로, 공안소설에서 가장 주력한 부분은 범죄사건의 재구성이었다. 근현대에 와서 독자들은 서구 탐정소설의 혁신적인 '역전(逆轉) 구조' 또는 후던잇 구조에 매료되고 빠르게 적응했지만, 인류가 오랫동안 선호해온 보편적인 이야기 형식은 역시 순차적인 서사구조였다. 공안소설의 두 단락도 시간 순서대로 연결되어 차례로 이야기된다. 『포공안』은 이야기 초반부터 범죄사건에 관한 정보들—이를테면 범인, 희생자, 피의자, 증인에 이르기까지 범죄사건에 연루된 사람들과 그들의 출신 배경과 관계, 범행 동기 등등—을 남김없이 제공한다. 따라서 현대 탐정소설이나 범죄소설에서 흔히 볼 수 있는 서스펜스기법, 특히 범인에 관한 정보를 일부러 누락시키거나 범인의 체포를 지연시키는 서사장치는 찾아보기 어렵다.

예를 들면, 『백가공안』 제36회 「판손관모살동처判孫寬謀殺董妻」는 범죄 이야기와 수사 이야기라는 두 이야기 단락으로 구성된 공안소설의 전형적 구조를 보여준다.[3] 전체 줄거리는 다음과 같다.

> 동순(董順)과 그의 아버지는 근면한 농부였다. 어느 날 농사가 아들에게 너무 고된 일이라고 걱정한 아버지는 아들에게 농사 대신 장사를 시작할 것을 권했다. 다행히도 동순의 장사는 큰 성공을 거두어 '부옹(富翁)'이 되었다. 그러나 다른 한편, 장사가 번성할수록 부모와 아내 양씨(楊氏)를 집에 남겨둔 채 집을 비우는 일이 많아졌다. 사실 동순의 아내는 꽤 미인인데, 일 년이 넘도록 손관(孫寬)이라는 뱃사공과 바람을 피우던 중이었다. 손관은 그녀에게 돈과 패물을 가지고 함께 달아나자고 끈질기게 유혹한다. 마침내 양씨도 동의한다. 그들이 함께 달아나기로 계획한 밤, 우연히 낙주(落州)의 도륭(道隆)이란 스님이 북쪽으로 여행하던 중 동순의

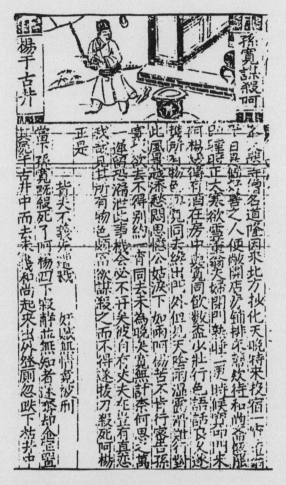

손관모살아양우고정(孫寬謀殺阿楊于古井)

『백가공안』제36회「판손관모살동처판손관모살동처」의 한 장면. 삽
화는 범인이 동순의 아내를 살해한 후 버려진 우물에 시체를 유기하는
장면을 묘사하고 있다.

아버지에게 하룻밤 묵기를 청했다. 동순의 아버지는 너그러운 사람이기에 스님이 하룻밤 묵을 수 있도록 허락했다. 그러는 사이 계획대로 손관은 양씨와 달아날 참이다. 그런데 양씨는 갑자기 죄의식을 느낀 데다 밖에는 얼어붙을 듯이 차가운 밤비가 내리자 손관과 달아나지 않고 머뭇거린다. 이제 손관은 그녀가 배신할까 두려운 나머지 간통 사실을 은폐하기 위해 그녀를 살해할 결심을 한다. 그리하여 그는 칼로 그녀를 찌르고 패물을 챙긴 뒤 시체는 동씨 집 근처 오래된 마른 우물에 던져버렸다. 그러는 사이 스님은 어둠 속에서 변소를 찾다가 우연히 양씨의 시체가 버려진 우물 속에 빠지고 만다. 다음 날 아침 스님은 우물에서 시체와 함께 발견된다. 사람들이 그를 범인이라고 의심하고 결국 그는 양씨를 살해한 범인으로 체포된다.

스님은 고문을 당하고도 자백하지 않았다. 마침내 그는 포공의 법정에 소환된다. 현명한 포공은 양씨를 죽인 것이 스님이 아니라 양씨의 정부임을 즉시 알아채지만, 문제는 증거가 없다는 것이다. 포공은 진범을 체포할 계략을 짠다. 먼저 그는 스님이 살인죄로 처형되었다는 소문을 퍼뜨린 뒤 부하들에게 마을에 잠입하여 부당함을 호소하는 사람이 있는지 지켜보도록 했다. 그러자 정말로 한 노파가 살인자는 손관이라고 주장한다. 체포된 손관은 고문을 당하고도 자백하지 않는다. 포공은 또다시 속임수를 써서 손관이 훔친 물건이 어디에 있는지 일러주기만 하면 방면될 것이라고 한다. 그 말을 믿은 손관은 훔친 물건을 숨겨 놓은 장소를 기꺼이 자백한다. 물건을 찾자마자 노파가 증인으로 관아에 출두했고, 모든 증거와 증인 앞에서 손관은 자백할 도리밖에 없다. 결국 그는 처형되고 무고한 스님은 방면되었다.

이야기 전반부는 범죄 이야기에 해당하는 반면, 후반부는 수사 이야기다. 이 이야기는 또한 『당음비사』와 『절옥귀감』, 『의옥집』 등 판례집에도 수록되어 있다. 이 『백가공안』 이야기를 『당음비사』의 「상상방적向相訪賊」과 비교해 읽어보자.

> 승상 상민중(向敏中)이 서경(西京) 부윤(府尹)을 겸직하던 때였다. 한 스님이 날이 저물어 지나던 시골집에서 하룻밤 묵기를 청했다. 주인이 허락하지 않기에 문밖에 세워둔 수레에서라도 자게 해달라고 애걸하니 주인이 허락했다. 그날 밤에 도둑이 집 안으로 들어가서 한 부인을 끌고 나왔는데, 옷 보따리를 들고 함께 담장을 넘어 도망쳤다. 스님은 깨어 있다가 마침 그들을 목격했는데, 속으로 이렇게 생각했다.
>
> "주인이 허락하지 않는데도 억지로 묵기를 청했으니 내일 이 일로 나를 의심해 관아로 끌고 갈 것이 틀림없다."
>
> 그리하여 스님은 도망치기로 했다. 밤중에 거친 풀숲을 헤매다가 갑자기 마른 우물에 빠지게 되었다. 그런데 거기에는 담장을 넘어 도망간 부인이 이미 살해당해 그 시신이 우물 속에 버려진 채로 있었다. 시신의 피가 스님의 옷에 묻었다. 뒤쫓아 오던 주인이 스님을 잡아 관아에 넘겼다. 스님은 매질을 견디지 못하고 마침내 거짓 자백했다.
>
> "부인과 간통하고 함께 도망가자고 유혹했는데, 그 사실이 탄로날까 두려워 부인을 죽이고 마침내 그 시신을 우물 속에 던졌습니다. 그런데 실수로 헛디뎌 나도 역시 우물 속에 빠지게 되었습니다. 보통이와 칼은 우물 옆에 두었는데 누가 가져갔는지 모르겠습니다."

이에 사건이 해결되고, 사람들이 모두 그대로 믿었다. 상민중만이 홀로 장물(臟物)을 확보하지 못한 것을 의심했다. 그리하여 수차례 다시 심문했지만, 스님은 단지 이렇게 말할 뿐이었다.

"전생에 지은 업보일 뿐이니, 아뢸 말씀이 없습니다."

상민중이 그를 끈질기게 다그치니 그제야 실토했다. 이에 상민중은 은밀히 포졸을 마을에 보내 범인을 찾게 했다. 포졸이 주막에서 식사를 하고 있었다. 한 노파가 그가 서경에서 온 사람이라는 말을 듣고는, 그가 관아에서 나온 포졸인지는 모르고 그에게 물었다.

"스님사건은 어떻게 판결이 났습니까?"

포졸이 그녀를 짐짓 속였다.

"어제 이미 저자에서 맞아 죽었다오."

노파는 한숨을 내쉬며 말했다.

"만약 진짜 범인을 잡게 되면 어떻게 되나요?"

"관아에서 이미 이 사건을 잘못 판결했으니, 비록 범인을 잡더라도 감히 심문하지 못할 것이오."

"그렇다면 말해도 되겠구려. 그 부인은 이 마을의 젊은이 아무개가 죽였다오."

포졸이 그 젊은이가 어디 사는지를 물었다. 노파가 그 집을 가르쳐주었다. 포졸이 그를 체포하고, 장물도 얻었다. 스님은 비로소 석방되었다(출전 『속수기문涑水記聞』).

정극(鄭克)이 말한다.

"관료가 옥송(獄訟)을 살필 때는 진실로 백성이 억울한 일이 없는지를 의심해야 한다. 비록 죄수가 억울한 일이 없다고 말하더라도 역시 급히 판결해서는 안 된다."[4]

이 『당음비사』 이야기는 확실히 『백가공안』 이야기의 뼈대를 이룬다. 이 뼈대에 살을 붙인 『백가공안』 이야기는 전자에는 없던 인물 묘사와 범죄사건의 배경 설명을 덧붙임으로써 선과 악의 대립 구도를 좀 더 선명하게 드러낸다. 『백가공안』이 『당음비사』에서 가져온 뼈대는 이렇다.

> (a) 도둑이 불륜을 저지른 부인의 집에 한밤중에 침입하여 함께 도망친다.
> (b) 그날 밤 기식한 스님이 우연히 이 광경을 목격하고 집을 나오다 마른 우물에 빠진다.
> (c) 마른 우물에는 도망쳤던 부인의 시체가 있다.
> (d) 스님이 살인죄를 뒤집어쓰게 된다.
> (e) 장물이 없는 것을 의심한 재판관이 탐문수사를 벌인다.
> (f) 탐문수사를 통해 증인과 증거를 확보한 후 진범을 체포하고 스님을 석방한다.

이 이야기에서 불분명한 사실은 도둑이 왜 부인을 죽이고 혼자 도망쳤는가, 그리고 재판관은 스님의 자백에도 불구하고 어떻게 그의 결백을 확신했는가 하는 점이다. 『백가공안』 이야기는 이 두 질문에 논리적인 해답을 제공할 수 있는 살을 덧붙인다. 부인의 망설임과 그녀의 배신을 두려워한 범인, 끝까지 결백을 주장한 스님과 그를 믿은 포공의 통찰력. 그것은 확실히 보완되어야 할 이야기의 필수적 서사요소라고 할 수 있다.

그러면 『백가공안』은 시적 정의를 재현하기 위해 선과 악의 대립이라는 이분법적 구도를 어떻게 재구성하고 있는가. 제36회 이야기로 다시 돌아가 보면, 도덕적 이분법은 동순을 근면한 효자─그는 언제나 아버지 말씀을 잘 따르는 착한 아들이다─로 그리는 데서부터 명백히 드러난다. 『당음비사』에서는 동씨 가족에 대한 묘사가 전혀 없으며, 범인 손관과 피해자 동순의 아내 사이의 불륜관계에 대해서도 일절 설명이 없다. 『당음비사』에서 서사의 초점은 명백히 범죄 이야기보다는 수사 이야기에 있다. 마지막 정극의 논평에서 보듯 피의자의 자백에도 불구하고, 재판관은 신중한 수사와 재판을 통해서 의심스러운 정황을 밝혀내야 한다는 교훈의 전달이 이 이야기의 목적이다.

이와는 대조적으로 『백가공안』이 사법제도의 메커니즘보다 보편적인 도덕적 이분법에 중점을 둔 이유는 간단하다. 그런 선명한 보편적 도덕주의가 대중적 독자층을 끌어들일 수 있기 때문일 것이다. 『백가공안』 제36회 이야기에는 이 권선징악적인 도덕원리가 재판관뿐만 아니라, 온 등장인물들을 관통한다. 그런데 이 도덕적 원리라는 것이 생각보다 미묘하게 작용한다. 농민이었다가 돈을 벌기 위해 장사를 시작한─원문에 따르면 농사의 고됨[農之苦]을 버리고 장사의 즐거움[商之樂]을 택한─동씨 가족은 결국 마을 부자가 된다. 이 동씨 가족의 성공담은 양씨의 살해사건과 직접적인 연관성이 없어 보이고, 따라서 범죄 이야기에 불필요한 군더더기로 여겨질 수도 있다. 그렇지만 동순의 성공이 그의 부재와 아내에 대한 소홀로 귀결되고, 그것이 바로 그의 아내가 불륜을 저지른 중요한 동기가 된다는 것을 독자로 하여금 추측할 수 있게 해준다. 이야기의 화자는 처음부터 동순 편에 서 있는데, 특히 그의 효성과 성실함은 아내의 부도덕함, 손관의 악랄함과 날카로운 대조를 보여준다. 이런 식으로 화자는 도덕적 인과응보 원리를 부각하면서도 신흥 부자인 동씨 가족에 대한 경고—손쉬운 이윤 추구가 초래할 수 있는 도덕적 타락과 가족의 불행—도 덧붙인다.

이처럼 공안소설에서는 사회적 지위가 플롯의 중심이 된다. 이야기 대부분이 인물의 출신 배경에 대한 간단한 설명과 함께 시작한다. 이런 설명은 간단하고 일반적인 수준이지만, 명청 시대 사회적 변화를 짐작하기에는 충분하다. 『백가공안』 제36회 이야기에서 우리는 동씨 집안 성공담으로부터 급속한 상업화 경향과 이에 따른 농촌사회의 사회경제적 변화를 읽어낼 수 있다. 이 이야기에서는 경제적 능력이 효성과 부덕(婦德)만큼이나 강조된다. 특히 사회이동의 증가는 이 이야기에서 매우 중요한 배경이자 범죄의 동기가 된다. 원래 농업에 종사했던 동씨 가족은 장사로 다양한 경제적 기회를 이용하고 누리게 된다. 그리하여 농촌사회는 과거의 안정적이고 폐쇄적인 촌락사회가 아니라 화폐경제와 시장경제의 영향 아래 사회이동이 활발한 이질적 사회로 변질된다.

이 이야기는 결국 활발해진 사회이동이 가족공동체와 촌락공동체 내의 여성과 청년층에 대한 통제를 크게 약화시킬 수 있다는 우려 또한 반영한다. 그런 우려와 불안은 동씨 가족이 여전히 가부장제를 바탕으로 유교적 가치관을 실천하는 가정으로 그려질 때 특별히 억압된 것으로 나타난다. 왜냐하면 동씨 가족은 전통적인 생활방식을 따르는 대신 상업으로 전업한 신흥 부자이기 때문이다. 그러나 서로 다른 계층 간 갈등은 이 건전한 유교적 가정에 저질러진 뱃사공 손관의 범죄에 뚜렷이 나타난다. 근면하고 단란한 동씨 가족에 초점을 맞춤으로써, 손관의 범죄와 양씨의 일탈행위는 도덕적 사회질서를 무너뜨리는 반사회적 행위로 강조된다.

도덕적 본보기의 재현으로 말하자면, 제12회 「변수엽판환은량辨樹葉判還銀兩」 이야기에서 훨씬 더 흥미롭게 전개된다. 화자는 고상정(高尙靜)이라는 주인공을 다음과 같이 소개한다.

> 하남(河南) 개봉부(開封府) 신정현(新鄭縣)에 고씨 성에 이름이 상정인 사람이 살았다. 집안에 전답이 몇 경(頃)에 불과했지만, 부부가 부지런히 농사짓기와 베 짜기를 일삼았다. 고상정은 나이 사십이 다 되도록 공부를 게을리한 적이 없었다. 그러나 사람됨이 꾸밈이 없었고, 그의 말과 행동은 속마음과 일치했으며, 행동거지가 비상했다. 비록 옷이 해져 때가 끼더라도 빨아 입지 않았고, 음식이 거칠더라도 가리지 않았으며, 남을 속이지도 않았고, 남의 물건을 취하지도 않았다. 무익한 근심으로 슬퍼하지도 않았고, 마음을 방자하게 만드는 기쁨으로 의기양양하지도 않았다. 때로는 시서(詩書)로 회포를 풀고, 때로는 거문고와 술로 즐기기도 하였다.[5]

주인공은 그야말로 공자의 안빈낙도(安貧樂道)를 실천하는 인물이며, 이윤을 좇았던 앞의 동순과도 비교된다. 그는 농촌의 자작농 또는 소지주로서 자족적인 생활을 영위하며, 충직한 백성이자 정직한 '납세자'이기도 하다. 화자는 고상정이 어떻게 세금으로 바칠 은을 준비하는지 자세하게 묘사한다. 관아의 차역(差役)이 세금을 내라고 독촉하러 왔을 때조차 그는 조금도 불평하는 법이 없고, 오히려 청렴하고 엄정한 포공을 공경하는 마음을 가진다.[6] 이런 까닭에 그는 공경하는 마음으로 성황당에 기도를 올리러 간다. 특히 명대 이후로 성황신과 그 사당은 공동체질서를 유지하는 데 핵심적인 역할을 했다. 이 이야기에서 고씨의 종교적 신념은 성황당에서 납세할 은을 잃어버렸을 때 다시 보상받게 된다.

고상정은 포공에게 소장을 제출하고 잃어버린 은을 찾아줄 것을 간청하지만, 그의 호소는 증거 부족으로 받아들여지지 않을 참이다. 마침내 목민관다운 동정심을 발휘한 포공이 사흘 낮 사흘 밤 꼬박 성황신에게 기도를 드려 도움을 청한다. 그의 기도에 대한 응답으로 성황신은 예사롭지 않은 회오리바람으로 한 단서를 보내는데, 그 단서란 벌레 먹어 구멍이 난 잎사귀였다. 포공은 이 단서로부터 은을 가져간 자의 이름이 엽공(葉孔)―즉, 나뭇잎의 구멍―이라는 것을 깨닫는다. 엽공은 포공의 통찰력에 굴복하여 고상정이 그날 실수로 떨어뜨린 은을 주웠다고 실토한다. 결국 포공은 고씨에게 은을 돌려주고, 고씨로 하여금 잃어버린 은을 찾아준 엽공에게 보상해주도록 하는 것으로 사건은 비교적 훈훈하게 종결된다. 이 이야기는 전형적인 범죄 이야기라기보다는 교훈담이라 할 만하지만, 서민의 일상생활을 생생하게 그려낸 이야기라는 점에서 주목할 만한 가치가 있다.

제12회 고상정 이야기가 도덕적 인물 묘사를 통해 제시하는 윤리학은 추상적이거나 형이상학적인 것이 아니라, 단순하지만 직설적이고 매우 실용적이다. 이런 교훈담에서 가치 있는 미덕은 근면, 검약, 정직, 그리고 관아에 대한 복종이다. 고씨는 '공부를 게을리 한 적이 없는〔好學不倦〕' 유교적 교양을 갖춘 인물로 그려지지만, 세련된 문인과는 상당한 거리가 있다. 고씨가 실천하는 미덕은 여전히 유교문화를 벗어나지 않았지만, 이 인물은 지배문화를 대표한다기보다는 '중간층'이 지지하는 대중문화와 더 밀접하게 연결된다. 이 중간층은 상인 계층뿐만 아니라 몰락한 신사층과 자작농, 도시에 거주한 직업인들에 이르기까지 다양한 계층을 포괄하는데, 이들은 명대 후기 상업화와 계층분화 현상이 본격화되면서 출현한 계층이다.

명대 화본소설[7]을 연구한 패트릭 해넌(Patrick Hanan)에 따르면, 대략 1450년에서 1550년 사이에 출현한 화본 이야기들이 가족윤리, 실용주의, 물질주의로 특징지을 수 있는 '항주 리얼리즘(Hangzhou realism)' 경향을 보여준다는 흥미로운 분석을 했다. "도덕성도 실용적인데, 의무감을 강요하며 억지로 도덕성의 필요를 설득하는 것이 아니라 보상과 처벌이라는 차원에서 설득한다는 점에서 볼 때 그렇다."[8]

항주 리얼리즘을 보여주는 이야기들의 공통점은 우선 항주(杭州)를 배경으로 한다는 것이다. 항주는 대운하가 개발되면서 당나라 때부터 본격적으로 발달하기 시작한 상업과 무역의 중심지였으며, 강남 지방의 남경(南京), 소주(蘇州), 양주(揚州) 등 대도시들과 함께 도시문화의 꽃을 활짝 피운 그런 장소였다. 명대 말기 시장경제와 도시문화를 반영한 이 이야기들에는 주로 상인들이 등장하며, 그들의 가치관과 일상생활이 묘사되어 있다. 이런 경향의 화본소설은 풍몽룡(馮夢龍, 1574-1646)의 『삼언三言』[9] 등에서 찾아볼 수 있는데, 이 중에는 포공이 등장하는 이야기도 있다.[10] 아마도 공안소설에 미쳤을 영향을 짐작할 수 있는 대목이다. 상인이 등장하는 포공 이야기는 상인 계층이나 중간 계층의 실용주의적 세계관을 반영하는 경향이 나타나며, 특히 이런 경향을 항주 리얼리즘과 연결하여 생각해볼 수 있다. 그러나 이 이야기들이 재현한 세계관이 반드시 지배층의 세계관과 상충하거나 이질적인 것은 아니다. 오히려 이런 이야기들은 유교이념의 대중화와 문화적 통합의 과정과 더 밀접한 연관성을 지닌다고 생각할 수 있다.

'도덕적 희생자'와 대조적인 범인은 항상 개선의 여지가 없는 타고난 악당이다. 도덕적 희생자와 극악무도한 범인, 이 단순한 이분법 속에 선악의 대립구도가 형성된다. 그렇지만 다른 한편으로는 『포공안』의 범인들도 사회의 평범한 구성원, 예를 들면, 농부, 상인, 승려, 뱃사공, 부인, 심지어 학생 등에 불과할 뿐이라는 점을 간과해서는 안 된다. 소수의 '직업적인' 강도와 사기꾼을 제외하고는 이 '정상적인' 사회를 위협하고 사회질서를 어지럽히는 강력한 범죄조직이나 대담한 지하 세계는 존재하지 않는다. 이 이야기들에 등장하는 범죄는 대개 심각한 구조적 문제나 '계급투쟁'으로 다루어지기보다는 공고한 사법제도와 건전하고 온전한 공동체 조직에 의하여쉽게 교정되고 제거될 수 있는 사회적 일탈행위 정도로 다루어진다. 그러나 이 평범하고도 정상적으로 보이는 사람들은 어떤 양심의 가책이나 죄의식도 느끼지 않으며, 쉽게 법망을 피해갈 정도로 교활하고 악랄하기에 법의 통제가 필요하다. 법과 제도가 느슨해지는 순간, 그들은 사회 전체에 대한 심각한 위협으로 돌변하는 위험 요소일 수 있다. 이것이 『포공안』에서 범죄행위와 범법자를 다루는 일반적 관점이자 방식이다.

사실 어떤 범죄든 조화로워 보이는 공동체 내에서의 사회적 분쟁을 의미할 수 있다. 이를테면 고상정 이야기에 묘사된 범죄는 강력범죄라기보다는 사소한 절도사건이며, 법정의 권위를 내세운 제도적 억압이나 처벌 장면도 없다. 그럼에도 불구하고 우리는 이 이야기에서 사회 전체를 동요시킬지도 모를 미묘한 갈등의 기류를 읽어낼 수 있다. 즉, 서민의 일상생활에 개입하는 이유가 거의 오로지 세금 징수인 지방 관아, 그리하여 납세 독촉이 중요한 사무가 되어버린 수령과 아역들, 마을공동체의 이익에는 별로 관심이 없는 이기적인 지주들, 그리고 부유한 지주와 가난한 소작농의 점차 심해지는 대립과 충돌. 따라서 이 이야기가 강조하는 것은 사법제도 자체의 재현이라기보다는 마을공동체 내에서의 사회적 통합 및 조화의 유지와 이를 위한 사법제도의 역할이라고 할 수 있다. 이런 측면은 포공이 이야기의 결말 부분에서 고상정과 엽공에게 은을 가지고 다시 다투지 말라고 경고하는 장면에서 명백히 드러난다.

분명 사회적 통합과 조화의 중심이 되는 것은 어디까지나 포공과 같은 목민관이자 그의 관아가 되어야 한다. 그러나 현실적으로 재판관이 마을 사람들의 사소한 분쟁에까지 개입하여 현명한 중재자의 역할을 할 수 있었을까? 과중한 업무 부담에 짓눌린 관아가 민중의 일상생활에 무관심하고 그들의 분쟁에 이상적인 중재 역할을 충분히 수행할 수 없었다면, '마을의 평화'는 어떻게 유지될 수 있었을까?

이 이야기는 공공안전과 사회질서 유지에 필수적인 것은 정부가 주도한 강력한 사회통제라기보다는 개인적인 도덕적 실천이라고 주장하는 것 같다. 고상정이 매일 실천에 옮긴, 단순하지만 실용적인 미덕—근면과 검약, 권위에 대한 절대적 복종과 순응, 성황신 등 마을공동체의 이익을 대표하는 종교에 대한 신앙심 그리고 유교교육과 도덕적 실천—이 바로 마을공동체의 붕괴를 막고 사회적 조화를 회복할 수 있게 하는 가장 근원적이고도 강력한 힘이다. 게다가 이런 식의 도덕적 실천은 막연하고 내면적인 것이 아니라, 도덕적 응보의 메커니즘에 따라 정확히 보상받을 수 있는 성질의 것이다. 이것이 고상정의 선행이 세속적 권위자인 포공과 신성의 권위자인 성황신, 양자로부터 특별히 주목받은 이유이다. 법적 영역과 종교적 영역 사이의 긴밀한 관계—사회질서의 유지와 관련하여 이 두 영역 사이의 놀라울 만큼 성공적인 공조체제—는 민간신앙을 교묘히 이용함으로써 결코 실패한 적이 없었다. 민간신앙이 민중들의 일상적 삶을 관통하며, 사실 민중들의 삶이란 가장 유능한 행정 및 사법제도조차 완전히 통제할 수 없는 대상인 까닭이다.

앞의 이야기에서 특별히 화자가 공동체 내에서의 사회적 통합을 강조할 때, 범죄는 부유한 가정과 가난한 이웃들, 상층계급과 하층민 사이의 계급적 대립과 충돌의 심화를 의미할 수 있다. 이런 특성은 특히 금전적 범죄의 경우 두드러진다. 절도, 사기, 뇌물, 횡령, 강도 등 다양한 유형의 범죄가 등장하지만, 단순 강도와 강도 중

흔히 발생하는 살인강도가 『포공안』에 가장 많이 등장하는 범죄 유형이다. 성범죄 같은 다른 유형의 범죄 이야기와 비교할 때, 상인이 희생자나 범인으로 자주 등장하는 이런 이야기에는 신비주의적 경향이 두드러진 편은 아니다. 제12회 고상정 이야기에서처럼 신비주의적이거나 미신적인 요소는, 선행은 반드시 보상받는다는 도덕적 인과응보의 원리를 강조할 뿐이지, 요괴나 주술 같은 환상적 요소가 개입할 여지는 적다.

도덕적 응보라는 종교적 정의의 메커니즘으로 말하자면, 이런 범죄 이야기는 아마도 명말청초 인기를 끌었던 '선서(善書)' 장르의 영향을 많이 받았을 것이다. 이 범죄 이야기를 관통하는 원리는 이른바 '선행 이데올로기'—선행이 행운을 불러오는 메커니즘—인데, 이런 메커니즘은 선행과 악행의 종류에 관한 자세한 목록과 도덕적 행위에 관한 지침을 제공하는 '공과격(功過格)' 장르에서 제시된 것과 유사하다.[11] 예를 들면, 『백가공안』 제16회 「밀착손조방공승密捉孫趙放欒勝」(『용도공안』의 제29회 「전투객甀套客」)과 제23회 「획학리개국재옥獲學吏開國財獄」(『용도공안』의 제54회 「용기용배시매화龍騎龍背試梅花」)가 그런 경우다. 이 이야기의 선한 주인공들이 성황신을 위해 향을 사르거나 불경을 읽고 감옥에서조차 공부하는 선행을 꾸준히 실천함으로써 스스로 성실성과 도덕성을 증명하지 않았더라면, 사법권 남용이나 오심의 피해자인 이들이 포공에 의해 구출되기는 어려웠을 것이다. 선서들이 명대 공안소설을 출판한 강남과 복건 지방의 상업적 인쇄소와 출판사에서 간행되었다는 사실을 고려할 때, 이 상이한 두 장르, 선서와 공안소설 간의 실질적 상호 영향을 가정하는 것이 아주 비논리적이지만은 않다.

포공 이야기를 살펴보면, 포공의 권위적인 모습에도 불구하고 항상 법의 독단적 권위와 강제성만을 강조한 것은 아니다. 몇몇 이야기에는 사법제도의 시행으로부터 개인적인 도덕적 실천으로 그 초점이 이동했음을 관찰할 수 있다. 이는 사회 전체가 전대미문의 정치적 혼란과 심각한 사회경제적 변동을 겪었던 16세기 말, 17세기 초 중국의 특별한 사회문화적 맥락과 연관이 있다. 이러한 상황에서 점차 증가하는 관료주의적 경향과 함께 황제의 정치적 권력은 약화될 수밖에 없었다. 당시 지식인들 사이에서 성행한 양명학(陽明學)도 이와 유사한 맥락 속에서 큰 호응을 얻었던 것이다. 황제권과 국가권력이 사회에 미치는 절대적 영향력과 물리적 통제가 실질적으로 불가능할 때, 지배층은 지배이념의 대중적 확산과 문화적 영향력을 통해서 피지배층을 통제하고자 한다. 따라서 선행을 실천하고 사회적 조화를 유지하려는 개인적 노력은, 이미 양명학에서도 인정했듯이, 아무리 단순하고 사소한 것이라도 가치 있다. 더구나 이와 같은 일상생활에서의 도덕적 실천은 서민생활에 미치는 국가의 실질적 영향력이 점차 약화할 때 그 도덕적 공백을 채워주는 역할을 한다. 일상생활 구석구석 스며든 내면화된 유교윤리가 사회를 통제하는 '보이지 않는 손'의 역할을 하는 것, 이것이야말로 당시 지식인들이 강조한 개인적 실천을 통한 도덕적 질서의 확립이다.

당시 선서와 공과격 출판에 종사했던 사람들은 대개 고등교육을 받은 지식인들이었으며, 이들이 기존의 전통적 가치관과 이상적 인간관계를 강조한 것도 바로 이러한 맥락에서였다. 선서에 따르면,

상층계급은 관대함과 동정심을 발휘함으로써 그들의 신분을 유지할 수 있고, 하층계급은 윗사람에게 충성과 복종으로 보답해야만 더 좋은 대우를 받을 수 있다. 이런 식으로 명청 시대 신사층은 유교윤리의 대중화와 백성들의 교화에 특별한 관심을 보인다. 도덕적 응보에 대한 신앙심을 이용하는 것이 당시에는 정부가 공권력을 동원하는 것보다 질서 유지에 더 효과적이었을 것이다.[12]

그러나 포공 이야기는 도덕적 교훈과 대중화된 유교 교리를 내세워 사회적 위계질서의 유지를 목표로 했지만, 계층 간 대립이나 계급 갈등을 완전히 은폐할 수는 없었다. 이것이 바로 이 범죄 이야기가 단순히 지배와 복종의 규범적 이야기라고 단언할 수 없는 이유이다. 중요한 것은 이 공고해 보이는 규범적인 틀 안에 잠재한 이데올로기적인 충돌과 그 벌어진 '틈새'를 읽어내는 것이다.

두 번째 단락: 수사 이야기

범죄 이야기가 끝나자마자, 수사 이야기가 시작한다. 일반적으로 살인이나 강도사건이 관아에 보고될 때 비로소 포공이 등장한다. 이제 그가 활약할 차례다. 그에게 보고되는 사건들은 어떤 증거도 목격자도 없는 미스터리가 대부분이다. 어떤 경우에는 그는 원귀나 성황신 또는 그 자신의 도덕적 직감과 통찰력의 도움으로 수사나 추리의 노력 없이도 재빨리 범죄를 해결한다. 이런 경우에는 수사 이야기는 거의 불필요하다. 왜냐하면 저절로 범죄가 폭로되기 때문이다. 그러나 많은 다른 이야기에서 포공은 난해한 사건으로 곤란을 겪고, 심지어 잘못된 증거와 오심으로 인해 미궁에 빠지기도 한다. 그런 때에도 주저 없이 그는 법정 안에서든 바깥에서든 수사의 전체 과정에 적극적으로 개입한다.

어떤 공안 이야기에서는 세부적인 재판절차―이를테면 고소장 제출, 피의자 체포, 목격자와 증인 및 증거 확보, 시체 검시, 법정 심문과 고문 그리고 판결―가 생략되지 않고 상당히 구체적으로 묘사되기도 한다. 데니스 포터(Dennis Porter)가 지적한 대로 법은 3단계의 의식적 절차로 구성된다. 즉, 수사, 심판 그리고 처벌이 그 것이다.[13] 서구 탐정소설은 대체로 법률의 첫 번째 국면만을 다룬다. 반면 공안소설은 세 국면을 모두 다룬다. '법적 담론'은 범죄 이야기 단락보다 수사 이야기 단락에서 더욱 명백히 드러나는데, 그 초점이 범죄행위 자체로부터 탐정(재판관)과 그의 활약으로 이동하기 때문이다.

다시 제36회 「판손관모살동처」 이야기로 돌아가서 이번에는 수사 이야기를 자세히 살펴보도록 하자. 이 이야기에서는 초자연적 현상의 개입 없이 법률의 세 국면이 모두 제시되어 있다. 범죄의 해결은 오로지 포공의 수사력에만 의존한다. 꼼꼼히 사소한 것도 놓치지 않는 그의 날카로운 관찰력과 추리력은 범죄사건 해결의 핵심적 요소이다. 예를 들면, 포공은 스님이 살인자일 수 없다고 추론하는데, 그 이유는 피해자나 피해자 가족을 모르는 이방인인 까닭이다. 다시 말해서 그에게 범행동기가 없다는 사실을 포공은 간파한 것이다.

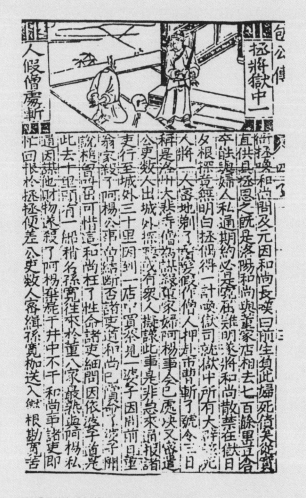

증장옥중일인 가승처참(拯將獄中一人, 假僧處斬)
『백가공안』 제36회의 한 장면. 삽화는 포공이 한 사형수를 스님으로
변장시켜 처형한 내용을 묘사하고 있다.

수사기법으로 말하자면, 그는 면밀한 관찰과 추리력을 동원해 마을공동체 내부에 숨어 있는 범인을 색출한다. 끈질긴 노력에도 불구하고 범죄수사가 미궁에 빠질 때, 셜록 홈즈를 비롯한 모든 위대한 탐정들처럼 변장은 포공이 즐겨 시도하는 수사기법이다. 변장한 그는 탐문수사를 통해서 마을 사람들로부터 직접 중요한 정보를 얻어내고, 증거와 증인까지 확보한다. 또 다른 이야기 제16회「밀착손조방공승密捉孫趙放龔勝」을 보면, 살인강도사건이 일 년이 넘도록 해결되지 않자 포공은 행상으로 변장해 탐문수사에 나선다.[14] 그는 한 상인과 일상적인 대화를 통해서 피의자들에 대한 중요한 정보를 얻어낸다. 역시 노련한 수사관이기도 한 그는 잊지 않고 정보 제공자의 이름을 적어둘 만큼 철두철미하다.[15] 이처럼 변장은 빈번하게 활용되는 모티프다.[16]

여기에서 한 걸음 더 나아가 열정적 수사관인 포공은 교활한 범인들을 제압하기 위해 온갖 계략과 '함정수사'를 고안해낸다. 짐짓 가짜 시 경연대회(예를 들면, 제10회「판정부피오지원判貞婦被汚之寃」,『용도공안』에서는 제53회「이의의동동완월移椅倚桐同玩月」), 가짜 협상(예를 들면, 제36회「판손관모살동처」), 가짜 형벌(예를 들면, 제86회「석아자헌봉분재石啞子獻棒分財」,『용도공안』에서는 제48회「아자봉啞子棒」), 가짜 처형(즉, 제36회「판손관모살동처」) 또는 상대방의 탐욕이나 무지를 이용한 간단한 속임수(예를 들면, 제16회「밀착손조방공승」,『용도공안』에서는 제29회「전투객」) 등이다. 포공은 심지어 황제의 권위를 등에 업은 권력자 조황친(趙皇親)을 잡을 목적으로 자신의 죽음까지 가장한다.[17] 이처럼 다양한 형태의 수사기법의 재현은 그것이 단순히 허구적인 것이든 아니든 간에,

신비주의 경향에도 불구하고 공안소설이라는 장르가 원래 수사 과정의 재현에 중점을 두었음을 의미한다. 놓치기 쉬운 사항들의 면밀한 관찰, 용의주도한 심문, 결정적 증거의 확보, 그리고 정보 제공자의 이름과 주소 기록하기에 이르기까지 사소한 절차조차 간과하지 않는 주도면밀함을 보여준다. 이 모든 기술은 시대를 불문하고 현재까지도 활용되는 수사기법이다.

그러나 이러한 다양한 수사기법은 서구 탐정소설에서처럼 단지 이야기의 쾌락을 위한 서사장치만은 아니었다. 판례사에서도 수사기법은 중요한 주제로 다루어졌다. 이 때문에 수사 이야기의 전통은 공안소설만큼 서사적이거나 황육홍의 『복혜전서』 등에 기술된 것만큼 체계적이고 실용적이지는 않더라도, 판례사 장르에 이미 잘 확립되어 있었다. 실제 법정에서 재판관들은 손쉬운 심문기술로서 고문에 자주 의존한 것처럼 보이지만, 이것은 사실 편견에 불과하다. 황육홍이나 다른 목민관들이 누누이 강조한 것처럼, 고문은 유교적 재판관이 난해한 사건들을 해결하기 위해 일상적으로 의존하는 기술이 될 수 없었다. 따라서 황육홍처럼 노련한 재판관이라면 이미 교묘한 심문기술을 터득했을 것이고, 경험 없는 재판관이라면 정밀하게 고안된 심문기술을 책을 통해서라도 익히는 것이 낫다.

포공의 수사 이야기를 통해서 우리는 당시 재판관이 생각보다 적극적으로 수사에 개입했음을 알 수 있는데, 이는 어느 정도 사실에 가깝다. 지방 수령은 형리와 개인비서, 아역들의 보조를 받았고 이를 적극적으로 활용할 수 있었지만, 전적으로 그들에게 의존하는 것은 어리석은 생각이다. 원칙적으로는 현장 수사, 피의자 체포, 검시, 증인 보호, 증거 확보, 법정에서 사건당사자들의 심문과 증언에 대한 면밀한 조사에 지방 수령은 수사관이자 재판관으로서 빠짐없이 참여하거나 적어도 사실관계를 확인해야 한다. 이 모든 수사 과정과 재판절차를 바탕으로 합당한 법적 판단을 내리는 것은 온전히 재판관인 그의 몫이기 때문이다. 이런 관점에서 볼 때, 수사 과정을 자세히 묘사하는 공안소설은 도덕적 교훈이나 순수한 오락적 텍스트 이상의 것이었다. 그렇지만 이런 이야기가 일반 독자 외에도 재판관을 비롯한 법률전문가에게 과연 실질적인 도움을 줄 수 있었을까?

최종 판결을 내리기 전 수많은 단계를 거쳐야만 하는 복잡한 사법절차는 법전에 구체적으로 명시되어 있다. 그러나 이러한 규정이 아무리 세분화되고 구체적이라 하더라도 그것을 현실에 적용할 때는 불분명하고 모호한 문제들이 생기게 마련이다. 게다가 법률이 예비 관료를 위한 학교교육의 정규과정이었는지에 대한 증거는 거의 없다.[18] 이런 사실이 국가가 서민뿐만 아니라 예비 관료를 위한 법률교육에도 관심이 없었다는 것을 증명하는 것은 아니다. 『대명률』의 부록인 「강독율령講讀律令」을 예로 들면, 이 부록이 얼마나 광범위하게 읽혔는지는 몰라도 적어도 국가가 대중을 위한 법률교육의 중요성을 인식했고, 백성이 법을 알도록 열성적으로 권장한 사실을 알려준다.[19] 앞에서 살펴본 것처럼 법률에 관심이 있는 사람이라면 누구나 추상적인 법전 외에도 보충적인 읽을거리 찾기가 크게 어렵지는 않았을 것이다. 지방관을 위한 목민서, 판례집, 공문서들, 관료들이 기록한 일기나 문집 등 법률문제와 관련한 다양한 서적들과 송사비본을 비롯한 전문적인 법서들도 명대에 널리 출판되고 유통되었다. 공안소설을 비롯한 소설과 희곡조차 법률에 대한 일반적 이해를 넓히는 데 도움이 되었을 것이다.

다양한 범주의 책들이 법률과 사법절차에 관한 기초지식을 제공할 수 있었다는 것은 의심할 여지가 없지만, 공안소설의 서사성에 비교할 만한 법서 장르는 찾기 어렵다. 공안소설의 수사 이야기는 실제 수사 과정이나 재판절차에 관해 상당히 유익한 정보를 제공한다. 물론 법전과 판례집, 관잠서가 제공하는 법률지식이나 정보보다 더 정확하고 실용적이라고 말하기는 어렵다. 그러나 공안소설의 서사성은 범죄사건에 연루된 다양한 인물들, 피해자와 가해자, 원고와 피고, 증인과 재판관을 통해서, 충돌하는 관점과 불협화음을 일으키는 목소리를 통해서, 사법제도의 복잡한 현실을 입체적이고도 역동적으로 보여준다. 사법제도가 지향하는 추상적인 법적 정의는 선과 악의 도덕적 이분법의 구조를 거쳐 시적 정의로, 좀 더 이해하기 쉽고 공감할 수 있는 형태의 정의로 재해석된다. 공안소설의 독자가 재판관이나 지배층이 아닌 일반 서민이라면 공안소설의 서사성은 특히 접근 가능성을 의미했을 것이다. 피지배층인 서민의 눈높이에서 이해하기 쉬울 뿐만 아니라, 법령이 명시하거나 명확히 경고하지 않고 간과한 문제들, 이를테면 보통 사람들이 재판절차에서 맞닥뜨릴 수 있는 함정이나 난관이 어떤 것인지 공안소설은 구체적으로 보여준다.

공안소설의 수사 이야기는 독자가 재판관이나 지배층이라도 공식적 법전이나 판례집에서 얻을 수 없는 효용성이 있었던 것 같다.

바로 정리(情理)이자 공감의 측면이다. 서민에서 황제에 이르기까지 계층의 다양성만큼이나 관점의 다양성이 존재하고, 특수한 정황 속에서 법률이 얼마나 다르게 해석되고 작동될 수 있는지를 이야기한 까닭이다. 공안소설에 완전히 억압되지 않은 채 드러난 상충하는 관점의 대립, 사회적 모순, 이데올로기적 충돌은 유교적 법문화가 명제로 내세웠던 정·리·법의 조화를 구체적으로 어떻게 실현할지 좀 더 깊이 생각하게 만든다. 그것은 단순히 원칙만 강조하거나 일방적 복종만 강요하는 식과는 다르다. 복잡한 인간관계와 사회현실에서 법률의 획일성과 추상성은 어떤 식으로든 해석과 타협을 거쳐 '서술'되고, 이른바 법 이야기를 파생시킨다.

예를 들면 『용도공안』 제7회 「갈엽표래葛葉飄來」는 미궁에 빠진 미스터리 사건을 해결하기 위해 수사 이야기가 얼마나 복잡하게 전개될 수 있는지를 보여준다. 첫 번째 단락인 범죄 이야기는 다소 단순한 편이다.

거인(擧人) 국궁(鞠躬)은 친분이 있는 남풍현(南豊縣) 지현을 방문하던 길에 은 50냥을 주고 도금한 구리 향로와 금으로 용무늬를 새긴 머리빗을 사고, 그것을 가죽 상자에 넣어 백동 자물쇠를 채웠다. 국궁은 또한 남경을 순시 중이던 포공을 만나기 위해 그의 하인인 장삼(章三)과 부십(富十)을 먼저 보내고, 그 자신은 하인 귀십팔(貴十八)만을 데리고 강을 따라 여행하면서 배로 상자를 운반 중이었다. 국궁이 고용한 뱃사공 갈채(葛彩)와 애호(艾虎)는 상자 안에 금이나 은이 들었을 것이라고 생각하고, 주인과 하인을 살해한 후 강물 속에 시신을 던진다.[20]

이것이 범죄 이야기의 대강이다. 그러나 두 번째 단락인 수사 이야기는 여러 피의자들과 재판관들이 등장하면서 매우 복잡해진다. 남경에 도착한 국궁의 두 하인은 이리저리 주인을 찾았지만, 주인의 행방은 묘연했다. 결국 그들은 포공을 만나 주인의 실종을 알린다. 친구가 강도를 당했을까 염려한 포공은 하인들에게 국궁의 물건을 파는 사람이 있는지 알아보도록 명령한다. 마침내 국궁의 향로를 판 첫 번째 피의자를 찾아내 관아에 데리고 간다. 이 피의자는 이 사건과 아무런 관계도 없다고 주장하면서, 그 물건을 산 사람은 아내의 외삼촌 오정(吳程)이라고 말한다. 그러나 이 사람도 무호(蕪湖)에서 중개인을 거쳐 모르는 나그네로부터 그 물건을 샀을 뿐 강도사건과는 아무런 관계가 없다고 주장한다. 이제 사건을 판결할 수 없게 된 재판관은 포공이 태평부(太平府)를 순행한다는 소식을 듣고 피의자들을 태평부로 이송한다.

처음에 포공은 사건을 심의할 여유가 없어서 수하의 수사관 동(씨)추관(董推官)에게 피의자들을 심문하도록 명령한다. 그러는 사이 국궁의 하인들과 오정은 관아에 고소장을 제출한다. 그들이 제출한 고소장은 그대로 본문에 삽입되었다.[21] 특히 오정은 그의 결백을 입증할 증인으로 중개인을 내세운다. 따라서 중개인도 법정에 출두해야만 했다. 그러나 그들이 물건을 사들인 나그네가 누군지 불분명했기에 중개인과 오정은 여전히 결백을 입증하지 못한다. 따라서 이 사건은 피의자의 자백도 뚜렷한 증거도 없이 미해결 의옥(疑獄) 사건으로 남게 된다.

심문이 끝난 뒤 사건에 대해 곰곰이 생각하던 동추관은 갑자기 칡잎[葛葉]이 바람을 타고 날아와 중개인 단극기(段克己)의 몸 위로 떨어지는 것을 보았는데, 이 칡잎에는 대개 배에 걸어두는 붉은 무늬의 비단 조각[紅彩]이 함께 말려 있었다. 그는 그것이 무엇을 의미하는지 곧바로 알아차리지 못하고, 단지 관아 안에 칡이 없는데 칡잎이 날아온 것이 매우 이상한 일이라고만 생각했다. 동추관이 포공에게 사건을 보고하자, 포공은 인근 현을 조사하라고 명령한다.

그는 무호로 가는 배를 탔는데, 우연하게도 그 배는 뱃사공 갈채의 것이었다. 배를 모는 뱃사공의 이름이 갈채(葛彩)―즉, 칡잎과 비단―라는 말을 듣고, 갑자기 관아에서 그가 본 이상한 현상이 떠올라 그들을 체포하여 관아로 압송한다. 그는 오랜 심문과 고문 끝에 그들의 자백을 받아내고 증거물도 확보한다. 자백을 통해 오정이 직접 그들로부터 물건을 구입했고, 강탈한 물건이라는 것을 눈치챈 단극기가 관아에 고발하는 대신, 그들로부터 물건 값을 갈취한 사실도 밝혀진다. 마침내 사건이 해결되고, 두 뱃사공에게는 살인강도로 참형이, 오정과 단극기에게는 사기와 장물죄로 유형이 선고된다(역시 판결문이 삽입되었다).[22]

이 살인강도사건은 목격자가 전혀 없는 미스터리 사건이다. 증거라고는 장물뿐이다. 장물을 추적하는 과정에서 두 피의자가 체포되고, 상인과 중개인은 장물 매매에 연루된 사실이 밝혀진다. 첫 번째 재판은 의옥사건으로 해결되지 않았기에, 포공의 수하 동추관이 사건을 꼼꼼히 심의하고 신중하게 피의자들을 심문한 후 상관인 포공에게 사건을 보고한다. 흥미로운 것은 이 이야기에서 포공은 처음부터 동추관을 내세워 간접적으로 사건에 개입―바쁘다는 이유로―할 뿐, 직접 사건을 해결하지 않는다는 것이다. 동추관은 포공 덕분인지 예사롭지 않은 현상을 보게 되는데, 그것이 무슨 의미인지는 바로 알아차리지 못한다. 눈치 빠른 독자라면 그 현상이 사건의 미스터리를 해결할 열쇠임을 이미 알 것이다.

포공 이외의 인물을 '탐정'으로 내세운 이유는 사실 불명확하다. 다른 공안집이나 판례집으로부터 빌려온 이야기를 슬쩍 각색했기 때문인지도 모른다. 그러나 동추관의 등장으로 수사 이야기는 좀 더 사실적이 된다. 어쩌면 능력 있는 재판관이 실제로 했던 일은 동추관 같은 인재를 등용해 사건을 수사하고 해결하는 것, 즉, 능력주의(meritocracy)적 관료제의 메커니즘을 최대한 효율적으로 이용하는 것이었다. 이것이 황제 이하 능력주의적 관료제를 발달시킨 중앙집권적 전제주의 지배체제가 하나의 거대한 기계처럼 움직이는 방식이다.

이제 이 수사 이야기에서는 포공의 초인적 능력을 과장할 필요가 없다. 수사관으로서 동추관의 성실성과 열정이 강조된 대신, 사법제도는 객관적이고 사실적으로 묘사되기 시작한다. 이 이야기에서 법정은 권력의 스펙터클을 과시하는 상징적 공간이 아니라, 실제로 진실을 밝혀냄으로써 정의를 실현하는 공간이다. 따라서 재판과 심문 과정의 사소한 부분조차 더욱 꼼꼼히 기술된다. 이 이야기로부터 독자는 많은 법률지식을 획득할 수 있다. 여기에는 고소장을 제출하는 법, 피의자를 심문하는 법, 그들의 증언을 분석하는 법, 언제, 어떻게, 누구에게 고문을 사용할지에 관한 제안, 자백과 증거 확보의 중요성 등등이 상세하면서도 일목요연하게 기술되어 있다.

또한 이 이야기는 관료나 신사층뿐만 아니라 피의자가 된 상인 계층에게 큰 호소력을 가질 수 있다. 왜냐하면 이야기의 초점은 상인과 그들의 상업활동으로 이동하며, 특히 흔히 이윤을 추구하는 상인이 쉽게 빠져들 수 있는 범죄의 유혹, 그들의 탐욕과 비리가 초래할 범죄행위와 그 대가 등을 자세히 보여주기 때문이다.

그러나 붉은 비단 조각이 걸려 있는 칡잎이 관아에 날아 들어온 신비로운 단서가 이 이야기의 전환점이다. 구조적으로 탄탄하며 또한 상당히 사실적이고 논리적으로 전개된 이 수사 이야기는 결국 초자연적 요소에 의존한다. 현대 탐정소설이라면 아마도 거의 환상적인 과학수사를 동원한다든가, 아니면 좀 더 논리적으로 설득 가능한 단서를 슬쩍 끼워 넣었을 것이지만, 어찌 보면 공안소설은 '손쉬운' 해결책, 바로 설명할 수 없는 초자연적 현상과 우연에 의존한다. 그렇지만 사건 해결을 고심한 동추관이 없다면, 이 초자연적 현상은 무의미한 사건으로 보일 수 있다. 이 연결고리를 발견한 사람은 어디까지나 사소한 일도 놓치지 않았던 동추관이다. 어쩌면 작가는 이 초자연적 현상에 억울하게 죽은 원혼의 등장이나 성황신이 나타난 꿈 장면을 삽입해 좀 더 환상적이고 극적인 효과를 노릴 수도 있었을 것이지만, 그러지는 않았다. 이 이야기가 비교적 사실성을 유지한 이유이다.

공안소설이 자주 활용한 초자연적 현상은 단순히 손쉬운 해결책만은 아니다. 그것이 법과 정의에 대한 민중적 상상의 일부일 뿐만 아니라, 앞에서 살펴본 것처럼 공식적 법문화의 일부인 사실을 우리는 고려해야 한다. 추상적이고 이성적이며 심지어 계량적인 중국

의 형률은 그 기원으로 거슬러 올라가면 자연과 인간 세계의 '초자
연적' 상호 교감의 원리를 반영했다. 형벌 적용의 정확성이 응보의
원칙을 따르는 것도 이 원리를 반영한 결과이다. 여기에는 법질서
또한 자연질서의 일부이며, 자연과 인간의 긴밀한 상호작용으로 구
성된 우주적 질서를 반영한다는 세계관이 바탕을 이루고 있다.

따라서 당시 재판관은 상징적으로는 저승의 성황신에 대칭되는
인물이었다. 그는 이승의 질서를 유지하는 법질서의 주재자이면서
자연적 질서의 조화와 균형을 유지하는 의례의 주재자이기도 했다.
이런 까닭에 포공처럼 통찰력을 갖춘 재판관은 대개 관상학과 점술
에 관한 지식이 있고, 이 지식을 바탕으로 징조와 꿈을 해석하는
능력을 발휘해 사건을 해결하는 일은 당시 독자에게는 터무니없는
이야기는 아니었을 것이다.[23] 이는 또한 공안소설에서는 상투적 서
사요소가 되기도 한다. 사건수사가 미궁에 빠질 때마다 포공이 가
장 먼저 하는 일은 우선 제단을 차려 놓고 성황신에게 기도하는 것
이다. 중국의 재판관들과 긴밀히 연결되는 성황신은 이승의 수령에
대칭되는 저승의 수령이기 때문이다.[24] 따라서 포공이 특별히 미신
적임을 보여주는 증거가 아니라, 인정과 천리, 국법이 삼위일체를
이루는 법문화가 어떻게 구조적으로 민간신앙을 이용하여 민중의
일상을 통제하는지를 보여줄 뿐이다. 이렇게 법의 영역은 윤리와
종교의 영역과도 긴밀히 연결되어 사실상 그 경계를 구분하기 어려
웠다. 따라서 수사 이야기에 자주 나타난 초자연적 현상은 공안소
설이 민중적 상상을 반영한 결과라기보다는 이미 우주적 질서의 일
부이기도 한 사법 전통의 구조를 재현한 결과라 할 수 있다.

    요컨대 공안소설은 유교적 법문화와 민중문화의 경계가 가장 모호해지는 영역이다. 그것은 기본적으로는 정·리·법의 조화원칙과 권선징악적 시적 정의의 구도에서 크게 벗어나지 않지만, 정의에 대한 민중적 상상은 우리의 예상보다 훨씬 다양하게 나타났다. 거기에는 유일한 패턴이나 공식은 없고, 다만 그것들이 너무 많을 뿐이다. 앞에서 살펴본 『용도공안』의 제7회 「갈엽표래」 이야기에서처럼 어떤 이야기들은 사실적인 수사 이야기에 초점을 맞추는가 하면, 다른 이야기들은 초자연적 현상의 환상성에 더 많은 관심을 보인다. 어떤 이야기들은 실제 소송기록으로부터 연유했는가 하면, 다른 이야기들은 소송사건과는 아무런 연관성도 없다. 예를 들면, 마치 『요재지이聊齋志異』 같은 지괴나 전기 장르가 그렇듯이, 포공이 악귀와 싸우는 도사로 변신하는 이야기도 있다. 어떤 이야기에서 그는 아예 있으나마나 한 존재로 나타나기도 하는데, 이는 플롯의 중심을 악당과 그 희생자 사이의 극적 대립과 충돌에 두었기 때문이다.[25] 범죄 이야기와 수사 이야기라는 두 개의 이야기 단락으로 연결되는 서사구조와 양자 사이의 균형은 자주 지켜지지 않는다. 물론 아주 드문 경우지만, 심지어 순차적인 서사구조마저 역전되는 이야기도 있다. 『백가공안』의 제45회 「제악승리색씨원除惡僧理素氏冤」 이야기는 수사 이야기로부터 시작하여 범죄 이야기로 거꾸로 거슬러 올라가는 역전 구조로 이루어진다. 물론 서구 탐정소설의 역전 구조와는 매우 다르게 전개되지만 말이다.[26] 이 이야기의 줄거리를 잠깐 살펴보면 이렇다.

이야기는 포공이 관아에서 업무에 몰두하던 때로부터 시작한다. 그때 포공은 범상치 않은 회오리바람과 함께 마당에 나뭇잎이 떨어지는 것을 본다. 그는 그 나뭇잎이 절 근처에 있는 희귀한 나무로부터 떨어진 것임을 알게 된다. 그 나무 아래서 암매장된 한 여인의 시신이 발견된다. 이때부터 범죄 이야기는 수사로 밝혀지는 것이 아니라, 원혼에 의해 드러난다. 살해된 여인이 포공의 꿈에 나타나 범인이 누구인지 그에게 일러준다.[27]

이야기의 구조는 독특하지만, 이 미스터리 살인사건은 초자연적 현상의 개입으로 단숨에 해결된다.

공안소설의 다양한 이야기 유형은 동질적인 것처럼 보이는 유교적 법문화 속에서 법과 정의의 문제가 얼마나 다양하게 인식되었는지, 역시 계층과 관점에 따라 얼마나 이질적으로 인식될 수 있는지를 입증한다. 따라서 이 대중적 범죄 이야기는 문화적 전형을 반영할 뿐 아니라, 다양한 문화적 변형도 반영한다. 이 때문에 공안소설은 보편화된 유교이념의 서사적 재현이라기보다는, 유교이념의 대중화와 함께 지배문화와 민중문화의 상호작용을 반영한 것으로 해석해야 할 것이다.

범죄와 판타지

『포공안』에서 초자연 현상은 중요한 서사요소다. 『포공안』 전체 증거의 절반이 수사와 추리보다는 초자연 현상에 의존하여 사건을 해결한다. 원혼, 조상신, 성황신, 요괴, 동물 등의 출현과 또 다른 초자연 현상―이를테면 괴이한 회오리바람―의 활용은 대개 해결되지 않은 미스터리 살인사건에 많이 나타난다.[28] 이런 경향은 대개 천·지·인 삼위일체를 믿는 중국의 전통적인 세계관에서 비롯되어 이승의 법망을 빠져나간 범죄자가 초래한 부정의는 우주적 질서의 불균형을 초래할 수도 있다는 상상에 근거한다. 이것이 바로 자연재해가 일어날 때마다 황제로부터 지방관에 이르기까지 자신의 정치에 어떤 실수나 정의 실현을 방해하는 요인은 없었는지 반성하고 신에게 제사를 올리는 의식을 치르는 이유다.

그렇지만 초자연적 요소는 단지 우주적 균형의 상징적 재현을 목적으로 사용된 것만은 아니었다. 인간뿐만 아니라 초자연적 존재도 우주적 균형을 파괴하려고 시도한다면 어떨까? 만약 무고한 사람들이 요괴에 의해 희생당한다면, 황제의 법률을 이 범상치 않은 범죄자들에게 적용할 수 있을까? 천·지·인의 긴밀한 연결 또는 이승과 저승의 대칭성에 관한 종교적인 세계관은 후대로 갈수록 추상화되었지만, 소설에서는 민중적 상상과 결합하여 환상적인 형태로 발전한다. 저승과 긴밀히 연결되어 있기에 저승의 신적 존재들까지 지배할 수 있는 확장된 권위를 가진 이승의 법률, 그것이 법과 정의에 대한 또 다른 민중적 상상이자 민중문화적 맥락이라고 할 수 있다.[29]

그것은 또한 왕이 무당이자 제사장이었던 신정일치(神政一致) 또는 제정일치(祭政一致) 시대의 까마득한 신화를 반영하는 것으로 상상할 수도 있다. 왕이 법률과 형벌을 통해서 이승의 악당을 징벌하듯, 무당은 신앙과 주술을 통해서 이승과 저승의 질서를 동시에 어지럽히는 '요괴'를 물리치는 벽사(辟邪)의 역할을 담당한다. 제왕이 재판관이자 무사(巫師)로 활동했던 신화를 생각한다면, 수사기법만큼이나 '법술'에 능한 포공의 벽사적 활약은 중국 문화에 매우 이질적인 낯선 상상은 아니라 오히려 익숙하고 자연스러운 것으로 이해할 수 있다.

『백가공안』에서 우리는 요괴 이야기와 범죄 이야기의 엉성한 조합, 즉 범죄 판타지라고 부를 만한 기괴한 범죄 이야기들과 자주 만나게 된다. 예를 들면, 제3회 「방찰제요호지괴訪察除妖狐之怪」는 단순히 지괴나 전기 이야기에 자주 나오는 '요괴 여우' 혹은 '구미호' 모티프에 포공 이야기를 접목한 구조다.[30] 포공이 출현하는 것을 제외하고는, 사실 이 이야기는 별로 새로울 것이 없다. 상인으로 여행하면서 제법 풍류를 즐길 줄 아는 한 젊은이가 재색을 겸비한 '가인(佳人)'을 만난다. 집으로 돌아와서 그는 이 여인과 결혼하는데, 알고 보니 재색을 겸비하고 있을 뿐만 아니라 양처이자 효부이기도 했다. 포공이 나타날 때까지 모든 이들이 행복한 것처럼 보였다. 포공은 즉시 집안이 '요기(妖氣)'로 가득 차 있다는 것을 알아챈다. 포공은 요괴의 본모습을 비추는 '조마경(照魔鏡)'을 가져오는데, 거울에 비친 그녀는 바로 여우였다. 여기에는 심판은 없고 단지 즉각적인 처형만이 있을 뿐이다. 죄명은 '이류(異類)가 사람을 미혹시킨' 죄였다.[31] 요괴 여우는 제거되고, 젊은이는 목숨을 구한다. 화자는 이야기 맨 끝에 "이 이야기는 마음이 사악하고 여색을 좋아하는 자의 경계로 삼을 만하다(此可以爲心邪好色者之戒矣)"고 덧붙인

다.[32] 『요재지이』에도 이야기 말미에 늘 등장하는 평자가 덧붙일
만한 평어(評語)다.

이처럼 이런 이야기는 문언소설 전통에서 자주 발견되는 전형적
인 '요괴 여우' 모티프를 따른다.[33] 사실 앞의 이야기에서는 요괴
여우가 인간 악당들보다 훨씬 덜 악랄하고 인간적인 것처럼 보인
다. 놀라운 사실은 여우의 유혹적인 팜므파탈(femme fatale) 이미지에
도 불구하고, 희생자와 정식으로 결혼한 후 부덕(婦德)의 윤리를 실
천하며 양처이자 효부의 의무를 성실하게 이행한다는 점이다. 그런
모습을 기만적이라고 비난할 수도 있겠지만, 여기에서 진짜 문제가
되는 것은 그녀가 아무리 도덕적으로 행동하더라도 '이류'로서 이승
과 저승의 경계를 모호하게 만든 점이다. 이 때문에 요괴는 양자의
균형을 위협하는 위험한 존재로 비난받는다. 이런 요괴 무리가 어
떤 해를 끼칠 수 있는지 정확히 아는 사람은 오직 포공뿐이다. 요괴
들은 자주 유혹적인 여인으로 변모하여 그 성적 매력으로 남성을
매료시킨 후, 영생을 얻기 위해 남성의 성적 에너지를 흡수해 고갈
시켜버리는 존재다.

그런데 흥미로운 점은 이러한 유혹적인 요괴가 구미호에 그치지
않고 동식물을 막론하고 매우 다양하다는 것이며, 또한 대체로 요
괴의 여성성을 가정한다는 것이다. 매화 요정은 한 장수의 애첩이
되는가 하면(『백가공안』 제4회 「지적청화원지요止狄靑花園之妖」), 한 무시무
시한 해골 요괴는 그녀의 '희생자'가 과거 시험을 보도록 권하고 유
덕한 관료가 될 수 있도록 내조를 아끼지 않는다(『백가공안』 제7회 「행
향청천주요부行香請天誅妖婦」). 한편 황금 잉어는 승상의 딸을 납치한 후

그녀로 변신하여 젊은 선비와 결혼한다(『백가공안』 제44회 「금리어미인지이金鯉魚迷人之異」 또는 『용도공안』 제51회 「금리어金鯉魚」). 정말 민중적 환상의 기발함과 자유분방함을 느낄 수 있다.

　포공의 강력한 신성성과 함께 그의 '요술 거울' 같은 신성한 무기를 두려워하는 대부분의 요괴 연인들은 그와 대적할 엄두도 내지 못한 채 이승에서 자취를 감추려 하지만, 대개는 포공의 엄중한 처벌을 피하지 못한다. 그런데 『백가공안』의 제44회 이야기 「금리어미인지이」의 황금 잉어처럼 강력한 요괴는 이 위대한 판관에게 저항하고 탈출을 감행한다.[34] 이 강력한 천년 묵은 물고기 요괴에 대항하기 위해 포공은 처음에는 성황신의 도움을 요청한다. 그의 긴급한 요청에 응답한 것은 성황신뿐만 아니라 용왕과 옥황상제도 있었다. 이 요괴는 천상의 질서마저도 어지럽힌 악당 중의 악당이었다. 물고기 요괴는 마침내 그들이 보낸 군대에 쫓겨 남해로 도망갔으며, 거기에서 마침내 물고기 광주리를 든 관음보살―즉, 어람관음(魚籃觀音)―에게 붙잡힌다. 이 대목에서 우리는 모종의 불교적 영향을 엿볼 수 있지만, 그 종교적 색채는 원형을 알아보기 어려울 정도로 희미하다. 이 환상적 대모험의 이야기는 법정 장면으로 끝나는 것이 아니라 독특한 해피엔딩으로 끝난다. 포공은 승상의 진짜 딸을 구출했을 뿐만 아니라, 중매인으로서 선비와 승상의 딸이 결혼할 수 있도록 승상을 설득한다. 초자연적 존재들과 교통하는 방법을 알고 있는 도사 혹은 주술사로 대체되어버린 재판관의 모습은 이 이야기가 전형적인 공안소설로부터 한참 벗어나 있음을 우리에게 확인시켜줄 뿐이다. 그렇지만 민담 모티프와 도교와 불교, 민간신앙 등

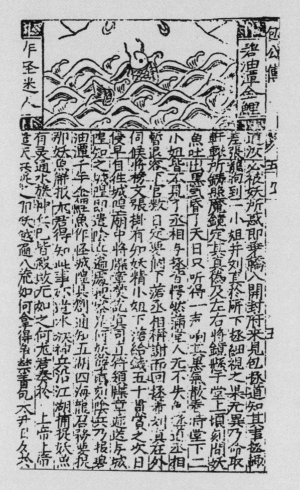

벽유담금리 작괴미인(碧油潭金鯉, 作怪迷人)

『백가공안』제44회「금리어미인지이金鯉魚迷人之異」의 한 장면.
삽화에 요괴 잉어의 모습이 보인다.

다양한 종교적 기원들이 뒤섞인 이 이야기가 풍부한 신화적 상상으로 가득 차 있음을 시인하지 않을 수 없다. 어쨌든 전형적인 공안소설과는 매우 이질적인 이야기라는 점은 부인할 수는 없다.

유혹적인 요괴 이야기는 명백히 여성성 혹은 치명적인 여성적 매력을 다룬다. 앞의 구미호 이야기의 화자가 언급한 것처럼 이야기의 교훈은 명백하다. 그렇지만 치명적인 여성성이 항상 요괴 이야기의 중심이 되는 것은 아니다. 한편으로는 여성의 육체를 겁탈하는 '남성적' 요괴들도 있다. 예를 들면, 처용 전설을 연상시키는 『백가공안』의 제33회 「가성황나착요정枷城隍拿捉妖精」 이야기에는 그로테스크한, 몸은 파랗고 머리카락은 붉은데다 입이 엄청나게 큰 거인 괴물이 결혼한 부인을 차지하고 그녀의 남편을 집에서 내쫓는다.[35] 『백가공안』의 제51회 「포공지착백후정包公智捉白猴精」 이야기에는 마을 부녀자들을 납치하여 그의 거처인 동굴로 데려가는 천년 묵은 흰 원숭이가 등장한다. 모두 구전되어온 민담이나 전설과의 연관성을 추측하게 만드는 이야기들이다.[36]

요괴의 세계는 끝없이 넓고 다양하다, 인간의 상상이 무한한 것처럼. 죄 없는 사람들을 괴롭히고 사회적 무질서를 초래하며, 결국 우주적 조화를 위협하는 사악한 악귀들이 등장한다. 『백가공안』 제14회 「획요사제백곡재獲妖蛇除白穀災」 이야기에는 인간을 잡아먹는 흰 뱀이 인신 공양을 요구하면서 온 마을을 공포로 몰아넣는다.[37] 물론 포공의 등장으로 마을의 재앙은 사라지게 된다. 사실 사람을 제물로 바치는 인신 공양 의식을 행하는 사교(邪敎)는 『대명률』 등에서도 엄격히 금하는 범죄행위였으며, 이를 능지처참의 형벌로 다스렸다. 이 밖에 사당에 제물로 바친 가짜 감을 가져갔다는 이유로 어린아이의 목숨을 가차 없이 앗아간 잔인한 신을 만날 수 있는가 하면(『백가공안』 제31회 「쇄대왕소아환혼鎖大王小兒還魂」), 학자들과 학식을 겨루면서 '석처사(石處士)'를 자처하는 '바위 요괴'를 만나기도 한다(『백가공안』 제40회 「참석귀도병지괴斬石鬼盜瓶之怪」).

그러나 가장 기이한 이야기는 『백가공안』의 제58회 「결륙오서뇨동경決戮五鼠鬧東京」(『용도공안』 제52회 「옥면묘玉面猫」)에 나오는 인간으로 변신한 다섯 마리 요괴 쥐들이다.[38] 첫째 쥐가 첫 번째 희생자인 전도유망한 젊은 학자로 변신한다. 집에 돌아온 진짜는 가짜, 즉, 변신한 쥐가 자기 행세를 하며 온 가족을 속였다는 사실을 알게 된다. 지혜로운 포공이 가짜를 분별해 법정에서 그 본색을 폭로하려는 찰라, 둘째 쥐가 승상으로 변신한다. 이런 식으로 각각의 쥐가 곤경에 처할 때마다 그들은 다른 형제 쥐를 차례로 불러들이고, 결국은 황제와 황제의 모후(母后), 그리고 최종적으로 포공 자신에 이르기까지 변신한다. 포공은 옥황상제를 만나기 위한 '영적인 영매 여행'을 감행하고, 부처님으로부터 머리가 옥으로 만들어진 고양이를 빌려 법정으로 되돌아온다. 이 대목에서도 종교적 경계를 초월하여 도교의 옥황상제와 불교의 부처님을 함께 동원하는 모습이 흥미롭다. 이제 포공은 재판을 위해 탑을 쌓고, 가짜와 진짜를 함께 탑으로 소환한다. 그는 적절한 순간에 고양이를 풀어 놓는다. 고양이를 보자마자 사기꾼은 그 힘을 잃고 본래의 모습을 드러내면서 도망치기에 여념이 없다. 그러나 결국 다섯 마리 쥐들은 모두 고양이에게 잡혀 죽임을 당한다. 이 요괴 쥐 이야기가 실제로 말하고자 하는 것은 황제권력에 대한 은밀한 조롱이다. 쥐 같은 미물에게 농락당해 혼란에 빠진 지배층 이야기는 민중의 의식 내면 깊숙이 자리한 지배층을 향한 불신을 꼬집는다.

이처럼 초자연적 요소가 공안 이야기의 핵심적 요소라는 것은 더 말할 나위도 없는데, 원옥(冤獄)사건에 의한 자연재해로부터 자신의 억울함을 하소연하는 원혼 이야기와, 심지어 법률과는 아무런 연관성도 없는 황당한 요괴 이야기에 이르기까지, 이 이야기들은 모두 공통으로 종교적 정의와 세속적 정의, 저승과 이승의 정의가 긴밀히 연관되어 있음을 보여준다. 환상적인 요괴 이야기가 범죄소설의 틀 속에서 재구성될 때, 포공은 이승의 관료제와 유교적 이성주의의 한계 너머 이승과 저승, 천상을 넘나드는 초월적 존재로 그려진다. 이런 유형의 이야기에서 우리는 민중적 상상 속에서 염라대왕이라 불리던 신비주의적 포공을 만난다.

요컨대 『백가공안』에서는 설화 전통과 결합한 환상적인 '범죄' 이야기가 주류를 이루었다면, 『용도공안』에서는 지양되면서 『용도공안』의 '탈신비화' 경향이 두드러진다. 이리하여 『용도공안』에는 요괴 이야기 대신, 종교적 색채가 분명한 불교적 지옥 심판을 그린 이야기들이 다수 삽입된다. 결과적으로 신화적인 민중적 상상의 '탈경계'는 사라지고 반복적인 도덕적 메시지만이 메아리친다. 그러나 어떤 명판관도 포공만큼 신비주의적 인물은 없었다. 그는 여전히 민중의 영웅으로서 막강한 영향력을 발휘한 인물이었다.

성범죄와 열녀

공안소설에서 가장 빈번히 다룬 범죄 중 하나가 바로 강간이나 간통 같은 성범죄다. 명대부터 성범죄는 극형으로 처벌할 수 있는 심각한 범죄로 간주되었고, 공안소설에도 당연히 이런 인식이 반영되었다. 성범죄에 관해서는, 『대명률』 「형률」 제390조 '범간(犯姦)'에서 강간죄와 함께 '화간(和姦)'이라 하여 간통죄에 대한 처벌규정을 명시하고 있다. 이에 따르면 강간은 교형으로 처벌하되, 강간 미수의 경우에는 장형 100대, 유형 3000리로 처벌하고 있다. 간통죄는 장형 80대로 남녀를 똑같이 처벌하지만, 남편이 있는 유부녀는 장 90대로 처벌한다는 규정이 있다. 그러나 간통죄를 저지른 간부(姦夫)는 유부남이라도 가중 처벌한다는 규정은 없다. 성범죄에 대한 처벌규정의 중점이 어디에 있는지 대강 짐작할 만한 대목이다. 이것은 당시 성범죄를 혈통 보존을 불확실하게 만듦으로써 가부장제의 존립을 위협하는 범죄로 인식한 여러 증거 중 하나일 뿐이다. 훼손당한 여성성과 성질서는 여성을 적절히 통제하거나 보호하지 못한 가부장 권위의 실추를 의미하며, 이로 인한 가족질서의 붕괴는 국가권력의 약화를 초래할 수 있기 때문이다.

여기에서 우리가 염두에 두어야 할 것은 당시 성범죄, 특히 강간죄에 대한 처벌규정을 강화한 목적이 피해자 여성의 인권 보호에 있지 않았다는 점이다. 강간 피해자의 인권 보호가 강간법의 일차적 목적이 된 것은, 부끄러운 일이지만 우리나라에서도 상당히 최근의 일이다. 1953년 강간죄를 '정조에 관한 죄'로 규정한 강간법은

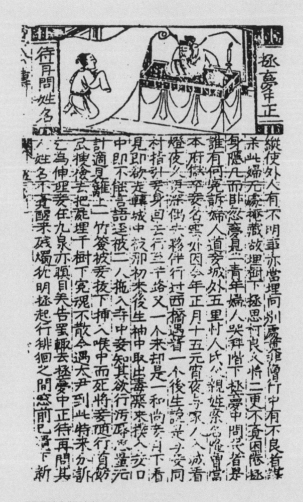

증몽중정대재문성명(拯夢中正待再問姓名)
『백가공안』 제45회 「제악승리색씨원除惡僧理索氏冤」의 한 장면. 강간 후 살해당한 피해자의 원혼이 포공의 꿈에 나타나 단서를 제공한다.

1995년에 이르러서야 부녀에 대한 '강간과 추행의 죄'로 개정되었고, 2012년에 강간의 대상을 부녀에서 '사람'으로 확대하였다.[39] 강간죄를 여성의 정조, 즉 여성의 성적 순결을 훼손한 범죄로 보는 시각은 여러 가지 측면에서 성차별적인데, 가장 큰 문제점은 가해자보다는 강간당한 피해자의 행실에 주목하고 피해자의 행실이 가해자의 처벌에 영향을 미친다는 점이다. 이처럼 여성의 정조를 문제 삼는 논리구조에서는 오히려 강간 피해자인 여성을 범죄행위의 원인 제공자로 비난하고 윤리적 책임을 묻는 경향이 있다. 이렇듯 명백히 성차별적이며 여성혐오적인 경향은 유교적 성질서 속에서 오랫동안 정당화되어 왔으며, 오늘날에도 여전히 남아 있다.

몽골제국인 원나라를 멸망시키고 명나라를 세운 명 태조 홍무제(洪武帝, 재위 1368-1398)는 왕조를 수립하는 선행조건으로 전통적인 유교적 가치관을 부활시키고, 윤리적 기준의 엄격한 적용을 강조했다. 따라서 홍무제 이후로 성도덕의 기준은 그 어느 때보다도 엄격하게 적용되었다. 여성의 정절을 기리는 의식이 확대되기 시작한 것도 바로 이때부터였다. 부덕을 칭송하기 위해 '패방(牌坊)'―우리나라 열녀문(烈女門)에 버금가는―이라는 기념비를 세웠을 뿐만 아니라, 유교윤리를 선전할 목적으로 열녀전을 정사에 앞다투어 실었다. 여성성의 엄격한 통제 및 성 역할의 표준화와 더불어 이에 대한 감시도 더욱 강화되는 경향이 나타났다. 성도덕을 강조하면 할수록 여성의 훼절(毁節)에 대한 우려도 함께 증대되는 것은 당연한 현상이다. 이것이 바로 이 시기에 성범죄 이야기가 확산한 이유라 할 수 있다.

『포공안』에서는 성범죄 이야기가 거의 전체의 3분의 1이나 차지한다. 이 중 대부분이 강간죄, 즉 외간 남자가 강제적으로 여성과 성관계를 가져 여성의 정조를 훼손한 성폭력범죄이며, 간통죄, 즉 '합의에 따른 혼외 성관계'를 다룬 경우는 비교적 소수이다. 같은 이유로 성행위 장면은 자세히 묘사되지 않고 간략히 기술되는 것이 대부분이다. 강간범죄 이야기의 구조는 사실 열녀전과 상당히 유사하다. 최대 관심사는 재판관이나 범인이라기보다는 여성 희생자와 그녀의 부덕이었기 때문이다. 유교적 도덕주의를 고양한 도덕적 주체라는 점을 강조한다면, 진정한 주인공은 포공이라기보다는 바로 강간범죄의 희생자들이다.

실제로 명대에 와서 정절의식이 확대됨에 따라 강간범죄의 희생자와 그녀의 정절은 국가로부터 특별한 주목을 받았다. 이 시기에 와서 강간죄는 반역죄만큼이나 가증스러운 범죄로 여겨졌는데, 이는 강간범죄가 희생자 한 사람만을 훼손하고 파괴하는 것이 아니라, 가족질서와 더 나아가 가부장제에 기반한 국가질서마저 위협할 수 있었기 때문이다. 강간 전에 희생자가 정절을 지킨 사실을 입증할 수 있는 경우라면, 강간죄를 사형으로 처벌할 수 있게 된 것도 바로 이때부터였다. 이는 명대 강간에 대한 처벌규정의 발달이 정절의식과 정절담론이 강화되던 당시 시대적 상황과 긴밀하게 연관되어 있었음을 의미한다. 따라서 이 시기 강간법이 기본적으로 정절의식을 고양할 목적으로 발달했다는 주장은 틀린 것이 아니다.[40]

강간에 관한 법적 담론이 정교화된 것과 함께 강간죄에 대한 형량도 또한 증대된다. 예를 들면 한 남성이 강간에는 실패했지만 이런 시도가 한 여성을 수치심과 분노로 인한 자살로 몰아갔다면, 그는 강간 미수로도 교형으로 처벌될 수 있었다.[41] 마찬가지로 정절 의식이 더욱 정교해지면서 강간법의 초점도 강간에 의한 실질적 상해 여부로부터 정절을 지키고자 하는 희생자의 도덕적 의지 여부로 이동하는 경향이 나타난다. 이런 이유로 강간죄 기소를 위해서는 먼저 희생자의 정절 여부를 철저하게 조사하고 강간범의 처벌을 정당화할 수 있는 증거를 확보하는 것이 우선시되었다. 황육홍도 또한 강간죄에 사형을 부과하는 궁극적 목적은 "정절의 순수성을 지키고자 하는 희생자의 의지를 보상하고, 또한 악덕한 음부(淫婦)를 경계하려는 것"이라고 지적했다.[42] 황육홍의 주장은 강간범을 처벌하고 유사 범죄의 재발을 방지함으로써 잠재적 희생자를 보호하려는 것이 강간법의 궁극적 목적이 아님을 보여준다. 오히려 잠재적 희생자인 여성이 국가의 감찰 대상이며, 그들이 음부가 되기보다는 차라리 죽음을 택하도록 은밀히 부추기는 주체가 바로 국가라는 사실이 충격적이다.

명대 이전 공식적 표창의 대상은 주로 '절부(節婦)'였다. 굳이 절부를 정의하자면, '남편이 죽은 후에도 재혼하지 않고 오랜 세월 정절을 지킨 부인'이라고 할 수 있다.[43] 그런데 명대 초기부터는 강간에 저항하다 살해당하거나 자살한 '정렬부녀(貞烈婦女)'—즉, 정부와 열녀—를 기리기 시작했다.[44] 연구에 따르면, 명청 시대의 정절의식은 도덕적 확신에 근거한 여성의 자살, 즉 정조를 더럽힌 채 살기보다는 차라리 죽음을 택한 여성의 의지를 높이 평가했다. 중국사에서 발견되는 여성의 자살에는 대개 5가지 형태가 있다.

(1) 남편의 죽음에 따른 자살
(2) 약혼자의 죽음에 따른 자살
(3) 반도(叛徒)나 도적을 거부하다 자살하거나 살해당한 경우
(4) 강간 시도에 저항하다 자살하거나 살해당한 경우, 또는 외간
    남자의 성희롱에 수치심과 모욕감을 느껴 자살한 경우
(5) (1)~(4)에 포함되지 않는 경우[45]

이 여성적 자살 형태에서도 실제로 만난 적도 없는 죽은 약혼자를 따라 자살한 어린 소녀들의 죽음이 가장 놀랍다고 할 수 있다. 다른 한편, 기록을 통해서 명청 시대 전반에 걸쳐서 여성의 자살이 상당히 광범위하게 발생했다는 것을 알 수 있다. 남성의 자살은 점차 감소한 반면, 이 시기에 와서 자살이라는 행위 자체가 여성적인 어떤 것을 가리키게 되었다고 지적한다.[46] 그러나 국가의 표창, 즉 정려(旌閭)제도로 말하자면, 국가가 여성의 자살을 공식적으로 권장한 적은 없었고 오히려 자살이 부도덕하다고 비난하는 쪽이었다. 이유는 아내나 과부의 자기 파괴적 자살이 유교적 인도주의 원칙에 위배된다는 것이었다.[47]

그러나 부덕을 지키기 위한 자살은 여전히 국가에 의해 공식적으로 보상받았으며, 명대에 와서는 그녀들의 극적인 자살 이야기가 퍼져나갔다. 정사와 지방지에 천편일률적인 '정렬부녀' 열전이 실렸을 뿐만 아니라 상업적 출판사에서도 열녀 이야기를 편집해 출간했다. 상업적으로 출간된 열녀 이야기는 대중에게 상당한 인기를 얻

었다. 이미 고전이 되어버린 유향(劉向, 기원전 79?-기원전 9?)의 『열녀전 列女傳』을 세련된 삽화와 주석을 덧붙여 화려한 장정본으로 다시 출 간했고, 여곤(呂坤, 1536-1618)의 『규범閨範』처럼 명대의 유명 작가들 도 유사한 책들을 출판했다. 『포공안』에 실린 성범죄 이야기도 분 명히 이런 경향에 영향 받았을 것이다.

예를 들면 『용도공안』 제4회 이야기 「교설구후咬舌扣喉」도 당시 유행을 따라 강간에 저항한 열녀 이야기를 전개하는데, 어떤 국면 에서 이 윤리적 교훈담이 범죄소설로 전환되는지 좀 더 자세히 살 펴볼 필요가 있다. 이야기는 전형적인 재자가인(才子佳人) 부부 여방 (如芳)과 진월영(陳月英)의 혼인 장면으로 시작한다. '국색천자(國色天 姿)'라 일컬어지는 진월영 부부의 하례식에 초대된 여방의 학우이자 이부상서(吏部尚書)의 공자(公子) 주홍사(朱弘史)가 은밀히 아름다운 신 부를 엿보는 모습이 복선으로 깔린다. 그 후 여방의 부모가 돌아가 시고 삼 년이 지나자 여방은 과거를 보러 집을 떠난다. 이때 부인 진씨는 어린 아들을 돌보기 위해 하인들과 함께 집에 남기로 한다. 그런데 불행하게도 진씨의 남편은 과거를 보러 가는 도중 왜구에게 잡혀가고, 남편의 하인들만 간신히 빠져나와 진씨에게 이 사실을 전한다.

이렇게 졸지에 '과부'가 된 진씨의 불행은 여기에서 그치지 않았 다. 진씨가 혼자 목욕하던 어느 날 밤 드디어 그녀를 호시탐탐 노리 던 주홍사가 집에 침입한다. 진씨가 어린 아들 키우기에 전념하면 서 외부인과의 접촉을 극도로 꺼린다는 것, 시중드는 하인 두세 명 외에 식구가 매우 단출하다는 것, 이런 사정에 심지어 집 구조까지 알고 있던 주홍사는 주도면밀하게 범행을 계획하고 진씨를 덮친다. 그런데 강간 장면은 그 묘사가 충격적일 정도로 적나라하다.

진씨가 하녀 추계(秋桂)를 불러 아들을 돌보게 하고, 방으로 들어가 문을 걸어 잠갔다. 옷을 벗고 목욕하려는데, 갑자기 안쪽으로 통하는 중문을 닫지 않은 것이 생각나서 옷을 벗은 채 들어가 문을 잠그고 목욕했다. 이때 주홍사는 눈처럼 흰 여인의 몸을 보자 물건이 발광하여 이미 억제할 수 없는 지경이었다. 진씨가 목욕을 마치고 다시 방으로 들어갔는데, 갑자기 누군가 그녀를 꽉 끌어안더니 입을 단단히 틀어막고는 침상 앞으로 끌고 갔다. 진씨는 아직 옷을 입지도 못했고 물기가 채 마르기도 전이라, (물건을) 들이밀자마자 (몸속으로) 바로 들어갔다. 홍사는 욕정이 끓어오르고 그녀의 몸은 이미 열린 상태라, 혀를 상대방 입속에 밀어 넣어 소리를 지를 수 없게 했다. 그러고는 물건을 앞뒤로 움직여 축 늘어질 때까지 욕정을 채웠다. 진씨는 갑자기 이런 일을 만나 손 쓸 겨를도 없이 당하자, 마음속으로 생각하기를, "몸이 이미 더럽혀졌으니, 그의 혀를 깨물어 끊어놓는 것만 못하다. 죽어도 놓지 않으리라." 마침내 홍사의 혀끝을 꽉 깨무니, 홍사는 혀를 빼낼 수 없어 손으로 그녀의 목을 졸랐고, 진씨는 결국 죽었다. (…) (추계는) 진씨가 이미 죽어 있는 것을 발견했다. 진씨는 입에서 피가 흐르고 목 주변에는 피가 맺힌 흔적이 있었으며, 몸은 벌거벗은 채 음부에서 정액이 흘러나왔으나 어떻게 죽음에 이른 것인지 알 수 없었고, (추계는) 놀라 소리 질렀다.[48]

이 이야기에서 진씨는 돌볼 어린 아들이 있음에도 불구하고, 정절을 지킨 다른 열부와 마찬가지로 어떤 망설임도 없이 단호하게 저항한다. 그러나 이 이야기에는 열녀전에서는 생각조차 할 수 없는 폭력적인 강간 장면이 삽입되었다. 이 장면이 바로 열녀전과 범죄소설을 가르는 지점일 것이다. 특히 작가는 성기 삽입에 의한 강간행위를 상세하게 묘사하는데, 이런 사실적 묘사는 『용도공안』에서도 희귀한 편이다. 이것은 어떤 의도일까? 범죄소설을 빙자한 음란소설이 아니라면, 독자의 성적 호기심을 자극하고 일종의 서스펜스 효과를 노리는 서사장치일까? 우리가 이 장면의 지극히 자극적이고 폭력적인 묘사가 범죄소설에 불필요한 요소라고 여긴다면, 그것은 순전히 우리의 독서 경험에 바탕을 둔 인식이요, 흔한 오독 중 하나일 뿐이다. 이 이야기를 당시 강간법과 강간죄에 대한 사회적 인식을 치밀하게 반영한 '법 이야기'로 읽는다면, 우리는 비로소 이 장면이 불필요하게 자극적인 장면이 아니라, 오히려 피해자 진씨의 신원(伸冤)을 위해서는 필수적인 장면임을 이해하게 될 것이다.

『대명률』범간 규정에서 알 수 있듯이 당시 강간에 대한 처벌은 강간 이수인지 미수인지, 또는 강제적인 혼외 성관계인지 합의에 따른 것인지, 심지어 피해자가 정조를 지킨 여성인지 아닌지에 따라서도 죄수의 생사가 달라졌다.[49] 강간 이수는 강제적인 성교, 즉 강제적으로 여성 생식기에 남성 성기를 삽입함으로써 여성의 정조를 훼손한 행위를 의미했다. 여기에서 관건은 성관계의 강제성을 어떻게 입증하느냐이다.

명대에는 강간죄가 성립하는 '객관적' 요건으로, 1) 가해자가 무기를 사용해 피해자를 위협하거나, 2) 피해자가 힘으로 제압당하거나 결박당하여 탈출할 수 없는 경우, 3) 피해자가 소리치거나 저항하여 찢어진 옷이나 상처 등 명백한 물리적 증거가 있는 경우를 제시하고, 여기에 해당하지 않는 부정한 혼외 성관계는 화간, 즉 간통으로 간주했다.[50] 청대에는 여기에 강간 피해자가 소리치거나 저항한 모습을 목격한 증인을 추가함으로써 강간죄 성립요건을 한층 강화했다. 이 기준을 충족시키지 못한 경우는 모두 법적으로 화간이 되는 셈인데, 이를테면 '선강후화(先强後和)'로 표현된 협박이나 강압에 못 이긴 수동적인 성관계도 화간의 범주에 포함되었다.[51] 이처럼 까다로운 강간죄 성립요건은 당시 강간법이 주로 피해자 여성이 가해자에게 얼마나 저항했느냐에 주목했음을 명백히 보여준다. 이것은 결국 상당한 폭력이 수반되어야만 강간죄가 성립한다는 뜻이고, 피해자가 죽음을 무릅쓰고 가해자에게 저항하고도 '실절(失節)'한 경우에는 살해당하더라도 정표(旌表)의 대상은 될 수 없었다. 심지어 목격자가 없는 경우에는 가해자에게 피해자가 어떻게 반응했는지를 심문하는 매우 모순적인 상황마저 발생했다. 결과적으로 강간죄 형량의 증대는 성범죄로부터 잠재적 피해자인 여성의 보호를 강화한 것이 아니라, 여성에 대한 감시와 억압만 더 가중시켰을 뿐이다.

다시 「교설구후」의 강간 장면으로 돌아가 보자. 당시 강간법에서 인정한 강간죄 기준을 고려해보면, 진씨가 미처 피할 새도 없이 강간이 이루어진 정황은 열녀라면 어떤 상황에서도 끝까지 정조를 지켜내리라는 재판관들의 논리가 얼마나 터무니없는 것인지를 여실히 드러낸다. 만일 진씨가 강간당한 후 살아남았다면, 그녀가 실절의 오명을 벗을 길은 없었으리라. 정조를 지키지 못한 진씨가 오명을 벗으려면 죽음 외에 다른 선택의 여지가 없다는 사실을, 진씨는 이미 정확히 인식하고 있었다. 죽음의 순간에도 끝내 멈추지 않은 그녀의 저항은 진정 고귀하고도 처절한 것이지만, 실절로 인해 그녀의 죽음은 국가로부터 어떤 보상도 받지 못할 것이다. 다만 가해자의 절단된 혀는 끔찍한 강간범죄의 결정적 증거다.

실제로 이 이야기와 유사한 강간사건들이 발생했다. 예를 들면, 건륭 연간 『내각형과제본』에 기록된 강간사건에서 가해자는 한밤중에 부부가 함께 자고 있던 안방에 몰래 침입한다. 이미 강간이 이루어진 상황에서 그제야 깊은 잠에서 깨어난 부인은 침입자가 남편이 아닌 걸 깨닫고 입속에 들어온 그의 혀를 힘껏 깨물어 절단한다. 자고 있던 피해자가 순식간에 강간당한 정황이 진씨의 정황과 상당히 유사하다. 도망친 강간범이 체포되었을 때 절단된 혀는 결정적 증거로 법정에 제출되었고, 이외에도 부인이 저항하다 생긴 상처—타박상이라든가 부러진 손가락—는 모두 강간범죄의 명백한 증거로 인정되었다. 따라서 이 사건은 이례적으로 '선강후화'의 경우로 처리되지 않고, 가해자에게는 사형이 선고되었다.[52]

충격적인 강간 장면에 이어, 죽은 피해자의 시신—입에서 흘러나온 혈액이라든가 정액, 목 주변에 생긴 교살 흔적—묘사는 감정이 배제된 듯한 냉담함 때문에 더 충격적이다. 그것은 머리부터 발끝까지 샅샅이 시신을 살펴보는 검시관의 냉정하고도 예리한 시선과 무미건조한 사건 조서를 연상시킨다. 의도적인 것은 아닐지라도, 정확하면서도 감정이 배제된 일련의 서술—아마도 사건 조서를 모방한 듯한—이 강간범죄를 더욱 폭력적인 것으로 느끼게 만든다. 목격자도 없이 피해자는 폐쇄된 방안에서 죽었고, 자신의 욕망을 채우기 위해 희생자를 잔인하게 유린한 약탈자는 유유히 도망친다.

그런데 이 이야기에서 가장 공감하기 어려운 장면은 바로 진씨가 의도적으로 범인의 혀를 절단할 결심을 하는 바로 그 장면이다. 갑작스럽게 강압적인 폭력에 노출되어 어떤 저항도 불가능하고 어떤 도움도 청할 수 없는 상황임을 깨닫는 그 순간, 피해자 여성 대부분은 극도의 공포와 절망에 빠진다. 과연 그녀는 정확하게 범인의 약점을 노려 '공격'할 만큼 초인적인 정신력을 발휘할 수 있을까?

이 이야기는 우리 사회에도 큰 논란거리였던 이른바 '혀 절단' 사건들을 떠올리게 한다. 성폭력 피해자인 여성이 약탈적인 가해자의 혀를 물어 절단한 유사한 사례들에서 피해자의 정당방위가 인정되지 않다가, 최근에 와서야 겨우 여성의 정당방위가 인정되고 있다.[53] 이것이 먼 옛날이야기가 아닌 지금 우리 사회에서 벌어진 일이라는 사실이 놀라울 따름이다. 그런데 실제 피해자들의 진술은 진씨의 이야기와는 사뭇 다르다. 그들은 대개 무자비한 공격으로 정신이 혼미한 상태에서, 또는 살해당할지도 모르는 극도의 공포 속에서, 입속에 들어온 것이 무언지 생각할 겨를도 없이 거의 본능적으로 깨물었다고 진술한다. 그들의 저항은 의식적인 행동이라기보다는, 거의 반사적인, 가해자의 공격을 저지하기 위한 필사적인 자기방어였던 것이다. 결국 진씨의 이야기는 여성 자신의 진솔한 이야기라기보다는 열녀에 대한 남성중심주의적인 환상에 불과하다.

그러나 당시 유교적 법문화에서도 가해자의 혀를 절단하면서까지 저항한 피해자 여성이 '과잉방어'를 했다고 처벌받거나 심지어 가해자로 둔갑하는 일은 거의 상상조차 할 수 없다. 오히려 소극적인 방어가 그녀의 정조를 의심하는 빌미가 되는 까닭에 강간미수사건에서조차 피해자는 자살이나 자해를 시도하는 경우가 허다했다. 특히 피해자가 진씨처럼 정절을 지킨 과부인 경우는 더욱 그렇다. 지금도 성폭력 범죄의 귀책사유를 가해자가 아닌 피해자에게 돌리는 경우가 빈번하여 여성의 '성적 자기결정권'을 법이 인정해야 한다는 비판이 많다.[54] 이렇게 전근대에서 현대에 이르기까지 몇 백 년의 시간이 흐르는 동안 성평등을 이루려는 수많은 노력에도 불구하고 그 변화가 매우 미미하다는 사실에 우리는―특히 여성으로서는―새삼 놀라고 절망하지 않을 수 없다.

다시 앞의 「교설구후」 이야기로 돌아가서 진씨 사건에서 절단된 혀는 미스터리로 남게 된 살인사건을 해결할 수 있는 결정적 단서이지만, 아무도 범인을 목격한 사람은 없다. 이때 진씨의 하녀 춘향(春香)과 사통(私通)하던 장무칠(張茂七)이 진씨의 살인범으로 지목됨으로써 이 사건은 명백한 오심 사례로 남을 참이다. 때마침 포공이 등장하고, 무칠의 아버지가 포공에게 무칠의 무고함을 호소하는 고소장을 제출한다. 그날 그는 꿈에서 진씨의 원혼을 만나게 되는데, 그녀는 살인자의 신분을 암시하는 수수께끼 같은 시구를 남기고 사라진다.

일과 사와 립과 구와 읍이요〔一史立口阝人土〕,

팔과 사와 통하여 일과 료로다〔八厶通夸一了居〕.

혀끝이 입속에 머물러 깊은 원한을 머금었으니〔舌尖留口含幽怨〕,

거미가 비명에 죽는다면 비로소 한을 풀리라〔蜘蛛横死恨方除〕.⁵⁵

이 사건의 진범을 이미 알고 있는 독자는 이 시구가 무슨 의미인지 금방 이해할 수 있지만, 범인이 누구인지 모르는 포공은 다르다. 독자의 흥미는 이제 포공이 어떻게 이 수수께끼를 해독하여 진범을 잡는가로 옮겨 간다.

'일사입구읍인사(一史立口阝人土)'라 하니 '일(一)'과 '사(史)'는 '리(吏)'가 되고, '립(立)'과 '구(口)'와 '읍(阝)'은 '부(部)'요, '인사(人土)'는 조어사(助語詞)이다. '팔사통과일료거(八厶通夸一了居)'라 하니 '팔(八)'과 '사(厶)'는 '공(公)'이요, '일(一)'과 '료(了)'는 '자(子)'이다. 이는 분명히 '이부공자(吏部公子)'이다. '설첨유구함유원(舌尖留口含幽怨)', 이 구는 그 뜻을 알 수 없다. '지주횡사한방제(蜘蛛横死恨方除)', 이 구에서 공자의 성이 주(朱)씨니, 분명히 거미〔蛛〕다. 그의 이름이 홍사(弘史, 현대 중국어 발음은 홍스hongshi)인데, 또한 '횡사(横死, 현대 중국어 발음은 헝쓰hengsi)'와 소리가 같은 음률이고, '비로소 한을 풀리라'는 말은 반드시 그를 조사하여 목숨으로 갚게 해야 한다는 뜻이다. 그래야 비로소 그 부인의 원한이 풀릴 것이다.⁵⁶

진씨의 암호 같은 시구는 당시 유행하던 '파자(破字)' 놀이와 비슷한데, 바로 범인이 주홍사임을 암시한다. 포공은 이미 하녀 춘향과 장무칠의 대질 신문을 통해서 장무칠이 진범이 아닌 것을 알고는,

춘향에게 물어 주인의 친구 중에 이부상서의 공자 주홍사가 있다는 사실을 알아낸다. 포공은 조각조각 글자를 맞춰 수수께끼의 해답이 이부공자 주홍사임을 알아내지만, 명확한 증거가 없다. 증거는 바로 세 번째 시구가 암시하지만, 포공은 아직 그것이 무슨 의미인지 모른다. 글재주를 칭찬한다는 빌미로 주홍사를 불렀을 때, 비로소 포공은 그 의미를 깨닫는다. 주홍사는 혀가 잘린 까닭에 말할 때 발음이 분명치 않았던 것. 또한 그는 검시 보고서에 진씨 입에서 피가 흐른 사실이 적힌 것을 기억해낸다. 이렇게 퍼즐을 맞추듯 모든 사실이 하나하나 맞아떨어지고, 주홍사는 결국 범행을 자백할 도리밖에 없다. 주홍사가 이부상서의 아들이라 하더라도 포공의 엄법을 피해갈 방도는 없다. 포공이 휘두르는 정의의 칼날은 여기에서 멈추지 않는다. 진씨 사건과 관련해서는 무죄임이 밝혀졌지만, 역시 간통을 저질러 풍속을 어지럽힌 장본인인 장무칠과 춘향이 있다. 포공은 판결문에서 이들의 간통이 진씨 사건의 화근이 된 점을 지적하면서 법에 따른 처벌을 통해서 '풍화(風化)', 즉 풍속의 교화를 떨치게 할 것임을 강조한다.[57]

이 이야기에서는 강간범이 낯모르는 침입자가 아니라, 진씨 남편의 친구이자 상류층 자제라는 점이 상당히 충격적이다. 따라서 이 이야기가 갖는 문제의식은 사실 매우 날카로우면서도 무겁다. 열녀의 도덕성을 높이 추켜세우면서도, 한편으로는 도덕적 질서의 수호자여야 할 지배층의 위선과 도덕적 타락을 겨냥하기 때문이다. 이로 인해 열녀로 인해 고양되어야 할 '풍화'의 영향은 포공의 주장과는 달리 크게 퇴색된다.

또 한 가지 짚고 넘어가야 할 문제가 바로 원혼이 등장하는 방식이다. 공안소설 이전의 판례사 장르에서도 범죄 희생자인 원혼의 등장은 잘 확립된 서사 모티프였다. 그것은 독자에게 이야기의 허구성을 의미한다기보다는, 정의를 향한 갈망이 이승과 저승의 경계를 허물 만큼 강력하며 결코 죽음으로 은폐할 수 없는 진실을 드러내는 문학적 장치다. 그런데 그 원혼은 복수에 불타는 무시무시한 유령의 모습이 아닌 다소 수동적이고 무기력한 혼백의 모습으로 나타난다. 진씨처럼 단호하게 죽음을 무릅쓴 저항을 택한 열녀조차 스스로 범인을 응징하기보다는 다소곳하게 포공 같은 재판관에게 의존할 뿐이다.

이런 식으로 열녀는 그 원혼조차 도덕적 환상을 만들어내는 대상이다. 죽음 앞에서도 정절을 지키고자 하는 열녀의 단호한 의지는, 연약한 여성적 육체의 아름다움, 그리고 그녀의 순종적인 태도와 좋은 대조를 이룬다. 결국 "육체적 아름다움과 열정적인 헌신은 도덕적 이야기와 낭만적인 사랑 이야기 사이의 경계를 모호하게 만드는 요소들"[58]이 되는 것이다. 그리하여 진범의 신원을 알리기 위해 진씨의 원혼이 선택한 소통의 방식은 끔찍한 비명을 질러도 모자랄 판에 뜻 모를 시구를 웅얼대는 것뿐이었다. 그것은 스스로 고립과 침묵을 선택할 수밖에 없었던 고독하기 짝이 없는 열녀의 삶을 상징하는 듯하다. 그 뜻 모를 시구를 그녀의 억울한 죽음에 관한 이야기로 풀어내는 일은 오로지 정의로운 명판관이자 명탐정의 몫이다.

작시(作詩)가 중요한 모티프가 되는 또 다른 이야기를 예로 들자면, 『백가공안』 제10회 이야기 「판정부피오지원判貞婦被汚之寃」(또는 『용도공안』 제53회 「이의의동동완월移椅倚桐同玩月」)이 있다. 사실 사랑하는 두 남녀가 달콤한 시구를 주고받으며 구애하는 장면은 '재자가인'을 주인공으로 한 고전적인 로맨스에서 빠질 수 없는 가장 낭만적인 장면이다. 그런데 이 이야기에서는 아이러니하게도 낭만적인 작시 모티프가 범죄의 동기를 제공한다.

이 이야기의 여주인공 윤정낭(尹貞娘)은 신혼 첫날밤 신랑 사이(查嶷)에게 "등불을 밝히고 누대에 올라 각각 학문에 힘쓰네〔點燈登閣各攻書〕"라는 시구를 내주며 화답을 요청한다.[59] 그러면서 약간은 장난스럽게, 화답하지 못하면 오늘 밤 동침할 수 없다고 말한다. 사이는 이 시구에 화답할 수 없어서 신방을 나와 친구들에게 도움을 청하지만, 친구 중에 아무도 화답할 시구를 지은 이는 없다. 그런데 이 이야기를 들은 사이의 친구 정정(鄭正)이란 악당이 몰래 신방으로 들어가 정낭과 동침한다. 밤이 깊어 신랑이 돌아온 줄로만 안 정낭은 이튿날 아침 사이가 돌아오자, 그제야 자신이 '실절'했음을 깨닫는다. 그녀는 사이에게 자신을 잊어달라고 말하고는 그 길로 목을 매 자살한다.[60]

이제 그녀는 어떻게 신원할 것인가. 시간은 흘러 한가위가 되었다. 마침 포공은 관아의 뜰에 나와 보름달을 바라보며 시를 읊조린다. "의자를 오동나무 곁으로 옮겨 함께 달을 감상하네〔移椅倚桐同玩月〕"라고 한 연을 완성했으나, 이 연의 대구를 아무리 생각해도 지을 수 없었다. 결국 그는 의자에 기대어 잠이 들었다.

비몽사몽간에 몽롱하게 한 여인이 보였다. 나이는 열여섯쯤 되었을까, 뛰어난 미모를 지닌 그녀는 의연히 앞으로 다가와 무릎을 꿇고 말했다. "대인께서는 시구를 짓느라 수고롭게 생각하시지 않아도 됩니다. 제가 비록 재주는 없으나, 입에서 나오는 대로 대구를 지어보겠습니다." 포공이 즉시 대구를 지어보라 하니, 여인이 답하길, "등불을 밝히고 누대에 올라 각각 학문에 힘쓰네."[61]

포공은 딱 맞아떨어지는 시구라 감탄하며 어디 사는 누군지 물으니, 그녀는 내력을 알고 싶으면 고을 수재(秀才)[62]에게 물어보라는 말을 남기고는 홀연히 사라진다. 원혼임을 깨달은 포공은 다음 날 현학(縣學)의 수재들을 불러 작문하게 했다. 이때 '이의의동동완월'이라는 시구를 문제로 내자 '점등등각각공서(點燈登閣各攻書)'로 화답한 수재가 있었으니, 다름 아닌 사수재였다. 그에게 자초지종을 들은 포공은 일사천리로 범인 정정을 붙잡아 처벌한다.[63] 이 이야기에서는 시종일관 같은 시구가 범죄사건을 일으킨 원인이면서 동시에 사건 해결의 실마리라는 것이 매우 흥미롭다. 지극히 아름다우면서도 시를 즐길 줄 아는 지적 매력을 겸비한 여주인공은 재자가인 소설의 비극적 여주인공에 비견되지만, 역시 방점은 정조를 지키고자 하는 그녀의 고결한 도덕성에 있다.

도덕성과 성적 매력의 은밀한 결합—의(義)와 정(情) 또는 색(色)의 결합—은 공안소설에서 흔히 찾아볼 수 있는 요소이다. 여성 희생자들은 대개 '국색천자(國色天姿)', 즉 나라 안에서도 찾기 어려운 미인인 동시에 효부이자 열녀이다. 이렇듯 여성성 또는 성적 매력에 대한 이율배반적인 이중적 태도는 현실에서도 강제 재혼에 저항하기 위해 스스로 자신의 신체를 훼손한 젊은 과부들의 자기 파괴적 행위를 초래한다.[64] 공안소설에서도 이런 이중성은 반복적으로 발견된다. 도덕적인 여성 희생자는 아름답지만 '저주받은 육체'로 인해 잔인한 범죄에 희생된다. 그녀의 고귀한 도덕성을 증명하는 유일한 방법은 오로지 자기 파괴적인 저항뿐이다.

그런데 강간범에 저항한 피해자가 죽지 않고 살아남았다면 어쩔 것인가. 끔찍한 폭력으로부터 간신히 살아남은 피해자는 자기 파괴적인 행동을 통해 자신의 도덕적 의지를 증명하지 않는다면, 그녀의 부덕은 의심받을 수밖에 없을 것이다. 『용도공안』제2회 이야기 「관음보살탁몽觀音菩薩托夢」은 그 좋은 예이다.[65] 수재 정일중(丁日中)은 늘 공부하러 다니는 절 안복사(安福寺)의 승려 성혜(性慧)와 매우 친한 사이다. 그런 그가 정일중의 아름다운 아내 정씨(鄭氏)에게 음탕한 생각을 품을 줄 누가 알았으랴. 정일중이 다른 절에서 지내면서 달포가 지나도록 집에 돌아오지 않던 어느 날, 악승(惡僧) 성혜는 정일중이 병이 났다고 속여 정씨를 절로 불러들인다. 그는 저항하는 정씨를 가두고 강간하는데, 이튿날 성혜는 그녀 앞에 면도칼과 독약을 놓고는, 머리를 삭발하고 절에서 자신과 살든가 아니면 독약을 마시고 죽든가 선택하라고 한다. 뜻밖에 그녀는 자신이 당한 일을 남편에게 알릴 때까지 자살을 미루기로 마음먹는다. 어느 날 안복사를 방문한 정일중에게 한 스님이 다가오고, 그녀가 자신의 아내임을 깨달은 그는 오히려 성혜와 그 무리에게 살해당할 참이다. 정씨가 자살소동을 벌이자, 성혜는 정일중을 방장(方丈, 스님의 처소)에 있는 큰 종 아래 가둔다. 악승에게 감금당한 이 부부를 구출한 이는 물론 꿈에서 관음보살의 계시를 본 포공이다. 그러나 간신히 살아남은 피해자 정씨는 오히려 혹독한 심문의 대상이 되는데, 우리가 앞에서 살펴본 것처럼 그것은 반드시 거쳐야 할 법적 절차였다.

> 포공이 또한 정씨를 힐책했다. "네가 악승에게 유괴된 날 곧바로 죽었다면 몸과 명예를 더럽히지 않았을 것이고, 또한 지아비가 종 아래 갇히는 우환을 겪지는 않았을 것이다. 만일 내가 꿈에서 관음보살을 보고 오지 않았다면, 네 지아비는 너 때문에 (종 아래 갇혀) 굶어 죽지 않았겠느냐?" 정씨가 말했다. "제가 먼저 죽지 않은 까닭은 지아비를 만나지 못하면 이 원수를 갚을 수 없었기에 장차 지아비를 만나고 나서 죽으려 했던 것입니다. 이제 지아비가 이미 구출되었고, 악승도 이미 처형되었습니다. 제 몸은 이미 욕을 당했으니 사람이라 할 수 없습니다. 진실로 당장 죽어 마땅합니다."[66]

피해자를 다그치는 포공의 모습이 냉혹해 보이지만, 피해자가 가해자와 관계를 유지하며 살아남은 사실 때문에 포공은 그녀가 정녕 강간 피해자인지, 아니면 오히려 간통을 저지른 죄인으로 처벌해야 할지를 확인할 수밖에 없다. 결국 법정에서 정씨는 기둥에 머리를 박으며 '극적' 자해를 시도한다. 마치 그녀의 오욕을 씻어내기라도 하듯 피가 땅을 붉게 물들이며 철철 흘러내리는 장면은 상당히 상징적이다. 그러자 포공은 정일중에게 겨우 소생한 정씨를 다시 받아들이라고 설득한다. 정일중은 정씨가 "바로 죽지 않은 것을 유감스럽게 여겼으나〔恨其不死〕", 이제 그의 자살 기도를 보니 "부끄러움을 모르고 '투생(偸生)', 즉 욕되게 살기를 탐한 것이 아님을 알겠다〔非偸生無恥可知〕"고 한다.[67] 강간사건에서 살아남은 피해자에게는 배우자를 비롯한 가족에게조차 외면당하는 냉혹한 현실이 있을 뿐이다. 부부의 인연을 다시 맺어주고자 하는 포공의 노력은 단순히 훈훈함에 그치지 않는다. 그것은 살아서는 어디에도 몸 둘 데 없는 가련한 강간 피해자에게 그야말로 생명줄 같은 것이다. 포공의 권유대로 정씨를 받아들인 정일중은 그 후 과거에 급제하여 높은 벼슬에 이른다. 이 이야기는 이렇게 '상투적인' 해피엔딩으로 마무리된다. 그러나 이 해피엔딩의 이면에는 아마도 수많은 강간범죄 피해자들의 비극적인 현실이 있었을 것이다.

이처럼 세심하게 정절 여부를 조사하고 검증하는 절차는 실제로 법률에 정해진 것이다. 표창을 위해 열녀 후보를 선택하는 공식적 절차는 지극히 엄격하고, 복잡하며, 오랜 시간이 걸린 것으로 알려져 있다. 이런 점에서 본다면, 이 위대한 재판관이 절망에 사로잡힌 피해자를 동정하기보다는 오히려 다그치고 의심하는 행위가 지나치게 과장되거나 터무니없는 것은 아닐 것이다. 결국 포공의 이런 태도는 지극히 가부장적이고 남성중심주의적인 사법제도에 내재한 오랜 여성혐오 경향을 반영한다고 볼 수 있다.

예를 들면, 『백가공안』 제2회 「판혁후절부패방判革猴節婦牌坊」 이야기에서 포공은 절부의 뺨이 발그레하게 복숭아 빛으로 물든 것을 보고는 국가가 정식으로 표창한 이 절부가 지켜야 할 도리를 파기한 사실을 눈치 챈다.[68] 포공은 이 절부의 간부(姦夫)가 다름 아닌

집에서 키운 원숭이라는 수치스럽고도 놀라운 사실을 가차 없이 밝힌다. 절부는 공개적으로 비난받고 그녀에게 정려된 열녀문—즉, 패방—도 파괴된다. 결과적으로 그녀에게 남은 선택이라고는 목을 매 자살하는 것뿐이었다.

이처럼 열녀 이야기는 자주 성적 유혹과 음란의 이야기와 겹쳐지기에 도덕적 여성과 음란한 여성 사이의 경계도 대개 모호해지기 마련이다. 정절을 지키기 위해 헌신한 교육받은 여성들조차 변덕스러운 열정에 휩싸일 수 있다. 이를테면 「판혁후절부패방」 이야기의 열녀는 남편이 죽은 후 오래도록 정절을 지켜왔지만, 유명한 애정극 『서상기西廂記』를 관람한 후 야릇한 감정을 느낀다. 『서상기』로 인해 성적 욕망을 절제하지 못하고 정절을 잃는다는 설정은 문학—특히 시사(詩詞)와 연극, 소설 등—에 몰두하는 여성이 그렇지 않은 여성보다 더 쉽게 성적 방종과 도덕적 타락에 빠질 수 있다는 오랜 선입견을 반영한다. 앞의 이야기에 나온 원혼들—특히 「판정부피오지원」의 윤정낭—도 시를 즐기는 문학적 소양을 갖춘 여성들이었고, 윤정낭의 경우처럼 그런 문학적 소양이 범죄의 동기가 되기도 한다.

사실 여성이 감상적이고 자기 절제가 부족한 나머지 남성보다 더 쉽게 성적 욕망에 노출될 수 있다는 관념은 그 당시에 널리 받아들여진 상식이자 통념이었다. 이런 남성중심주의적이고 여성혐오적인 사회적 통념을 바탕으로 여성의 정절의지는 자주 남성에게 의심과 시험의 대상이 되었으며, 같은 이유로 남성성보다는 여성성에 대한 감시와 통제의 성적 담론이 형성되었다. 이렇게 유교 전통속에서 여성성에 대한 지배는 이데올로기적 감시와 통제의 담론을 통해서 유지되었다. 부덕이라는 것도 타고난 성향이 아니라 끊임없는 교육에 의해서만 획득할 수 있다는 것은 의심할 여지조차 없다. 이것이 바로 명대 이후로 여성적 행실과 부덕을 가르치는『내훈内訓』이 규방에서 꾸준히 읽힌 이유였다. 남성과 여성을 격리하고 여성을 집안에 가두는 방식은 남성의 성적 욕망으로부터 여성을 보호하기 위한 것이라기보다는 여성의 성적 욕망을 통제하기 위한 것이었다.

공안소설의 성범죄 이야기에서도 가족 내에 존재하는 부부간의 위계질서와 성적 긴장관계를 다룬 이야기를 발견할 수 있다.『용도공안』제27회「시가반시진試假反試真」에는 아내의 정조를 극도로 의심하는 어리석은 남편이 등장한다. 그는 그녀가 불한당들에게 공격당한다면 어떻게 행동할 것인지 묻는다. 그녀는 죽음을 무릅쓰고 강간에 저항할 것이며 무슨 수를 써서라도 정조를 지킬 것이라고 대답하지만, 그의 병적인 의심은 가라앉지 않는다. 그녀의 말이 진심인지를 시험하기 위해 그는 마을의 한량들을 고용해 그녀를 농락하게 한다. 이 시험은 처음에는 장난처럼 보였지만, 결과적으로 매우 심각한 사건으로 돌변한다. 한량의 표현대로 '강직하고 열정적인 여성〔剛烈女流〕'인 그녀는 침입자 중 한 명을 칼로 찔러 죽였을 뿐 아니라, 스스로 수치심과 분노를 이기지 못해 자살하고 만다.[69]

물론 이 이야기는 극단적 대립과 비극적 결말을 보여주지만, 결혼이 제도적으로는 남편의 권위에 대한 아내의 절대적 복종을 강요하며 사랑과 헌신을 가장한 감시와 억압의 구조임을 보여준다. 또한 이 이야기에는 자칫 무너질 수도 있는 가부장 권위에 대한 남성의 불안 심리가 표출되어 있다. 이 이야기의 교훈은 표면적으로는 아내의 용기를 높이 평가하고 남편의 어리석음을 비판하는 데 있다. 포공은 독자의 기대대로 마을의 불한당들뿐 아니라 남편도 참형으로 다스리지만, 열녀에 대한 왜곡된 환상마저 완전히 제거된 것은 아니다.

감시와 통제의 메커니즘으로 인한 부부 사이의 갈등과 긴장관계는 다른 이야기에서도 발견된다. 『백가공안』 제56회 이야기 「장간승결배원방杖奸僧決配遠方」 또한 아내의 정조를 의심한 남편이 등장한다. 아내 송씨(宋氏)는 경전에서 시가에 이르기까지 다양한 서적을 접한 문학적 소양을 갖춘 여성이다. 그녀는 문밖에 나가 남편이 오기를 기다리던 중 지나가던 스님이 얼음 위에 미끄러져 저수지에 빠진 광경을 목격한다. 그에 대한 동정심이 생겨 그녀는 집안에서 옷을 말릴 수 있도록 도와준다. 이를 본 남편은 의심이 일어 그녀와 이혼한다. 그런데 그날 이후로 송씨를 마음에 두게 된 스님은 원래 신분을 숨긴 채 이혼한 그녀와 결혼한다. 어느 날 스님은 송씨에게 자신의 정체를 밝히고, 이야기를 들은 송씨는 곧바로 포공에게 고소장을 제출한다. 결국 포공은 스님을 처벌하고, 송씨를 전남편에게 돌려보낸다. 화자는 이야기 말미에 다음과 같은 논평을 덧붙인다.

송씨는 소위 교육받은 여성이다. 이미 예와 의를 잘 알았지만, 의심을 일으킬 만한 행동을 분별하지 못했다. 따라서 그녀는 단지

어리석은 여자에 불과하다. 다른 한편, (전)남편 진득(秦得)도 먼저 옳고 그름을 엄밀히 따질 생각을 하지 않고 너무 가볍게 아내를 쫓아냈다. 따라서 남편도 역시 어리석은 남자에 불과하다.[70]

화자는 부부를 공평하게 똑같이 훈계하는 것처럼 보이지만, 역시 초점은 송씨의 잘못된 행실을 지적하는 데 있다. 송씨는 학식과 재능에도 불구하고 도덕적 여성이라면 마땅히 따라야 할 규범을 어긴다―즉, 혼자서 집 밖을 나가서는 안 된다는 것과 외간 남자와 동석하지 말아야 한다는 것. 이 이야기는 유교가 여성이 준수해야 할 행동규범을 제시하고 일상적인 가정생활까지 통제하는 내면화 과정을 엿볼 수 있다.

요컨대 『포공안』에 실린 성범죄 이야기는 명대에 상당한 인기를 끈 열녀전의 서사구조를 반영한다. '경국지색(傾國之色)'이라는 말이 암시하듯 성적 문란과 정치적 몰락의 상관성을 강조한 여성혐오 경향은 이미 고대 중국에 출현했지만, 이런 오랜 통념을 법률에 본격적으로 반영한 것은 명대에 이르러서였다. 정절의식이 확립되는 과정과 더불어 강간법이 강화된 것도 이 시기였다. 여성성의 통제는 국가의 엄격한 법적 규제와 끊임없는 사회적 감시가 필요한 문제로 다루어졌으며, 한편으로는 정절을 중심으로 한 부덕의 강조를 통해서 이루어졌다. 이런 까닭에 강간범죄 이야기에서 주인공은 재판관이라기보다는 도덕적 희생자이며, 그녀의 자기희생이다. 여성 희생자에 주목한다는 점에서는 열녀전과 크게 다르지 않다.

열녀전은 우선 여성을 대상으로 부덕을 교육하기 위한 장르처럼 보인다. 그런데 이런 기대와 달리 열녀담론을 재생산하면서 열녀전에 열렬한 반응을 보인 독자는 문인 계층이었다. 정작 그들이 열녀전에서 읽은 것은 여성의 이야기가 아니라 바로 자신들의 이야기였기 때문이다. 사실 희생적인 열녀와 여성의 정절은 충신과 정치적 충절을 의미하는 오래된 메타포였다. "분명히 열녀 이야기는 다른 사람들이 읽도록 쓴 것이 아니라, 남성 작가 자신의 비통한 심리상태를 위로하기 위해 쓴 것이었다. (…) 작가는 그의 여주인공과 자신을 동일시하고 그녀가 보여준 용기의 도덕적 중요성을 높이 평가하지만, 사실상 스스로 내면의 상처와 감정적 혼란을 다스리고 치유할 능력은 없다."[71] 이처럼 열녀 이야기가 함축한 문학적 알레고리는 당시 여성보다 문인 남성에게 더 큰 호소력을 갖는다고 할 수 있다.

분명히 열녀 이야기는 당시 여성들이 경험했을 그녀들만의 내면적 고통과 공포, 심리적 갈등 등 어떤 이데올로기적 모순과 충돌을 읽고 싶은 사람들에게는 별로 추천할 만한 이야기는 못 된다. 왜냐하면 이런 이야기는 그런 모순과 충돌에 대해서는 일부러 침묵하기 때문이다. 그러나 자세히 들여다보면 이데올로기적 '균열'이 보인다. 이 용감한 희생적인 여성들 뒤에는 그들을 죽음으로 내몬 냉정한 가족, 무관심한 사회 그리고 폭력적인 국가가 있다. 남성 작가들은 온갖 수사를 동원해 그들의 영웅적 행위를 높이 기리지만, 그녀들은 결국 남성중심적인 도덕적 환상의 대상에 지나지 않는다. 요괴 이야기와 유사하게 열녀 이야기에서도 길들여지지 않은 여성성은 여전히 혐오스러운 '괴물 같은' 것이며, 따라서 억압하거나 파괴해야 할 무언가로 그려진다.

여성혐오는 자주 여성의 희생을 정당화한다. 즉, 고귀한 정신을 살리는 대신 그녀들의 저주받은 육체는 죽는 편이 낫다. 그리하여 죽음을 무릅쓰고 저항한 강간 피해자가 도덕의 수호자로 숭앙받고, 국가의 공식적 표창을 받는 명예를 누리며, 그녀들의 영웅담은 잊히지 않고 기록된다. 그러나 이 모든 영광에도 불구하고 그녀들이 겪은 피비린내 나는 죽음의 공포와 원한을 완전히 은폐하기는 불가능하다. 그녀들의 원혼만이 그녀들의 '소리 없는' 아우성, 그녀들을 죽음으로 내몬 폭력적인 가족과 사회, 국가를 향한 소리 없는 원망을 들려준다. 이승을 떠돌며 소멸을 거부한, 그러나 무기력하고 희미한 이 존재가 당시 여성이 처한 취약한 사회적 지위와 비참한 현실을 상징한다, 삶이 곧 죽음이 되고 죽음이 곧 삶이 되는 그녀들의 처절한 현실. 『포공안』의 다양한 성범죄 이야기는 정절담론이 얼마나 가혹하게 피해자 여성을 비난하고 참혹한 죽음으로 내몰았는지를 보여준다.

몇 백 년의 시간이 흐른 오늘날 여성들은 훨씬 나은 삶을 영위하고 있지만, 여성에 대한 억압과 편견, 폭력에 맞서서 여성이 침묵을 깨고 목소리를 내는 일은 여전히 많은 용기가 필요하다. 눈물을 삼키며 모욕과 학대를 소리 없이 견디던 몇 백 년 전 그녀들의 모습에서 우리들의 할머니와 어머니의 낯익은 모습이 겹쳐 떠오르는 것은 왜일까. 그러나 우리의 딸들, 그리고 그다음 세대의 모습은 단연코 달라져야 할 것이다. 문득 원혼의 희미한 목소리에도 귀 기울이는 포공의 지혜가 아쉬워지는 대목이다.

"내가 곧 법이다":
포공과 시적 정의

2

우리는 앞에서 『포공안』이 매우 다양한 유형의 범죄 이야기로 구성되었음을 볼 수 있었다. 그러나 각각의 이야기가 참신하고 비판적인 내용을 전달한다기보다는 반복적이고 진부한 이야기로 읽힐 수도 있다. 루쉰을 비롯한 현대 학자들이 쉽게 그런 평가를 했고, 『포공안』이 출판되고 꾸준히 읽히던 명청 시대에도 이 책을 진지하게 평가한 사람은 거의 없있다. 이찌면 『포공안』에서 다른 어떤 문헌이나 소설에는 없는 참신하고 독창적인 범죄 이야기를 찾아내는 건 어려운 일일지도 모른다.

그러나 『포공안』은 당시 민중이 상상한 법과 정의의 다양한 측면들을 조명하기에는 충분할 만큼 복합적이고 중층적이다. 다양한 유형의 범죄 이야기에 다양한 범인이 등장하고, 법률을 재현하는 관점과 방식도 상당히 다르다. 결국 『포공안』에서 어떤 통일성이나 일관성의 감각을 제공하는 것은 단지 포공뿐이다. 물론 그의 인물 전기 또한 언제나 한결같은 것이 아니라 하더라도 말이다. 이 영웅적 인물은 법과 정의에 대한 문학적 상상의 중심에 서 있다. 따라서 이 장의 전체적 결론으로서, 필자는 포공이라는 인물을 통해 어떻게 시적 정의가 구현되었는가를 살펴보고자 한다.

앞에서 분석한 것처럼 공안소설에서는 대개 판관이 전체 이야기의 두 번째 단락, 즉 수사 이야기가 시작할 때 등장한다. 가해자(범인)와 피해자(희생자) 간의 갈등과 충돌에 초점을 맞춘 공안소설의 첫 번째 단락과 달리 수사 이야기는 자주 법정을 중심으로 전개되는데, 범죄수사는 대개 피해자(또는 원고)가 관아에 고소장을 제출할 때 비로소 시작하기 때문

像　蕭　孝　包

포증의 목판 초상화
포증은 생전에도 북송대의 명신이자 청관으로 명성을 날렸으며, 사후에는 민중문화에서 민중의 영웅으로 오래도록 대중적 인기를 누렸다.

이다. 따라서 공안소설에서 가장 특징적인 것은 바로 법정 장면이라고 할 수 있다. 관아의 법정은 세 중심인물—재판관, 가해자(피고)와 피해자(원고)—이 함께 등장하는 공간이다. 범죄의 미스터리가 이 법정에서 해결되고, 그 대단원은 대개 재판관이 범인에게 형량을 선고하고 처벌하는 장면으로 구성된다.

다른 한편 소설 속의 관아는 재판관이 오롯이 이성적 판단과 객관성에 의존하여 범죄수사를 진행하고, 진실을 밝혀내며, 법에 따라 판결하는 그런 공간과는 거리가 멀다. 오히려 그 공간은 재판관

이 권력의 스펙터클을 과시하고, 악당을 향한 분노와 혐오, 그리고 희생자를 향한 연민의 감정을 여과 없이 분출하는 극적 공간이다. 미셸 푸코에 따르면 권력의 스펙터클(spectacle of power)은 '근대적 감시 권력(modern disciplinary power)'과는 정반대의 메커니즘이다.[72]

사실 중국의 재판절차는 심문에서 고문, 처형에 이르기까지 대개 공개적으로 진행되었다. 푸코가 지적한 대로 공개 처형과 고문 자체가 지극히 폭력적이다. 법이 고문의 남용을 금지하고 고문과 신체형 시행의 신중한 기준을 마련했더라도 그 폭력성을 완전히 제거하기는 어렵다. 법과 정의의 이름으로 정당화된 이 광란의 폭력, 그 중심에는 언제나 재판관이 있었다. 서민의 눈에는 재판관은 단지 국가가 고용한 말단 관리이자 통치 도구가 아니었다. 법정의 높은 단상 위에 거만하게 앉은 판관은 너무도 까마득해 상상조차 할 수 없는 황제를 대변하는 권력자였다. 지배와 복종의 권력관계와 위계질서를 정당화하는 이 과장된 이미지와 제스처, 그 강력한 상징성 앞에서 서민은 그저 자신을 변호하고 합리화할 의지조차 발휘하기 힘들 뿐이다.

제도적 실상은 민중의 상상과는 현격한 차이가 있다. 앞에서 살펴본 것처럼 지현을 비롯한 지방관은 하위 법정의 재판관으로서 중국의 관료제에서 결코 우월한 지위를 누린 적이 없었다. 지방관 또한 관료제의 엄격한 위계질서에 종속될 때 항상 국가의 통제와 감시의 대상이었다. 지방관에 대한 업무평가와 감찰기준 또한 정밀하게 제도화되었으며, 업무태만과 과실 또는 뇌물, 횡령 등의 범죄를 저지른 경우는 엄격한 징계규정이나 형법에 따라 탄핵, 파면,

청대 이문에서의 재판

형사처벌을 면할 수 없었다.[73] 감찰제도와 징계규정은 지방사회를 다스리는 지방관의 권한을 제한하는 대신 국가의 관리감독을 강화하려는 의도가 있었다.

그러나 소설은 다르다. 소설 삽화들은 재판관이 얼마나 고귀하고 위압적인 존재인지를 단순화된 대립적 구도 속에서 명백히 보여준다. 대개 서민들이 접촉할 수 있는 가장 지위가 높은 관리가 바로 지방관이었다. 위엄 있게 관복을 차려입은 그는 법정의 단상 뒤에 앉아 땅바닥에 무릎 꿇은 피고를 꾸짖고 처벌한다. 그는 권력의 스펙터클이자 법 그 자체였다. 이처럼 역사적 현실과 문학적 상상의 격차는 포공이라는 한 인물에도 나타난다.

포공의 모델은 역사적 인물인 포증이다. 기록에 따르면 그는 이상적 청관(淸官)으로 그려진다. 『송사・열전』에 따르면 포증은 매우 엄격하고 정직하면서도 불의를 지극히 혐오한 인물이었다.

> 포증은 처음 관직에 임명되었을 때부터 강직하여 황실의 친인척과 고관들이 그로 인해 (권력을 휘두르는 일에서) 손을 떼고, 그에 관한 일을 들은 사람들은 모두 그를 두려워했다. 사람들은 포증을 가리켜 황하(黃河)보다 맑다고 비웃었으며, 어린아이와 부녀자들도 역시 그의 이름을 알고 포대제(包待制)라고 불렀다. 수도에서는 그를 가리켜 다음과 같은 말이 나돌았는데, "뇌물이 통하지 않는 곳에는 염라대왕 (같은) 포공이 있다"고 했다. 옛 제도에는 규칙상 대개 소송을 하더라도 판관 앞에 나아갈 수 없었다. 포증은 관아의 정문을 열게 하고 백성들이 직접 그에게 와서 사건의 시비곡직을 진정할 수 있게 하니 아전들이 감히 속이지 못했다.

(···) 포증은 타고난 성품이 엄격하고 정직하며, 악덕한 관리를 지극히 혐오하고, 돈후(敦厚)함에 힘썼다. 비록 악덕함을 지극히 혐오했지만, 일찍이 충서(忠恕)로써 밀고 나아가지 않은 적이 없었다. 다른 사람들과 타협하지 않았고, 남의 비위를 맞추려고 거짓으로 말과 안색을 꾸미지 않았다. 평소 비밀리에 청탁을 받는 일이 없었으며, 친구나 친척들과 사적인 관계를 모두 끊었다. 그가 존귀한 지위에 올랐을 때도 의복과 기물, 음식이 모두 벼슬하지 않았을 때와 똑같았다. 그는 일찍이 이렇게 말했다. "내 자손 중에 벼슬하여 부정부패를 저지른 자가 있다면, 은퇴한 후 본가(本家)로 돌아올 수 없으며, 죽더라도 선영에 묻힐 수 없다. 내 뜻을 따르지 않는다면 내 자식, 내 손자가 아니니라."[74]

소설이나 희극에 형상화된 포공도 대개 이 유교적 청관의 이미지가 그 바탕에 있지만, 역시 그 제도적 한계를 뛰어넘는다. 포공은 공적 이상에 덧댄 민중적 욕망과 환상이 기괴한 부조화를 이룬 인물이었다. 따라서 민중의 영웅으로 재창조된 포공은 원래 자신이 속한 계급으로부터 이탈하여 강력한 표상들—검과 황금 어패—로 무장하고 나타난다.

내 성은 포, 이름은 증, 자는 희인(希仁)이다. (···) 유년 시절 진사에 급제한 후 황제의 은혜를 입고 발탁, 등용되었다. 원래 천성이 강직하고 약간의 능력을 가진데다 나라에 헌신하고 자신을 희생하니, 황제께서 어여삐 여기셔서 용도각대제(龍圖閣待制)라는 직위를 내리시고 개봉부 부윤의 자리에 임명하셨다. 또한 황제께서 세검과 금패를 하사하시고 먼저 처형을 집행하고 후에 황제께 상주[先斬後奏]할 수 있는 권한을 부여하셨다. 탐관오리를 색출하고 백성의 억울함을 없애고 잘못된 일을 바로잡는 데 이 한 몸 다 바치리.[75]

앞에서도 인용한 원대 공안극 「정정당당분아귀」의 한 장면인데, 포공의 강력하고도 초월적인 이미지는 현대 TV 드라마에 이르기까지 변하지 않는 고정된 이미지를 구성한다. 황제가 하사한 특별한 물건들은 포공을 관료제에 종속되지 않은 예외적 존재로 만들어준다. 원래는 황제에게만 허용된 절대적 사법권은 관료제 내부와 황제 측근을 겨냥해 지배층의 부정부패와 비리를 척결하는 데 쓰인다. 황제가 하사한 검이 오히려 황제와 황제의 측근을 겨누는 이 모순에는 특권층의 권력농단에 대한 혐오와 분노의 감정이 섞여 있다.

현실에서 법은 공평하게 적용되지 않는다. '팔의(八議)'라는 면책 특권이 주어진 지배층과 피지배층에 법은 공공연히 다르게 적용되며, 이를 정의라 부른다. 단지 포공만이 이 명백한 부정의와 불공정을 교정하고 법의 공정성을 회복할 수 있다. 법가적 관점에서 볼 때 법률은 모든 사람에게 일률적으로 똑같이 적용되어야만 한다. 말하자면, "군주와 신하, 윗사람과 아랫사람, 지위가 높은 사람과 낮은 사람을 막론하고 모두 여기에서 출발하니, 따라서 이를 법이라고 한다[君臣上下貴賤皆發焉, 故曰法]."[76] 이것이 법가의 보편주의적 원칙이다. 이런 의미에서 고관과 황제의 친인척마저 가혹하게 엄벌한 포공은 유교적 상대주의보다는 법가적 보편주의의 표상으로 볼 수 있다. 이 덕분에 그는 '철면(鐵面)'이라는 별명을 얻었다.

그런데 무력하고 죄 없는 백성을 괴롭히는 권력자를 향한 그의 유난스러운 적개심과 혐오는 법가적 영향이라고 하기에는 지나치게 감정적인 측면이 있다. 어쩌면 우리는 그 원인을 민간 설화 속에서 찾을 수 있다. 민간 설화에서 포공은 미천한 서민 출신으로 그려지는데, 이는 역사적 사실과도 괴리가 있다. 『백가공안』에 실린 「포대제출신원류包待制出身源流」에 따르면, 포공은 기형적인 외모 때문에 그를 싫어한 친부모에게 버림받고, 대신 그의 비상함을 알아본 형수가 그를 돌보았다고 한다.[77] 포공의 부모는 그에게 어떤 교육도 시키지 않고 농사나 짓게 하지만, 형수는 몰래 그를 가르치고 과거시험 준비를 시킨다. 포공이 친부모에게 학대받고 농부로 자라난 이야기는 오직 「포대제출신원류」에만 나온다. 「포대제출신원류」는 명대 설창사화에 실린 「포대제출신전」에 바탕을 두었는데, 앞에서도 언급한 것처럼 설창사화본 포공 이야기는 민담과 전설 등 구전설화에 많은 영향을 받았다.[78] 이렇게 본다면, 포공이 드러내는 특권층에 대한 혐오, 가난하고 무력한 서민층에 대한 유별난 애착과 연민은 단순히 유교적 이상에만 근거한 것이 아니라, 진정한 정의 실현과 민중의 구원자를 꿈꾸는 민중문화의 감성을 반영한 것이라고 할 수 있다.

따라서 민중을 착취하고 억압하는 특권층을 엄징하고 가차 없이 처단하는 포공 이야기가 모두 원 잡극과 설창사화의 전통에 영향 받은 것은 결코 우연이 아니다. 예를 들면, 『백가공안』 제48회 「동경판참조황친東京判斬趙皇親」(『용도공안』 제11회 「황채엽黃菜葉」)은 막강한 권력자인 조왕(趙王)과 포공의 대결을 그린다.[79] 조왕은 양주(揚州)에서 비단을 직조하는 장인인 사관수(師官受)의 아내 유도새(劉都賽)가 미인인 것을 알고는 그녀를 납치해 강간하고, 아무런 죄도 없는 남편 사관수는 물론 그와 함께 일하던 장인들까지 모두 형장에서 살육한다. 사씨 집안을 몰살하려는 조왕을 막기 위해 사관수의 원혼이 포공을 찾아가고, 포공은 결코 원혼의 호소를 묵살하지 않는다.

『백가공안』 제49회 「당장판방조국구(當場判放曹國舅)」(『용도공안』 제61회 「사아항(獅兒巷)」)도 유사한 이야기다.[80] 황후의 두 오빠로서 강력한 황실 인척인 두 국구(國舅)가 미모의 유부녀를 강탈하고, 죄 없는 그녀의 남편과 세 살배기 아이까지 잔인하게 살해한다. 국구는 송 인종 황제보다도 훨씬 더 강력한 권력을 휘두른 것으로 묘사된다. 포공은 치명적인 병에 걸렸다는 소문을 내어 황제 대신 문병 온 이 공적(公敵)들을 체포한다. 그러고는 황후의 어머니로부터 황후, 황제에 이르기까지 황실의 강력한 청탁을 뿌리치고 서둘러 두 국구를 처형하려 한다. 황제가 감형을 요청하기 위해 고관을 보내려고 하자, 포공은 허락 없이 관아에 들어오는 자는 누구든 처벌하겠다고 엄포를 놓는다. 심지어 황제가 직접 죄인의 목숨을 살려달라고 간곡하게 요청하는데도 포공은 자신의 판결을 번복하지 않는다. 처형장에 사면을 명령하는 황제의 칙서가 도착했을 때조차 두 국구 중 동생은 그대로 처형되고 만다. 황제가 온 나라의 죄수들을 모두 사면한다는 칙령을 내리자, 비로소 포공은 형의 처형을 멈추고 그를 풀어준다. 포공이 대표한 보편적인 '공적' 정의가 황제의 '사적' 권력을 누르고 승리하는 순간이다. 앞에서도 언급한 것처럼 명대 이후로 대중적 법문화가 확산하면서, 법을 어긴 특권층을 서민과 똑같이 처벌해야 한다는 '왕자범법 서민동죄(王子犯法 庶民同罪)'라는 속어가 민간에 널리 유행했다고 한다.[81] 포공이야말로 공적 정의를 갈망한 민중의 법의식을 형상화한 인물이 아닐 수 없다.

이처럼 황제 혹은 황실과 포공이 벌이는 극적인 대결구도는 잡극과 설창사화에서 인기 있는 모티프 중 하나였다. 그러나 비교적 평범한 사건의 재판이 진행되는 다른 공안소설에서도 포공은 항상 감히 대적할 수 없는 강력한 재판관으로 출현한다. 재판을 진행하는 동안 포공은 자주 죄인을 향해 다음과 같이 소리치곤 한다. "어찌 감히 나를 두려워하지 않느냐?" 혹은 "어찌 감히 내 앞에서 이런 일을 저지른단 말인가?" 그는 법정에서 황제의 권위를 빌려 말하거나, 심지어 법령을 언급하는 적도 거의 없다. 마치 그가 곧 법이라도 된 듯한 태도다. 특히 행정적 착오나 실수, 오심과 같은 범죄를 다룰 때도 그는 항상 제도의 한계를 뛰어넘는 예외적 존재이다. 고관으로부터 황실 친인척에 이르기까지 아무도 그의 무자비한 처벌을 피할 수 없다. 포공의 공명정대함과 청렴함에 대한 반복적인 강조는 유교적 이상의 반영이라기보다는 사실상 법외적 존재인 지배층에 적대적인 민중의 법의식 또는 법감정이 반영된 것으로 보아야 할 것이다. 더욱 중요한 것은 공적 이상과 민중적 욕망이 교차하면서 만들어낸 이 위대한 판관의 이미지가 모순적이면서 부조리하게 보인다는 것이다. 이 민중적 영웅이 여전히 황제가 임명한 관료이자 황제의 무한한 신뢰를 받는 충신인 한, 그는 지배층과 지배이념을 대변할 것이기 때문이다. 그러나 포공이 재현하는 권력의 스펙터클은 지배이념과 정확히 일치하는 것이 아니라, 민중적 상상의 간섭을 통해 재해석되고 변형되기 일쑤다.

다시 말해서 포공은 유교적 정의의 화신일 뿐만 아니라, 민중이 열망한 '보편적 정의'의 화신이기도 하다. 이것이 포공이 상징하는 시적 정의의 특징이라고 나는 생각한다. 사실 유교이념과 민중적 상상의 경계를 분별하는 일은 거의 불가능한 것처럼 보인다. 여러 이야기에서 포공은 매우 엄격하고 심지어 가혹한 '혹리'에 가깝게 묘사되지만, 그는 여전히 백성과 밀접한 '친민관'으로 남아 있다. 앞에서 설명한 것처럼 친민관은 부모관이란 말과 함께 민중에 대한 지방관의 가부장적 역할과 도덕적 영향력을 강조한 말이다. 그러나 친민관이나 부모관이란 말이 단순히 민중을 어버이처럼 돌보고 사랑하는 관리가 되라는 의미만은 아니다. 민중의 부모로서 아이처럼 민중을 훈육하고 복종하도록 길들이는 것도 부모관의 할 일이었다. 결국 지배층과 피지배층의 시각차는 쉽게 좁혀지기 어려운 것이다. 포공은 민중의 진정한 부모로서 그들의 고통을 마음으로 보듬으며, 황제에게 받은 권력을 신분에 구애되지 않고 자신이 속한 계급을 향해서도 서슴없이 휘두른다. 철면의 포공에게 가장 중요한 문제는 충성이 아니라 보편적 정의였다. 포공이 상징한 부모관 또는 친민관의 의미는 이렇듯 유교적 이상으로부터 탈피하여 보편적 정의의 수호자로 재해석된다.

억압받는 자에게 포공은 그야말로 자애로운 부모이다. 악인에게 포공은 공포 그 자체이지만, 그는 의지할 데 없는 가장 비천한 사람들의 하소연에 귀를 기울인다. 그의 법정에서 오심은 거의 없다. 이는 포공의 특별한 도덕적 분별력 때문이기도 하지만, 그가 특히 백성의 고통에 민감하기 때문이기도 했다. 따라서 포공이 벙어리의 소리 없는 하소연조차 무시하지 않은 것도 특별히 놀라운 일은 아니다.[82] 다른 이야기에서 포공은 요강을 들고 억울한 죽음을 호소한 노인의 '노망난' 행동조차 결코 물리치는 법이 없었다.[83] 또 다른 이야기에서 우리는 약혼자의 집안이 몰락했다는 이유로 부모가 억지로 파혼시킨 젊은 연인에게 특별히 동정적인 포공의 모습을 발견할 수 있다. 이런 경우 포공은 이 불행한 연인의 끊어진 인연을 다시 맺어주는 중매인의 역할도 마다하지 않는다.[84] 이처럼 '철면' 뒤에 숨은 인자함을 발견하기란 어려운 일이 아니다.

법과 정의의 민중적 상상과 문학적 재현에서 가장 주목할 만한 특징은 '천상의 정의', 즉 종교적 정의라고 부를 만한 것이다. 자연이 인과응보적인 도덕적 질서의 일부이며 이에 응답한다는 신앙은 오랫동안 광범위하게 사회 전체에 지대한 영향을 미쳤다. 황제는 또한 천자이며, 이승을 다스리는 천자가 있듯이 천상에는 옥황상제, 지옥에는 염라대왕이 있다. 또한 이승의 관료제는 천상과 지옥을 다스리는 관료제와 대칭구조를 이루고 상호 영향관계에 있다는 세계관은 실제 관료제에도 반영될 만큼 익숙하고 자연스럽다. 이를테면, 지방관은 성황신을 모시는 성황당을 관리하고 그 의식을 주관할 의무가 있었다. 민간종교를 국가질서의 일부로 수용한 사례이다.

이런 종교적 세계관은 포공을 형상화할 때 극대화된다. 포공의 사법권은 초월적인 것으로 여겨진다. 특히 「포대제원류」는 본격적

경극 속 포청천

으로 포공을 신화적 영웅으로 재창조한다. 즉, 기형에 가까운 그의 비범한 외모라든지, 신선의 가르침과 보호라든지, 황제에게 등용되기까지 어린 포공이 겪는 온갖 시련이라든지, 신령들, 특히 천제와의 끊임없는 상호작용 등이 그렇다. 따라서 법정 안팎에서 포공이 이승과 저승, 현세와 내세의 경계를 넘나드는 일은 결코 드문 일이 아니다. 요괴를 처벌한 이야기나 지옥에서의 재판을 다룬 이야기 상당수가 포공의 신화적 이미지와 긴밀히 연결된다. 이런 이야기에서는 정의의 수호자로서 포공의 영웅적 이미지는 다소 모호해지고, 그는 내세의 초월적 존재를 다스리는 주술 능력을 소유한 도사에 더 가까워진다. 앞에서도 살펴본 것처럼 이런 이야기에서는 범죄 모티프가 환상적 지괴 장르와 결합하면서 대중을 끌어들인다. 미신과 민간신앙이 법과 정의에 대한 신화적 상상에 큰 영향을 주었지만, 이 또한 법과 정의에 대한 민중적 상상의 중요한 일부를 구성한다.

요컨대 포공은 유교적 정의와 민중적 정의, 현세의 정의와 내세의 정의를 포괄한 보편적 정의를 상징한다. 포공이 상징한 보편적 정의는 선과 악의 이분법적 시적 정의와도 연결된다. 현세의 사법제도는 불완전하고 때로는 부당하므로, 이를 바로잡기 위해서는 포공과 같은 탈속적인 인물이 필요하다. 이는 제도적 한계를 뛰어넘는 보편적인 윤리적 판단과 절대의지가 있어야만 정의가 실현될 수 있다는 생각을 반영한 것처럼 보인다. 이승의 사법제도만으로 정의를 실현하기에는 역부족이지만, 역시 한편으로는 법과 제도를 넘어선 도덕적 분별력을 기대하는 측면이 엿보인다. 이런 의미에서 『포공안』은 현세의 사법제도의 사실적 재현을 간단히 넘어선다. 그보다는『포공안』은 보편적인 정의란 무엇인가에 관한 다양한 관점을 반영한다. 따라서 모든 범죄 이야기는 도덕적 교훈으로 읽힐 수 있다. 포공 또한 흔들리지 않는 도덕적 분별력의 소유자다. 적어도 포공의 단순명료한 도덕적 판단에서 법률조항을 따지고 절차를 논하는 일은 불필요하다. 중요한 것은 범죄는 이승의 심판을 통해서든 저승의 심판을 통해서든 반드시 죗값을 치른다는 사실과, 단순한 선행이 기대하지 않은 행운을 불러올 수 있다는 사실이다.

결론적으로 말하자면, 공안소설은 법문화와 대중문화의 경계가 가장 모호한 지점에 위치한다. 그것은 보편적인 도덕적 낙관주의, 즉 선이 악에 최종적 승리를 거둘 것이라는 믿음에 기초한다. 공안소설은 지극히 창조적이거나 매우 난해한 텍스트는 아니다. 이 이야기들은 청중의 기대 수준에 맞추어 고도로 정형화되었고, 정의로운 영웅을 통해서 도덕적 환상의 세계를 창조했다. 그러나 공안소설에 완전히 은폐되지 않고 드러난 이중성과 다중적 목소리를 가볍게 읽어서는 안 될 것이다. 법적 정의가 불가능한 곳에서 시적 정의가 재구성되기 때문이다. 그리고 그것은 아직도 우리 문화의 잠재의식을 구성하고 있다는 사실을 잊어서는 안 될 것이다.

제5장

———

문학으로서의 법 : 법 이야기

재판은 파편적 서사들과 서사적 다중성(narrative multiplicity)으로 구성된다. (…) 재판 속의 서사에 나타난 가장 중심적인 특징은 파편화된 서사와 경쟁적인 서사적 다중성인데, 이들은 서사형식과 구성의 특별한 규칙에 따라 조정되며, 그들의 최대 관심사는 분명히 그 서사적 분쟁이 어떻게 해결되는가에 있다.[1]

_ 피터 브룩스 외, 『법 이야기 *Law's Stories*』

예술가들은 장인의 숙련성에 창조성을 결합한다. 그런데 법관도 마찬가지다. (…) 나아가 소설가와 법관은 자신의 추론 가운데 아주 많은 부분이 직관적이라는 점에서, 다시 말해 자신의 창조적 사유가 많은 부분 무의식적이라는 의미에서 서로 많이 닮았다.[2]

_ 리처드 포스너, 『법관은 어떻게 사고하는가』

민중이 상상한 명판관은 (포공이 그랬듯이) 마치 머릿속에 정의의 나침반이라도 있는 듯하다. 어떤 증거도 목격자도 없는 미스터리 사건에서조차 그는 결코 길을 잃은 적이 없으며, 언제나 한 치의 오차도 없이 악인을 찾아내 처벌한다. 우리는 그의 판결이 오로지 법에 따른 공평무사한 판결임을 믿어 의심치 않지만, 그것은 그가 일부러 해박한 전문지식과 냉철한 판단력을 과시하기 때문은 아니다. 오히려 그는 지식에 의존하기보다는 진실을 꿰뚫어 보는 신비로운 통찰력과 과도하게 감정적이라고 할 만한 공감능력─누구보다 희생자에 대한 동정심과 연민이 넘쳐나는 포공이 어떻게 극악무도한 악인을 가차 없이 냉혹하게 다루는지 보라—으로 유명하다. 그의 이야기는 법과 정의를 다루지만, 거기에 냉철하고 추상적인 법의 언어는 없다.

현실 속의 법관은 어떨까. 우리는 물론 현실 속의 법관이 상상속 정의의 영웅과 다르다는 것을 안다. 현실에서 법과 문학 사이의 거리는 멀고도 멀다. 그래도 우리 시대의 법관들에게는 여전히 '법률'이라는 정의의 나침반이 있지 않은가. 그들은 적어도 법률전문가가 아니던가. 그런데 포스너 같은 경험 많은 현직 판사이자 법학자가 법이 "가장 넓은 의미에서는 단순한 자료"[3]에 불과하다고 주장한다면, 그리고 법관이 마치 소설가처럼 직관적 판단력과 상상력을 발휘하여 도출한 나름의 결론을 "수사학적으로 포장"[4]한다고 솔직히 고백한다면, 우리는 크게 당황하고 실망할지도 모르겠다. 그렇다면 우리 시대의 법률 혹은 '법의 지배'라는 것에서 보편성과 예측 가능성을 기대하기는 어려운 것인가.

그러나 다른 한편으로 법관과 소설가의 공통점을 말하는 포스너의 이야기에선 멀게만 느껴지던 법과 문학의 거리가 어느새 좁혀져 있다. 그러고 보면 추상적 법률은 구체적 상황 속에서 재해석되고 재서술되는 과정을 거치며, 이런 까닭에 재판 과정은 다양한 법 이야기로 채워진다. 마치 구로사와 아키라(黑澤明, 1910-1998) 감독의 영화 「라쇼몽」처럼 재판 과정은 다양한 관점—이를테면, 원고와 피고, 판사와 검사, 변호사 그리고 배심원—에서 재구성될 수 있는 파편적 서사들로 이루어진다.[5] 법률전문가도 잘 짜인 이야기가 설득력이 있으며, 또한 긍정적인 법적 결과를 낳는다는 사실을 인정한다. 이런 현실은 인간에게는 논리적 사고보다 서사적 사고가 더 자연스럽다는 것을 새삼 상기시키기도 한다.

이런 맥락에서 법과 문학의 밀접한 연관성이 형성되고, 법적 담론에 문학적 방법론이 활용될 수 있는 여지가 생긴다. 다만 법의 서사성에 관한 주장은 미학적이라기보다는 실용주의적이다. 로버트 와이즈버그(Robert Weisberg)의 지적대로, 법의 영역에서 주목한 법과 문학의 관계는 실용적이지, 미학적인 것이 아니다.[6] 어떤 서술형식을 선택하는가가 법적 결과에 직접적인 영향을 미칠 수 있기 때문이다. 이런 점에서 법률전문가에게도 '문학으로서의 법(law as literature)' 읽기가 중요하다고 할 수 있다. 피터 브룩스(Peter Brooks)는 근대 법학에서 서술(narrative)의 문제가 제기되고 공공연하게 논의되기 시작한 것은 겨우 최근의 일이며, 아직도 "법 전반에 걸쳐 서술이 광범위하게 존재한다는 사실에 관한 인식이 부재"하다고 말한다.[7]

아직도 문학으로서의 법 또는 법 이야기라는 개념이 어색하고 낯설다면, 나는 문학 또한 제도와 관습, 사회권력, 경제적 이익 등에 영향 받는 사회적 관행이라는 사실을 강조하고 싶다. 문학의 개념이나 사회적 역할 또한 역사적으로 크게 변화되어왔다. 오늘날 문학은 실용 학문이나 법학이나 정치학 같은 사회과학과도 구분되는 예술 영역으로 인식되고 있지만, 근대 이전에는 그 인식론적 경계가 훨씬 불분명하고 느슨했다. 더구나 동아시아에서는 전통적으로 문학에 포괄적인 사회적 역할이 요구되었고, 따라서 법과 문학의 느슨한 경계와 적극적인 상호 영향은 당연할 뿐만 아니라 권장되었다.

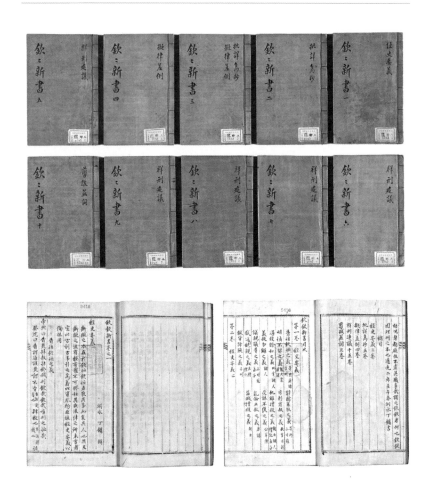

『흠흠신서』

동아시아에서는 일찍부터 다양한 서사 장르를 통해서 법 이야기가 축적되고 널리 읽혔으며, 법 이야기는 정·리·법의 조화라는 이데올로기를 구현하고 확산하는 역할을 했다. 앞 장에서 다룬 공안소설을 비롯한 범죄소설과 이 장에서 다룰 판례집을 포함한 법 이야기(법서) 장르의 가장 큰 차이는 허구성이 아니라, 바로 서술 시점에 있다. 즉, 전자에서는 여러 등장인물—이를테면, 재판관뿐만 아니라 희생자나 피해자—의 시점에서 사건이 서술된다. 폭넓은 독자층의 공감을 불러일으키는 서사구조가 바로 범죄소설의 장점이기도 하다. 반면 법 이야기는 재판관의 시점에서 사건이 서술된다. 사법제도의 실질적 운용이 어떻게 이루어졌는지 알고 싶다면, 재판관의 법 이야기는 반드시 읽어야 할 자료라고 할 수 있다.

이 장에서는 법 이야기 또는 법문학(legal literature) 장르로서 대표적인 사례들에 초점을 맞추어 구체적으로 분석하고, 당시 유교적 법문화가 추구했던 법과 윤리의 균형, 즉 유교적 정의의 실체는 무엇이었는지 살펴보고자 한다. 이 장에서 우리는 판례사 장르로서 동아시아에 널리 읽혔으며 많은 영향을 끼친 『당음비사』와 조선 시대 대표적인 판례집이자 법학서인 『흠흠신서』 그리고 매우 독특한 법 이야기인 「와사옥안」을 차례로 살펴볼 것이다.

팥배나무 아래의 재판관: 『당음비사』의 법 이야기

1

도덕적 알레고리로서의 법

『당음비사』는 전근대 중국의 법문학 장르로서는 드물게 이미 1950
년대 영어로 번역되어 서구 독자에게 소개되었고, 동아시아에서도
일본어와 한국어로 번역되어 읽혔다. 이처럼 시공간을 아우르는 『당
음비사』의 놀라운 가독성에도 불구하고 정작 텍스트 자체에 대한
깊이 있는 연구는 부족한 편이다. 아마도 법과 문학, 역사의 경계
를 넘나드는 『당음비사』 특유의 장르적 유연성 덕분이리라. 『당음
비사』는 독창적인 소설이라고 하기에는 역사적 일화에 가깝고, 전
문적인 법서라고 하기에는 교훈적 지침서에 가깝다.

　『당음비사』에 대한 수많은 오독에도 불구하고, 이 책에서 주목
할 만한 특징은 바로 문학적 패턴을 활용해 다양한 법률문제를 이
해하려는 시도를 했다는 것이다. 『당음비사』의 제목에서 '당음(棠
陰)'은 팥배나무 그늘을 의미하는데, 양리(良吏)의 선정(善政)을 가리
키는 말이기도 하다. 『시경』「소남召南」에는 팥배나무 아래에서 송
사를 판결하고 정사를 처리했다는 소공(召公)을 기리는 백성의 노래

가 실려 있는데, 바로 여기에서 유래한 말이라고 한다.[8] '비사(比事)'
는 사례들을 유사한 주제별로 분류한 이 책의 전체 구조를 가리킨
다. 제목 자체가 이 책의 문학적 특성을 잘 보여준다.

『당음비사』는 남송(南宋, 1127-1279)대 영종(寧宗) 가정(嘉定) 4년(1211)
에 계만영이 편찬했다. 현대에 와서 반 훌릭이라는 네덜란드의 중
국학자가 영어로 번역해 1956년에 출간함으로써 서구 독자에게도
널리 알려진 책이 되었다. 반 훌릭은 이 책의 영어 제목 "Parallel
Cases from under the Pear Tree"에 "A 13th Century Manual of
Jurisprudence and Detection"이라는 부제를 붙여 이 책이 재판과
수사기법에 관한 책임을 밝혔다.[9]

이 책의 제3장에서 간략히 소개했지만, 반 훌릭의 역서는 『당음
비사』의 중국 판본 대신, 조선 판본을 바탕으로 에도 시대 때 간행
된 일본 판본을 저본으로 했다. 『당음비사』의 원본은 편찬자인 계
만영에 의해 1234년에 간행되었고, 원대에 와서 전택(田澤)이 1308
년에 다시 간행했다고 한다. 그런데 이 판본은 중국에서는 소실되
었으나, 고려에 유입되어 보존되었다. 선조 연간에 간행된 것으로
추정되는 조선 판본은 원대 판본을 저본으로 했다. 중국에서는 명
대에 와서 오눌이 편찬한 『당음비사』만이 널리 읽혔는데, 오눌의
편집을 거친 명대 판본은 송대 판본과는 상당한 차이를 보인다.[10]
이런 연유로 『당음비사』는 중국을 넘어 조선과 일본에까지 광범위
한 영향을 미치게 된다.

저자 계만영이 서문에서 밝혔듯이 『당음비사』는 오대 때 관료로
활약한 화응(和凝, 898-955)과 그의 아들 화몽(和㠓)이 저술한 『의옥집』

에 바탕을 두고, 남송의 정극이 편찬한『절옥귀감』을 참고로 삼아 완성되었다. 『절옥귀감』도『의옥집』을 보완하여 편찬한 저술임을 고려한다면, 『당음비사』도『의옥집』을 기원으로 한 판례사의 계보를 착실히 계승한 저술이라고 할 수 있다. 유명한『명공서판청명집』을 비롯하여 가장 일찍 저술된 법서들이 모두 송대의 저작인 것은 우연이라고 할 수 없다. 송대에 과거제도가 확립되고 지방관이 파견되어 다양한 소송사건을 처리하게 된 것과 법문학 장르의 출현에는 긴밀한 연관성이 있었다고 할 수 있다. 송대 이전에도 지배계층이 사법제도의 운용에 관심을 가지고 이를 개선하기 위해 꾸준한 노력을 기울이지 않았던 것은 아니지만, 형정 및 재판 실무에 관하여 좀 더 구체적인 고민을 시작한 것은 바로 송대부터였던 것이다.

그런데『의옥집』, 『절옥귀감』, 『당음비사』로 이어지는 판례사의 계보에서『당음비사』가 차지하는 의의는 무엇일까? 사실 판례사의 계보에서 가장 주목받은 저작은『당음비사』라기보다는『절옥귀감』이었다. 『절옥귀감』은『의옥집』을 모방했지만, 그 체제와 구성을 크게 확대하여 춘추전국(春秋戰國, 기원전 770-기원전 221) 시대부터 북송(北宋, 960-1127)에 이르기까지 정사뿐만 아니라 필기류 등 다양한 기록에 산재한 역사적 명판결을 광범위하게 수록하고 있다. 280조 395건의 판례를 20문(門)으로 분류하고, 사례마다 편자인 정극 자신의 법리적 해설을 덧붙였다. 『사고전서총목』에서도 이 책이 다양한 판례를 두루 수록하고, 체계적으로 분류한 점을 높이 평가했다.[11]

실제로『절옥귀감』의 판례 분류법을 살펴보면, 꽤 복잡해 보인다.[12] 대체로 범죄 유형—예를 들면, 살인, 강도, 강간, 폭행, 사기,

무고(誣告) 등―에 따라 사건을 분류한 후대의 판례집과 비교할 때,『절옥귀감』의 분류 기준만 보아도 편자가 순전히 법리적 추론에 의한 판결 자체에만 관심을 가진 것이 아님을 알 수 있다. 즉, 변무(辨誣), 찰간(察姦), 핵간(覈姦), 찰특(察慝), 증특(證慝), 찰도(察盜), 휼도(譎盜), 찰적(察賊), 휼적(譎賊) 등 13문은 법리적 해석보다는 수사와 심문의 기술에 초점을 맞추고 있다. 이는 재판관이 수사 단계부터 심문, 판결에 이르기까지 모든 단계를 총괄하면서, 현대의 수사관, 검사, 판사에 해당하는 복합적 업무를 수행해야 했던 당시의 사법제도를 반영한 것이다.『의옥집』과『절옥귀감』의 판례들을 거의 그대로 재수록한『당음비사』에서도 볼 수 있는 특징이다. 따라서 이 책들을 순수한 의미의 판례집이라기보다는 수사 지침서나 심지어 탐정소설로 읽는 것이 터무니없는 오독은 아니라고 할 수 있다.

『절옥귀감』과 함께『당음비사』를 판례집(casebook)으로 소개하면서 몇 가지 사례들을 분석한 앤 월트너(Ann Waltner)도 이 책들의 모호한 장르적 특성을 다음과 같이 흥미롭게 지적한다.

> 편찬자의 관심을 끈 것은 법률 자체라기보다는 수사이다. 그러나 이 텍스트를 수사 지침서로 읽는다면 또다시 잘못일 것이다. (⋯) 이 텍스트들이 원래 (협의의) 법률 지침서나 수사 지침서가 아니었다면, 그렇다면 무엇인가? (⋯) 이 텍스트들에서 강조되는 교훈은 이것이다. "도덕적이고, 부지런하고, 신중해라, 그러면 성공할 것이다." 성급함이나 태만은 오심을 야기한다. 훌륭한 형정은 해

박한 법률지식에서 나오는 것이 아니다. 정의는 상식을 지혜롭게, 그리고 공정하게 적용한 결과이다. 요컨대 선한 사람이 선한 법을 만든다.[13](강조는 필자의 것)

선한 사람이 만들어가는 선한 법. 이것이 이 장르가 지향한 목표라면, 그 목표는 실용주의와는 상당히 거리가 있어 보인다. 이것이 바로 송대 판례집에 수록된 많은 사례가 법과 정의를 소재로 한 도덕적 우화 또는 '알레고리'에 가까운 이유이다. 월트너가 소개한 부융(符融) 이야기는 이런 도덕적 알레고리의 전형이라 할 만하다.[14] 부융은 남편이 아내를 죽인 피의자로 고발된 의옥사건을 판결하게 되었다. 부융은 『주역』의 괘사(卦辭)를 활용해 남편 동풍(董豐)이 꾼 꿈을 해몽하고, 진짜 범인의 이름이 풍창(馮昌)임을 밝혀낸다. 풍창은 살해된 아내의 간부였는데, 원래는 동풍을 살해하려던 것이 실수로 동풍의 아내를 살해했다는 것이다. 이 사건에 관하여 편찬자인 정극은 다음과 같은 해설을 덧붙인다.

옛날 소송을 심리하는 데에는 여러 가지 방법이 있었다. 점을 친다거나 괴이한 일에 의존하기도 했는데, 이는 (범인을 체포하기 위해) 최선을 다한 것이었다. 지성을 다해 억울한 이를 불쌍히 여기면, 반드시 신령의 도움을 얻게 된다. 이로써 풍창의 죄를 밝혔고, 동풍의 억울함을 풀 수 있었다.[15]

해설의 핵심은 역시 윤리적 교훈이다. 이런 교훈을 빼고 나면, 이 사건에서 『주역』에 대한 지식 외에는 어떤 법적 근거나 증거주의, 법리적 추론도 찾아보기 어렵고, 심지어 사법절차에 대한 묘사조차 건성이다. 이 사건만 놓고 본다면, 지극히 윤리적인 유교적 사법제도에서 재판관은 법리적 추론에 의존하는 대신, 신앙이나 신비주의 같은 '비과학적' 방법에 의존한 것처럼 여겨질 수도 있다. 그러나 이런 사례는 송대 판례집에서도 소수에 불과하다. 다만 재판관의 자세로서 정성을 다하는 '지성애긍(至誠哀矜)'에 대한 강조는 장르 전체를 관통하는 교훈이다.

『당음비사』는『의옥집』, 『절옥귀감』과 같은 선례를 거의 그대로 모방한 듯 보이지만, 사례를 분류하는 방식만큼은 선례들과 완전히 구분된다. 즉, 편자는 144건의 사례들만을 골라 4자씩 대구를 이루는 2구의 운문으로 편성해 72개 운으로 재구성했다. 거의 400건에 달하는 사례를 수록한『절옥귀감』에 비하면 양적으로는 상당히 축소되었음을 알 수 있다. 이처럼 서로 연결되는 두 사례를 병렬·대비시키고 대구로 이루어진 제목을 붙인 이유는 무엇일까. 첫째로는 아마도 다양한 사례들의 서사적 연관성을 강조하여 독자의 직관적 이해를 돕고, 둘째로『절옥귀감』처럼 유사한 사례가 지나치게 반복되는 것을 막기 위한 것이었다고 할 수 있다. 따라서『당음비사』에서 판례의 '시적' 재구성은 어떤 특별한 미학적 의도에서 비롯된 것이라기보다는 독자의 이해와 흥미를 위한 '실용적' 의도가 더 강했다고 할 수 있다.

이렇듯『당음비사』의 판례 분류법은 우리가 익히 알고 있는 분류법과는 상당히 거리가 있다. 애초부터 이 사례들이 전달하는 문학적 주제와 서사적 패턴에 주목하지 않는다면, 다시 말해서 이 사례들을 교훈적 '이야기'로 읽지 않는다면, 독자가 두 사례의 공통점을 유추하기는 쉽지 않다. 예를 들어 제1장 「상상방적 전추구노向相訪賊 錢推求奴」를 보면, 각각 '상상(向相)'과 '전추(錢推)'는 사건을 맡아 해결한 재판관을 가리키며, '방적(訪賊)'과 '구노(求奴)'는 이 두 사건의 연관성을 보여주는 공통적인 서사 모티프이다.[16] 즉, 앞의 사건은 승상 상민중(向敏中)이 도적을 찾고, 뒤의 사건은 추관 전약수(錢若水)가 여종〔奴〕을 찾은 사건임을 의미한다. 두 사건은 모두 의옥사건으로 무고한 사람을 처벌할 뻔했지만, 재판관의 통찰력으로 이러한 위기를 모면한다는 점에서 그 상호 연관성을 유추할 수 있다.

또한 제23장 「여부단완 포우할설呂婦斷腕 包牛割舌」에서는 부인의 팔목을 절단한 사건과 소의 혀를 절단한 사건이 병렬되어 있다. 두 사건의 범행방법(절단으로 인한 상해)이 유사하다는 것 외에는 범행대상(부인−소)이나 범죄의 경중을 고려할 때 공통점을 찾기 어렵지만, 범행동기가 원한이라는 점에 사건의 공통점이 있다.[17] 절단행위(단완−할설)는 이 두 사건을 연결해 연상할 수 있게 하는 중요한 서사요소다.

또 다른 사례들을 살펴보면, 모호한 서사적 유사성 외에 어떤 그럴듯한 논리적 연결고리도 발견되지 않는다. 예를 들면, 제44장 「소엄진우 회무용구蕭儼震牛 懷武用狗」의 경우, 앞의 사건은 소엄(蕭儼)이 기도를 통해 억울한 사실을 밝혀냈다는 이야기이고, 뒤의 사건은 소회무(蕭懷武)라는 사람이 공포정치를 행하다가 결국 자신도 주살(誅殺) 당했다는 이야기인데, 두 사건에서 어떤 명확한 법률적·논리적 연관성을 찾기 어렵다.[18] 제52장 「장승규정 채고숙해張

暴骸井 蔡高宿海」의 경우도 계만영의 사례 분류법이 법률에 제시된 어떤 객관적 기준을 따르기보다는 문학적이고 직관적임을 명백히 보여준다.[19]

이렇듯 『당음비사』에서 추상적인 법적 언어와 고정된 규칙들을 서사적으로 풀어내고 직관적으로 이해하는 방식은 체계적인 듯하면서도 혼란스러운 『절옥귀감』의 판례 분류법과 큰 차이가 있다. 도덕적 알레고리로 읽힐 수 있는 『당음비사』의 문학적 구조 자체가 월트너의 지적대로 법의 객관성과 논리성을 본격적으로 다루지 못한 한계가 있는 것은 사실이다. 그러나 다른 한편으로는 사례들의 수많은 다양성과 인간적 복잡성을 부각함으로써 '실천적 추론으로서의 법'을 강조한 의미는 오늘날 독자도 숙고해보아야 할 점이라고 나는 생각한다. 실천적 추론으로서의 법이야말로 각 사건에서 재판관 개개인이 '지성애공'의 자세를 통해 도달할 수 있는 '선한 법'이다. 누스바움이 주장한 것처럼, "고정된 규칙들이 법적 판단을 하는 데 매우 중요한 역할을 차지하고 있다고 하더라도 (…) 법적 판단은 실제로 당면한 사건들에 직면하여 변화하는 환경들과 가치들을 수용할 수 있어야 한다."[20] 『당음비사』에서 사례들을 분류하고 이야기하는 방식은 어쩌면 유교적 사법제도에 가장 고유한 방식인지도 모른다. 문학적 상상력과 도덕적 분별력을 통해서 보편적 '법치'의 폐단을 없애는 것, 이것이 유교적 사법제도의 메커니즘이라고 할 수 있기 때문이다. 이제 『당음비사』의 법 이야기를 좀 더 자세히 읽어보자.

솔로몬의 재판

전한(前漢) 시기 황패(黃覇)가 영천(潁川) 태수(太守)로 있을 때였다. 그 지방에 형제가 함께 사는 부잣집이 있었다. 큰동서와 작은동서가 같이 임신을 했다. 큰동서가 그만 유산을 했는데 이 사실을 줄곧 숨겼다. 작은동서가 아들을 낳자 큰동서는 그 아들을 빼앗고는 자신의 아들이라고 했다. 다툼이 3년이나 이어져 마침내 황패에게 제소하여 판결해주도록 했다. 황패는 사람을 시켜서 뜰에 아이를 데리고 나오게 하여 큰동서와 작은동서로 하여금 서로 빼앗게 했다. 둘이 함께 뜰에 나온 후에 큰동서는 아주 맹렬한 기세로 아이를 빼앗으려 했다. 반면 작은동서는 아이가 손에 상처라도 입을까 걱정하는 기색이 역력했다. 황패는 이에 큰동서를 꾸짖어 말했다.

"너는 남의 재산을 탐하고, 아이까지 빼앗으려 하였다. 어찌하여 아이가 상처를 입을지 전혀 걱정하지 않는가? 이 사안은 매우 분명하도다."

마침내 큰동서가 죄를 자백했다.[21]

이 이야기와 대칭되는 이숭(李崇)의 사례에서도 짐짓 아이가 죽었다고 했을 때 재판관은 부모의 반응을 관찰함으로써 친부모가 누군지를 판정하고 있다. 부모의 심리를 꿰뚫어 본 '솔로몬의 재판'은 매우 지혜롭고 명쾌한 것임에는 분명하지만, 재판관은 심증에 의존하여 자백을 유도했을 뿐 그의 직관적 통찰을 뒷받침해줄 과학적 수사나 명백한 물증에 의존한 것은 아니다. 그러나 『당음비사』의

「법정의 판관(Magistrate in court)」,
Chinese paintings on rice paper illustrating the treatment of crime in China(19세기) 중에서

재판관들이 솔로몬식 해결 방식만을 고수한 것은 아니다. 왜냐하면 『당음비사』의 재판관들은 직관적 통찰력을 활용하면서도 현대의 과학수사를 방불케 하는 검시, 증거와 증언의 수집 등을 결코 소홀히 하지 않았기 때문이다. 수사와 재판 심리의 기본으로서 '명찰(明察)'의 중요성은 유교경전인 『주례』에도 '오청(五聽)'이라 하여 강조되었다.

　　정극이 말한다. 『주례』[22]에 따르면, 오성(五聲)으로 옥송(獄訟)을 살피면 민심을 얻을 수 있다고 했다. 첫째는 말을 살피는 것(辭

聽]이다. 말하는 모양을 잘 살피면 정직하지 않은 자는 말이 장황하고 횡설수설한다는 것을 알 수 있다. 둘째는 안색을 살피는 것[色聽]이다. 안색을 잘 살피면 정직하지 않은 자는 얼굴이 붉어짐을 알 수 있다. 셋째는 숨소리를 살피는 것[氣聽]이다. 숨소리를 잘 살펴보면 정직하지 않은 자는 숨이 가쁜 것을 알 수 있다. 넷째는 귀를 살피는 것[耳聽]이다. 그 듣는 모양을 살펴보면 정직하지 않은 자는 잘 알아듣지 못하는 것을 알 수 있다. 다섯째는 눈을 살피는 것[目聽]이다. 눈으로 보는 모양을 살펴보면 정직하지 않은 자는 눈동자가 흐리고 불안정함을 알 수 있다. 장윤제가 파밭 근처에 사는 이웃들을 소집해 한 사람씩 앞으로 나오도록 하여 일일이 손을 살펴서 파를 훔친 도둑을 잡은 것도 아마 이런 방법을 이용한 것인 듯하다. 그러나 그런 방법을 지나치게 과신하여 그 의도를 내보이고, 부득이해서 이 방법을 사용하지 않는다면, 각옹(卻雍)이 도둑을 조사할 때 도둑의 눈썹 사이를 살펴보고 진범이라고 생각한 것과 무엇이 다르겠는가. 진실로 백성들이 도둑질하는 것을 부끄럽게 여기도록 만들 수 없다면, 노파가 파밭을 지키도록 놔두느니만 못하다.[23]

그리하여 자산(子産)은 지아비를 잃은 한 아낙의 곡성을 듣자마자 그녀가 남편을 살해한 범인임을 직감적으로 알 수 있었고,[24] 고유(高柔)는 '찰색(察色)', 즉 안색을 살피는 것만으로 범죄를 밝혀냈다.[25] 다만 『절옥귀감』의 편찬자 정극은 '오청'의 수사 및 심문방법을 신중하게 사용할 것을 경고한다.

다음 사례의 재판관은 송의 대유학자 정호(程顥)다. 그는 셜록 홈즈에 버금가는 예리한 관찰력과 추리력으로 사건을 해결한다.

정찰원(程察院)이 탁주(澤州) 진성현(晋城縣)의 지현으로 있을 때였다. 부잣집 장씨(張氏)에게 아들이 있었다. 아버지가 돌아가신 지 얼마 안 되어 아들에게 어떤 노인이 집에 찾아와 말했다.

"내가 네 아비다. 네 집에 와서 너랑 살아야겠다."

그러면서 그 이유를 말해주었다. 장씨의 아들은 놀라고도 의심스러워 그와 함께 관아에 가서 판관에게 분별해주기를 요청했다. 노인이 말했다.

"저는 의술을 생업으로 삼고 있습니다. 제가 멀리 외지에 나가 있을 때, 아내가 아들을 낳았습니다. 가난해 아들을 기를 수가 없어서 장씨에게 양자로 주었습니다. 몇 년 몇 월 며칠 아무개가 안고 갔는데 그가 모든 사실을 알고 있습니다."

정호(程顥)가 말했다.

"세월이 오래 흘렀는데 어떻게 그렇게 상세하게 기억하는가?"

노인이 말했다.

"약법책(藥法冊) 뒤에 그 사실을 써 놓았기에, 제가 돌아와서 알게 되었습니다."

그 책을 가져오게 했다. 책을 보니 거기에는 '몇 년 몇 월 며칠 아무개가 아이를 안고 가서 장삼옹(張三翁)에게 주었다'고 적혀 있었다. 정호가 물었다.

"장씨의 아들은 나이가 몇 살이냐?"

"서른여섯입니다."

"네 아버지는 몇 살이냐?"

"일흔여섯입니다."

정호가 노인을 향해 말했다.

"이 아들이 태어났을 때 아버지 나이가 겨우 마흔이었는데, 사람들이 그때도 그를 장삼옹이라고 불렀겠는가?"

노인이 놀라서 자신의 죄를 자백했다.[26]

'장삼옹'이란 단 한마디가 노인이 사기꾼임을 가리키는 결정적 단서다. 이렇듯 단서는 사건 해결의 유일한 열쇠이지만, 대개는 사소하고 무의미해서 눈에 잘 띄지 않는다. 뜻밖에도 정호는 성리학자다운 도덕적 분별력을 과시하기보다는 수사관 또는 재판관으로서 예리한 추리력을 발휘한다.

또 다른 사건에서는 놀랍게도 법의학 검증을 통한 과학적 수사방법이 동원된다. 아내가 남편을 살해한 후 남편이 화재로 사망한 것처럼 꾸민 사건이 있었다.

그리하여 장거(張擧)는 돼지 두 마리를 가져오게 하여 한 마리는 죽이고 다른 한 마리는 살려 두었다. 그러고는 장작을 쌓고 이 돼지들을 불에 태웠다. 죽은 돼지들을 살펴보니, 미리 죽인 돼지는 입속에 재가 남아 있지 않은 반면, 산 채로 불에 탄 돼지의 입속에는 재가 있었다. 이로써 남편의 입속에 재가 없었다는 사실을 검증하여 심문하니, 아낙은 결국 죄를 자백하였다.[27]

입 안에 남은 재는 화재 당시 희생자가 연기를 들이마신 증거다. 희생자의 입 안에 재가 없는 것은 희생자가 이미 사망한 상태였음을 의미한다. 이렇게 화재로 인한 희생자의 사망 시점을 추리하는 방법은 송대에 편찬된 법의학서 『세원록』에도 기록되었으며, 현재까지도 유효한 방법이다.

그런데 이런 사건들과 달리 증거가 불충분한 사건은 어떻게 판결하는가. 『당음비사』는 수사 지침서는 아닐지라도 수사의 기본원칙은 다음과 같이 분명히 밝힌다.

> 옛사람이 말하기를 '사건을 조사하여 판결하는 방법으로 두 가지가 있다. 하나는 정황을 살피는 것[察情]이고 하나는 증거에 따르는 것[據證]이다'라고 하였다. 마땅히 이 두 가지 방법을 겸용해야 한다. 그러나 증거를 대기 어려운 경우는 정황을 살펴서 마음속에 숨기는 것을 알아내는 것이 더 낫고, 정황이 잘 드러나지 않는 경우는 증거에 의해 그들의 말다툼을 그치게 하는 것이 더 낫다. 두 방법을 번갈아 사용하며 각각 적절하게 적용해야 한다.[28]

그러나 앞에서 정호가 해결한 사건에 대한 정극의 논평처럼 가장 중요한 대원칙은 어떤 특별한 기술이나 능력이 아니라, 바로 '진심(盡心)', 즉 마음을 다할 뿐이다.[29] 마음을 다할 때 사건의 진실은 저절로 밝혀질 것이다. 이것이 『당음비사』 전체를 관통하는 원칙이자 신념이지만, 그렇다고 해서 구체적인 수사와 심문기술의 소개에 소홀했던 것은 아니다. 심지어 필요하다면 활용할 수 있는 효과적 고문기술에 대해서도 언급한다.[30] 이렇듯 『당음비사』에는 사건의 다양성만큼이나 다양한 수사방법이 소개되고 있지만, 이에 비하면 법률조항이나 법리적 해석을 제시하는 일은 상당히 드문 편이다.

요컨대 전통적 사법제도에서 재판관의 역할은 법조문을 조목조목 따지는 것만으로는 너무도 불충분하다. 특히 사람이 사망한 인명사건의 경우에는 흠휼정신은 강조하고 또 강조해도 지나치지 않다. 인명사건을 맡은 재판관이 가장 먼저 해야 할 일은 수사와 심문 과정을 진두지휘하여 철저히 사건의 진실을 밝히는 것이다. 무언가 의심스러운 점이 있는데도 서둘러 사건을 종결해서는 안 된다. 지나치게 이상적이라고 할 만하지만, 계만영이 서문에서 옥사를 연기하며 죽음을 지연시키는 군자의 지혜를 본받을 것을 당부한 이유이다. "옛 군자는 역시 변함없이 한 가지로 정성을 다하니 공정함이 여기에 있다〔古之君子亦盡心於一誠不可變者, 公其有焉〕."[31] 여기에도 역시 '진심'이란 말이 나온다.

이처럼 정성을 다한 재판관의 판결이 법조문을 따지기보다 사건의 구체적 정황을 반영한 실질적 추론을 중시하는 것은 당연한 일이다. 이런 경향을 정리와 법의 균형을 찾는 시도로 본다면, 우리는 『당음비사』의 다른 사례들에서 이런 시도를 발견할 수 있다. 이 사례들이야말로 '솔로몬의 지혜'를 재현한 우화에서 벗어난 법 이야기로 주목할 만하다.

정리와 법, 유교적 정의를 찾아서

『당음비사』가 추구하는 이상은 백성을 위해 온 마음을 다하는 군자가 실현하는 '선한 법', 즉 법의 도덕성이자 유교적 정의다. 유교적 정의의 핵심은 정리와 법, 인치(人治)와 법치의 균형을 찾는 것이다. 그러나 『당음비사』는 이 원칙을 공공연하게 선언하지는 않는다. 다만 그 원칙을 법 이야기로, 구체적인 스토리텔링으로 풀어낼 뿐이다.

남제(南齊) 원단(袁彖)이 여릉왕(盧陵王)의 자의참군(諮議參軍)이었을 때의 일이다. 당시 여릉왕은 형주(荊州) 자사(刺史)를 겸하고 있었다. 남군(南郡) 강릉현(江陵縣) 구장지(苟將之)에게는 아우 구호지(苟胡之)가 있었다. 그런데 구호지의 처가 증구사(曾口寺)의 스님에게 간음 당했다. 밤에 그 스님이 구씨 집에 잠입하다가 구장지에 의해 살해되었고, 구장지가 관리들에게 조사를 받게 되었다. 구장지는 집안의 수치스러운 일을 공개하게 되었는데, 사실대로 고하자니 치욕스러운 일이 될 것이고 참자니 도저히 견딜 수 없었다. 그래서 결국 자기가 죽였다고 실토했다. 구호지가 진술한 바도 또한 이와 같았으니, 형제가 서로 자신이 죽였다고 다투었다.

강릉의 수령이 형주 자사에게 보고하여 널리 의론하게 되었다. 원단은 다음과 같이 말했다.

"구장지와 구호지 형제는 본래 포악한 사람들이 아니다. 재판하는 날, 형제의 의로운 행위가 길가는 사람들까지 감동시켰다. 옛날 문거(文擧)가 스스로 죄를 뒤집어써서 황제가 법망을 느슨하게 풀어 사면을 받은 일이 있었는데, 이 두 사람의 마음과 행적이 옛사람의 일과 일치한다. 이들에게 중형을 내리는 것은 실로 그들의 선행을 손상시키는 일이다."

이에 형제는 모두 사형을 면하였다.

(…) 정극이 말한다.

"정으로 용서할 수 있는 것이라면 과실이 그렇게 큰 것이라고 할 수 없을 것이다. 효자가 소를 죽이고, 의로운 선비가 탈옥을 하며, 형제가 서로 자신이 살인범이라고 주장하는 것은 모두 이러한 일이다. 밤에 통행금지를 위반한 것이 가벼운 범죄라 하더라도, 위엄을 세우는 데 힘쓰고 실정을 조사하지 않는다면 어찌 그 죄를 용서할 수 있겠는가? 원단의 사례는 죄인의 과오를 용서하는 귀감이 될 만하다."[32]

이 사건은 남편이 아내의 간부를 살해한 정황 자체가 정상참작이 가능하다. 더구나 구장지 형제가 보여준 유별난 형제애는 정리로 용서할 만한 미덕이다. 이렇듯 법적 판결에 결정적 영향을 미치는 요소가 범행동기이며, 법 이야기는 주로 이에 대한 합리적 설명과 논리적 설득으로 이루어진다. 이 사건에서 정극은 "정(情)으로 용서할 수 있는 것이라면 과실이 그렇게 큰 것이라고 할 수 없다"라고 단언하는데, 이때의 정은 사사로운 인간관계를 넘어선 보편적 정서를 가리킨다. 정극은 엄격한 법 적용보다는, 실정, 즉 구체적인 상황과 사회현실을 고려한 판결을 촉구하는데, 사실 그 구체적인 방법은 사례마다 다를 수 있다. 이것이 법 이야기가 필요한 이유다. 다음 사례에서는 법 이야기가 좀 더 본격적으로 전개된다.

후한(後漢) 때 곽궁(郭躬)이 군리(郡吏)로서 중앙 부서로 발탁되었을 때의 일이었다. 형제가 함께 공모해 살인을 저질렀는데, 어떻게 형벌을 내려야 할지 아직 정해지지 않았다. 명제(明帝)는 형이 동생을 선도하지 못했다는 이유로 형을 중죄로 처벌하고 동생은 사형을 면하라는 판결을 내렸다. 중상시(中常侍) 손장(孫章)이 황제의 조서를 낭독하다가 잘못 읽어 형제를 모두 중죄로 처벌하게 했다. 상서는 손장이 조서를 잘못 읽은 죄가 요참(腰斬)에 해당한다고 상주했다. 황제는 곽궁이 법률에 능통하다는 것을 알고 그를 불러 물어보았다. 곽궁이 대답했다.

"손장은 마땅히 벌금형에 처해야 합니다."

황제가 물었다.

"손장이 조서를 잘못 읽어서 사람을 죽였는데, 어째서 벌금형이라 하는가?"

"법령에는 고의[故]와 과실[誤]을 구별하는 조문이 있습니다. 손장이 황제의 명령을 잘못 전달한 것은 과실입니다. 과실의 경우는 고의보다 가벼운 형벌로 다스려야 합니다."

황제가 말했다.

"죄수와 손장이 동향 사람이라 어떤 까닭이 있을 것 같아 의심스럽구나."

곽궁이 말했다.

"대도(大道)는 숫돌처럼 고르고, 화살처럼 곧습니다. 군자는 역모를 꾀하거나 속이지 않습니다. 제왕이 하늘의 뜻을 법으로 삼으면[法天], 형벌을 세밀하게 적용해 사사로운 뜻을 덧붙일 수 없을 것입니다."

(…) "법조문을 난해하게 만들어 형벌을 복잡하고 세밀하게 적용하고자 애쓰는 것은 모두 형벌을 세밀하게 적용해 사사로운 뜻을 덧붙이고자 하는 까닭이다. '군자는 역모를 꾀하거나 속이지 않

는다'라고 한 것은 대개 말류(末流)가 반드시 이런 지경에 이르는 것을 경계하는 의미이다. 본전에 이런 이야기가 전하는데, 곽궁이 법관으로 판결하고 형벌을 내릴 때 '긍서(矜恕)'에 의거했다고 한다."[33]

'법천(法天)'은 천리를 법으로 삼는다는 뜻이다. 법이 천리를 체현한 것이며, 천리와 대립하는 것이 아니라 그 일부일 뿐이라는 관념은 유교적 법문화 전체를 관통한다. 위의 사례는 법조문에만 얽매이는 '법리주의(legalism)'적 태도를 경계하고 법의 보편원리, 즉 천리를 강조한다. 이때의 법은 오늘날 자연법에 가깝다고 할 수 있다. 그런데 법조문만 따지는 법리주의자는 오히려 법의 보편성을 훼손함으로써 법의 목적인 공적 정의에 도달할 수 없다. 따라서 정극은 곽궁이 법률에 능통한 법관이면서도 형벌을 내릴 때 '긍서'에 의거했다는 이야기를 덧붙인다. 이상적 재판관이 갖추어야 할 덕목은 역시 기술적 지식보다는 도덕적 분별력 또는 공감능력임을 재차 강조하는 대목이다.

또 다른 사례들은 법과 윤리의 균형을 고려하는 실질적 법적 추론의 다양한 이야기로 읽을 수 있다. 사건의 정리란 구체적 정황을 의미한다. 다양한 사례들을 통해서 독자는 정리를 고려하는 것이 자의적인 법 적용과는 분명히 다르며, 정리와 법의 관계는 결코 대립적인 것이 아님을 이해하게 된다.

소경(少卿) 호향(胡向)이 원주(袁州) 사리참군(司理參軍)으로 있을 때였다. 어떤 사람이 음식을 훔쳤는데, 주인이 그를 때려죽였다.

군의 관아에서는 이 사건을 사형으로 다스릴 것을 논의했다. 호향이 논쟁을 벌였다.

"장형으로 다스려야 합니다."

관아에서는 호향의 말을 듣지 않았다. 조정에 판결을 요청하자, 호향의 주장대로 판결을 내렸다.

(…) "**명분**으로 말하자면, 맞은 자는 음식을 훔친 도둑이고 때린 자는 음식을 소유한 주인이다. 정리로서 말하자면, 일반적인 싸움과는 다르다. 사건이 발생한 즉시 때려죽였으니, 이를 죽을죄로 다스리지 않는 것이 옳다. 때린 자는 원래 죽일 뜻이 없었지만 우연히 죽음에까지 이른 것이니, 이는 장형으로 다스려야 한다. 칼을 사용하거나 시간이 경과했거나 혹은 신체를 절단해 죽였다면, 이는 살해의도가 있는 것이므로 법이 허용하는 바가 아니다. 또한 마땅히 정리에 의거해야 하는데, 어찌 한 가지로 똑같이 판결할 수 있겠는가? 성심을 다하는 군자라면 반드시 충분히 살펴야 한다."[34]

"형주(邢州)에서 도둑이 일가족을 살해했는데 부부는 그 자리에서 즉사하고 아들은 다음날 죽었다. 주사(州司)에서 호절법(戶絶法)에 의거하여 그 집안의 재산을 출가한 친딸에게 주었다."

형조(刑曹)에서 이에 반박하였다.

"그 집 부모가 죽었을 때 아들이 아직 살아 있었으니 재산은 곧 그 아들의 것이다. 이 사건의 경우 출가한 딸은 곧 출가한 자매가 되므로 재산을 물려받는 것은 부당하다."

정극이 말한다. "(…) 형주에서의 판결은 **명분**을 바르게 하지 못한 데 잘못이 있다. 어리석은 관리가 법을 운용하는 것이 대부분 이러하니 어찌 법을 탓할 것인가?[35]

경덕(景德) 연간에 내한(內翰)의 양호(梁顥)가 개봉부 부윤이었을 때의 일이다. 개봉현(開封縣)의 현위(縣尉)인 장이(張易)가 도둑 여덟 명을 체포하여 판결을 내리고, 모두 유배형으로 처벌했다. 그러나 형을 집행하고 나서 진범이 잡혔다. 어사대가 이를 조사하여 진상이 드러났고 관리들은 모두 처벌받고 강등되었다. 이는 오로지 장물이라는 물증만을 믿고 그 사안의 정리를 헤아리지 않고 서둘러서 판결한 사례이다. 설령 장물이라 하더라도 사실이 아닌 경우가 있고, 증거라 하더라도 사실이 아닌 것이 있을 수 있다. 오직 정리를 세밀히 살피지 않으면 안 된다. 그런 연후에야 억울한 사건이 없어질 것이니, 어찌 삼가지 않을 수 있겠는가?"[36]

위의 사례들은 모두 정리만 강조한 사례들이 아니라, 정리와 법의 관계를 명확히 제시함으로써 법리적 해석에 정리, 즉 구체적 정황의 고려가 필수적임을 역설한다. 우선 첫 번째 호향의 사례는 사건의 정리를 고려하는 것이 범행동기에 대한 고려와 일치하는 경우이다. 살인사건이라도 그 살해동기가 고의적이냐 우발적이냐 아니면 과실이냐를 판단하는 것은 법적 판결에서 핵심적인 논의이다. 더불어 범죄행위의 고의성을 판단하는 방법―치명적인 무기를 사용하여 치명상을 입혔거나, 우발적 행위가 아닌 계획적 행위의 경우―도 제시하고 있는데, 오늘날에도 효력이 있는 합리적인 방법이다.

두 번째 사례는 잘못된 법 적용 사례인데, 정극은 이를 '명분'을 바로잡지 못한 경우로 비판한다. 사건의 정황을 건성으로 살핀 까닭이다. '호절법'이란, 일반적으로 시집간 딸은 친정 재산을 상속받을 권리가 없지만, 가문의 대를 이을 아들이 없는 경우 그 집안의 재산을 시집간 딸이 상속받게 한 법령이다. 이 사건에서는 부모가 사망한 다음 날 아들이 죽었지만, 그 아들이 유산상속자인 엄연한 사실은 부인할 수 없다. 결론적으로 그의 누나가 유산상속자가 될 수 없고, 호절법의 적용 또한 부적절하다는 것이다. 실리적인 법 해석이 신중하고 세밀하지 않으면, 자의적 판단이라는 비난을 면할 수 없을 것이다.

　세 번째 사례는 분명한 물증이 있더라도 사건의 정리를 신중하게 살피지 않으면 오심을 막을 수 없음을 보여주는 사례이다. 다음 사례에서도 정리와 법의 관계를 대립적인 것으로 여기는 흔한 오해를 지적한다.

> 주객(主客) 진봉고(陳奉古)가 패주(貝州) 통판(通判)으로 있을 때였다. 한 병졸이 도둑을 붙잡았다. 도둑의 어머니가 그 아들을 빼앗아 도망시키려 하니 병졸이 어머니를 막고 밀어 넘어뜨렸는데, 그 어머니가 다음날 죽었다. 병졸은 관리에게 인도되어 사형의 판결을 받았다. 진봉고가 이 사건을 논의했다.
> "도망치는 도둑을 놓치는 경우 처벌받는 법이 있습니다. 다른 사람이 범인을 빼돌려 도망시키려 한다면 마땅히 법으로 방지해야 합니다. 도둑을 막다가 사람이 죽었는데, 이를 투살(鬪殺)로 논한다면 이는 도둑의 도망을 막은 일에 부합하지 않습니다. 이를 죄

없는 사람을 죽인 일로 다루어 사형으로 다스린다면, 법이 옳지 못합니다."

조정에서 진봉고의 상소를 받아들여 다시 판결을 내리니, 병졸은 장형을 받게 되었다. 사람들이 그 일을 칭송하며 탄복했다. (…) 정극이 말한다.

"옛날 형벌을 논의하는 경우에는 먼저 명분을 바로 세우고 다음으로 정리를 살펴 밝혔다. 먼저 빼앗으려고 다툰 대상은 체포한 도둑이었다. 비록 어머니라고 해도 결코 빼앗을 수 없는 것이다. 이를 막고 넘겨주지 않으려 한 사람은 도둑을 체포한 병졸이다. 상대가 비록 약자라 하더라도 병졸은 결코 범인을 넘겨줄 수 없는 것이다. 어머니가 먼저 아들을 취하고자 한 의도는 빼앗으려는 데에 있고, 병졸이 넘겨주지 않으려고 한 의도는 막는 데에 있었다. 빼앗으려는 것을 막았으니, 그 모양새는 싸움과 비슷하지만, 실지로는 싸움이 아니다. 만약 이 사건을 싸움으로 보아 논의한다면, 이는 명분도 바로 세우지 못하고 정리도 살피지 못한 것이다. 진봉고가 '법이 옳지 못하다'고 하고, '법으로 마땅히 막아야 한다'고 하지 않았으니, 어찌하여 법률에 그 잘못을 돌리는가? 아마도 법을 적용하는 자가 저지를 만한 오류일 뿐이다."[37]

사건의 정황(정리)을 제대로 살피지 않으면, 법률의 명분 또한 제대로 세울 수 없다. 정극은 법의 명분―즉, 투살―이 옳지 않은 것이 아니라, 법리적 해석의 오류임을 분명히 지적한다.

앞에서 살펴본 사례들은 『당음비사』가 송대 판례집의 계보에 자리하며, 법문학 장르로서 법적 논의에 주목한다는 사실을 분명히 보여준다. 『당음비사』의 법 이야기는 문학적 소재로서 피상적으로 법을 다룬 도덕적 우화에 그치지 않는다. 특히 정리와 법의 관계를 다룬 일련의 사례들은 단순히 인도주의적 차원의 관형주의(寬刑主義)만 강조한 것이 아니라, 실질적이고도 합리적인 법적 추론을 전개한다는 점에서 인상적이다. 즉, 『당음비사』에서 주장하는 정리의 고려는 자의적인 법 적용이나 유교윤리를 앞세운 법률 경시와 명백히 구분된다.

요컨대 『당음비사』는 유교적 법문화에서 생산된 법문학 장르다. 『당음비사』에서 법과 문학의 관계는 매우 긴밀하고 본질적이다. 유교적 법문화는 법과 사회현실의 괴리에 민감하게 반응해왔고, 법적 판단에 복잡한 인간관계와 구체적 사회현실을 반영하고자 노력했다. 정리와 도덕성의 강조는 이런 노력의 일환이며, 다양한 법 이야기의 축적이 중시된 까닭이다. 현대에도 법과 사회현실의 괴리를 악화시키는 법리주의에 대한 우려와 비판이 제기되었고, '인문학적 전통으로의 회귀'를 촉구하는 법과 문학 운동이 일어나게 된 계기가 되었다.

여기에서 관건은 법과 정리, 이성과 감정의 관계에서 어떻게 그 균형을 유지하는가이다. 미세한 불균형도 자의적인 법적 판단이나 사회적 부정의를 초래할 수 있다. 근대 이전에는 법률교육 기관이 따로 없었고 전문적인 법률 서비스도 제공되지 않았지만, 유교적 재판관은 정리와 법의 균형을 근본적인 문제로 인식하고 인문주의적 성찰을 통해서 해결하고자 노력했다. 정리와 법의 관계는 모호하고 표준화하기 어렵지만, 유교적 재판관은 일종의 실천원리로서 내면화했던 것 같다. 『당음비사』의 법 이야기는 바로 이 정·리·법의 복합적 상호작용에 주목하며, 이런 점에서 도덕적 우화를 넘어선다.

『흠흠신서』와
법 이야기

2

다산 정약용의 『흠흠신서』는 총 30권 549건에 달하는 형사사건 판례들을 수록하고 그 용례를 정밀하게 분석한 우리나라 최초의 판례 연구서이다. 『흠흠신서』는 다산의 대표작이라 일컬어지는 일표이서 3부작 중 가장 나중에 완성되었는데, 1818년에 편찬된 『목민심서』보다 한 해 뒤인 1819년에 그 초고가 완성되었다.[38] 다산의 다른 저작들과 마찬가지로 『흠흠신서』도 장장 18년에 이르는 다산의 긴 유배 기간에 저술되었음을 알 수 있다.

그러나 『흠흠신서』는 단순히 수집한 자료를 정리한 수준의 저술은 아니었다. 다산은 유배되기 전 정조의 명을 받들어 암행어사와 황해도 곡산부사(谷山府使), 형조참의(刑曹參議) 등을 두루 거쳤으니, 『흠흠신서』 저술에는 그런 풍부한 실무경험이 많이 반영되었다. 다산이 형조참의에 임명된 것은 정조가 승하하기 바로 전해인 1799년의 일이다. 당시 다산을 형조참의에 임명한 정조가 형조판서에게 "경은 단지 베개를 높이 베고 참의에게 모든 일을 맡기는 것이 좋겠소"라고 말했다는 일화가 전한다.[39] 법률에 대한 다산의 식견과 전문성을 정조가 얼마나 높이 평가했는지 잘 보여주는 대목이다. 그런 그가 형조참의 벼슬을 끝으로 몇 달 뒤 조정을 영원히 떠나게 된 것은 참으로 애석한 일이다.

『흠흠신서』를 저술하게 된 동기와 그 구성에 관해서는 서문에서 다음과 같이 소상히 밝히고 있다.

> 오직 하늘만이 사람을 살리기도 하고 죽이기도 하니, 사람의 목숨은 하늘에 매여 있는 것이다. 그런데 고을 수령이 그 중간에서 선량한 사람은 편안히 살게 해주고, 죄지은 사람은 잡아다 죽이니, 이는 하늘의 권한을 드러내 보이는 것일 뿐이다. 사람이 하늘의 권한을 대신 쥐고 행하면서도 삼가고 두려워할 줄 몰라 세밀한 부분까지 명확하게 분별하지 못하고서 소홀히 하고 흐리멍덩하게 처리하여, 살려야 하는 사람을 죽이기도 하고 죽여야 하는 사람을 살리기도 한다. 그러면서도 오히려 태연히 편안하게 지낸다. 더구나 부정한 방법으로 재물을 얻고 여자에게 미혹되기도 하면서, 백성들이 비참하게 울부짖는 소리를 듣고도 가엾이 여겨 구제할 줄 모르니, 이는 매우 큰 죄악이다. (…) 내가 『목민심서』를 편찬하고 난 뒤, 사람의 목숨과 관계되는 형사사건에 대해서는 전문적으로 다루는 책이 있어야겠다고 생각하고, 드디어 이 『흠흠신서』를 별도로 편찬했다.
> 이 책의 맨 앞에는 경전의 교훈을 실어서 정밀한 뜻을 밝혔고, 그다음에는 역사 문헌에 남아 있는 자료를 실어서 옛날의 규정을 드러내었으니, 이것이 이른바 「경사요의經史要義」이며 3권이다. 그다음에는 판결 내용과 변론 내용을 실어서 당시의 규정을 살폈으니, 이것이 「비상준초批詳雋抄」이며 5권이다. 그다음에는 청나라 사람들이 법률을 적용하여 판결한 사례를 실어서 등급을

분별했으니, 이것이 「의율차례擬律差例」이며 4권이다. 그다음에는 정조 임금 때의 지방 고을 공문서를 실었다. 그 가운데 문장의 논리가 비루하고 저속한 것은 그 의미를 따라 다듬었고, 형조의 의견과 임금의 판결은 조심스럽게 기록하되 간간이 내 의견을 덧붙여서 취지를 밝혔다. 이것이 「상형추의祥刑追議」이며 15권이다.

내가 전에 황해도 곡산부사로 있을 때 왕명을 받들어 형사사건을 다스렸고, 서울로 돌아와서 형조참의가 되었을 때 또 그러한 일을 맡았다. 그리고 귀양살이하며 떠돌아다닌 이후로도 때때로 형사사건의 정황에 대해 들으면 심심풀이로 그 사건에 적용할 법률을 헤아려보기도 하였다. 그렇게 해서 만들어진 변변치 못한 글들을 끝에 실었으니, 이것이 「전발무사剪跋蕪詞」이며 3권이다. 이들은 모두 30권이며, 책의 이름을 『흠흠신서』라 지었다.[40]

서문에 따르면, 다산은 『흠흠신서』에 사람의 목숨에 관계되는 인명사건, 즉 중대한 형사사건만을 실었는데, 그중 약 삼분지 일에 해당하는 판례를 중국 문헌으로부터 발췌했다. 특히 「의율차례」는 청대 판례를 수록한 점이 눈에 띈다. 조선왕조가 『대명률』을 기본 법전으로 채택한 사실을 고려한다면, 『흠흠신서』 이전에도 중국 판례에 대한 선행연구가 필수적이었으리라 짐작된다. 그러나 『흠흠신서』 이전에는 중국 판례에 관한 체계적인 연구가 거의 눈에 띄지 않고, 더구나 청대 판례 분석은 『흠흠신서』가 유일하다. 따라서 근대 이전 비교법적 연구로는 『흠흠신서』가 최초이자 유일한 연구라 할 수 있다.

이렇듯 『흠흠신서』에 수록된 판례의 다양성만으로도 그 의미가 충분하다고 할 만하지만, 다산은 여기에 그치지 않았다. 그는 이 판례들을 세밀하게 분류하고, 다양한 서식과 법률용어에 대한 꼼꼼한 설명뿐만 아니라, 판결에 대한 법리적 해석과 함께 수사·검시·심문절차에 대한 경험에서 우러나온 실용적 조언까지 제공했다. 특히 중국 판례와 관련해서는 다산의 해박한 법률지식에 절로 감탄하게 된다. 따라서 『흠흠신서』는 보편적이고 추상적인 법리로부터 사법 실무에 이르기까지 광범위한 법률문제를 다룸으로써 법률을 공부한 적 없는 문외한이라도 기초지식부터 차근차근 익힐 수 있도록 구성되어 있다.

　앞의 서문에서 미루어 짐작할 수 있듯 『흠흠신서』에서는 법과 문학, 수사학적 문제가 중요하게 다루어진다. 그런데 그것은 이념적 차원이라기보다는 실무적 차원이다. 즉, 세부적인 사법절차와 문서 작성은 사소한 문제로 지나치기 쉽지만, 이것이야말로 사법적 이상이 제도적으로 실현되기 위해서 반드시 지켜져야 할 절차들이다. 각각의 단계를 무시하거나 생략할 때 사법제도가 지향하는 궁극적 목표는 크게 훼손되고, 결국 사회적 모순과 혼란을 초래하게 된다. 이런 까닭에 다산도 원칙적으로는 '지성애공'의 정신을 강조하지만, 다른 한편으로 그가 우려한 바는 당시 만연하던 관용주의와 법률 경시의 폐단이었다. 이런 상황을 고려할 때 다산이 중국 판례에 관한 비교법적 연구로부터 달성하고자 한 진정한 목표는 무엇이었는지 궁금하지 않을 수 없다. 다음으로는 『흠흠신서』에 수록된 중국 판례에 초점을 맞추어 『흠흠신서』의 법 이야기를 살펴보고자 한다.

『흠흠신서』의 구성과 중국 판례

전체적으로 5부, 30권으로 구성된 『흠흠신서』는 상당히 치밀한 구조로 짜였다. 이미 서문에서 분명히 밝혔듯이, 문란한 형정을 바로잡겠다는 취지 아래 다산은 『흠흠신서』에 인명과 관련된 형사사건만 실었다.

『흠흠신서』의 구성과 인용자료

구성	권수	항목수	내용	출전
경사요의	3	130	경의(經義) 27건과 사실(史實) 113건[41]으로 구성, 중국의 역사기록 및 중국 판례뿐만 아니라 고려와 조선 판례도 수록	『尙書』, 『周禮』, 『禮記』, 『周易』, 『春秋』, 『孟子』, 『論衡』, 『疑獄集』, 『折獄龜鑑』, 『棠陰比事』, 『歐陽公集』, 『東都史略』, 『玉堂閑話』, 『夢溪筆談』, 『國朝寶鑑』, 『臨官正要』, 『順菴政要』, 『酉山叢話』, 『文獻備考』 등
비상준초	5	70	법률문서 작성요령 및 사례 수록	『新增資治新書全集』, 『新刻皇明諸司廉明奇判公案』
의율차례	4	188	『청률조례淸律條例』 부록에 실린 사례로, 법률 적용에 차이가 있을 때 참고할 만한 사례	『淸律條例』 독무(督撫)의 제본(題本)과 형부의 복의(覆議)
상형추의	15	144	정조가 심리한 사건 요약 및 판결에 대한 다산의 법리적 해석	『祥刑考』
전발무사	3	17	다산이 심리한 사건 요약 및 법리적 해석	『明淸錄』
총계	30	549		

이 중『흠흠신서』전체 권수의 절반을 차지하고, 정조가 판결한 형사사건에 다산 자신의 상세한 해석을 덧붙여 실은 제4부「상형추의」가 질적으로나 양적으로나『흠흠신서』의 중심 부분이라는 것은 의심할 여지가 없다.[42] 이에 비해 다산이 직간접적으로 판결한 사건들을 수록한 제5부「전발무사」는 3권 17건으로 분량은 가장 적지만, 다산의 실제 경험담인 진솔한 기록이라는 점에서 가장 흥미로운 부분이다.[43] 이처럼『흠흠신서』전체의 3분의 2를 차지하는 후반부에 조선에서 최근에 발생한 형사사건만을 수록했고, 중국 판례 대부분은 전반부에 수록했다.

그렇다면『흠흠신서』전반부에 수록한 중국 판례들은 대개 어떤 사건들이며, 후반부에 실린 정조 시대의 판례들과 어떤 관계에 있는가?『흠흠신서』를 전체적으로 살펴보면서 이 질문에 대한 해답의 실마리를 찾아보기로 하자. 제1부「경사요의」는 말 그대로 '경사(經史)', 즉 경전과 역사에 실린 판례를 두루 참조한다.『대명률』과 함께 조선의 기본 법전이었던『경국대전』이 법원으로서 유교경전인『주례』와『상서』에 바탕을 두었다는 것은 널리 알려진 사실이다. 따라서 법리에 대한 논의를 경전으로부터 시작하는 것은 가장 적절한 출발점이었을 것이다.[44] 이는 또한 '경의단옥(經義斷獄)' 혹은 '춘추결옥(春秋決獄)'이라는 말처럼 법조문 외에도 법원으로서 경사를 참작하는 유교적 법문화의 일반적 관행을 반영한다. 유교적 관료나 재판관이라면 결코 무시해서도 안 되고 무시할 수도 없는 '대원칙'을 제시한 장이다.

형사사건을 판결하는 기본 정신은 흠휼에 있다. 흠휼이란 그 사건을 조심스레 다루고 그 사람을 가련히 여기라는 뜻이다. 그렇지만 형사사건을 판결하는 방법에는 원칙을 적용해야 하는 경우도 있고 예외를 적용해야 하는 경우도 있으니, 융통성 없이 원칙만 고집해서는 안 된다. 법률에 해당 조문이 없는 경우에는 옛날의 문헌과 옛날의 사건을 인용하여 참작하는 자료로 삼아야 한다. 이에 경전과 역사서의 중요한 뜻을 간추려 모아서 나중에 가려 쓸 수 있도록 대비하였다.[45]

따라서 제1권에는 『상서』에서 발췌한 9건, 『주례』 10건, 『예기』 3건, 『춘추』 2건, 『주역』 1건, 『맹자』 2건 등 유교경전에서 발췌한 사례 27건을 실었다. 이 사건들은 살인의 고의성 및 과오 구분, 복수, 의살(義殺), 시역(弑逆), 난륜(亂倫) 등 유교적 도덕주의를 반영한 전형적 사례들이다. 그런데 제1권 「경사요의」에서 다루는 이 주제들은 단순히 도덕주의 원칙을 제시하는 데서 그치는 것이 아니라, 『흠흠신서』 전체를 관통하면서 반복된다. 다시 말해서 다산은 다양한 형사사건 중에서도 제1권에서 제시한 주제와 연관이 있는 사건들에 초점을 맞춘 것이다. 그 이유를 짐작하기란 어렵지 않다. 이런 사례들은 바로 강상(綱常)을 근간으로 하는 유교적 도덕질서와 직결된 민감한 사안이었기 때문이다. 한편 「경사요의」에 27건의 사례들만을 발췌한 다산의 기준이 무엇인지 불분명하지만, 아마도 실제 판결에서 많이 인용되는 경문들만을 실었을 가능성이 크다.[46] 그렇다면 다산은 경전과 경험적 지식의 간극을 좁히는 사례 연구의 특성을 충분히 활용했다고 할 수 있다.

제2권과 제3권에는 중국 한나라부터 명나라, 고려에서 조선 시대에 이르는 정사와 야사의 기록, 그리고 우리가 앞에서 살펴본 『의옥집』, 『절옥귀감』, 『당음비사』와 같은 중국 판례집에 이르기까지 다양한 역사적 사례들을 수록했는데, 그 출전을 일일이 밝히지는 않았다. 앞에서 살펴본 것처럼 이 사례들은 역사적 사실이라고는 하지만, 실제 사건기록이라기보다는 일종의 도덕적 우화에 가깝다. 복수 살인, 과오살, 인륜을 저버린 강상범죄(綱常犯罪)처럼 제1권 경의(經義)의 주제와 직접 연관된 사례도 있지만, 꿈에 원혼이 나타나 사건을 해결한다든가, 판관이 기지를 발휘해 사건을 해결하는 탐정소설의 원형이라고 할 만한 이야기들도 실려 있다. '살인자상명(殺人者償命)'이라는 응보원리가 여전히 사법제도의 한 축으로 작동하는 한, 원혼의 등장과 초자연적 신비주의는 단순히 소설적 환상에 그치는 것이 아니라, 도덕주의의 종교적 해석이자 문학적 재현으로 이해된다. 원혼이나 성황신, 심지어 옥황상제와의 소통을 통해서 부정의로 인해 발생한 '우주적 불균형'마저 해소하는 명판관이야말로 가장 이상적인 정의의 영웅이기도 하다. 여기에서 문학적 상징과 서사장치는 법과 문학이 자연스럽게 교차하는 지점으로 나타난다. 따라서 다산은 다소 자부심에 차서 귀신을 몸소 체험했다고 고백하기도 한다.

> **다산의 견해:** 『주역』 「계사·하전繫辭·下傳」에 이르기를 '의리를 정밀하게 연구하여 신묘한 경지에 도달하는 것은 실용을 이루기 위해서이다' 하였고, 『예기』 「중용中庸」에 이르기를 '최고 경지의

정성에 도달한 사람은 일이 일어나기 전에 미리 알 수 있다'하였으니, 형사사건을 심리하는 기본 정신은 정성뿐이다. 생각하고 생각하면 귀신도 통하니, 정성이 감응하면 곧 귀신이 와서 알려주는 것이다. 나도 이를 몸소 체험해보았다. 이러한 일은 선량한 사람이라야 체험할 수 있고, 허풍이 심하고 스스로 잘난 체하며 말재주나 부리는 데 정신을 쏟는 사람들에게는 이러한 경지를 말할 수 없다.[47]

다산의 견해: '하늘이 재앙을 내릴 때는 불공정한 경우가 없다'라고 한 말 이하의 내용은 '사람이 형사사건을 판결할 때는 공정한 경우도 있고 불공정한 경우도 있지만, 하늘이 재앙을 내릴 때는 불공정한 경우가 없다. 이 백성만은 천명에 달려 있어서 더욱 도피할 수가 없다. 만일 하늘의 형벌〔天罰〕이 이처럼 매우 공정하지 않다면, 이 일반 백성은 반드시 이 세상에서 한 가닥 좋은 정치가 펼쳐지는 것을 볼 수 없을 것이다'라는 의미이다. 즉 '임금이 하늘의 형벌을 두려워한다면 그대로 세상에 좋은 정치를 펼칠 수 있지만, 임금이 하늘을 두려워하는 마음이 없다면 일반 백성은 이처럼 좋은 정치를 볼 수 없다'라는 말이다.[48]

궁극적으로 천·지·인이 일체라는 우주관을 근거로 하여 정의의 실현이 곧 천명(天命) 혹은 천리의 실천을 의미한다면, '천인감응(天人感應)'과 같은 초자연적 현상의 서사적 기술은 오히려 법원이나 법의 이념을 이해하는 심오한 바탕을 마련한다는 점에서 중요한 역할을 한다. 따라서 철학적 맥락에서 다산은 엄정한 이성적 판단에 의존하는 순간에도 '소설적 상상'을 용인했으며, 결국 법과 문학의 교차점―심지어 법과 신비주의의 교차점―이란 것이 『흠흠신서』

에서 예외적 지점이 아니었다. 다산의 관점에서 본다면, 천인감응 혹은 초자연적 신비주의는 소설적 상상을 넘어 거의 종교적 신앙이자 신념이었다고 해야 할 것이다. 이와 같은 다산의 신념은『흠흠신서』의 다른 사례들과 수사(rhetoric) 속에서 자주 확인할 수 있다.

『흠흠신서』제1부가 원론적인 논의를 제공했다면, 제2부「비상준초」와 제3부「의율차례」는 사례를 통해 좀 더 전문적이고 구체적으로 법률문제를 파고든다. 제2부「비상준초」에 실은 70건 중 절반 이상은 이어의『신증자치신서전집新增資治新書全集』(일명『자치신서』)에서, 나머지 19건은 여상두의『염명공안』에서 발췌한 것으로 보인다. 다산은「비상준초」제4권 제5조를 소개하기에 앞서 출처가 '여상두의 공안'임을 언급했는데, 다만 그 사례들을 어떤 책에서 뽑아 실은 것인지 정확하게 밝힌 적은 없다.[49]

「비상준초」제1권부터 제4권 제4조까지의 출처가『자치신서』라는 사실을 처음으로 밝혀낸 이는 일본의 중국사가 미야자키 이치사다(宮岐市定, 1901-1995)였다. 그는 또한 '여상두의 공안'이 그가 편찬한『염명공안』임을 확인했다. 그 후 심희기 교수가 규장각에 소장된『자치신서』(奎中 5865)를 대조한 결과, 모두 38조가『자치신서』에서 발췌한 사례들이고 이 중 1조는『청률조례清律條例』에서 발췌한 사례로 보인다고 했다.[50] 따라서「비상준초」에 실은 70건 중 출처가 분명한 사례는 모두 57건인 셈이다. 그런데 최근에 심재우 교수가 명대 류시준(劉時俊)의『거관수경居官水鏡』과 청대 호연우(胡衍虞)의『거관과과록居官寡過錄』에서도 일부 사건을 발췌해「비상준초」에 실은 사실을 밝혀냈다.[51]

다음으로 제3부 「의율차례」는 부서(部序)에서 밝혔듯이 『청률조례』와 함께 독무가 황제에게 상주한 제본과 형부의 복의(覆議)를 참조했고, 그중에서도 "정밀한 것만을 골라서 수록하여 법률의 적용에 서로 차이가 있을 때 참고"할 수 있도록 했다.[52] '의율차례'의 '의율(擬律)'이라는 것은 구체적 사건에 대해 원안으로서 법률을 적용하는 것을 말하는데, '정의(定擬)' 또는 '문의(問擬)'라고도 한다.[53] 심희기에 따르면, 『청률조례』가 『대청율례』를 가리키는 것은 분명하지만, 『대청율례』에도 10여 종의 판본이 현존하고 있어서 다산이 참조한 『청률조례』가 『대청율례』의 어떤 판본을 가리키는 것인지 분명하지 않다고 했다.[54]

제3부 「의율차례」에서 우리가 주목할 점은 다산이 『대명률』이 아닌 『대청율례』의 사례들을 소개했다는 점이다. 아마도 이것은 명대와 비교할 수 없을 만큼 청대에 와서 판례집 및 법률 관련 자료의 간행이 활발해진 사실과 연관이 있을 것이다. 다산은 실제로 제4부 「상형추의」에서 『대명률』뿐만 아니라 『대청율례』를 인용하기도 했다. 청대에 가장 큰 규모로 집대성된 관찬 판례집이라면 1834년에 처음 출간된 『형안회람』 60권이 있다. 『형안회람』은 1736년부터 1834년에 이르는 기간에 형부에서 심의한 사건 개요와 판결을 수록했는데, 총 5,650건에 달한다. 『형안회람』의 속편인 『속증형안회람續增刑案匯覽』 16권(1840)과 『신증형안회람新增刑案匯覽』 16권(1886)에 수록된 사건들까지 합하면 총 7,600여 건이다.[55] 만약 『형안회람』이 좀 더 일찍 간행되어 다산이 참조할 수 있었다면, 『흠흠신서』의 저술에 상당한 영향을 미쳤을 것이다.

제3부는 동일한 살인사건이라도 정황에 따라 어떻게 형벌 적용을 달리하는가를 논의한다는 점에서 유교적 사법제도의 메커니즘을 가장 정면으로 다룬다. 「의율차례」의 부서에서는 살인사건의 판결을 모살(謀殺), 고살(故殺), 투살(鬪殺), 희살(戲殺), 오살(誤殺), 과살(過殺) 등 여섯 가지로 구분할 수 있다고 하는데, 이를 위해서는 철저한 법리적 추론을 통해 살인의 고의성과 과실 여부를 정확하게 가려내는 것이 관건이다.[56] 이는 이미 「경사요의」 제1권 제1편에서 '대원칙'으로서 논의된 사안이자, 「상형추의」와 「전발무사」에서도 재차 강조된 사안이었다. 다산은 『상서』를 인용해 과실과 불운으로 우연히 일어난 범죄는 사면하고, 고의적 범죄나 재범의 경우에는 엄형으로 다스려야 한다고 강조했다.[57] 이처럼 다산이 『흠흠신서』에서 고의성과 과실 여부의 엄정한 판단과 법적 근거를 중시한 이유는 관형의 무분별한 남발을 막고 법질서를 바로잡는 데 있었다. 제3부 「의율차례」는 판결의 법적 근거를 구체적으로 제시할 뿐만 아니라 188건이나 되는 사례를 주제별로 분류해 수록함으로써 그 보편성과 다양성을 동시에 추구했다고 할 만하다. 구조적인 면에서는 『흠흠신서』에 실린 다른 사례들에 비해 매우 간략하지만, 서사적인 사건 개요와 처벌 내용 및 처벌의 근거로서 법조문을 모두 포함하고 있다.

『흠흠신서』의 다른 부분들과 비교할 때 제3부 「의율차례」가 눈에 띄게 다른 점이 다름 아닌 법조문이다. 이는 제3부에 『대청율례』 사례를 수록한 때문이기도 하고, 청대에는 모든 형사사건 보고서에 적용할 법률조항을 반드시 명기하도록 한 규정 때문이기도 하다.

제3부를 제외하고는 제1부와 제2부에 수록된 사례들에서는 법조문을 거의 직접적으로 인용하지 않았고, 제4부와 제5부의 사례들에서는 『대명률』, 『대청율례』, 『속대전』 등을 간간이 인용할 뿐이었다. 다산이 직접 형사사건을 판결했거나 분석한 사례들을 실은 「전발무사」를 비롯하여, 대부분 판례에서 가장 중요한 부분은 역시 법적 추론을 통한 형사사건의 법리적 해석이다.

법적 판결을 위한 형사사건 분석은 법조문 자체보다도 범죄의 진실을 법리적으로 재구성하는 '법 이야기'와 밀접하게 연결되어 있다. 다시 말해서 법적 추론은 법조문에만 형식적으로 의존하기보다는 범죄의 '특수한 정황'의 서사적 재구성에 의존한다. 이는 전통적 재판관이 법률이나 공정한 사법절차를 무시했다는 뜻이 아니라, 정·리·법을 포괄적으로 고려하면서 상식적으로도 가장 공정한 판결을 도출해내기 위해 나름대로 노력했다는 뜻이다. 그들의 법에 대한 관점은, 법을 '넓은 의미의 자료'로 본 포스너 판사의 관점과 매우 유사해 보인다.

따라서 각종 사건 보고서 및 검시 보고서, 판결문에 이르기까지 다양한 법의 서술과 수사를 활용하여 어떻게 구체적으로 법적 진실에 다가갈 수 있는가를 논의한 것이 바로 『흠흠신서』 제2부 「비상준초」다.

비(批)란 상급 관사에서 내려주는 비판(批判)을 가리키고, 상(詳)이란 소속 고을에서 올리는 신상(申詳)을 가리킨다. 우리나라에서는 신상을 첩보(牒報)라 하고, 비판을 제사(題詞)라 한다. 비판과 신상

외에도 심(審), 박(駁), 얼(讞), 의(擬) 등이 있는데, 그 체제는 대체로 서로 비슷하다.

사륙변려체(四六駢儷體)를 써서 대구로 의견을 제시하는 경우도 있고 대구를 쓰지 않고 논리적으로 의견을 제시하는 경우도 있는데, 어느 경우나 모두 우아하면서도 엄밀하여 우리나라의 제사와 첩보처럼 속되고 지루하여 싫증을 일으키는 경우와는 다르다. 장난을 치는 것처럼 의심스러운 내용 등이 더러 섞여 있어서 경박한 단점이 있기도 한데, 이는 심리를 신중하게 하고 죄수를 가엾게 여기는 취지가 아니다. 현재 사용되는 중국어로 기록하여 이해하기 어려운 것도 있는데, 이것도 찬찬히 연구하고 사례를 찾아보면 모두 뜻을 이해할 수 있다.[58]

조선 시대에는 검관(檢官)에 의해 일차적으로 작성되는 검험의 보고서인 첩보와 발사(跋辭)를 가장 중요시했다. 관찰사는 이 첩보와 발사를 바탕으로 사건의 처리를 지시하는 제사를 작성하는 한편, 상부—즉, 형조—에 사건을 보고하기 위한 계문(啓聞)을 작성한다. 형조는 국왕에게 조계(曹啓)를 올리고 국왕은 이를 바탕으로 최종적인 판결을 내리는데, 이것이 판부이다.[59] 이 과정에서 생긴 법률적 의견의 차이를 조정할 필요가 있는 경우에는 사건의 재조사를 명령하고, 또다시 앞에서 언급한 절차를 단계적으로 거쳐야 한다. 이 모든 절차는 반드시 문서화되는 것이 원칙인데, 이는 중국도 마찬가지였다.

모든 크고 작은 소송이 문서에서 시작해 문서로 끝나는 철저한 문서행정주의에 입각한 전통적 사법제도에서는 범죄사건의 우발성과 폭력성, 비일관성과 부조리를 결코 허용하지 않는다. 마치 범죄소설 속의 범죄사건이 그렇듯이 모든 범죄사건은 논리적이고도 일관된 서사적 설명―즉, 살인사건이라면 누가 누구를 언제 어디에서 어떻게 왜 죽였는지―이 가능해야 한다. 그것은 단선적인 서사적 질서(narrative order)에 따라, 게다가 특수한 법률용어와 서식―다른 말로 하자면, 메타서사(metanarrative)―에 맞추어 사건을 순차적으로 나열하고 재구성하는 것을 의미하는데, 사실 법정에서 이야기되는 범죄의 진실이란 단선적 서사 질서와는 거리가 멀다. 재판에 연루된 사람들은 모두 각자의 진실만을 말하기 때문이다. 원고와 피고, 증인들의 진술과 발언은 대개는 불일치하거나 서로 경쟁관계에 있으며, 재판관은 상충하거나 경쟁관계에 있는 이야기들의 '법적 진실'을 추적해 최대한 공평한 법리적 판단을 내려야 한다. 그는 또한 자신의 법적 판단을 가장 논리적이고도 일관성 있는 법 이야기로 재구성해야 하는 부담도 있었다. 이것이 앞에서 말한 다양한 서식에 맞춘 글쓰기다. 궁극적으로 생명과 관련된 일이기에 '경박'해서도 안 될 일이며, 사례를 "찬찬히 연구"할 필요가 있을 만큼 '정확한 글쓰기'가 요구된다. 다산이 제2부「비상준초」전반에 걸쳐서 자세한 용어 설명을 덧붙인 의도가 여기에 있다고 할 수 있다.

그러면 정확한 법률문서 작성의 용례를 제공하기 위해 다산이 발췌한『자치신서』와『염명공안』은 어떤 텍스트인가? 우선 초집(初集) 14권(강희 2년, 1663)과 이집(二集) 20권(강희 6년, 1667)으로 구성된『자치신서』는 1,200여 편에 이르는 명청 관료들의 안독(案牘)을 실었다.[60] 전체적으로는 문이(文移), 문고(文告), 조의(條議), 판어(判語) 4부로 구성되었고, 이를 다시 세부 주제별로 분류한 조목이 무려 60종을 넘을 정도로 포괄적이다. 다산은 주로 『자치신서』의 「판어부·인명편判語部·人命篇」에서 뽑은 사례들을 실었다. 『흠흠신서』 이외에는 『자치신서』가 조선에서 얼마나 널리 읽혔는지 확인할 길이 없으나, 당시 중국에서는 이 책이 여러 번 판각될 정도로 상당한 인기를 끌었던 듯하다. 아마도 그런 유명세 덕분에 쉽게 조선에까지 유입되었을 것으로 추측해볼 수 있다.

『자치신서』의 편찬자로 알려진 이어는 평생 관직에 나아간 적이 없지만, 극작가, 소설가, 소품문(小品文)의 대가로도 이름을 날린 문인이다. 특히 그의 소설 중에 『육포단肉蒲團』은 명대 소설 『금병매金瓶梅』에 비견될 만큼 선정적인 염정소설로 유명하다. 앞에서 소개한 『무성희』도 그의 작품이다. 그런 이어가 방대한 양의 안독을 수집해 이른바 '이학정치(理學政治)'를 위한 실용서로 읽히도록 출판한 사실이 상당히 뜻밖으로 여겨질 수 있다. 그러나 청대에 들어와서 관료(후보생)들이 각종 행정사무에 참고할 만한 관잠서가 활발하게 출판되었고, 청대를 통틀어 500종이 넘을 정도로 이 장르가 성행한 사실에 주목할 필요가 있다.[61] 글을 써서 생계를 유지하고 출판사를 운영하기도 했던 당시 '가장 잘 팔린' 작가 이어가 어느 정도 안정적인 수익을 보장하는 이 장르의 출판에 앞장서지 않을 이유가 없었을 것이다.[62]

그런데 이어가 『자치신서』 수권(首卷)에 자신이 쓴 글 「상형말의祥刑末議」와 「신옥추언愼獄芻言」을 실은 것을 고려할 때, 스스로 형정

사무에 관한 상당한 지식을 갖추고 있었던 것으로 보인다. 「상형말의」는 '논형구(論刑具)' 4칙(則)과 '논도옥(論盜獄)' 2칙, 「신옥추언」은 '논인명(論人命)' 9칙, '논도안(論盜案)' 5칙, '논간정(論姦情)' 5칙, '논일체사송(論一切詞訟)' 5칙으로 구성되어 있다. 다시 말해서 「상형말의」에서는 형벌과 구금에 관해 다루고, 「신옥추언」에서는 사안별로 살인, 강도, 성범죄(강간 또는 간통) 등 형사사건과 오늘날의 민사소송에 해당하는 사송으로 구분해 논의하고 있다.

후자의 인명사건과 관련하여 고소장 접수부터 검시에 이르기까지 관장(官長)의 신중함을 강조한 것은 이어도 여느 관잠서 저자와 마찬가지지만, 특별히 눈길을 끄는 것은 민간의 '조송지풍(刁訟之風)'을 막기 위해 인명사건의 고소장 장식(狀式)을 따로 만들어 고소인이 직접 작성하게 해야 한다는 제안이다.[63] 이어는 '무사(無私)', 즉 당사자가 사건을 꾸미거나 과장함이 없도록 인명사건을 고발하는 고소인의 이름과 나이를 기입한 후 '흉범(凶犯)', '흉기', '상흔', '처소', '시일(時日)', '간증(干證)' 등 단지 여섯 가지 항목만 간단히 적게 해야 한다면서, 그 견본을 삽입하기까지 했다.[64] 이밖에 「상형말의」의 '논도옥'에서는 감옥의 열악한 환경과 옥졸(獄卒)의 횡포를 지적하면서, 부녀자는 중죄인이 아닌 경우 가벼이 수감할 수 없다고 한 것이 인상적이다.[65] 요컨대 이어는 종합적인 성격의 안독집 『자치신서』의 서론으로서 유독 형정 및 소송에 관한 자신의 의견을 밝힘으로써, 『자치신서』의 주안점이 어디에 있는지를 명백히 보여준다. 이어의 개선안은 당시 관잠서나 법서를 관통하는 '예주형보'의 유교적 이상이나 인명을 중시하는 인도주의 정신을 그대로 계승하면서도 상당히 실용적이며 경험주의적인 특징을 보인다. 내심으로는 이어 자신이 지방관으로 발탁되기를 바랐을지도 모르지만, 어쨌든 그의 개선안이 실현되었다는 증거는 찾을 수 없다.

다시 『흠흠신서』로 돌아가 보자. 제2부 「비상준초」의 제1권은 심문, 사건 보고서 및 검시 보고서 작성 등 재판절차 전반에 관한 '통론(通論)'을, 제2권부터 제4권 제4조까지는 판례들을 실었고, 제4권 제5조부터 『염명공안』 사례들을 실었다. 그런데 『염명공안』은 『흠흠신서』에 발췌된 어떤 텍스트와도 달랐고, 다산도 스스로 그 차이를 인식했다는 사실이 중요하다. 앞에서도 살펴본 것처럼, 『염명공안』은 명말 건양 지방에서 상업적 출판인쇄소를 운영하며 출판업에 종사했던 여상두가 펴낸 책이다. 『염명공안』은 중국과 한국에는 판본이 남아 있지 않고, 단지 일본의 나이카쿠문고본(內閣文庫本)만 남아 있다. 그러나 다산의 『흠흠신서』에 『염명공안』이 발췌된 사실로 미루어볼 때, 『염명공안』이 이미 조선에도 유입되었음을 알 수 있다.

다산은 방각본으로 출판된 이 소설 텍스트를 『흠흠신서』에 실은 이유에 대해 "우아하고 바른[雅馴]" 문장으로 언급하고 있다.[66] 그런데 실제로 『자치신서』와 『염명공안』의 사례를 비교해보면, 단순히 문장 표현이나 수사학의 차이를 넘어서는 문제임을 알 수 있다. 『염명공안』은 대개 공안소설 장르가 그렇듯이 서로 다른 형식ㅡ즉, 원고의 고장과 피고의 소장, 재판관의 심리와 법리적 판단을 적은 판결문 등ㅡ의 텍스트들이 만들어낸 서사적 충돌과 다양한 층위의 목소리들ㅡ원고와 피고, 증인, 재판관 등ㅡ이 내는 불협화음을 반영하는 서사적 재구성에 주목한다. 중요한 것은 서사 그 자체라고 할 만큼, 단순히 법률 적용의 문제를 넘어서서 진정한 법적 진실을 찾는 작업 없이는 진정한 의미의 정의를 달성하기 어렵다는 사실이다. 공안소설이야말로 정의의 서사라 할 만하다. 법학자로서의 다산의 통찰력은 이처럼 수사학과 법 이야기의 중요성을 인식한 데서 발휘된다.

요컨대 다산이 『흠흠신서』에 인용한 중국 판례가 매우 포괄적이라고 보기는 어렵지만, 추상적 원리와 구체적 현실을 반영할 수 있는 다양한 사례들을 선별한 것은 분명하다. 다산은 『흠흠신서』에서 원론과 함께, 인명사건의 판결에 실질적인 도움을 줄 수 있는 전문지식을 동시에 반영하는 사례를 뽑아 판결의 객관적이고도 실질적인 기준을 제시하려고 노력했다고 할 수 있다.

법적 진실의 재구성: 중국 판례와 법 이야기

그렇다면 조선의 법정에서 중국 판례를 참조해야 하는 이유는 무엇인가. 다산은 어째서 「상형추의」와 「전발무사」처럼 조선 판례를 참조하는 데서 그치지 않았는가. 『흠흠신서』에 실린 사례들은 주제별로 분류하기 어려울 만큼 다양해 연관성이 없는 것처럼 보이지만, 사실 다산은 유교적 사법제도의 특성을 가장 잘 반영한 사례들을 집중적으로 실었다. 「의율차례」에 실린 사례들처럼, 조선 판례들도 살인이 고의적인지 과오에 의한 것인지, 살인사건의 주범인지 종범인지, 희생자가 범인과 혈연관계인지 아닌지, 즉 정리의 고려에 따라 완전히 다른 법리적 판단을 내릴 수 있는 사건들이었다. 제4부 「상형추의」에 실린 형사사건은 주범과 종범〔首從之別〕, 자살과 타살〔自他之分〕, 고의성의 유무〔故誤之辟〕, 복수 및 의살 등의 주제에 따라 분류되어 있는데, 이런 분류법은 제1부로부터 제3부까지 수록된 중국 판례들에도 적용된다. 이처럼 『흠흠신서』가 치밀하게 구성된 책이라는 것은 분명한 사실이다. 다산은 중국 판례와 조선 판례가 긴밀히 연관될 수 있도록 선별해 수록함으로써 좀 더 포괄적으로 유교적 사법제도의 메커니즘을 반영하고자 했다.

그런데 다산이 『자치신서』와 『염명공안』에서 뽑은 사례 중에는 논리적인 법적 추론보다 문학적 수사에 중점을 둔 것 같은 글쓰기도 자주 보인다. 예를 들어 『흠흠신서』 제2부 「비상준초」 제3권 제6조 "장능린간옥회비張能鱗奸獄回批"는 『자치신서』에서 뽑은 사례인데, 음승(淫僧)의 간통과 사기 및 살인사건에 대한 판결문이다. 법조문을 따질 필요도 없이 죄인의 즉각적인 처형을 촉구하는 매우 단호하고 간략한 판결문이기는 하지만, 정작 이 글에서 두드러진 것은 엄밀한 법리적 주장이라기보다는 현란한 시적 은유이다.

요망한 중 허희연(許喜然)이 백련교(白蓮敎)를 앞장서서 부르짖어 어리석은 백성을 선동하였다. 위승팔(衛勝八)이 한창 그를 부처로 떠받들자, 위승팔의 아내도 곧바로 허희연을 자기의 지아비라고 불렀다. 그리하여 허희연과 위승팔의 아내가 이곳저곳에서 정을 나누고 욕망에 빠졌다〔釋飛西蜀, 攜來巫峽之雲, 履竊東牆, 揖入摩伽之席〕. 정욕의 강물은 사람을 빠져 죽게 하는 법이기에 원한에 찬 혼백이 먼저 빠져 죽었고, 욕망의 불길은 몸을 불태우는 법이기에 원통한 해골은 재가 되었으니, 서글프다〔愛河溺性, 怨魄先沈, 火宅焚軀, 冤骸被燼, 傷哉勝八〕.

위승팔은 까까머리 중에게 아첨하다가 자기의 머리털을 잃었고, 위승팔의 아내는 도술을 믿다가 자기의 생명을 잃었다. 위승팔의 아내가 불교에 귀의하였다가 죽어서 화장되는 보답을 받았으니, 이는 사악한 마귀도 두려워할 것이다. 간통한 일 때문에 사람을 죽게 하였을 경우에는 적용하는 법률이 있으니, 계획적인 살인을 저질렀을 때 적용하는 법률 조문까지 번거롭게 인용할 필요도 없다. 이 중을 속히 처결하여 지옥을 채워야 한다.[67]

인용문에서 허희연과 위승팔의 아내가 간통한 사실을 언급한 원문을 그대로 직역하면, "중이 서촉(西蜀)으로 날아가 무협(巫峽)의 구름을 끌어오고, 발길은 몰래 동쪽 담장을 넘어 마가(摩伽)의 침대로 들어갔다"라는 뜻이다. 다산의 해설에 따르면, '무협'은 초회왕(楚懷王)이 여신을 만나 운우지정(雲雨之情)을 나누었다는 무산(巫山)을 가리키며, '마가'는 『능엄경楞嚴經』에 나오는 음란한 여자를 가리킨다. 뒤이어 나오는 '애하(愛河)'도 『능엄경』에 나오는 말이며, '화택(火宅)'은 『법화경法華經』에 나오는 표현이다. '화택', 즉 '불타는 집'은 욕망에 찬 속세〔欲界〕가 불타는 집처럼 중생을 불태운다는 의미라고 한다.[68] 이 문장만 보면 간통 및 살인사건에 대한 판결문으로 보기 어려울 만큼 비유적이고 함축적인 글인데, 아마도 「비상준초」 부서에서 다산이 언급한 "사륙변려체를 써서 대구로 의견을 제시한" 사례로 보인다. 변려문이라든가 명청대 과거시험 형식으로 정착한 팔

고문(八股文)은 형식에 지나치게 얽매여 창의적인 사고와 글쓰기를 방해했다는 비판도 많지만, 이런 문학적 경향이 법적 글쓰기와 문학적 글쓰기의 경계를 허무는 역할을 했다고도 볼 수 있다.

과거제도는 기본적으로 전문지식보다는 인문학적 소양을 갖춘 인재를 선발하는 제도였다. 따라서 과거시험으로 선발된 당시 법관들에게 문학적 글쓰기는 낯선 작업이 아니었을 뿐만 아니라, 독자를 설득하고 공감을 불러일으키는 데에도 효과적인 글쓰기로 자연스럽게 인식되었을 것이다. 그리하여 다산이 추구한 법적 글쓰기는 "우아하면서도 엄밀한(典雅精嚴)" 글쓰기다. 그는 정확하고 치밀한 법적 글쓰기가 우아하고 미적인 표현을 중시하는 문학적 글쓰기와 배치된다고 보지 않았다. 법률지식이 아무리 풍부하고 정확하더라도 속되고 경박한 글은 상관과 국왕을 비롯한 까다로운 독자들을 설득할 수 없기 때문이다. 결국 언어와 형식의 제약을 뛰어넘는 고도의 서사전략을 구사하는 법 이야기만이 올바른 법적 판단과 공정한 판결로 귀결되는 법적 글쓰기의 궁극적 목표를 달성할 수 있다.

따라서 우리는 조선에서도 비슷한 예를 쉽게 찾을 수 있다. 이를테면 제4부 「상형추의」 제11권에 실린 "정리지서情理之恕"의 다섯 번째 사례가 그 한 예이다. 이 사례는 모친상을 당한 아들 정대원(鄭大元)이 죽은 어머니의 음란한 행실을 떠벌려 어머니를 모욕한 이웃 김광로(金光魯)를 폭행해 죽게 한 사건이다. 유교적 도리에 따른다면 충분히 정상참작을 고려할 만한 이 사건이 논란거리가 된 이유는 부모의 생명이 아닌 부모의 '명예'를 훼손한 가해자를 그 자

식이 살해했을 때 어떻게 처벌할지 정확한 법률조항이 없다는 데
있다.

　삼가 『속대전』 「형전·살옥刑典·殺獄」을 살펴보니 이르기를 '아버
지가 남에게 구타를 당하여 심한 상처를 입자 그 아들이 가해자
를 구타하여 죽게 한 경우에는 사형을 감하여 정배(定配)한다' 하
였으니, 효도로 다스리는 정치는 이렇게 해야 지극하다고 하겠습
니다. 이번 사건에서 추악한 말로 어머니를 모욕한 것은 아버지
가 남에게 구타를 당하여 심한 상처를 입은 것과는 다르므로 『속
대전』의 조문을 인용해서 규례로 삼을 수 없습니다.
　그러나 이전의 역사에서 찾아보면, 중국 북위(北魏)의 태무제(太武
帝)가 고윤(高允)의 일을 칭찬하기를 '죽을 수 있는 상황이 닥쳐도
말을 바꾸지 않은 것은 신의〔信〕이고, 신하가 되어 임금을 속이
지 않은 것은 곧음〔貞〕이다' 하고서는 특별히 그의 죽을죄를 용서
해주었는데, 주자가 이 고사를 채취하여 『소학』 「선행·실명륜善
行·實明倫」에 수록하였습니다. 고윤이 국가의 체면을 손상하는
내용까지도 드러내어 밝힌 것은 용서할 수 없는 죄이지만, 그의
곧음과 신의로 특별히 죽을죄를 용서받은 것입니다.
　바닷가의 사납고 거친 지역에서는 도덕이라고는 찾아볼 수가 없
고 속임수만 판을 치니, 무너진 풍속을 돌이켜서 바로 세우는 방
도로 볼 때 이러한 사람을 특별히 용서해주고 도리어 표창하는
것이 합당할 듯하기도 합니다. 그렇기는 하지만 범죄는 목숨으로
보상해야 할 죄에 해당하고 정상을 참작해준다는 조문이 없습니
다. 삼가 바라건대 조사한 문서를 속히 올리고 실제 정황을 자세
히 진술하게 하여 예사롭지 않은 처분을 내려주소서.[69]

이 사건에 대한 첩보를 올린 사관(査官)은 법리적 의견을 피력하기에 앞서, 피고인 정대원이 김광로를 구타하게 된 간략한 경위를 설득력 있게 서술한다. 즉, 정대원이 10세에 아버지를 여의고 20년 동안 어머니와 외롭고도 힘들게 살아온 사연과 함께, 눈물이 마르기도 전에 어머니에 대한 추악한 모욕을 들었을 때 자식으로서 느꼈을 분노를 언급하며 공감을 호소한다. 더구나 범행 이후 그가 숨김없이 정직하게 심문에 임한 태도는 그가 본래 악인이 아니며, 그의 범행이 효성에서 우러나온 우발적 행위임을 증명한다고 주장한다.[70] 다만 법조문에는 부모를 구타한 가해자를 살해한 자식의 경우에만 감형하는 조항이 있을 뿐인데, 사관은 감형의 근거로 다른 법조문이나 선례를 인용하는 대신 『소학』에 나온 고윤의 사례를 제시하며 간곡하게 국왕(정조)의 관용을 촉구한다. 고윤은 북위 태무제 때 태자(太子)의 스승으로 사서(史書)에 기록한 내용 때문에 황제의 심문을 받지만, 사실대로 말하고 신의를 지킨 덕분에 죄를 용서받았다는 이야기다.

결과적으로 사관의 호소는 받아들여졌다. 정조는 한술 더 떠서 부모가 살아 있을 때 구타를 당하였거나 죽은 뒤에 모욕을 당하였거나 자식의 분노는 똑같다고 주장하기까지 한다.[71] 부모의 명예훼손에 대한 자식의 복수행위를 정상참작이 가능한 경우로 여겨 『대명률』과 『속대전』 규정을 확대 해석해 적용한 것이다. '굴법돈속'을 내세운 정조의 도덕주의적 경향은 이 경우에도 잘 드러나는데, 다산도 억울하게 모함당한 부모를 위한 복수는 그 명분이 중대하다면서 정조의 판결에 적극적으로 동조했다.

명분론에 입각한 복수행위에 대한 관용주의는 결국 복수를 빙자한 범죄가 사회적으로 만연하는 결과를 가져온다. 예를 들어 「상형추의」 제10권 "복설지원復雪之原"의 첫 번째 사례를 보면, 피고 윤항(尹恒)은 아버지를 구타—아버지는 구타당한 지 38일 만에야 사망했다—한 원수—윤씨 집안의 서얼 윤언서(尹彦緒)였다—를 죽인 후 배를 갈라 창자를 꺼내 허리에 감고는 스스로 관아에 갔다. 이 끔찍한 살인사건에 대하여 조정에서 논의가 분분했고 사면할 수 없다는 의견이 대세였지만, 정조는 도리어 재조사를 명령하고 해당 수령과 감사를 징계한다. 해당 수령을 두둔한 형조 또한 정조의 추상같은 비판을 면할 수 없었다.[72] 다산은 이 사건이 1차 검험〔初檢〕 때부터 윤항의 아버지가 죽은 결정적인 사인(死因)을 제대로 밝히지 못한 심각한 오류를 지적하고, 한편으로 지나치게 잔혹한 윤항의 복수에 대한 징계도 주장했지만, 정조의 감형 판결에 이의를 제기하지는 않았다.[73]

이렇듯 '풍속의 교화'를 위해 용서할 수 있는 사건들은 정대원 사건과 마찬가지로 서사적 전략을 활용하여 좀 더 설득력 있는 이야기로 재구성하고자 하는 '작가'의 의도가 두드러진다. 「상형추의」 제11권에서 "정리로 용서〔情理之恕〕"할 수 있는 사건과 "정의로운 기개로 보아 용서〔義氣之赦〕"할 수 있는 사건으로 분류한 사례 10건을 살펴보면, 사건의 법리적 해석보다는 윤리적 의미와 사회적 파급효과를 강조하는 경향이 두드러진다. 결국 윤리적 교훈담으로 재구성된 법 이야기는 피고인들에 대한 동정 서사만으로 구성된 것이 아니라, 더 나아가 피고인들을 도덕적 영웅으로 재현한다.

이 중에서도 유명한 김은애(金銀愛) 사건과 신여척(申汝倜) 사건은 정조의 명을 받든 이덕무에 의해 「은애전」이라는 인물 전기로 다시 서술되었다.[74] 김은애 사건은 열여덟 살에 불과한 새색시 김은애가 결혼 전부터 자신에 관한 추문을 퍼뜨린 이웃 노파를 십여 차례나 칼로 찔러 살해한 사건이다. 신여척 사건은 병든 아우를 학대하고 돌보지 않는 형을 이웃인 신여척이 꾸짖고 다투다가 폭행했고, 다음날 그 형이 사망한 사건이다. 정조는 판부에서 신여척을 "우애하지 않은 형제의 죄를 다스린 사람〔治不友之罪者〕"이라면서 칭찬을 아끼지 않았고, 다산도 이를 "정의에 따라 사람을 죽인 경우〔所謂殺人而義者〕"라며 정조의 사면을 지지한다.[75]

한편 김은애 사건의 경우는 계획적인 살인사건이라는 점에서 우발적인 폭행치사사건인 신여척 사건과는 큰 차이가 있다. 당시 폐쇄적인 농촌공동체에 미친 추문의 사회적 영향력과 그로 인한 범죄의 만연을 고려할 때, 피해자의 악의적이고 집요한 모함에 가해자가 느꼈을 심리적 고통과 모욕감은 충분히 이해할 만하지만, 십여 차례나 노파를 칼로 찔러 살해한 정황 자체는 참으로 끔찍하고도 냉혹하기 그지없다. 그러나 정조의 해석은 완전히 달랐다. 정조는 "열렬한 사내조차도 행하기 어려운 일〔熱血漢子所難辨〕"이라며, 『사기』를 쓴 사마천도 「유협열전遊俠列傳」에 기록했을 일이라고 칭찬을 아끼지 않았으니,[76] 오늘날 명예살인이나 사적인 복수가 법적으로 허용되지 않는 법문화와 얼마나 큰 차이가 있는지 알 수 있다.

이처럼 법리적 판단에 앞서 윤리적 판단이 요청되는 일련의 범죄사건에서 법과 문학의 관계가 더욱 긴밀해지는 것은 우연이 아니다. 특히 다산이 『염명공안』에서 발췌한 사례들에서 이런 점이 두드러진다.

『흠흠신서』와 『염명공안』의 비교

<table>
<tr><th colspan="2">『흠흠신서』</th><th colspan="2">『염명공안』</th><th>사건 내용</th></tr>
<tr><td rowspan="10">「비상준초」 제4권 제5조 ~ 제5권 제9조</td><td>4.5. 孫知縣殺妻審語: 憤死圖賴</td><td rowspan="10">인명류(人命類)</td><td>15. 孫侯判代妹伸寃</td><td>남편에 의한 부인의 폭행치사사건 심의</td></tr>
<tr><td>4.6. 丁知縣訟兄審語: 病死圖賴</td><td>18. 丁府主判累死人命</td><td>병사(病死)를 폭행치사로 허위 고발한 사건 심의</td></tr>
<tr><td>4.7. 吳推官殺弟判語: 殘弟滅姪</td><td>12. 吳推官判謀故姪命</td><td>재산상속분쟁으로 인해 형제와 조카를 포함한 여러 친족을 독살하고 모함한 사건에 대한 판결문</td></tr>
<tr><td>4.8. 范縣令殺嫂批語: 貞婦逼嫁</td><td>? (현존 판본에는 없음)</td><td>과부인 형수를 재혼하도록 협박해 자살하게 만든 사건</td></tr>
<tr><td>4.9. 馮知縣佃戶審語: 爭水殺婦</td><td>14. 馮侯判打死妻命</td><td>폭행치사사건 심의</td></tr>
<tr><td>4.10. 夏知縣土豪審語: 索債毆人</td><td>13. 夏侯判打死弟命</td><td>채무관계로 인한 구타 및 상해치사 사건에 대한 심의</td></tr>
<tr><td>4.11. 楊淸艄工批語: 片言折獄</td><td>1. 楊評事片言折獄</td><td>강도살인 및 허위고발사건 수사 및 판결</td></tr>
<tr><td>4.12. 蘇按院淫僧決詞: 壁書發奸</td><td>17. 蘇按院詞判奸僧</td><td>음승의 치정살인사건 수사 및 판결</td></tr>
<tr><td>4.13. 張淳殺姪判詞: 三鬼嚇詐</td><td>2. 張縣尹計嚇兇僧</td><td>음승의 강간살인사건 수사 및 판결</td></tr>
<tr><td>4.14. 劉通海殺妻判詞: 三人强姦</td><td>10. 劉縣尹判誤妻强姦</td><td>강간살인사건 수사 및 판결</td></tr>
</table>

『흠흠신서』		『염명공안』	사건 내용
「비상준초」제4권제5조~제5권제9조	5.1. 譚經殺妻判詞: 冤魂跟追	9. 譚知縣捕以疑殺妻	의처증이 있는 남편의 아내 살해사건 및 원귀 등장
	5.2. 洪巡按妻獄判詞: 鬼告酒槨	11. 洪大巡冤死侍婢	남편이 간통한 아내를 보복 살해하고, 범죄를 은폐하기 위해 시녀 또한 살해. 원귀 등장
	5.3. 舒推府僧獄判詞: 風吹休字	6. 舒推府判風吹休字	폭행치사사건으로 초자연적 현상에 의존하여 사건 해결
	5.4. 郭子章劫殺判詞: 義猴報主	3. 郭推府判猴報主	강도살인사건으로 초자연적 현상에 의존하여 사건 해결
	5.5. 曹立規劫殺判詞: 靈蛛告兇	8. 曹察院蜘蛛食卷	치정살인사건으로 초자연적 현상에 의존하여 사건 해결
	5.6. 蔡應榮劫殺判詞: 朱帽得屍	4. 蔡知縣風吹紗帽	강도살인사건으로 초자연적 현상에 의존하여 사건 해결
	5.7. 樂宗禹劫殺判詞: 買瓜得屍	5. 樂知府買大西瓜	강도살인사건으로 초자연적 현상에 의존하여 사건 해결
	5.8. 項德祥劫殺判詞: 聽鳥得屍	7. 項理刑辨鳥叫好	강도살인사건으로 초자연적 현상에 의존하여 사건 해결
	5.9. 黃甲劫殺判詞: 跟鴉得屍	16. 黃縣主義鴉訴冤	강도살인사건으로 초자연적 현상에 의존하여 사건 해결

※ 인명류(人命類) 는 『염명공안』의 分類이다.

위의 표를 살펴보면, 다산이 문장이 "아순(雅馴)"하다고 소개한
「비상준초」 제4권 제5조부터 제10조까지의 사례를 제외하고는 제
11조부터는 허구적 서사성이 두드러진다. 다산도 「비상준초」 제4
권 제11조부터 제14조까지는 "여상두의 '소설'에서 발췌한 것인데,
문장은 아순하지 못하지만 죄인을 구속해 사건을 조사하고 심문하

는 방법을 참고할 만하다[係余象斗小說, 頗不雅馴, 唯其差拘審核之法可考]"고 소개했다.[77] 문장이 아순하지 못하다는 것은 법률문서 작성의 사례로서 참고하기에는 부적절하다는 의미이다.

예를 들면 제11조 "양청소공비어楊清艄工批語"는 한 의옥사건에 대한 양청(楊清)의 재심 판결문이다.[78] 상인 조신(趙信)은 친구 주의(周義)와 뱃사공 장조(張潮)의 배를 타고 남경으로 가서 베[布]를 사기로 약속한다. 이른 새벽에 조신이 먼저 장조의 배를 탔는데, 장조는 은(銀)을 노리고 주위에 사람이 없는 틈을 타 조신을 물에 빠뜨려 죽인다. 주의가 도착하여 조신을 기다렸지만, 그는 오지 않았다. 그러자 주의는 장조를 시켜 조신의 집에 가서 재촉하도록 했다. 장조가 부인을 불렀으나 한참만에야 나온 부인 손씨(孫氏)는 깜짝 놀라며 남편이 떠난 지 오래라고 말한다. 아무리 찾아도 조신을 찾을 수 없자 주의는 고소장을 제출한다. 심문 과정에서 뱃사공 장조는 오히려 부인 손씨를 범인으로 지목하는데, 손씨는 고문이 두려운 나머지 자신이 남편을 죽인 범인이라고 거짓으로 자백한다.

대리시 좌평사(大理寺左評事) 양청은 거울처럼 명철하고 매우 식견이 있었다. 양청이 손씨의 사건에 관한 한 묶음의 문서를 보고 갑자기 깨닫게 되었다. 그로 인하여 다음과 같이 판결하였다. "대문을 두드리며 부인을 불렀으니, 그야말로 방안에 남편이 없다는 사실을 알았던 것이다."
이 두 구절의 말만으로도 뱃사공이 계획적으로 살해한 사건이라는 것을 살폈던 것이다.[79]

장조가 조신을 재촉하러 조신의 집에 갔다면 당연히 조신을 불러야 하는데, 부인을 부른 일은 무언가 석연찮다. 그러나 살인사건이 아니라면, 어쩌면 그것은 대수롭잖게 넘어갈 사소한 문제이기도 하다. 양청이 조서에 적힌 두 구절이 살인자를 가리키는 결정적인 단서임을 간파한 것은,『당음비사』에서 문서에 적힌 '장삼옹'이라는 단 한마디 말로 사기사건을 해결한 정호를 연상케 한다.[80] 셜록 홈즈에 버금가는 명탐정들이 아닐 수 없다. 이처럼 전근대 동아시아에서도 면밀한 관찰과 예리한 추리력에 의존한 치밀한 범죄수사가 불가능한 것만은 아니었음을 알 수 있다.

그런데 다산은 여기에서 더 나아가「비상준초」제5권 제1조부터 제9조까지는 "황당하여 초록에 알맞지 않음〔荒誕不中抄錄〕"을 알면서도 고소장이나 진술서의 모범적 사례로 삼을 만하다며『흠흠신서』에 싣는다.[81] 황당하다고 한 이유는 아마도 이 이야기들이 미궁에 빠진 사건을 해결하기 위해 원혼이나 초자연적 현상에 자주 의존하기 때문인 것 같다.

이를테면 제5권 제1조 "담경살처판사譚經殺妻判詞" 사례에는 의처증이 있는 남편에게 억울한 죽임을 당한 아내의 원혼이 도망치는 남편을 따라다닌다. 여관에서 혼자 묵은 남편은 두 사람의 숙박요금을 내라는 여관 주인과 말다툼을 벌인다. 여관 주인 말로는 동행한 젊은 여인이 있었다는 것. 이렇듯 아내의 원혼이 은밀하게 남편의 체포와 처벌을 돕지만, 정작 남편의 눈에는 원혼이 보이지 않는다는 사실이 이 이야기의 흥미로운 반전이다. 그러나 정작 이 이야기에서 다산이 주목한 것은 사륙변려체를 사용한 재판관의 판결문이었다.[82]

『염명공안』에서 발췌한 사례들에 강간살인이라든지, 배우자 살인사건 같은 성범죄 관련 사건들이 다수 포함되어 있다는 점이 눈에 띈다. 특히 제5권 제2조 "홍순안처옥판사洪巡按妻獄判詞" 사례는 현직 관료가 아내의 간통 사실을 은폐하기 위해 아내와 함께 시녀까지 살해한 냉혈한으로 밝혀지는 충격적인 사건이다. 이 완벽한 범죄의 진실을 밝힌 이는 억울한 죽임을 당한 시녀의 원혼이었다.[83] 제4권 제14조 "유통해살처판사劉通海殺妻判詞" 사례는 의처증이 있는 남편이 자신의 친구들을 사주해 아내의 성폭행을 기도하고 아내를 자살하게 만드는데, 앞에서 살펴본 『용도공안』 제27회 「시가반시진」 이야기와 매우 유사하다. 다만 여기에서는 남편과 공범이 은폐하려던 진실을 밝혀내는 심문 과정이 상당히 자세히 기술되었고, 판결문과 함께 강간 기도에 저항하다 자살한 피해자에 대한 정려 사실 또한 온전히 실려 있다.[84] 다산이 이 이야기를 『흠흠신서』에 수록한 까닭을 짐작할 만하다. 제3부 「의율차례」와 제4부 「상형추의」에도 강간살인사건이나 간통으로 인한 배우자 살인사건 같은 충격적인 성범죄사건들이 다수 수록된 것을 보면, 다산이 『염명공안』의 성범죄 이야기를 발췌해 실은 이유도 당시 도덕질서를 위협하는 성범죄의 심각성에 있었다고 할 수 있다. 이렇듯 『흠흠신서』에서는 공안소설이라는 장르를 법률지식을 제공하는 법서이자 범죄소설로도 읽는 문화적 유연성이 잘 발휘된 사실을 확인할 수 있다. 결국 공안소설을 대중적 법서로 읽는 독서관습이 19세기 조선 사회에도 잘 정착되었던 것으로 보인다.

그러나 다산은 중국 판례나 법 이야기를 단순히 메타서사로서,

또는 일종의 모범사례로서만 제시한 것은 아니었다. 오히려 그는 중국과 조선의 사회관습의 격차를 지적하면서, "법률만 전적으로 숭상하는" 중국에 이른바 강상범죄 발생이 조선보다 열 배나 더 많은 폐단을 비판했다.[85] 다산이 『흠흠신서』에 중국 판례를 수록한 이유로서 우리가 재고해야 할 것은 당시 조선의 재판관이 당면한 현실이다.

> 형조가 아뢴 내용 중에서 '밀쳐서 내던졌습니다[擠擲]'라고 한 것과 '끌어내서 떨어뜨렸습니다[曳墜]'라고 한 것을 명확하게 구분하지 못한 이유로 신을 끊임없이 나무랐으니, 신은 참으로 수용하여 죄로 삼아야 합니다. 그러나 만약 극단적으로 나누려고 한다면, 제(擠)와 척(擲) 두 글자도 원래 의문을 가져야 합니다. 신의 생각은 이렇습니다. 제(擠)는 떠미는 것이고 척(擲)은 내던지는 것이니, 떠미는 것과 내던지는 것은 각각 형세가 다릅니다. 제(擠)는 잡았던 손을 놓고 상대를 밀어서 넘어지게 하는 것이지만, 척(擲)은 잡은 손에 힘을 주어 붙잡고서 내던져 떨어지게 하는 것입니다. 따라서 밀치면 내던지지 못하고 내던지면 밀치지 못하는 법이니, 이 두 가지를 한 가지 일로 합쳐 놓은 것은 본래 명확하지 못했습니다. 형조가 아뢴 내용에서는 어찌하여 이 두 가지를 분별하지 않았는지 모르겠습니다.[86]

이 사례는 『흠흠신서』 제5부 「전발무사」에 두 번째로 실린 「송화현강문행사계발사松禾縣姜文行査啓跋辭」로 주범과 종범이 연루된 폭행치사사건이다. 백만장(白萬章)이 아버지를 강씨(姜氏)의 산에 몰래

매장한 사실로 시비가 붙어 강문행(姜文行)이 방 안에 있던 백만장을 끌어내 마당으로 떨어뜨렸고, 강문행을 따라온 강의손(姜儀孫)이 뒤이어 그를 구타했다. 며칠 후에 피해자가 죽었는데, 문제는 누가 피해자의 사망에 결정적인 원인을 제공했느냐였다. 1차 검험에서는 사망의 실인(實因), 즉 실제 원인을 구타로 보아 주범이 강의손으로 확정되었다. 그런데 2차 검험[覆檢]에서는 검시기록인 시장(屍帳)에 구타로 인한 상처가 기록되지 않은 사실을 근거로 추락으로 인한 내상(內傷)을 실인으로 보았고, 주범을 강문행으로 확정했다.

이 사례는 비교적 단순한 사건처럼 보이지만 희생자의 사망원인을 확인하는 과정에서 주범과 종범이 바뀌는 바람에 많은 논란을 불러일으켰고, 끝내 명확한 결론이 나지 않았다. 주범을 확정하는데 신중할 수밖에 없는 까닭은 사형으로 처벌될 수 있기 때문인데, 결국 정조는 나중에 주범으로 확정된 강문행도 참작하여 처벌하도록 판결한다.[87] 이 사건을 재조사한 다산은 애초에 사건 보고서에 사용된 애매한 표현이 오해를 불러일으켰다고 예리하게 지적한다.

> 대체로 오래된 사건을 조사하는 법에서는 검안을 위주로 해야지 새로 나온 진술을 기준으로 삼아서는 안 됩니다. 그런데 이 살인 사건에서는 '밀쳐서 내던졌습니다'라고 하거나 '끌어내서 떨어뜨렸습니다'라고 하거나 간에 모두 사건을 담당하는 관원이 진술하는 말을 듣고서 글을 작성하고 의미를 따라서 글자를 사용하였으니, 글자의 의미를 세밀히 따지면 전혀 다른 것 같지만 말의 의미를 통틀어 따져보면 사실은 서로 뒤섞어 사용하기가 쉽습니다.

그러므로 죄수가 진술할 때에는 '전혀 변경하지 않았다'라고 스스로 생각하지만, 조사 보고서에서는 약간 차이가 있는 것을 피하지 못합니다. 이러한 원인은 참으로 언어와 문자가 본래 다르기 때문입니다. '밀쳐서 내던졌습니다'라고 한 것과 '끌어내서 떨어뜨렸습니다'라고 한 것은 모두 강문행의 입에서 나온 그대로 적은 말이 아닙니다. 강문행이 말한 것이라고는 처음부터 지금까지 줄곧 '끌어내서 내리꽂았습니다'라고 하였습니다. (…) 형리와 검안한 관원이 이를 번역하여 문장으로 만들면서 '밀쳐서 내던졌습니다'라거나 '끌어내서 떨어뜨렸습니다'라고 하였습니다. 따라서 이치상 융통성 있게 보아야 정황상 미루어 통달할 수가 있습니다.[88]

결국 언어와 문자가 다른 데서 생긴 혼란이라는 것인데, 당시 조선의 법정에서는 일상적으로 겪는 현실이 아니었을까 싶다. 바로 말과 글의 불일치다. 우리말로 표현하면 밀치는 것[擠]과 던지는 것〔擲〕의 차이를 구별하지 못하는 사람은 없을 것이다. 그런데 상반된 의미를 지닌 글자를 붙여서 '제척'이라고 표현하니, 사망원인을 확정하는 데 많은 혼동을 일으켰다는 것이다. 다산에 따르면 강문행의 진술은 시종일관 피해자를 "끌어내서 내리꽂았다〔出而昆之〕"라고 하고 말을 바꾼 적이 없다. 다산의 말대로 썼다면, 처음부터 강문행을 주범으로 확정하는 데 큰 논란은 없었을 것이다. 그런데 형리와 검관이 강문행의 구두 진술을 번역해 문자화하는 과정에서 엉뚱한 글자를 쓰는 바람에 혼동을 일으킨 것이다. 사소해 보이는 글자 한두 자의 차이가 주범과 종범을 바꿔 한 인간의 억울한 죽음을 초래할 수도 있을 만큼 중대한 사안이 된 것이다. 다산이 제2부 「비상준초」에서 재차 강조한 것처럼 보고서 작성이 결코 사소한 일이 될 수 없는 이유를 명백히 보여주는 사례가 아닐 수 없다.

구두 진술을 문자화하는 과정에 신중해야 하는 까닭은 실제로 진술한 당사자의 목소리가 왜곡되거나 억압되고, 말을 글로 옮긴 '저자'—최종적으로는 재판관—의 목소리로 대체될 수 있기 때문이다.[89] 이러한 과정은 문서행정주의가 보편화된 중국의 법정에서도 거의 피할 수 없는 일이었다. 법정기록이 승인되지 않은 이야기들을 승인된 형태로 재구성하거나 재해석한 결과물이라는 점에 주목할 때, 법률이란 어떤 면에서는 "승인된 형태로 표현되지 않은 이야기들을 억압하는 힘을 가진 권위적 언어이거나 또는 담론"이 될 수 있다.[90] 말과 글이 분리된 조선의 법정에서 이런 현상은 더욱 극단적으로 나타날 수 있다. 다산이 우려한 것이 바로 이 점이었다.

다산은 처음부터 '정의(正義)'의 문제가 '정의(定義)'의 문제와도 직결되어 있음을 간파했기에 정확한 언어 사용과 정밀한 글쓰기를 강조하고, 또 강조했다. 다시 말해서 이원화된 언어 사용이 고착된 조선 사회에서는 공평성에 입각한 판결도 번역과 재구성의 과정에서 왜곡을 피하기 어려운 언어적 현실을 다산은 우려한 것이다. 글자 한 자에 한 사람의 목숨이 달려 있다면, 어떻게 글쓰기에 신중하지 않을 수 있을 것인가. 이것이 바로 『흠흠신서』가 법률과 수사학의 관계를 파고든 진정한 이유인 것은 새삼 다시 말할 필요도 없다.

지금까지 우리는 유교적 법문화에서 법 이야기가 갖는 의미의 맥락을 좇으면서 『흠흠신서』와 중국 판례의 관계를 고찰했다. 유교적 사법제도 아래 법률은 결코 도덕적 호소와 요청에 둔감할 수 없다. 이때 유교적 수사학은 법의 보편성과 추상성이 구체적 현실과 인간관계를 반영할 때 발생하는 불협화음을 조정하는 역할을 한다. 다산은 『흠흠신서』에서 유교경전을 포함한 방대한 문헌으로부터 중국 판례와 조선 판례를 선별해 수록하고 비교 분석함으로써 이 문제에 천착한다. 이 문제를 해결하기 위해 다산이 『흠흠신서』에서 강조한 것은 해박한 법률지식과 치밀한 법리적 해석만이 아니라, 법과 문학의 경계를 허무는 '진실'의 수사학이었다.

『흠흠신서』가 편찬된 시기는 영·정조 시기의 사법정책을 반영한 법서가 많이 보급되던 시기였다. 정조 2년에 편찬한 『흠휼전칙欽恤典則』을 비롯해 『전률통보典律通補』(1786), 『추관지』(1791), 『증보무원록增補無寃錄』(1796) 등이 편찬되어 소송판결의 기준과 절차를 마련했고, 천여 건에 달하는 정조의 판부를 모아 간행한 『심리록』도 중대한 형사사건의 판결 사례들을 풍부하게 제공했다. 『흠흠신서』는 이와 같은 시대적 경향을 반영하면서도 다른 법서들이 미처 다루지 못한 원론적인 측면을 파고들었다. 다산은 조선 후기 흠휼정책의 기본적인 틀을 부정하지 않으면서도 무분별한 관형주의를 막을 수 있는 원칙과 구체적인 방법론을 제시하고자 노력했다. 유교적 사법제도에서는 법리보다는 정리에 호소하는 도덕적 수사학이 폭넓게 허용되며, 법정 안팎에서 진술되거나 문자화된 다양한 법 이야기는 공공연히 동정이나 연민, 공분 등 이성보다는 감정에 호소하곤 한다. 판결문 등 다양한 형태의 법률문서 작성에서 법률지식이나 법조문의 단순 나열보다 윤리적 설득의 기술이 요구된 것도 이 때문이다.

이런 맥락에서 법의 보편성을 달성하는 데 가장 큰 장애물은 걸핏하면 '굴법돈속'의 논리와 관용의 정치학을 내세우는, 최고 법정의 대법관인 국왕 자신처럼 보이기도 한다. 그러나 실제로는『흠흠신서』나『심리록』의 사례들에서 보이듯 국왕의 법정에서도 법적 진실을 찾고 정의에 도달하기 위해 매우 치열한 논의들이 이루어진 사실을 확인할 수 있다. 그 논의들에서 중심이 되는 것은 유교적 원리라기보다는 역시 법률문제였다. 강문행 사건을 예외적인 사례라고 볼 수 없는 이유이다. 글자 한 자에도 신중할 수밖에 없었던 이유는 어떤 정치적 명분 때문이 아니라, 단 한 사람의 억울한 희생도 없도록 하는 것이 법이 궁극적으로 도달해야 하는 목표이자 정의이기 때문이다. 이것이『흠흠신서』서문에서 밝힌 흠휼정신이며,『흠흠신서』의 법 이야기는 바로 이 정신을 실현하는 일련의 과정에 대한 '법의 서술'이라고 할 수 있다.

개구리의 송사 :
우화소설과 법 이야기

3

지금까지 우리는 주로 법관의 시점에서 서술된 다양한 법 이야기를 살펴보았다. 『당음비사』처럼 우화적인 법 이야기가 있는가 하면, 『흠흠신서』처럼 법정진술이나 재판관의 심리와 법리적 분석, 판결 내용 등이 고스란히 기록된 법 이야기도 있다. 서술양식이나 문체는 딱히 일치하지는 않지만, 공통점은 실제 사례라는 점이다. 필자는 공안소설과 판례집의 경계가 모호하다는 사실을 여러 번 강조했지만, 역시 허구와 사실을 가르는 경계선은 희미하게나마 남아 있었다. 그런데 여기에 그 희미한 경계선마저 허물고 법과 문학의 영역을 대담하게 넘나든 작품을 소개하려고 하는데, 그 작품이 바로 「와사옥안蛙蛇獄案」이다.

「와사옥안」은 개구리가 아들인 올챙이를 해친 뱀을 고발하고 재판을 받게 하는 이야기다. 이 작품을 이렇게 소개하면, 영락없이 유명한 동물우화 「별주부전」이 연상될지도 모르겠다. 그러나 「와사옥안」은 동물이 등장한다는 사실 외에는 당황스러울 만큼 우리가 아는 어떤 동화나 우화소설과도 다르다. 그만큼 「와사옥안」은 오늘날 우리에게 익숙한 장르나 지식 영역의 범주에서 벗어나 있다. 필자가 처음으로 「와사옥안」을 읽은 것은 2010년 무렵이었는데, 그때까지도 「와사옥안」은 소수의 고전문학 연구자들에게나 알려진 작품이었다. 지금도 널리 알려진 고전문학 작품이라고 말하기는 어려울 것 같다. 이 책의 제3장에서는 「와사옥안」의 간략한 소개에 그쳤지만, 지금부터 나는 '가깝게 읽기(close reading)'를 통해서 「와사옥안」의 문학사적 의미와 함께 법문학적 의미를 좀 더 깊이 천착해보고자 한다.

「와사옥안」의 문학사적 의미

대중에게 생소한 이 작품을 세상에 처음 알린 것은 아마도 김태준(金台俊, 1905-1950)의 『조선소설사朝鮮小說史』(1937)였던 것 같다. 김태준은 「와사옥안」을 "이두문으로 되어 시사(時事)를 풍유(諷諭)한 공안물(公案物)"[91]로 간략하게 소개했지만, 원본에 대한 접근이 어려웠던 탓인지 곧바로 본격적인 연구로 이어지지는 않았다. 세책(貰冊) 연구로 유명한 일본인 학자 오오타니 모리시게(大谷森繁, 1932-2015)가 1970년 『조선학보朝鮮學報』에 「와사옥안」의 영인본을 소개했지만, 본격적인 연구는 겨우 1990년대에 와서야 발표되기 시작했으니 상당히 뒤늦은 감이 있다.[92]

「와사옥안」은 그 필사본이 목태림(睦台林, 1782-1840)이라는 유학자이자 소설가가 쓴 『종옥전種玉傳』이라는 작품에 합철된 형태로 발견되었다.[93] 목태림이 1838년에 쓴 『종옥전』「자서自序」는 「와사옥

「안」이 늦어도 1838년 이전에 저술된 작품임을 추정할 수 있는 근거가 된다. 다만 「와사옥안」의 저자를 목태림으로 보기에는 확실한 증거가 불충분하다.[94]

「와사옥안」을 처음 발굴하고 소개한 이들이 김태준이나 오오타니 모리시게 같은 문학자들이었기에 연구의 초점이 주로 문학사적 연구에 있었다는 것은 충분히 짐작할 만하다. 「와사옥안」을 본격적으로 분석한 김재환도 「와사옥안」이 "형사절차법 교과서"[95]라 할 만큼 "초검옥안(初檢獄案)이라는 골격에 소설적 흥미를 가미시킨 동물우화소설"[96]이라고 정확히 지적했지만, 「와사옥안」의 '소설적 의의'를 찾는 데 더 큰 의미를 둔 것으로 보인다.

> 「와사옥안」의 작자는 살인사건의 검험절차를 한 치의 오차도 없이 교과서적으로 풀어나가고 있다. 이런 면에서만 보면 소설을 쓴다기보다는 공정한 살인사건 처리의 과정을 말하고 싶었다고 할 수 있다. 그런데 이런 발상만으로는 소설이 안 된다. 「와사옥안」이 소설로 대접받을 수 있는 관건은 의인화 수법을 원용하고 부분적으로 가전적(假傳的) 필법을 구사하고 있으며 전래한 동물우화를 활용하고 있다는 데 있다. 작자가 동물을 의인화함에 있어 각기 그들의 생태에 적합한 신분과 직업을 부여했을 뿐더러 그 명명법에 있어서도 해학과 기지에 찬 창의력이 발휘되고 묘사가 사실적으로 되어 있다는 데 소설적 의의가 있다.[97]

실제 검안과 대조해보면, 위의 인용문에서 「와사옥안」이 "살인사건의 검험절차를 한 치의 오차도 없이 교과서적으로 풀어나간다"고 한 것이 무슨 의미인지 바로 이해하게 될 것이다. 원고인 개구리와 피고인 뱀이 중심인물인 법정 이야기는 온갖 허무맹랑한 상상력을 동원한 듯 보이지만, 한편으로는 검험절차에 대한 한 치의 오차도 없는 정확한 서술뿐만 아니라 동물세계에 대한 예리하고 섬세한 관찰력이 그 바탕을 이룬다. 참과 거짓, 과학과 환상이 뒤섞인 듯하면서도 묘하게 질서정연해 보이는 이 작품의 의미를 과연 어디에 두어야 할까? 검안이라는 엄격한 서식의 틀 안에 온갖 다양한 동물들을 등장시킨 「와사옥안」이 진정으로 달성하고자 한 목적은 무엇이었을까? 검험절차나 검안서술에 대한 실용지식을 제공하는 것이 목적이라면, 작가가 군이 동물우화를 선택할 필요가 있었을까?

한국문학사에서 근대 이전에 생산된 범죄소설 장르를 가리켜 송사소설로 명명하게 된 것은 이헌홍의 『한국송사소설연구』에서 연유했다고 이 책의 제3장에서 밝힌 적이 있다. 일찍이 중국문학을 연구한 국문학자인 김태준은 「와사옥안」을 '공안물'이라고 소개했고, 유사 장르를 가리켜 공안이라는 명칭을 사용하기도 했다. 그러나 한국에서는 전통적으로 범죄소설을 공안이라고 부른 적은 없다. 다만 『포공안』을 비롯한 중국 공안소설과 『당음비사』 같은 판례집 등 법문학 장르는 법문화의 대중적 확산과 맞물려 조선에서도 꾸준히 읽혔고, 이를 바탕으로 송사소설의 독자적 발전 또한 활발히 이루어졌다.

한국 송사소설의 독자적 진화를 가장 잘 보여주는 것이 송사소설과 우화소설의 결합인데, 중국 범죄소설의 역사에서도 찾아보기 어려운 매우 독특한 장르적 조합이다. 「별주부전」은 이미 삼국 시대부터 유전되어 판소리를 비롯한 수많은 이본을 생산했는데, 이처럼 구전설화와 결합한 뿌리 깊은 우화소설의 전통이 없었다면 우화적 송사소설이라는 장르가 출현하기는 어려웠을 것이다. 「별주부전」이 그렇듯 「황새결송」 같은 우화적 송사소설은 신랄한 풍자와 해학이라는 동물우화의 서사성을 잘 활용함으로써 사회비판이나 교훈적 기능에 초점을 맞추고 있다.

대표적인 예로 「황새결송」을 살펴보자.[98] 줄거리는 이렇다. 경상도에 사는 한 부자가 일가친척의 행패를 견디다 못해 서울 형조(刑曹)에 친척을 고발한다. 그런데 당연히 승소를 예상했던 부자가 오히려 패소하는데, 알고 보니 무뢰배인 친척이 미리 청탁을 넣었던 것이다. 부자는 항소를 포기하는 대신 형조의 관원들에게 그들의 부정부패를 빗댄 풍자적 이야기를 들려준다. 그가 들려준 짤막한 이야기가 바로 '황새결송'이다. 서로 목청 자랑을 하던 꾀꼬리, 뻐꾸기, 따오기가 황새에게 판결을 요청한다. 자신이 질 것을 안 따오기는 재판 전에 미리 황새에게 온갖 뇌물을 바치며 청탁을 넣는다. 뇌물을 받은 황새는 결국 따오기의 소리를 '상성(上聲)'으로 평가한다. 이 이야기는 짤막하지만, 복합적인 액자구조로 구성된 점도 눈에 띈다. 이처럼 「황새결송」의 예에서 보듯 우화적 송사소설은 당시 사회상이나 사법제도에 대한 사실적 묘사보다는 일종의 알레고리로서 극적 효과를 노린 과장과 해학, 풍자를 추구한다. 이런 경향은 쥐가 주인공으로 등장하는 이른바 '서류(鼠類) 송사형 우화소설'에서도 두드러진다.[99] 따라서 우화적 송사소설에 재현된 동물법정은 인간사회의 사회적 모순과 대립을 상징하는 알레고리로 읽힐 수 있을 것이다.

「황새결송」처럼 풍자적 기능에 치중한 이야기가 우화적 송사소설의 주요 경향이라고 한다면, 「와사옥안」은 확실히 이런 경향과도 구분되는 우화소설이다. 동물들의 법정을 중심으로 한 환상적인 서사와는 대조적인 엄격한 검안양식이 이야기의 기본 골격을 이루고 있기 때문이다. 19세기에 오면 소지(所志) 또는 고소장 양식을 모방한 동물우화가 여러 편 발견되는데, 당시 소송의 급증 또는 법문화의 대중적 확산 현상을 반영한 새로운 경향으로 추측해볼 수 있다.[100] 그러나 공문서 중에서도 고소장과 검험 및 심문기록, 검관의 의견을 기록한 발사 등을 모두 첨부해야 하는 까다로운 검안서식을 재현한 동물우화는 「와사옥안」이 유일하다. 그렇지만 이 책의 제3장에서 이미 살펴본 것처럼, 『유서필지』에서 강조한 '서리학'의 대두와 당시 유행처럼 번져나간 '문학으로서의 법 읽기' 관행의 배경이 없었다면, 「와사옥안」 같은 특이한 작품은 존재할 수 없었을 것이다.

소지양식에 비해 검안양식을 모방한 우화소설이 드문 이유를 추측하기란 어려운 일은 아니다. 우선 검안은 원칙적으로 사망사건의 검험을 주관한 검관만이 작성할 수 있다. 소송당사자라면 누구나 작성해야 하는 소지장과 달리 검안의 저자는 애초부터 매우 제한적이었을 뿐만 아니라, 대개 살인사건을 다루는 만큼 희화화시키기에는 소재가 너무 무겁다. 둘째, 검안은 검시절차뿐만 아니라 소송사건에 연루된 사람들의 심문기록과 검관의 판결문을 모두 포함하는 매우 복합적인 문서다. 검관의 판결문인 발사는 수령조차도 실무경험이 적거나 법률을 모른다면 제대로 작성하기 어려운 문서다. 심문기록도 간단치 않다. 검관의 질문에 대한 원고와 피고, 증인들의 답변을 '들은 대로' 정확하게 적는 것이 원칙이었다. 즉, 심문 내용의 생략이나 부주의한 실수, 사실의 왜곡 등은 모두 처벌 대상이었다. 글자 한 자의 사소한 실수가 한 사람의 운명을 뒤바꿔놓는 중대한 오류가 될 수 있는 위험성은 이미 『흠흠신서』를 통해서 살펴본 바다. 그런데 이 오류는 애초부터 완벽하게 예방하기 어려운 측면이 있었으니, 그것은 바로 '들은 대로' 기록하는 것이 불가능한 번역의 문제였기 때문이다.

검안은 당시 공문서에서 활용되었던 이두문으로 기록되었다. 이두는 주지하다시피 한자의 음과 훈을 빌려 우리말을 표기한 차자(借字) 표기법으로, 한문 문법에 국어 문법을 반영하기도 하고, 구어체 표현을 반영한 특수용어를 만들어 사용하기도 했다. 조선 초기 이두문의 대표적 예가 바로 『대명률직해』이다. 문제는 기록매체의 이중성이다. 조선 시대를 통틀어 한문은 모든 공적 기록과 소통의 매체로 사용되었다. 조선 후기에 오면 한글은 공적 역할은 여전히 인정받지 못했지만, 한문과 함께 '상상적' 문학의 창조적 표현 매체의 역할을 활발히 수행했다.

반면 이두는 문서체로만 남아 있다가 19세기에 와서야 우화적 송사소설을 비롯해 이두를 사용한 문학 창작이 활발해졌는데, 이 배경에는 서리 또는 역관 계층을 포괄하는 중인 작가층의 대두와 서당교육의 확산 현상을 꼽을 수 있다.[101] 이미 이옥의 기록에서 살펴보았지만, 지식의 대중화 또는 확산과 관련하여 두드러진 현상은 서당에서 경전을 중심으로 학동들을 가르치기보다는 소설이나 소지장 등 배우기 쉽고 실용적인 글을 교재로 활용했다는 것이다.[102] 이두가 얼마나 정확하게 우리말을 기록해냈는가에 대해서는 한글과 비교조차 할 수 없을 정도지만, 우리말 구어체 표현의 차원에서는 확실히 한문이 감당하지 못한 영역을 이뤄낼 수 있었다는 장점이 있다.

그러나 검안을 '사실대로' 혹은 '들은 대로' 기록한다는 원칙은 사실상 지켜지기 어려웠던 것 같다. 실제 검안 사례를 읽어보면, 이런 점은 금방 드러난다. '들은 대로' 기술하는 것이 원칙인 심문기록이 실제로는 대동소이한 상투적 어구를 남발함으로써 형식화·표준화하는 경향이 더 강했기 때문이다. 물론 '사실에 가깝게' 혹은 '핍진하게' 기술하는 것은 가능했을지 모르나, 이 또한 상당한 편집과 서사적 재구성의 산물임을 부인하기 어렵다.

그런데 검안양식을 문학적 (혹은 서사적) 관점에서 살펴볼 때 눈에 띄는 특성이 있다. 바로 서식에 따라 사건을 시간의 추이에 따라 순차적으로 재배열함으로써 철저하게 '서사적 질서'를 추구한다는 점이다. 문서서식이라면 우리는 대개 필수 정보만 간단히 나열한 기술방식을 떠올리는데, 검안의 기술방식은 나열이 아닌 서술이었다. 예를 들면, 검안은 대개 검관이 몇 월 며칠 몇 시에 고소장을 접수하여 검험을 위해 정시처(停屍處)─즉, 시신이 안치된 곳─로 출발했고, 언제 도착했는지를 서술하는 것으로부터 시작한다. 이런 점에서 검안은 서술형식만으로도 법과 문학의 밀접한 연관성을 지시하는 법 이야기라고 할 수 있다. 검험절차에 따른 검안기록은 다음과 같은 순서대로 기술된다.

(1) 검관의 검험 착수 경위 및 시친(屍親, 사망자의 가장 가까운 친척)의 고발
(2) 초초(初招, 1차 심문)
(3) 검시
(4) 재초(再招, 2차 심문)
(5) 삼초(三招, 3차 대질신문)
(6) 검관의 발사(跋辭, 판결 및 판결의 근거와 이유를 밝히는 결론 부분)
(7) 시장(屍帳, 76개소의 검시 항목 기술)
(8) 다짐(侤音, 소송당사자들이 진술 내용이 사실임을 확인한 문서)
(9) 감합서진(勘合書鎭)[103]

「와사옥안」도 위의 검험절차와 형식을 한 치의 오차도 없이 엄격하게 따른다. 일례로 검시 장면에 초점을 맞춰 살펴보자. 진대맹(陳大萌[104], 구렁이)에게 물려 죽은 올창(兀昌, 올챙이)의 검시는 먼저 그 시친인 개구리 백개골(白介骨, 개구리)이 고소장을 올려 진대맹을 고발하고, 간증(看證, 목격자)과 피고의 공술(供述, 진술)이 다 끝나고 나서야 시작한다. 대맹(대망), 개골, 올창은 모두 한자를 빌려 우리말을 표기하는 이두의 특징을 잘 살린 이름이다. 따라서 독자는 등장인물의 이름만 들어도 그것이 어떤 생물인지 쉽게 알 수 있다.

백개골이 고소장을 올린 것은 16일이고, 초검관(初檢官)인 섬진별장(蟾津別將)이 올창의 시신이 있는 청초면(靑草面) 택림동(澤林洞)―이

「검시」, 『기산풍속화첩箕山風俗畵帖』(국립민속박물관 소장)

장소는 물론 허구적이지만, 이 소설의 등장인물들이 모여 살았을 작은 연못이나 늪을 상상해볼 수 있다—에 도착한 것은 다음날이다. 그가 원고와 여러 간증인들 그리고 피고를 소환해 차례대로 심문하고 나니 날이 저물어 다음날인 18일 검시를 시작한다. 검관, 원고, 피고, 증인들은 물론이고, 형방(刑房), 오작인(作作人, 검시를 보조하던 하인), 의생(醫生), 율생(律生) 등이 모두 현장에 참석해 지켜보는 가운데 검시가 진행된다.

올창의 시신은 청초면 택림동 진대맹의 행랑 안에 있었다. 사방에 사물이 있어 관가의 자로 측량해보니 동쪽 토벽과의 거리는 5촌, 서쪽 판자벽 사이의 거리는 4척 1촌, 북쪽 토벽과의 거리는 2척 2촌, 남쪽 방문과의 거리는 5척 7촌이었다. 먼저 삼베 홑이불로 덮였고, 다음은 무명으로 만든 소창옷(小氅衣)을 덮었고, 다음은 삼베 중의를, 다음은 삼베 적삼을, 다음은 무명 여자 저고리를, 다음은 헤진 여자 삼베 치마를 덮고, 무명 버선을 신었다. 머리는 동쪽으로 하고 다리를 서쪽으로 하여 문짝 위에 웅크리고 누워 있었다. (…) 오작 현고택(玄高宅)이 차례대로 옷을 벗겨 사람들 앞에서 검험을 시작한다. (시신은) 나이 십삼 세 총각이고, 신장은 3척 2촌, 머리카락 길이는 1척 1촌이다. 앞면 정수리, 머리의 좌우측, 숨구멍, 두개골, 이마, 두 태양혈(太陽穴), 두 눈썹, 양미간, 눈두덩이, 눈동자는 모두 이상이 없고, 색깔은 노랗거나 푸르다. 두 눈은 뜬 채로 돌출하였고, 두 볼, 두 귀, 귓바퀴, 귓불 모두 이상이 없다. 귓구멍에 썩은 물이 흘러나왔다. 콧마루가 썩어 문드러졌으며, 콧구멍에서도 썩은 물이 흘러 구더기가 우글

거렸다. 인중은 조금 문드러져 있고, 입은 약간 벌린 채로 위아래 입술이 뒤집어진 상태였다. (…) 음경은 썩어 문드러질 참인데 신낭(腎囊, 고환)이 부어 있었고, 신낭 아래 상처가 한군데 있었다. 이빨 자국 둘레로 피가 나 있었고, 혈흔은 검은 자줏빛으로 딱딱하게 굳어 있었다. 윗니 박힌 흔적 세 개, 아랫니 박힌 흔적 네 개이고, 물린 흔적은 둥글고 그 길이가 3촌 1분이다.[105]

『무원록』의 시장식(屍帳式)을 훑어본 적이 있는 사람이라면 이 검시 장면이 시장식을 그대로 따른다는 사실을 단박에 눈치 챌 것이다.[106] 시신에 대한 묘사로 말하자면, 죽은 올챙이를 기대했다면 약간은 실망스러울지 모른다. 그것은 영락없는 사람의 시신으로, 이미 부패가 진행된 시신의 상태―변색하거나 문드러진 피부, 부패한 시신에서 흘러나온 액체와 심지어 구더기까지―가 매우 상세하게 기술되어 있는데, 원래 검안기록에서 우리가 자주 확인할 수 있는 사실들이다.[107] 사실 시장식은 시신의 앞면과 뒷면, 머리부터 발끝까지 76개소에 달하는 항목을 정해놓고 빠짐없이 기록하도록 했다. 시장식을 따르는 한, 작가가 상상력을 발휘할 여지는 거의 없어 보인다. 이 장면이야말로 '한 치의 오차도 없이 엄격하게' 검안형식을 따른다는 설명에 가장 잘 들어맞는 장면이다. 그렇지만 고환이 있을 리 없는 올챙이의 고환 부위에 난 선명한 물린 자국이 사망원인임을 서술한 장면에서 우리는 작가의 억누를 수 없는 유쾌한 상상력을 엿볼 수 있다.

이렇듯 작가는 상당히 복합적인 서사구조에 주목함으로써 검안양식과 소설의 연관성을 직관적으로 간파한 것처럼 보인다. 「와사

「옥안」의 전체 줄거리만 보더라도 이런 특징을 잘 살펴볼 수 있다. 이야기는 시친인 백개골이 진대맹을 자신의 아들 올챙을 죽인 범인으로 고발하는 고소장을 제출하자, 검관인 섬진별장이 검험에 착수하는 것으로 시작한다. 1차 심문에서 개구리와 구렁이, 올챙이의 죽음을 목격한 증인―하사위(河土魏, 새우), 오가재(吳可才, 가재), 승수팔(蠅水八, 쉬파리), 허가오리(許加五里, 가오리) 등―들, 향리를 비롯한 온 마을 사람들이 법정에 소환된다. 목격자의 증언과 명백한 검시 결과로 미루어볼 때, 구렁이는 선대(先代)의 숙원을 갚으려고 의도적으로 올챙이를 공격했고, 올챙이는 구렁이에게 물린 상처로 사망한 것이 분명했다. 2차 심문에서 구렁이는 올챙이가 병에 걸려 죽었다면서 결백을 주장하자, 증인들과의 대질신문이 진행된다. 대질신문에서 구렁이는 여전히 증인들이 자신을 모함한다면서 억울함을 주장했지만, 자신의 결백을 밝히지는 못했다. 검관은 모든 증거와 증언을 바탕으로 구렁이의 유죄판결을 확정한다.

대강 줄거리만 살펴보아도 궁금해지는 「와사옥안」의 미스터리는 이것이다. 즉, 누가 어떤 목적에서 검안이라는 치밀한 사실의 기록과 가장 허구적이고 환상적인 동물우화와의 '부조리한' 조합을 시도했는가이다. 「와사옥안」의 저자가 누구인지는 확실하지 않으나 스스로 서리 계층에 속하며, 형정이나 소송 실무를 익히려는 서민층이나 중인층을 대상으로 삼아 법률교육을 위한 교본으로 「와사옥안」을 저술했을 가능성이 있다는 것이 지금까지의 일반적인 주장이다. 필자도 이런 주장을 부정하지 않지만, 다만 우리의 안목으로는 검안과 동물우화 사이를 이어주는 필연적이고도 합리적인 연결고리를 찾기 어려울 뿐이다.

앞에 인용한 김재환의 분석에서도 잘 지적했듯이 「와사옥안」의 사실성 추구는 눈여겨볼 필요가 있다. 그것은 단순히 검험절차를 교과서적으로 재현한 데 있는 것이 아니라, 동물들의 생태를 반영한 세밀한 의인화 수법에서 비롯된다. 이를테면 지당동(池塘洞)―이곳도 연못이 배경인 듯하다―에 사는 올챙의 아버지 백개골은 개구리답게 직업이 잠수군(潛水軍)인데, 홀아비로 어린 올챙을 어렵게 키워온 애달픈 사연이 있다.[108] 목격자인 하사위는 원래 동해 출신으로 그의 조상은 수염이 아름답고 힘이 세기로 유명하다. 불행히도 그의 아버지는 남해에서 장골애(張骨愛, 고래)와 싸우다가 전사하고, 자신은 의지할 데가 없어 외숙인 오가재의 집에 잠시 머무는 중이다.[109] 이 하사위, 즉 새우의 이력은 '고래 싸움에 새우 등 터진다'는 속담을 염두에 둔 것으로 보인다. 겨린(切隣, 이웃)으로 법정에 소환된 와달판(蝸達板, 달팽이)은 사건이 발생하던 날 집에 없었다고 진술한다. 좁은 집 한 칸에서 근근이 사는 처지인데 불이 나서 그 집 한 칸마저 다 타버렸고, 집 지을 재료를 구하러 여러 날 출타했다는 것이다.[110] 껍데기를 지고 다니는 달팽이 생태를 연상시키는 이야기다. 작은 집을 가리켜 '와사(蝸舍)', 즉 '달팽이 집'이라고도 한 표현을 떠올리게 한다. 심지어 법정에는 「별주부전」에 등장한 자라[鼈再來]도 소환된다. 토선생(兎先生, 토끼)의 간계로 용궁에서 추방된 지 이십여 년, 그는 면장의 직책을 맡고 있기는 하지만 생계도 막막한 채로 이웃과 소원하게 지낸 지 오래라고 진술한다.[111] 쓸쓸한 말로가 아닐 수 없다.

그러고 보니 이 마을에는 사연 없는 이가 없다. 이 밖에도 메추리〔鶉每出〕, 남생이〔龜南星〕, 가물치〔甘毛峙〕, 양태〔李浪太〕, 문어〔白文海〕, 매미〔蟬每岩〕 등등 다양한 작은 생물들이 등장하는데, 다들 넉넉지 않은 형편에 근근이 살아가는 서민들을 닮았다. 이 작은 연못 마을도 당시 어디에나 있을 법한, 이름 없는 농촌 마을을 닮았다. 이 상상의 공간은 가난하지만 서로 도우며, 지극히 평범하지만 평화롭게 살아가는 공동체를 상징한다, 적어도 이 사건이 발생하기 전까지는. 원한을 품은 구렁이가 죄 없는 어린 올챙이를 겁박하고 공격해 숨지게 한 행위는 온 마을을 충격과 공포 속으로 몰아넣을 만한 범죄사건이다. 이렇듯 「와사옥안」이 검안의 형식 안에 촘촘히 그려 넣은 마을 사람들과 그들의 관계 그리고 범죄 이야기는 과거와 현재를 넘나들며 상당히 입체적으로 구현된다.

그런데 「와사옥안」에서 가장 주목할 점은 입체적인 의인화 수법이 아니라, 지극히 객관적이고 이성적인 관찰자의 시점에서 범죄의 진실을 추적하는 검관 섬진별장의 재현이다. 섬진별장이야말로 어떤 전통적인 재판관보다도 누스바움의 '분별 있는 관찰자'에 가장 가까운 이상적 재판관으로 재현된다. 「와사옥안」의 등장인물이면서, 어떤 동물을 의인화한 것인지 알 수 없는 인물은 섬진별장뿐이다. 검관의 시점에서 검안이 기록될 수밖에 없는 것처럼, 섬진별장의 시점도 자연스럽게 작가적 시점과 일치한다. 섬진별장의 시점은 권위적이지만, 주관적이고 감정적이고 변덕스러운 권력자—현실 속의 재판관이 대개 그렇듯—의 그것과는 다르다.

「와사옥안」의 검관이 근대소설의 화자에 가깝다는 매우 획기적인 주장이 있다.[112] 이 우화소설이 근대소설의 선행 형식으로서 근대소설의 '리얼리즘'과 연결된다는 주장은 언뜻 모순적으로 들린다. 그러나 객관적인 관찰자의 등장과 그가 추구한 법 이야기의 사실성(reality)에 초점을 맞춘다면, 「와사옥안」이 "20세기 신소설의 재판에 대한 신뢰 및 근대소설의 리얼리즘과 연결된다"는[113] 주장이 꽤 그럴듯하게 들린다. 이런 식이라면, 「와사옥안」은 전통적인 송사소설 장르가 신소설(혹은 근대소설)과 연결되는 연결고리로 이해할 만하다.

나는 이런 획기적이고 과감한 인식이 「와사옥안」과 같은 우화소설을 '중세적' 장르로만 간주하던 기존의 문학사적 관점을 탈피했다는 의의를 지닌다고 생각한다. 한국문학사에서 우화소설은 구전설화와 한문 소설, 한글 소설, 판소리 등 이질적인 서사 전통을 연결하는 장르임에도 불구하고, 그 문학사적 가치를 적극적으로 인정받지 못한 측면이 있다. 근대소설이 추구하던 사실성 또는 핍진성에 정면으로 배치된다는 것이 그 이유다.

소설이 문학의 선행 형태에 진 빚은 중세문학에서 근대문학으로의 이행기 동안 소설의 정착을 가능하게 하는 한편, 발전을 저해하는 요인으로도 작용하다가 근대소설에서 청산되었다. (…) 우화는 사람들 사이의 문제를 직접 다룰 수 없게 한다는 점에서 저해작용이 특히 두드러졌다. 근대소설이 자리를 굳히면서 우화소설을 배제한 데는 그만한 이유가 있다.[114]

그러나 먼저 우화소설을 중세적 장르로 여기는 우리의 인식에 근본적 오류가 있는 것은 아닌지 성찰해볼 필요가 있다. 근대 이후로 우화소설은 자취를 감추기는커녕 여전히 존속되어왔다. 우화소설의 명백한 허구성과 현실과의 비판적 거리두기가 오히려 강력한 정치적·사회비판적 메시지를 효과적으로 전달하는 역할을 하기 때문이다. 『동물농장*Animal Farm*』으로 유명한 영국 소설가 조지 오웰(George Orwell, 1903-1950)도 공산주의 비판에 우화소설의 풍자성을 십분 활용했다. 근대 한국에서는 안국선(安國善, 1878-1926)이 발표한 『금수회의록』이 있다. 『금수회의록』은 대중들에게 근대 의회정치를 알릴 목적으로 발표되었다. 그런데 근대 일본과 중국에서도 유사한 우화소설이 출판되었다는 사실 또한 밝혀졌다.

한편 근대소설이 추구한 사실성, 즉 인물의 내면이나 일상의 사실적이고도 세밀한 묘사라는 것도 철저하게 근대적 세계관에 바탕을 둔 '미학적 재구성'이라는 사실을 인식할 필요가 있다. 이를테면, 근대소설에서 자주 발견되는 '풍경' 묘사―서양 풍경화에 비교할 만한 원근법적 묘사―는 그 풍경을 바라보는 '시선'의 존재 없이는 불가능하며, 그 시선의 주체가 바로 자신의 내면세계를 풍경에 투사한 '주관적 자아'라는 사실을 염두에 두어야 한다. 이 주관적 자아야말로 근대적 자아다.[115] 따라서 주관적 시선이 부재한, 완벽하게 객관적이고 사실적인 묘사라는 것은 환상이며, 근대소설의 사실성 또한 사실적으로 재구성된 '허구'에 불과하다는 사실을 우리는 인식해야 한다. 「와사옥안」은 근대소설과 대척점에 자리한 듯 보이지만, 객관적이면서도 주관적인 관찰자의 시점에서 서술된다는 점에서 근대소설처럼 사실과 허구의 모순적 관계를 지시한다. 이 중세적 장르에서 근대적 자아 형성의 실마리를 발견할 수 있다고 한다면, 지나친 억측일까.

「와사옥안」과 문학으로서의 법 읽기

「와사옥안」은 19세기에 와서 소송사회로 묘사될 만큼 '민속호송(民俗好訟)' 경향은 만연했지만, 전문적인 법률교육제도는 부재한 사회적 상황이 탄생시킨 작품이라고 보아야 한다. 시골의 서당 학동들이 배우기를 원했던 글이 바로 소지장 같은 실용문이었다는 이옥의 이야기는 당시 법문화의 대중적 확산 현상을 보여주는 한 실례다.[116] 학동들이 소지장을 읽은 이유는 관속으로 종사할 때 필요할 뿐 아니라 일상생활에 활용할 수 있었기 때문이었을 것이다.[117] 그만큼 시골 마을에서조차 관아에 민원이나 소송을 제기하는 것이 낯설지 않았던 모양이다. 더구나 소지장을 쓸 때 『전등신화』 같은 소설을 많이 활용했다는 이옥의 이야기는 「와사옥안」의 창작 배경을 짐작케 한다. 이것이 사실이라면 소지장 같은 실용문을 작성할 때 소설을 교본으로 활용했다는 것인데, 전문적 법률교육이 제공되었던 근대 사법제도 아래에서는 상상하기 힘든, 법과 문학의 친밀한 관계를 추측해볼 수 있다. 법과 문학 또는 법과 서사의 친연성이 형성되었던 오랜 문화적 배경이 없었다면, 「와사옥안」 같은 독특한 우화소설의 탄생은 불가능했을 것이라고 나는 생각한다.

법과 서사의 친연성은 단지 문학 속에 재현된 법률(law in literature),

「주리 틀기」, 『기산풍속화첩箕山風俗畵帖』(국립민속박물관 소장)

즉 문학적 소재로서의 법률로만 표현되는 것은 아니다. 법과 문학의 관계라고 하면, 우리는 언뜻 도스토옙스키의 『죄와 벌』이나 카프카의 『소송』 같은 세계적 명작소설을 떠올리며 오롯이 문학적 분석의 대상으로만 다루는 경향이 있다. 사실 일반인들에게 친절한 설명이 없는 법조문은 암호문이나 다름없다. 법을 종종 비서사적(非敍事的) 혹은 반서사적(反敍事的)인 것으로 만드는 법의 추상성은 우리가 법을 서사적인 것과 가장 거리가 먼 것으로 여기게끔 한다.

그런데 이런 인식을 변화시킨 결정적 계기가 바로 1970년대 미국에서 전개된 법과 문학 운동이다. 법과 문학 운동 이래 법학자와 문학자가 함께 시도한 법문학 비평은 문학의 역할을 법의 실천적 영역으로 확장한다.[118] 본격적으로 이 주제를 파고든 『법문학 비평 *Literary Criticisms of Law*』에서도 법에 대한 서사적 비평 혹은 서사학적 접근을 다룬다. 근대 법학에서 법은 절대적·보편적·추상적인 것으로 인식되었다. 지금까지 우리는 법이 서사적이라거나 현대의 재판절차가 스토리텔링으로 가득 차 있다는 주장을 어느 정도 인정해왔다. 그런데 이런 주장은 법의 보편주의보다는 법의 상대주의와 경험주의를 인정한다는 의미로 해석될 수 있기에, 법은 가능한 한 서사를 억압하거나 통제하는 방식으로 그 서사성을 숨겨왔다.

1980년대 말 미국에서 '법적 스토리텔링'에 관한 심포지엄이 열렸다.[119] 이 회의는 법과 서사의 친연성을 적극적으로 인정했다는 점에서 주목할 만하다.

1. 인간의 지각과 사고는 필수불가결하게 서사에 의존한다.

2. 화자들의 엇갈리는 이해관계와 경험을 반영함으로써 동일한 사건에 대해서도 서로 경쟁하는 이야기들이 서술될 수 있다.

3. 법적 주장과 판결은 서사형식으로 서술된 사건들에 대한 선택적 해석에 의존한다.

4. 그러나 이와 같은 선택적 특성으로 말미암아 법적 주장은 경쟁적인 이야기들을 억압한다.

5. 가장 빈번하게 억압받는 이야기는 하위집단(사회적 약자)의 관점을 반영하는 것일 수 있다.

6. 법담론은 법이 어떤 특정한 이야기에만 '특혜를 줄 수 있다(privilege)'는 사실을 부인한다.

7. 공정성 획득을 목표로 하는 합법적 의사결정은 서사에서 강조하는 인간 경험의 특수성을 추상화하는 규율들을 적용함으로써 그 목표를 달성한다.

8. 법적 결정이 인간에게 초래할 구체적 결과와 의미를 억압함으로써 규율은 법을 도덕적으로 둔감하게 만든다.

9. 규율의 권위는 그 규율을 권위적인 의사결정권자의 의지와 연계시키는 은밀한 서사에 의존하는데, 이 서사는 의사결정권자가 어떻게 권위를 갖추게 되었는지를 설명한다.

10. 법학에서 서사의 활용은, 그것이 허구적이든 사실적이든, 도덕적으로 법을 개선하고, 불편부당함에 대한 법적 주장을 전복하며, 하위집단(사회적 약자)의 이익을 도모할 수 있다.[120]

요컨대 법이 공정성을 내세워 서사를 억압하는 대신 이를 활용할 때, 법은 오히려 도덕적 분별력을 개선할 수 있다는 사실을 지적한다. 또한 사회적 약자의 이야기에 귀 기울인다면, 법은 정의 실현의 목표에 좀 더 다가갈 수 있을 것이라고 주장한다. 실제 법정에서는 법조인에게 냉철하고 비인간적인 '전문가로서의 목소리'를 요구하는 경우가 빈번한데, 이런 요구는 오히려 그들의 도덕적 분별력과 공감능력을 억압한다. 이성을 앞세운 냉철함을 "'인간적 상황'에 적용할 때, 인간에 대한 진정한 관심과 극적 효과는 많은 부분 사라질 수 있다. 그리하여 그것은 법조인의 시야를 좁혀 그들이 (법의) 권력을 무비판적으로 수용하고 개혁의 가능성을 볼 수 없게 만든다."[121]

이처럼 우리는 법과 문학 운동이 사법개혁을 촉구할 목적으로 법의 영역에서 자발적으로 일어났다는 사실에 주목해야 한다. 즉, 법조인 스스로 법의 비인간성을 개혁해야 할 필요성을 깊이 자각하고, 그 개혁의 도구로서 상상력과 감수성, 도덕적 연민으로 가득 찬 문학을 적극적으로 수용하고자 한 것이다. 이런 움직임은 우리 법조계에서도 찾을 수 있다. 사법개혁의 도구로서의 서사는 스토리텔링이라는 보편적 행위 그 자체, 즉, 이야기의 반전문성(anti-professionalism)과 반이론성(anti-theory)을 강조한다.[122] 결국 이야기 또는 서사라는 것은 문학 장르 중에서도 기술적인 훈련이나 이론을 익히지 않고도, 심지어 글자를 배우지 않고도, 누구나 즐길 수 있는 형식의 문학인 것이다.

앞서 소개한 심포지엄의 논의에서 "인간의 지각과 사고는 필수불가결하게 서사에 의존한다"는 것이 첫 번째 전제임에 주목할 필요가 있다. 최근에는 인간이 스토리텔링 본능을 가진 동물이며, 이 원초적 본능이 인간 문명을 진화로 이끌었다는 문화진화론적 주장이 큰 관심을 끌었다.[123] 이런 연구는 이야기를 꾸며내는 행위가 인간의 타고난 본성과 연관이 있는 근원적인 행위라고 주장한다. 특히 사실의 이야기가 아닌 픽션은 유희의 영역에 속하며, 따라서 항상 그 효용성이나 존재 가치를 의심받아왔다. 그러나 브라이언 보이드(Brian Boyd)가 주장하는 픽션의 인지적·사회적·윤리적 기능은 상상 이상으로 다양하고 효율적이다.

> 픽션은 사회적 정보의 풍부한 유형에 대한 우리의 욕망에 호소함으로써 유년기의 가상놀이서부터 성인이 된 뒤에까지 우리의 관심을 사로잡는다. 픽션은 우리를 이야기에 빠져들도록 끊임없이 유혹하기 때문에, 오랜 시간에 걸쳐 우리가 사건 이해를 연습하고 다듬는 데 도움을 준다. 내가 보기에 픽션은 사건을 해석하는 우리의 능력을 만들어주기보다는 향상시킨다. 픽션은 관련 정보를 미리 선택하고, 전략적으로 중요한 것에 관심을 미리 집중시켜 이해의 인지적 과제를 단순화한다. (…) 픽션은 실제 사회적 상황을 빠르게 이해하도록 해주며, 이 능력을 집중적이고 적은 비용으로 유지할 수 있게 해준다.[124]

한편 피터 브룩스(Peter Brooks)는 법과 문학의 관계가 서구 전통에서도 오래된 것임을 상기시키면서, 서사는 법의 한 존재 양태로서 결코 낯선 것이 아니고 법 내부에 오랫동안 잠재해왔음을 강조한다.

> 법정 변호사들은 이야기를 할 필요가 있음을, 그리고 그들이 법정에서 제시하는 증거를 함께 묶어 서사형식으로 풀어내야 함을 안다. 아마도 법조인들은 이 사실을 수천 년 전부터 알고 있었을

것이다. 왜냐하면, 예로부터 서사를 통한 논증방식을 포함한 수사학 분야는 주로 법정에서 논거의 정당성을 입증할 때를 대비한 훈련 중 하나였었기 때문이다. 그러나 수 세기에 걸쳐 진행된 법과 법률교육의 전문화는 사법절차의 수사학적 기원을 모호하게 만든 경향이 있었다. 따라서 이제는 반박할 수 없는 원칙에 근거하여 오로지 이성에 의해서만 진행된다고 믿고 싶은 분야에서 사법절차의 수사학적 기원은 단지 스캔들과 유사한 어떤 것으로 여겨져 버린 것이다.[125]

이로 미루어볼 때 법적 스토리텔링이나 법의 서사성에 관한 논의는 궁극적으로는 법의 인문주의적 전통의 복원을 목표로 하지만, 단순히 이상의 추구에만 그치는 것은 아니다. 무시할 수 없는 것은 절대적 보편주의를 지향하는 법률과는 모순되는 '법적 현실'이 존재한다는 사실이다. 브룩스에 따르면, 그 법적 현실이라는 것은 바로 "사실임을 주장하는 서사들을 심판하여 이 중 짜임새를 잘 갖춘 한 이야기를 이기게 만듦으로써 사람들을 감옥에 보내기도 하고 심지어 사형시키기도 하는 사회관습"이다.[126] 따라서 "'유죄판결 (conviction)'—법적 의미에서의—은 그 이야기를 판단한 사람들 사이에 형성된 확신(conviction)으로부터 말미암는 것이다."[127] 이런 주장은 상당히 파격적이고 충격적이기조차 한데, 법의 절대적 권위를 전복하는 선언처럼 들리기 때문이다. 다시 말하자면, 법의 절대적 권위는 불가능하다. 절대적이고 보편적인, 단 하나의 법적 진실이란 존재하지 않기 때문이다.

그러나 재판절차를 서로 경쟁하는 파편적 서사들의 분쟁이라고

한다면,[128] 그리고 법관마저 때때로 소설가처럼 상상력과 창조성을 발휘해야 할 만큼 법과 현실의 괴리가 존재한다면, 이런 주장은 설득력이 있다. 결국 법의 이상이라는 것도 철저한 법리적 추론뿐만 아니라, 서사적 통일성을 갖춘 이야기의 형태로 대중에게 전달되고 그들을 설득할 수 있을 때, 한마디로 소통 가능할 때, 비로소 '정의 실현'을 말할 수 있다고 나는 생각한다.

이제 「와사옥안」으로 다시 돌아가 앞에서 소개한 일련의 주장들을 바탕으로 그 법문학적 의미를 분석해보자. 첫째, 인지과학적 측면에서 볼 때 검안 작성법이나 검험절차를 숙지하고자 하는 독자에게 동물우화는 실제 사례보다 교육적 효과가 더 컸을 가능성이 있다. 우선 당시 우화소설이 대중의 인기를 끌었다면 「와사옥안」도 쉽게 독자의 흥미를 불러일으켰을 것이고, 동물세계에 대한 관찰을 바탕으로 한 그럴듯한 이야기가 검안 작성에 대한 딱딱한 설명보다 독자의 몰입도와 이해도를 향상시켰을 수 있다. 우리가 근대문학에서 흔히 픽션과 논픽션, 문학적(상상적) 글쓰기와 논술을 구분하는 이분법적 사고를 벗어날 수 있다면, 애초에 품었던 「와사옥안」의 효용성에 대한 의구심은 사라질 것이다.

둘째, 앞서 소개한 심포지엄에서 도출한 결론을 살펴보면, 조선시대 검안이 바로 다름 아닌 '법적 스토리텔링'의 기록임을 깨닫게 된다. 검관은 원고와 피고, 증인들의 충돌하는 '경쟁적인 이야기들' 중 어떤 이야기를 선택하고 어떤 이야기를 억압할지 법적 판단을 내려야 하는 권위적인 의사결정권자이자, 선택적 해석을 통해 사건을 일관성 있는 이야기로 재구성해야 하는 최종적 화자이다. 검관이 취사선택을 통해 최종적으로 재구성한 법 이야기는 검관의 법적 판단이 불편부당하고 전적으로 신뢰할 수 있는 것임을 입증해야 한다. 노련한 검관이라면, 심문 과정에서 여러 무의미한(또는 왜곡된) 증거들과 증인들의 엇갈리는 진술, 피해자와 가해자의 감정적 대립이나 교묘한 은폐 등 사건의 진실을 모호하게 만드는 요소들을 제거하는 데 성공할 것이다. 따라서 검안에서 미스터리나 열린 결말을 발견하기는 어렵다. 다만 우려하는 것처럼 사회적 약자의 이야기가 은폐되거나 억압될 가능성은 충분하다.

이런 점에서 볼 때 「와사옥안」은 확실히 검안의 교과서적 모범 사례라 할 만하다. 이 사건의 피해자인 개구리와 가해자인 구렁이의 관계는 전형적인 약육강식의 구도를 반영함으로써 자연스럽게 우리는 상대적으로 '사회적 약자'이자 자식을 잃은 개구리의 입장에 공감하게 된다. 개구리는 이미 고소장에 애지중지 기른 자식을 잃은 애끓는 아비의 심정을 토로하고 있다. 이후 올챙이의 검시, 증인의 진술과 대질신문 등이 모두 명백하게 구렁이의 범죄 사실을 가리킴에도 불구하고, 가해자는 올챙이의 상처가 서로 뒹굴다 부딪혀 생긴 것이지 자신이 물거나 때려서 생긴 상처가 아니라고 극구 부인한다. 이 사건에서 검관인 섬진별장은 1, 2, 3차에 이르는 심문을 절차대로 차분히 이어간다. 피고가 반박하면, 다시 원고와 증인을 불러 사실관계를 확인한다. 피고가 올창을 문 사실을 부인하자, 검관은 간증 하사위와 오가재를 불러 이를 확인한다. 그들은 올창이 "대맹이가 내 볼기를 물었다"고 울부짖던 소리를 들었고, 대맹이 올창을 쫓던 상황 또한 목격했다고 진술하는 식이다.[129] 검관은 최종적으로 검험의 증거와 증인의 진술을 토대로 사건을 재구성한다.

> 진대맹은 처음 올창을 먹어 치울 욕심에 군침을 흘리며 먹을 것을 구하는 체 했고, 또 예전의 혐의가 있는데다 새로운 분노가 겹쳐 격렬한 감정이 일었을 것이다. 대맹이가 보기에 올창은 한 점 고기에 불과했으니 처음에는 허리를 안고 서로 뒹굴다가 마침내 마구 깨물었을 것이다. 상상컨대 그때의 광경은 마치 약한 자를 범에게 던져준 것과 다를 바 없고, 태산이 달걀을 누른 것과 다를 바 없다. 이 죄는 자신이 스스로 지은 일이므로 형벌을 면할 길이 없으며, 또 모두가 이미 입증하였으니 여러 사람의 눈을 가릴 수 없을 것이다. 처음에는 죄명을 벗으려고 올창이 숙병이 있다고 꾸몄으나 마침내 대질하자 비로소 말문이 막혔으므로 이 사건의 범인은 대맹이가 아니고 누구겠는가!130

재구성된 이야기는 가해자인 진대맹이 고의적으로 올창을 공격했고 약한 피해자로서는 피할 길이 없었던 정황을 강조한다. 여기에 올창이 숙병으로 죽었다는 진대맹의 반박 진술은 전혀 반영되지 않았다. 「와사옥안」에 재현된 검험절차나 사법제도는 충분히 합리적으로 운용되고 있는 것처럼 보인다. 실제 검안에서와 달리 「와사옥안」의 검관은 피고를 겁박하거나 고문함으로써 자백을 강요하지 않는다. 자신이 원하는 증언과 자백을 끌어내기 위해 검관의 질문은 자주 위협적인 언사들로 가득 차 있다. 그러나 「와사옥안」의 검관 섬진별장은 피고 스스로 범죄 사실을 반박할 수 없을 때까지,

그리하여 검관을 포함하여 모든 이들이 수긍할 수 있는 단 하나의 법적 진실에 도달할 때까지 대질신문을 계속한다.

사실 현실이 이토록 질서정연하고, 퍼즐 맞추듯 모든 것이 딱 들어맞을 리 없다. 살인사건을 조사하는 검험절차가 자칫하면 한 마을을 쑥대밭으로 만들 수도 있는 위험성은 이미 다산 정약용도 『흠흠신서』에서 지적한 폐단이다.

> **다산의 견해:** 살인사건이 처음 일어났을 때 수령은 아직 듣지도 못했는데, 아전·포교(捕校)·오작·종 등은 일찌감치 듣고서는 벌써 신바람이 나서 사방으로 달려 나가 혐의자를 체포한 뒤에야 들어와서 수령에게 아뢴다. 수령이 또 거드름을 피우며 재빨리 시체를 검안하러 나가지 않기 때문에 사건이 일어난 마을은 벌써 집안이 망하자 사람들이 뿔뿔이 흩어지고 마을에 밥 짓는 연기가 끊어져 쓸쓸해졌다는 사실도 모른다.
>
> 백성을 다스리는 수령은 평소에 마을에다 방문(榜文)을 내걸어 공지하기를 '살인사건이 일어났을 때에는 주범 1명만 해당 마을에 구속할 것이니, 나머지 사람들은 놀라 소란을 떨지 말라'고 해야 한다. 또 아전과 포교에게 약속하기를 '살인사건이 일어났을 때 수령이 나가기 전에 한 사람이라도 먼저 나가면 엄중히 처벌하고 용서하지 않을 것이다'라고 해야 한다. 이처럼 엄중하게 경계한다면 사건을 처리할 때 제멋대로 하게 되지는 않을 것이다.[131]

살인사건 조사에서 가장 중요한 사항은 처음 시체를 검안할 때 참관한 피해자 가족과 피고, 증인들의 일차적인 구두 진술을 확보하는 것인데, 『무원록』 같은 법의학서나 여러 관잠서에서도 재차 강조한 기본적 지침이다.[132] 그런데도 현실에서는 잘 지켜지지 않았던 것 같다.

> (판결에서) 적용할 법률을 인용하는 원칙은 전적으로 본인의 구두 진술을 위주로 한다. 증언이 참으로 확실하더라도 적용할 법률을 인용하는 사람이 구두 진술과 증언을 뒤섞어 연결하여 죄를 성립시키는 것은 법의 취지가 아니다. 반드시 구두 진술과 상처가 서로 부합되어야 형벌을 신중하게 사용한다는 옛 법에 맞게 된다. 이는 많은 사람이 함께 모의하여 외롭고 약한 사람에게 죄를 덮어씌워서 자기들이 아끼는 사람의 죄를 벗겨주게 될까 염려하기 때문이다.
>
> 지금 형사사건을 판결하는 사람들이 언제나 '많은 사람의 증언이 하나로 모아졌'라고 하면서 승복하지도 않은 사건을 경솔하게 판결하는데, 이것은 어진 사람이 신중해야 할 일이다.
>
> 내가 아직도 서울 북부의 함봉련(咸奉連) 사건을 기억하고 있다. 당시에도 많은 사람의 증언이 하나로 모아져 김대순(金大順)의 사죄를 벗어나게 해주었다. 만약 주상께서 굽어 살펴주시지 않았더라면 함봉련이 어떻게 살아날 수 있었겠는가![133]

함봉련 사건은 『흠흠신서』 제5부 「전발무사」에도 수록된 사건이다.[134] 피해자 서필흥(徐弼興)을 구타해 사망에 이르게 한 주범은 김대순인데, 김대순 집안의 머슴인 함봉련이 김대순 대신 주범이 되어 감옥에 10년이나 수감되어 있었다. 김대순을 주범으로 지목한 애초의 구두 진술과 검시 결과가 이웃들의 거짓 증언으로 왜곡되고 모호해졌는데, 알고 보니 증인들은 모두 김대순의 친인척이었고 뇌물을 받은 정황도 있었다. 사실 이런 경우는 비단 함봉련 사건에만 그치지 않았을 것이다. 재판관의 도덕적 의지만으로는 이런 상황들을 예방하고 통제하기란 거의 불가능하다. 진정으로 '어진' 재판관이라면, 사법절차의 공정성을 추구하면서 신중한 법적 판단을 내리기 위해 노력할 것이다.

따라서 「와사옥안」에서 '분별 있는 관찰자'의 시점에서 처음부터 끝까지 검험절차의 공정성을 추구한 섬진별장의 모습은 어떤 정의의 영웅보다도 인상적이다. 실존 인물이든 허구적 인물이든 재판관이 합법적인 절차를 무시한 채 자신의 권위를 남용하여 또 다른 불의를 초래하는 현실과 현격히 구분되고, 어쩌면 그런 불합리한 현실을 은연중 비판하기 때문이다. 요컨대 「와사옥안」이 주목한 것은 아마도 법질서와 서사적 질서가 일치하는 법적 스토리텔링의 힘이라고 할 수 있다. 「와사옥안」이 재현한 '절차적 정의'는 법의 이름으로 공공연히 자행되는 제도적 폭압과 권위주의를 완벽하게 무력화시킨다. 한국문학사에서 주목받지 못한 이 우화소설에 필자가 크게 감동하게 되는 이유는 자생적인 근대적 법의식의 단초로 볼 수 있는 가능성 때문이다.

> 저는 사례가 세상을 바꾼다고 봅니다. 뭐든지 사례 중심
> 으로 문제점을 바라봐야지, 추상적인 가치만을 놓고 문
> 제를 얘기하는 건 말이 안 됩니다.[1]
> ＿박준영, 『우리들의 변호사』

근래 들어 '법치주의'니 '법대로'라는 말들을 자주 듣는다. 그 말들
이 진정 '공정한 법의 지배', 이른바 'rule of the law'를 의미한다면
아무 문제가 없으련만, 괜히 가슴이 답답해지는 것은 내 편견 탓일
까. 법을 언급할수록 우리 사회에 법에 대한 불신은 줄어들기는커
녕 더 팽배해진 느낌이니 말이다. 심지어 '법적 책임'이란 말은 면피
를 위한 좋은 구실이 되기도 한다. 법적 책임과 도덕적 책임을 구분
한다면서, 법적 책임이 없으면 마치 도덕적 책임도 면책되는 양 생
각하는 사람들이 우리 사회에 늘어만 간다. 법만 내세우면 백성이
부끄러움을 모른다던 공자님 말씀이 저절로 머릿속에 떠오를 정도
다. 이런 분위기만 놓고 본다면, 우리 사회가 법의 도덕성을 절대
의심치 않았던 유교 전통이 강한 사회라고는 생각하기 어렵다.

그런데도 나는 우리 사회의 미래가 전적으로 암울하다고는 생
각하지 않는다. 불의를 고발하고 대중의 양심과 정의감에 호소하
는 진솔한 법 이야기가 어느 때보다 풍부하기 때문이다. '법 이야

기'라는 말이 무슨 의미인지 앞에서도 설명한 적이 있지만, 그것은 법에 관한 이야기이면서 말 그대로 '법의 이야기(law's story)'이기도 하다. '법의 이야기'는 법의 실천적 영역을 다룬다. 추상적인 법의 정신은 구체적인 서술 없이는 완벽히 이해될 수 없고, 위대한 법의 이상은 구체적인 판례를 통해서만이 비로소 구현되기 때문이다. "사례가 세상을 바꾼다"는 말은 바로 이런 뜻이다. 이런 까닭에 나는 일부러 '법 이야기'라는 모호한 말을 사용했다. 그 용어 자체가 논픽션이나 픽션의 경계, 법의 전문 분야와 비전문 분야의 경계를 넘나들며, 기존의 권위적 시선이나 인식론적 구조를 탈피하고 있기 때문이다.

오늘날 법 이야기는 우리 대중문화의 꽃이라고 할 만하다. 공안 소설에 비교할 만한 범죄소설이나 법정 드라마, 영화 등은 오늘날 가장 인기 있는 서사 장르다. 그중에는 실제 사례를 소재로 한 이야기도 상당수다. 오늘날 법과 정의의 딜레마를 진지하게 다룬 이야기들이 누리는 대중적 인기가 보기 드문 것이라고 나는 생각하지 않는다. 법 이야기는 기성 권위와 제도에 침묵 당한 약자에게 목소리를 부여할 때 가장 강력해지며, 어느 때보다도 웅변적이기 때문이다. 스토리텔링의 전복적 힘은 권위주의와 형식주의의 높은 장벽을 허물고 그 위에 공감의 소통구조를 만들고 있다는 점에서, 무엇보다도 실질적 변화를 일으킬 수 있다는 점에서 주목할 만한 것이다. 법의 추상적 언어에는 무관심한 대중도 소설이나 영화, 드라마 등 대중매체를 통해서 전달되는 법 이야기에는 귀 기울이기 마련이다.

한 유명한 사례가 바로 『도가니』(2009)다. 이 소설은 2005년 광주의 한 청각장애인학교에서 장애아동들을 대상으로 발생한 실제 성폭행사건을 다룬다. 이 소설이 일으킨 엄청난 사회적 파장은 소설의 영화화를 통해서 더욱 확대되었고, 시민운동과 법적 조치를 촉발했다. 이 이야기는 일명 '도가니법'으로 알려진 '성폭력범죄의 처벌 등에 관한 특례법' 개정을 통해서 아동이나 장애인 등 사회적 약자에 대한 성폭력범죄의 처벌을 강화하는 데 결정적 역할을 했다. 소설 『도가니』는 문학적 상상력이 은폐된 진실을 어떤 반복적인 구호보다도 진솔하게 폭로하며, 시적 정의가 현실 속의 사회 정의로 연결되고 확장되는 것이 얼마든지 가능하다는 사실을 모범적으로 보여준 사례다. 『도가니』이야말로 '문학 속의 법'과 '문학으로서의 법'이 충돌하지 않고 조화를 이룬 보기 드문 사례라 할 만하다.

한편 최근에는 법률전문가가 이야기하는 본격적인 '법 이야기'도 대중적 관심을 불러일으키고 있는데, 이 또한 긍정적인 변화로 간주할 수 있다. 판사나 검사, 변호사의 법 이야기는 『흠흠신서』처럼 전문적인 성격을 띤 것도 있지만, 『당음비사』처럼 교훈적이고 보편적인 법률지식을 전달하는 이야기도 있다. 후자의 경우는 전문성을 내세우기보다는 독자나 청중을 설득하기 위해 스토리텔링의 쌍방향적인 소통—즉, 화자와 청자 사이—구조에 천착한다. '재심 전문 변호사'로 유명한 박준영 변호사의 『우리들의 변호사』가 그 좋은 예라고 할 수 있다.[2] 자신이 변호한 재심사건들을 '이야기'하면서 검사나 판사를 향해 그가 간곡히 요청한 것은 좀 더 엄밀한 법 적용이라기보다는 이른바 '합리적 감성' 그리고 '도덕적 분별력'의 발휘였다. 누스바움을 비롯해 이 책에서 다룬 유교적 법관들이 강조하고 또 강조했던 덕목들이다.

수원 노숙소녀사건 때 만난 피고인으로 법정에 선 아이들이 진술을 번복하고, 강제에 의한 자백이었다고 이야기하는 것을 도무지 이해할 수 없다고 했습니다. 신문 과정에서 일제히 위법이 없었으며 피고인들은 처음부터 자기 죄를 고백하기 바빴다고 말이지요. 녹음이나 녹화 영상을 보면 당장에 알 수 있을 거라고 했습니다. (…)

"노숙 청소년들은 저희가 생각하는 청소년과 그 특성이 너무나 다릅니다. 소년으로서의 아직 순수하고 아름다운 마음이 많이 있는 반면에 길거리에서 배운 들고양이와 같은 야생성이 동시에 있습니다. 저희 앞에서 조사를 받을 때도 마찬가지였습니다. 들고양이처럼 저희들을 할퀴지 못해서 혹은 죄를 피하기 위해서 얼마나 많은 저항을 했는지 모릅니다. (…)"

검사의 이야기를 들으면서 저는 한숨이 났습니다. 검사는 이 아이들을 처음 만나는 순간부터 편견으로 가득 차 있었다는 것을 알 수 있습니다. 수사를 하기도 전에 이미 범인이 틀림없다고 확신했을 것이 분명했습니다. 그렇지 않고서야 노숙 청소년을 일반적인 청소년과 같은 눈으로 보아서는 안 된다는 이야기를 저렇게 당당하게 할 수는 없을 것입니다. 모든 사람은 법 앞에 평등하다는 이야기는 검사에게 그저 글자에 불과한 것이었습니다.

아이들이 왜 짓지도 않은 죄를 자백했을까요? 꼭 때려야만 그게 강압 수사가 아닙니다. 검사라는 존재 자체가, 영문 모른 채 자신이 잡혀와 있다는 현실 자체가 아이들에게는 '강압'적인 상황입니다. 더군다나 가족들도 자신의 편이 아니고, 누구 한 사람 믿어주는 사람이 없습니다. 이럴 때 검사의 회유와 속임이 더해지면 아이들은 쉽게 자포자기하고, (…) 어른도 마찬가지일 겁니다.[3]

박준영 변호사가 재심 변호를 맡은 수원 노숙소녀사건에서 가출 청소년인 피고들은 신원을 알 수 없는 피해자(수원 노숙소녀)를 집단 폭행해 살해한 혐의로 기소된다. 이 사건은 명백한 증거나 증인도 없었지만, 피고인 7명 전원 범행을 자백함으로써 유죄판결이 확정된다. 1명도 아닌 7명이나 되는 가출 청소년들을 침묵시키고 살인자로 만든 장본인은 들고양이를 닮은 그들의 타고난 '공격성'이 아니라, 편견에 찬 제도와 법의 권위적인 시선이다.

허위 자백의 함정은 이미 다산이 『흠흠신서』에서 함봉련 사건을 언급하면서 경고한 터이다. '합법적인' 고문이 허용되었던 다산의 시대에는 고문의 위협만으로도 차라리 죽음을 택하거나 자포자기해버린 피의자들이 수없이 많았다. 자백이 거짓이라는 사실은 대개는 밝혀내기 어려운 진실이 아니었다. 다산은 모순투성이의 사건기록을 한번 훑어보는 것만으로도 함봉련이 죄가 없는 것을 알았다고 했다. 보이지 않는 것이 아니라, 단지 외면했을 뿐이다. 이렇듯 자신의 양심을 속이고 죄 없는 사람을 죽음으로 내모는 일은 처음부터 의도적인 악의로부터 비롯된 것은 아닐지라도, 죄 없는 사람을 살리고 부정의를 바로잡는 데에는 그야말로 대단한 도덕적 용기가 필요하다.

많은 재판사건을 일상적으로 대하고 신속하게 처리해야 하는 판사와 검사를 비롯한 오늘날의 법조인들, 다양한 행정 업무와 함께 재판사건을 다루면서 판결을 서둘렀던 과거의 사또들, 전자와 후자 사이에는 혁명적인 제도적·사회적 변화가 가로놓여 있음에도 불구하고, 양자 사이에 단절이 느껴지기는커녕 기시감이 느껴지는 것은 왜일까. 과거와 현재를 이어주는 것은 어떤 위대한 인도주의적 원칙과 제도적 혁신도 걸러내지 못한 일상적으로 반복되는 오류들이다. 이 사소한 부주의와 태만, 편견, 이기심들은 지극한 악덕이라고 말할 수는 없지만, 그것들이 만들어낸 작은 균열은 정의를 가로막고 법을 왜곡하는 심각한 결과를 초래한다. 그것은 옛날이나 지금이나 법이나 제도 자체의 문제라기보다는, 복잡한 현실 속에서 법을 해석하고 제도를 운용해온 '사람'의 문제다. 법이 인간의 삶을 다루고 인간다운 삶을 위해 존재한다는 것, 그 사실을 망각할 때 정의로운 법도 없을 것이다.

이 사실을 일깨워주는 역할을 하는 것이 바로 진솔한 법 이야기라고 나는 생각한다. 실화에 바탕을 둔 법과 범죄 이야기들은 영화나 드라마 등 대중매체를 통해서 더 많은 청중을 향해 발화한다. 이 이야기들은 또한 전통법과 근대법 사이에 존재하는 메울 수 없는 간극을 채운다. 과거와 현재를 이어주는 것은 인간다운 삶과 정의로운 사회를 열망하는 보통 사람들의 이야기다. 이 책이 주목한 것이 바로 시간을 거슬러 이념적·제도적 차이마저 뛰어넘는 스토리텔링의 힘이다.

한편 정의를 열망하는 수많은 사람들의 다양한 법 이야기가 수천 년 전부터 오늘날까지 존재해왔고, 그동안 축적된 기록이 산처

럼 쌓였다는 사실은 우리에게 희망보다는 절망적인 깨달음을 안겨
줄지 모른다. 산처럼 쌓인 이야기들은 한목소리로 정의를 외치치
만, 과연 우리는 정의로운 사회에 살고 있는가. 무엇이 달라졌는가.
한 가련한 죽음 다음에 또 다른 억울한 죽음이 있을 뿐이다. 누스바
움의 강의를 들었던 한 학생의 비관적인 답안처럼, 누군가의 절망
에 찬 외침이, 또는 감동적인 문학이 법이나 사회를 바꾸기에는 그
영향력이 너무도 미약하다는 것. 그렇다. 그 힘은 너무도 미약하다.
지금 이 시각에도 자유와 정의를 외치는 무고한 사람들을 총칼로
무자비하게 짓밟고 학살하는 극악무도한 범죄가 세계 곳곳에서 일
어난다. 실질적인 진보는 끔찍할 정도로 더디고 엄청난 인내심을
요구하지만, 중요한 사실은 어떤 권력도 완전히 꺼트릴 수 없는 양
심의 작은 불꽃, 인간다운 삶을 향한 희망이 누구에게나 존재한다
는 것. 악몽 같은 혹독한 현실이 그 사실을 자주 잊게 만들지만,
그 희망의 존재를 우리에게 다시 일깨우는 것이 문학이라고 나는
믿는다.

결론적으로 말하면, 나는 문학으로 회귀한다. 한마디만 더 덧붙
이자면, 수많은 위대한 작가들과 비평가들이 그랬듯이 문학의 사회
적 역할에 방점을 두면서, 특히 문학적 상상력이 인간의 황폐한 내
면에 미치는 영향을 성찰하고자 문학으로 회귀한다. 그런 태도는
오늘날 대학에서 배우는 문학 연구가 점점 더 진정한 문학의 정신
으로부터, 혹은 심지어 인간과 사회로부터 소외되는 현상과는 거리
가 있다. 이 책에서 내가 누누이 강조하고 다루었던 법과 문학의
관계, 그리고 법과 문학의 경계를 넘나든 법문학 장르며 법서 장르

는 근대적 학문 체계에서는 별로 주목받지 못한 장르였다. 말하자면 문학 연구자에게 이 장르는 온전히 '문학적'이라고 말하기 어려웠고, 반면 법학 연구자에게도 이 장르는 외면당하기 일쑤였다. 그렇지만 최근에는 대학에서도 '융복합' 연구가 첨단의 연구방법으로 변화하는 추세다. 현재로서는 인문학이나 사회과학에서 실질적인 연구성과가 많다고 말하기는 어렵지만, 이미 세분화한 연구경향을 유지하기 어려운 대학 내에서는 많은 연구자가 대안으로 여긴다. 비유컨대 근대적인 대학제도는 한 연구자가 한 우물을 좁고 깊게 파도록 유도했다면, 최근에 와서는 물이 나오지 않는 우물 파기에 다들 지쳤다고 할까. 우물을 조금만 더 넓게 파도, 조금만 방향을 틀어도, 바로 옆에서 우물을 파던 다른 연구자와 만날 수 있다는 사실을 알게 된다. 그들이 함께 우물을 판다면, 물을 찾을 확률은 더 높아지지 않을까. 어쩌면 우물을 팔 필요가 없어질 수도 있다. 강을 발견할 수도 있기 때문이다. 중요한 사실은 더는 우물 안 개구리가 될 수는 없다는 것.

비유가 길어졌지만, 최신 연구라는 이른바 '융복합' 연구는 근대 이전 전통적인 학문체계에서는 동서양을 막론하고 보편적이었다. 철학자가 곧 정치가이자 법률가이자 시인이었고, 성직자가 곧 물리학자이자 의사이기도 했다. 물론 우리는 전통적인 학문체계로 돌아갈 수는 없다. 19세기 이후 200년 동안 축적된 지식이 인류가 2,000년 동안 쌓아온 지식과 맞먹을 정도로 놀라울 만큼 진보하고 확장되었다. 다만 내가 강조하고 싶은 것은 말단에서도 시작을 잊어서는 안 된다는 것. 우리가 거대한 세계의 대체 가능한 부속으로, 혹은 파편화된 일상의 편린으로 전락하고 싶지 않다면, 전체를 꿰뚫어 보는 통찰력을 갖추려고 노력해야 할 것이다. 이 책이 그런 변화의 노력에 작으나마 보탬이 되길 바란다.

부록

주

참고문헌

찾아보기

『백가공안』(『포공안』)의 구성과 범죄 유형[1] 및 출처

매회 제목	범죄 유형	확인된 출처
國史本傳 包待制出身源流		包待制出身傳(설창사화)
1. 判焚永州之野廟	환상적 범죄	
2. 判革猴節婦牌坊	성범죄	
3. 訪察除妖狐之怪	환상적 범죄	
4. 止狄青花園之妖	환상적 범죄	
5. 辨心如金石之寃	금전적 범죄	
6. 判姤婦殺妾子寃	금전적 범죄(상속문제) 및 가정폭력(처첩갈등)	
7. 行香請天誅妖婦	환상적 범죄	
8. 判姦夫誤殺其婦	성범죄(간통 및 살인)	
9. 判姦夫竊盜銀兩	금전적 범죄	
10. 判貞婦被汚之寃	성범죄	
11. 判石碑以追客布	금전적 범죄	
12. 辨樹葉判還銀兩	금전적 범죄	
13. 爲衆伸寃剌狐狸	환상적 범죄	

* 부록 1과 2는 제3장에서 다룬 『백가공안』과 『용도공안』 판본을 한눈에 비교·대조할 수 있도록 표로 정리했다. 부록 3은 『용도공안』을 저본으로 한 한글 번역본인 낙선재본 『포공연의』의 구성을 『용도공안』과 비교한 표이다.

매회 제목	범죄 유형	확인된 출처
14. 獲妖蛇除百穀災	환상적 범죄	
15. 出興福罪促黃洪	금전적 범죄	
16. 密捉孫趙放襄勝	금전적 범죄	
17. 伸黃仁冤斬白犬	성범죄	
18. 神判八旬通姦事	성범죄	
19. 還蔣欽穀捉王虛	금전적 범죄	
20. 伸蘭瓔冤捉和尙	성범죄	簡帖和尙(송 화본)
21. 滅苦株賊伸客冤	금전적 범죄	
22. 鍾馗證元弼絞罪	성범죄	
23. 獲學吏開國財獄	금전적 범죄 및 권력형 비리	
24. 判停妻再娶充軍	가정폭력	
25. 配弘禹決王婆死	성범죄	
26. 秦氏還魂配世美	가정폭력	
27. 判劉氏合同文字	금전적 범죄(상속문제) 및 가정폭력(처첩갈등)	合同文字記(송 화본)
28. 判李中立謀夫占妻	성범죄	
29. 判除劉花園三怪	환상적 범죄	
30. 判貴善冤魂伸散	가정폭력	
31. 鎖大王小兒還魂	환상적 범죄	
32. 朱銀子論五里牌	금전적 범죄	
33. 枷城隍拿捉妖精	환상적 범죄	
34. 斷瀛州鹽酒之臟	권력형 비리	
35. 判烏鵲訴冤枉事	환상적 범죄	

매회 제목	범죄 유형	확인된 출처
36. 判孫寬謀殺董妻	성범죄	太平廣記
37. 阿柳打死前婦子	가정폭력	
38. 判王萬謀客人財	금전적 범죄	
39. 晏寔謀殺許氏夫	성범죄	
40. 斬石鬼盜瓶之怪	환상적 범죄	
41. 判妖僧攝善王錢	환상적 범죄	
42. 屠夫謀黃婦首飾	금전적 범죄	
43. 寫廨後池蛙之冤	환상적 범죄	
44. 金鯉魚迷人之異	환상적 범죄	三寶太監西洋記 (명 장회소설)
45. 除惡僧理索氏冤	성범죄	
46. 斷謀劫布商之冤	금전적 범죄	
47. 答孫鴐雲張虛冤	성범죄	
48. 東京判斬趙皇親	권력형 비리	劉都賽上元十五夜看燈傳 (설창사화)
49. 當場判放曹國舅	권력형 비리	斷曹國舅公案傳
50. 判琴童代主伸冤	금전적 범죄	
51. 包公智捉白猿精	환상적 범죄	
52. 重義氣代友伸冤	성범죄	
53. 義婦與前夫報仇	성범죄	
54. 潘用中奇遇成姻	성범죄	
55. 判江僧而釋鮑僕	금전적 범죄	
56. 杖奸僧決配遠方	성범죄	簡帖和尙
57. 續姻緣而盟舊約	성범죄	

매회 제목	범죄 유형	확인된 출처
58. 決戮五鼠鬧東京	환상적 범죄	三寶太監西洋記
59. 東京決判劉駙馬	권력형 비리	
60. 究巨龜井得死尸	금전적 범죄	
61. 證盜而釋謝翁冤	금전적 범죄	
62. 汴京判取胭脂記	성범죄	王月英月夜留鞋記(원 잡극)
63. 判僧行明前世冤	금전적 범죄 및 가정폭력	
64. 決淫婦謀害親夫	성범죄	
65. 究狐情而開何達	환상적 범죄	
66. 決李賓而開念六	성범죄	
67. 決袁僕而釋楊氏	가정폭력	
68. 決客商而開張獄	성범죄	
69. 旋風鬼來證冤枉	성범죄	
70. 枷判官監令證冤	금전적 범죄	
71. 證兒童捉謀人賊	금전적 범죄	
72. 除黃二郎兄弟刁惡	금전적 범죄	
73. 陳州判斬趙皇親	권력형 비리	陳州粜米記(설창사화)
74. 斷斬王御使之贓	권력형 비리	仁宗認母傳(설창사화)
75. 判仁宗認李國母	권력형 비리	仁宗認母傳
76. 判阿吳夫死不明	성범죄	包待制勘雙丁(원 잡극)
77. 判阿楊謀殺前夫	성범죄	包待制勘雙丁
78. 判兩家指腹爲婚	성범죄	林招得(명 南戲)
79. 勘判李吉之死罪	권력형 비리	

매회 제목	범죄 유형	확인된 출처
80. 斷濠州急脚王眞	권력형 비리	
81. 斷劾張轉運之罪	권력형 비리	陳州糶米記
82. 劾兒子爲官之虐	권력형 비리	
83. 判皇妃國法失儀	권력형 비리	陳州糶米記
84. 斷趙省遺戍滄州	권력형 비리	陳州糶米記
85. 決奏衙內之斬罪	권력형 비리	陳州糶米記
86. 斷啞子獻棒分財	금전적 범죄	叮叮噹噹盆兒鬼(원 잡극)
87. 斷瓦盆叫屈之異	금전적 범죄	
88. 判老犬變夫之怪	환상적 범죄	
89. 劉婆子訴論猛虎	환상적 범죄	白虎精傳(설창사화)
90. 斷柳芳魂抱虎頭	가정폭력	白虎精傳
91. 斷卜安偸割牛舌	금전적 범죄	
92. 斷魯千郎倚勢害人	권력형 비리	
93. 斷潘秀誤害花羞	성범죄	鬧樊樓多情周勝仙(송 화본)
94. 花羞還魂累李辛	성범죄	鬧樊樓多情周勝仙
95. 包公花園救月蝕	환상적 범죄	
96. 斷丘狂埋怨判官	금전적 범죄	
97. 判陳氏誤朱銀盆	가정폭력	
98. 判白禽飛來報寃	가정폭력	
99. 一捻金贈太平錢	환상적 범죄	
100. 勸戒買紙錢之客	환상적 범죄	

『백가공안』과 『용도공안』의 비교[2]

『백가공안』	『용도공안』
6. 姑婦殺妾子之寃	40. 手牽二子
8. 判姦夫誤殺其婦	63. 斗粟三升米
9. 判姦夫竊盜銀兩	30. 陰溝賊
10. 判貞婦被汚之寃	53. 移椅倚桐同玩月
11. 判石碑以追客布	74. 石碑
12. 辨樹葉判還銀兩	47. 蟲蛛葉
15. 出興福罪促黃洪	50. 騙馬
16. 密捉孫趙放襄人	29. 氈套客
18. 神判八旬通姦事	45. 牙簪揷地
19. 還蔣欽穀捉王虛	20. 靑磁記穀
20. 伸蘭穆寃捉和尙	13. 偸鞋
21. 滅苦株賊伸客寃	16. 烏喚孤客
23. 獲學吏開國財獄	54. 龍騎龍背試梅花
25. 配弘禹決王婆死	21. 裁縫選官
28. 判李中立謀夫占妻	65. 地窖
32. 朱銀子論五里牌	72. 牌下土地
36. 判孫寬謀殺董妻	23. 殺假僧
37. 阿柳打死前妻之子	39. 耳畔有聲
42. 屠夫謀黃婦首飾	19. 血衫叫街
44. 金鯉魚迷人之異	51. 金鯉魚
45. 除惡僧理索氏寃	24. 賣眞靴
46. 斷謀劫布商之寃	73. 木印

『백가공안』	『용도공안』
47. 答孫鴒雲張虛寃	22. 廚子做酒
48. 東京判斬趙皇親	11. 黃菜葉
49. 當場判放曹國舅	61. 獅兒巷
50. 琴童代主人伸寃	42. 港口漁翁
52. 重義氣代友伸寃	17. 臨江亭
53. 義婦與前夫報讐	36. 岳州屠
55. 斷江僧而釋鮑僕	43. 紅衣婦
56. 杖奸僧決配遠方	14. 烘衣
58. 決戮五鼠鬧東京	52. 玉面猫
59. 東京決判劉駙馬	12. 石獅子
60. 究巨龜井得死屍	15. 龜入廢井
61. 證盜而釋謝翁寃	34. 妓飾無異
63. 判僧行明前世寃	71. 江岸黑龍
64. 決淫婦謀害親夫	66. 龍窟
65. 究狐情而開下達	58. 廢花園
66. 決李賓而開念六	46. 繡履埋泥
67. 決袁僕而釋楊氏	41. 窓外黑猿
68. 決客商而開張獄	64. 津姓走東邊
69. 旋風鬼來證寃枉	35. 遼東軍
71. 證兒童捉謀人賊	33. 乳臭不瑚
75. 仁宗皇帝認母親	62. 桑林鎭
77. 判阿楊謀殺前夫	18. 白石塔
86. 石啞子獻棒分財	48. 啞子棒
87. 瓦盆子叫屈之異	44. 烏盆子
91. 卜安割牛舌之異	49. 割牛
93. 潘秀誤了花羞女	57. 紅牙

『용도공안』과 낙선재본 『포공연의』의 비교

『용도공안』의 목차	『포공연의』의 목차	범죄의 유형
1. 阿彌陀佛講和	1. 아미타불강화	성범죄
2. 觀音菩薩托夢	2. 관음보살탁몽	성범죄
3. 嚼舌吐血	3. 쟉셜토혈	성범죄
4. 咬舌扣喉	4. 교셜고후	성범죄
5. 鎖匙	5. 쇄시	금전적 범죄
6. 包袱	6. 포복	금전적 범죄
7. 葛葉飄來	7. 갈엽표리	금전적 범죄
8. 招帖收去	8. 툐톄슈거	성범죄
9. 夾底船	9. 협져션	금전적 범죄
10. 接迹渡	10. 졉젹도	금전적 범죄
11. 黃菜葉	11. 황치엽	성범죄
12. 石獅子	12. 셕ᄉᄌ	권력형 비리
13. 偸鞋	13. 투혀	성범죄
14. 烘衣	14. 홍의	성범죄
15. 龜入廢井	15. 귀입폐뎡	금전적 범죄
16. 鳥喚孤客	16. 됴환고긱	금전적 범죄
17. 臨江亭	17. 님강뎡	성범죄
18. 白塔巷	18. 빅탑항	성범죄
19. 血衫叫街	19. 혈삼규가	금전적 범죄
20. 靑碇記穀	20. 청뎡긔곡	금전적 범죄

『용도공안』의 목차	『포공연의』의 목차	범죄의 유형
21. 裁縫選官	21. 지봉션관	성범죄
22. 廚子做酒	22. 쥬즈쥬쥬	금전적 범죄
23. 殺假僧	23. 살가승	금전적 범죄
24. 賣皀靴	24. 매됴화	성범죄
25. 忠節隱匿	25. 튱졀은닉	환상적 범죄
26. 巧拙顚倒	26. 교졸전도	환상적 범죄
27. 試假反試眞	27. 시가반시진	성범죄
28. 死酒實死色	×	성범죄
29. 甄套客	28. 젼투긱	금전적 범죄
30. 陰溝賊	29. 음구젹	금전적 범죄
31. 三寶殿	30. 삼보뎐	성범죄
32. 二陰箸	31. 이음교	금전적 범죄
33. 乳臭不瑪	32. 유췌불됴	금전적 범죄
34. 妓飾無異	33. 기식무이	금전적 범죄
35. 遼東軍	34. 뇨동군	성범죄
36. 岳州屠	35. 악쥐도	성범죄
37. 久鰥	36. 구환	환상적 범죄
38. 絶嗣	37. 졀ᄉ	환상적 범죄
39. 耳畔有聲	38. 이반유셩	가정불화 및 폭력
40. 手牽二子	39. 슈견이ᄌ	가정불화 및 폭력
41. 窓外黑猿	40. 창외흑원	가정불화 및 폭력
42. 港口漁翁	41. 항구어옹	금전적 범죄
43. 紅衣婦	42. 홍의부	금전적 범죄
44. 烏盆子	43. 오분ᄌ	금전적 범죄

『용도공안』의 목차	『포공연의』의 목차	범죄의 유형
45. 牙簪挿地	×	성범죄
46. 繡履埋泥	44. 슈니미니	성범죄
47. 蟲蛛葉	45. 튱쥬엽	금전적 범죄
48. 啞子棒	46. 아ᄌ봉	가정불화 및 폭력
49. 割牛舌	47. 할우셜	금전적 범죄
50. 騾馬	48. 과마	금전적 범죄
51. 金鯉	49. 금니	환상적 범죄
52. 玉面猫	50. 옥면묘	환상적 범죄
53. 移椅倚桐同玩月	51. 이의의동동완월	성범죄
54. 龍騎龍背試梅花	52. 농긔농비시미화	금전적 범죄
55. 奪傘破傘	53. 탈산파산	금전적 범죄
56. 瞞刀還刀	54. 만도환도	금전적 범죄
57. 紅牙球	×	성범죄
58. 廢花園	55. 폐화원	환상적 범죄
59. 惡師誤徒	56. 악ᄉ오도	환상적 범죄
60. 獸公私媳	×	성범죄
61. 獅兒巷	×	성범죄
62. 桑林鎭	×	권력형 비리
63. 斗粟三升米	×	성범죄
64. 津姓走東邊	×	성범죄
65. 地窖	×	성범죄
66. 龍窟	×	성범죄
67. 善惡罔報	×	환상적 범죄(지옥)
68. 壽夭不均	×	환상적 범죄(지옥)

『용도공안』의 목차	『포공연의』의 목차	범죄의 유형
69. 三娘子	×	금전적 범죄
70. 賊叢甲	×	금전적 범죄
71. 江岸黑龍	57. 강안흑뇽	금전적 범죄
72. 牌下土地	58. 패하토디	금전적 범죄
73. 木印	59. 목인	금전적 범죄
74. 石碑	60. 셕패	금전적 범죄
75. 屈殺英才	61. 굴살영지	환상적 범죄
76. 侵冒大功	62. 팀모대공	환상적 범죄
77. 扯畵軸	63. 지화튝	가정폭력
78. 審遺囑	64. 심유촉	가정폭력
79. 箕帚帶入	×	성범죄
80. 房門誰開	×	성범죄
81. 兎戴帽	65. 토듸모	금전적 범죄
82. 鹿隨獐	66. 녹슈댱	금전적 범죄
83. 遺帕	×	성범죄
84. 借衣	67. 챠의	성범죄
85. 壁隙窺光	×	성범죄
86. 桷上得穴	68. 각샹득혈	성범죄
87. 黑痣	69. 흑지	성범죄
88. 靑糞	70. 청분	금전적 범죄
89. 和尙皺眉	71. 화샹추미	성범죄
90. 西瓜開花	72. 셔과기화	성범죄
91. 銅錢揷壁	73. 동젼삽벽	금전적 범죄
92. 蜘蛛食卷	74. 디쥬식권	성범죄

『용도공안』의 목차	『포공연의』의 목차	범죄의 유형
93. 尸數椽	75. 시수연	환상적 범죄
94. 鬼推磨	76. 귀츄마	환상적 범죄
95. 裁贓	77. 적장	성범죄
96. 扮戲	×	성범죄
97. 瓦器燈盞	78. 와긔등잔	금전적 범죄
98. 床被什物	79. 상피즙물	성범죄
99. 玉樞經	80. 옥츄경	환상적 범죄
100. 三官經	81. 삼관경	성범죄

주

제1장 문학, 정의로 가는 문

1 프란츠 카프카, 김재혁 옮김, 『소송』(열린책들, 2011), 295쪽.

2 원저 초판은 1995년 출판되었다. 이 책에서는 2013년 출판된 한국어판을 인용했음을 밝혀둔다.

3 마사 누스바움, 박용준 옮김, 『시적 정의: 문학적 상상력과 공적인 삶』(궁리, 2013), 28쪽.

4 누스바움, 『시적 정의』, 18-19쪽.

5 누스바움, 『시적 정의』, 20쪽. 강조는 필자의 것임.

6 https://en.wikipedia.org/wiki/Poetic_justice 참조.

7 론 풀러, 박은정 옮김, 『법의 도덕성』(서울대학교출판문화원, 2015), 308쪽.

8 미국의 법과 문학 운동에 관한 연구로는 안경환, 「미국에서의 법과 문학 운동」, 『서울대학교 법학』 39.2 (1998), 215-247쪽 참조.

9 1970년대 법과 문학 운동의 효시라면 제임스 보이드 화이트(James Boyd White)의 『법적 상상 Legal Imagination』(1973)을 꼽을 수 있으며, 이 운동은 '법과 인문학회'를 조직한 리처드 와이즈버그(Richard Weisberg)에 의해 완성되었다고 여겨진다. 특히 와이즈버그의 『법문학비평 Literary Criticisms of Law』(2000)은 법문학비평의 이론적 토대를 마련하였다.

10 Guyora Binder and Robert Weisberg, *Literary Criticisms of Law* (Princeton: Princeton University Press, 2000), p. 3.

11 누스바움, 『시적 정의』, 11쪽.

12 누스바움, 『시적 정의』, 31쪽.

13 누스바움, 『시적 정의』, 119쪽.

14 누스바움, 『시적 정의』, 126쪽 재인용.

15 누스바움, 『시적 정의』, 123-158쪽 참조.

16 사실 누스바움은 오랫동안 감정에 관한 연구를 해왔으며, 그리스・로마 철학으로 거슬러 올라가는 법과 감정의 관계에 관한 그녀의 고찰은 상당히 심오하다. 이와 관련해서는 누스바움의 다른 저작 『감정의 격동 Upheavals of Thought: The Intelligence of Emotions』(새물결, 2015)과 『혐오와 수치심: 인간다움을 파괴하는 감정들 Hiding from Humanity: Disgust, Shame, and the Law』(민음사, 2015) 등 참조.

17 누스바움, 『시적 정의』, 160쪽.

18 우리는 이 책에서 스미스가 그리스 비극이나 시, 소설 등 다양한 문학작품들을 인용한 사례들을 자주 만날 수 있다. 애덤 스미스, 김광수 옮김, 『도덕 감정론』(한길사, 2016) 참조.

19 스미스, 『도덕감정론』, 112쪽.

20 스미스, 『도덕감정론』, 284쪽.

21 휘트먼; 누스바움, 『시적 정의』, 175쪽 재인용.

22 누스바움, 『시적 정의』, 176쪽.

23 누스바움, 『시적 정의』, 185쪽.

24 누스바움, 『시적 정의』, 179쪽.

25 누스바움, 『시적 정의』, 185쪽.

26 이 말은 1994년 미국 연방 대법관에 임명된 브레이어 판사가 상원 사법위원회 인사청문회에서 했던 연설 일부이다. 누스바움, 『시적 정의』, 173쪽 재인용.

27 누스바움, 『시적 정의』, 189-190쪽 참조.

28 메리 J. 카아 대 제너럴모터스 소속 엘리슨가스터빈부서사건(미 제7연방항소법원, 1994년 7월 26일). 누스바움, 『시적 정의』, 219-231쪽 참조.

29 누스바움, 『시적 정의』, 208쪽.

30 이런 관점에서 누스바움의 주장에 비판적인 문제 제기를 시도한 다음 연구

를 참고할 만하다. 김예리, 「법과 문학 그리고 '위반'으로서의 시적 정의」, 한국현대문학연구 45(2014), 199-227쪽.

31 Martha C. Nussbaum, ""Secret Sewers of Vice": Disgust, Bodies, and the Law," Susan A. Bandes, ed., *The Passions of Law* (New York: New York University Press, 1999), p. 22.

32 Ibid., p. 54.

33 이와 관련해서는 Robert C. Solomon, "Justice v. Vengeance: On Law and the Satisfaction of Emotion," *The Passions of Law*, pp. 121-148 참조.

34 이와 관련해서는 Robert A. Posner, "Emotion versus Emotionalism in Law," *The Passions of Law*, pp. 313-317 참조.

35 이와 관련해서는 Martha Minow, "Institutions and Emotions: Redressing Mass Violence," *The Passions of Law*, pp. 265-308 참조.

36 Posner, *Law and Literature* (Cambridge, Mass.: Harvard University Press, 2009), pp. 6-7. 그는 명백히 법경제학을 옹호하는 입장에서 이 책의 초판이 출간된 1990년에 이미 성숙한 학문 분야로 자리 잡은 법경제학과 달리 법과 문학 운동(Law and Literature Movement)은 침체된 상태라며 그 유효성에 심각한 의문을 제기하고 있다. 법실증주의에 대한 반동으로 일어난 법과 문학 운동에 대한 포스너 판사의 신랄한 비판을 지나치게 보수적인 것으로 평가할 수도 있겠으나, 한편으로는 인문학자 또한 보편적 언어로 대중과 소통하지 못하는 오늘날의 현실에서는 그의 비판을 경계로 삼을 만하다. 포스너의 '법과 문학 운동'에 대한 비판과 관련하여, 윤철홍, 「누스바움의 '시적 정의'에 관한 수용적 검토」, 법철학연구 17.2 (2014), 125-127쪽 참조.

37 '전문가 바보'란 "자기의 전문 영역에만 빠져 보편적으로 이해하고 분석하는 능력을 갖추지 못한 사람"을 일컫는 말이다. 사이토 다카시, 『내가 공부하는 이유』(걷는 나무, 2014), 44-45쪽; 이계수, 「법적 상상력과 공상의 사용법에 대하여: 마사 누스바움의 〈시적 정의〉의 경우」, 민주법학 61 (2016), 137쪽, 주6 재인용.

38 이계수, 「법적 상상력과 공상의 사용법에 대하여」, 139쪽. 또한, 윤철홍도 법질서 유지와 관련하여 '시적 정의'를 추구하는 문학의 순기능은 아무리 강조해도 지나치지 않다고 주장한다. 윤철홍, 「누스바움의 '시적 정의'에 관한 수용적 검토」, 112쪽 참조.

39 이계수, 「법적 상상력과 공상의 사용법에 대하여」, 143쪽.

40 누스바움, 『시적 정의』, 43쪽.

41 누스바움, 『시적 정의』, 35쪽.

42 김영란, 「판사와 책읽기」, 남형두 엮음, 『문학과 법: 여섯 개의 시선』(사회평론아카데미, 2018), 16-34쪽.

43 누스바움의 방대한 저작 『감정의 격동』은 바로 이러한 노력의 산물이다.

44 "葉公於孔子曰, 吾黨有直躬者, 其父攘羊而子證之. 孔子曰, 吾黨之直者異於是, 父爲子隱, 子爲父隱, 直在其中矣."

45 예를 들면, 야스다 노부유키(安田信之)는 아시아에 전통적으로 개인주의 원리에 기초한 서구 근대법과 달리 공동원리에 기초한 고유법이 있다면서, 이것이 바로 아시아법 개념의 핵심이라고 주장했다. 이른바 '원국가법체제(原國家法體制)'라고 명명한 아시아의 고유법 체제는 전제군주를 정점으로 한 국가법─전근대 동아시아의 경우 중국의 율령체제─과 자치적인 촌락공동체질서의 이중구조가 그 주요 특징이다. 야스다 노부유키의 이론은 서구중심주의적 법관념을 극복한다는 측면에서는 긍정적으로 평가할 만하지만, 실제 동아시아 전통사회에서 국가법에 대응할 만한 공동체질서가 발달하지 않았다는 점에서 많은 비판을 받았다. 야스다 노부유키의 이론과 그 문제점에 관해서는 미즈바야시 타케시(水林彪), 「アジアの傳統的法文化に關する硏究の現狀と問題點─日本の場合」, 『東アジア法硏究の現狀と將來』, 121-153쪽 참조.

46 최종고, 「막스 베버가 본 동양법: 비교법사의 기초를 위하여」, 법사학연구 6(1981) 참조.

47 최근의 학술 동향과 관련해서는, Teemu Ruskola, *Legal Orientalism: China, the United States, and Modern Law* (Cambridge: Harvard University Press, 2013); William P. Alford, "Law, Law, What Law?:

Why Western Scholars of China Have Not Had More to Say about Its Law," Karen G. Turner et al., *The Limits of the Rule of Law in China* (Seattle: Washington University Press, 2000) 등 참조.

48 J. Merryman, "On the Convergence (and Divergence) of the Civil Law and the Common Law," Mauro Cappelletti ed., *New Perspectives for a Common Law of Europe* (Boston: Sijthoff, 1978); Joanna Waley-Cohen, "Politics and the Supernatural in Mid-Qing Legal Culture," Modern China, vol. 19 no. 3 (1993), p. 331 재인용.

49 "道之以政, 齊之以刑, 民免而無恥; 道之以德, 齊之以禮, 有恥且格."『論語·爲政』제3장.

50 한 고조 유방(劉邦)은 진(秦)나라의 가혹한 법을 없애고 세 조항의 법만 선포하였는데, 이를 약법삼장이라고 한다. 이 중 첫째 조항이 사람을 죽인 자는 죽인다는 것이다.『史記·高祖本紀』참조.

51 법률의 유교화 현상을 정의하고 이를 자세히 분석한 연구로는 T'ung-tsu Ch'ü(瞿同祖), *Law and Society in Traditional China* (Paris: Mouton & Co, 1965) 참조.

52 법가인 신도(愼到)는 일찍이 "법은 사람에게서 시작되며 인심에 부합할 따름(法 (…) 發於人間, 合乎人心而已)"이라 하였다.『愼子·佚文』; 범충신·정정·첨학농(范忠信·鄭定·詹學農),『중국법률문화탐구: 정리법과 중국인』(일조각, 1996), 28쪽 재인용.

53 "法不察民情而立之, 則不成."『商君書·壹言』; 범충신 외,『중국법률문화탐구』, 29쪽 재인용.

54 예를 들면, 이런 말이 있다. "천도를 따르면 크게 되는데, 그에 따른다는 것은 인정을 따르는 것이다(天道因則大. 因也者, 因人之情也)."『尹文子·因循』; 범충신 외,『중국법률문화탐구』, 28쪽 재인용.

55 계만영(桂萬榮), 박소현·박계화·홍성화 역,『당음비사』(세창출판사, 2013), 165쪽.

56 "法者天下之理." 朱熹, 「學校貢擧私議」,『朱子大全』; 범충신 외,『중국법률문화탐구』, 24쪽 재인용.

57 滋賀秀三,「民事的法源の概括的檢討: 情·理·法」,『淸代中國の法と裁判』 (東京: 創文社, 1984), 263-304쪽 참조.

58 滋賀秀三,『淸代中國の法と裁判』, 283쪽.

59 滋賀秀三,『淸代中國の法と裁判』, 284-285쪽.

60 범충신 외,『중국법률문화탐구』, 37쪽.

61 『明史·太祖本紀』 참조.

62 정약용, 박석무·이강욱 역,『역주 흠흠신서』(한국인문고전연구소, 2019) 3, 182-183쪽.

63 『審理錄』은 1775년부터 1800년까지 정조가 직접 심리한 형사사건 개요 와 그 처리 과정을 요약해 기록한 판례집으로, 특히 국왕의 판결문인 판부(判付)가 기록의 중심을 이룬다. 총 1,112건의 사건이 연도별, 군현 별로 수록되어 있다. 『심리록』에 대한 본격적인 국내 연구로는 심재우, 『조선 후기 국가권력과 범죄 통제:『심리록』연구』(태학사, 2009) 참조. 한편『심리록』과 조선 후기 법사상을 연구한 윌리엄 쇼(William Shaw) 는 그의 저서에서 막스 베버의 주장을 강하게 비판한 바 있다. William Shaw, *Legal Norms in a Confucian State* (Berkeley: Institute of East Asian Studies, University of California, 1981) 참조. 또한 쇼의 연 구를 자세히 소개한 김호,『정조의 법치』(휴머니스트, 2020), 32-40쪽 참조.

64 Shaw, *Legal Norms in a Confucian State*, p. 125.

65 Shaw, *Legal Norms in a Confucian State*, p. 126.

66 『흠흠신서』의「상형추의祥刑追議」는 정조가 판결한 사례 145건을 22개 유형으로 분류하고, 사건 개요와 함께 해석 및 논평을 수록하였다. 이 중 '정리지서' 항목에는 8건이 수록되어 있다. 정약용,『역주 흠흠신서』 3, 182-211쪽 참조.

67 정약용,『역주 흠흠신서』 1, 28쪽.

68 정약용,『역주 흠흠신서』 1, 29쪽.

69 "惟仁者能好人, 能惡人."『論語·里仁』 제3장.

70 『논어』 주석에 "사심이 없은 뒤에 좋아하고 미워함이 이치에 맞을 수 있다

(蓋無私心然後, 好惡當於理)"고 했다.

71 滋賀秀三, 『淸代中國の法と裁判』, 285쪽.

제2장 유교와 정의

1 법의 기원과 관련하여 장진번(張晉藩) 주편, 한기종 외 옮김, 『중국법제
   사』(소나무, 2006), 36-37쪽 참조.

2 법의 기원에 관해서는 논란이 있다. 『상서·요전尙書·堯典』에 나오는
   '오형(五刑)'의 기록이나 『좌전左傳』에 나오는 하(夏)나라 우왕(禹王)의
   '우형(禹刑)'의 기록에 근거한다면, 중국 법률의 기원은 적어도 기원전 21
   세기경으로 거슬러 올라간다. 그러나 역사학자들은 이 기록들에 보이는
   법률은 일종의 관습법이었고, 최초의 성문법은 기원전 6세기경에 출현한
   것으로 보고 있다. 자세한 논의로는 장진번, 『중국법제사』, 39-63쪽 참조.

3 중국 법률의 성문화 과정에 대한 개관은 장진번, 『중국법제사』; Derk
   Bodde and Clarence Morris, *Law in Imperial China* (Philadelphia:
   University of Pennsylvania Press, 1967); 滋賀秀三, 『中國法制史論集』
   (東京: 創文社, 2003) 등 참조. 특히 시가 슈조는 진한대(秦漢代)부터 위진
   남북조 시대까지를 율령(律令)체제의 형성기로 보았고, 수당대(隋唐代)에
   이르러 완성된 율령체제는 송대에 변형되기 시작하여 명청대(明淸代)에
   이르러 율례(律例)체제로 정착했다고 보았다.

4 滋賀秀三, 『中國法制史論集』, 5-6쪽.

5 滋賀秀三, 『淸代中國の法と裁判』, 5쪽.

6 중국 법률과 관련하여 유가사상과 법가사상의 상반된 입장에 관한 연구로
   는 T'ung-tsu Ch'ü, *Law and Society in Traditional China*, pp. 226-279;
   취통쭈, 김여진·윤지원·황종원 옮김, 『법으로 읽는 중국 고대사회』(글항
   아리, 2020), 364-437쪽 참조. 후자는 취통쭈(瞿同調)의 원저 『中國法律
   與中國社會』의 한국어 역서이며, 이 중 인용 부분은 앞의 영어 저서 내용
   과 대동소이하다. 좀 더 요약된 내용을 보려면 Bodde and Morris, *Law*

in Imperial China, pp. 19-29 참조.

7 Ch'ü, *Law and Society in Traditional China* 참조.

8 滋賀秀三, 『中國法制史論集』, 8쪽.

9 Ch'ü, *Law and Society in Traditional China*, p. 236.

10 법정에서 피의자나 피고인의 자백을 받아내기 위한 고문은 이미 『당률소의』에 합법화되었으나, 대신 법으로 허용하는 고문 방법이나 정도에 대한 규정과 불법적인 고문에 대한 엄격한 규제가 삽입되었다. 명청 시대에도 피고인에 대한 협박이나 폭언 등 언어폭력으로부터 기구를 사용한 고문에 이르기까지 다양한 형태의 고문이 법정의 일상적 풍경이 되었지만, 지나친 고문으로 피고를 죽이거나 거짓 자백을 받아내는 일은 법으로 금지되었다.

11 이 제도는 사형을 구형한 중대한 범죄에 한하여, 형 집행을 그해 또는 이듬해 가을까지 연기한 후 형 집행이 과연 타당한지 다시 심의하는 제도이다. 형 집행이 반드시 봄이나 여름을 피해서 가을—대체로 음력 8월 10일경 형 집행—까지 연기되어야 하는 이유는 음양오행(陰陽五行)의 원리와 관계가 있다. 즉, 계절적으로 생명이 자라나기 시작하는 봄과 여름에 사형을 집행하는 것은 자연법칙에 위배된다는 것이다. 계절에 따라 행해야 할 의식과 정치활동에 대한 지침은 이미 기원전 3세기경에 기록된 것으로 보이는 『예기·월령禮記·月令』에 수록되어 있는데, 추심제도도 이 『월령』의 금기사항에 그 기원을 둔 것 같다. 그러나 사형 집행에 신중을 기하기 위한 장치로서 추심제도가 본격적으로 가동된 것은 명대 이후였던 것으로 보인다. 흔히 근대 이전의 중국에서는 다양한 범죄에 대하여 사형을 남발한 것처럼 믿어지기 일쑤—사형으로 처벌할 수 있는 범죄의 수는 청대에는 813종에 이르렀다—인데 실제로 사형이 집행된 경우는 생각보다 많지 않았으며, 사형수들이 추심제도를 통해 구제되어 감형을 받는 비율은 상당히 높았다. 이는 또한 『대명률』을 받아들인 조선 시대에도 적용된다. 그러나 반역죄 또는 부모 살해죄와 같이 '십악(十惡)'에 해당하는, 사회질서와 도덕질서를 어지럽히는 매우 심각한 범죄에 대해서는 즉각적인 사형 집행[立決]을 시행하기도 하였다. 중국의 추심제도에 관

해서는 Bodde and Morris, *Law in Imperial China*, pp. 134-143; M. J. Meijer, "An Aspect of Retribution in Traditional Chinese Law," T'oung Pao, vol. 66, 4-5 (1980), pp. 199-216; 滋賀秀三, 『淸代中國の 法と裁判』, 24쪽 등 참조.

12 Bodde and Morris, *Law in Imperial China*, p. 41.

13 특히 명청대에 오면 아무리 사소한 사건이라도 법정에서의 모든 판결은 반드시 해당 법률조항에 근거하는 것이 원칙이었다. 해당 조항이 없다면 유사 조항을 찾아 유추 해석을 해야 하는데, 이를 '비조(比照)'라고 한다. 유추 해석에 의한 잠정적 판결은 반드시 중앙의 최고 사법기관인 형부(刑 部) 및 삼법사(三法司)를 거쳐 황제의 심사와 승인이 요구되었는데, 이처 럼 유추 해석마저도 지방 수령의 경우는 그 권한이 엄격히 제한되었다. 좀 더 자세한 사항은 Bodde and Morris, *Law in Imperial China*, pp. 175-177; 滋賀秀三, 『中國法制史論集』, 43-44쪽 참조.

14 Bodde and Morris, *Law in Imperial China*, p. 100.

15 Bodde and Morris, *Law in Imperial China*, pp. 102-104 참조.

16 Bodde and Morris, *Law in Imperial China*, p. 100.

17 滋賀秀三, 『中國の法と裁判』, 75쪽.

18 『대명률』의 「오형도五刑之圖」에 오형 20등급의 구분이 일목요연하게 정 리되어 있으며, 이와 함께 오형의 명칭과 정의, 태·장 등 형구의 규격에 대한 상세한 해설을 실었다.

19 모반죄나 부모 살해죄는 십악(十惡)이라 하여 인륜을 심각하게 저버린 극악한 범죄에 해당하며, 일반적인 사형보다 더 등급이 높은 극형인 능지 형으로 처벌하였다. 십악의 구분은 『당률소의』에 이르러 정착되었고, 이 러한 구분은 『대명률』 이후에도 지속되었다. 능지형의 기원과 시행에 관 해서는 티모시 브룩 외, 박소현 옮김, 『능지처참: 중국의 잔혹성과 서구의 시선』(너머북스, 2010) 참조.

20 좀 더 자세한 내용은 브룩, 『능지처참』 참조.

21 『대명률』의 「명례율名例律」를 보면, 이 배상금제도가 어떻게 운용되었는 지 구체적으로 알 수 있다. 또한, Bodde and Morris, *Law in Imperial*

China, pp. 55-98; 滋賀秀三, 『中國法制史論集』, pp. 311-345 참조.

22 Ch'ü, *Law and Society in Traditional China*, p. 214. 또한 아래 논문은 정부가 재판 과정에서 어떻게 미신 또는 민중적 정서를 은밀하게 조작하고 정치선전에 이용했는지 19세기 초 실제 사례를 통해 설명하고 있다. Johanna Waley-Cohen, "Politics and the Supernatural in Mid-Qing Legal Culture," *Modern China* 19.3 (1993), pp. 330-353 참조.

23 Bodde and Morris, *Law in Imperial China*, p. 4. 쉬 다오린(Hsu Dau-Lin)은 이러한 관념이 조셉 니담(Joseph Needham)으로부터 비롯되었다고 주장했다. 특히 모든 종류의 부정행위와 우주질서를 두루뭉술하게 연관시키는 사고방식을 중국인 고유의 사고방식인 양 간주하는 것이 니담이나 마이어(M. J. Meijer), 더크 보드와 같은 서구 학자들의 오해와 과장에서 비롯된 것이라고 하면서 좀 더 정확한 이해를 촉구했다. Joseph Needham, "Human Law and the Laws of Nature in China and the West," Needham, *Science and Civilization in China*, Vol. 2, 518-583; M. J. Meijer, "An Aspect of Retribution in Traditional Chinese Law," *T'oung Pao* 66.4-5 (1980), pp. 199-206; Hsu Dau-Lin, "Crime and the Cosmic Order," *Harvard Journal of Asiatic Studies* 30 (1970), pp. 111-125 참조.

24 Hsu Dau-Lin, "Crime and the Cosmic Order" 참조.

25 Hsu Dau-Lin, "Crime and the Cosmic Order" 참조. 형벌의 응보적 측면과 관련하여, 실제로는 많은 예외가 있었다. 예를 들면, 계획적 살인이 아닌 우발적 살인은 앞에서 말한 '목숨에는 목숨'이라는 원칙은 대개 지켜지지 않았다. Bodde and Morris, *Law in Imperial China*, p. 183 참조. 형벌의 응보적 측면에 관한 예외에 관해서는, Meijer, "An Aspect of Retribution in Traditional Chinese Law" 참조.

26 명청 시대에는 부와 성 사이에 도(道)를 두었는데, 이 도를 포함해 지방 행정단위를 4단계로 나누기도 한다. 도의 기능은 주로 여러 부를 관할하고 감찰하는 것이었다.

27 명나라를 건국한 홍무제(洪武帝, 재위 1368-1398)는 원나라(元, 1271-

1568) 때 지방 행중서성(行中書省)제도의 폐단을 시정하기 위해 그 권한을 대폭 축소했다. 따라서 지방 장관인 순무 대신 포정사(정식 명칭은 承宣布政使司), 안찰사(정식 명칭은 提刑按察使司), 도사(都司, 都指揮使司)를 설치하여 각각 지방행정·사법·군사 업무를 담당하도록 하였다. 이른바 삼사(三司)를 관리·감독하는 순무를 중앙에서 파견하기 시작한 것은 영락제(永樂帝, 재위 1402-1424) 때부터였다.

28 각 성에 배치된 안찰사는 순무보다는 직급이 낮지만 다른 지방 수령과는 달리 법률과 치안 업무만을 전담하던 전문적 사법기관이었으며, 중앙 형부의 직속 기관으로서 순무 등 다른 지방관들의 간섭 없이 비교적 독립적으로 사법권을 행사할 정도로 상당히 강력한 권한을 가졌다. 따라서 안찰사는 도형 이하의 형벌이 구형된 해당 성에서 발생한 대부분의 형사 및 민사 사건들을 심의하고 최종 판결을 내릴 수 있었으며, 유형 이상의 형벌이 구형된 사건에 대해서는 심의 후 형부에 재심을 요청했다. 형사와 민사사건의 경계를 뚜렷이 구분하지 않았던 중국 사법제도의 전통을 따라서 안찰사는 원칙적으로 형사와 민사소송을 모두 심의할 수 있었으나, 결혼 및 이혼, 재산 상속권, 소유권, 양육권 문제 등 순수한 민사사건의 경우에는 재정 및 세무 업무를 전담하면서 중앙의 호부(戶部)에 직속된 포정사에게 처결을 맡기기도 했다. 포정사에 의해 처결된 민사사건들은 중앙정부에 의해 또다시 심의되거나 판결이 번복되는 일이 거의 없었다.

29 명청 시대 삼법사(三法司)는 형부, 도찰원(都察院), 대리시(大理寺)를 합쳐서 일컫는 말이다. 즉, 형부와 삼법사가 따로 존재하는 것이 아니라 삼법사에 형부가 포함되어 있었다는 데 주의할 필요가 있다. 심각한 사건의 경우 형부의 심의를 거쳐 삼법사에서 함께 논의했다. 자세한 논의로는, 장진번 주편, 『중국법제사』, 722-750쪽 참조. 조선 시대에도 삼법사가 있었다. 이 경우는 형조(刑曹)와 사헌부(司憲府), 한성부(漢城府)를 말한다. 조선 시대 삼법사의 역할 및 사법제도와 관련해서는, 한국고문서학회 편, 『조선의 일상, 법정에 서다』(역사비평사, 2013) 참조.

30 청대 형부의 구성에 대해서는 『大淸會典』(臺北: 啓文出版社, 1963; 1899년 영인본), 53-57쪽; 國務院法制局法制史研究室 編, 『淸史稿刑法志註

解』(北京: 法律出版社, 1957), 84쪽 참조. 또한, 보드와 모리스의 책에도 비교적 알기 쉽게 정리되어 있다. Bodde and Morris, *Law in Imperial China*, pp. 122-131 참조.

31 중국에서는 월소 자체가 법으로 금지되어 있었고, 소송 결과에 불복하거나 소송이 어려운 경우 적법한 절차를 거처 민원하는 소원(訴冤)제도가 있었다. 명청대 중국에서는 월소하는 민원인의 경우 엄벌하도록 하였다. 조선은 중국과 달리 월소 및 소원제도를 좀 더 유연하게 운영하여 민원인이 국왕에게 직접 억울함을 호소하는 것을 법으로 허용했다. 조선 초기의 신문고(申聞鼓) 제도나 조선 후기의 상언(上言)·격쟁(擊錚)이 바로 그것이다. 그러나 조선의 경우에도 대개는 중대한 사안에 국한되었으며, 격쟁 등의 경우에는 국왕 앞에서 소란을 피웠다는 죄목으로 우선 형장(刑杖)을 당하는 것이 관례였다. 조선 시대 소원제도와 관련해서는, 한상권, 『조선 후기 사회와 소원제도』(일조각, 1996) 참조.

32 이는 시대나 사건에 따라서도 달랐지만, 특히 살인 등 심각한 형사사건의 경우는 즉각적인 검시(檢屍)가 가장 중요했기 때문에 최대 보고 기한인 50일을 넘기지 못하도록 했다.

33 이와 관련하여 전반적인 논의로는 오금성 외, 『명청 시대 사회경제사』(이산, 2007) 참조.

34 좀 더 자세한 사항에 대해서는 John R. Watt, "The Yamen and Urban Administration," Skinner et al. eds., *The City in Late Imperial China*, pp. 353-390과 와트(Watt)의 책, *The District Magistrate in Late Imperial China* (New York: Columbia University Press, 1972) 참조.

35 청대 서리와 아역에 관한 전반적 논의로는, Bradly W. Reed, *Talons and Teeth: County Clerks and Runners in the Qing Dynasty* (Staford: Stanford University Press, 2000) 참조.

36 왕휘조는 어머니를 봉양하기 위해 과거 준비를 그만두고 20세에 막우가 되었다가 어려운 사건들을 해결하면서 명성을 얻었다. 결국 건륭(乾隆) 연간 진사시(進士試)에 합격하여 건륭 52년 호남성(湖南省) 영원현(寧遠縣) 지현으로 임명되었고, 건륭 56년 도주목(道州牧)이 되었다.

37 징계규정으로 말하자면 전근대 중국의 관료제는 관료를 통제하는 수단으로 매우 정교한 평정제도를 발달시켰다. 관료의 처벌은 위법행위의 심각성에 따라 법에 정한 급여의 몰수, 강등, 파면 또는 형법에 정한 형벌 등으로 다양했다. 『대명률』「이율吏律」에서 그 구체적 처벌규정을 살펴볼 수 있다. 명청 시기 관료제의 변화와 감찰제도에 관한 전반적 고찰로는, 오금성 외『명청 시대 사회경제사』, 21-52쪽 참조. 또한 청대 관료의 위법행위에 대한 상세한 형벌규정에 관해서는 T'ung-tsu Ch'ü, *Local Government in China under the Ch'ing* (Cambridge: Havard University Press, 1970), pp. 32-35 참조.

38 Thomas Buoye, "Suddenly Murderous Intent Arose: Bureaucratization and Benevolence in Eighteenth-Century Homicide Reports," *Late Imperial China* 16.2 (1995. 12), pp. 62-97 참조.

39 남정원, 미야자키 이치사다 해석, 차혜원 역, 『녹주공안: 청조 지방관의 재판기록』(이산, 2010) 참조.

40 공안 및 판독 출판에 대해서는 滋賀秀三, 『淸代中國の法と裁判』, 150쪽 참조.

41 '제본(題本)'은 명청 시기에 확립된 주소문(奏疏文) 서식을 가리킨다. 각급 기관의 공적인 사무와 관련하여 황제에게 건의 사항이 있을 때 제본이라는 서식을 갖추어 상소를 올렸다. 건륭 13년(1748)부터는 주소문 서식으로 주본(奏本)은 폐지되고 제본만이 사용되었다. 청대에는 지방의 각급 기관에서 올린 제본은 반드시 통정사(通政司)의 심의를 거치도록 했고, 통정사의 심의를 통과한 제본은 다시 내각(內閣)의 심의를 거쳐 황제의 결재를 받도록 했다. 따라서 『내각형과제본』은 황제의 심의가 필요한 소송사건을 보고한 제본을 일컫는다. 대체로 지방 아문에서 자체적으로 해결할 수 없는 심각한 형사사건을 다루고 있다. 이와 관련하여 Maram Epstein, "Making a Case: Characterizing the Filial Son," Robert E. Hegel and Katherine Carlitz, eds., *Writing and Law in Late imperial China* (Seattle: University of Washington Press, 2007), pp. 27-43 참조.

42 이갑과 보갑제는 명대 초기에 제도화되었다. 자세한 논의로는 송정수, 「향

464

촌조직」, 『명청 시대 사회경제사』, 93-123쪽; Edward L. Farmer, "Social Order in Early Ming China: Some Norms Codified in the Hung-wu period," Brian E. McKnight, ed. *Law and the State in Traditional East Asia* (Honolulu: University of Hawaii Press, 1987), pp. 10-14 참조.

43 Watt, "Yamen and Urban Administration," *The City in Late Imperial China*, p. 356.

44 명청 시대 이전의 지배층을 주로 사대부(士大夫)라 불렸다면, 명청 시대의 지배층을 주로 신사(紳士)라 일컬었다. 신사는 관직 경력자인 신(紳)과 아직 관직에 나아가지는 못했지만 과거 응시생인 사인(士人)을 아우르는 말로 생원(生員) 및 공생(貢生) 이상의 학생도 지배층으로서의 특권을 누렸다. 자세한 논의로는 오금성, 「신사」, 『명청 시대 사회경제사』, 343-372 쪽 참조.

45 스펜스는 1670년부터 1672년까지 담성현 지현으로 일했던 황육홍(黃六鴻)이 기록한 두 이야기를 짜깁기하여 성공적으로 재구성했다. 특히 그는 이런 재난에 대처할 때 지방 관아가 얼마나 무능했는가를 매우 잘 묘사하고 있다. 스펜스의 책 *The Death of Woman Wang* (New York: Penguin Books, 1979) 또는 조너선 스펜스, 이재정 역, 『왕 여인의 죽음』(이산, 2002) 참조.

46 정부에 만연한 부패 행정에 대해서는 Nancy E. Parks, "Corruption in Eighteenth Century China," *Journal of Asian Studies* 56.4 (Nov. 1997), pp. 967-1005 참조. 아문에 고용된 서리 및 아역의 타락과 권력 남용에 대해서는 Bradley W. Reed, "Money and Justice: Clerks, Runners, and the Magistrate's Court in Late Imperial Sichuan," *Modern China* 21.3 (1995.7), pp. 345-382 참조.

47 '친민(親民)'이라는 표현은 『예기·대학禮記·大學』에 나온다. "대학의 도는 밝은 덕을 밝히고, 백성을 친하게 이끌며, 지극한 선에 이르는 데 있다(大學之道 在明明德 在親民 在止於至善)"라는 구절이 있다. 주자(朱子)는 친민을 '신민(新民)'으로 보고, '백성을 새롭게 이끈다'라는 의미로 해석했다.

48 Watt, "Yamen and Urban Administration," pp. 362-363.

49 "午時升堂, 將公座移置捲棚, 必照牌次序喚審, 不可臨時更改. (…) 開門之後, 放聽審牌, 該班皂隸將原告跪此牌, 安置儀門内, 近東角門. 被告跪此牌, 安置儀門内, 近西角門. 干証跪此牌安置儀門内甬道下. 原差將各犯帶齊俱令大門外伺候, 原差按起數前後進跪高聲稟, 某一起人犯到齊聽審, 隨喝令某起人犯進, 照牌跪. 把守大門皂隸不許放閒人進大門. 把守兩角門皂隸不許放閒人進角門. 如有在外窺探東西混走及喧譁者立拿, 並門皂陪責. 動刑皂隸, 俱歸皂隸房伺候, 喚刑乃出." 黃六鴻, 小畑行簡 訓譯, 『福惠全書』(日本 詩山堂, 1850; 영인본, 東京: 汲古書院, 1972), 「審訟」, 卷 11, 129쪽; Huang Liu-hung, Djang Chu trans., *A Complete Book Concerning Happiness and Benevolence: A Manual for Magistrates in Seventeenth-Century China* (Tucson: University of Arizona Press, 1984), pp. 267-268 참조. 또한 재판 전반에 관해서는, 김선혜, 「재판」, 『명청 시대 사회경제사』, 149-180쪽 참조.

50 근대 이전의 유럽에서 일종의 구경거리로 시행된 공개 처형에 대해서는 Michel Foucault, Alan Sheridan tr., *Discipline and Punish: the Birth of the Prison* (New York: Vintage, 1977), pp. 3-69; 미셸 푸코, 오생근 옮김, 『감시와 처벌』(나남, 2020) 참조.

51 Foucault, *Discipline and Punish*, p. 50.

52 황육홍은 법으로 정한 다양한 고문 도구의 사용법은 상황에 따라 다양했다고 책에 썼다. 대나무로 만든 노 모양의 막대[訊杖]는 주로 질책을 목적으로 자주 사용되었으며, 손가락과 발목을 비틀고 죄는 데 사용되었던 악명 높은 고문 도구는 자백을 받아내기 위해 사용되었다. 또한 칼을 씌워 구경거리로 만드는 것은 죄수에게 모욕을 주기 위한 수단이었다. 黃六鴻, 『福惠全書』, 「用刑」, 卷11, 131-134쪽; Huang, *A Complete Book Concerning Happiness and Benevolence*, pp. 273-279 참조. 전근대 유럽에서도 고문은 잘 정의된 절차를 따라 시행된 통제된 의식이었다. Foucault, *Discipline and Punish*, pp. 40-41 참조.

53 黃六鴻, 『福惠全書』, 「審訟」, pp. 129-130; Huang, *A Complete Book*

Concerning Happiness and Benevolence, pp. 268-271.

54 "抱著他冤楚楚瓦盆兒, 直到這另巍巍公堂下, 只待要如律令把賊漢擒拿. 誰似這龍圖包老聲名大, 俺索向屏牆側偷窺罷. 俺則見狠公吏把荊杖搞, 惡曹司將文卷押, 兩邊廂擺列著勢劍銅鍘, 中間裏端坐個象簡烏紗." 佚名, 「玎玎璫璫盆兒鬼雜劇」 第4折, 楊家駱 主編, 『全元雜劇三編』(臺北: 世界書局, 1973), 卷3, 1274쪽; George A. Hayden, *Crime and Punishment in Medieval Chinese Drama*, p. 114.

55 17, 8세기에는 민사 관련 고소장은 매달 10일 단위로 셋째, 여섯째, 아홉째 날—즉, 매달 9일 동안만 민사법정이 열리는 셈이다—에 제출되어야만 했다. 그러나 형사사건의 경우 언제든지 고소장 제출이 가능했으며, 지현은 즉시 고소장을 심의해야 했다. 黃六鴻, 『福惠全書』, 「詞訟」, 卷11, 120쪽; Huang, *A Complete Book Concerning Happiness and Benevolence*, p. 254와 Ch'ü, *Law and Society in Traditional China*, p. 274, 주 13 참조.

56 黃六鴻, 『福惠全書』, 「詞訟」, 卷11, 119-121쪽; Huang, *A Complete Book Concerning Happiness and Benevolence*, pp. 253-256.

57 좀 더 자세한 사항에 관해서는 Macauley, *Social Power and Legal Culture*, pp. 1-17 참조.

58 명 초기의 향촌 조직으로 이갑제가 확립되었고 이갑제를 안정적으로 유지하기 위해 이장의 역할을 보좌하고 마을의 공동체의식을 강화하는 역할을 할 사람이 필요했는데, 정부는 바로 마을 노인들을 활용했다. 명 정부는 이노인제(里老人制)를 두어 이노인이 마을 사람들의 교화와 상호부조, 치안유지 등에 힘쓰도록 했고, 일상적인 소송과 경범죄에 대해서는 재판권도 행사할 수 있도록 권한을 부여했다. 송정수, 「향촌조직」, 『명청 시대 사회경제사』, 94-96쪽 참조.

59 黃六鴻, 『福惠全書』, 「章獲鹿飭禁刁訟並訪拿訟棍示」, 卷11, 125-126쪽; Huang, *A Complete Book Concerning Happiness and Benevolence*, pp. 259-262.

60 "自告狀候准, 以及投到聽審發落, 動輒浹旬累月, 而所飲之食之, 則于証原

差在事諸人而外, 又有隨來之子弟, 探望之親友. 因其近于縣署, 則原差之
幇差頭役, 該管之承行貼寫, 與夫籍名講勸之市閑, 挿身打譚之白嚼, 日不
下數十人. 及事完結算店帳, 已纍至數十金, 而他費不與焉. 嗚呼. 畎畝窮
民, 何能堪此. 勢必傾家蕩産, 典妻鬻子以償其用矣." 黃六鴻, 『福惠全書』,
「設便民房」, 卷11, 127쪽; Huang, p. 263.

61 黃六鴻, 『福惠全書』, 「審訟」, 卷11, 129-130쪽; Huang, pp. 268-271.

62 黃六鴻, 『福惠全書』, 「審訟」, 卷11, 129쪽; Huang, p. 270.

63 아문의 건축 구조에 대해서는 Watt, "The Yamen and Urban
    Administration," pp. 381-382 참조.

64 Bodde, "Prision Life in Eighteenth-Century Peking," (1969) *Essays
    on Chinese Civilization* (Princeton: Princeton University Press, 1981),
    p. 201.

65 방포는 강희(康熙) 50년(1711) 문자옥(文字獄)에 연루되어 수감생활을
    하게 된다. 그 후 그는 복권되어 관직이 예부시랑(禮部侍郎)에 이르렀
    다. Bodde, "Prision Life in Eighteenth-Century Peking," pp. 203-
    209 참조.

66 Bodde, "Prision Life in Eighteenth-Century Peking," p. 206.

67 서대석, 『한·중 소화의 비교』(서울대학교출판부, 2007), 121-122쪽.

68 "從來廉吏最難爲, 不似貪官病可醫. 執法法中生弊端, 矢公公裏受奸欺. 怒
    槑響震民情抑, 鐵筆撓時生命危. 莫道獄成無可改, 好將山案自推移." 李
    漁, 「美男子避惑反生疑」, 『無聲戲』(北京: 人民文學出版社, 1989), 27쪽.
    또한 패트릭 해넌(Patrick Hanan)의 번역 참조. Li Yu, Eva Hung and
    Patrick Hanan, eds. and tr., *Silent Operas* (Hong Kong: Research
    Center for Translation, Chinese University of Hong Kong, 1990)
    참조.

69 "却說那時節成都有個知府, 做官極其淸正, 有一錢判官之名. 又無不任耳
    目, 不受囑託, 百姓有狀告在他手裏, 他再不批屬縣, 一案親提, 審明白了,
    也不申上司. 罪輕的打一板子遂出免供. 罪重的立則斃諸杖下. 他平生極重
    的是綱常倫理之事. 他性子極嫌的是傷風敗俗之人. 凡有姦情告在他手裏,

原告沒有一個不贏, 被告沒有一個不輸到底." 李漁, 「美男子避惑反生疑」, 『無聲戲』 36-37쪽.

70 黃六鴻, 『福惠全書』, 「用刑」, 卷11, 133쪽; Huang, *A Complete Book Concerning Happiness and Benevolence*, p. 278.

71 黃六鴻, 『福惠全書』, 「勸民息訟」, 卷11, 124쪽; Huang, *A Complete Book Concerning Happiness and Benevolence*, p. 258.

72 黃六鴻, 『福惠全書』, 「章獲鹿飭禁刁訟並訪拿訟棍示」, 卷11, 125쪽; Huang, *A Complete Book Concerning Happiness and Benevolence*, pp. 260-261.

73 Djang Chu, "Translator's Introduction," *A Complete Book Concerning Happiness and Benevolence*, p. 31 참조.

74 "子曰: 聽訟, 吾猶人也, 必也使無訟乎!"

75 費孝通, 『鄕土中國』(上海: 觀察社, 1948) 참조.

76 후마 스스무(夫馬進)는 일본어로 정착한 '소송사회'가 영어의 'litigious society'의 번역어라고 밝힌 바 있다. 夫馬進, 『中國訴訟社會史の硏究』(京都: 京都大學學術出版社, 2011), 3쪽 참조. 또한 Jethro K. Lieberman, *The Litigious Society* (New York: Basic Book, 1983) 참조.

77 夫馬進 編, 『中國訴訟社會史の硏究』, 4쪽.

78 夫馬進 編, 『中國訴訟社會史の硏究』, 76-77쪽.

79 Lieberman, *The Litigious Society*, p. 12 재인용.

80 Lieberman, *The Litigious Society*, p. 12 재인용.

81 夫馬進 編, 『中國訴訟社會史の硏究』, 5-6쪽.

82 서구 학계의 중국 법문화에 대한 일반적 인식과 기존 연구에 관해서는, William P. Alford, "Law, Law, What Law?: Why Western Scholars of China Have Not Had More to Say about Its Law," Karen G. Turner, James V. Feinerman, and R. Kent Guy, eds., *The Limits of the Rule of Law in China* (Seattle: University of Washington Press, 2000) 참조.

83 Marie Seong-Hak Kim, *Law and Custom in Korea: Comparative Legal*

History (Cambridge: Cambridge University Press, 2012), p. 33.

84 夫馬進, 「明淸時代的訟師與訴訟制度」, 滋賀秀三 等 著, 王業新, 梁治平編, 『明淸時期的民事審判與民間契約』(北京: 法律出版社, 1998), 391-392쪽.

85 黨江舟, 『中國訟師文化－古代律師現象解讀』(北京: 北京大學出版社, 2005), 48쪽.

86 黨江舟, 『中國訟師文化』, 64쪽.

87 夫馬進, 「明淸時代的訟師與訴訟制度」, 397쪽.

88 夫馬進, 「明淸時代的訟師與訴訟制度」, 396쪽.

89 "夫詞以達情, 小民有寃抑不申者, 借詞以達之, 原無取浮言巧語. 故官府每下令禁止無情之詞, 選代書人爲之陳其情. 然其詞質而不文, 不能聳觀, 多置勿理. 民乃不得不謀之訟師, 田土而誣人命, 鬪毆而誣盜劫. 對簿之日, 官府卽審, 其情惘然, 未必按以反坐之律." 『崇禎外風志·訟師』, 上海史料叢編(1961), 17쪽; 夫馬進, 「明淸時代的訟師與訴訟制度」, 405쪽, 주51 재인용.

90 『녹주공안』에도 송사가 살인사건을 꾸며 고소장을 작성한 이야기가 나온다. 『녹주공안』의 제2장과 제7장 참조.

91 王有孚, 『一得偶談』初集, 39b; 夫馬進, 「明淸時代的訟師與訴訟制度」, 405쪽, 주52 재인용.

92 송사는 대체로 생원 출신이 많았고, 학생인 감생(監生), 공생(貢生) 출신도 많았다. 이런 사정은 지방관의 개인비서 역할을 하는 막우와도 유사했다. 이와 관련하여 좀 더 자세한 사항에 대해서는 夫馬進, 「明淸時代的訟師與訴訟制度」, 413-418쪽 참조.

제3장 동아시아 범죄소설의 탄생

1 서대석, 『한·중 소화의 비교』, 31-32쪽.

2 官箴書集成編纂委員會 編, 『官箴書集成』(合肥: 黃山書社, 1997) 참조.

총 10권이다. 당대(唐代) 이후 편찬된 관잠서 90여 종이 수록되어 있으나, 그 대부분이 명대 이후 출판되었다.

3 『복혜전서』의 방각본 출판에 관해서는, 徐忠明·杜金, 『傳播與閱讀: 明淸法律知識史』(北京: 北京大學出版社, 2012), 39-61쪽 참조.

4 徐忠明·杜金, 『傳播與閱讀』, 59쪽.

5 Yonglin Jiang and Wu Yanhong, "Satisfying Both Sentiment and Law: Fairness-Centered Judicial Reasoning as Seen in Late Ming Casebooks," Charlotte Furth, et al., eds., *Thinking with Cases* (Honolulu: University of Hawai'i Press, 2007), p. 31.

6 『당음비사』 판본과 관련된 문제는 상당히 복잡하다. 원대에 1207년 필사본 『당음비사』가 전해졌고, 이 필사본을 바탕으로 1308년 전택(田澤)이 『당음비사』를 새로이 간행했다. 이 판본은 원대 이후에 중국에서는 소실되었지만, 조선을 거쳐 일본에 전해졌다. 『당음비사』 조선 판본 3권은 선조(宣祖, 재위 1567-1608) 연간에 간행된 것으로 추정되며, 전택의 서문과 편집 방식을 고스란히 보존한 것으로 보인다. 이 조선 판본은 일본에도 광범위하게 유통되어 많은 영향을 주었다. 현재 일본의 니이카쿠(內閣)문고에는 조선 판본을 필사한 사본이 『당음비사가초棠陰比事加抄』라는 제목으로 소장되어 있다. 『당음비사가초』의 서문에 따르면, 상·중·하 3권으로 구성된 『당음비사』 조선 판본을 일본에서 다시 필사한 것은 1619년의 일이었다. 특히 에도 시대에 조선 판본을 바탕으로 하야시 라잔(林羅山)이 훈점(訓點)을 찍어 간행하여 널리 읽혔다. 그러나 차이점이라면, 이 에도 판본에는 조선 판본에 있던 전택의 항목 분류 표시가 남아 있지 않다는 것이다. 한편 중국에서는 『당음비사』의 원본과 송대 판본이 오래도록 전하지 않았던 것이 분명하다. 1782년에 편찬된 『사고전서총목四庫全書總目』으로부터 19세기에 이르기까지 명대 판본만을 찾아볼 수 있다. 오눌이 편집한 『당음비사』는 거의 다른 책이라고 해도 될 만큼 계만영의 『당음비사』와 상당한 차이가 있다. 『당음비사』의 송대 판본(1234)이 발견된 것은 19세기 말의 일이다. 20세기에 와서 1934년 석인(石印)으로 간행한 『사부총간四部叢刊』을 통해서 비로소 『당음비사』의 송대 판본을 좀

더 쉽게 볼 수 있게 되었다.

7 Waltner, "From Casebook to Fiction: *Kung-an* in Late Imperial China," *The Journal of the American Oriental Society* 110.2 (1990), p. 282.

8 송사소설에 관해서는, 이헌홍, 『한국송사소설연구』(삼지원, 1997) 참조.

9 Arthur H. Smith, *Chinese Characteristics* (New York and Chicago: Fleming H. Revell, 1894), p. 237.

10 심희기, 『한국법제사강의』(삼영사, 1997), 194쪽.

11 현존하는 송사비본 목록에 관해서는, 夫馬進, 「訟師秘本《蕭曹遺筆》的出現」, 楊一凡 主編, 『中國法制史考證』丙編·第4卷(北京: 中國社會科學出版社, 2003), 462-466쪽 참조. 후마 스스무는 이 논문에서 이본까지 합쳐서 37종의 송사비본을 소개하고 있다. 『소조유필蕭曹遺筆』이 9종, 『경천뢰驚天雷』가 6종으로 가장 많은 이본이 남아 있다.

12 『光緒欽定大淸會典·事例』 卷819, 敎唆詞訟, 14; 夫馬進, 「訟師秘本《蕭曹遺筆》的出現」, 461-462쪽 재인용.

13 夫馬進, 「訟師秘本《蕭曹遺筆》的出現」, 480쪽.

14 "筆陣縱橫, 舌戰英雄, 無不勝矣." 『新鍥蕭曹遺筆』 卷1; 夫馬進, 472쪽 재인용.

15 『신계소조유필』보다 늦게 출간된 것으로 보이는 『황명제사염명기판공안 皇明諸司廉明奇判公案』에 『신계소조유필』의 문례들이 그대로 실려 있는 것을 알 수 있다. 夫馬進, 「訟師秘本《蕭曹遺筆》的出現」, 480쪽 참조.

16 黃巖伯, 『中國公案小說史』(瀋陽: 遼寧人民出版社, 1991), 140쪽.

17 반 훌릭은 "Dee Goong An: Three Murder Cases Solved by Judge Dee"라는 제목으로 1949년 이 공안소설의 영역본을 처음 출간했다.

18 반 훌릭에 대한 비판으로는, Wilt L. Idema, "The Mystery of the Halved Judge Dee Novel: The Anonymous *Wu Tse-t'ien ssu-ta ch'i-an* and its Partial Translation by R. H. Van Gulik," *Tamkang Review* 8.1 (1977), pp. 155-169 참조. 서구 학계의 공안소설 연구로는, Y. W. Ma, "The Pao-kung Tradition in Chinese Popular Literature," Ph.D. diss.,

Yale University (1971; Patrick Hanan, "Judge Bao's Hundred Cases Reconstructed," *Harvard Journal of Asiatic Studies* 40 (1980), pp. 301-323 등 참조.

19 魯迅, 『中國小說史略』(北京: 人民文學出版社, 1973), 239-251쪽.

20 19세기 말 중국의 서구 탐정소설 수용에 관해서는, Eva Hung, "Giving Texts a Context: Chinese Translations of Classical English Detective Stories 1896-1916," David Pollard ed., *Translation and Creation: Readings of Western Literature in Early Modern China, 1840-1918* (Amsterdam & Philadelphia: John Benjamin's Publishing Company, 1994), pp. 157-177 참조.

21 좀 더 자세한 사항에 대해서는 Ma, "The Pao-kung Tradition in Chinese Popular Literature," pp. 214-221; 黃巖伯, 『中國公案小說史』, 139-148쪽 참조. 10종의 공안집 원본 텍스트들은 현재 1985년 중화서국(中華書局)에서 간행한 『중국고본소설총간中國古本小說叢刊』과 1990년 상해고적출판사(上海古籍出版社)에서 간행한 『중국고본소설집성中國古本小說集成』 속에 영인본으로 수록되어 쉽게 찾아볼 수 있다.

22 '상도하문(上圖下文)'이란 삽화가 포함된 텍스트의 도문(圖文) 배치양식 중 텍스트의 상단에 삽화를, 하단에 본문을 배치한 양식을 가리킨다. 상도하문의 텍스트 양식은 당대(唐代, 618-907) 불경 텍스트로부터 비롯되었으며, 통속 텍스트 중 상도하문의 양식을 따른 텍스트로서 현재 알려진 최고본(最古本)은 1320년경 간행된 것으로 추정되는 『전상평화오종全像平話五種』이다. 여기에 전형적인 상도하문 양식을 보여주는 『전상삼국지평화全像三國志平話』도 포함되어 있다. 이에 대해서는 고바야시 히로미쓰, 『중국의 전통판화』(시공사, 2002), 12-13쪽; Robert E. Hegel, *Reading Illustrated Fiction in Late Imperial China* (Stanford: Stanford University Press, 1998) pp. 171-172 참조.

23 '설창사화(說唱詞話)'는 명 성화(成化, 1465-1487) 연간 1470년대에 북경에서 출판되었다. 설창사화 총 12편 중 8편이 포공과 관련된 공안 설화이다. 이 텍스트들은 상해박물관(上海博物館)에 의해 편집된 『명성화설창사

화총간明成化說唱詞話叢刊』(北京: 文物, 1979)과 중화서국(中華書局)에서 간행한『중국고본소설총간中國古本小說叢刊』을 통해서 볼 수 있다. 설창사화에 대한 연구로는 Ann McLaren, *Chinese Popular Culture and Ming Chantefables*(Brill: Leiden, 1998) 참조.

24 '정판식(整版式) 삽화'란 상도하문 양식과 달리 한 페이지 전면에 그림을 넣는 삽도 양식을 말한다. 정판식 삽화는 상도하문 양식의 삽화에 비해 삽화의 수는 현저하게 감소하지만, 표현이 훨씬 화려하고 세밀한 것이 특징이다.

25 사실『취옹담록』에 실린 공안 이야기들은 서론과 본문 부분에 각각 나뉘어 소개되었다. '소설개벽(小說開辟)'이라는 제목의 서론 부분에는 이야기의 내용에 관한 언급 없이 16종의 공안 제목만 실렸고, 본문에는 16편 공안의 개요를 실었다. 그런데 후자는 서론에 소개된 공안과 완전히 다른 공안이다. 본문에 실린 공안 이야기들은 또한, 사정공안(私情公案) 1편과 화판공안(花判公案) 15편으로 분류되어 소개되었다. Y. W. Ma, "*Kung-an* Fiction: A Historical and Critical Introduction," *T'oung Pao* 64.4-5 (1979), pp. 202-208 참조.

26 설창사화는 1967년 상하이 부근 소주(蘇州) 선씨(宣氏) 가문 가묘 내에서 우연히 발견되었다. 이 묘소의 주인은 15세기 말이나 16세기 초쯤 사망한 사람인 것으로 추정된다. 이 가묘에서는 아마도 죽은 이가 생전에 즐겨 읽었던 것으로 보이는 12권의 설창사화와 극본 1권이 발견되었다. 설창사화 12권은 1470년대 북경의 용순서당(永順書堂)에서 출판되었으며, 작자는 미상이다. McLaren, *Chinese Popular Culture and Ming Chantefables* 참조.

27 포공이 등장하는 설창사화 8편은 다음과 같다. (1)「新刊全相說唱包待制出身傳」, (2)「新刊全相說唱包龍圖陳州糶米記」, (3)「全相說唱足本仁宗認母傳」, (4)「新編說唱包龍圖公案斷歪烏盆傳」, (5)「新刊說唱包龍圖斷曹國舅公案傳」, (6)「新刊全相說唱張文貴傳」, (7)「新編說唱包龍圖白虎精傳」, (8)「全相說唱師官受妻劉都賽上元十五夜看燈傳」. 이 중 (2)와 (4)는 원 잡극과 직접적인 영향관계가 있는 것이 분명하다. 나머지 텍스트도

구전설화나 다른 공연문학의 영향을 받은 것으로 추정된다. McLaren, *Chinese Popular Culture and Ming Chantefables*, pp. 177-183 참조.

28 판례집과 공안소설의 관계에 관해서는, Waltner, "From Casebook to Fiction: *Kung-an* in Late Imperial China" 참조.

29 Wolfgang Bauer, "The Tradition of the 'Criminal Cases of Master Pao': *Pao Kung-an* (Lung-t'u kung-an)," Oriens 23-24 (1973-1974), pp. 433-449 참조. 이밖에 『포공안』 이본 연구에 대해서는 Patrick Hanan, "Judge Bao's Hundred Cases Reconstructed," *Harvard Journal of Asiatic Studies* 40 (1980), pp. 301-323; Y. W. Ma, "The Pao-kung Tradition in Chinese Popular Literature," Ph.D. Diss., Yale University, 1971; Ma, "The Textual Tradition of Ming Kung-an Fiction: A Study of the *Lung-t'u Kung-an*," *T'oung Pao* 59.1 (1973), pp. 179-202 참조. 바우어나 야오운 마 등은 모두 쑨카이디(孫楷第)의 『중국통속소설서목中國通俗小說書目』(1931)을 참고, 보충하고 있다. 중국에서의 『포공안』 이본 등에 관한 최근 연구로는 江蘇省社會科學院, 『中國通俗小說總目提要』(北京: 中國文聯出版公司, 1990), 104-116쪽 참조. 한국에 전래된 『포공안』 이본에 대해서는 민관동, 『중국고전소설사료총고』(아세아문화사, 2001) 참조. 현재 『포공안』의 명대 판본은 상해고적출판사(上海古籍出版社)에서 간행한 『고본소설집성』(1990)과 북경의 중화서국(中華書局)에서 간행한 『중국고본소설총간』(1991)을 통해서 쉽게 찾아볼 수 있다.

30 이탁오(李卓吾)는 명대 양명학자이자 이단적 작가로 알려진 이지(李贄, 1527-1602)이다. 탁오는 이지의 호이다. 대표적 저서는 『분서焚書』이며, 『수호전水滸傳』과 『서상기西廂記』 같은 소설을 비평하면서 극찬한 까닭에 당시 출판된 소설에 '이탁오 평본'이라는 부제를 붙이는 경우가 종종 있었다.

31 이에 대해서는 Bauer, "The Tradition of the 'Criminal Cases of Master Pao'", p. 442 참조.

32 명말 청초에 간행된 공안소설집 목록과 자세한 서지사항에 대해서는 Ma,

"The Textual Tradition of Ming *Kung-an* Fiction: A Study of the *Lung-t'u Kung-an*"; 黃岩柏, 『公案小說史』, 139-149쪽 참조.

33 사례와 함께 전문지식을 전달하는 서사양식으로서의 '안'은 유럽의 'case literature'에 비교할 만하다. '안'과 'case literature'의 비교 분석에 관해서는, Furth et al, *Thinking with Cases* 참조.

34 『율조공안』과 유사한 특징을 보여주는 공안소설집이 앞에서도 언급한 『염명공안』과 『제사공안』이다. 이 소설들은 『의옥집』과 『소조유필』 등의 체제를 모방해 다양한 법률문서를 수록했다.

35 陳玉秀 選校, 『新刻湯海若先生彙集古今律條公案』, 古本小說集成 319 (上海: 上海古籍出版社, 1985), 194-210쪽 참조.

36 자세한 것은 이 책의 제4장 참조. 『백가공안』 49회를 보면, 송 인종 황제의 두 처남이 유부녀를 강탈하고 그녀의 남편과 어린아이까지 잔인하게 살해하는 천인공노할 범죄를 저지른다. 포공은 황제와 황후, 황후의 어머니까지 나서서 이들의 감형과 사면을 요청하지만, 이를 뿌리치고 처벌을 감행한다.

37 郭建, 「王子犯法, 庶民同罪?」, 柳立言 主編, 『中國史新論—法律史分冊』 (臺北: 中央研究院, 2008), 367-394쪽 참조.

38 이헌홍에 따르면, 조선에서는 공안이라는 용어가 '소송' 또는 '범죄사건'과 관련하여 사용된 적이 없었다고 한다. 대신 소송사건과 관련하여 '송(訟)' 또는 '송사(訟事)'라는 용어가 보편적으로 사용되었다. 이헌홍, 『한국송사소설연구』, 24쪽 참조.

39 김일근, 『언간의 연구』(건국대학교출판부, 1986), 184쪽.

40 민관동의 『중국고전소설사료총고』에는 『포공안』의 이본들, 즉 『백가공안』과 『용도공안』 외에는 조선에 유입된 명말 공안소설집을 언급하지는 않았다. 특히 우리나라에서 『염명공안』의 판본이 발견된 적은 없었던 것 같다.

41 『태평광기』가 한국에 유입된 것은 이미 12세기 고려 시대였던 것으로 추정된다. 조선 태종(太宗, 1400-1418 재위) 때 다시 수입되어 조선에서 출간한 기록이 있다. 이에 관한 자세한 기록은 서거정(徐居正, 1420-1488)

이 쓴 『상절태평광기詳節太平廣記』 서문에 보인다. 민관동, 『중국고전소설사료총고』, 27-31쪽 참조.

42 van Gulik, *Parallel Cases under the Pear Tree*, pp. 12-14 참조. 참고로 중국에서는 오래도록 『당음비사』의 송대 판본이 전해지지 않은 것이 분명하다. 19세기까지도 명대 관료인 오눌이 편집한 판본만을 찾아볼 수 있기 때문이다. 『당음비사』의 송대 판본이 발견된 것은 19세기의 일이다. 1808년 유명한 서지학자 황비열(黃丕烈, 1763-1825)이 1234년에 간행한 판본을 발견한 기록이 있으며, 1849년 주서증(朱緖曾)이 이 1234년 판본을 다시 판각해 간행했다. 그러나 이 판본은 태평천국운동(太平天國運動)으로 인하여 소실되어 매우 희귀해졌고, 따라서 1934년 장위엔지(張元濟)가 편찬하고 석인(石印)으로 간행한 『사부총간四部叢刊』을 통해서야 비로소 『당음비사』의 송대 판본을 좀 더 쉽게 볼 수 있게 되었다.

43 Shaw, *Legal Norms in a Confucian State*, p. xii.

44 조선왕조를 세운 태조(太祖, 1392-1398 재위)가 명 왕조의 형법인 『대명률』을 조선의 법률로 채택한 이후 1485년 『경국대전』이 공포되기까지 조선의 형정은 주로 대명률에 근거해 이루어졌다. 이미 1395년 이두(吏讀)로 주석을 단 『대명률』을 출간했는데, 이것이 바로 『대명률직해大明律直解』이다. 조선 초기 법률의 성문화에 미친 중국의 영향에 관해서는, William Shaw, "The Neo-Confucian Revolution of Values in Early Yi Korea: Its Implications for Korean Legal Thought," Brian E. McKnight, ed., *Law and the State in Traditional East Asia*, pp. 149-172. 조선에서의 『대명률』 수용에 관해서는, 조지만, 『조선 시대의 형사법—대명률과 국전』(경인문화사, 2007) 참조. 또한 법전 편찬에 관해서는, 박병호, 『한국법제사고』(법문사, 1974), 397-421쪽; 심희기, 『한국법제사강의』(삼영사, 1997), 27-29쪽 참조.

45 특히 조선 후기 사회에서 소유권을 주장하는 주인과 자유를 갈구하는 노비 사이의 갈등이 두드러진다. 양반계급은 노비의 저항운동을 반역에 가까운 극단적인 사회적 위협으로 다루면서 억압하려 애썼다. 좀 더 자세한 사항에 관해서는, 전형택, 『조선 후기노비신분변동연구』(일조각, 1989),

259-276쪽; 지승종, 「조선 후기 사회와 신분제의 동요」, 한국정신문화연구원 편, 『조선 후기 체제위기와 사회변동』(한국정신문화연구원, 1989), 1-75쪽 참조.

46 법서 장르의 편찬과 보급에 관해서는 심희기, 『한국법제사강의』, 28-31쪽; 심재우, 「규장각 소장 刑獄·詞訟類 도서의 유형과 활용」, 서지학보 24 (2000); 정긍식, 「법서의 출판과 보급으로 본 조선 사회의 법적 성격」, 법학 48.4 (2007), 88-123쪽 참조.

47 이옥, 「소송을 좋아하는 풍속〔俗喜爭訟〕」, 『봉성문여鳳城文餘』, 실시학사 고전문학연구회 편역, 『완역이옥전집』 2 (휴머니스트, 2009), 155쪽.

48 후마 스스무의 동치(同治, 1862-1874) 연간 파현당안 분석에 따르면, 연평균 소송 건수가 1,098건에 이르는 것으로 나타났다. 이를 19세기 초 조선의 『민장치부책民狀置簿冊』과 비교해보면 사천성 파현의 67.5퍼센트에 이르는데, 파현 호구 수의 20분의 1 수준에 불과한 조선 군현의 경우 호구 수 대비 접수된 소송 건수가 상당했음을 알 수 있다. 좀 더 자세한 사항에 대해서는 심재우, 「조선 후기 소송을 통해 본 법과 사회」, 동양사학연구 123 (2013), 111-112쪽 참조.

49 자세한 사항에 대해서는 조윤선, 『조선 후기 소송 연구』(국학자료원, 2002), 17-92쪽 참조.

50 안정복, 원재린 역주, 『임관정요』(혜안, 2012), 375쪽.

51 김용흠 역주, 『牧民攷·牧民大方』(혜안, 2012), 37, 299쪽; 백승철 역주, 『新編 牧民攷』(혜안, 2014) 58, 71쪽 참조.

52 전경목 외 옮김, 「유서필지 범례」, 『유서필지』(사계절, 2006), 36쪽.

53 이옥, 「필영의 진술서(必英狀辭)」, 『완역 이옥전집』 2, 149쪽.

54 이옥, 「애금의 진술서(愛琴供狀)」, 『완역 이옥전집』 2, 137-138쪽.

55 전경목, 「조선 후기에 서당 학동들이 읽은 탄원서」, 고문서연구 48 (2016), 267쪽.

56 전경목, 「조선 후기에 서당학동들이 읽은 탄원서」, 260-265쪽.

57 이헌홍, 『한국송사소설연구』, 14쪽.

58 『審理錄』 22, 全羅道 (庚戌三) 康津 金召史.

59 「별주부전」의 원형인 「구토지설龜兔之說」은 『삼국사기三國史記』에 실려 있다.

60 신해진 편역, 『서류 송사형 우화소설』(보고사, 2008) 참조.

61 심희기, 『한국법제사강의』, 241-282쪽 참조.

62 검안에 대한 연구로는 심재우, 「조선 후기 인명사건의 처리와 검안」, 역사와 현실 23 (1997); 김호, 「규장각 소장 검안의 기초적 검토」, 조선 시대사학보 4 (1998) 참조.

63 이 이야기는 1925년 대창서원(大昌書院)에서 출판되었다. 현재 장덕순, 김기동 편, 『고전국문소설선』(정음문화사, 1984)에 수록되어 있다. 「옥낭자전」에 관한 연구로는, 김기현, 「옥낭자전연구」, 고소설연구회 편, 『고소설연구논총』(경인문화사, 1994) 참조.

64 서거정의 『필원잡기』는 민족문화추진회 역, 『국역대동야승國譯大東野乘』, 제1권에 실려 있다. 또한 이헌홍, 『한국송사소설연구』, 65-66쪽 참조.

65 「김씨열행록」, 김기동, 김규태 편, 『한국고전문학』(서문당, 1984), 201-226쪽. 이 이야기가 정리되어 책으로 출판된 것은 20세기 초였으나, 「옥낭자전」과 유사하게 오랫동안 민간에 전승된 이야기라고 한다.

66 이 두 작품에 관해서는, 이헌홍 『한국송사소설연구』, 94-104쪽; 118-124쪽 참조.

67 『박문수전』에 관한 연구로는, 육재용, 「박문수전의 현대소설, 설화로의 변이 양상」, 고소설연구 11 (2001), 193-328쪽; 「박문수전의 복합텍스트성과 형성원리」, 고소설연구 14 (2002), 185-209쪽 참조. 또한 김명옥, 『박문수, 구전과 기록 사이』(채륜, 2018) 참조.

68 『박문수전』의 제2장은 명대 화본소설인 『삼언三言』 3부작 중 하나인 『성세항언醒世恒言』 제1회 「양현령경의혼고녀楊縣令敬義婚孤女」를 각색한 작품이고, 제3장은 『고금소설古今小說』 제9회 「배진공의환원배襄晋公義還原配」를 각색한 작품이다. 제2장은 훌륭한 양반 가문의 소녀가 고아가 되어 노비로 전락하자 이를 알게 된 두 현령이 그녀를 구출한다는 이야기다. 제3장은 배진공의 첩은 납치된 소녀로 약혼자가 있었는데, 이를 알게 된 배진공이 그녀를 약혼자에게 돌려보낸다는 이야기다.

69 규장각본 『포공연의』 첫 장에 찍힌 '동원군장 사심지인東原君章 士沈之印'
    이라는 인장으로 인해 이 책의 주인이 동원군 김광숙(金光翿)임을 알 수
    있다. 박재연에 따르면, 동원군 김광숙은 병자호란(1636) 때 심양(瀋陽)까
    지 잡혀갔던 김상헌(金尙憲, 1570-1652)의 조카였다. 정숙옹주의 남편인
    동양위(東陽尉) 신익성(申翊聖, 1588-1644)의 친형과 사촌형이 김상헌의
    문인이었고 비슷한 연배였기에 서로 자주 어울렸을 가능성이 있다. 따라서
    신익성이 김광숙에게 자신의 장인이 건네준 『포공안』을 주었을 가능성이
    없지 않다. 박재연, 「조선 시대 중국통속소설번역본의 연구」(한국외국어
    대학교 박사학위논문, 1993), 432-433 참조.

70 "(封套) 貞淑翁主. 今日亦親往見之, 則幾盡脈起ᄒ고 녀나믄 證이 업ᄉ니,
    닉일 모리 ᄉ이면 庶有回根之望矣. 且四書一帙, 書言故事一帙, 包公案一
    帙 보내노니 駙馬 주라. 包公案乃怪妄之書, 只資閑一晒而已. 萬曆癸卯冬
    十一月 念五日 午時. 이 許浚 書啓 보고 보내노라." 김일근, 『언간의 연구』,
    184쪽. 정안옹주(貞安翁主)는 정숙옹주의 친여동생이었다. 정안옹주는 대
    궐 가까운 곳으로 시집갔는데, 시집간 지 얼마 되지 않아 두질(痘疾, 여기에
    서는 수두를 가리키는 것 같다)에 걸렸다고 한다. 따라서 선조와 정숙옹주
    는 편지로 정안옹주의 병세에 대한 안부를 주고받았던 것이다. 이 편지에
    언급된 '書言故事'는 『서언고사대전書言故事大全』을 가리킨다. 『서언고사
    대전』은 역사적 일화 모음집으로 송대에 편찬된 책이다.

71 李瀷, 『星湖僿說』 卷1 (경인문화사, 1970), 393쪽. 선조가 장비(張飛)가
    일갈대성(一喝大聲)으로 수만 명의 군사를 물리친 대목을 무심코 교지에
    인용하자, 신하인 기대승(奇大升, 1527-1572)이 그 부적절함을 지적한 내
    용이 소개되어 있다.

72 이와 관련하여 효종(孝宗, 1619-1659)의 정비였던 인선왕후(仁宣王后,
    1618-1674)의 언간 참조. 인선왕후의 언간에는 『수호전』을 비롯하여 『녹
    의인전綠衣人傳』, 『하북이장군전河北李將軍傳』 등 중국소설로 보이는 작
    품들이 언급되어 있다. 또한 당시 사대부가의 규방에서 소설을 필사, 차람
    (借覽), 대여하는 것이 상당히 흔한 일이었음을 엿볼 수 있다. 김일근,
    『언간의 연구』, 135쪽 참조.

73 정길수, 「17세기 장편소설의 형성 경로와 장편화 방법」(서울대학교 박사
학위논문, 2005), 51쪽.

74 이 소설 서목은 『중국소설회모본』 서두에 부친 완산 이씨의 서(序)와 소서
(小敍)에 기록되어 있다. 박재연 편, 『중국소설회모본』(강원대학교출판부,
1993) 참조.

75 원래 창덕궁에 있었던 낙선재문고는 현재 한국학중앙연구원으로 옮겼다.
또한 필사본 『포공연의』는 박재연 교수가 해제 및 주석을 달아 다시 출판
했다. 박재연 편, 『포공연의』(천안: 선문대학교 중한번역연구소, 1999)
참조.

76 박재연, 「조선 시대 공안협의소설번역본의 연구」, 중어중문학 25 (1999.
12), 47-48쪽.

77 민관동, 『중국고전소설사료총고』, 278쪽.

78 민관동, 『중국고전소설사료총고』, 291-293쪽.

79 좀 더 자세한 사항에 대해서는 박재연, 「조선 시대 공안협의소설번역본의
연구」참조.

80 민관동, 『중국고전소설사료총고』, 295-296쪽.

81 이 연재소설의 번역본이 단행본으로 출간되었다. 한기형, 정환국 역주,
『역주 신단공안』(창비, 2007) 참조.

82 우리나라 근대계몽기 신문으로는 『한성신보』, 『황성신문』, 『대한매일신
보』, 『만세보』, 『제국신문』, 『독립신문』 등 여러 신문이 발간되었는데,
이 신문들이 사용한 문체는 순한문체, 한문현토체, 국한문체, 부속국문체
(附屬國文體, 한자로 된 본문에 소형 활자를 사용해 한글을 함께 적는
표기법), 순국문체 등 매우 다양했고 전혀 통일되어 있지 않았다. 심지어
같은 신문도 때에 따라 여러 종류의 문체를 사용했다. 예를 들면, 『신단
공안』이 실린 『황성신문』은 주로 국한문체를 사용했지만, 『황성신문』의
소설란에는 한문현토체를 사용한 『신단공안』 외에도 순국문체를 사용한
다른 소설들을 싣기도 했다. 이런 문체의 실험은 당시 한문과 한글 사용
계층이 완전히 분리되어 있던 현실과 연관성이 있으며, 신문은 어떤 계층
을 겨냥하는가에 따라 다른 문체를 사용할 수밖에 없었다. 이와 관련하

여, 김영민, 「근대계몽기 신문의 문체와 한글 소설의 정착 과정」, 『한국 근대 서사양식의 발생 및 전개와 매체의 역할』(소명출판, 2005), 65-104쪽 참조.

83 Franco Moretti, "The Slaughterhouse of Literature," *Modern Language Quarterly*, 61:1 (March 2000); reprinted in Moretti, *Distant Reading* (London and New York: Verso, 2013). pp. 63-89 참조.

84 David Der-wei Wang, *Fin-de-Siècle Splendor: Repressed Modernities of Late Qing Fiction*, 1849-1911 (Stanford: Stanford University Press, 1997) 참조.

85 이와 같은 경향은 전통적 오락물의 성격을 띤 소설들이 대거 수용되었던 일본의 초창기 소신문(小新聞)에서도 찾아볼 수 있다. 양문규, 「1900년대 신문·잡지 미디어와 근대소설의 탄생」, 『한국 근대 서사양식의 발생 및 전개와 매체의 역할』, 18쪽.

86 劉鶚, 『老殘遊記』(西安: 三秦出版社, 1996), 第28回.

87 최원식, 『한국근대소설사론』(창작과비평사, 1986), 140-143쪽.

88 Moretti, *Distant Reading* 참조.

89 프랑코 모레티, 이재연 옮김, 『그래프, 지도, 나무: 문학사를 위한 추상적 모델』(문학동네, 2020), 99쪽.

90 모레티, 『그래프, 지도, 나무』, 99쪽.

91 명청대 소설과 희곡 판본에 수록된 삽화에 대한 소개와 정리는 이미 1950년대 정전뚜오(鄭振鐸)와 아잉(阿英) 등 중국문학 연구자들에 의해 이루어진 바 있다. 이후 주목할 만한 연구가 없다가 최근에 이르러서 인쇄와 출판문화에 대한 관심이 증가하면서 중국뿐만 아니라 일본이나 서구 학계에서도 삽화에 대한 연구 성과가 계속 나오고 있다. 특히 미술사 측면에서 삽화를 조명한 연구 성과가 두드러진다. 고바야시 히로미쓰(小林宏光), 김명선 역, 『중국의 전통판화』(시공사, 2002); 阿英, 『紅樓夢版畵集』(上海: 上海出版公司, 1955); 王佰民, 『中國版畵通史』(北京: 河北美術出版社, 2002); 鄭振鐸, 『揷圖本中國文學史』(北京: 人民文學出版社, 1957); 周蕪, 『金陵古版畵』(南京: 江蘇美術出版社, 1993) 참조. 영어로 출판된

연구서로는 Brokaw and Chow, *Printing and Book Culture in Late Imperial China*; Chia, *Printing for Profit*; Craig Clunas, *Pictures and Visuality in Early Modern China* (London: Reaktion Books, 1997); Hegel, *Reading Illustrated Fiction in Late Imperial China*; John Lust, *Chinese Popular Prints* (Hague: E. J. Brill, 1996) 등 참조. 삽화 연구 현황에 대한 개관은 김수현, 「明淸 小說의 揷圖 연구」 (고려대학교 석사학위논문, 2005) 참조.

92 Hegel, *Reading Illustrated Fiction in Late Imperial China*, p. 217과 figure 4.33, 4.34 참조. 헤겔은 figure 4.33과 4.34에서 삽화의 나무 묘사를 예로 들어 나무의 세부 묘사가 서로 얼마나 유사한지 비교하고 있다.

93 아마도 각각의 인쇄소마다 다양한 종류의 도안책들을 보유했을 가능성이 풍부하지만, 현재 극히 일부의 도안책만 전해지고 있다. 秦嶺雲, 『民間畵工史料』(北京: 中國古典藝術出版社, 1958); Craig Clunas, *Pictures and Visuality in Early Modern China*, pp. 51-55 참조.

94 진홍수와 소운종의 판화와 관련하여 좀 더 자세한 사항은 고바야시 히로미쓰, 『중국의 전통판화』, 94-108쪽 참조.

95 James St. André, "Picturing Judge Bao in Ming Shangtu xiawen Fiction," *Chinese Literature: Essays, Articles, Reviews* 24 (2002), p. 56.

96 『상정공안』의 「趙代巡斷奸殺貞婦」(66쪽)와 「周縣尹斷翁奸媳」(85쪽) 참조.

97 이미지에 투사된 권위적인 권력의 응시에 관해서는, Michel Foucault, *The Order of Things: An Archaeology of the Human Sciences* (New York: Vintage Books, 1994) 참조. 푸코는 이 책에서 17세기 스페인의 궁정 화가 디에고 벨라스케스(Diego Rodriguez de Silva y Velasquez)의 유명한 인물화 「시녀들 Las Meninas」(1646) 분석을 통해서 시선과 권력의 문제를 다루고 있다.

1 Tzvetan Todorov, tr., Richard Howard, *The Poetics of Prose* (Ithaca: Cornell University Press, 1977), p. 44. 한국어 번역은 토도로프, 신동욱 옮김, 『산문의 시학』(문예출판사, 1992) 참조.

2 Todorov, *The Poetics of Prose*, p. 45.

3 이 이야기는 『용도공안』에서는 제23회 「살가승살가승假僧」에 해당한다.

4 계만영, 박소현·박계화·홍성화 역, 『당음비사』, 7-11쪽.

5 "話說河南開封府新鄭縣, 有一人姓高名尙靜者, 家有田園數頃, 男女耕織爲業, 年近四旬, 好學不倦. 然爲人不爲修飾, 言行從心, 擧止異常, 衣雖垢弊而不滌, 食雖粗糲而不擇, 于人不欺, 于物不取, 不戚戚形無益之愁, 不揚揚動肆心之喜. 或以詩書遣懷, 或以琴樽取樂." 「辨樹葉判還銀兩」, 安遇時, 劉世德, 蘭靑 編, 『百家公案』(北京: 群衆出版社, 1999), 36쪽. 『용도공안』 본으로는 「蟲蛛葉」, 佚名, 劉世德, 蘭靑 編, 『龍圖公案』(北京: 群衆出版社, 1999), 146쪽 참조.

6 "忽有新鄭縣官差人至家催秤糧差之事, 尙靜乃收拾家下白銀, 到市鋪內煎銷, 得銀四兩, 藏于手袖之內, 自思: 往年糧差俱系里長收納完官, 今次包公行牌, 各要親手赴秤. 今觀包公爲官淸政, 宛若神明." 「辨樹葉判還銀兩」, 『百家公案』, 37쪽.

7 화본은 원래 이야기꾼을 위한 대본이었을 것이라고 하는데, 이야기꾼 특유의 이야기 방식이 나타나는 것은 이 화본에서가 아니라, 오히려 훨씬 뒤에 나온 의화본(擬話本)소설에서였다. 명대 화본소설은 사실 의화본소설이었다. 현존하는 송원대 화본들은 상당수가 풍몽룡(馮夢龍)의 『삼언三言』에 보존되어 있다.

8 Hanan, *The Chinese Vernacular Story*, p. 60.

9 『삼언三言』은 단편 화본소설집 3부작으로 구성되며, 각각 40편, 총 120편 단편소설이 실려 있다. 『삼언』 중 『고금소설古今小說』로 더 잘 알려진 『유세명언喩世明言』은 1620년경, 늦어도 1621년에는 출판된 것으로 보이며, 『경세통언警世通言』은 1624년, 『성세항언醒世恒言』은 1627년에 출판되었다.

10 예를 들면, 『喩世明言』 제36장 「宋四公大鬧禁魂」; 『警世通言』 제13장 「三現神」 참조. 자세한 사항에 관해서는, Ma, "Kung-an Fiction: A Historical and Critical Introduction" 참조.

11 선서와 공과격에 대한 중요한 연구로는 酒井忠夫, 『中國善書の研究』(東京: 弘文堂, 1960)와 Cynthia J. Brokaw, The Ledgers of Merit and Demerit: Social Change and Moral Order in Late Imeprial China (Princeton: Princeton University Press, 1991) 참조.

12 Cynthia J. Brokaw, The Ledgers of Merit and Demerit, p. 24.

13 Dennis Porter, The Pursuit of Crime: Art and Ideology in Detective Fiction (New Haven: Yale University Press, 1981), p. 123.

14 「密捉孫趙放龔勝」, 『百家公案』, 48-50쪽.

15 「密捉孫趙放龔勝」, 『百家公案』, 49쪽.

16 예를 들면, 제19회 「환장흠곡착왕허還蔣欽穀捉王虛」(『용도공안』에서는 20회 「청정기곡靑碇記穀」), 제34회 「단영주염주지장斷瀛州鹽酒之臟」, 제47회 「태손앙운장허원答孫鴛雲張虛寃」(『용도공안』에서는 22회 「주자주주廚子做酒」), 제51회 「포공지착백원정包公智捉白猿精」, 제72회 「제황이랑형제조악除黃二郎兄弟习惡」, 제73회 「진주판참조황친陳州判斬趙皇親」 참조.

17 제48회 「東京判斬趙皇親」, 『百家公案』, 150-151쪽 참조. 『용도공안』에서는 제11회 「黃菜葉」, 49쪽 참조.

18 Wejen Chang, "Legal Education in Ch'ing China," Benjamin A. Elman and Alexander Woodside, eds., Education and Society in Late Imperial China, 1600-1900 (Berkeley: University of California Press, 1994), p. 296.

19 Wejen Chang, "Legal Education in Ch'ing China," p. 296.

20 「葛葉飄來」, 『龍圖公案』, 31-35쪽.

21 「葛葉飄來」, 『龍圖公案』, 33쪽.

22 「葛葉飄來」, 『龍圖公案』, 35쪽.

23 점술에 관한 지식은 『주역周易』에서 얻을 수 있다고 여겨졌다. 따라서

『절옥귀감』의 한 현명한 관관은 『주역』을 근거로 꿈을 해석함으로써 사
건을 해결한다. Waltner, "From Casebook to Fiction," p. 826 참조.
수사 이야기에서 점술의 사용에 관해서는, 『백가공안』의 제8회 「판간부
오살기부判姦夫誤殺其婦」, 제9회 「판간부절도은량判姦夫竊盜銀兩」, 제
68회 「결객상이개장옥決客商而開張獄」 등 참조.

24 Ch'ü, *Law and Society in Traditional China*, p. 212.

25 예를 들면, 『백가공안』 제28회 「판이중립모부점처判李中立謀夫占妻」(『용
도공안』에서는 제65회 「지교地窖」), 제39회 「안식모살허씨부晏寔謀殺許
氏夫」, 제53회 「의부여전부보수義婦與前夫報讎」(『용도공안』에서는 제36
회 「악주도岳州屠」) 참조. 이 이야기들에 포공은 눈에 띄지 않는 단역을
맡을 뿐이며, 따라서 수사 모티프 또한 단순하다.

26 45회 이야기와 함께 『백가공안』 제8회 「판간부오살기처」, 제46회 「단모
겁포상지원斷謀劫布商之寃」, 제59회 「동경결판유부마東京決判劉駙馬」,
제68회 「결객상이개장옥」도 유사한 형식을 보인다.

27 「除惡僧理索氏寃」, 『百家公案』, 136-139쪽 참조.

28 『백가공안』에서는 총 44회의 이야기가 범죄 해결에 초자연적 현상의 개입
을 보인다. 즉, 1, 3, 4, 6, 7, 8, 10, 12, 13, 17, 20, 21, 22, 23, 30,
31, 32, 33, 37, 39, 40, 44, 45, 46, 48, 49, 52, 57, 58, 60, 65, 67,
68, 69, 70, 78, 87, 89, 90, 96, 97, 98, 100회이다. 이 이야기들 중
단지 23편만이 『용도공안』에 포함되었다. 『용도공안』 23편은 다음과 같
다. 11, 13, 15, 16, 17, 24, 35, 39, 40, 44, 47, 48, 51, 52, 53, 54,
58, 61, 63, 64, 71, 72, 73회이다. 이 이야기들에 덧붙여 다시 새로 삽입된
21편이 초자연적 요소를 포함한다. 『용도공안』 2, 3, 4, 8, 25, 26, 37,
38, 59, 67, 68, 75, 76, 77, 81, 92, 93, 94, 96, 99, 100회 참조. 초자연적
인 범죄 이야기가 『백가공안』과 마찬가지로 『용도공안』에서도 인기를 누
린 것처럼 보이지만, 요괴가 등장하는 환상적 범죄 이야기는 『용도공안』에
는 빠져 있다. 대신 지옥 법정에서의 응보적 정의를 보여주는 불교적 이야
기들이 새로 삽입되었음을 발견할 수 있다.

29 티모시 브룩(Timothy Brook)은 명청대에 제도적으로 시행된 능지처참의

형벌에도 이승과 저승의 대칭성 및 우주적 균형을 염두에 둔 민중적 관념이 반영되어 있다고 본다. 물론 제도적으로 이를 명시한 것은 아니지만, 이 특수한 형벌의 기원을 살피는 데는 민중적 관념을 고찰할 필요성이 있다고 보았다. 이와 관련하여 브룩은 『옥력玉曆』이라는 대중적 교리서에 형상화된 지옥의 형벌을 분석했는데, 현실계의 사법제도와 종교적 환상이 어떻게 얽혀 상호영향을 주고받는지에 주목했다는 점에서 상당히 흥미롭다. 티모시 브룩 외, 『능지처참』, 235-286쪽 참조.

30 요괴 여우는 『백가공안』의 제13회 「위중신원자호리爲衆伸寃刺狐狸」와 제65회 「구호정이개하달究狐情而開何達」에도 등장한다.

31 「訪察除妖狐之怪」, 『百家公案』, 8쪽.

32 「訪察除妖狐之怪」, 『百家公案』, 8쪽.

33 여우 설화 전통에 대해서는 Leo Tak-Hong Chan, *The Discourse on Foxes and Ghosts* (Honolulu: University of Hawai'i Press, 1998); Ranina Huntington, "Foxes and Ming-Qing Fiction," (Ph.D. diss., Harvard university, 1996)과 "Foxes and Sex in Late Imperial Chinese Narrative," *Nan Nü* 2.1 (Brill: Leiden, 2000), pp. 78-128 참조.

34 「金鯉魚迷人之異」, 『百家公案』, 131-135쪽 참조.

35 「枷城隍拿捉妖精」, 『百家公案』, 102-105쪽.

36 「包公智捉白猴精」, 『百家公案』, 164-168쪽.

37 「獲妖蛇除白穀災」, 『百家公案』, 43-45쪽.

38 「決戮五鼠鬧東京」, 『百家公案』, 192-199쪽 참조.

39 좀 더 자세한 사항에 대해서는 장병인, 『법과 풍속으로 본 조선 여성의 삶』(휴머니스트, 2018), 300-301쪽 참조.

40 Vivien W. Ng, "Ideology and Sexuality: Rape Laws in Qing China," *The Journal of Asian Studies* 46.1 (1987), p. 69.

41 Sommer, *Sex, Law, and Society in Late Imperial China*, p. 70.

42 황육홍, 『복혜전서』; *A Complete Book Concerning Happiness and Benevolence*, p. 440.

43 Sommer, *Sex, Law, and Society in Late Imperial China*, p. 69.

44 Sommer, *Sex, Law, and Society in Late Imperial China*.

45 T'ien Ju-K'ang, *Male Anxiety and Female Chastity*, p. 42.

46 T'ien Ju-K'ang, *Male Anxiety and Female Chastity*, p. 15.

47 『大淸會典事例』, 卷 305. T'ien, *Male Anxiety and Female Chastity*, p. 16 재인용.

48 "其婦在黨喚秋桂看小官, 進房將門扣上, 脫衣將洗, 忽記起里房透中間的門未關, 遂赤身進去, 關訖就洗. 此時弘史見雪白身軀, 玉莖猖狂, 已按納不住. 陳氏浴完復進. 忽被見抱, 把口緊緊掩住, 靠近床前. 陳氏因未穿衣服, 陰物水氣未干, 一揆直入. 弘史情欲方張. 其身已開, 把舌舐人口內, 令彼不能發聲. 把玉莖往來, 春色已酥. 陳氏卒然遇此, 擧手無措, 心下自思道: "身已被汚, 不如咬斷其舌, 死亦不遲." 遂將弘史舌尖緊咬. 弘史不得舌出, 將手扣其咽喉, 陳氏遂死. (…) 見陳氏已死, 口中出血, 喉管血痕, 袒身露體, 陰戶流膏, 不知從何致死, 乃驚喊." 「咬舌扣喉」, 『龍圖公案』, 14쪽.

49 명청 시기부터 '양인부녀(良人婦女)' 또는 '양가부녀(良家婦女)'에 대한 강간을 사형으로 다스린다는 규정에서 '양인부녀' 또는 '양가부녀'는 상민(常民) 신분의 여성을 가리키는 말이 아니라, 정절을 지킨 여성을 의미했다. Sommer, *Sex, Law, and Society in Late Imperial China*, pp. 72-73 참조.

50 薛允升, 『唐明律合編』卷26, 14a; Sommer, *Sex, Law, and Society in Late Imperial China*, p. 88 재인용.

51 『당률』에서는 '선강후화'의 경우라도 강간죄로 처벌했다고 한다. Sommer, *Sex, Law, and Society in Late Imperial China*, p. 89.

52 『내각형과제본』 170. Sommer, *Sex, Law, and Society in Late Imperial China*, p. 107 재인용.

53 1964년 부산 혀 절단 사건에서 성폭력범죄의 피해자인 최말자씨는 오히려 가해자로 고발당해 구속되었다. 당시 18세였던 최말자씨는 상해죄로 징역 10월 집행유예 2년을 선고받았다. 당시 언론은 '키스 한 번에 벙어리', '혀 자른 키스' 등으로 이 사건을 보도함으로써 피해자에게 심각한 2차 가해를 입혔다. 최말자씨는 사건이 발생한 지 56년 후인 2020년 법

원에 재심을 청구했지만 기각되었다. 1988년에도 비슷한 사건(변월수 사건)이 발생한다. 이 경우에는 1심에서 상해죄가 적용되었지만, 이후 여성들을 중심으로 한 거센 항의 속에서 2심에서는 정당방위가 인정되었다. 그런데 2020년 발생한 유사한 사건에 대해서는 경찰은 피해자의 '면책적 과잉방위'를 인정하였고, 검찰은 마침내 피해자의 '정당방위'를 인정하였다. 언론은 이를 성폭력 사건에서 피해자의 적극적인 대응이 정당방위로 인정받은 '획기적인 결과'로 보도했다. 이 밖에도 성폭력 피해자가 가해자를 상해하거나 살해한 사건들이 다수 있었으며, 대부분 피해자의 정당방위는 인정되지 않았다. 유사 사건인 1964년 최말자씨 사건, 1988년 변월수 사건, 2020년 혀 절단 사건에 관해서는 각각 https://www.yna.co.kr/view/AKR20200504115000051; https://femiwiki.com/w/%EB%B3%80%EC%9B%94%EC%88%98_%EC%82%AC%EA%B1%B4; https://www.hankookilbo.com/News/Read/A2021021014050000227 등 참조.

54 성적 자기결정권은 자기 스스로 내린 성적 결정에 따라 자기 책임 하에 상대방을 선택해 성관계를 가질 수 있는 권리를 말한다. 성적 자기결정권이 타인에 의해 침해되거나 강요가 있는 경우 성폭력이 될 수 있다. 우리나라 헌법재판소는 2009년과 2015년 각각 형법에 규정돼 있던 혼인빙자간음죄와 간통죄에 대해 '성적 자기결정권' 침해 등을 이유로 위헌 판결을 내린 바 있다.

55 「咬舌扣喉」,『龍圖公案』, 17쪽.

56 "一史立口阝人士, 一史乃是吏字. 立口阝, 是個部字. 人士, 助語詞也. 八厶乃公字. 一了是子字. 此分明是吏部公子. 舌尖留口含幽怨, 這句, 不會其意. 蜘蛛橫死恨方除, 此公子姓朱, 分明是蜘蛛也. 他學名弘史, 又與此橫死聲同律, 恨方除, 必定要問他填名, 方能泄其婦之寃也." 「咬舌扣喉」,『龍圖公案』, 17쪽.

57 「咬舌扣喉」,『龍圖公案』, 18쪽.

58 Carlitz, "Desire, Danger, and the Body," p. 117.

59 「判貞婦被汚之寃」,『百家公案』, 29쪽.

60 「判貞婦被汚之冤」, 『百家公案』, 30쪽.

61 "似睡非睡之間, 朦朧見一女子, 年近二八, 美貌超群, 昂然近前下跪曰: '大人詩句不勞尋思, 妾雖不才, 隨口可對.' 包公卽令對之, 其女子對曰: '點燈登閣各攻書.'" 「判貞婦被汚之冤」, 『百家公案』, 31쪽.

62 명청대 과거제도에서 초시(初試)에 합격한 생원(生員)을 수재라고도 불렀다. 당시 현청에서 운영한 학교인 현학(縣學)의 학생을 일컫는 말이기도 했다. 또한 벼슬하지 않은 문인 또는 독서인(讀書人)의 통칭으로 쓰이는 말이다.

63 「判貞婦被汚之冤」, 『百家公案』, 31쪽.

64 Carlitz, "Desire, Danger, and the Body," p. 113.

65 「觀音菩薩托夢」, 『龍圖公案』, 5-7쪽.

66 "包公又責鄭氏道, '爾當日被拐, 便當一死, 則身潔名榮, 亦不累夫有鐘蓋之難. 若非我感觀音托夢而來, 汝夫却不爲爾而餓死乎?' 鄭氏道, '我先未死者, 以不得見夫, 未報此僧之仇, 將圖見夫而死, 今夫已救出, 僧已就誅, 妾身旣辱, 不可爲人, 固當一死決矣.'" 「觀音菩薩托夢」, 『龍圖公案』, 7쪽.

67 「觀音菩薩托夢」, 『龍圖公案』, 7쪽.

68 「判革猴節婦牌坊」, 『百家公案』, 5쪽.

69 「詩假反試眞」, 『龍圖公案』, 91쪽.

70 "夫宋氏乃讀書之婦, 旣知禮義而不辨嫌疑, 是一愚婦也; 秦得不審皂白, 輕逐其婦, 亦一愚人也." 「杖奸僧決配遠方」, 『百家公案』, 186쪽.

71 T'ien, *Male Anxiety and Female Chastity*, pp. 92-93.

72 '권력의 스펙터클'과 관련하여 Michel Foucault, *Discipline and Punish*, pp. 3-69; 미셸 푸코, 오생근 옮김, 『감시와 처벌: 감옥의 탄생』(나남, 2020), 23-141쪽 참조.

73 Ch'ü, *Local Government*, pp. 32-35.

74 拯立朝剛毅, 貴戚宦官爲之斂手, 聞者皆憚之. 人以拯笑比黃河淸, 童稚婦女, 亦知其名, 呼曰 "包待制." 京師爲之語曰: "關節不到, 有閻羅包老." 舊制, 凡訟訴不得徑造庭下. 拯開正門, 使得至前陳曲直, 吏不敢欺. (⋯) 拯性峭直, 惡吏苛刻, 務敦厚, 雖甚嫉惡, 而未嘗不推以忠恕也. 與人不苟合, 不僞辭色悅人, 平居無私書, 故人、親黨皆絶之. 雖貴, 衣服、器用、飮食如布衣時. 甞曰: "後世子孫仕宦, 有犯贓者, 不得放歸本家, 死不得葬大塋中. 不從吾志, 非吾子若孫也." 『宋史·列傳』第75, 卷316.

75 老夫姓包名拯字希仁, (…) 幼年間進士及弟, 累蒙擢用. 皆因老夫秉性正直, 曆任廉能, 有十分爲國之心, 無半點於家之念. 謝聖恩可憐, 加拜龍圖閣待制, 正授南衙開封府府尹之職, 敕賜勢劍金牌, 容老夫先斬後奏, 專一體察濫官汙吏, 與百姓伸寃理枉. 佚名, 「玎玎璫璫盆兒鬼雜劇」第4折, 券3, 1,274쪽; "The Ghost of the Pot," Hayden, tr., *Crime and Punishment in Medieval Chinese Drama*, p. 113 참조.

76 管仲, 『管子·任法』, 第45章, 四部叢刊 初編 (上海: 上海書店, 1926), Vol. 61.

77 「包待制出身源流」, 『百家公案』, 5-14쪽 참조.

78 McLaren, *Chinese Popular Culture and Ming Chantefables*, pp. 170-183 참조.

79 「東京判斬趙皇親」, 『百家公案』, 147-152쪽 참조.

80 「當場判放曹國舅」, 『百家公案』, 153-159쪽 참조.

81 郭建, 「王子犯法, 庶民同罪?」, 『中國史新論-法律史分冊』, 367-394쪽 참조.

82 『백가공안』제86회「斷啞子獻棒分財」(『용도공안』제46회「啞子棒」) 참조.

83 『백가공안』제87회「斷瓦盆叫屈之異」참조.

84 예를 들면, 『백가공안』제23회「獲學吏開國財獄」과 제54회「潘用中奇遇成姻」, 『용도공안』제4회「鎖匙」와 제5회「包袱」참조.

제5장 문학으로서의 법: 법 이야기

1 Peter Brooks and Paul Gewirtz, eds., *Law's Stories: Narrative and Rhetoric in the Law* (New Haven and London: Yale University Press, 1996), p. 8. 번역은 필자의 것.

2 리처드 포스너, 백계문·박종현 옮김, 『법관은 어떻게 사고하는가』(한울아카데미, 2016), 98쪽.

3 포스너, 『법관은 어떻게 사고하는가』, 25쪽.

4 포스너, 『법관은 어떻게 사고하는가』, 98쪽.

5 Robert Weisberg, "Proclaiming Trials as Narratives: Premises and Pretenses," *Law's Stories*, p. 65.

6 Weisberg, "Proclaiming Trials as Narratives," p. 67.

7 피터 브룩스, 「법에서의 서술과 법의 서술」, 제임스 펠란, 피터 J. 라비노비츠 엮음, 최라영 옮김, 『서술이론 II: 구조 대 역사 그 너머』(소명출판, 2016), 305쪽.

8 소공이 팥배나무 아래에서 송사를 판결하고 정사를 돌보았다는 고사가 『사기』 권34 「연소공세가燕召公世家」에 전한다. 소공이 죽자 백성들이 그의 치적을 기리는 노래를 불렀는데, 그 노래가 『시경』에 실려 있다. 『시경·소남』에 "무성한 팥배나무 자르지도 베지도 말라, 소백께서 쉬셨던 곳이니라(…)〔蔽芾甘棠, 勿剪勿伐, 召伯所憩(…)〕"라는 구절이 있다. 「『棠陰比事』解題」, 계만영, 『당음비사』, xiii쪽 참조.

9 R. H. Van Gulik, *T'ang-yin-pi-shih: Parallel Cases from under the Pear Tree* (Leiden: E. J. Brill, 1956) 참조.

10 『당음비사』의 판본에 관하여 자세한 사항은 Van Gulik, "Introduction," *T'ang-yin-pi-shih*, pp. 3-29; 「『棠陰比事』解題」, 계만영, 『당음비사』 참조.

11 『四庫全書總目』, 「子部·法家類」, 卷101, 849쪽.

12 20문은 다음과 같다. 석원(釋寃), 변무(辨誣), 국정(鞫情), 의죄(議罪), 유과(宥過), 징악(懲惡), 찰간(察姦), 핵간(覈姦), 적간(摘姦), 찰특(察慝), 증특(證慝), 구특(鉤慝), 찰도(察盜), 적도(迹盜), 휼도(譎盜), 찰적(察賊), 적적(迹賊), 휼적(譎賊), 엄명(嚴明), 긍근(矜謹). 정극 편, 김지수 옮김, 『절옥귀감』(소명출판, 2001) 참조.

13 Ann Waltner, "From Casebook to Fiction: Kung-an in Late Imperial China," pp. 283-284.

14 이 사례는 『절옥귀감』의 석원문(釋寃門)에도 실렸으며,『당음비사』 권중(卷中)「부용목침 옥리척구符融沐枕 獄吏滌屨」중 첫 번째 사례와 동일하다.

15 "按古之察獄, 亦多術矣. 卜筮·怪異, 皆盡心焉. 至誠哀矜, 必獲冥助. 是以馮昌之罪具明, 而董豐之寃得釋也." 계만영,『당음비사』, 119쪽.

16 계만영,『당음비사』, 7-11쪽 참조.

17 계만영,『당음비사』, 94-97쪽 참조.

18 계만영,『당음비사』, 178-181쪽 참조.

19 계만영,『당음비사』, 215-218쪽 참조.

20 누스바움,『시적 정의』, 185쪽.

21 "前漢潁川太守黃霸橫, 本郡有富室, 兄弟同居. 弟婦懷妊; 其長姒亦懷妊, 胎傷, 匿之. 弟婦生男, 長姒輒奪取以爲己子. 論爭三年, 訴於霸, 霸使人抱兒於庭中, 乃使娣姒競取之. 既而俱至, 姒持之甚猛, 弟婦恐有傷於手, 而情甚棲慘. 霸乃叱長姒曰 '汝貪家財, 欲得此子, 寧慮意頓有所傷乎? 此事審矣.' 姒伏罪." 계만영,『당음비사』, 제4장, 19-21쪽.

22 이 이야기는 『주례』「추관·소사구秋官·小司寇」편에 나온다.

23 "鄭克曰: 按『周禮』, 以五聲聽獄訟, 求民情. 一曰辭聽. 觀其出言, 不直則煩. 二曰色聽. 觀其顔色, 不直則赧. 三曰氣聽. 觀其氣息, 不直則喘. 四曰耳聽. 觀其聽聆, 不直則惑. 五曰目聽. 觀其顧視, 不直則眊, 允濟召集葱地左右居人, 呼令前, 一一聽之, 遂獲盜葱者, 蓋用此術也. 然其意度頗涉矜衒, 非不得已而用之, 則與却雍視盜, 察其眉睫之間, 而得其情者, 何以異哉? 苟未能使人耻爲盜, 不若聽姥守之也." 계만영,『당음비사』, 제22장, 92-93쪽.

24 계만영,『당음비사』, 68쪽 참조.

25 계만영,『당음비사』, 132-134쪽 참조.

26 "程察院知澤州晉城縣日, 富民張氏子, 其父死未幾, 有老父至門曰: 我汝父也, 來就汝居. 且陳其由. 張氏子驚疑, 相與詣縣請辨. 老父曰: 業醫, 遠出, 妻生子, 貧不能養, 以與張氏. 某年月日某人抱去, 某人見之. 顥曰: 歲久矣, 汝何說之詳也? 老父曰: 書於藥法冊後, 某歸而知之. 使以其冊進, 乃曰: 某

年月日, 某人抱兒與張三翁. 顧問: 張氏子年幾? 曰: 三十六. 又問: 爾父年
幾? 曰: 七十六. 謂老父曰: 是子之生, 其父纔年四十, 人已謂之張三翁乎?
老父驚駭服罪." 계만영, 『당음비사』, 제3장, 15-16쪽.

27 "擧乃取猪二口, 一殺之, 一活之, 乃積薪燒之, 察殺者口中無灰, 活者有灰.
因驗夫口中無灰, 以此鞫之, 妻乃服罪." 계만영, 『당음비사』, 제18장, 78쪽.

28 "按昔人嘗云: '推事有兩, 一察情, 一據證.' 固當兼用之也. 然證有難憑者,
則不若察情, 可以中其肺腑之隱. 情有難見者, 則不若據證, 可以屈其口舌
之爭. 兩者迭用, 各適其宜也." 계만영, 『당음비사』, 제34장, 142쪽.

29 계만영, 『당음비사』, 16쪽.

30 예를 들면, 계만영, 『당음비사』, 제6장, 27-28쪽 참조. 실제로 피의자를
고문했다기보다는 고문의 위협만으로 범인의 자백을 이끌어낸 사례이다.

31 계만영, 『당음비사』, 4쪽.

32 "南齊袁象為盧陵王諮議參軍. 王鎮荊州時, 南郡江陵縣苟將之弟胡之, 其
妻為曾口寺僧所淫, 夜入苟家, 將之殺之, 為官司所檢. 將之列家門穢行, 欲
告則恥, 忍則不可, 實己所殺, 胡之所列又如此, 兄弟爭死. 江陵令啟刺史博
議, 象曰: "將之胡之, 原必非暴. 辨讞之日, 義哀行路. 背文擧引諒, 獲漏疏
網; 二子心迹, 同符古人. 陷以深刑, 實傷為善." 於是兄弟皆得免死. (…)
鄭克曰: 按情苟可恕, 過無大矣. 孝子之殺牛, 義士之踰獄, 兄弟之爭死, 皆
是也. 如犯夜雖輕罪, 苟務立威而不原情, 亦豈能恕? 此可為有過之鑒
也." 계만영, 『당음비사』, 제58장, 237-238쪽.

33 "後漢郭躬以郡吏辟公府, 時有兄弟共殺人者, 而罪未有所歸. 明帝以兄不
訓弟, 故報兄重而減弟死. 中常侍孫章宣詔, 誤言兩報重, 尙書奏章矯制, 罪
當腰斬. 帝以躬明法律, 召入問之, 躬對: 章應罰金. 帝曰: 章矯詔殺人, 何
謂罰金? 躬曰: 法令有故·誤, 章傳命之謬, 於事為誤. 誤者, 其文則輕. 帝
曰: 囚與章同縣, 疑其故也. 躬曰: 周道如砥, 其直如矢. 君子不逆詐. 帝王
法天, 刑不可委曲生意. (…) 按深文峻法, 務為苛刻者, 皆委曲生意而然也.
'君子不逆詐', 蓋惡其末流決至於此爾. 傳稱: 躬之典理官也, 決獄斷刑, 依
於矜恕, 故世傳法律." 계만영, 『당음비사』, 제41장, 165-166쪽.

34 "胡向少卿初為袁州司理參軍. 有人竊食, 而主者擊殺之, 郡論以死. 向爭之

494

曰: 法當杖. 郡將不聽. 至請於朝, 乃如向議. (…) 以名分言之, 則被擊者竊
食之盜也, 擊之者典食之主也; 以情理言之, 則與凡人相毆異矣. 登時擊殺,
罪不至死可也. 然須擊者本無殺意, 邂逅致死, 乃坐杖罪. 或用刃, 或絶時,
或殘毀, 則是意在於殺, 法所不許也. 又當原其情理, 豈可一槪科斷? 盡心
君子, 亦宜察焉." 계만영, 『당음비사』, 제48장, 196쪽.

35 "邢州有盜殺一家, 其夫婦卽時死, 有一子明日乃死. 州司以其家財産, 依戶
絶法給出嫁親女. 刑曹駁曰: 其家父母死時, 其子尙在, 財産乃子物. 所謂
出嫁女, 卽出嫁姊妹, 不合有分. 鄭克曰: (…) 邢州之斷, 失在不正名分也.
俗吏用法, 大率多然. 法何咎耶?" 계만영, 『당음비사』, 제63장, 258쪽.

36 "景德中, 梁顥內翰知開封府時, 開封縣尉張易捕盜八人, 獄成, 坐流. 既決,
乃獲眞盜. 御史臺劾問得實, 官吏皆坐貶責. 此乃但憑臟證, 不察情理, 而
遽決之者也. 蓋臟或非眞, 證或非實, 惟以情理察之, 然後不致枉濫. 可不
謹哉!" 계만영, 『당음비사』, 제30장, 126쪽.

37 陳奉古主客通判貝州時, 有卒執盜者, 其母欲前取盜, 卒拒不與, 仆之地, 明
日死. 以卒屬吏, 輪爲棄市. 奉古議曰: "主盜有亡失法, 令人取之, 法當得
捍. 捍而死, 乃而鬥論, 是守者不得主盜也. 殘一不辜, 而爲剽奪生事, 法非
是." 因以聞. 報至, 杖卒. 人稱服之. (…) 鄭克曰: "按古之議罪者, 先正名
分, 次原情理. 彼欲前取者, 被執之盜也. 母雖親, 不得輒取也. 此拒不與者,
執盜之主也. 卒雖弱, 不得輒與也. 前取之情在於奪, 不與之情在於捍, 奪
而捍焉, 其狀似鬥, 而實非鬥. 若以鬥論, 是不正名分, 不原情理也. 奉古謂
'法非是', 不曰 '法當得捍.' 奈何歸咎於法? 蓋用法者謬耳." 계만영, 『당음
비사』, 194-195쪽.

38 『흠흠신서』 서문은 1822년에 작성되었는데, 다산은 초고를 완성한 후에도
3년에 걸쳐 수정작업을 한 것으로 추측된다. 『흠흠신서』 저술과 관련해서
는 심재우, 『백성의 무게를 견뎌라: 법학자 정약용의 삶과 흠흠신서 읽기』
(산처럼, 2018), 111쪽 참조.

39 심재우, 『백성의 무게를 견뎌라』, 36쪽.

40 "余旣輯牧民之說, 至於人命, 卽曰是宜有專門之治, 逐別纂爲是書. 冕之以
經訓, 用昭精義, 次之以史跡, 用著故常 所謂經史之要三卷. 次之以批判詳

駁之詞, 用察時式, 所謂批詳之傷五卷. 次之以淸人擬斷之例, 用別差等, 所
謂擬律之差四卷. 次之以先朝郡縣之公案, 其詞理鄙俚者, 因其意而潤色
之, 曹議御判, 錄之唯謹, 而間附己意, 以發明之, 所謂祥刑之義十有五卷.
前在西邑, 承命理獄, 入佐秋官, 又掌茲事. 流落以來, 時聞獄情, 亦戲爲擬
議, 其蕪拙之詞, 係于末, 所謂剪跋之詞三卷, 通共三十卷, 名之曰欽欽新
書." 정약용, 『역주 흠흠신서』 1, 22-23쪽.

41 이 항목의 수는 『흠흠신서』의 판본에 따라 차이가 있을 수 있다. 「경사요
의」만을 집중적으로 분석한 권연웅은 제1권에는 경의 27건, 제2, 3권에는
각각 사실 54건과 61건, 도합 115건을 실었다고 했다. 권연웅, 「『欽欽新
書』 연구 1: 〈經史要義〉의 분석」, 경북사학 19, 경북사학회, 1996.8,
153-154쪽. 『흠흠신서』의 판본 연구로는 유재복, 「『흠흠신서』의 편찬과
그 이본의 비교」, 서지학연구 7 (1991), 181-214쪽 참조.

42 「상형추의」가 『상형고』 100권에서 발췌한 사건들에 다산의 해설과 비평
을 덧붙여 완성되었다는 사실은 다산이 직접 「상형추의」 부서(部序)에서
밝힌 바 있다. 『상형고』는 정조의 재위 기간에 심리한 사건기록을 모아
놓은 자료인데, 오늘날 전하지 않는다. 이 부서에서 다산은 예전에 관각(館
閣)—예문관(藝文館)과 홍문관(弘文館)을 가리킨다—에 재직하던 시절
『상형고』를 열람한 적이 있고 유배 기간에도 다시 본 적이 있다고 술회했
다. 『상형고』는 현재 전하지 않지만, 아마도 『상형고』를 저본으로 하여
『심리록』이나 『추관지秋官志』가 저술되었을 가능성이 있다. 한편 『심리
록』과 「상형추의」를 비교하자면, 국왕의 판결문인 판부를 중심으로 실어
사건기록이 매우 소략한 『심리록』에 비해 「상형추의」는 사건기록이 좀
더 자세하고 다산의 해석과 비평을 첨부했다는 특징이 있다.

43 「전발무사」의 저본으로 알려진 『명청록』은 다산의 또 다른 저작이다. 『명
청록』에 수록된 사건들은 약간의 편집을 거쳐 「전발무사」에 모두 재수록
되었으며, 여기에 『명청록』에 없는 사례 4건이 추가로 포함되었다. 이에
관해서는 심희기, 「『흠흠신서』의 법학사적 해부」, 사회과학연구 5.2
(1985.11), 59쪽 참조.

44 이에 관해서는 정긍식, 「유가 법사상과 『경국대전』의 편찬」, 한국국학진흥

원 편, 『한국유학사상대계 VIII-법사상편』(안동: 예문서원 2008), 239-304쪽 참조.

45 "斷獄之本, 在於欽恤. 欽恤者敬其事而哀其人也. 然且斷獄之法, 有經有權不可膠柱. 其或法律之所未言者宜以古訓古事, 引之爲義, 以資參酌, 玆撫經史要義, 以備採用." 정약용, 『역주 흠흠신서』1, 28쪽.

46 권연웅, 「『欽欽新書』 연구 1: 〈經史要義〉의 분석」, 154쪽.

47 "鏞案 易曰 精義入神, 以致用也. 記曰 至誠之道可以前知, 理獄之義精誠而已. 思之思之, 鬼神其通之, 精誠之所感格, 卽鬼神來告之. 余亦躬驗之矣. 此惟善良之人可以與斯. 若夫夸誕自矜, 以馳騁口辯之才者, 不可以語是也." 정약용, 『역주 흠흠신서』1, 35쪽.

48 "鏞案 非天不中以下, 謂人之決獄, 有中有枉而天之降殃, 罔有不中. 唯此下民繫於天命, 又無所逃避也. 若使天罰不如是之至極, 則凡此庶民必不得一條善政之播于天下矣. 言君牧畏天之罰, 猶行善政於天下, 若無畏天之心, 庶民無由見此善政也." 정약용, 『역주 흠흠신서』1, 66쪽.

49 정약용, 『역주 흠흠신서』1, 352쪽.

50 宮崎市定, 「欽欽新書解題研究」, 朝鮮學報 47, 1968. 5: 85-92쪽; 심희기, 「『흠흠신서』의 법학사적 해부」, 50쪽, 주 46에서 재인용. 현재 『자치신서』는 『이어전집李漁全集』 속에 포함되어 비교적 쉽게 찾아볼 수 있다. 李漁, 『李漁全集』, 卷16-17 (杭州: 浙江古籍出版社, 1992) 참조.

51 심재우, 『백성의 무게를 견뎌라』, 115쪽.

52 "近見淸律條例, 附見撫題部覆. (…) 選其精者錄之, 爲差律之考." 정약용, 『역주 흠흠신서』2, 19쪽.

53 나까무라 시게오, 임대희·박춘택 역, 『판례를 통해서 본 청대 형법』(서경, 2004), 16-17쪽.

54 심희기, 「『흠흠신서』의 법학사적 해부」, 45쪽. 또한, Bodde and Morris, "Bibliography," *Law in Imperial China*, p. 565 참조.

55 Bodde and Morris, *Law in Imperial China*, pp. 144-151 참조.

56 정약용, 『역주 흠흠신서』2, 19쪽.

57 정약용, 『역주 흠흠신서』1, 28-31쪽.

58 "批者, 上司之批判也. 詳者, 下縣之申詳也. 申詳, 吾東謂之牒報. 批判, 吾東謂之題詞也. 批詳之外, 有審有駁有讞有擬. 其體裁大略相似. 有用四六騈語者, 有單股說理者, 總皆典雅精嚴, 非如吾東題牒之鄙俚支離爲可厭也. 其或雜以俳語, 有如戲弄者, 佻薄之咎, 非欽恤哀敬之義也. 其或官話文句艱深難通者, 靜究而求其例." 정약용, 『역주 흠흠신서』 1, 198쪽.

59 법률문서의 형식과 절차에 관해서는, 심희기, 「『흠흠신서』의 법학사적 해부」, 37-38쪽 참조.

60 『자치신서』는 시가 슈조(滋賀秀三)의 『淸代中國の法と裁判』에 수록된 부록 「淸代判牘目錄」에도 소개되어 있다.

61 김형종, 「명청 시대 중국의 관잠서: 황육홍과 복혜전서를 중심으로」, 다산과 현대 7 (2014), 15쪽.

62 사실 이어는 『자치신서』에 실은 안독 저자 몇몇과 개인적인 친분이 있었는데, 『자치신서 이집資治新書 二集』의 서문을 쓴 주량공(周亮工)도 그중 한 사람이다. 덕분에 『자치신서』에는 주량공의 안독 여러 편이 수록되었고, 다산도 『흠흠신서』에 발췌해 실었다. 이런 방식은 책의 판매와 수익에 큰 영향을 미쳤을 것이며, 『자치신서』를 출판한 실질적 계기도 그의 후원자였던 북경의 고위관료 공정자(龔鼎孶)를 위한 것이었다는 설이 있다. 이와 관련해서는, Patrick Hanan, The Invention of Li Yu, Cambridge: Harvard University Press, 1988, pp. 1-30 참조.

63 李漁, 『資治新書 初集』, 李漁全集 第16卷 (杭州: 浙江古籍出版社, 1992), 8-9쪽.

64 李漁, 『資治新書 初集』, 11쪽.

65 "婦人非犯重辟, 不得輕易收監, 此情此理, 夫人而知之也." 李漁, 『資治新書 初集』, 6쪽.

66 "此下六條, 係余象斗所輯公案, 文亦雅馴, 故錄之." 정약용, 『역주 흠흠신서』 1, 352쪽.

67 "妖僧許喜然倡敎白蓮, 愚民煽動, 衛勝八, 方奉之爲佛, 而某氏, 旋謂之爲夫矣. 鐸飛西蜀, 攜來巫峽之雲, 履竊東牆, 揖入摩伽之席, 愛河溺性, 怨魄先沈火宅焚軀, 冤骸被爐, 傷哉勝八. 媚禿首而失其髮, 妻信符水而沒其生

命, 依沙門而得其火葬之報者, 斯邪魔亦可畏哉. 有因姦致死之正律, 無煩謀殺之深文, 速決此髡, 而填冥獄." 정약용, 『역주 흠흠신서』 1, 305쪽.

68 정약용, 『역주 흠흠신서』 1, 305-306쪽. 정약용의 해설 참조.

69 "續大典曰 其父被人毆打傷重, 而其子毆其人致死者, 減死定配, 孝理之政於斯爲之, 今此醜辱, 有異重傷, 故不可援以爲例(是乎乃). 考之前史, 元魏太武帝稱高允事曰, 臨死不易辭, 信也. 爲臣不欺君, 貞也. 特原其死, 而朱子取載於小學, 夫高允暴揚國惡, 罪不可恕, 以其貞信, 特蒙原赦. 海隅頑悍之地, 行誼貿貿, 欺詐滔滔, 其在激揚, 頹俗之方, 此等之人, 別般曲貸, 反加襃示, 恐亦合宜. 雖然, 罪在償命之科, 律無原情之文, 伏願亟上考案, 備陳情實, 以冀出尋常處分." 정약용, 『역주 흠흠신서』 3, 195-196쪽.

70 정약용, 『역주 흠흠신서』 3, 194-195쪽.

71 정약용, 『역주 흠흠신서』 3, 196쪽.

72 정약용, 『역주 흠흠신서』 3, 132-147쪽 참조.

73 정약용, 『역주 흠흠신서』 3, 147-150쪽 참조.

74 李德懋, 「先考積城縣監府君年譜下」, 『靑莊館全書·附錄下』 卷71 참조. 신여척 사건은「은애전」후반부에 기록되어 있다. 김은애 사건과 신여척 사건에 관해서는, 정약용, 『역주 흠흠신서』 3, 204-215쪽 참조.

75 정약용, 『역주 흠흠신서』 3, 215쪽.

76 정약용, 『역주 흠흠신서』 3, 210쪽.

77 정약용, 『역주 흠흠신서』 1, 366쪽.

78 정약용, 『역주 흠흠신서』 1, 366-373쪽 참조.

79 "大理寺左評事楊淸明如氷鑒, 極有識見, 看孫氏一宗卷, 忽然察到, 因批曰, '敲門便叫三娘子, 定知房內無丈夫.' 只此二句話, 察出是艄公所謀." 정약용, 『역주 흠흠신서』 1, 370-371쪽.

80 계만영, 『당음비사』 제34장 참조.

81 정약용, 『역주 흠흠신서』 1, 390쪽.

82 정약용, 『역주 흠흠신서』 1, 303쪽.

83 정약용, 『역주 흠흠신서』 1, 394-402쪽 참조.

84 정약용, 『역주 흠흠신서』 1, 383-388쪽 참조.

85 「의율차례」부서(部序), 『역주 흠흠신서』2, 19쪽. 다산은 「의율차례」에서 비교법적 분석을 통해서 중국 사회의 폐단을 여러 차례 지적한다.

86 "曹啓以擠擲曳墜之不能明辨, 各臣不已, 臣固受而爲罪, 然苟欲甚分擠擲 二字, 原亦可疑. 擲者投也. 擠之與擲, 勢各不同. 擠者撒其手而推之, 使之 顚踣, 擲者固其握而捉之, 使之投落. 擠則不擲, 擲則不擠, 合成一事, 本自 未瑩, 不審曹啓何爲而不辨也." 정약용, 『역주 흠흠신서』3, 429-430쪽.

87 「黃海道松禾縣姜文行獄」, 『審理錄』卷30, 丁巳年(1797) 3.

88 "大抵老獄査閱之法, 宜以檢案爲主, 不可以新招取準(是白乎矣). 至於此獄 (段) 毋論擠擲曳墜, 都是獄官聽言而成文, 因意而下字者, 細究字義, 雖若 判異, 通論語義, 實易相混, 故因供則自以爲毫無變改, 而査案則乃不免少 有異同. 誠以言語文字, 本自不同. 擠擲曳墜, 都非文行口氣, 文行所言, 則 自初至今, 一直曰出而昆之 (…) 刑吏檢官譯之爲文, 或稱擠擲, 或稱曳墜, 理宜活看, 情可推通." 정약용, 『역주 흠흠신서』3, 430쪽.

89 구두 진술과 문서의 차이에 관해서는 Yasuhiko Karasawa, "Between Oral and Written Cultures: Buddhist Monks in Qing Legal Plaints," *Writing and Law in Late Imperial China: Crime, Conflict, and Judgment* (Seattle: University of Washington Press, 2007), pp. 64-80 참조.

90 Weisberg, "Proclaiming Trials as Narratives," *Law's Stories*, p. 71.

91 김태준, 『증보 조선소설사』(한길사, 1990), 150쪽.

92 김준영, 「「와사옥안」의 고대소설상 특성」, 국어국문학 114 (1995), 105-129쪽; 김재환, 「「와사옥안」 연구」, 동남어문집 7 (1997), 3-28쪽 참조. 특히 「와사옥안」의 국문 번역은 김준영의 논문 참조. 원문은 장효현 등 편, 『우언우화소설』(고려대학교 민족문화연구원, 2002) 참조. 또는 온라 인 블로그를 통해 작품의 해제와 번역, 원문을 모두 쉽게 찾아볼 수 있다. https://m.blog.naver.com/PostView.naver?isHttpsRedirect=true&bl ogId=bhjang3&logNo=221081196181 참조.

93 자는 응일(膺一), 호는 운와(雲窩). 1806년 진사가 되었고 1833년 홍해(興 海, 오늘날 포항시) 군수를 지냈다. 『종옥전』외에 『춘향신설春香新說』 등의 소설 작품을 지었고, 문집으로 『운와집雲窩集』이 있다.

94 목태림을 연구한 정선희는 「와사옥안」의 저자가 목태림이라고 주장했으나, 아직 확실한 증거는 발견되지 않았다. 정선희, 「「와사옥안」 작자고-睦台林과 관련하여」, 한국고전연구 6 (2000), 217-241쪽.

95 김재환, 「「와사옥안」 연구」, 9쪽.

96 김재환, 「「와사옥안」 연구」, 10쪽.

97 김재환, 「「와사옥안」 연구」, 17쪽.

98 유영대·신해진 편, 『조선 후기 우화소설선』(태학사, 1998), 224-238쪽 참조.

99 예를 들면, 「서대주전鼠大州傳」, 「서동지전鼠同知傳」, 「서옥기鼠獄記」 등이 있다. 신해진 편역, 『서류 송사형 우화소설』 참조.

100 19세기 후반 이서(吏胥) 계층이 저술했을 것으로 추측되는 『요람要覽』에는 총 16편의 글이 실려 있는데, 이 중 8편이 우화적 송사소설에 해당된다. 이 글들은 모두 고양이, 개, 까치, 까마귀, 다람쥐, 쥐, 소 등이 제출한 소지 형식의 글들이다. 이대형 등 역, 『요람』(보고사, 2012) 참조.

101 좀 더 자세한 설명으로는, 안대회, 「조선 후기 여항문학의 성격과 지향」, 한문학보 29 (2013), 273-298쪽 참조. 19세기 중인 계층 작가들의 문학을 '여항문학'이라고 지칭하는데, 이와 관련해서는 강명관, 『조선 후기 여항문학 연구』(창작과비평사, 1997) 참조.

102 전경목, 「조선 후기에 서당 학동들이 읽은 탄원서」 참조.

103 검험절차 및 검안격식과 관련하여 자세한 사항에 대해서는, 심희기, 『한국법제사강의』, 241-282쪽 참조.

104 '大萌'은 '대망(大蟒)', 즉 큰 구렁이를 뜻한다.

105 "同兀昌屍身, 罨置於靑草面澤林洞, 陳大萌行廊房內爲有去乙, 四方有物, 以官尺尺量, 則東距土壁, 至爲五寸, 西距板壁, 至爲四尺一寸, 北距土壁, 至二尺二寸, 南距房門, 至爲五尺七寸. 初盖麻布單衾, 一次白木小氅衣, 一次麻布中衣, 一次麻布赤衫, 一次白木女貼木古里, 一次麻布弊女裳, 一次木襪一雙着持, 頭東脚西, 仰臥於門扇上爲有齋. (…) 作作良玄高宅乙用良, 挨次解脫, 對衆檢驗爲乎矣, 年十三歲量總角男人, 身長三尺二寸, 頭髮長一尺一寸, 仰面頂心, 偏左偏右, 顖門·頭顱·額角·兩太陽穴·兩

眉·眉叢·兩眼胞·幷如常, 色或黃或靑. 兩眼開眼, 睛突出, 兩腮頰·兩
耳·耳輪·耳垂, 幷如常, 耳竅惡汁流出. 鼻梁·鼻準腐縮, 鼻竅惡汁流出,
虫蛆大起, 人中微爛, 口微開, 上下脣吻翻張 (…) 莖物方腐向爛, 腎囊浮
腫下交縫處, 有傷痕壹處, 齒痕周匝, 四畔血癥, 紫黯堅硬, 上齒所揷痕爲
三, 下齒所揷痕爲四, 周匝處圜圓, 長爲三寸一分." 장효현 등 편, 『우언우
화소설』, 666-667쪽.

106 왕여, 김호 옮김, 『신주무원록』(사계절, 2003), 122-137쪽.

107 실제 검안기록과 「와사옥안」을 형식 면에서 대조하고 싶다면, 심재우
외, 『검안과 근대 한국사회』(성남: 한국학중앙연구원출판부, 2018) 참조.
이 책에는 규장각 소장 검안 4건에 대한 심층 분석과 함께 검안의 번역
전문(全文)이 실려 있다.

108 장효현 등 편, 『우언우화소설』, 656쪽.

109 장효현 등 편, 『우언우화소설』, 658쪽.

110 장효현 등 편, 『우언우화소설』, 661쪽.

111 장효현 등 편, 『우언우화소설』, 664쪽.

112 조형래, 「'소설'의 사실, 법률과 재판: 「와사옥안」과 이해조의 『구마검』,
『구의산』을 중심으로」, 민족문학사연구 66 (2018), 53-54쪽.

113 조형래, 「'소설'의 사실, 법률과 재판」, 55쪽. 근대법과 신소설의 관계에
관해서는, 김경수, 「근대법의 수용과 신소설」, 서강인문논총 43 (2015),
319-366쪽 참조.

114 조동일, 『한국문학통사』 3 (지식산업사, 2005), 113쪽.

115 가라타니 고진, 『근대 일본문학의 기원』(도서출판 비, 2010) 참조.

116 이 책의 제3장 참조. 이옥, 『완역 이옥전집』 2, 149쪽 참조.

117 전경목, 「조선 후기에 서당 학동들이 읽은 탄원서」, 267쪽.

118 Binder and Weisberg, *Literary Criticisms of Law* 참조.

119 Richard Delgado, "Storytelling for Oppositionists and Others: A
Plea for Narrative," *Michigan Law Review* 87 (1989), pp. 2411-2412.
Binder and Weisberg, *Literary Criticisms of Law*, p. 201 재인용.

120 Binder and Weisberg, *Literary Criticisms of Law*, p. 201.

121 Binder and Weisberg, *Literary Criticisms of Law*, p. 203.

122 Binder and Weisberg, *Literary Criticisms of Law*, p. 204.

123 브라이언 보이드, 남경태 역, 『이야기의 기원』(휴머니스트, 2013) 참조.

124 보이드, 『이야기의 기원』, 273-274쪽.

125 Peter Brooks, "Narrative in and of the Law," James Phelan and Peter Rabinowitz, eds., *A Companion to Narrative Theory* (Oxford: Blackwell Publishing, 2005), p. 417; 피터 브룩스, 「법에서의 서술과 법의 서술」, 제임스 펠란 등 편, 『서술이론-구조 대 역사 너머』(소명출판, 2016), 307-308쪽.

126 Brooks, "Narrative in and of the Law," p. 416; 브룩스, 「법에서의 서술과 법의 서술」, 306쪽.

127 Brooks, "Narrative in and of the Law," p. 416; 브룩스, 「법에서의 서술과 법의 서술」, 306쪽.

128 제5장 머리말 참조.

129 장효현 등 편, 『우언우화소설』, 670쪽.

130 "陳大萌段, 流涎於肥己之慾, 逞憾於覓食之說, 舊嫌闖發, 新憤添激, 其視尺童, 特似一臠, 初頭則抱腰相轉, 畢竟則磨牙亂嚼. 想像伊時光景, 斟酌這間情形, 則無異弱肉之投虎, 便同太山之壓卵, 孼由自作, 三尺莫逃, 人旣立證, 十日難掩是乎所, 初擬脫空誣以宿病, 及其對質, 始乃語塞者, 此獄正犯, 非渠伊誰?" 장효현 등 편, 『우언우화소설』, 671쪽.

131 "案 殺獄初起, 官未及聞, 而史校·作奴, 早已得聞, 業已踊躍, 派遣四出, 捕捉而後, 乃入告官. 官又驕重, 不遽出檢, 不知本村, 已屋破人空, 煙火蕭瑟矣. 牧民者, 宜於平日, 榜示村閭曰:'凡有殺死, 唯正犯一人, 拘囚本村, 餘勿驚擾.'又約束吏校曰:'凡有殺死, 若官出之前, 一夫先出, 則重究勿赦.'嚴嚴申戒, 庶臨事, 不至放縱耳." 정약용, 『역주 흠흠신서』 1, 234-235쪽.

132 『흠흠신서』 제2부 「비상준초」 제1권에도 살인사건 조사에 관한 기본적 지침들이 수록되어 있다.

133 "引律之法, 專主本人口供. 雖參證眞的引律者, 若把口供參證, 牽混成罪,

即非法意, 必要口供與傷痕相合, 斯蓋恤刑之古典. 或恐衆人合謀, 歸罪於 孤弱之身, 以脫出其所愛也. 今之斷獄者, 每云衆證歸一, 輕斷不服之案, 此仁人之所宜愼也. 尙記北部咸奉連之獄, 衆證歸一, 以脫金太明之死, 若 非聖明俯燭, 奉連何以活矣." 정약용, 『역주 흠흠신서』 1, 214-215쪽.

134 정약용, 『역주 흠흠신서』 3, 448-454쪽 참조.

맺음말

1 박준영, 『우리들의 변호사』(이후, 2016), 144쪽.
2 이 밖에도 소위 '김영란법'으로 유명한 김영란 전 대법관의 『김영란의 열린 법 이야기』(풀빛, 2016)와 오랫동안 소년재판을 맡았던 천종호 판사의 『호통판사 천종호의 변명』(우리학교, 2017)도 참고할 만하다. 특히 후자 의 '법 이야기'는 대중매체를 통해서 청소년범죄와 소외된 '비행 청소년'에 대한 사회의 관심을 환기시키는 역할을 했다.
3 박준영, 『우리들의 변호사』, 235-236쪽.

부 록

1 범죄 유형은 『백가공안』에 나온 범죄이야기 패턴을 참조하여 만든 것이며, 현행법상의 범죄 유형이나 『대명률』 등에 정의된 범죄 유형과 직접적인 관련은 없다. 가정폭력에는 가정 내에서의 폭력 및 학대문제, 즉 고부갈등, 처첩 갈등, 아동학대, 존속 간의 상해 및 살인죄가 포함된다. 금전적 범죄 에는 금전이 동기가 된 범죄, 즉 절도, 사기, 강도 및 강도살인죄 등이 포함된다. 권력형 비리에는 주로 고관이나 황실 친인척의 비리, 뇌물수수, 권력남용, 배임 및 살인죄 등의 문제가 포함된다. 성범죄에는 남녀 사이의 비정상적인 성관계 및 사회윤리의 침해와 연관되는 범죄, 즉 간통, 납치, 강간, 강간살인 및 치정살인죄 등이 포함된다. 환상적 범죄는 요괴 등의

'초현실적' 범인이 인간을 해치는 경우로서 현실적으로 범죄로 성립될 수 없지만, 『백가공안』에서는 이 '초현실적' 범인을 저승의 규율을 어긴 '불법적' 존재로 다루고 있다. 이들의 범죄를 '환상적 범죄'로 명명했다. 대체로 요괴가 남성을 유혹하여 생명을 위협한다든가, 괴물이 여성을 납치한다든가 하는 경우로서 범죄 유형 면에서 사실상 성범죄와 거의 일치한다. 이밖에 저승에서의 심판도 이 환상적 범죄의 유형에 포함시켰다.

2   『백가공안』보다 늦게 출판된 『용도공안』은 먼저 출판된 『백가공안』을 참조하여 다시 쓴 이야기들을 많이 삽입했다. 총 48편에 이른다. 그 문체와 형식은 차이가 있지만, 같은 이야기를 다른 방식으로 다시 쓴 것에 불과하다.

1. 자료

葛天民, 吳沛泉 編. 『新刻名公神斷明鏡公案』. 古本小說集成 311; 中國古本小說叢刊 32.1.

『江湖奇聞杜騙新書』. 中國古本小說叢刊 35.4.

桂萬榮. 『棠陰比事』. 『歷代判例判牘』 1.

古本小說編輯委員會 編. 『古本小說集成』 上海: 上海古籍出版社, 1990.

崑岡 等修. 『欽定大淸會典』. 臺北: 啓文出版社, 1963.

孔子, 朱子 集註, 성백효 역주. 『論語集註』. 한국인문고전연구소, 2017.

官箴書集成編纂委員會 編. 『官箴書集成』. 合肥: 黃山書社, 1997.

管仲. 『管子』. 『四部叢刊 初編』. 上海: 上海書店, 1926.

歐陽建, 蕭相愷 編. 『中國通俗小說總目提要』. 北京: 中國文聯出版公司, 1991.

國務院法制局法制史研究室 編. 『淸史稿刑法志註解』. 北京: 法律出版社, 1957.

김기동, 김규태 편. 『한국고전문학』. 서문당, 1984.

「金氏烈行錄」. 『한국고전문학』, 201-226.

寧靜子 編. 『新鐫國朝名公神斷詳刑公案』. 古本小說集成 6; 中國古本小說叢刊 4.3.

杜家驥 主編. 『淸嘉慶朝刑科題本社會史科叢刊』. 天津: 天津古籍出版社, 2008.

萬斯同(淸) 撰. 『明史』. 上海: 上海古籍出版社, 1995.

『明成化說唱詞話叢刊』. 北京: 文物, 1979.

鷟溪搜. 『包閻羅演義』. 『韓國藏中國稀見珍本小說』 4, 1-126.

민족문화추진회 역. 『국역 대동야승(國譯大東野乘)』. 민족문화추진회, 1966.

『朴文秀傳』. 世昌書館(연도 미상).

박재연 편. 『中國小說繪模本』(1762?). 강원대학교출판부, 1993.

_____ 편. 『包公演義』. 선문대학교 중한번역연구소, 1999.

朴在淵 編. 『韓國藏中國稀見珍本小說』 4. 北京: 中國大百科全書出版社, 1997.

班固 撰. 『漢書』. 北京: 中華書局, 1962.

司馬遷 撰. 『史記』. 二十四史 1. 北京: 中華書局, 1997.

商鞅. 『商君書』. 上海: 上海古籍出版社, 1989.

徐居正. 『筆苑雜記』. 『국역 대동야승』 1.

石玉崑. 『三俠五義』. 上海: 上海古籍出版社, 1980.

『崇禎外風志』. 上海: 上海史料叢編, 1961.

慎倒. 錢熙祚(淸) 校. 『愼子』. 臺北: 世界書局, 1967.

安遇時. 『新刊京本通俗演義增像包龍圖判百家公案』(1594). 古本小說集成 74; 中國古本小說叢刊 2.4.

_____. 『百家公案』. 劉世德, 籃靑, 編. 『古代公案小說叢書』. 北京: 群衆出版社, 1999.

안정복(安鼎福), 원재린 역주. 『임관정요(臨官政要)』. 혜안, 2012.

楊家駱 主編. 『全元雜劇三編』. 臺北: 世界書局, 1973.

楊一凡, 徐立志 主編. 『歷代判例判牘』. 北京: 中國社會科學出版社, 2005.

余象斗. 『新刻皇明諸司廉明奇判公案』(1598). 古本小說集成 87.

_____. 『全像類編皇明諸司公案傳』. 古本小說叢刊 6.5.

永瑢 等撰. 『四庫全書總目』. 北京: 中華書局, 1965.

「玉娘子傳」. 『고전국문소설선』, 481-505.

『龍圖公案』(1776). 劉世德, 籃靑, 編. 『古代公案小說叢書』. 北京: 群衆出版社, 1999.

「蛙蛇獄案」. 『우언우화소설』, 653-671.

完熙生. 『新鐫全像包孝蕭公百家公案演義』(1597). 『韓國藏中國稀見珍本小說』 4, 127-537.

王有孚. 『一得偶談』初集(1805). 『中國律學文獻』 3.4. 哈爾濱: 黑龍江人民出版社, 2006, 371-600.

劉世德, 陳慶浩, 石昌逾 編. 『中國古本小說叢刊』. 北京: 中華書局, 1985.

劉鶚. 『老殘遊記』. 西安: 三秦出版社, 1996.

유영대·신해진 편. 『조선후기 우화소설선』. 태학사, 1998.

尹文 撰. 『尹文子』. 臺北: 臺灣中華書局, 1979.

李德懋. 「銀愛傳」. 『靑莊館全書』 卷71. 서울대학교 고전간행회, 1966.

李漁. 『無聲戲』. 北京: 人民文學出版社, 1989.

____. 『資治新書 初集』. 『李漁全集』 16. 杭州: 浙江古籍出版社, 1992.

____. 『資治新書 二集』. 『李漁全集』 17. 杭州: 浙江古籍出版社, 1992.

李鈺. 『鳳城文餘』. 『완역이옥전집』 2.

____, 실시학사 고전문학연구회 편역. 『완역이옥전집』 2. 휴머니스트, 2009.

李瀷. 『星湖僿說』. 경인문화사, 1970.

장덕순, 김기동 편. 『고전국문소설선』. 정음문화사, 1984.

장효현 등 편. 『우언우화소설』. 고려대학교 민족문화연구원, 2002.

「薔花紅蓮傳」. 『고전국문소설선』, 273-392.

「玎玎璫璫盆兒鬼雜劇」. 楊家駱 主編, 『全元雜劇三編』 3. 臺北: 世界書局, 1973.

정약용(丁若鏞). 박석무·이강욱 역. 『역주 흠흠신서(欽欽新書)』 4권. 한국인
　　　문고전연구소, 2019.

正祖 命撰. 『審理錄』. 서울대학교 규장각 소장.

鄭玄(漢) 箋. 『詩經』. 北京: 中華書局, 2015.

朱憙. 김수길 역. 『大學』. 대유학당, 2016.

____. 『朱子大全』. 臺北: 臺灣中華書局, 1970.

陳君敬 編. 『新鐫國朝名公神斷詳情公案』(天啓·崇禎, 1620-1644). 古本小說
　　　集成 311; 中國古本小說叢刊 37.5.

陳玉秀 編. 『新刻湯海若先生彙集古今律條公案』(1598). 古本小說集成 319.

脫脫 等撰. 『宋史』. 北京: 中華書局, 1985.

馮夢龍. 『警世通言』. 北京: 文學古籍出版社, 1955.

____. 『醒世恒言』. 北京: 文學古籍出版社, 1955.

____. 『喩世明言』. 北京: 文學古籍出版社, 1955.

黃六鴻, 小畑行簡 訓譯. 『福惠全書』. 日本 詩山堂, 1850. 영인본, 東京: 汲古
　　　書院, 1972.

懷效鋒 主編, 『大明律』, 北京: 法律出版社, 1999.
한국고전번역원 고전종합DB, https://db.itkc.or.kr.

2. 단행본

가라타니 고진, 『근대 일본문학의 기원』, 도서출판 비, 2010.
강명관, 『조선 후기 여항문학 연구』, 창작과 비평사, 1997.
계만영(桂萬榮), 박소현·박계화·홍성화 역, 『당음비사』, 세창출판사, 2013.
고바야시 히로미쓰(小林宏光), 김명선 역, 『중국의 전통판화』, 시공사, 2002.
고소설연구회 편, 『고소설연구논총』, 경인문화사, 1994.
공지영, 『도가니』, 창비, 2009.
김명옥, 『박문수, 구전과 기록 사이』, 채륜, 2018.
김영란, 『김영란의 열린 법이야기』, 풀빛, 2016.
김용흠 역주, 『牧民攷·牧民大方』, 혜안, 2012.
김일근 편, 『언간(諺簡)의 연구』, 건국대학교출판부, 1986.
김태준, 『증보 조선소설사』, 한길사, 1990.
김호, 『정조의 법치』, 휴머니스트, 2020.
나까무라 시게오, 임대희·박춘택 역, 『판례를 통해서 본 청대 형법』, 서경, 2004.
남정원, 미야자키 이치사다 해석, 차혜원 역, 『녹주공안: 청조 지방관의 재판기
　　　록』, 이산, 2010.
남형두 엮음, 『문학과 법: 여섯 개의 시선』, 사회평론아카데미, 2018.
론 풀러, 박은정 옮김, 『법의 도덕성』, 서울대학교출판문화원, 2015.
리처드 포스너, 백계문·박종현 옮김, 『법관은 어떻게 사고하는가』, 한울아카
　　　데미, 2016.
마사 누스바움, 조형준 옮김, 『감정의 격동 3부작』, 새물결, 2015.
＿＿＿＿＿＿, 박용준 옮김, 『시적 정의: 문학적 상상력과 공적인 삶』, 궁리,
　　　2013.
＿＿＿＿＿＿, 조계원 옮김, 『혐오와 수치심: 인간다움을 파괴하는 감정들』,
　　　민음사, 2015.

마이클 샌델, 이창신 옮김. 『정의란 무엇인가』. 김영사, 2010.

_____, 폴 담브로시오 엮음, 김선욱·강명신·김시천 옮김. 『마이클 샌델, 중국을 만나다』. 와이즈베리, 2018.

미셸 푸코, 오생근 옮김. 『감시와 처벌: 감옥의 탄생』. 나남, 2020.

민관동. 『중국고전소설사료총고: 한국편』. 아세아문화사, 2001.

박병호. 『한국법제사고』. 법문사, 1974.

박준영. 『우리들의 변호사』. 이후, 2016.

백승철 역주. 『신편 목민고(新編 牧民攷)』. 혜안, 2014.

범충신·정정·첨학농(范忠信·鄭定·詹學農). 『중국법률문화탐구: 정리법과 중국인』. 일조각, 1996.

브라이언 보이드, 남경태 번역. 『이야기의 기원』. 휴머니스트, 2013.

사이토 다카시. 『내가 공부하는 이유』. 걷는 나무, 2014.

서대석. 『한·중 소화의 비교』. 서울대학교출판부, 2007.

신해진 편역. 『서류 송사형 우화소설』. 보고사, 2008.

심재우. 『백성의 무게를 견뎌라: 법학자 정약용의 삶과 흠흠신서 읽기』. 산처럼, 2018.

_____. 『조선후기 국가권력과 범죄 통제: 『심리록』 연구』. 태학사, 2009.

_____, 전경목, 박소현, 김호. 『검안과 근대 한국사회』. 성남: 한국학중앙연구원출판부, 2018.

심희기. 『한국법제사강의』. 삼영사, 1997.

애덤 스미스, 김광수 옮김. 『도덕감정론』. 한길사, 2016.

연세대학교 근대한국학연구소 기초학문연구팀. 『한국 근대 서사양식의 발생 및 전개와 매체의 역할』. 소명출판, 2005.

오금성 외. 『명청시대 사회경제사』. 이산, 2007.

왕여, 김호 옮김. 『신주무원록』. 사계절, 2003.

이대형 등 역. 『요람』. 보고사, 2012.

이헌홍. 『한국송사소설연구』. 삼지원, 1997.

장병인. 『법과 풍속으로 본 조선 여성의 삶』. 휴머니스트, 2018.

장진번(張晉藩) 주편, 한기종 외 옮김. 『중국법제사』. 소나무, 2006.

전경목 외 옮김. 『유서필지』. 사계절, 2006.

전형택. 『조선후기 노비신분변동 연구』. 일조각, 1989.

정극(鄭克) 편, 김지수 옮김. 『절옥귀감』. 소명출판, 2001.

제임스 펠란, 피터 J. 라비노비츠 엮음, 최라영 옮김. 『서술이론Ⅱ: 구조 대
　　역사 그 너머』. 소명출판, 2016.

조너선 스펜스, 이재정 역. 『왕 여인의 죽음』. 이산, 2002.

조동일. 『한국문학통사』 3. 지식산업사, 2005.

조성면. 『대중문학과 정전에 대한 반역』. 소명출판, 2002.

조윤선. 『조선후기 소송 연구』. 국학자료원, 2002.

조지만. 『조선 시대의 형사법: 대명률과 국전』. 경인문화사, 2007.

천종호. 『호통판사 천종호의 변명』. 우리학교, 2017.

최원식. 『한국근대소설사론』. 창작과비평사, 1986.

취퉁쭈, 김여진·윤지원·황종원 옮김. 『법으로 읽는 중국 고대사회』. 글항아
　　리, 2020.

츠베탕 토도로프, 신동욱 옮김. 『산문의 시학』. 문예출판사, 1992.

티모시 브룩 외, 박소현 옮김. 『능지처참: 중국의 잔혹성과 서구의 시선』. 너머
　　북스, 2010.

프란츠 카프카, 김재혁 옮김. 『소송』. 열린책들, 2011.

프랑코 모레티, 이재연 옮김. 『그래프, 지도, 나무: 문학사를 위한 추상적 모
　　델』. 문학동네, 2020.

한국고소설연구회 편. 『고소설의 저작과 전파』. 아세아문화사, 1994.

한국국학진흥원 국학연구실 편. 『한국유학사상대계 Ⅷ: 법사상편』. 안동: 예
　　문서원, 2008.

한국고문서학회 편. 『조선의 일상, 법정에 서다』. 역사비평사, 2013.

한국정신문화연구원 편. 『조선후기 체제 위기와 사회변동』. 한국정신문화연구
　　원, 1989.

한기형, 정환국 역주. 『역주 신단공안』. 창비, 2007.

한상권 외 옮김. 『대명률직해』 4권. 한국고전번역원, 2018.

＿＿＿＿. 『조선후기 사회와 소원제도』. 일조각, 1996.

魯迅. 『中國小說史略』. 北京: 人民文學出版社, 1973.

黨江舟. 『中國訟師文化: 古代律師現象解讀』. 北京: 北京大學出版社, 2005.

柳立言 主編. 『中國史新論: 法律史分冊』. 臺北: 中央研究院, 2008.

方正耀. 『晚清小說研究』. 上海: 華東師範大學出版社, 1991.

樊樹志. 『明清江南市鎮探微』. 上海: 復旦大學出版社, 1990.

夫馬進 編. 『中國訴訟社會史の研究』. 京都: 京都大學學術出版社, 2011.

費孝通. 『鄉土中國』. 上海: 觀察社, 1948.

徐忠明·杜金. 『傳播與閱讀: 明清法律知識史』. 北京: 北京大學出版社, 2012.

水林 彪 編著. 『東アジア法研究の現狀と將來』. 東京: 國際書院, 2009.

阿英. 『晚清小說史』. 北京: 東方出版社, 1996; 1975 再版.

____. 『紅樓夢版畫集』. 上海: 上海出版公司, 1955.

楊一凡 主編. 『中國法制史考證』. 北京: 中國社會科學出版社, 2003.

王佰民. 『中國版畫通史』. 北京: 河北美術出版社, 2002.

滋賀秀三 等. 王業新, 梁治平 編. 『明清時期的民事審判與民間契約』. 北京: 法律出版社, 1998.

_____. 『中國法制史論集』. 東京: 創文社, 2003.

_____. 『清代中國の法と裁判』. 東京: 創文社, 1984.

鄭振鐸. 『插圖本中國文學史』. 北京: 人民文學出版社, 1957.

朱萬曙. 『包公故事源流考述』. 合肥: 安徽文藝出版社, 1995.

周蕪. 『金陵古版畫』. 南京: 江蘇美術出版社, 1993.

酒井忠夫. 『中國善書の研究』. 東京: 弘文堂, 1960.

秦嶺雲. 『民間畫工史料』. 北京: 中國古典藝術出版社, 1958.

黃岩伯. 『中國公案小說史』. 瀋陽: 遼寧人民出版社, 1991.

Bandes, Susan A. ed. *The Passions of Law*. New York: New York University Press, 1999.

Binder, Guyora and Robert Weisberg. *Literary Criticisms of Law*. Princeton: Princeton University Press, 2000.

Bodde, Derk, and Clarence Morris. *Law in Imperial China*. Cambridge:

Harvard University Press, 1967.

Brokaw, Cynthia J. *The Ledgers of Merit and Demerit: Social Change and Moral Order in Late Imperial China.* Princeton, N.J.: Princeton University Press, 1991.

_____, and Kai-Wing Chow eds. *Printing and Book Culture in Late Imperial China.* Berkeley: University of California Press, 2005.

Brooks, Peter, and Paul Gewirtz, eds. *Law's Stories: Narrative and Rhetoric in the Law.* New Haven and London: Yale University Press, 1996

Cappelletti, Mauro, ed. *New Perspectives for a Common Law of Europe.* Boston: Sijthoff, 1978.

Chan, Leo Tak-Hong. *The Discourse on Foxes and Ghosts.* Honolulu: University of Hawaii Press, 1998.

Chia, Lucille. *Printing for Profit: The Commercial Publishers of Jianyang, Fujian.* Cambridge: Harvard University Asia Center, 2002.

Ch'ü T'ung-tsu. *Law and Society in Traditional China.* Paris: Mouton, 1965.

_____. *Local Government in China Under the Ch'ing.* Cambridge: Harvard University Press, 1962.

Clunas, Craig. *Pictures and Visuality in Early Modern China.* London: Reaktion Books, 1997.

Elman, Benjamin A. and Alexander Woodside, eds. *Education and Society in Late Imperial China, 1600-1900.* Berkeley: University of California Press, 1994.

Foucault, Michel. *Discipline and Punish: The Birth of the Prison.* Alan Sheridan, tr. NewYork: Vintage Books, 1979.

_____. *The Order of Things: An Archaeology of the Human Sciences.* New York: Vintage Books, 1994.

Furth, Charlotte, Judith T. Zeitlin, and Ping-chen Hsiung, eds. *Thinking with Cases: Specialist Knowledge in Chinese Cultural History*. Honolulu: University of Hawai'i Press, 2007.

Gilmartin, Christina K. et al., eds. *Engendering China: Women, Culture, and the State*. Cambridge: Harvard University Press, 1994.

Grove, Linda, and Christian Danniels, eds. *State and Society in China: Japanese Perspectives on Ming-Qing Social and Economic History*. Tokyo: Tokyo University Press, 1984.

Gui Wanrong. *T'ang-yin pi-shih: Parallel Cases from under the Pear Tree*. Robert van Gulik, tr. Leiden: E.J. Brill, 1956.

Hanan, Patrick. *The Chinese Vernacular Story*. Cambridge: Harvard University Press, 1981.

_____. *The Invention of Li Yu*. Cambridge: Harvard University Press, 1988.

Hayden, George A. *Crime and Punishment in Medieval Chinese Drama: Three Judge Pao Plays*. Cambridge: Harvard University Press, 1978.

Hegel, Robert E. *Reading Illustrated Fiction in Late Imperial China*. Stanford: Stanford University Press, 1998.

_____, and Katherine Carlitz, eds., *Writing and Law in Late imperial China: Crime, Conflict, and Judgement*. Seattle: University of Washington Press, 2007.

Hsia, C. T. *The Classic Chinese Novel*. New York: Columbia University Press, 1981.

Huang Liu-hung 黃六鴻. *A Complete Book Concerning Happiness and Benevolence: A Manual for Local Magistrates in Seventeenth-Century China*. Djang Chu, tr. Tucson: The University of Arizona Press, 1984.

Huang, Philip C. C. *Civil Justice in China: Representation and Practice* in the Qing. Stanford: Stanford University Press, 1996.

Huntington, Ranina. "Foxes and Ming-Qing Fiction." Ph.D. diss.,
Harvard University, 1996.

_____. "Foxes and Sex in Late Imperial Chinese
Narrative." Nan Nü 2.1(Brill: Leiden, 2000): 78-128.

Idema, Wilt L. Chinese Vernacular Fiction: The Formative Period. Leiden,
E.J. Brill, 1974.

Kim Haboush, JaHyun, and Martina Deuchler, eds., Culture and the
State in Late Chosŏn Korea. Cambridge: Harvard University Asia
Center, 1999.

Kim, Marie Seong-Hak. Law and Custom in Korea: Comparative Legal
History. Cambridge: Cambridge University Press, 2012.

Li Yu(李漁). Silent Opera. Eva Hung and Patrick Hanan, eds. Hong
Kong: Research Center for Translation, Chinese University of
Hong Kong, 1990.

Lieberman, Jethro K. The Litigious Society. New York: Basic Book, 1983.

Liu, Kwang-Ching, ed. Orthodoxy in Late Imperial China. Berkeley:
University of California Press, 1990.

Lust, John. Chinese Popular Prints. Hague: E. J. Brill, 1996.

Macauley, Melissa. Social Power and Legal Culture: Litigation Masters
in Late Imperial China. Stanford: Stanford University Press, 1998.

McKnight, Brian E., ed. Law and the State in Traditional East Asia.
Honolulu: University of Hawaii Press, 1987.

McLaren, Anne E. Chinese Popular Culture and Ming Chantefables. Brill:
Leiden, 1998.

Moretti, Franco. Distant Reading. London and New York: Verso, 2013.

Most, Glenn W. and William W. Stowe, eds. The Poetics of Murder.
New York: Harcourt Brace Jovanovich, 1983.

Nussbaum, Martha C. Poetic Justice: The Literary Imagination and Public

Life. Boston: Beacon Press, 1995.

Phelan, James and Peter Rabinowitz, eds. *A Companion to Narrative Theory*. Oxford: Blackwell Publishing, 2005.

Plaks, Andrew, H. *Four Masterworks of the Ming Novel*. Princeton: Princeton University Press, 1987.

_____, ed. *Chinese Narrative: Critical and Theoretical Essays*. Princeton: Princeton University Press, 1977.

Pollard, David, ed. *Translation and Creation: Readings of Western Literature in Early Modern China, 1840-1918*. Amsterdam & Philadelphia: John Benjamin's Publishing Company, 1994.

Porter, Dennis. *The Pursuit of Crime: Art and Ideology in Detective Fiction*. New Haven: Yale University Press, 1981.

Posner, Richard A. *Law and Literature*. Cambridge, Mass.: Harvard University Press, 2009.

Rawski, Evelyn S. *Education and Popular Literacy in Ch'ing China*. Ann Arbor: The University of Michigan Press, 1979.

Reed, Bradly W. *Talons and Teeth: County Clerks and Runners in the Qing Dynasty*. Staford: Stanford University Press, 2000.

Ruskola, Teemu. *Legal Orientalism: China, the United States, and Modern Law*. Cambridge: Harvard University Press, 2013.

Shaw, William. *Legal Norms in a Confucian State*. Berkeley: Institute of East Asian Studies, University of California, 1981.

Skinner, G. William, et al., eds. *The City in Late Imperial China*. Stanford: Stanford University Press, 1977.

Smith, Arthur H. *Chinese Characteristics*. New York and Chicago: Fleming H. Revell, 1894.

Sommer, Matthew H. Sex, *Law, and Society in Late Imperial China*. Stanford: Stanford University Press, 2000.

Spence, Jonathan D. *The Death of Woman Wang*. New York: Penguin

Books, 1979.

T'ien, Ju-k'ang. *Male Anxiety and Female Chastity A Comaprative Study of Chinese Ethical Values in Ming-Ch'ing Times*. Leiden: E.J. Brill, 1988.

Todorov, Tzvetan. *The Poetics of Prose*. Richard Howard, tr. Ithaca: Cornell University Press, 1977.

Turner, Karen G. et al. *The Limits of the Rule of Law in China*. Seattle: Washington University Press, 2000.

van Gulik, Robert, trans. *Celebrated Cases of Judge Dee (Dee Goong An)*. New York: Dover Publications, 1976.

Wang, David Der-Wei. *Fin-de-Siécle Splendor: Repressed Modernities of Late Qing Fiction*, 1849-1911. Stanford: Stanford University Press, 1997.

Watt, John R. *The District Magistrate in Late Imperial China*. New York: Columbia University Press, 1972.

3. 논문

권연웅. 「『欽欽新書』 연구 1: 〈經史要義〉의 분석」, 『경북사학』 19 (1996.8): 151-191.

김경수. 「근대법의 수용과 신소설」, 『서강인문논총』 43 (2015): 319-366.

김기현. 「옥낭자전(玉娘子傳) 연구」, 『고전소설연구논총』, 121-145.

김선혜. 「재판」, 오금성 외 『명청시대 사회경제사』, 149-180.

김수현. 「明淸 小說의 揷圖 연구」, 고려대학교 석사학위논문, 2005.

김영란. 「판사와 책읽기」, 『문학과 법: 여섯 개의 시선』, 16-34.

김영민. 「근대계몽기 신문의 문체와 한글 소설의 정착 과정」, 『한국 근대 서사 양식의 발생 및 전개와 매체의 역할』, 65-104.

김예리. 「법과 문학, 그리고 '위반'으로서의 시적 정의」, 『한국현대문학연구』 45 (2014): 199-227.

김재환. 「「와사옥안」 연구」. 『동남어문집』 7 (1997): 3-28.

김준영. 「「와사옥안」의 고대소설상 특성」. 『국어국문학』 114 (1995): 105-129.

김형종. 「명청 시대 중국의 관잠서: 黃六鴻과 福惠全書를 중심으로」. 『다산과 현대』 7 (2014): 7-61.

김호. 「규장각 소장 검안의 기초적 검토」. 『조선시대사학보』 4 (1998): 155-230.

박소현. 「근대 계몽기 신문과 추리소설: 『神斷公案』을 중심으로」. 『중국어문학논집』 90 (2015): 309-334.

_____. 「동아시아 범죄소설의 사회사: 명청시기 공안소설과 조선후기 송사소설의 비교를 중심으로」. 『명청사연구』 46 (2016): 139-169.

_____. 「법률과 사실, 그리고 서사: 법문학비평의 관점에서 본 전근대 동아시아의 범죄소설」. 『중국문학』 98 (2019): 1-20.

_____. 「법률 속의 이야기, 이야기 속의 법률: 『흠흠신서』와 중국 판례」. 『대동문화연구』 77 (2012): 413-450.

_____. 「법문학적 관점에서 바라본 유교적 사법전통」. 『대동문화연구』 87 (2014): 359-392.

_____. 「중국과 조선의 법률문화와 범죄소설의 계보학」. 『비교문학』 53 (2011): 49-79.

_____. 「팥배나무 아래의 재판관: 『당음비사』를 통해 본 유교적 정의」. 『중국문학』 80 (2014): 199-223.

박재연. 「조선시대 공안협의소설번역본(公案俠義小說飜譯本)의 연구」. 『중어중문학』 25 (1999): 39-70.

_____. 「조선시대 중국통속소설 번역본의 연구」. 한국외국어대학교 박사학위논문, 1993.

송정수. 「향촌조직」. 『명청시대 사회경제사』, 93-123.

심재우. 「규장각 소장 刑獄·詞訟類 도서의 유형과 활용」. 『서지학보』 24 (2000): 125-146.

_____. 「조선후기 소송을 통해 본 법과 사회」. 『동양사학연구』 123 (2013):

87-119.

_____. 「조선 후기 인명 사건의 처리와 검안」. 『역사와 현실』 23 (1997): 215-233.

심희기. 「『흠흠신서』의 법학적 해부」. 『사회과학연구』 5.2 (대구, 1985): 31-62.

안경환. 「미국에서의 법과 문학 운동」. 『서울대학교 법학』 39.2 (1998): 215-247.

안대회. 「조선 후기 여항문학의 성격과 지향」. 『한문학보』 29 (2013): 273-298.

양문규. 「1900년대 신문·잡지 미디어와 근대소설의 탄생」. 『한국 근대 서사 양식의 발생 및 전개와 매체의 역할』, 13-36.

오금성. 「신사」. 『명청시대 사회경제사』, 343-372.

유재복. 「『흠흠신서』의 편찬과 그 이본의 비교」. 『서지학연구』 7 (1991): 181-214.

육재용. 「박문수전의 현대소설, 설화로의 변이양상」. 『고소설연구』 11 (2001): 293-328.

_____. 「박문수전의 복합텍스트성과 형성원리」. 『고소설연구』 14 (2002): 185-209.

윤철홍. 「누스바움의 '시적 정의'에 관한 수용적 검토」. 『법철학연구』 17.2 (2014): 109-154.

이계수. 「법적 상상력과 공상의 사용법에 대하여: 마사 누스바움의 〈시적 정의〉의 경우」. 『민주법학』 61 (2016): 135-167.

이준갑. 「인구」. 『명청시대 사회경제사』, 183-212.

전경목. 「조선후기에 서당 학동들이 읽은 탄원서」. 『고문서연구』 48 (2016): 257-286.

정긍식. 「법서의 출판과 보급으로 본 조선사회의 법적 성격」. 『법학』 48.4 (2007): 88-123.

_____. 「유가 법사상과 『경국대전』의 편찬」. 『한국유학사상대계 Ⅷ: 법사상 편』, 239-304.

정길수. 「17세기 장편소설의 형성 경로와 장편화 방법」. 서울대학교 박사학위 논문, 2005.

정선희. 「「와사옥안」 작자고: 睦台林과 관련하여」. 『한국고전연구』 6 (2000): 217-241.

조형래. 「'소설'의 사실, 법률과 재판: 「와사옥안」과 이해조의 『구마검』, 『구의 산』을 중심으로」. 『민족문학사연구』 66 (2018): 41-67.

지승종. 「조선후기사회와 신분제의 동요」. 『조선후기 체제 위기와 사회운동』, 1-75.

최종고. 「막스 베버가 본 동양법: 비교법사의 기초를 위하여」. 『법사학연구』 6 (1981): 247-284.

피터 브룩스, 「법에서의 서술과 법의 서술」, 『서술이론Ⅱ: 구조 대 역사 그 너머』, 303-329.

郭建. 「王子犯法, 庶民同罪?」. 『中國史新論: 法律史分冊』, 367-394.

夫馬進. 「明清時代的訟師與訴訟制度」. 『明清時期的民事審判與民間契約』, 389-430.

_____. 「訟師秘本《蕭曹遺筆》的出現」. 『中國法制史考證』 丙編 · 第4卷, 460-490.

水林彪. 「アジアの傳統的法文化に關する研究の現狀と問題點: 日本の場合」. 『東アジア法研究の現狀と將來』, 121-154.

Alford, William P. "Law, Law, What Law?: Why Western Scholars of China Have Not Had More to Say about Its Law." *The Limits of the Rule of Law in China*, pp. 45-64.

Bauer, Wolfgang. "The Tradition of the 'Criminal Cases of Master Pao': Paokung-an (Lung-t'ukung-an)." *Oriens* 23-24(1973-1974): 433-449.

Bodde, Derk. "Prison Life in Eighteenth-Century Peking." Le Blanc and Borei, eds., *Essays in Chinese Civilization*, pp. 195-217.

Brooks, Peter. "Narrative in and of the Law." *A Companion to Narrative Theory*, pp. 415-426.

Buoye, Thomas. "Suddenly Murderous Intent Arose: Bureaucratization and Benevolence in Eighteenth-Century Homicide Reports." *Late Imperial China* 16.2 (December 1995): 62-97.

Carlitz, Katherine. "Desire, Danger, and the Body: Stories of Women's Virtue in Late Ming China." *Engendering China: Women, Culture, and the State*, pp. 101-124.

Chang, Wejen. "Legal Education in Ch'ing China." *Education and Society in Late Imperial China, 1600-1900*, pp. 292-339.

Delgado, Richard. "Storytelling for Oppositionists and Others: A Plea for Narrative." *Michigan Law Review* 87 (1989): 2411-2412.

Deuchler, Martina. "Despoilers of the Way: Insulters of the Sages: Controversies over the Classics in Seventeenth-century Korea." *Culture and the State in Late Chosŏn Korea*, pp. 91-133.

Epstein, Maram. "Making a Case: Characterizing the Filial Son." *Writing and Law in Late imperial China*, 27-43.

Farmer, Edward L. "Social Order in Early Ming China: Some Norms Codified in the Hung-wu Period." *Law and the State in Traditional East Asia*, pp. 1-36.

Hanan, Patrick. "Judge Bao's Hundred Cases Reconstructed." *Harvard Journal of Asiatic Studies* 40(1980): 301-323.

Hegel, Robert E. "The Art of Persuasion in Literature and Law." *Writing and Law in Late Imperial China*, pp. 81-106.

Hsü Dao-lin. "Crime and the Cosmic Order." *Harvard Journal of Asiatic Studies* 30(1970): 111-125.

Hung, Eva, "Giving Texts a Context: Chinese Translations of Classical English Detective Stories 1896-1916." *Translation and Creation*, pp. 157-177.

Idema, Wilt L. "The Mystery of the Halved Judge Dee Novel: The Anonymous *Wu Tse-t'ien ssu-ta ch'i-an* and its Partial Translation by R. H. Van Gulik." Tamkang Review 8.1(1977): 155-169.

Jiang, Yonglin, and Wu Yanhong. "Satisfying Both Sentiment and Law: Fairness-Centered Judicial Reasoning as Seen in Late Ming Casebooks." *Thinking with Cases*, pp. 31-61.

Knight, Stephen. "···Some Men Come Up: the Detective Appears." *The Poetics of Murder*, pp. 266-298.

Ma, Y. W. "The Knight-Errant in Hua-pen Stories." *T'oungPao* 61(1975): 266-300.

_____. "Kung-an Fiction: A Historical and Critical Introduction." *T'oungPao* 64.4-5 (1979): 200-259.

_____. "The Pao-kung Tradition in Chinese Popular Literature." Ph.D. diss., Yale University, 1971.

_____. "The Textual Tradition of Ming Kung-an Fiction: A Study of the Lung-t'ukung-an." *T'oungPao* 59.1(1973): 179-202.

Meijer, M. J. "An Aspect of Retribution in Traditional Chinese Law." T'oung Pao 66.4-5 (1980): 199-216.

Merryman, J. "On the Convergence (and Divergence) of the Civil Law and the Common Law." *New Perspectives for a Common Law of Europe*.

Minow, Martha. "Institutions and Emotions: Redressing Mass Violence," *The Passions of Law*, pp. 265-308.

Moretti, Franco. "The Slaughterhouse of Literature." *Modern Language Quarterly* 61:1 (March 2000): 207-227.

Mote, Frederick W. "The Transformation of Nanking, 1350-1400." Skinner, ed., *The City in Late Imperial China*, pp. 101-153.

Needham, Joseph. "Human Law and the Laws of Nature in China and the West," Needham, *Science and Civilization in China*, Vol. 2, pp. 518-583.

Ng, Vivien W. "Ideology and Sexuality: Rape Laws in Qing China." *The Journal of Asian Studies* 46.1 (February 1987): 57-70.

Nussbaum, Martha C. ""Secret Sewers of Vice": Disgust, Bodies, and the Law." *The Passions of Law*, pp. 17-62.

Park, Sohyeon(박소현). "A Court Case of Frog and Snake: Rereading Korean Court-Case Fiction from the Law and Literature Perspective." Korea Journal 59.2 (Summer 2019): 61-85.

_____. "Law and Literature in Late Imperial China and Chosŏn Korea." *Sungkyun Journal of East Asian Studies* 10.2 (2010): 229-250.

_____. "Law, Ideology, and Popular Culture in Late Imperial China and Chosŏn Korea." Ph.D. Dissertation, The University of Michigan, 2004.

_____. "Thinking with Chinese Cases: Crime, Law, and Confucian Justice in Korean Case Literature." *Korea Journal* 53.3 (Autumn 2013): 5-28.

Parks, Nancy E. "Corruption in Eighteenth-Century China." *Journal of Asian Studies* 56.4 (Nov.1997): 967-1005.

Posner, Robert A. "Emotion versus Emotionalism in Law." *The Passions of Law*, pp. 303-329.

Reed, Bradly W. "Money and Justice: Clerks, Runners, and the Magistrate's Court in Late Imperial Sichuan." *Modern China* 21.3 (July 1995): 345-382.

Skinner, G. William. "Introduction: Urban Development in Imperial China." Skinner et al., eds., *The City in Late Imperial China*, pp. 3-31.

Solomon, Robert C. "Justice v. Vengeance: On Law and the Satisfaction of Emotion." *The Passions of Law*, pp. 121-148.

St. André, James G. "History, Mystery, Myth: A Comparative Study of Narrative Strategies in the *Baijiagongan and The Complete Sherlock Holmes*." Ph.D. dissertation, University of Chicago, 1998.

_____. "Picturing Judge Bao in Ming Shangtu xiawen Fiction." *Chinese Literature: Essays, Articles*, Reviews 24 (2002): 43-73.

Taylor, Romeyn. "Official and Popular Religion in the Political Organization of Chinese Society in the Ming." Liu, ed., *Orthodoxy in Late Imperial China*, pp. 149-151.

Theiss, Janet. "Explaining the Shrew: Narratives of Spousal Violence and the Critique of Masculinity in Eighteenth-Century Criminal Cases." *Writing and Law in Imperial China*, pp. 44-63.

Waley-Cohen, Joanna. "Politics and the Supernatural in Mid-Qing Legal Culture," Modern China, vol. 19 no. 3 (1993): 330-353.

Waltner, Ann. "From Casebook to Fiction: Kung-an in Late Imperial China." *The Journal of the American Oriental Society* 110.2 (1990): 281-289.

Watt, John R. "The Yamen and Urban Administration." *The City in Late Imperial China*, pp. 353-390.

Weisberg, Robert. "Proclaiming Trials as Narratives: Premises and Pretenses." *Law's Stories*, pp. 61-83.

작품·법전

가

「가성황나착요정伽城隍拿捉妖精」
278, 441

「갈엽표래葛葉飄來」 265, 447

「강독율령講讀律令」 263

「결륙오서뇨동경決戮五鼠鬧東京」
279, 443

『결송유취決訟類聚』 183~184

『결송유취보決訟類聚補』 183

『경국대전經國大典』 181, 364

「경사요의經史要義」 56~57, 360,
364~365, 370

「관음보살탁몽觀音菩薩托夢」 210,
299, 447

「교설구후咬舌扣喉」 287, 290, 293,
447

「구의산九疑山」 199, 214

『구장률九章律』 65

『규범閨範』 287

「금리어미인지이金鯉魚迷人之異」
276~277, 442, 445

『금수회의록』 414

「김씨남정기金氏南征記」 199

「김씨열행록金氏烈行錄」 192

「까치전」 192

나

『내각형과제본內閣刑科題本』 92,
291

『내훈內訓』 303

『노잔유기老殘遊記』 119, 213

『녹귀부錄鬼簿』 159, 161

『녹주공안鹿洲公案』 91~92, 142

『논어論語』 47, 121, 137~138

다

『당률소의唐律疏議』 67, 140

『당음비사棠陰比事』 11, 140~143,
180, 210~211, 247~248, 311,

인명

총서 ▥ 知의회랑을 기획하며
arcade of knowledge

대학은 지식 생산의 보고입니다. 세상에 바로 쓰이지 않더라도 언젠가는 반드시 인류에 필요할 지식을 생산하고 축적하며 발전시키는 일을 끊임없이 해나갑니다. 오랫동안 대학에서 생산한 지식은 책이란 매체에 담겨 세상의 지성을 이끌어왔습니다. 그 책들은 콘텐츠를 저장하고 유통시키며 활용하게 만드는 매체의 차원을 넘어, 인간의 비판적 사유 능력과 풍부한 감수성을 자극하는 촉매의 역할을 충실히 해왔습니다.

이와 같은 '책을 읽는다'는 것은 단순히 지식과 정보를 습득하는 데 멈추지 않고, 시대와 현실을 응시하고 성찰하면서 다시 그 너머를 사유하고 상상함을 의미합니다. 그러므로 '세상의 밑그림'을 그리는 책무를 지닌 대학에서 책을 펴내는 것은 결코 가벼이 여겨선 안 될 일입니다.

이제 우리는 다양한 방식으로 존재하는 지식과 정보, 그리고 사유와 전망을 담은 책을 엮어 현존하는 삶의 질서와 가치를 새롭게 디자인하고자 합니다. 과거를 풍요롭게 재구성하고 미래를 창의적으로 기획하는 작업이 다채롭게 펼쳐질 것입니다.

대학의 심장부에 해당하는 도서관이 예부터 우주의 축소관이라 여겨져 왔듯이, 그곳에 체계적으로 배치된 다양한 책들이야말로 이른바 학문의 우주를 구성하는 성좌와 다름없습니다. 우리는 그 빛이 의미 없이 사그라들지 않기를, 여전히 어둡고 빈 서가를 차곡차곡 채워가기를 기대합니다.

앎을 쉽게 소비하는 시대를 살고 있지만, 다양한 앎을 되새김함으로써 학문의 회랑에서 거듭나는 지식의 필요성에 우리는 공감합니다. 정보의 홍수와 유행 속에서도 퇴색하지 않을 참된 지식이야말로 인간이 가야 할 길에 불을 밝혀줄 수 있기 때문입니다. 앞으로 대학이란 무엇을 하는 곳이며, 왜 세상에 남아 있어야 하는 곳인지 끊임없이 되물으며, 새로운 지의 총화를 위한 백년 사업을 시작하겠습니다.

총서 '知의회랑' 기획위원
안대회 · 김성돈 · 변혁 · 윤비 · 오제연 · 원병묵

지은이 박소현

서울대학교 동양사학과를 졸업하고 같은 대학 중어중문학과에서 석사, 미국 미시건대학교(University of Michigan)에서 한중 비교문학 연구로 박사학위를 받았다. 현재 성균관대학교 동아시아학술원 교수로 재직 중이며, 국제학술지 *Sungkyun Journal of East Asian Studies*의 부편집장(Associate Editor)을 역임했다. 동아시아 문학사와 법사학, 여성사 등 다양한 분야에 관심을 가지고 연구를 진행 중이다.

주요 저서로 『조선후기 법률문화 연구』(공저), 『검안과 근대 한국사회』(공저), 『동아시아 연구, 어떻게 할 것인가?』(공저) 등이 있으며, 『능지처참』, 『당음비사』(공역) 등의 역서와 "A Court Case of Frog and Snake: Rereading Korean Court Case Fiction from the Law and Literature Perspective" 등 다수의 논문이 있다.

知의회랑
arcade of knowledge
038

문학이 정의를 말하다
동아시아 고전 속 법과 범죄 이야기

1판 1쇄 인쇄 2023년 10월 1일
1판 1쇄 발행 2023년 10월 10일

지 은 이 박소현
펴 낸 이 유지범
책임편집 현상철
편   집 신철호·구남희
마 케 팅 박정수·김지현

펴 낸 곳 성균관대학교출판부
등   록 1975년 5월 21일 제1975-9호
주   소 03063 서울특별시 종로구 성균관로 25-2
전   화 02)760-1253~4 팩스 02)762-7452
홈페이지 http://press.skku.edu

ISBN 979-11-5550-601-1 93800

* 이 저서는 2020년 대한민국 교육부와 한국연구재단의 저술출판지원
  사업의 지원을 받아 수행된 연구임(NRF-2020S1A6A4047628).
* 잘못된 책은 구입한 곳에서 교환해드립니다.